扬州市文艺创作引导资金项目作品

温暖的底色

太阳雨志愿者的故事

孙克勤　李银华　著

文汇出版社

图书在版编目（CIP）数据

温暖的底色 / 孙克勤，李银华著. —上海：文汇出版社，2025.6. —ISBN 978-7-5496-4541-1

Ⅰ.I25

中国国家版本馆 CIP 数据核字第 2025HK7542 号

温暖的底色

著　　者 / 孙克勤　李银华
责任编辑 / 邱奕霖
装帧设计 / 书香力扬

出版发行 / 文匯出版社
　　　　　上海市威海路 755 号
　　　　　（邮政编码 200041）
经　　销 / 全国新华书店
印刷装订 / 四川科德彩色数码科技有限公司
版　　次 / 2025 年 6 月第 1 版
印　　次 / 2025 年 6 月第 1 次印刷
开　　本 / 880×1230　1/32
字　　数 / 520 千
印　　张 / 20

ISBN 978-7-5496-4541-1
定　　价 / 88.00 元

目录 CONTENTS

温暖的底色

引　言 / 001

第一章　助学圆梦 / 006
琢"玉"记 / 008
爱，与小蕾同行 / 018
迟到的新生 / 025
幸运的"事实孤儿" / 031
爷爷奶奶的"雅愿" / 039
玲玲不是"外星人" / 046
刘久英嫁女儿 / 052
嘉怡的底气 / 060
一场帮扶风波 / 067

第二章　致敬英雄母亲 / 075
陈妈妈的幸福晚年 / 077

扬州是他们温暖的家	/ 093
燕子的生日	/ 105
"周妈妈，我们来为您送行！"	/ 113
照亮烈士"回家"路	/ 129
永远绚丽绽放的《绒花》	/ 143
古运河畔的红色记忆	/ 154
《有我就有家》诞生记	/ 174
山海之约	/ 187
把英雄留在我们身边	/ 196

第三章 雨润格桑花 / 201

最美军嫂当"红娘"	/ 203
"太阳雨"润格桑花	/ 209
"胡永飞爱心书屋"落户雪域校园	/ 221
特殊的旅行	/ 239
一位高原老师突然病故之后……	/ 251
"我是小小石榴籽"	/ 261
两地同唱一首歌	/ 271
扬城来了一群高原娃	/ 282
再次为爱走西藏	/ 305
一场意义非凡的旅程	/ 328

第四章 情暖"麻风村" / 333

"麻风村"的前世今生	/ 335
"大篷车爱心超市"开进村	/ 347
寂寞村庄的欢乐节日	/ 364

跨越半个世纪的握手　　　　　　　　　／ 379
送他们一双明亮的眼睛　　　　　　　　／ 394
坐着轮椅逛古城　　　　　　　　　　　／ 405
"'老戏迷'倪明山跩到家了"　　　　　／ 415
孤残老人的"孝子"　　　　　　　　　／ 418

第五章　与文明同行　　　　　　　　／ 433

离休所里流淌着欢乐的歌　　　　　　　／ 435
"快闪"情缘　　　　　　　　　　　　／ 442
蓝天下的挚爱　　　　　　　　　　　　／ 450
助残日，对"残"的别样理解　　　　　／ 453
年会的变迁　　　　　　　　　　　　　／ 456
身边的典范成明星　　　　　　　　　　／ 473
藏龙卧虎健身队　　　　　　　　　　　／ 479
一群"小鱼儿"飞起来了　　　　　　　／ 494

第六章　凡人大爱　　　　　　　　　／ 504

"公益百灵鸟"陆晓月　　　　　　　　／ 506
"梨园馨香"沈仁梅　　　　　　　　　／ 514
"福慧双修"论包伟　　　　　　　　　／ 523
雕塑出古城的精气神　　　　　　　　　／ 532
愿留"春阳"在深山　　　　　　　　　／ 537
"羽"众不同郭太玮　　　　　　　　　／ 542
杨赋霖的四次选择　　　　　　　　　　／ 547
扬州首位男护士长袁良才　　　　　　　／ 553
"我就是你的拐杖！"　　　　　　　　　／ 561

"拾荒妈妈"厉正香 / 571
"扬州十大孝星"王林 / 582
"扬州市道德模范"戎恒进 / 595
"十大扬州好人"蒋宽广 / 604

结语 / 609
回望 / 609
展望 / 614

附 / 617
"太阳雨"志愿者团队历年荣誉榜 / 617

引 言

"利他的本质是爱，它的力量取决于我们对自己、对他人，以及对这个世界爱得有多深、爱得有多广。"

——摘自《认知驱动》

——90高龄的孤寡老人陈桂林，严重便秘10来天了，用了各种药物无效，躺在床上直哼叫。志愿者翁中秋毫不犹豫地跪在地上，用右手指轻柔地为老人抠出一粒粒硬如石子一样的粪便。陈老直呼："妈哎，今天有救了！"

——住在偏僻"麻风村"里半个世纪的老汉倪明山，是一个地道的扬剧迷，整天捧着一只收音机，听不够的是扬剧。文艺志愿者、著名扬剧演员汪琴、沈仁梅，几次来到倪明山的房间里，专门为他送上经典的扬剧节目，"老戏迷"真的跩到家了。

——一口一声"陈妈妈"，整整叫了40年。江都籍军人陈刚在一次边境作战中光荣牺牲，他生前的战友滕承顺、戎根喜等志愿者，信守战场上的"生死之约"，代陈刚尽孝，无微不至地照料英雄母亲已经40年。

——军人丈夫胡永飞牺牲在西藏雪域高原，"江苏最美军嫂"周忠燕传承红色家风，传递扬城大爱，带领志愿者们，把爱播洒高原，与西藏高原错那市3所乡小学结对帮扶近40名困境学生，赠送一批又一批羽绒服、训练服、棉鞋、文具等物资,共建4所"胡永飞爱心书屋",让书香溢漫雪域校园。

——每逢金秋重阳节,一辆辆爱心专车载着周边的老人们,来到城北槐泗河畔的农民公园,园主、志愿者、"扬州十大孝星"王林有序指挥,近百名志愿者协助配合,600多位老人喜笑颜开地一边欣赏精彩大戏,一边品尝重阳盛宴,这样的"重阳宴"已经坚持7年了。

……

一个个普通的人,一桩桩暖心的事,在很多熟悉的人心中,具象成一个个鲜活瞬间。不啻微芒,造炬成阳。他们,拥有一个共同的名字——"太阳雨"志愿者。

过去,"太阳雨"仅仅被认为是一种自然界的天象。其实,远远不止。如今,扬州的大街小巷、偏僻乡村、困境家庭,哪里有困难人群,哪里有急难险重,哪里就活跃着"太阳雨"志愿者火热的身影。他们,已经成为扬城温暖的代名词。

时光追溯到2003年4月这个暖意萌动的春天,国家有关部门号召多渠道筹集教育经费,鼓励以民间救助方式资助贫困儿童重返校园。时任江苏华电扬州发电有限公司华艺分公司经理的朱峻松,这位长得粗壮结实的青年汉子,是20世纪80年代第一代"希望工程"志愿者。37岁的他,像一支火把,瞬间被点燃。于是,发起成立了一支以"助学圆梦"为初衷的34人的公益团队,在征得大家一致赞同后,将这个公益团队命名为"太阳雨爱心小组",2004年更名为"太阳雨爱心志愿者团队"。

"太阳雨",一个非常暖心的名字!朱峻松这样解释:为放光明照大千,"太阳雨"中的"太阳"给人以温暖,送人以阳光,"雨"则是及时雨,给人以滋润,寓意有困必帮、有难必助。"太阳雨"一阳一阴,和谐统一。但愿我们的"太阳雨"给需要帮助的人洒下甘霖!

朱峻松提议，在这个公益团队内不设任何职位职称。资助者无论是哪行哪业，无论是这官那长，在"太阳雨"这个大家庭里，一律称为爱心爸爸、爱心妈妈、爱心哥哥、爱心姐姐等，他把自己定位为团队总召集人。后来，大家都亲切地称他"大松"。

善良是一道藏不住的光，能够驱散冬日里的寒冷。20余年过去了，"助学圆梦"已由团队初衷渐渐成熟为一种向上托举的力量。这力量，如春日之和煦，如甘泉之浸润，让每一个受助孩子的脚步，都坚定地朝着远方。

20多年来，"太阳雨"以无私奉献的精神、始终不变的宗旨和脚踏实地的行动，感动和吸引了社会各界近千名爱心人士的加入。特别是一批德艺双馨文艺工作者的加持，使得这个团队积攒了丰厚的文化底蕴，增添了浓厚的文艺色彩，培植了浓郁的公益情怀，形成了独特的精神魅力。渐渐地，也为"太阳雨"红色公益的形成奠定了坚实的文化基础。聚星成光，不辜负每一份期待。"太阳雨"因一群志同道合的志愿者而精彩！

20多年来，"太阳雨"在公益活动中融入了个人爱心，融入了家国情怀，融入了民族团结，融入了传承延续，融入了时代元素。在"太阳雨"家人们共同书写的篇章中，不仅有帮扶贫困儿童重返校园的"助学圆梦"，有抚慰孤寡老人的"蓝天下的挚爱"，有改善偏僻角落"麻风村"孤残老人生活的"情注'麻风村'"，有关爱帮扶烈士父母亲、烈属家庭的"致敬英雄母亲——慰英魂·烈属关爱行动"，有倾情资助西藏雪域高原困境儿童的"格桑花计划"，有了非常三年"口罩下的温情"，还有关乎爱党爱国、拥军爱武、传承发扬的"与文明同行"。随着时间在岁月的古运河中奔腾，志愿服务的内涵和外延在不断拓展和延伸。

20多年里，"太阳雨"志愿者顶着风风雨雨，走过不平凡的历程。"太阳雨"志愿者用满腔的热情，付诸太多太多的公益行动，这些公益行动无一不是注入了大爱的温度、太阳的温暖。

"太阳雨"是一种特别的天气，她给人间带来了阳光雨露，还给天地之间架设了道道彩虹；"太阳雨"是一种美丽的传说，她让人们懂得有了爱就要表达，拥有了就要珍惜；"太阳雨"是一种内心的感受，她让我们心中充满阳光，又淅淅沥沥地下着心雨；"太阳雨"是一种积极的追求，人生有如太阳雨般的短暂，我们必须只争朝夕、不负韶华；"太阳雨"是一支爱的团队，为爱坚持了20多年，让人们相信世上自有真情在。

2024年4月中旬，清明节气，气清景明、万物皆显、春意融融，自然界呈现出一派生机勃勃的景象。中共中央办公厅、国务院办公厅印发了《关于健全新时代志愿服务体系的意见》，这是系统部署健全新时代志愿服务体系的第一份中央文件，对完善志愿服务制度和工作体系，促进志愿服务事业长远发展具有重要意义。

据了解，目前我国注册志愿者队伍庞大，已达2.36亿人。这份《意见》的印发在"太阳雨"团队中引发热烈反响，大家通过学习领会，纷纷写出体会和感想，表示要从自己做起，从身边做起，从点滴做起，积极投身新时代志愿服务，当好精神文明实践者，为扬州好地方的建设发展贡献新的力量。

"志愿服务事业并不是一件伟大的事，只是一件平常的事。做几次志愿服务并不难，难的是一直不忘初心的坚持，始终与困难群众共情。"朱峻松在2023年"太阳雨"成立20周年庆典的致辞中说，"我们'太阳雨'，就是要播洒爱心的'及时雨'，这些不是成绩，更不是功劳，而是凡人大爱，是心之所向！心之所向，则披荆以往！""太阳雨"这20年，如此深厚，又如此青春！

一个时代有一个时代的主题，一代人有一代人的使命。20多年前的"大松"变成了"老朱"，20多年前的"一缕光"成了今天的"一片光"。灵魂人物朱峻松和他的"太阳雨"团队，依然在播洒爱心、温暖社会的路上毫不停步，谱写着新时代播火送暖的故事……

  每个"太阳雨"人，胸中永远有团火。《温暖的底色》的"底色"，即本色、原色、初心，这也是"太阳雨"的爱心密码。讲好"太阳雨"志愿者温暖而精彩的故事，寻找和解读"太阳雨"的爱心密码，总结并形成"太阳雨"文化现象，厚植志愿文化基础，营造志愿文化氛围，增强志愿文化自觉，对全方位构建爱心城市，把扬州好地方建设得越来越好，肯定有积极作用。温暖的底色是人间的美好，是心灵深处永不褪色的光亮。

  眼有星辰大海，心有爱的传承。无数个平凡善良、爱心丰盈的人聚集在一起，人人都做太阳的"一缕光"，撑起了"太阳雨"一片大爱的天空！悠悠千年古运河，源源不断流淌着"太阳雨"志愿者温暖的爱。愿"太阳雨"在公益的路上越走越远！愿大爱的种子在更广阔的地方开枝散叶！

  "太阳雨"的底蕴从何而来？当年是从发电厂起步，时至今日，是在此积淀了20余年的岁月光华。

  "太阳雨"，二十青春正风华！

  谨以此书向所有无私奉献的志愿者、新时代文明实践者致敬！

第一章　助学圆梦

"儿童急走追黄蝶，飞入菜花无处寻"——每一个天真活泼、无忧无虑的孩童背后，都有一个相对稳定的家庭，父母安康往往是他们茁壮成长的底气，他们从小便被祝福、被期待、被规划好了长长的未来。

然而还有的家庭，由于各种原因——或贫、或病、或至亲分离，让身处其中的孩子，于不自觉中就被拉远了与学校的距离，他们在贫困中沉默着、卑微着、挣扎着……他们身在井隅，心无璀璨。

虽说条条大路通罗马，但他们的"路"，又在哪里？

1989年，团中央、中国青少年发展基金会发起了一项以救助贫困地区失学少年儿童为目的的公益事业——"希望工程"；同年，在全国妇联领导下，中国儿童少年基金会发起并组织实施了一项救助贫困家庭失学女童重返校园的社会公益项目——"春蕾计划"。

无论是"希望工程"，还是"春蕾计划"，其宗旨都是为了贯彻党和政府关于多渠道筹集教育经费的方针，集全社会之力捐资助学，让失学儿童重返校园。

2003年，太阳雨爱心志愿者团队——这个以关注弱势群体为己任的民间公益组织，背负着一束光的使命应运而生。自其成立之日起，

"助学圆梦"这4个仿佛带有母亲体温的字,抚慰了一个又一个困境的家庭,援助了一个又一个渴望读书的孩子。

在"助学圆梦"计划中,"1+1"是指一对一的个人帮扶形式,"N+1"是指多对一的小组帮扶形式。"圆梦"不仅是圆孩子们完成学业的梦想,还有属于"太阳雨"全体志愿者的梦想,那就是不管孩子们的学习成绩如何,一定要先学会做人,学会做一个懂得孝敬、懂得接受、懂得感恩、懂得传承、具有正能量的人。

如今,20多年过去了,"助学圆梦"已由团队初衷渐渐形成了一种向上托举的力量。这力量,如春日之和煦,如甘泉之浸润,让身处困顿的孩子们,看到了远方,有了前行的方向,有了飞翔的翅膀。

正如韩红所唱:"看到太阳出来,他们笑了,天亮啦……"

不是所有的花都以报春为名,然而,当花开满园的时候,春天,便来了!

不是所有的人都有幸运相眷,然而,当人们都伸出援助之手的时候,希望,便近了……

琢"玉"记

一

那一年,她以全镇第一名的成绩考入了画川高级中学。可是,她高兴不起来,眼睛里满是无人诉说的忧郁。

她,叫小玉。

回想起第一次去小玉家时看到的场景,志愿者郭宏芳说:我们从小就学过"家徒四壁"这个词,但长这么大在现实中见到,还真是第一次:

低矮破旧的房子里,即使白天,也是光线昏暗,像是没睡醒的人的眼;两张木板拼搭的床上,被子看不出来是叠好了还是团在一起,大概就是各种花色不明的补丁包裹着一团棉花;床头、地上各有一堆杂物摞在一起……只有一个电饭煲,还看得出来是这个家里唯一的家用电器。其他的,就没有了。

"有的,还有那面墙,你忘了吗?"张小燕在一旁提醒道。

2015年夏天的一个下午,由村干部带着朱峻松、郭宏芳、张小燕、华群等几名"太阳雨"志愿者去小玉家做实地核实探访。

门没有关,村干部大声喊了两嗓子,但无人应答。于是他们便猫腰走进屋内,深一脚浅一脚地,生怕踩着什么东西。等好不容易适应了室内的光线,大家的目光便都转到了那面墙上。

那上面，贴满了奖状。

想想在这样的环境下要付出多大的努力才能获得这满墙的奖状，在场的志愿者们无不为之动容，张小燕的眼睛一下子就湿润了。

村干部说：小玉的爷爷、爸爸都患有哮喘病，好像是一种家族遗传。这种病不能干重活，家里家外都靠严重残疾的奶奶打理。为了传宗接代，奶奶托人为儿子说了一桩亲事，女方也是残疾人，属于半瘫的那种，但媒人说不影响生育，奶奶就同意了。婚后不久果真为她家生下了一个孩子，这个孩子就是小玉……

"你们是什么人？"村干部的话还没有说完，突然一声极不客气的问话从门外传来，他们一起看向门外，只见一个双腿残疾的矮小老太，年龄大约八十，双手各撑着两种不同形状的拐杖用力挪移过来，看得出她是想加快速度。一行人赶紧迎上前去。她就是小玉的奶奶。村干部扶住她，向她说明了来意，奶奶仰起头来，睁大眼睛伸长脖子看向他们，一点一点地扫视着。然而她扫视的方向并不对，这时，志愿者们才发现，奶奶两只红红的眼眶空洞无神——她的眼睛其实是看不见他们的，她双目失明已经很久了。"他们是来帮助你孙女的！"村干部说道，但奶奶板着的脸仿佛就是她最严厉的目光，她一字一句地对志愿者们说："你们给我出去！不要拐骗我的孙女！"

然后她侧过身来，做出让他们出去的姿态，虽然她瘦弱的身体根本就不能成为一种"阻挡"。

奶奶不再说话，无论这一行人怎么解释，她的心里只有一个想法：我的小孙女，决不能让任何甜言蜜语给拐跑了！孩子的爹妈都靠不住，这些无亲无故的人却要来帮助我们家，谁信哪?!

小玉6个月的时候，母亲因为实在受不了这个家的穷日子，跟别人"跑了"。本就不能干活养家的父亲心情郁闷至极，开始嗜酒。小作坊的粮食酒似乎格外容易上头，酒后的他暴躁无常，摔东西、砸墙的声音成了这个家的主旋律。寒来暑往，光秃秃的墙壁上被他用东西或拳头砸出了一个接一个大大小小的坑，但贴着女儿全部奖状的那面墙，他的拳头从未触碰过……

前不久，小玉爸爸在一位亲戚的介绍下，离开家去了苏州的一家单位做了门卫。

当志愿者第二次来到这个家时，小玉恰好在家，看这孩子的表情仿佛从来就没有笑过。这个家是多久没有笑声了？

这次来，志愿者们没有做过多的解释，只是把大包小包带来的比上次更多的东西拎了进来——对这个家来说，任何东西都不是多余的。

这次奶奶没有赶大伙儿走，只是默不作声但依旧警惕地"看着"他们。

最终让奶奶接受帮扶的并不是这些东西，而是她心里明白，她的宝贝孙女，虽然以全镇第一名的成绩考上了高中，但快要读不下去了。一家人都过着紧紧巴巴的日子，实在挤不出钱来给孩子读书了。

奶奶给小玉的伙食费是一个月 100 元，她从不去想这 100 元够不够一个上了高中的孩子吃一个月的，她不敢想，即使想了，也拿不出更多的钱来。

志愿者们告诉她，小玉每次吃饭都是在食堂快要关门的时候带个饭盆去，一个人在空荡荡的食堂买一碗最便宜的汤，把饭糊弄下肚，他们告诉奶奶，成绩优异的孙女看上去面黄肌瘦。

小玉背过身去，把头深埋在胸前。

眼泪从奶奶深陷的眼窝里流了下来，被每一道褶子分布到了满脸，其实，奶奶从小玉回家的次数中就能知道孩子的难、知道孩子的省。刚开学时，小玉每月回家一次，渐渐地，两三个月才回家一次，她知道她这是为了省钱，或者说根本没有回家的路费啊。想到这里，奶奶的五官纠结在了一起又很快耷拉下来，村干部趁机跟奶奶说：不要怕，有我们村上担保，相信他们吧，他们是好人哪！

奶奶摸索着紧紧抓住一个志愿者的手说："如果你们真的是好人，就帮帮她吧！千万不能拐跑她，我就这么一个孙女啊……"

小玉和"太阳雨"签订了 N+1 协议。帮扶小组的成员有郭宏芳、袁平华、华群、张小燕、朱美淳、诸媛媛、居才英。负责记账和跟学校对接费用的袁平华文雅、随和、很有亲和力，是在与小玉的沟通中，最早获得小玉信任的一个。

二

在小玉和帮扶小组所有成员的首次见面会上，大家问小玉有什么要求，小玉欲言又止，摇摇头轻声轻语地说没有，那一刻小玉的脑子里回响着奶奶再三叮嘱的话：不能轻易要别人的东西，特别是女孩子。大家看出了她的犹豫，也不再问，就直接把她带去了学校附近的超市。

之前他们去过她的学生宿舍，连简单的生活用品都不齐全，甚至连必要的女生用品也没有。

超市里，大家七手八脚地从货架上拿下他们认为应该买的东西放进购物车里，但小玉又把这些东西给拿了出来，在同类商品中比了又比，最后把最便宜的那个放进购物车中。这孩子……大伙儿笑着摇了摇头，但在心里都给她点了个"赞"。

离开超市往回走时，袁平华问小玉："你看人时为什么总是眯着眼睛啊？"小玉微微扭了扭身子，仿佛终于鼓足了勇气一样悄悄跟袁平华说："阿姨，我近视了！在学校我也看不清黑板上的字。"

"走，去配眼镜！"大伙儿二话不说立即拉着她导航去了一家品牌眼镜店。验光、配镜……原来小玉的近视已快达到 300 度了，早就看不清黑板上字迹的她，不敢跟奶奶说，因为说了奶奶也没有办法解决，还会让她伤心烦恼。

小玉戴上眼镜的那一刻,志愿者们第一次看到了从小玉脸上慢慢散开来的笑容,那笑容恰好迎着玻璃大门外的阳光,显得格外灿烂。

几年后,小玉在一篇文章中写道:"受助之前,上完高中对我而言都是奢望;大学,更是不敢触及的梦想。是'太阳雨'的到来,让我看到了通往大学殿堂的曙光……那次戴上眼镜后,我抬头看向正对着眼镜店的一座大本钟,那一刻,我清楚地看到了钟上面的数字以及指针运行的方向,眼前的一切都变得那么明亮。"

受助初期的小玉很少说话,也很少有面部表情的变化。人前人后都显得特别"闷"。帮扶小组的成员们担心这一性格会影响她今后待人接物的言行,担心因此会影响她的学业、工作甚至前程。像所有的父母一样,他们总是把对孩子的担心拉伸出长度来,为孩子看不见的"将来"操碎了心。

郭宏芳提议说:"不建议带小玉到各自的家里去,因为无论多普通的家庭,在小玉眼里都会形成巨大的落差,不利于孩子树立正确的三观,我们要带孩子走出家门、走出校门,多观看外面的世界。见识多了,心胸自然就开阔了。"

于是,身在扬州的志愿者们经常利用各自出差或外出路过的机会去宝应看望小玉,寒暑假时便把她邀来扬州,带她游玩扬州当地的各大景点——瘦西湖、个园、何园、东关街、史可法纪念馆等,让她详细了解身边的大街小巷、历史人文;带她去高邮"麻风村"看望麻风病人,让她亲眼看到这个社会上还有许许多多需要帮助的人;带她去慰问抗战老兵、英雄母亲,让她懂得什么才是最值得我们去尊重和珍惜的……渐渐地,小玉也向他们敞开了心扉,开始像其他孩子一样称呼他们为郭爸爸、华爸爸、袁妈妈、张妈妈和美淳姐姐。

敞开了心扉的小玉日渐圆润了,爱笑了,自信了。

在爸爸妈妈们的眼里，小玉最明显的变化是在高二的一次夏令营活动中，由开始的羞涩、默不作声，到主动帮领队阿姨照顾也是第一次参加夏令营的弟弟妹妹们；主动在游戏环节给弟弟妹妹们做示范；主动用英语跟"老外"进行沟通交流；甚至还主动把旅游日记给爸爸妈妈们看：

爸爸妈妈们的视角很美好，
镜头下的我们，
每一帧都在自由地欢闹——
踏浪、登山、篝火……
看哪，我们的每一张脸都在笑，
在一起的每一分每一秒，
妈妈温和的口吻，
爸爸耐心的指导，
都会让我们觉得——
自己很重要！

爸爸妈妈们很开心地看着她的变化，私下里还经常把小玉送的各种节日贺卡拍下来，发到小组群里和大家一起分享。

高三那年的父亲节，小玉在朋友圈发的一条动态：

祝天下所有的父亲节日快乐！爸爸，女儿很想对你说，现在的你更令女儿感动！爸爸，保重身体！

感谢一直资助我的"太阳雨"，是你们给了我，给了我们家不一样的生活。

爸爸妈妈们看了没有细问小玉和她的父亲之间到底发生了什么，感受了什么，因为从这条动态中，他们看到了一种和解、一种和谐。

通过帮扶，接受原生家庭，懂得感恩身边的亲人——不正是所有志愿者的心愿吗？他们悄悄地在小组群里复制粘贴了小玉的话，以各种开心的表情表达着共同的欣慰。

那段时间，为了让更多处于困境中的学生受到关注和帮扶，"太阳雨"内部开始筹划拍摄一部公益短片，朱峻松征求小玉的意见："可以你和你的家庭背景为原型拍摄公益片吗？"小玉毫不犹豫地点头同意了。短短2分50秒的微型纪录片，通过小玉的本色出演，感动了很多网友。视频上线刚达30分钟时，就已经有不少人给朱峻松留言，表明了想要直接资助或间接捐助的愿望。

朱峻松对小玉说："你看，你已经有能力帮助比你更困难的孩子了。"小玉笑了。

三

2018年初夏，小玉结束了三年的高中生涯，面临着人生新的挑战——高考。考试那天，帮扶小组的志愿者们前去宝应为小玉加油！爸爸们特地穿上了寓意"高中"的中装，妈妈们则穿上了寓意"旗开得胜"的旗袍。和所有考生的父母一样，他们紧张地把孩子送进考场，再以翘首盼望的姿势把孩子迎接出来。彼此提醒着，告诫着：等孩子考完试什么都不要问，不要给孩子任何压力。

在等待出成绩的日子里，他们私下里预测着各种可能，却怎么也没想到，平时成绩很好的小玉这次却意外考砸了，分数没能达到本科院校的分数线。知道分数后的小玉，情绪低落到了极点，她心里觉得实在对不起对她有所期待的爸爸妈妈们，更对不起在家苦苦硬撑的奶奶。但她没有听到一句爸爸妈妈们谈论她分数高低的话。似乎她考的分数早在他们意料之中，似乎她考得的就是她本该考得的分数。

爸爸妈妈们像对待自己的亲生孩子一样，分别帮小玉咨询合适的院校、专业以及专业的就业性。袁妈妈还特地赶到宝应画川学校跟老师进行对接、了解。在综合考虑了小玉的高考成绩和小高考成绩后，建议她在医学影像和医学检验两个专业中进行选择。由于对检验专业比较感兴趣，小玉选择了医学检验并被苏州卫生职业技术学院录取。

她说：我喜欢对着显微镜数每个视野下的细胞个数，如果发现新细胞内心就很激动，就像发现新大陆一样。也像发现了新的"我"。

刚进大学校园时的好奇和兴奋渐渐冷却下来，小玉努力让自己适应安静的校园生活。然而在集体生活中，难免会有一些看似不相干的事在不经意的时候撩拨起人的心事。在小玉读大二期间，舍友们的家长开始经常来宿舍探望，望着舍友们开心的样子，小玉的内心有些苦涩。

有一天晚上，袁平华突然收到小玉发来的一条信息："袁妈妈，每次看同学晒父母关爱他们的照片时，我好羡慕。"后面还加了一个流泪可怜的表情。

第二天中午，小玉便接到了袁妈妈的信息：我们到了，在校门口！

小玉立刻飞奔而去，那一刻，她的整个身形都舒展开来。

那天，他们一起出现在班级走廊里，出现在绿色操场上，出现在学校食堂里，小玉抱着袁妈妈的胳膊跟遇到的每一个同学都点头微笑。晚餐后，小玉把爸爸妈妈们故意多点的菜都打包带回了宿舍，她说，要和同学们分享分享。爸爸妈妈们暗暗笑道：咱们姑娘的这点虚荣心还是可以满足的。

小玉上的是卫校，实习时，在志愿者的帮助下她去了高邮中医院。恰好袁平华的老家也在高邮，那时也正好在家照顾年迈的老父亲。

为了让小玉上下班比较方便一些，袁平华跟朋友借了一辆电动车给她，还时不时帮她买点鸡蛋、挂面、水果、零食之类的东西，放在宿舍里面。

就这样，小玉跟袁平华走得更近了，她们像母女一样地交流生活中的琐碎、学习中的得失、工作中的收获，等等，快乐和不顺心都是她们的小秘密。

小玉的舍友也把袁平华当成了小玉的亲妈，在和小玉闹矛盾闹到互不说话时，还向"小玉的妈妈"暗暗告了一状。虽然都是女孩子间一些鸡毛蒜皮的小事，但袁妈妈还是很严肃地纠正了小玉的错误，并教了小玉一个和同学和好的小窍门。

过了几天，小玉很开心地告诉袁妈妈：昨天很晚的时候我看到舍友出去打水，我告诉她说我给你留门哦，嗯，然后我们之间好像矛盾就解开了，现在已经开始说话了。

"我们和好之后，"小玉又故作神秘地对袁妈妈说，"我告诉她，这是我妈教我的和好方式。"说完母女俩一齐大笑起来。

终于，小玉参加工作了。

疫情防控期间，作为医护人员在连轴转的工作状态下，小玉坚守岗位，任劳任怨；在这场没有硝烟的抗疫之战中，她和"太阳雨"的爸爸妈妈们一样，逆向而行，默默地尽着一个医护人员应尽的义务。

"太阳雨"结束了对已经能自食其力的小玉的帮扶，虽然仍然关注着她微信朋友圈的更新，却尽量做到不去打扰——因为志愿者们知道：生活，不会因为她早先的苦难就优待了她，也不会因为"太阳雨"以往的扶持就让她避开了所有的弯路。长大成人后的她，在前行的路上依然会磕磕绊绊、跌跌撞撞，但，只要她相信前方有光，就不会再惧怕黑暗。

对于"玉不琢，不成器"的古训，"太阳雨"志愿者自有他们独特的注解：琢玉只是"太阳雨"的尽力而为，是否成器，就要看个人的修为了。

四

2024年1月30日，对24岁的小玉来说，一定是又一个终生难忘的日子。

就在这天，她披上了婚纱，成了最美的新娘。酒店灯火璀璨，在满座亲朋的祝福声中，她缓缓走向新郎李俊朗，也走向幸福的人生彼岸。

在他们相识之前，小玉的微信名叫"好人"，李俊朗的微信名叫"好人一生平安"。缘分如此奇妙，李俊朗说，好人与好人之间一定是有相吸的磁场吧？

这对"好人"已经计划好，结完婚后就回苏州，在各自的工作岗位上努力工作，让自己早日有能力帮助更多的人。

那天，除了郭宏芳、朱峻松、刘莉三人作为"太阳雨"的爸爸妈妈们的代表，从扬州飞往四川省广安市现场祝贺外，其他志愿者还在当天的《扬州晚报》"吾家有喜"上刊发了喜讯，他们就是要让更多的扬州人知道："太阳雨"嫁女儿啦！

【背景资料】

"太阳雨"女孩：小玉。

"太阳雨"志愿者：郭宏芳、袁平华、华群、张小燕、朱美淳、诸媛媛、居才英。

小玉目前状况：毕业于苏州卫生职业技术学院，在苏州某医疗企业从事医学检验工作，现自主创业。

爱，与小蕾同行

一

2019年7月13日下午，扬州凤凰桥社区志愿服务驿站内，一场特殊的毕业典礼正在举行。主持人朱峻松满脸开心地对女生小蕾说：我们正在举办的，既是你五年"太阳雨"助学之旅的毕业典礼，也是你18岁的成人礼。很高兴看到你五年来一点一滴的进步，今天，我们终于可以放手了……

小蕾的眼泪一下子就涌出了眼眶，她忽然就有了一种脱离母体的感觉，这种感觉她描述不出来，她心里知道朱爸爸说的"放手"不是放任不管的意思，但此刻，她真的就有被放手的感觉。

"太阳雨"——这只牵了她五年给了她无尽的温暖的"手"，她不想放开。

小蕾，宝应姑娘。6岁那年，父亲为了尽快还清债务，出海到渔船上打工，不料却溺水身亡。不久，妈妈改嫁到了安徽山区，一去便再无音信。从此，这个家里，爸爸妈妈的称呼于小蕾而言，越来越模糊了。

爷爷奶奶靠着微薄的收入，艰难地把小蕾拉扯到了小学六年级。小升初之际，好心的班主任来到她家，给她推荐了一所体校。这所体校可以减免贫困生的学费，还可以住校。瘦弱的小蕾拿着招生信息，往后退了退，看了又看，抿着嘴轻轻点了点头。

爷爷奶奶听老师讲解了半天，依然拿不定主意，看到孙女点头，心便无端地抽搐了一下。

小蕾选择了足球专业，因为，足球场很大，可以无所顾忌地"飞来飞去"。她自己也不清楚为什么会有这样的想法，也许，平日里她把自己"缩"得太久了吧。

屋漏偏逢连夜雨。初二时，小蕾奶奶不幸脑出血中风了，爷爷再也撑不起这个摇摇欲坠的家。犹犹豫豫地向在仪征打工的女儿求助。

女儿很快来接母亲了，临走时摸了摸小蕾的脑袋，叹了口气说：跟姑姑走吧！小姑娘还是要以学业为重。爷爷看看女儿又看了看小蕾，低下头，挥挥手说：去姑姑那里吧，好歹，有人照顾你。

在仪征城郊一处十几平方米的简易房里，住着靠收购废品为生的姑姑一家，姑姑姑父有一儿一女，成绩都很好，满墙的奖状。小蕾和奶奶的到来，使得家庭成员的数字顺势往上加了2个。是的，只是数字多了2个而已，乐观的姑姑笑着说，不就是多两双筷子么？

6口人，十几平方米。小蕾不禁暗暗担心：家里氧气会不会不够用啊？

这一年，扬州"太阳雨"召集人朱峻松从扬州市妇联那里了解到了小蕾的情况，登记表上小蕾的家庭住址和学校都显示在宝应。他们驱车前往，才得知小蕾已去了仪征姑姑家，在和当地村民、村干部的交流中，证实了小蕾一家的困境，老乡们的唏嘘更让志愿者们坚定了要找到孩子的决心，于是朱峻松就把寻找小蕾的任务交给了家住仪征的同学潘卫红、闵红霞和周宇。

此后某一天的下午，正在学校上课的小蕾被班主任带到了几经周折才找到她的两位陌生阿姨的面前。她第一次听说有个团队叫"太阳雨"，是专门帮助像她这样的贫困学生的，她手足无措，拘谨着沉默着,一下子成为目光的聚焦点,她的脑袋有点懵懵的。据潘卫红描述:小姑娘瘦瘦的,看上去内向、胆怯……

潘卫红她们手提100斤大米和10斤食用油敲开了小蕾姑姑的家门……从那天起,小蕾被正式列入"太阳雨"春蕾女童名单,成为又一个"N+1"的扶助对象。帮扶小组成员有仪征化纤退休职工闵红霞、潘卫红、周宇,还有扬州不同行业的倪慧、吴佳泉、丁悦、杨飏等。他们承诺,承担孩子初中期间的一切费用。

小蕾和姑姑一家都觉得有阳光从狭小的门缝里挤了进来,十几平方米的房子竟好似宽敞起来了。

二

然而世事难料!2016年,中考结束,小蕾的成绩尽管比平时提高很多,但仍然没有达到普高的录取分数线,只能够在仪征上职业高中。此时,小蕾姑姑家收购废品的生意也难以为继了。为了生计,小蕾的姑父和姑姑无奈地决定举家迁回宝应老家种地去。在征求小蕾意见时,她知道姑姑一家的难处,也知道姑姑不放心把她一人留在仪征。于是小蕾想到了放弃学业,留在当地打工养活自己。

得知消息的朱峻松立刻从扬州赶到仪征,带着志愿者闵红霞与学校教导处领导、小蕾姑父以及小蕾进行了面对面的交流与分析。朱峻松俯身问小蕾:你想不想继续读书?小蕾一下子就哭了,从泪流满面到失声痛哭,她连连点头说:"想!"

"想读书就好办!"——拿着小蕾的成绩单,"太阳雨"的叔叔阿姨们集体化身为家有考生的爸爸妈妈,他们先帮小蕾找到一份暑期工,让她先稳定下来,然后分工查学校查数据,向各类专业人士进行咨询了解。最后一致认可了志愿者李晓兵老师的建议,为小蕾选中了一所扬州的大专院校,专业是酒店管理。原因一是因为学校包分配,还可以专升本；二是学校在扬州，志愿者们可以直接照顾到住校的小蕾，让她的爷爷、奶奶、姑姑、姑父不再担心她的生活。

小蕾忘不了2016年7月25日那天，"太阳雨"的爱心爸妈们来到她打工的饭店吃饭，席间给了她一个大大的惊喜：大专录取通知书。接着又拿出了一个奖励红包。小蕾笑着笑着便哭了。

在这群送通知书的志愿者中，有个在联通公司上班的叫戎根喜的志愿者，曾是一位参战老兵。这天是他第一次听说小蕾的身世，他摇摇头沉重地说，小蕾的成长过程真的让我很难想象！在跟小蕾的交谈中，他感到这孩子缺失的不仅是生存所需要的钱，她还需要更多的交流和倾诉。于是他不仅和夏正芳、吕荣超、蒋丽莉、孙晓萍、张坚、张群、王晓波、丁悦、倪慧、杨飏、王仁良、房士林、胡涛、朱美淳、周冬梅等，一起组成了郑蕾大专3年期间的帮扶小组，还把她带回家里，把她介绍给家里的每一个成员。

从此，戎家的每次聚会活动中都有了小蕾的身影，在这个家里，小蕾不仅有了父亲，还有了哥哥和嫂子。

大专院校开学那天，校园的师生们看到了一个奇特的亲友团，他们把一个女生围护在中间，每个人手里都拎着大包小包，有人听说他们是这个女生的爸爸和妈妈，不对，听说他们是这个女生的爸爸和妈妈。

女生小蕾在这天的日记中写道：我没有感受过父爱，他们的出现让我感受到，如果有父亲，大概就是这样的吧。能认识"太阳雨"并和大家处成家人是我的幸运……

三

志愿者戎根喜在听到电话那头小蕾叫他爸爸而不是戎爸爸的那天，

激动得握着手机的手都有点微微颤抖。

在一群资助者中，戎根喜家是距离小蕾学校最近的，不知从什么时候起，戎根喜对小蕾的嘘寒问暖已经成了一种习惯。有一天，他发现每次问小蕾吃早饭了没，小蕾都顺嘴说没吃。刚开始也没在意，但次数多了，他就上了心，因为他们打给小蕾的钱是定量的。为了怕孩子养成大手大脚的坏习惯，由志愿者吕荣超按照生活所需算好金额打给她，其中早中晚在学校食堂的饭钱是700元一个月。于是戎根喜就借去学校给小蕾送水果和生活用品的机会，旁敲侧击问了小蕾的同学，才知道小蕾每天竟然只吃一顿饭。

周末，他把小蕾带回家，做了一桌菜，吃得小蕾直打嗝。等收拾好桌子，戎根喜盯着小蕾眼睛直接问她：为什么在学校每天只吃一顿？他心里设想了好几个原因——省钱为了玩游戏，为了买手机，等等，但又很快自我否定了。凭他对她的了解，她不是这样的孩子啊。小蕾愣了一下，低下头说，我吃一顿，才有钱省下来给爷爷奶奶啊。

傻孩子啊……戎根喜眼圈红了。

戎根喜向"太阳雨"汇报了小蕾的情况，并向"太阳雨"提交了申请，把小蕾接到自己家里住。开始亲自照顾她的衣食住行，同时也不间断地接济她的爷爷奶奶。小蕾在学校的成绩越来越好，不久就当上了班级学习委员。后来接触到小蕾的叔叔阿姨们都说她是个阳光、开朗、爱笑的女孩子。

大专的最后一学期，刚开学不久的一天，小蕾收到了戎爸爸的两件礼物，打开一看，是一条金项链和一只金戒指，小蕾莫名其妙，捂着嘴笑道，这个礼物不适合学生吧？戎爸爸却严肃地说：不，正合适现在的你。你就快要毕业了，无论是走上社会还是去异地继续念书，认识的异性会越来越多，遇到的殷勤也会越来越多，以前我跟你说过在校期间不准早恋，你做到了！这也许是因为我在你身边，你有所顾忌。但现在你越来越大了，要独立生活了，你涉世不深，我担心别人的三言两语、三瓜俩枣就让你误以为遇到真情，我担心你吃亏上当。都说姑娘要富养才不会贪小便宜上大当，你虽然没有被富养，但也是我和你"太阳雨"的爸爸妈妈们的宝贝女儿啊！

小蕾的眼圈红了，乖巧地让戎爸爸给她戴上了项链和戒指。

时光荏苒，完成了大专3年学业的小蕾在学校打电话给戎根喜："爸爸，我毕业了。"这声爸爸叫得无比自然，叫得理所当然。她告诉爸爸她想工作了！专升本需要再花1.2万元，她不想再接受扶助了，她想自食其力！她还要把这个决定告诉"太阳雨"的其他爸爸妈妈。

但是，爸妈们不同意！像所有的父母一样，他们希望孩子继续读书，能拿到本科文凭。他们说：你不要想钱的事，你只需要好好读书。第一次，长大了的女儿要按自己的意愿做事了，他们争执不下。最后，还是学校老师出面说可以边工作边完成本科学业的，于是皆大欢喜。

四

朱峻松提议为小蕾举办一场特殊的毕业典礼，于是出现了开头那一幕。

毕业典礼上，小蕾接受了"太阳雨"最后1.2万元的帮助，接受了"太阳雨"为她准备的一本厚重的相册。这本名为《爱，与小蕾同行》的相册里，近百张照片真实记录了"太阳雨"团队与小蕾相识、结缘、同行以及小蕾参加各种活动的经历。

小蕾手捧这本沉甸甸的相册，任由泪水在脸上流淌。在典礼的最后环节，小蕾对大家说：今天既是个句号又是一个逗号，5年前爸爸妈妈们用爱埋在我心里的种子，今天就要发芽——请"太阳雨"接受我加入其中，请允许我由一名受助者成为一名爱心姐姐。

一个月后，小蕾从第一个月的工资里拿出1000元，成了"太阳雨""N+1"协议中 N 里的一分子,终于,她也成了那只她不愿放开的"手",那只散发着太阳的光和热的"手"了。

转眼到了 2021 年,小蕾不仅有了一份稳定的工作,还顺利拿到了南师大旅游管理的本科文凭和学士学位,如今的她在扬州靠自己挣得的钱租了两室一厅的廉租房,还把年迈的爷爷奶奶接来跟自己同住,爷爷奶奶逢人就会大声说,现在这日子多亏了"太阳雨"哦!

曾有人让小蕾用一句话描述"太阳雨",小蕾沉吟了一会儿说:好比在一个潮湿的环境里,有人给你盖上一床刚刚经过太阳照晒的被子,从那被子上你会闻到太阳的味道,这味道,就是我心中的"太阳雨"!

【背景资料】

"太阳雨"女孩:小蕾。

"太阳雨"志愿者:戎根喜、夏正芳、吕荣超、蒋丽莉、孙晓萍、张坚、张群、王晓波、丁悦、倪慧、杨飏、王仁良、房士林、胡涛、朱美淳、周冬梅等。

小蕾目前状况:取得南师大旅游管理本科学历和学士学位,现在扬州市广陵新城某国企工作。

迟到的新生

一

2019年暑假,一辆去往北京的大巴车上,小云安静地看着路边不断倒退的景物发呆。她的位置并不靠窗,所以目之所及,能看到的景象很是有限。

19岁的小云来自江苏高邮一个偏僻的乡村,大概是缺少营养的原因,她看上去非常瘦小。这次去北京,不是因为暑期放假父母要带她外出旅游,也不是因为她考上了大学,要独自外出放飞一下自我,而是为了更加坚定自己的选择,让自己不再有反悔的余地——去北京打工!以此了断对朝思暮想的大学生活的向往。

15个小时的车程,让她距离自己的家乡越来越远,让她距离自己的内心也越来越远,但她没有一丝抱怨的情绪。

小云的亲生母亲是云南人,经人介绍嫁到了高邮甘垛镇的一个小村庄,不久便生下了小云。小云10个月大时,母亲在一个下午外出后就再也没有回来,据说是回了云南老家。8年后,小云的父亲再婚,后来,小云有了一个同父异母的弟弟。小云对亲生母亲没有印象,便将继母视为亲生母亲,跟比她小9岁的弟弟特别要好。

偏僻的小村庄如果哪家出了一个大学生,人们便会羡慕地说:真是"鸡窝里飞出了金凤凰啊"!可是当小云突然成了这样的金凤凰时,父母并没有觉得蓬荜生辉，那表情仿佛在说：最担心的事还是发生了。

是啊，一学年1.5万元，再加上伙食费、住宿费和其他杂费，小云家实在拿不出这笔钱来。母亲看着默不作声的父亲，试探性地说："听人说常州大学怀德学院是民办二本，学费高不说，上出来也没什么用。"

父亲仍然默不作声。父亲身体不好，不能干重活，也挣不了多少钱，一家人的生活要靠母亲的精打细算，所以这个家基本上是母亲当着。

母亲又看了看弟弟，叹了一口气。弟弟紧靠姐姐小云坐着。

小云其实是很少回这个家的，初中以后她基本上都是和爷爷奶奶蜗居在一条废弃的水泥船上，初中直至高中的学费，都由爷爷奶奶从微薄的收入中抠出来提供。

母亲提高嗓门，好像突然想起一件事来："我有个亲戚在北京打工，现在基本稳定了，上次还说可以带云丫头出去见见世面的呢……小云，你愿意去北京打工吗？"又一片寂静之后，小云点了点头。

假如心碎有声音，应该全世界都会听得到的吧?!

小云打工的单位位居北京四环，单位提供住宿，工资一个月3000元，高中学历即可。引荐她来的亲戚心里多少是有些同情小云的，她帮小云分析道：这边单位工作环境还可以，你可以一边挣钱一边自学，然后上成人自考大学。小云点点头没说话，初来乍到，她还考虑不了这些。

工作第一天，小云很想家很想爷爷奶奶，第二天、第三天好像越来越想家想爷爷奶奶了。她不知道自己能不能适应这里的工作，也不知道在集体宿舍里如何合理安排学习的时间……一想到学习就想起那张大学录取通知书，心里就隐隐地痛。

这天下班后，小云接到一个陌生的电话，对方自我介绍说是甘垛镇的妇联主席朱小梅。朱主席告诉她，如果想上学的话，妇联可以想办法帮助她。她一激动立刻回话说："想！"

这一夜，小云彻夜未眠。

原来小云的爷爷奶奶在小云离开后也是吃不香睡不好，想到宝贝孙女红红的眼圈，他们就觉得特别难受，孩子越是不抱怨，越是戳心般的难受。他们找到村支书李长德，求他千万想想办法帮帮他们的孙女。村支书二话不说当即电话联系了朱主席。

二

小云的情况还是有些特殊的。因为：第一她有父有母，父母虽身体不太好，但未致残；第二年龄上她已超过 18 周岁，虽然还在妇联的帮扶范围内，但不太符合一些爱心人士愿意帮扶的条件。所以，当朱主席联系了好几个熟悉的志愿者组织时，都被婉拒了，志愿者们都表示希望帮扶更困难一些的孩子。

距离开学报名的截止日期已经很近了，就在朱主席暗暗有些着急，但仍然在努力寻找可以一对一帮扶的志愿者时，小云从北京打来电话："谢谢朱主席的好意，我还是不去上学了，我想了一夜，还是不想因为我的上学给家人带来太大的压力。"

"小云，你听我说，我们都不要放弃，我们再努力一下，再争取一下……你再好好想想，等我电话好吗？"朱主席劝说着鼓励着小云，同时也在鼓励着自己。

接连两三天，朱主席先后接到村支书和小云分别打来的几次电话，针对小云的上学问题，爷爷奶奶和小云一样，一会儿说想上，一会儿说家里实在困难还是不上了。总之，所有人都心知肚明，其实就是钱的问题。

朱主席联系相关人士的进展，也随着这些不确定的决定忽推进忽停止。直到9月6日,距离开学报名的截止日期还有一天,小云又打来电话说:"我第二天就回去,我想上学!请朱主席帮帮我!""好!好!"朱主席热情回应着,放下电话,却双手撑住了额头,该联系谁呢?

9月7日下午,小云、朱主席、村支书的心都开始下沉,报名的截止日期到了,小云的学杂费还是没有下落。就在这时,朱主席接到了扬州"太阳雨"召集人朱峻松的电话,邀请朱主席参加9月8日的高邮市"太阳雨"志愿者协会成立大会。朱主席激动起来,是啊,怎么没想到"太阳雨"呢?怎么没想到朱峻松呢?"太阳雨"真是及时雨啊!

朱主席与朱峻松是在一次扬州市妇联召开的关爱困境儿童的会议上认识的。众所周知,甘垛镇在高邮是一个相对落后的小镇,在那次会议上,朱峻松主动和朱主席加了微信,同年,"太阳雨"志愿者就与甘垛镇的6名困境儿童进行了结对帮扶,解决了他们的上学问题。

大概也是因为小云的年龄、家庭条件和地域等问题吧,朱主席也没往扬州"太阳雨"那边想,一直在找甘垛镇附近的志愿者。

9月8日,当高邮"太阳雨"协会的成立仪式结束时已到了午饭时间,在大家正准备围桌吃饭时,心神不宁的朱主席立刻找到朱峻松说:今天这个协会成立得太是时候了,我恰好有件事要向你们求助。

听了朱主席简单的情况介绍后,朱峻松饭也不吃了,立刻带着两名志愿者和朱主席一起驱车前往甘垛。由于时间紧迫,一路上,他们边商讨边布置边执行,由朱主席电话通知村支书李长德、小云和小云的家人,通知他们马上上门家访并进行现场办公。

得到消息的小云奶奶激动地念叨:"上面来人了,上面来人了!"小云和奶奶一样激动,麻利地烧好水倒好茶后,一路小跑到村口去迎接"上面来的人"。虽然等了好久才接到来人,但她望向他们的眼睛一直忽闪忽闪地放着光,她的迫切、她的渴望都写在了脸上。

刚到小云家,一行人还未坐定,朱峻松就问小云,你想上这个大学吗?小云坚定地点头说:"想!"朱峻松说了声:"好!"立马请朱主席即刻以镇妇联的名义联系学校相关部门,说明学生实际情况,请求学校允许学生小云推迟两天去报到。

得到校方同意的答复后,三方代表开始现场办公:朱小梅、李长德代表镇妇联和村里;朱峻松等三名志愿者代表"太阳雨"团队;小云的父母推说家里有事不便到场,家长由奶奶全权代表。会上,针对小云家里的实际情况和奶奶提供的收入来源,大家分析出小云家供她上学只是吃力,而不是完全没有能力。也就是说在小云上大学的问题上,她的父母是有能力提供一定的资金的。为了让她的父母承担起必要的责任和义务,由"太阳雨"团队起草了一份协议,主要内容为:小云的学费由三个部分组成——父母每年出资 1.5 万元,其他费用由村里及政府出一部分,剩余所有费用皆有"太阳雨"承担。同时还制定了牵制条款:如果父母方资金不到位,"太阳雨"则停止资助。他们当场通过电话对小云父母进行了晓之以理动之以情的劝说,终于让小云父母明确表示了同意,答应次日会去镇政府签字。

朱峻松事后私下说,其实如果父母实在拿不出钱来,"太阳雨"也不会停止资助,但"太阳雨"的资助不能滋长家庭推卸应尽责任和义务的风气。

三

9 日傍晚,"太阳雨"团队发出爱心募集令,成立"太阳雨"小云帮扶组,采用 N+1 的形式对小云进行圆梦助学。募集得到"太阳雨"志愿者快速响应,原小蕾帮扶组的戎根喜、丁悦、王仁良、吕荣超、倪慧等率先报名。刘桂春、高洁、肖虎、戚玉霞、王晓梅、王洪海、陆子婕、冷松、吴正龙、刘原、叶正萍等迅速加入。特别感人的是，曾有过同样经历、刚参加工作的小蕾，硬是从为数不多的收入中挤出1000元来帮助小云妹妹，从一名受助者也成了一名帮扶者。

短短3个小时便筹足了小云第一年的学费和生活费用。

10日上午，"太阳雨"高邮服务队的2名志愿者，主动自驾来到甘垛，在镇妇联朱主席的陪同下，送小云到常州大学报到；扬州"太阳雨"团队3名志愿者带着新置办的行李箱，也早早在学校大门口等候小云的到来。

看到美丽的校园和热情的爱心爸妈，小云十分激动，喜极而泣，在学校迎新宣传牌前通过朱峻松的相机留下了最灿烂的微笑。

志愿者们为小云办理了报到手续，缴纳了学习费用，整理了宿舍床位。靖江志愿者孙银杰还特别宴请大家品尝美味午餐。

临别时，小云带着爱心爸妈们的嘱咐，依依不舍地与大家一一拥抱、鞠躬致谢。这天，常州大学欢迎新生的横幅也和这名迟到了两天的新生一样，显得格外喜气洋洋。

【背景资料】

"太阳雨"女孩：小云。

"太阳雨"志愿者：郑蕾、丁悦、王仁良、吕荣超、倪慧、刘桂春、高洁、肖虎、戚玉霞、王晓梅、王洪海、陆子婕、冷松、吴正龙、刘原、叶正萍、戎根喜。

小云目前状况：2023年毕业于常州大学怀德学院本科，目前在南京某公司工作。

幸运的"事实孤儿"

一

志愿者们第一次听说事实孤儿，是在接触到了小红、小康姐弟俩之后。他们的父亲在一次车祸中不幸丧生，而母亲患有精神疾病，长年住在医院。事实孤儿就是指像小红、小康这样有父亲或母亲，却事实上无人照料的孩子。

父亲去世那年，好心的姑妈义无反顾地将无依无靠的6岁姐姐和4岁弟弟领回家中抚养，而姑妈一家也是靠打短工挣钱维生的，经济上并不富裕。一开始，姑父虽有些怨言却也从心底里可怜姐弟俩的遭遇，日子就这样磕磕绊绊地过了三年。终于，结怨还是在某一天的晚上爆发了。

那天他们的儿子相亲再次失败，女方回话给媒人说他家孩子太多，负担太重。那晚，姑父和姑妈吵得很凶，姑父甚至以离婚相逼……但是，总不能真的对孩子不闻不问不管不顾，姑姑心里清楚，姑父的吵架也只是发泄发泄。她和他一样爱自己的儿子，儿子恋爱不顺，她也一样揪心，但是，该怎么办呢？又能怎么办呢！

别别扭扭的日子就这样又过去了两年，小红小康姐弟俩已经分别是五年级和三年级的小学生了。有一天，小红的数学老师孙兴把姐弟俩的情况告诉了好友朱峻松，立刻引起了朱峻松的重视。

在例行核查家访中,"太阳雨"志愿者、华电扬州发电公司的员工王兵被小红姑妈对孩子的亲情所感动,当即决定和这对姐弟签订1+1帮扶协议。他要带他们走进"太阳雨",让他们感受到人间更多的真情。

两个月后,在王兵带着姐弟俩首次参加"太阳雨"一年一度的冬令营活动中,姐弟俩遇到了生命中的另一个"贵人"——张爱君。长相俊美的张爱君初见小红时,就觉得这孩子长得跟自己有些相似,很有眼缘,于是就"横刀夺爱"非要和小红结成1+1帮扶对子,王兵自然是不肯。"官司"打到了朱峻松那里,朱峻松说,何不来个全家福——父母双全、儿女成对?三人捧掌大笑,小红姐弟俩乖巧地叫了声王爸爸、张妈妈。

二

张妈妈对姐弟俩疼爱有加,不仅吃的穿的尽力供应,还帮漂亮的小红姑娘报了古筝班和舞蹈班,每个周末都要到学校、培训班去接送,忙得不亦乐乎,惹得已成年的亲生儿子都有了醋意:既担心老妈的身体,又不甘母爱被分享。张妈妈先是晓之以理动之以情,后来干脆把儿子也拉入了帮扶队伍,让儿子认了弟弟妹妹。忽然成了大哥的张妈妈的儿子立刻感到了重任在肩,于是隔三岔五,他也成了弟弟妹妹们的专职司机。

生活在幸福中的孩子们脸色渐渐红润起来,身为母亲的张妈妈却想到了另一位母亲,那位长年住在精神病院的母亲,那位忽而清醒忽而迷糊的母亲。经过和朱峻松、王兵以及其他志愿者商量,他们决定带孩子们去见见妈妈。"尊前慈母在,儿女不觉寒",他们要让孩子懂得知恩感恩不忘娘恩。

那天,姐弟俩被打扮一新。

当孩子们走进医院大门穿过草坪在会客室站在母亲面前的那一刻，巨大的惊喜使得母亲异常清醒，母子仨抱头痛哭。涕泪纵横之后便是母亲表达了对"太阳雨"的无尽感激。

此后，每个寒暑假他们都会带姐弟俩去见自己的妈妈，他们的妈妈在医院也有了盼头。医护人员都说，现在病人的状况比以前好多了。

三

随着孩子年龄的越来越大，姐弟俩同住在姑妈家狭小的单间里已不太合适，张妈妈就把小红带回了自己的家。看着漂亮懂事成绩不错的小姑娘，张妈妈是越看越欢喜，不知不觉中便启动了宠女模式，是走到哪儿带到哪儿，看到啥好东西都想给孩子买一些，不知情的还真以为她们是亲母女呢！

张妈妈忘不了第一次带小红去南京游玩时，小红的紧张和惊奇；忘不了第一次带小红参加自己公司的年会时，小红的快乐和激动……当小红全身心地感受外面的世界时，张妈妈寸步不离地感受着小红的感受，她好想把她这个年龄应该拥有的一切都给她，虽然她也不知道这个"应该拥有"究竟是多少。

然而旁观者清，有一天，朋友跟张妈妈说，你这样会把好好的孩子给宠坏了的！张妈妈一愣，心里咯噔了一下。

适逢小红小升初，朱峻松就出现的问题苗头和张爱君、王兵进行了一次认真而严肃的探讨。十年树木百年树人，他们也听说过有些羽翼下成长的孩子会对周围的人和事越来越淡漠，同时还会把所有人对自己的关爱当作理所当然，认为是老天对自己命运不公的一种补偿。他们自然不能让"太阳雨"帮扶的孩子成为这样的人。

张妈妈检讨了一下自己，一旦把宠爱变成了溺爱，那岂不是用另一种方式伤害了孩子?!

小红上初中后,"太阳雨"的爸爸妈妈们决定让孩子住校,避免之前担心的情况发生。希望她在成长的过程中学会与各种人相处,学会能力范围内的自食其力。朱峻松、王兵爸爸和张爱君妈妈除了承担所有住校期间的费用外,更加注重对两个孩子进行理念上的引导和言行上的规范了。他们带孩子去旅游看大海,鼓励孩子参加经典诵读大赛,带孩子看望烈属陈奶奶并表演节目……渐渐地,孩子在各种社会活动中越来越成熟,把注意力全部集中在了学习上。没有出现过任何攀比现象。爸爸妈妈们看在眼里喜在心头。

四

2020年6月,中考在即。在一次家校沟通会前,老师通知家长,让他们给自己的孩子写一封信,然后在会前悄悄塞进孩子们的书包里。

当沟通会开到一半时,老师说:孩子们,在你们的书包里,有你们的父母给你们的一份惊喜、也是一份期待,现在你们可以把它拿出来看了……老师话音未落,孩子们便"啊"的一声惊呼着去翻自己的书包。

只有小红犹豫着,不自觉地伸向书包的手,迟疑着。作为住校生,她知道,王爸爸和张妈妈昨晚并没有机会碰到自己的书包。

然而,她还是慢慢拉开了书包——假装一下,和同学们动作一致,也不至于让人发现她什么都没有,她心想。但仅一眼,她就看见了最上面的那个灰色信封。是的,和所有同学一样,她也收到了一封信,一封来自爸爸妈妈的信!她迅速打开信:

"小红:丫头,时间过得真快,一晃三年,你都要参加中考了……"信中没有客套,没有敷衍,一字一句都是父母对孩子中肯的建议和殷切的关爱。小红自己平时能感觉到的和没感觉到的优缺点都让王爸爸和张妈妈给指了出来,哪里需要改进哪里值得表扬,都在两张信纸上写得满满的，小红的眼眶热了又热。

中考，小红被第二志愿的学校录取，姐弟俩的资助者也新增了志愿者高莉和俞劲松。

小红对自己的中考分数很不满意，暗暗给自己制订了学习计划。高中期间，成绩突飞猛进，年年被评为校"三好学生"，课余时间还辅导弟弟小康，使小康的成绩排名也由原来的班级倒数上升为中等。

五

每年2月27日和11月8日的前三天，王爸爸就开始通知朱峻松和张妈妈了："小红（小康）的生日快到了，今年的庆生活动安排在某某饭店。"他们的生日于王爸爸而言，仿佛从来不需要想起，因为永远也不会忘记……就这样，7年不重样的庆生活动过去了。

2022年的庆生活动被王爸爸早早地安排在了扬州一家香辣蟹火锅店，原因仍然是"丫头喜欢吃的"。

这次饭桌上的话题更多的是围绕不要紧张，正常发挥就好，等等。原来小红要升高三了！日子过得真快，一眨眼都快满8年了，朱峻松边给他们拍照边感慨道。

像所有家有考生的父母一样，内心其实比孩子还紧张的王爸爸张妈妈一边这样安慰她，一边无形中制造着紧张气氛。小红一边吃一边微微笑答应着。在一起相处8年了，爸爸妈妈的心她是完全了解的，年年都是三好学生的她已经是大姑娘了，她有了自己的思想，有了自己的主见，但她依然很享受王爸爸张妈妈这样故作坦然故作镇静的担忧。

当爸爸妈妈小心翼翼地问她有没有今后的打算时，她才垂下眼帘说有，她搂过弟弟轻声说：等我考上大学再有了工作之后，我和弟弟就要……接妈妈回家。

王爸爸和张妈妈听了,红着眼睛一人搂过一个孩子,在朱峻松的镜头里,一起吹灭了小红 18 岁的生日蜡烛。

其实小红还有一个愿望,因为弟弟小康在场,她才没有说。姑姑前几天跟她聊到小康时说:"以小康现在的成绩,今年估计是考不上高中了。既然不是学习的料,初中毕业后就让他去打工吧。"语气中充满了对小康的失望。

对于弟弟,小红总是没来由地有些愧疚,总觉得是自己没把弟弟照顾好、教好。弟弟从小就没心没肺地喜欢调皮捣蛋,性格似乎是外向型的,但随着年龄的增长,随着他对自己家境逐步清晰的认识,他变得越来越敏感、越来越内向了。从外表看,用姑姑的话说"倒是越来越听话了",而小康则调侃说自己是越来越"社恐"了。然而知弟莫若姐,小红知道,那其实是"自卑"。

同样都在接受"太阳雨"的帮扶,姐姐的进步犹如脚踏楼梯——步步高;弟弟呢,也是脚踏楼梯,却是步步坎——成绩始终上不去。

也许姑姑说得对,小康真的不是学习的料吧?小红无奈地想着。

小红的另一个愿望就是希望弟弟能顺顺利利地考上高中继续学习。他们这样的家庭,学习是改变命运的唯一出路吧?一路不通路路不通。越是接近中考,小红就越是心事重重。

六

终于,中考结束了。成绩还没出来,小康就难得主动地找到姑姑,跟姑姑说他想出去打工挣钱。一个初中毕业生能挣到多少钱呢?姑姑心里想着,叹了口气,答应了。姑父问:"不跟'太阳雨'的人商量商量吗?"姑姑摇摇头,背地里跟姑父说:"这个不争气的孩子如果能早点出来工作,其实也是减轻了'太阳雨'的负担呢,这样上高中、上大学的帮扶费都省了,想来'太阳雨'是不会有意见的。"姑姑是有权做这个决定的，毕竟孩子都是她一手带大的，爱恨都如亲妈一般。

但是，很意外地，小康居然收到了录取通知书。

通知书是朱峻松和王爸爸、张妈妈一起送过来的，学校是扬州技师学院。原来"太阳雨"对每个帮扶孩子的情况都了如指掌，他们怎么可能落下小康不管了呢？针对小康的成绩和个性，他们帮他连学校带专业都挑选好了——专业就是机器人电焊，他们经过多方调查了解到这个专业的就业前景很好。

姑姑听不懂什么机器人电焊，有点蒙，但听说还要再上五年声调就高了起来："再上5年，再上5年成绩就能好了吗？万一不能毕业那不还得赔上五年的学费和生活费吗，怎么好意思再让'太阳雨'做无意义的破费呢？"

王兵解释说："一个初中毕业生，没有一技之长，以后靠什么养活自己呢？出去打工你们真的放心吗？我们助学这么多年，像小康这样的孩子也不是一个啊。成绩不是唯一的出路，我们'太阳雨'助学，助的不仅是文化成绩，还有技能学习。条条大路通罗马，我们不会轻易阻断一个孩子的学习之路。"小康在一边则面露惊喜，等不及地连连说："我要去我要去！"

距离开学还有两个月，朱峻松安排小康去一个饭店实习，锻炼他在陌生环境里跟陌生人打交道的能力，为他"社恐"性格的改变提前打下基础。

很奇怪地，小康的"社恐"症状不久好像就"不治而愈"了。他悄悄跟姐姐小红说："姐，我听说那个技能学成之后，有好多学长已被高薪聘用了。以后呢，妈妈和你由我来养！"

后续：

2023年9月5日晚，"太阳雨"蒲公英助学志愿服务队小红帮扶组成员在邗江区为"金榜题名"的小红同学举办祝福宴。"太阳雨"

志愿者团队向小红发放了"太阳雨"奖学金5000元。帮扶组向小红同学赠送了手机、鲜花以及大学期间第一个月的生活补贴1500元（以后每月1500元，7、8月除外，以此鼓励受助学生勤工俭学）。

9月7日上午，小红被授予扬州市"春蕾计划·励志女孩"的称号，并获得市妇联和翔宇妇女儿童基金会"励志女孩"项目3000元的助学金。

发布会上，小红深情地说："今年，是我接受资助和帮扶的第9个年头，我考上了大学本科，虽然考分不算高，但爱心爸妈们仍然给了我充分的鼓励，并计划好了我大学期间的学费和生活费。在此，我特别感谢我的爱心爸爸妈妈：张爱君、王兵、朱峻松、高莉、俞劲松，是你们的爱让我们看到了光明和远方！让'太阳雨'成了我和弟弟梦开始的地方。我们一定要加倍努力回馈社会，把爱接续传递。大学期间，我将用知识改变命运，用行动向团组织和党组织靠拢，再以微光回馈社会。"

2024年小红先后荣获国家奖学金以及学院"学习标兵""三好学生""优秀志愿者"等多个奖项。

【背景资料】

"太阳雨"孩子：小红和小康。

"太阳雨"志愿者：张爱君、王兵、朱峻松、高莉、俞劲松、闵红霞、徐文静、朱静、曹威、蒋帆。

小红目前状况：就读于江西财经大学。

爷爷奶奶的"雅愿"

一

小雅与她的房爸爸第一次有意见分歧是在小雅中专刚毕业那会儿。因为小雅学的是护理专业且成绩优异,而房爸爸的一位老朋友是某医疗机构的负责人,可以推荐小雅去相关医院就业。据房爸爸了解,到公办医院就业的护士须持有本科及以上学历文凭,小雅是中专,只能到民办医院或康养中心之类的单位就业,即便读了大专也一样。所以房爸爸的意思是让小雅早点工作,一来减轻家里爷爷奶奶的负担,二来机会难得,错过,很难再有。

但小雅说,在学校这两年只是学习了心肺复苏、铺床等理论层面的东西。打针等实操性的技能学校都没有教过,跟专业相关的证书目前也没有资格考,如果现在就上班,心里特别没把握没底气,所以还想再上两年大专,学习并掌握相关的实际操作技能。

当然,房爸爸知道,小雅的事必须由她自己与她爷爷奶奶商量来决定,更何况对她来说,想学习是难得的好事。看着眼前这个思路清晰、说话伶牙俐齿、有条有理的小丫头,房教授忽然笑了,想起8年前他第一次看到她时的样子。

因为与"太阳雨"总召集人朱峻松志趣相投且交往日渐频繁,扬州大学旅游烹饪学院工会主席房士林副教授在得知朱峻松已经坚持志愿服务多年,并开展了无数次影响较大的公益活动后,决定加入"太阳雨"团队。

经过半年的观察和了解,太多真实的事例和真切的感动使他确认了这是一个阳光的团队,一个温暖的平台。特别是在"助学圆梦"这一方面给了他很大的触动——"太阳雨"团队不仅会有计划地帮助那些贫困孩子完成学业,在思想教育上也不流于形式,不会只片面地讲大道理,而是针对不同孩子不同的个性和不足之处,有计划地带着他们参加各项社会活动,让他们接触并感受到身边那些充满正能量的人和事,尽最大可能让他们树立相对正确的三观。于是,房教授有了个愿望,希望以1+1的形式结对帮扶一个自己家乡的孩子。

房教授的老家在高邮临泽,虽然离开家乡已经很多年了,但他的目光从未离开过生他养他的地方,他关注着家乡的发展,关注着家乡的变化,也关注着家乡的弱势群体,只是一直未能找到合适的帮扶方式。他把这个愿望告诉了朱峻松。不久,一个文文弱弱的11岁小姑娘被临泽关工委推荐到了他的面前。姑娘名叫小雅。

二

小雅打记事时起,印象中的父亲就是看病、住院、吃药、走路带喘,大概到她9岁时,家里直接买了氧气瓶为父亲续命。一年后,父亲在病痛中离世。

长大后她才知道,父亲得的是蜂窝肾,有遗传因素。母亲是在她5岁那年离家出走的,她的脑海中不记得母亲的样子。父亲去世后,家里就只剩下了小雅、爷爷和奶奶。

小雅的爷爷奶奶虽然一直生活在农村,是不会识文断字的农民,但他们对小孩教育这一块非常重视,他们的心愿就是能把孙女培养成"文化人",以后吃"文化饭"。小雅的名字便是暗合了他们的愿望,只是这种"雅愿"他们从不对外人说,他们害怕被别人笑话。

看着已经上到五年级的小雅,他们很是发愁,小雅成绩不算好,他们却无能为力。老两口每年靠辛苦卖菜、打零工挣得的1万元左右的收入,供她上学已是难以为继,更不可能请家教或上补习班;在为人处世上,老两口虽然严于律己,谨言慎行,但仍然怕教不好自己的孙女。他们一直希望有个"文化人"能教教孙女带带孙女。自从父亲去世后,小雅越发害怕见人,害怕说话了。说不清是天生内向还是环境导致。

小雅家和房教授在老家的住处很近,同在临泽镇西安村,可谓摇手可见的那种。

爷爷奶奶见到房士林和朱峻松的时候,恨不能给他们跪下,连连表明心迹,生怕被人嫌弃一般:"其实我们家也不是太穷,孩子只要能把'学'给坚持上下去,我们有钱负担孩子的学费,我们一年的收入也有1万多呢……我们就想把孩子培养出来,能交给你们真是太好了。"他们的"不穷论"让房教授和朱峻松的鼻子一酸。

房士林和他们家签1+1结对协议时,看着一脸和气的房教授,爷爷奶奶高兴得合不拢嘴:以后我们就是一家人了!我们家有文化人了!

三

小雅仍然不爱讲话,害怕跟任何人打交道,从不主动跟包括房教授在内的任何人联络。

房爸爸多次跟小雅促膝谈心,跟她讲参加学校各项活动的重要性。从小学五年级到初中3年,房教授带她参加过"太阳雨"举办的冬令营、夏令营,参加过由"太阳雨"主办的关爱烈属家庭活动,参加过扬州古运河健康徒步走挑战赛……每当班级换了新的班主任，房爸爸都会悄悄联系班主任，请老师有意识地培养小雅参加集体活动的兴趣。渐渐地，见过"大场面"的小雅不再人前人后缩手缩脚的了，她开始变得爱笑爱交朋友，开始主动叫"房爸爸"了，还主动帮爷爷奶奶做起家务来……

小雅一点一滴的变化，爷爷奶奶他们真是看在眼里喜在心头，对房爸爸和"太阳雨"的感激之情也是溢于言表。房爸爸每次回老家，第一站必是带东西去小雅家看看。令人奇怪的是奶奶总能在第一时间老远就会看见房教授的车，然后转身去地里摘菜：韭菜、青菜、萝卜等等。等房教授一到，便拎着这些菜塞满车子后备厢，硬是让房教授带走，常常把房教授弄得很不好意思。小雅在摘菜的过程中也是一蹦一跳地积极得不得了——用衣服兜着，用手捧着，生怕房爸爸不肯拿不肯带。房教授能明显感觉到她的懂事和真心。

奶奶说：这些菜都是我亲手种的，你们城里人哪里能买到这么新鲜的菜呢？

吓得房爸爸后来回老家都变成"突袭性"的了——突然去又很快回，让奶奶来不及去田里摘菜。即使这样，爷爷奶奶也会在他每次到来时在家翻箱倒柜地找，哪怕找出几个鸡蛋来也是硬要揣给他，让他带走。"太实诚了！太实诚了！"——这是房士林教授只要提到爷爷奶奶都要加上的评语。

四

但是小雅的成绩依然不理想，学习中遇到不懂的问题她不敢问老师，也不敢打扰远在扬州的房爸爸。转眼就初中毕业了，意料中地，她没考上高中。

其实，在中考前，房教授就针对小雅的情况与朱峻松进行过探讨，并且提前定下了预案。房教授说:"小雅是个好孩子,我不能眼看她初中毕业就辍学去打工,如果有可能我要把她带到扬州带到身边来上学,尽可能地在生活上和学习上近距离地帮助到她。"

经过多方打听,他们为小雅选择了扬州生活科技学校的护理专业。他们预估凭小雅的中考成绩应该可以上这所学校。房教授分析道:专业学校,只要选好专业,跟之前的基础学科成绩好坏关系不大,完全可以通过好好学习顺利毕业、顺利就业。经过再三商讨,他们决定不告诉小雅,要先看看小雅对自己的今后有什么打算。因为"我要学"和"要我学"两种不同的态度会导致两种完全不同的结果,他们担心着,又期待着。

得知了中考成绩的小雅,终于哭泣着给房爸爸打了电话,开口说了句"对不起,房爸爸……"就说不下去了,房教授心里也不好受,但依然给时间让她哭了好一会儿。等她停止了哭泣,房爸爸试探性地问她:"如果可以选择,打工和继续上学——你会选择哪一个?"小雅心里毫不犹豫地选择了继续上学,但嘴上说不出口,因为成绩在那儿呢,她担心自己学不下去。

房教授说,我先给你分析一下吧……当小雅听到房爸爸说"只要选好专业,跟之前的基础学科成绩好坏关系不大,完全可以通过好好学习顺利毕业、顺利就业"时,小雅立刻说:"我要上学!"

房教授欣慰地笑了。

小雅希望继续读书,"太阳雨"就义不容辞地继续帮扶。依照惯例考虑到女孩子大了,只一个爱心爸爸帮扶肯定有不方便的地方,所以帮扶形式由1+1转换成了4+1:房士林、朱峻松、张群、张黎组成了帮扶小组对小雅进行帮扶。有了两个爱心爸爸、两个爱心妈妈的小雅,写了一篇小文章,标题叫《我对未来充满了期待》,文中写道:

……我初中毕业,在爱心爸爸房士林、朱峻松和爱心妈妈张群、张黎的帮助下，从乡村来到扬州生活科技学校就读护理专业。在开学的当天，爱心爸爸房士林专门从扬州开车来高邮临泽镇接我去学校办理入学手续……开学一个月后，迎来了国庆假期，我也准备回家看望爷爷和奶奶，张黎妈妈担心我不熟悉扬州的交通，便送我去车站。他们还经常在节假日的时候给我打电话，带我去家里吃饭。爱心爸爸妈妈们还一起为我举办了16岁生日庆祝餐会，令我终生难忘。

五

上了中专后的小雅，果然在"太阳雨"的直接帮助下，人生如开了挂一般，不仅成绩在班上名列前茅，还先后两次获得了优秀共青团员和一次优秀团干荣誉称号，在2019年的校技能竞赛中荣获三等奖。

在成绩和荣誉面前，小雅没有骄傲，而是更自信了，更挺拔了，小身材一蹿长到了一米七几，爸爸妈妈们经常开玩笑说，看，这身材就是自信的象征。

小雅对爸爸妈妈们也充满了敬意，逢年过节都主动发去问候。与前几年仿佛"自闭式"的她判若两人。

想到这里，房爸爸不再坚持自己的意见，他对小雅说：也好，爸爸觉得你说得挺有道理。其实很高兴你有自己的主张和见解，只要你想上学，"太阳雨"永远是你坚强的后盾。

2021年10月，小雅如愿考上了南京中山职业技术学院，并在房爸爸和张黎妈妈的专车护送下，来到南京，开启了她的大学生活。全新的大学生活，使她对未来一如既往充满了期待……

她暗暗下定决心，一定要好好珍惜学习的机会，增加自身的竞争力，不是为了让自己与众不同，而是要让自己以全新的面貌服务于这个有爱的社会。

爷爷奶奶每每和邻居们谈及现在的小雅，都忍不住地说：我们家小雅是"太阳雨"的"文化人"带出来的，她以后啊就吃"有文化"的饭喽。

【背景资料】

"太阳雨"女孩：小雅。

"太阳雨"志愿者：房士林、张群、张黎。

小雅目前状况：2024年毕业于南京钟山职业技术学院，现在康复医院担任儿童康复师。

玲玲不是"外星人"

一

有关外星人的科幻片,小孩子们多数是喜欢看的。但是,上小学的玲玲最害怕听到"外星人"这三个字,因为别人在描述她的长相时,很难绕过这三个字。她不仅天生兔唇(医学中称为唇腭裂),还鼻梁塌陷,两眼瞳距超过常人的1.5倍,手指脚趾也有明显的残疾。文绉绉一些的大人们提到她时,会叹口气说这孩儿可怜"是个畸形",调皮一点的孩子则直接大声叫她外星人,以至于她上学的时候,有个小孩竟当她面撇着嘴说:"长得跟个丑八怪一样!长这么丑还好意思来学校上学,要是我的话,都不敢出门!"玲玲听了面无表情,仿佛说的不是她。

其实她心里好想让自己躲起来,但她躲无可躲。她不记得自己的父母长什么样,听村里人说父母是在她出生不久因为不能接受她的长相而相继离家出走的,此后便杳无音信。相依为命的爷爷也在她五六岁时得癌症去世了,现在只有年迈的奶奶在家陪伴她,以扫马路挣得的微薄工资养着她。

爷爷死时,有亲戚来到她们破旧的屋子里跟奶奶提议说,把孩子送孤儿院去吧?!奶奶哭了,一手搂着孩子一手推着那人道:除非我也死喽……

除了早已习惯于别人的侧目,玲玲还牢记奶奶抱着她时望着窗外轻轻说过的一句话：不要跟同学起争执，别人欺负你你就往旁边让让。

很小的时候，她就能分清每一棵大树的前面和后面，可以避开人的那一面永远是后面，是她可以"躲躲"可以"让让"的地方。但小朋友欺负她的时候，大树不在她旁边。

在心里已经把头埋到泥里的玲玲，索性把自己无可躲藏的身体挺直起来，让人看到她无所畏惧的样子，只有她自己知道那其实不是挺直而是绷直。

好在，学校的老师是关爱她的；好在，也偶有小朋友愿意跟她交朋友。老师对她的评价是：这孩子成绩很好，性格很好，很阳光，很积极向上！老师还会批评那些欺负玲玲的孩子。

于是，在玲玲的认知里，老师是世界上最有本事的人，谁也不敢欺负老师。"只要能像老师一样拥有更多的知识和智慧，就没人会瞧不起我！"暗暗地，玲玲立志长大要成为一名有本领的谁都不敢欺负的老师。

可是，镜子里面那个泪流满面的小姑娘在心里问自己：我这个样子能当老师吗？

二

2019年11月，"太阳雨"志愿者李晓莉在走访贫困儿童时，看到三垛镇司徒中心小学的学生中有一个面黄肌瘦的女孩子，身上穿着一件陈旧的成人大衣，脚上穿着一双"张了口"的棉拖鞋，更为突出的是她那非同常人的长相，凭直觉，李晓莉知道这是个更需要关爱的孩子。于是做活动时，她开始有意识地靠近这个孩子，并向老师打听她的情况，这个孩子就是玲玲。

实际上玲玲两岁多的时候曾做过兔唇缝合手术。那年，靠打鱼为生的爷爷，带着借来的1万元钱抱着玲玲跑到医院，求外科医生把玲玲的嘴唇豁口给缝起来，说只要能缝合起来就行。爷爷心里想着，等孙女儿的兔唇缝合好了，吃饭喝汤不往外漏了，说话口齿也清楚了，也许，儿子儿媳就能回来了。但爷爷没想到的是，简单的外科缝合使得玲玲嘴唇因为某根筋拧着竟往外翻了。自此，玲玲的嘴唇换了个形状畸形，爷爷也就放弃了打探儿子儿媳在哪儿的念头。

2020年春节，第一次穿上新衣的10岁的玲玲开心极了，新衣服和很多很多她从没吃过的东西都是志愿者叔叔阿姨们送来的，他们都亲切地称她为"姑娘"。

玲玲的心不再像身体一样绷得紧紧的，开始柔软下来。随着一次又一次的帮扶接触，"太阳雨"成了她心中的家，叔叔阿姨们成了她最亲的人。在一次集体活动中，李晓莉阿姨鼓励孩子们大声说出自己的愿望，轮到玲玲时，她脱口而出："我想变得漂亮！我想成为老师！"李晓莉望着她，若有所思。

在"太阳雨"高邮志愿服务队的年会上，李晓莉在努力为玲玲争取"特别帮扶"，她说：玲玲以后能不能完成心愿去做老师，这个问题我们先不去想，我只希望，今后她能凭自己的本事找到工作，自己养活自己，有口饭吃。目前她的生活态度和学习劲头没有问题，她面临的最大最直观的问题就是她的容貌畸形，几年后面试时没有一个单位会直接说她丑，但真正不计较这样的容貌而录取她的恐怕也微乎其微，长此以往她就有可能产生社交恐惧、自闭、抑郁等心理问题，到那时再怎么帮扶怎么救助怕都为时已晚了。我提议趁她现在还小，大家筹钱帮她做个整容吧……

毕竟是以帮扶救助为己任的团队，进行这样的沟通是很容易达成一致意见的。不久，一项为玲玲整容的"特别帮扶"计划在"太阳雨"内部出台了。

扬州电视台"今日生活"栏目组接到李晓莉的连线，很快报道了玲玲的事。节目播报的第二天，爱心企业来了，爱心商家来了，热心市民来了……他们带来了大包小包吃的、穿的、学的、用的，玲玲家小小的院子很快就被堆满了。

这让李晓莉们和玲玲特别高兴。不过最让他们高兴的是：栏目组请来了苏北医院美容科的专家侯团结主任，就如何改变样貌的问题现场帮玲玲看诊……这一天，热气腾腾的小小院落让玲玲的梦想亮了起来。

侯主任提供了两个参考方案：一是需要做开颅取骨的手术，可以将两眼眶距缩短，这样的手术风险大，要去上海的医院做。结合其他部位的修整，全套手术费20万左右。二是不动骨头的整容手术，就是把眼角动一下，把鼻子弄一下，把旧疤痕修一下，把红唇对齐一下，多种"一下"之后，容貌是可以改善的。这个费用少一点大概5万元左右。侯主任还说，如果选择第二种方案，孩子需要承受的疼痛和风险要小得多。

基于各方面的考虑，在同玲玲以及玲玲奶奶商量后，大家决定选用第二种方案。

三

于是，"太阳雨"高邮志愿服务队将"特别帮扶"计划继续向前推进——找医院、找医生、筹钱。

2021年从深冬到炎夏，李晓莉、俞敦华、王稳林等帮扶小组的成员们，已经不记得联系了多少个人，爬了多少级医院的台阶，宣讲了多少次玲玲的事，终于，南京鼓楼医院整形美容烧伤科的主任医师、研究生导师吴杰，在听了志愿者们的介绍后，为玲玲开通了绿色通道，原本要排上几个月才能做整形手术，被安排在了暑假期间。6月28日住院检查，7月2日的早上第一台手术。得知消息的那一刻，玲玲和

"太阳雨"叔叔阿姨们的心顿时同频共振,无比激动。

关注此事的高邮电视台、基金会、扬州各界好心人士等也纷纷伸出了援手,不久便筹集到了善款3万多元,"太阳雨"志愿者们又为她募捐了2万多元,鼓楼医院还为玲玲申请了基金费,减免了部分医药费。

6月28日上午,由"太阳雨"志愿者陈叶坚开车,将玲玲姑娘及奶奶护送到湖西的郭集,再由王金祥驱车护送至南京,李晓莉则一路陪同。第一次坐长途车的玲玲姑娘渐渐晕车,一个忍不住把呕吐物喷了李晓莉一身,李晓莉第一反应是赶紧站起来安慰玲玲"没关系没关系"。等到了南京,家住南京的王稳林按照事先约定,与护送过来的志愿者一起,陪同玲玲姑娘直奔鼓楼医院,办理手术前的检查手续。

至此,一场由"太阳雨"高邮志愿服务队牵头的"特别帮扶"行动到了最紧要的关头。

术前准备中,玲玲高兴一阵忐忑一阵害怕一阵。为了给她心理安抚,志愿者孙冬青按照大家的提议,悄悄带着她10岁的女儿来到南京,一见面,两个小姑娘就抱在了一起,又跳又笑。

其实,志愿者们的心里又何尝不是突突不安的,那两天他们说话都是提着一口气轻声轻语。

7月2日上午,在手术室的大门紧闭了5个小时后,疲惫的主治医生走出来,对一直守在门口的志愿者们说手术很顺利。本来或蹲或坐或站的志愿者们不约而同地松了一口气,连连说"谢谢医生"。

手术之后的玲玲,嘴型端正了,鼻子挺拔了,脸也拉宽了,口齿说话比原先清楚了许多,她穿上阿姨们特地为她挑选的公主裙,小小身体真正挺直了起来,一举一动都透露着从心底里散发出来的开心。

2022年春节,12岁的玲玲主动给"太阳雨"的叔叔阿姨们拍了一段自唱自跳的视频拜年——听我说谢谢你,因为有你温暖了四季;谢谢你感谢有你,世界更美丽……

原来人的"自信"是会发光的,摆脱了"外星人"的阴影,现在的玲玲就是一朵会轻歌曼舞的太阳花!

【背景资料】

"太阳雨"女孩:玲玲。

"太阳雨"志愿者:李晓莉、俞敦华、王稳林、陈叶坚、王金祥、孙冬青。

玲玲目前状况:初中在读。

刘久英嫁女儿

一

小琴的妈妈如果还在世,如果能看到亲生女儿这场盛大的婚礼,会笑得和我们一样开心吧?坐在台下的"太阳雨"志愿者刘久英头脑里突然冒出这样的想法。

以大红色为主色调的婚礼大厅内,流光溢彩。各种喜庆的灯光按照设定好的方向有序地旋转和闪亮。此时的刘久英手里紧握着两页红色的A4纸,上面写满了她和丈夫给女儿女婿的新婚祝词,以及对女儿的万千叮嘱,心里有些紧张。

如果不是一身精致的礼服和胸花丝带上标志的"母亲"二字,人们应该很难想到如此年轻貌美的女人竟然都有个这么大的女儿了。"好福气啊,这么年轻就要当外公外婆啦!"时不时地,会有朋友笑嘻嘻地走过来送上略带调侃的祝福。

闪亮的婚庆大堂内环绕着浪漫的婚礼乐曲,闪亮的舞台上站着衣着光鲜的新郎和新娘——那是她的女婿和女儿。是的,小琴现在是她的女儿,是他们夫妇抚养了15年的女儿。15年来,她几乎没想到过小琴的生母,更没提起过,她和丈夫早已将小琴视如己出。小琴的学业,小琴的婚嫁,无一不让他们操碎了心。如今,30万元的陪嫁和礼金,以及20万元的其他婚礼费用,风风光光地让小琴做了今天最幸福的新娘。那一声声亲亲热热的"爸""妈",让他们夫妇心甜如蜜、百感交集。但在今天这样的日子里，不知道为什么，刘久英的心里总有一种声音在感慨："要是小琴的亲生母亲能看到这一幕多好！"她没有见过小琴的生母，那个经历了换亲、逃离、自杀的苦命女人，是面临了多大的绝望才会在服毒自杀时一并带走了自己的儿子?！从第一次听说她的故事时起，刘久英就对她产生了无尽的同情，对她遗留在人世间唯一的女儿产生了无尽的怜悯。那年，小琴10岁，上小学四年级。

二

高邮湖西郭集镇是全国最大的灯具生产基地，素有"灯具之乡"之美誉。二十几年前，年轻的刘久英、柏学兵夫妇就在这里经营着一家公司，名为"扬州市迎宾照明电器有限公司"，公司主要生产销售灯具，年产值以千万计算，由于经营有方，在当地颇有名气，算是做到了人生的"三十而立"。

三十而立的刘久英对现状非常满足，房子、车子、儿子……曾经向往的、期盼的，好像都已经拥有了，比上不足比下有余，顺风顺水的日子和和美美。

但三十而立的柏学兵思想似乎更活跃些，人际交往也更频繁些，在满足于生活现状的同时，学会了"小赌怡情"。当然，所谓怡情只是借口，随着生意的越来越红火，赌场的"小来来"也在不知不觉中慢慢变"大"。刘久英看在眼里，急在心里。她知道赌场是个无底洞，赌场是个陷人坑，丈夫若成了赌徒，这个人就毁了，这个家就毁了。她要把丈夫拉回来。苦口婆心的劝说，寻死觅活的吵闹，几次三番，终于，柏学兵说："不赌了不赌了，把赌博的钱用来为社会做点实实在在的事。"

说到做到。从2004年开始，柏学兵夫妇开始资助镇里两个贫困家庭的女孩读书，一切费用他们全包，平时还经常买这买那的送给她们。不久，那个叫曹亮的女孩婉谢了他们的资助，因为她的父母被他们安排到他们公司工作，年收入5万多元，她衣食无忧，上学也就不成问题了。还有个女孩叫李颖，后来转学，没有和他们联系，他们也不知她去了哪儿，对她的资助也就告一段落。

柏学兵、刘久英决定继续资助贫困儿童。就在他们四处打听的时候，说来也巧，一天，市新华人寿负责人李威志与柏学兵、刘久英夫妻在谈保险业务时听说了此事，当即告诉他们，跟他们一湖之隔的高邮司徒镇就有个符合他们帮扶条件的贫困儿童。

三

李威志说的那个孩子就是小琴。

小琴的爸爸从小就有智障，到了成家的年龄也娶不了亲！着急的父母用他的妹妹为他"换"了一门亲事，殊不知这样一来，人世间又多了两个不幸的家庭。

婚后不久，小琴呱呱坠地，但这个新生命的降临并没有给家中带来多少欢乐。在小琴六个月的时候，她的妈妈丢下她离开了这个家，离开了毫无感情可言的丈夫。小琴那"换亲"的姑姑自然也就离开了那个以换得来的"家"。后来，小琴的妈妈又改嫁他人，但生活依然不幸。这个苦命的女人在又生下一个儿子后不久，对人生彻底绝望，她先用农药毒死了自己的亲生儿子，然后服毒自杀。再后来，小琴的爷爷去世，父亲进城打工，做一些简单的活计，所得仅够自己糊口，此后几乎不再回家，家里只剩下小琴和奶奶相依为命。

虽然镇上帮她家翻建了快要坍塌的老屋，但仍然是家徒四壁；偶有好心人接济，学校里还为小琴免除了部分费用，但仍然是一贫如洗。好在小琴从小懂事，上学后勤奋刻苦，成绩在学校一直名列前茅，而且品学兼优，老师和同学们都喜欢她。

2004年的国庆节，小琴家"福星临门"了。这段时间是灯具行业最忙的季节，刘久英夫妇丢下手头繁忙的工作，在镇团委负责人的引领下，走向这个一贫如洗的家。

提前得知消息的奶奶扶门翘首……她实在是太老了，她现在唯一的期望就是找个好人家，把小琴带走好好培养。多年前那被村里人或明或暗加以指责的换亲，不就是为了这点"血脉"！想到这里，奶奶叹了口气。奶奶平日里是个明事理的人，凡事也能说出个子丑寅卯来，但在"换亲"这件事上，她想不通为什么结局会是这个样子。远远地，她看见有好几个人向她家走来，她看不清面孔，但能看出个个衣着光鲜，她的心也鲜亮起来。

在小琴家，当听到年迈的奶奶心酸地说起小琴暑假两个月只吃过两次肉时，刘久英夫妻的眼眶湿润了。柏学兵感慨道，他家里饭菜丰盛可口，零食五花八门，可他的儿子这也不吃，那也不吃，挑食得很。相比较之下，小琴真是太可怜了，下次一定把儿子带来接受教育。刘久英掏出1000元递给奶奶，并郑重向奶奶承诺，从今往后直至孩子工作以前，小琴的一切费用他们全包了。

奶奶的心里依然不太踏实，害怕自己成为别人出钱资助的顾虑，一再说，好人哪，你们把她带走吧，就当成自己家里的孩子养活。

为了打消奶奶的顾虑，刘久英夫妇在交流过程中，就安排好了为奶奶家安装电话以及门口铺路的事，他们要把奶奶家门前那段雨天泥泞、晴天尘土飞扬的土路铺成水泥路，一直铺到跟前一段的水泥路相连。他们对奶奶说，等合适的时候会把孩子接走的。奶奶赶紧让小琴叫爸爸、叫妈妈！小琴忸怩了半天才含混不清地叫了，"哎！""哎！"听到刘久英夫妇爽快地答应了，奶奶这才放下心来。

国庆长假期间，适逢中秋，刘久英夫妻俩买了月饼，买了水果，还给小琴买了一身漂亮衣服。然后带着他们的儿子一起来到了小琴家……那天晚上,小琴在题为《激动的一天》的日记中写道:"今天我很高兴,因为我的妈妈又来看我了……我很想喊一声'妈妈',但是说不出口,心里有一点害怕……"当 10 月 17 日刘久英夫妇第三次来看望她们时,小琴心里已没有了那"一点害怕",她亲热地拉着刘久英的手说"妈妈好"。从此,小琴有了新衣、新鞋、新被,新的爸妈和两个弟弟,一切,从"新"开始。

四

小琴初中的时候,刘久英夫妇把她接到了身边。那时小儿子还小,正处于懵懂的年龄,他们就告诉大儿子说,小琴其实是他们的亲姐姐,因为从小不太听话,所以才把她"送人"了,现在听话了,就把她给接回来了。其实在两年的相处中,姐弟俩的感情已经很好了,听了妈妈的话,弟弟想了想,暗暗庆幸自己还算乖,他向姐姐吐了吐舌头,小琴笑了起来。她知道妈妈为什么这么说,她也知道,这个家就是真的家了。

"女孩子不同于男孩子,不能有半点差池,要慢慢'盘'。既然带在了身边,就跟亲生的再无二样。"这是刘久英的观念。"盘"是高邮方言,调教的意思。"盘"不仅需要在经济上有所付出,更需要在精力上付出更多的关爱,从此,小琴的一言一行都左右了他们的视线。

小琴被"盘"得很好。学习上,不仅有爸爸妈妈"盘",还有在中学当老师的舅舅、舅妈也就是刘久英的弟弟、弟媳"盘",成绩由原先的年级两百多名,很快就进到前五十几名、三十几名,最后稳定在前三五名;在家,有外公外婆也就是刘久英的爸爸妈妈"盘",她上敬老下爱小,从未跟谁有过争吵。在外公生病住院的日子里,为了照顾好外公,她常常一连几天住在医院陪护,不肯回家休息。对在司徒那边的奶奶家，也会不定期回去住上几天，或跟爸爸妈妈一起，买一堆好吃的东西送给奶奶，分别时再硬塞给奶奶一些钱。

三年后，小琴以693的高分考入了高邮重点中学高中部。得知分数的那一刻，全家欢腾。不过不久，小琴听别人说，当年高邮正在招收最后一批五年制免费师范生，属于定向栽培的那种，即毕业后就可参加工作。不得不说这种"定向栽培"对女孩子而言，诱惑力还是蛮大的。是继续读高中还是上师范学校？小琴犹豫了。她征求爸爸、妈妈以及舅舅、舅妈的意见，经过全家人的仔细分析、推敲，从"长远""稳定"的角度考虑，最终一致选择了上师范学校。

在师范学校学习的五年间，小琴不仅拿到了专科文凭，还通过自修拿到了本科文凭。毕业后，顺利成为一名中心小学的英语老师。

从学业完成到工作稳定，再到如今找到如意郎君，小琴的人生在爸爸妈妈的引领下，一路顺畅。

有媒体听闻了他们的家事，便过来采访，希望能听到一些感人至深的事、一些感恩戴德的话语，但是他们回答说没有，自家人在一起过自家的日子，有什么"感人至深"呢？有什么"感恩戴德"呢？妈妈说：付出——那不是应该的吗？无微不至——那不是应该的吗？小琴说：孝顺——那不是应该的吗？善解人意——那不是应该的吗？……她们说着各种"应该"的时候，脸上都笑意盈盈，看得记者忍不住笑道：突然发现你们娘俩长得好像！

五

婚礼上，小琴笑得很开心，像所有的新嫁娘一样，掩饰不住内心的欢喜。当妈妈走上台准备讲话时，小琴依然开心地笑着。妈妈不是一个喜欢将"爱"挂在嘴边的人，在她的心里，妈妈也算是一个干脆利落的女强人了，在这么温情的场合，她想象不出妈妈会讲出什么细腻的话来,便和众人一起笑着等。

刘久英拿出那两张红色的 A4 纸,顿了顿,她从来没有如此激动过,说不出的感觉,但是很强烈,她念道:"亲爱的女儿……"

小琴自己都没想到,妈妈的第一句话就让她的眼泪"哗"地流了出来,说不清是什么原因,只感觉那是从心底最柔软的地方流出的眼泪,她任由它们从眼眶中往外喷涌。

妈妈的声音开始哽咽:

"时间过得好快呀!第一次见面时你还是一个黄毛丫头,可一转眼,你都已经二十六岁了。

"今天是你大喜的日子,此时此刻,爸爸妈妈要对你说的话,有千言万语,想送你的祝福,太多太多……

"我们是天底下最平凡的父母,我们的孩子,也只是天底下最平凡的女儿。我们不奢求太多,只是希望我们的孩子踏上婚姻之路,能满怀感恩,一路平安。

"爸爸妈妈首先希望你有一个健康的身体,有一个美好的未来。

"其次,爸爸妈妈希望你有责任和担当。爸爸妈妈总有一天会老去,不能一直为你遮风挡雨,你也终将担起生活的重担,承担自己的职责,无论是对工作、家庭还是社会,希望你敢于担当……"

长达两页纸的叮嘱,妈妈念得很慢,全都是关于生活中点点滴滴的期许,好像说得再多也总含有不放心的成分。爸爸坐在台下的桌边,单手撑头,一动不动地看着台上的妻子,其实他也早就泪流满面,只是他竭力掩饰着,时不时用贴近脸的手指悄悄地在脸上抹一下。

亲戚朋友中多数是知道他们家的情况的,大家安静地听着,不少人也开始抬手擦拭自己的眼睛,偶尔有人悄悄侧身跟旁边的人说:"真不容易啊!即使是自己的亲生女儿,能做到这样,也是顶天的好了。"

如今，又一个五年过去了，五十岁出头的刘久英夫妇早已当上了外公外婆，和人聊天时，总能聊到宝宝的话题，再顺手发几张宝宝的照片，每一张照片的正中当然都是宝宝，但宝宝的旁边，总会露出外公、外婆或者爸爸、妈妈的脸，每一张脸上都写满了"幸福"二字。

【背景资料】

"太阳雨"女孩：小琴。

"太阳雨"志愿者：刘久英夫妇。

小琴目前状况：工作稳定，家庭幸福。

嘉怡的底气

一

嘉怡从来没觉得自己家"很穷",因为她从没有过挨饿受冻的经历。至于周围女孩子吃的零食、穿的花裙子,她既不比较也不上心。妈妈说她属于"三天不打,上房揭瓦"的假小子性格。

事实上,妈妈是宁愿她能天天上房揭瓦的:"这总比三天两头就要吸喷剂、雾化治疗或住院好吧?唉……"妈妈背地里的叹气声,嘉怡也没有听到过。

嘉怡有先天性哮喘,妈妈对此很愧疚,因为遗传是哮喘的重要发病因素,而女儿的哮喘病因恰恰是源自她。但嘉怡并不在意,因为是先天性的,她已经习惯了和妈妈轮流生病,从小到大,好像不是她病倒就是看着妈妈病倒。爸爸,则是在她还未来得及记住他的样貌时,就因高血压引起的一系列严重并发症病逝了。

有时,小嘉怡问妈妈:"我们不要轮流生病好吗?我们同时生病再同时好,好不好?"妈妈说:"女儿生病的时候,妈妈就不敢生病啦。所以等你好了,妈妈才敢悄悄病一下——天下的妈妈都是这样的。"说完,母女俩便头顶着头咔咔地笑出声来。

小嘉怡在母亲的呵护下一天天成长起来,和其他孩子一样,少年不知愁滋味,调皮时一副欠揍的模样,笑起来又是满室阳光。

直到上高中的某一天，嘉怡听母亲和外婆聊天，无意间发现母亲左边耳朵的耳垂上隐隐有个耳洞，再伸长脖子看看母亲右边的耳垂，也有一个耳洞，便好奇地问："妈妈也戴过耳环吗？妈妈的耳环也是金子做的吗？耳环在哪呢？我怎么从来也没有见过？"面对女儿一连串的问话，妈妈苦笑了一下，没有说话。外婆抬眼看了看妈妈的耳朵。沉声道："你妈妈何止戴过金耳环？结婚时，金项链、金戒指、金手镯——哪样没有啊，哎……"

"妈——"妈妈用眼神制止外婆。

"嘉怡也该知道啦，"外婆没理会妈妈的眼神，继续说道，"嘉怡很快就要上大学了，家里的经济情况也该知道些的。"外婆继而转头对嘉怡说："你爸原本是家里的主劳力，后来他生病住院时，家里的积蓄就基本花光了。再后来你爸丢下你娘俩走了，你们的生活来源就只能靠你妈妈一个人了。

"你妈学历不高啊，高中都没毕业，还有哮喘病，所以打工也挣不了几个钱。再加上你俩的哮喘病也需要反复用药、住院，挣的那几个钱哪够用啊？！所以啊，你妈后来就把她的金银首饰都卖啦。唉……"

屋内，祖孙三代人的眼圈渐渐红了。外婆用左手中指挑起右边的衣袖口擦了擦眼角，轻叹了口气；妈妈用力抿了抿嘴，眼泪，终是没有流出来；嘉怡则眼泪汪汪地看着妈妈，她想起有一天，妈妈的腰疼得都直不起来了，眉头紧蹙，双眼泛着泪光，但还是挪下床硬撑着去上班了。当时真不理解妈妈为什么那么不顾及自己的身体，非要去上班。

原来妈妈一直在竭尽所能让她过"正常"的生活。那一刻，嘉怡忽然明白了妈妈偶尔的"坏脾气"，也第一次为自己日常的调皮、不懂事、惹妈妈生气等开始自责。

她情不自禁地走过去搂着妈妈的头说："妈，等我考上大学，找个好工作，我来挣钱养这个家。"

"好、好，"妈妈轻轻拍了拍女儿，愧疚地说，"你满月时，亲戚送的那把小金锁，是最后卖的……我是真心不想把它给卖了啊。"

尽管如此，当"太阳雨"召集人朱峻松走访到她们家，提出要给她们相应的帮扶时，嘉怡妈还以为遇到了骗子，这是后话。

二

嘉怡对自己小学时的成绩没啥印象，因为那时要么生病要么像男孩子般的顽皮，唯一可以确定的就是考试从来没得到过满分。

上初中后，嘉怡感觉到自己的生活方式和学习态度有了明显变化。准确地说，是妈妈的变化带动了她的变化。不知道妈妈得了什么高人的指点，在不知不觉中，改变了和嘉怡相处的态度和模式，从"管教者"变成了嘉怡的朋友——两人常常聊天说笑，嘉怡会把自己做得好的或者不好的事情全都讲给妈妈听，妈妈一般都是认真倾听，偶尔点评。在学习上也不给她过高要求，即使面临中考时，也没有表现出任何焦虑的情绪。

说来也怪，轻松愉快的家庭氛围反倒激发了嘉怡心中对家庭的一种责任感，她会主动跟妈妈说："不用操心，我会好好学习的。"

但决心是需要用行动去支撑的。

作为初中生的嘉怡，知道自己不能再像小学时那么调皮捣蛋了，但一时又不知道该如何表现，于是有段时间便呈现出一种成长中的迷茫状态，表现出来的便是木讷。

英语是嘉怡初中课程中的弱项。但偏偏，英语老师几乎每堂课都会点名叫嘉怡回答问题。起初，她只木讷一阵、惶恐一阵也就过去了，但面对英语老师每天的"不依不饶"，特别是英语老师当着她的面生气地问班主任"这学生是怎么到这学校里来的"时，嘉怡开始自我反思："难道我不能从这种困境中解脱出来吗？扪心自问，我并不想成为老师眼里不好的学生啊!"

教室的墙上挂着的一条励志标语:应知学问难,在乎点滴勤。那天,嘉怡盯着看了好一会儿。

有志者事竟成。嘉怡利用初中三年的时间,渐渐地,让自己从老师眼里的英语差生变成了英语高分学生,时不时还会拿到满分。嘉怡后来说:"我的英语老师是严厉的,但恰恰是她的这种严厉改变了我。我很感激我的初中英语老师。"

三

只差一分就能考上心仪的重点高中,是高中生嘉怡心里的痛。开学报名后,那种委屈一直郁结在心里,闷闷地难以排解。

但令嘉怡怎么也没想到的是,在第一次年级排名测试中,本以为成绩最起码可做"凤尾鸡头"的她,竟是年级排名第二百多名,班级排名倒数第二。

嘉怡倒吸一口凉气:这当头棒喝来得太及时了!所有的骄傲、所有的委屈都瞬间烟消云散。她及时端正了学习态度,她不允许自己浑浑噩噩下去。她对新阶段的学习几乎有了一种"渴望"。她告诫自己:"要踏实!要努力!要提高!"并将此作为一种座右铭悄悄地写在笔袋里。

在整个高中学习阶段,嘉怡还发现自己多了一项"特长",那就是善于发现同学的优点,并乐于见贤思齐。

无论在学校还是在家里,嘉怡都有大大咧咧,乱塞东西的习惯,书包里的书本和试卷也放得很乱,经常弄得皱皱巴巴。在家经常说的话是:"妈,我上次考的试卷呢?你看到了吗?"在学校则是:"咦,我的笔呢?"

但同桌小敏则同她恰恰相反,每次上完课或者考完试都会把书本、试卷摆放或收拾得整整齐齐，视觉上便可显得很"干净"的样子。嘉怡因此很佩服她，慢慢地，也见样学样变得和小敏一样，做事有条不紊，且有规划有节奏了。直至后来参加工作，嘉怡都会说："我觉得我今天能做到自己比较满意的状态，其实也是因为在小敏身上学到了很多东西。"

相较小学时的调皮、初中时的木讷，高中生嘉怡显得沉稳而自信。而这种沉稳和自信也是她从同学身上学来的闪光点。

当他们还是高一新生时，班主任老师问，有没有人愿意当英语课代表？同学晓雯主动站起来说："我愿意！"于是晓雯便成了英语课代表。其实嘉怡是很喜欢英语的，心里也很愿意当课代表，可是她没有当着全班同学的面站起来说"我愿意"的勇气，所以当时她就很羡慕晓雯的勇气。高二时，学校分班，晓雯被分到了其他班级，当嘉怡的新班主任问有没有人愿意当英语课代表时，嘉怡立刻举手说："我愿意！"

四

嘉怡高考期间，嘉怡妈妈的心里是矛盾的、忐忑的，既希望女儿能实现梦想，考上梦寐以求的大学，又暗自担心学费和在校生活费的来源。高中时的班主任老师在得知她们家的经济状况后，帮她们拿到了学校补贴，但大学的所有费用从哪里来呢？所以当嘉怡考完试，忽然变得不自信，处于特别紧张的状态时，她都不知道该如何安慰女儿。

高考后的嘉怡不知道为什么满脑子都是"没考好，完蛋了"的焦虑。一会儿怀疑答题卡上没填写姓名，一会儿怀疑有题目答错了；一会儿对妈妈说，可能需要复读一年了。一会儿又安慰妈妈说，我高中的成绩还是不错的，再复读一年也不是没有可能考上自己心仪的大学。

实际上，那年，嘉怡以全校第二名的成绩考上了一所211学校——南京农业大学。

就在嘉怡妈且喜且忧之时,"太阳雨"团队召集人朱峻松从市妇联提供的困境家庭名单中找到了她们。对于这种突如其来的雪中送炭般的惊喜,嘉怡妈一度怀疑自己是不是在做梦?或者,朱峻松会不会是一个骗子?

直至朱峻松邀请她们参加了一次"太阳雨"的公益演出活动,嘉怡妈的心才踏实下来。志愿者毛安华、许亚祥等以 N+1 的形式对嘉怡进行了帮扶——大学四年每个月寄给嘉怡 800 元作为生活费,这在很大程度上减轻了嘉怡妈的经济负担。

那年,也是嘉怡第一次参加夏令营活动,那是"太阳雨"为困境家庭的孩子组织的定项活动。作为年龄最大的孩子,嘉怡在同小朋友的交流中发现,原来还有很多比她更需要帮扶的困境家庭的孩子。那时她就想,等我有钱了,我一定要像朱叔叔他们那样帮助需要帮助的孩子。

五

大学四年仿佛眨眼间便过去了,嘉怡以优异的成绩和突出的表现被一家知名企业录取,并成了一名 EHS 培训师。从制定基地、集团的 EHS 培训清单,到思考如何提高接受培训的主管、经理的能力,再到如何通过一些方法来认证他们的能力是否符合现在的工作岗位,工作做得有条不紊。

单位工作环境很好,特别是团队环境,令嘉怡感到非常舒心,到处都是满满的正能量:工作上遇到问题时会有人告诉她如何从一个公司的角度去思考去开展所要做的事情,不会只告诉她要怎么怎么做,而是提出一些关键点和方向作为提示,然后鼓励她去思考、去实践。即使做错了或者说错了,领导也会很耐心地告诉她哪一处哪一点想得还不够到位，还可以再怎样去完善，等等。总之，人以群分，她很庆幸能置身于这样优秀的团队。

至于妈妈关心的五险一金、工资、季度奖、年终奖等，都是妈妈一听便喜笑颜开的数目。现在的嘉怡终于有底气兑现曾经对妈妈的承诺："让我来挣钱养这个家。"

如今的嘉怡，刚刚参加工作一年半，她计划在工作第二年时正式成为"太阳雨二代"，在自己力所能及的范围内，帮助那些需要帮助的人。

【嘉怡寄语】

懂得感恩，不去抱怨，才能找到不幸生活中的平衡点。

懂得提升，见贤思齐，才能成为更好的自己。

懂得回报，甘于奉献，才能和所有的正能量一起汇集成这个社会所需要的光亮。

【背景资料】

"太阳雨"女孩：嘉怡。

"太阳雨"志愿者：毛安华、许亚祥、厉平、李薇、徐文静、蒋宽广、姜哲平、王慧群、戚玉霞、董玲、丁爱萍、姚红艳。

嘉怡目前状况：为一家知名企业的 EHS 培训师。

一场帮扶风波

一

2020年4月16日,"太阳雨"收到一封来自乡村小镇的求助信:

"太阳雨"团队的各位爱心叔叔、阿姨们:

大家好!

我是一名大二学生,现就读于江苏经贸职业技术学院,我家住高邮三垛镇,家里只有我和我大伯两人。

我的父母于2018年先后去世。当年父亲因肺炎和糖尿病,进入了ICU抢救。一家三口生活本就不易,家里的主要经济来源主要靠父亲做小工来维持生活,这突如其来的变故,将家里所有的资产都投入了父亲的抢救中,但现实很残酷,最终还是没有保住父亲的性命。仅仅过了八个月,还在学校的我,突然接到电话说我母亲糖尿病病情加重,快不行了,我急急忙忙地订了车票回到家,妈妈已然离我而去。看着母亲冰冷的尸体躺在那儿,我瞬间崩溃,还没有来得及让我母亲再看我最后一眼,好好的一个家瞬间就没了……

现在我和我大伯生活在一起。大伯今年已70多岁,疾病缠身,不能劳动,家里的经济来源主要是村里的资助和政府的补助,用以维持我和大伯的生活。现在我还在上大学,平时主要靠做一些兼职来补贴一点生活费。今年由于疫情,我无处打工,学费的问题一直困扰着我,但为了未来，我必须读书。

　　为了完成我的学业，我恳求得到大家的帮助，我会努力学习，努力奋斗，实现我的梦想，报效祖国，回报社会！

　　信末落款为"小敏"。

　　根据多年的帮扶经验，大家毫不怀疑这是一封在万不得已的情况下发出的求助信。其时由于疫情影响，对流动人员的防控非常严格，一个学生想在这样的大环境下打工挣钱，谈何容易。

　　4月19日，由"太阳雨"志愿者代表组成的家访小组，根据信中提供的地址找上门来。

二

　　同所有贫困家庭一样，小敏大伯的住房以最直观的外在形象泄露着主人的经济状况：低矮的砖墙，已看不出曾经勾缝的痕迹，一块块裸露的大小不一的砖好像是被临时摞起来的，门洞两边不知道被谁胡乱抹了两刷子石灰水算是没有漏掉一个工序。由木板拼接的独扇大门，宽大的门缝和高低不一的条状木板显示了它与门洞的完全不搭，门的下半端有被洗刷过的青苔印记，并排而贴的对联最大的作用应该是遮挡门缝的，"顺心财运高，和睦日子好"两排字对仗工整，却没有被按照正确的平仄声韵贴对方向，但应该也曾表示过新年的喜庆。

　　开门迎接众人的是小敏，个子不高，戴副眼镜，非常腼腆却努力想在言行上表现得不失待客之礼。她的大伯在一边嗫嚅着不知所措。

　　屋内的简陋比想象中还要简陋，一切物品的来源都指向某个废弃物品的收集场所，比如垃圾桶。空气里混杂着各种各样难以分辨的味道，唯独缺少带有"新鲜"二字的气味。一辈子没有结过婚的大伯，身上散发出来的气味像是表明他已成为这个房屋的一部分……总之，人们很难想象花季少女小敏是如何与这样的生存环境共存的。

在与伯父、小敏的交流过程中，周围有村民好奇地围过来，不时对他们的聊天内容加以补充和证明：小敏自幼家境贫寒（母亲来自贵州，父亲四十多岁结婚生子），对母亲最依恋，从母亲身上，她学会了勤劳和隐忍。父母去世后，七十多岁的独居老人——大伯成了她唯一的亲人，然而疾病缠身没有工作能力的大伯也是长期靠政府资助为生，并无多余的钱供小敏读书。所以小敏的在校费用全部靠自己在学校或假日打工勉强维持。尽管如此，小敏一直保持着品学兼优，在班级担任学习委员。

小敏低声陈述着她面临的困境，时不时地为自己求助的无奈之举感到抱歉，在场的志愿者无不感受到她渴望通过读书改变自己命运的强烈愿望。"太阳雨"总召集人朱峻松现场拍板由"太阳雨"高邮志愿服务队牵头负责结对事宜。

小敏的真实信息在"太阳雨"高邮志愿服务队工作群里一经公布，短短一小时之内就得到"太阳雨"志愿者陈叶坚、郭秦芳、王恩禄、俞敦华、张琳、吴秀兵、唐州虎、李明、王稳林、潘万红、王金祥、陆叶琴的积极响应，他们组成N+1帮扶小组，经过推算，决定每年资助小敏1万元，直至她大学毕业，实现自己的梦想。第一笔万元爱心款很快筹集到账。

说是助学圆梦，但在受助者的衣食住行上，"太阳雨"的每一个志愿者一向都是本着竭尽可能、能帮一把就帮一把的仁者之心，不计得失地付出着。

5月8日下午，小敏帮扶小组成员前往高邮三垛，为小敏送去了夏季服装、牛奶、口罩和慰问金等。李晓莉特地联系了高邮供电公司邮益思三垛变电所党员志愿者服务队，解决了小敏家电路老化隐患等实际困难。

就这样，孤儿小敏通过一封求助信，得到了超过她预期的帮助，但她万万没有想到的是也引发了后来那一场所有人都意料不到的风波。

三

就在小敏回南京继续求学后，"太阳雨"高邮志愿服务队内部就她家的实际情况有了两种意见：一是单纯帮扶小敏渡过难关，包括她个人衣食住行上能够帮扶的困难；另一种意见是针对小敏大伯的情况，再成立帮扶小组，把大伯也纳入帮扶对象内。持不同意见者认为就"助学圆梦"而言，目标明确的帮扶可以避免节外生枝。由于意见不统一，成立另一个帮扶小组的事就被搁置下来。

2022年春节前夕，一年多没有回家的小敏，由于牵挂家中唯一的亲人——大伯，决定这个寒假不再在外打工，而是回家陪大伯过年。李晓莉得知此消息后，第一时间与帮扶小组成员取得联系，一起商议好去看望小敏。年关将近，小组里的王恩禄、李明、陆叶琴、郭秦芳四名志愿者因工作和家庭牵绊，无法亲自去看望小敏，特地委托几位志愿者带去他们对小敏新年的祝福和慰问。

1月23日下午四点，志愿者们有的冒雨从市区驱车前往小敏家，有的参加完慰问活动后直接去了小敏家，当到达小敏家中时，大伯正在厨房做饭。志愿者们掀开锅盖，看到的只有青菜和米饭，这就是大伯和侄女的晚餐，简单到没有一点点快要过年的气氛。再看小敏住的房间有几处还四面透风，四九寒冷季节，小敏晚上睡觉怎么能保暖啊！志愿者王爱章二话不说，爬上柜子用遮布将屋檐洞口堵起来，没有玻璃的窗户用编织带封了起来。没有堵实的地方仍有冷风钻进来，钻进了志愿者的眼里，也钻进了志愿者的心里。

志愿者唐州虎长年在外出差，这天也抽出时间驱车从郭集直接赶往高邮的服装店,为小敏购买羽绒服及羊毛衫、裤子等新衣服;李晓莉为大伯购买了新棉衣、新棉裤、新棉帽,志愿者陈叶坚买了咸鹅、咸肉、糖果和香烟等年货,志愿者沈静琳、葛素梅、俞敦华拎着协会购买的包子、卞蛋、糯米莲藕等土特产……年货堆满了小屋一角。一下子,小屋便有了过年的气息。

大家一起陪小敏和大伯吃了顿热热闹闹的团圆饭,小敏一边笑一边流泪不止……

回去后,帮扶小敏大伯的事再次被提起,这次,没有人反对。

对大伯的帮扶行动是从 2022 年 5 月 17 日才开始实施,第一步就是帮大伯"断舍离"——扔掉屋里所有的垃圾。因为这些东西所散发出来的气味实在不是一般人能忍受得了的。在清理前,有多年帮扶经验的志愿者特地问大伯:家里有没有什么地方藏有钞票或其他值钱的东西?如果有,要先拿出来放到安全的地方,以免被误扔了。大伯连连摆手说:"没有没有!"有人开玩笑地问:那你舍得把这些扔掉么?大伯连连点头说:"舍得舍得!"这一幕被一旁的志愿者用手机拍摄了下来。

这一天,大伯家焕然一新,果然是"既舍又得":崭新的床、柜子、被褥、鞋以及几套四季衣服,另外还给大伯备上了三个月剂量的治疗慢性病的药。左右四邻又有人围过来观看,每个人脸上都露出真心的欢喜,时不时对大伯说上一句:"你真有福气啊!"大伯依然是憨憨地嗫嚅着不知所措的样子,脸上也流露出抑制不住的笑容。

那晚结账,大家为大伯花费了 6000 元左右。6000 元能换来大伯和小敏居住环境的改善,大家虽然很累但都觉得很开心。

这事过了大约半个月,有志愿者听说:有人帮没有手机的大伯报了警,说大伯有 4 万元的现金不见了!大伯怀疑这钱是在"太阳雨"高邮志愿服务队帮他扔东西时丢失的。

定格!

仿佛天地间所有有情众生和无情众生都在那一刻没有了声息！每个得知消息的"太阳雨"志愿者的眼睛在那一刻都比平常要放大了一倍，没有争辩的声音，没有怨咒的声音，没有举证的声音，因为根本就无需争辩、怨咒、举证啊！他们只是觉得太不可思议，他们的眼前浮现出大伯憨憨地嗫嚅着不知所措的样子和当时他脸上那抑制不住的欢喜的微笑。

当他们再次见到大伯时，有三个派出所警员在场，有十几位村民在场，大伯全身上下穿着他们给买的新衣新鞋，坐在门槛上，面无表情地沉默着。

村民们却显得异常激动和气愤，七嘴八舌地数落着大伯："4万块？你能拿出400块来算你狠！""人家好心帮你，你怎么想得起来这么说人家的？""这么多年了，你过的什么日子，大伙不知道吗，你这么说话真是让帮你的人寒心啦！"……一时间，帮扶小组成员竟插不上话了，警官让大家平息下情绪，以平和的语气再三问大伯："你到底丢没丢钱？究竟丢了多少钱？你实话实说。"大伯的眼睛没有看任何人，脸上既看不出丢了钱的焦躁，也看不出被人指责后的恼羞成怒；既看不出出口冤枉好人的歉意，也看不出内心有挣扎的慌乱。就好像有邻人在路上跟他打了个招呼，问他：吃了吗？他随口回答说吃了一样，他平静地说："没有，没有丢钱。""那你为什么要说丢钱了呢？"他眼神空洞地直视前方，再不说话。

此刻的天空，太阳明晃晃地悬在那里，大伯的新衣服和天空一样是那种明亮的蓝，但是随着大伯后背的汗渍越来越大，蓝色渐渐暗淡了下去。有人暗暗觉得奇怪，明明是大白天啊，为什么却看不清大伯的表情？

大伯的帮扶小组就此解散，再没有人提出异议。

那么小敏的帮扶小组还有没有存在的意义？有人开始打退堂鼓，理由是即使不会以怨报怨跟大伯一般见识，也应该有个态度以直报怨吧？难道善恶要被同等对待？有人则表示大伯的言行只能代表大伯个人，小敏是此风波的不知情者，她的困境依然是困境，所以该帮扶的还是要帮扶。志愿者陈叶坚心里很是理解双方的观点，因为确实都有道理，他想，如果大家都退出的话，我就一个人1+1结对帮扶吧。但他只是这么想着，并没有说出口。

两天后得知消息后的小敏打来电话，明确表示是大伯做错了事，万分对不起大家。如果"太阳雨"因此决定解除对她的帮扶，她会十分理解且毫无怨言，这次她没有哭，但大家都能感觉到她语气中的悲痛。

四

小敏的帮扶小组一如既往地对小敏进行帮扶，一个成员都没有少，偶有外人提及大伯少了4万元的事，大家都云淡风轻地一带而过："年老失语而已。"

有人在"太阳雨"志愿者群里发了一首世界著名的慈善工作者特蕾莎修女的诗：

如果你做善事，
不被人理解说你别有用心，
不管怎样，还是要做善事；

如果你做善事，
不被人铭记明天就会遗忘，
不管怎样，还是要做善事；

人们需要帮助，然而当你帮助他们，却可能遭到攻击，不管怎样，还是要帮助；
将你所拥有最好的东西献给世界，可能永远都不够，
不管怎样，还是要将最好的东西付出！

群里没有人对诗进行评论，只是纷纷点了"竖起的拇指"图标。
那一个一个态度鲜明的"赞"，应该既是对特蕾莎修女的颂扬，也是给他们自己"还是要做"的鼓励吧！

【背景资料】

"太阳雨"女孩：小敏。

"太阳雨"志愿者：陈叶坚、郭秦芳、王恩禄、俞敦华、张琳、吴秀兵、唐州虎、李明、王稳林、潘万红、王金祥、陆叶琴。

小敏目前状况：为南京某证券公司职员。

第二章　致敬英雄母亲

风烟滚滚唱英雄，四面青山侧耳听侧耳听
晴天响雷敲金鼓，大海扬波作和声
人民战士驱虎豹，舍生忘死保和平
为什么战旗美如画，英雄的鲜血染红了她
为什么大地春常在，英雄的生命开鲜花
……

上了一点年纪的人，肯定都看过电影《英雄儿女》，里面这首《英雄赞歌》，让人听了热泪盈眶、心潮澎湃，唤起人们对英雄和烈士的崇高敬仰。

郁达夫说过，"一个没有英雄的民族是可悲的民族，一个有了英雄却不懂得敬重和爱戴的民族，是不可救药的民族"。前些年，社会价值观出了偏差，社会上少部分人人妖不分，小鲜肉、美女明星大行其道，娱乐至死充斥大众视角，贬损英雄的鼓噪曾一度风行，对英烈家庭欠下的债太多了。这有背中华民族传统文化精髓的乌云，很快就被乾坤正气驱散了。革命英雄主义回归，将成为我们这个社会的必然趋势。牺牲在保卫祖国、建设祖国征程中的烈士，是中华英烈长卷中的闪光一页，每一位英烈都值得被历史和后人铭记。

近几年，习近平总书记在不同的会议上反复强调："对一切为国家、为民族、为和平付出宝贵生命的人们，不管时代怎么变化，我们都要永远铭记他们的牺牲和奉献。""崇尚英雄才会产生英雄，争做英雄才能英雄辈出。"统帅的英雄情怀，引领着时代的风尚。2022年3月，中共中央办公厅、国务院办公厅、中央军委办公厅印发了《关于加强新时代烈士褒扬工作的意见》，一项项具体实在、可操作性强的配套措施正在逐项出台。2024年4月27日，由中华英烈褒扬事业促进会与中国妇女发展基金会共同发起的"致敬英雄母亲行动"公益项目启动仪式在北京举行。

英雄是盏明灯，照进后人内心。"太阳雨"志愿者像一群早知春江水暖的"鸭"，他们有敏感的先知先觉。最初，志愿者是以个人名义资助照顾烈士的父母亲的。2016年初，朱峻松、戎根喜、郭宏芳、邓柏等人，在"太阳雨"团队倡议发起"致敬英雄母亲——慰英魂·烈属关爱行动"主题志愿项目，褒扬英雄烈士父母、遗孀及英烈家庭甘于牺牲奉献的精神风范，广泛动员民间力量为英烈家庭送温暖、献爱心，长年结对9位革命老区、身患重疾、家庭困难的英烈父母、遗孀及其子女，开展帮扶救助、健康关爱、创业扶持等公益活动，这不仅是对英雄母亲的深情致敬和礼赞，更是一场爱国主义和革命英雄主义的生动教育。旨在呼吁更多的人积极参与到这场行动中来，汇聚更大力量，实施更多善举，去关注、关心、帮扶为国捐躯烈士的父母，惠泽更多需要帮助的英雄母亲家庭，誓让崇尚英雄成为一种社会时尚。

如今，越来越多的志愿者加入这支队伍中，温暖的"太阳雨"，持久地灌注润泽着一位又一位孤独、贫瘠、沧桑的英雄母亲的心田，人间真情和社会大爱，通过他们一双双温暖的大手，播洒到英雄父母亲的心坎上，也慰藉着革命烈士的英灵。

陈妈妈的幸福晚年

花繁枝茂的春天里，传来的不一定都是温暖的喜讯，有时一条消息就像下了一场严霜，让人心里倍感寒冷。"太阳雨"志愿者团队公众号，2024年4月9日傍晚5时许沉痛发布：敬爱的陈妈妈走了……

滕斌，陈刚烈士的母亲，1937年6月30日出生于扬州江都。2024年4月9日14∶15时许，高龄又有多种基础疾病的陈妈妈，因病医治无效，在江都区小纪宗村卫生院去世，享年88岁。

扬州"太阳雨"志愿者团队2017年3月5日与原67军江都战友会进行爱心接力，当年将陈妈妈列为"太阳雨""慰英魂·烈属关爱行动"的关爱对象之一。

陈妈妈，您一路走好！

这条消息，犹如晴天霹雳，在"太阳雨"志愿者心中划过。喊了多年的"陈妈妈"，今天她真的永远离开了，大家都无比悲痛，失去了一位共同的好妈妈，心中有千万个不舍。她很平凡，但是也很伟大！

消息中，刊发了一张陈妈妈的黑白照片，陈妈妈慈眉善目，国字形的脸上戴着一副宽边眼镜，头发自然卷曲花白，朝着我们微笑……

4月11日下午，江都区天堂殡仪服务中心告别大厅，陈妈妈的遗体安卧在鲜花丛中。陈刚烈士生前战友、"太阳雨"爱心志愿者团队、扬州景区"太阳雨"爱心服务社等社会拥军组织和亲友敬献的花篮分列两旁。

哀乐低回，人们缓步走来，表情凝重，深深鞠躬。

"英雄为国尽忠，永远活在我们心中。他们的父母，就是我们的爸妈！"退役军人、"太阳雨"志愿者闫传钵，参加陈妈妈的告别仪式后，动情地对身边人说。

陈妈妈晚年最后 8 年的时光，"太阳雨"志愿者陪她一起走过，让英雄妈妈的心中时时充盈阳光，微笑着度过每一天。

一

对扬州城来说，春景的美丽好似上一个春天复制刻录下来的，桃红柳绿，繁花似锦，生机无限。2019 年 4 月 21 日，一年一度的"太阳雨"志愿者年会正在如期举行。"一个人感动一座城——身边的感动"故事现场发布，"太阳雨"志愿者、扬州市朗诵协会会员许亚祥，用他那磁性十足的男声，深情地讲述了陈妈妈家的故事。

陈刚烈士，1983 年 10 月入伍，江都区小纪镇人，原济南军区 67 军通信营战士，1985 年 7 月 23 日，在对越自卫反击作战中，抢修被越军炸断的通信线路时，被敌人罪恶的炮弹击中，他用鲜血谱写了一曲生命的赞歌！

他走了，走得如此潇洒，走得如此悲壮，走得如此义无反顾。他的芳华永远留在了南疆热土。陈刚烈士留下了一枚金灿灿的二等功臣勋章，还有白发苍苍、体弱多病的妈妈滕斌……陈妈妈的年纪越来越大，老伴和唯一的女儿也先后离世，目前，陈妈妈在江都区社会福利院安度晚年。

陈妈妈非常坚强和自爱，从不向政府提任何要求，尽量不添麻烦。她对来看望她的儿子战友、亲友、"太阳雨"志愿者们，始终保持着灿烂的笑脸，从不流露任何畏难抱怨的情绪。她常说，儿子是保家卫国而牺牲的，我感到自豪和骄傲，我虽然失去了亲生儿子，但有这么多儿子和女儿来关心我，我的晚年蛮幸福的，该知足了！

应"太阳雨"团队的邀请,陈妈妈坐着轮椅,在志愿者的照顾下来到了年会现场,她的脸上一直面带微笑,眼中时而闪烁着激动的泪花。她频频挥手,同熟悉的、不熟悉的志愿者打着招呼。

素有"金嗓子"之称的扬州市木偶研究所演员、"太阳雨"志愿者徐建国,大步走上舞台,一首《拉住妈妈的手》,唱得荡气回肠。

想想小时候,常拉着妈妈的手
身前身后转来转去,没有忧和愁
上学的那一天,站在校门口
哭着喊着妈妈哟,我要跟你走
长大了以后,还拉着妈妈的手
想起儿时的不孝顺,我的心里好难受
妈妈的腰也弯了,妈妈她白了头
受苦受累的妈妈哟,我要背着你走
拉住妈妈的手,泪水往下流
那双手虽然粗糙,可是她最温柔
拉住妈妈的手,幸福在心头
千万别松开,这份最美的守候
……

听着委婉深情的歌声,在场的陈妈妈不由得想起早年牺牲在战场上的儿子,潸然泪下。看见陈妈妈凄楚的哭泣,徐建国上前一把紧紧搂住老人家,久久的,久久的。

歌声落下,全场的人们被深深打动。瞬间,响起"太阳雨"志愿者整齐洪亮的声音:陈妈妈,我们都是您的孩子!这声音,在年会大厅里久久回响;这声音,在春天的夜空下传得很远很远。

二

那年上战场之前,陈刚和他的战友们,一边向组织递交了冒着热气的血书,一边私底下互相约定承诺:我们拼命打胜仗,争取全部活着回来,万一哪一个光荣了,活着的战友要给英雄父母当儿子,好好孝敬他们。战友深情,生死相约,青春诺言!

那场战斗中,陈刚血洒南疆,没能再回到妈妈身边。和他一起出生入死的马一尘、毛志斌、滕承顺、缪光明、戎根喜等一批江都籍战友,脱下军装之后,相约走进了陈刚烈士的家中,充当起儿子的角色。他们都把在医院当护士的陈妈妈当作自己的母亲,逢年过节都会上门探望,平时陈妈妈生活中遇到什么困难,战友们也会竭力相帮。坚强的陈妈妈对别人说:"我失去了陈刚一个儿子,身边又多出了一群儿子。"

早些年,陈妈妈的老伴和她唯一的女儿,不幸先后离世,战友们全部来到陈妈妈家,帮助料理后事,轮流陪伴在陈妈妈身边,让一度崩溃的老人家顽强地挺了过来。2009年,战友们看陈妈妈住的房子生活设施年久老化了,大家碰头一商量,立马筹集资金把陈妈妈的家装修一新,家具和家用电器全部换成新的。按照陈妈妈的意愿,战友们挑选了一张陈刚当兵时,身穿"一颗红星两面旗"军装拍的标准照,放大着色后悬挂在客厅墙面的正中央,陈刚烈士天天深情凝视着这个家,陪伴着心爱的妈妈。近几年,陈妈妈的岁数越来越大,身体也大不如从前,经战友们商议,决定把陈妈妈送入江都最好的福利院安享晚年。

戎根喜、滕承顺很早就是"太阳雨"志愿者,在他俩的牵线搭桥下,太阳雨爱心志愿者团队和67军江都战友会,2017年结成公益联盟,开展"致敬英雄母亲"活动,誓将32年爱的接力共同传递下去。于是,又有了十多位参战老兵先后加入太阳雨爱心志愿者团队,团队的兵味越来越浓郁。

　　陈妈妈一直有个心愿，想到儿子当兵时的老部队去看看，因为这也是陈刚刚当兵时对妈妈许下的承诺。江都战友和志愿者代表陪着陈妈妈几经辗转，来到山东淄博博山的老营房。30多年前，陈刚和战友们在这里共同追逐军旅梦想，后来从这里同乘一趟列车，奔赴云南对越自卫反击战前线。如今，这支老部队早已改革整编了。站在荒芜破落的排房前，战友们讲述着陈刚当年在这里训练生活的情景，陈妈妈眼中泪水断了线似的滑落不停，但脸上也写着几丝欣慰。后来，一群兵儿子又陪着陈妈妈到青岛、潍坊、开封等地游览散心，让她享受生活的美好。

　　2016年4月，陈妈妈八十大寿，志愿者滕承顺、戎根喜和陈刚烈士的战友马一尘等人，都一直惦记着陈妈妈的生日，他们几个人提前一商量，决定好好为陈妈妈热闹一下。大家凑份子筹集了8万多元，滕承顺和马一尘出的大头，在江都迎宾馆办了17桌酒席，不要陈妈妈掏一分钱。部分志愿者代表和陈刚烈士的战友们从上海、安徽、山东等地都赶来了，不少外地战友都带来当地的土特产和礼品送给陈妈妈。那天的祝寿宴非常热闹，大家都围着陈妈妈，向她表示由衷的祝福。陈妈妈非常感动，她反复地说："你们太用心了，太破费了，这么热闹气派的场面，陈刚在天堂肯定能看到的。"陈妈妈的眼中一直饱含着热泪。

　　一群陈刚烈士的战友和"太阳雨"志愿者，他们都是陈妈妈的儿女，回家看望照顾妈妈，成了家常便饭。随手打开"太阳雨"团队活动日志，2019年他们回家就达14次之多，除了带着大包小包的衣服、食品等慰问品外，几乎每次都要突出一个活动主题。

　　2019年2月3日下午，志愿者黄全芳、邓柏、戎根喜、张群、吴正龙、滕承顺、沈仁梅、张爱君、张小燕、朱峻松、戎恒进等人，带着提前准备好的新年礼包，来到江都区社会福利院，看望陈妈妈，现场表演了几个小节目，把陈妈妈接到饭店共品年夜饭，共享"太阳雨"大家庭的温暖。

2019年4月13日下午，由"太阳雨"志愿者团队、扬州市文艺创作研究会联合主办的"春的律动"文艺演出，在江都区社会福利院举行。他们针对老年人的喜好，精心编排了一台节目，专门慰问陈妈妈和福利院的老人们。福利院的领导十分高兴，也很支持，他们说："你们送来了丰富的精神食粮，老人们看着你们的节目，乐哈哈的，一下子都年轻了许多。"

"老大姐，我们沾足你的光啰！"老人们脸上都乐成了一朵花，把陈妈妈团团围住。

2019年5月12日。这天是母亲节，又逢护士节。上午，"太阳雨"志愿者、苏北医院血液科护士长余菊，率领8名护士和12名"太阳雨"志愿者，专程赴江都区社会福利院，看望从护士岗位上退休的陈妈妈，共忆护士岁月，并为福利院的150多名老人测量血压和血糖，度过一个难忘的双节。中午，"太阳雨"志愿者张爱君，召集在江都的队员们，陪同陈妈妈共进双节午餐。

2019年7月28日上午。"太阳雨"志愿者一行，冒着盛夏酷暑，给陈妈妈带来了清凉食品、水果和夏季日常用品。小学生志愿者余璟妍也一起来了，她认真地表演了几个最近新学的舞蹈，让陈奶奶笑得合不拢嘴；陈妈妈身材比较胖，志愿者戚玉霞便自费请来专业裁缝师，为陈妈妈量体裁衣，定制夏季服装，每到换季时，戚玉霞都会这样做；志愿者戴兆芳为陈妈妈修脚护理。

2019年11月14日。在"太阳雨"志愿者蒋峥的带领下，广陵区市场管理局综合执法大队党员代表一行，前来看望慰问陈妈妈。在陈妈妈面前，他们展开了鲜红的党旗，3名执法大队的党员干部郑重地举起右拳，重温入党誓词，表示不忘初心，牢记使命，积极弘扬革命传统，传承红色基因，苦练过硬本领，为市场监管行业做出自己的贡献！

……

四季轮回，年复一年。无论到了什么传统时节，"太阳雨"志愿者们都会来到陈妈妈身边，献上一份儿女的孝心。

"要不是疫情影响，来看望我的志愿者会更多哩！"陈妈妈一边对同住福利院的老人们说着，一边捧着食品让他们分享，她的脸上写着浓浓的满足和骄傲。

三

"陈妈妈又病重住院了，医院已经下了病危通知书！"这个消息第一时间传到了"太阳雨"团队，朱峻松和其他志愿者的心一下子被揪紧了。

2018年底，陈妈妈身体严重不适，住进江都人民医院，经全面检查，被医生确诊为消化道肿瘤，多次大出血，但一直没有能做手术，因为陈妈妈体质特殊，身上还有几个并发症，不能打麻药，所以也就不敢开刀。这一年中，陈妈妈一直在保守治疗，发病严重的时候就住进医院。其间，"太阳雨"志愿者滕承顺几次带着陈妈妈，来到扬州苏北医院、市人民医院，做各种检查，请专家会诊，希望能给陈妈妈更好的治疗。2019年12月初，陈妈妈第六次住进医院，这一次最为严重，直接拉响了生命的"警报"。

陈妈妈平时孤身居住在江都区社会福利院，靠有限的退休工资生活，既要支付福利院日常护理费，还要支付治疗高血压、糖尿病的常用药费。特别是每一次住院抢救期间的输血、进口药品及护工工资，均不在医保支付范围，已经自费4万多元。陈妈妈微薄的收入已难以支付接下来的医疗费，经济上遇到了"拦路虎"，那陈妈妈的后续治疗怎么办？

陈刚烈士的几个战友着急了，他们跑到区政府找有关部门。当时区退役军人事务局刚刚成立，区民政局有关拥军优抚的口子刚划分出去，许多衔接工作可能还没有到位，有关部门领导直挠头，感到很为难，此路不通。

救命要紧！滕承顺手里捏着陈妈妈的"病危通知书"，赶紧拨通了朱峻松的手机。得知这一消息后，"太阳雨"志愿者立即行动起来，通过"爱心筹"进行爱心捐助，你一千，他五百，我三百的，大家把对陈刚烈士的崇高敬意，化为对陈妈妈无限的关爱，不到一天时间，便筹资 25531 元。

江都区一位领导从一个朋友圈里，得知"太阳雨"志愿者的大爱善举，感动之余脸上有些发烫了，"江都烈士的母亲，是我们的宝贵财富啊，怎么能让志愿者捐助呢，我们必须把她照顾好"。于是，陈妈妈治疗经费上的窘迫得到了缓解。

要根治陈妈妈的病，必须想办法做手术，光靠保守治疗，肯定解决不了根本问题。马一尘等通过各种关系，联系上海、南京的专家，来江都人民医院为陈妈妈会诊，经过全方位比较，他们敲定请上海某大医院的一名专家来为陈妈妈主刀手术。"我是被你们感动了，鉴于陈妈妈的特殊体质，给她开刀我是很有压力的。"专家真诚而慎重地说。

"这台手术风险很大，谁来签字？"医院领导表情严肃地环视着陈妈妈的一群儿女。

"我来签字！"滕承顺拿过纸和笔，凝重地签下了自己的名字。签完名，滕承顺的手还在一直抖，心里怦怦直跳，后背上冷汗直冒。

或许是上帝特别眷顾陈妈妈这位伟大的母亲，医疗奇迹真的在她身上发生了。在医院医生、护士的精心治疗护理下，陈妈妈的病情得到了有效控制。如今，手术两年多时间过去了，陈妈妈的身体健康稳定，笑容一直挂在她宽宽的脸上，像一朵绽放在金秋里的菊花。

"听见啦，听见啦，我又听见你们的声音啦！"2021 年 11 月 6 日下午,秋天的阳光暖暖地洒在江都区社会福利院的广场上。由于防控的需要,陈妈妈坐在轮椅上,在院门内隔着几米远的距离,和大门外来看望她的 7 名"太阳雨"志愿者大声交谈着。已经恢复听力的陈妈妈很是激动,笑声朗朗。看见陈妈妈这样开心,志愿者的脸上也写满了欣慰。

就在前一阵子,陈妈妈还正为耳朵"聋了"的事苦恼呢。近年来,陈妈妈年纪增大,多病缠身,长期要吃好几种药物,耳朵听力出现大幅度衰退,与人交流越来越困难,就算别人站在她面前大声喊,她也不一定听得清,给日常生活带来极大的不便。

上一次,"太阳雨"志愿者来看望陈妈妈时,她为这事十分烦恼,心情沮丧,不停地嘀咕:"人老了,真是不得用了,不知怎么回事,耳朵一下就聋了。院友们跟我打招呼,我听不见,没有理睬人家,闹了很多误会。唉,唉!"陈妈妈无奈地摇摇头,不停地叹气。

说者无意,听者有心。不少志愿者闻讯后,碰头一商量,立马决定进行爱心众筹,为陈妈妈选配一副优质品牌的助听器,提高老人家的生活质量。朱峻松、滕承顺率先各捐出 500 元,另外 30 人各捐出 200 元。滕承顺受大家委托,连续两天跑了好几家专门销售助听器的商店,耐心比较、挑选,看看哪一款最合适陈妈妈。最后,滕承顺看中了一款西门子品牌的助听器,花了 5780 元。商店销售员听说他是为烈士母亲跑腿服务时,被深深感动了,主动派出专业人员上门负责调试,助听效果的确很好。

"这下好了,院友们再也不会说我架子大了。"戴上助听器,陈妈妈风趣地说。

四

"陈妈妈,我来看您啦!"

"小燕子,谢谢你,好女儿!"

2019年底的一天，在江都区人民医院里，陈妈妈一见到"江苏最美军嫂"周忠燕，两双手就紧紧握在一起，陈妈妈笑得合不拢嘴。

周忠燕也是一名"太阳雨"志愿者，因为"太阳雨"，这一老一小相识了。从此，她们彼此惦记、牵挂着对方。

月初，周忠燕得知陈妈妈病危的消息后，心中十分焦急，她积极参与捐助活动，并多次打电话询问陈妈妈的病情和治疗方案。

这天，周忠燕捧着鲜花、拎着水果，专程来到医院看望陈妈妈。老人家看到周忠燕的到来，十分激动和高兴，两人谈笑风生，相互鼓励，彼此加油，"江苏最美军嫂"探望"英雄母亲"的场面，非常温馨和感人。

2020年春节快要到了，城市和农村的上空都飘着浓浓年味，家家户户都团聚在一起，这是中国老百姓一年中最幸福的时光。周忠燕的心里自然想到了孤单的陈妈妈，她约上田蓉、张群、戚玉霞、郑蕾、徐鹏等人一起，为陈妈妈精心挑选定做了红羊绒短大衣、红毛衣、轻便保暖鞋，拎着大包小包来到江都区社会福利院，给陈妈妈拜年。

老人家换上刚送来的新衣服，左拽拽右拉拉，乐得合不拢嘴："正好，很合身，去年我身体一直不顺，今年我要穿得红红火火迎新春！"陈妈妈的脸庞被红衣服映衬得红红的，一点也不像85岁的老人。

八一建军节、国庆节，"太阳雨"志愿者分批次到江都区社会福利院，看望慰问陈妈妈。受疫情防控的影响，大家想与陈妈妈见一次面都不容易，福利院里面进不去，工作人员就推着轮椅车，把陈妈妈送到院子门口来，让大家看看她，和她聊聊天。平时，周忠燕就经常通过电话，了解掌握陈妈妈的身体状况，多方位关心关注这位光荣的老妈妈。

一转眼，牛年春节又要到了。这天下午，周忠燕和"太阳雨"志愿者团队，带着扬州包子、扬州茶食、牛奶、水果等年礼，还有志愿者张砚自己编织的红围巾、毛线帽，另加一个压岁大红包，来到江都区社会福利院，给陈妈妈提前拜年。

因为防控的需要，探视只能相隔数米。当坐在轮椅上的陈妈妈被工作人员陪护推送到大门口，"陈妈妈，新年好！""陈妈妈，祝您身体健康！"门外的志愿者们大声送上祝福，陈妈妈微笑着向大家挥手。陈妈妈十分激动，一一叫着熟悉的名字。

周忠燕三步并作两步，迅速站到大门线外高声招呼道："陈妈妈，我给您老拜年来啦！""小燕子，我可想着你呢！"陈妈妈激动地说。"我在陈妈妈身上，学会了坚强乐观地面对生活。"周忠燕禁不住热泪盈眶，抹着泪说。

志愿者在院门外站成两排，院门里的陈妈妈居中，随着快门"咔嚓"一声，一张特别有意义的新年"全家福"诞生。

寒来暑往，四季轮回，2023年、2024年，已从身边悄然流过。每逢春节、五一劳动节、母亲节、国际护士节、八一建军节、中秋节、端午节、重阳节、国庆节等节日，"太阳雨"志愿者都会带着食品、衣物、红包，相约来到江都区社会福利院，看望陪伴陈妈妈，一个节日也不会落下。陈妈妈有时生病住院了，"太阳雨"志愿者的身影总会第一时间出现在病房里，端茶送饭、洗衣倒尿、忙前忙后，一口一个"陈妈妈"，喊个不停。

五

2019年11月2日晚上，扬州西区国际会展宴会中心，一对90后新人的婚礼在亲友的祝福中，温馨地进行着……

新郎戎恒进，山东省军区烟台第一离职干部休养所三期士官，这个很有爱心的小伙子，上中学时就加入了"太阳雨"志愿者团队。在婚礼仪式上，他收到了一份特殊的"传家宝"——父亲戎根喜和他的十几位战友们把推着陈妈妈的轮椅车,亲手交到了儿子戎恒进的手中。戎根喜动情地说:"你现在成家了,以后我们不用你照顾,你把陈奶奶照顾好!"

陈妈妈身着红色喜庆的衣服,幸福地坐在轮椅车上,微笑注视着这对父子。

戎恒进以一个标准的军礼,一位军人的最高礼仪,郑重地接过父亲坚守了35年的"传家宝"。美丽善良的新娘刘纬娜,上前一步,一起握住轮椅车的双把。

"我们只要有一个人活着,就要照顾所有战友的父母亲。"这句当年战场上的青春承诺,如今戎根喜和20多位江都籍战友已经践行了35年。35年来,无论刮风下雨、严寒酷暑、身体检查、老人寿辰、节日团圆、年夜饭,他们都没有缺席,陈妈妈从没有孤独过。"儿子陈刚虽然牺牲了,我不后悔送他去当兵。我现在有这么多儿子,个顶个的孝顺。"陈妈妈经常这样对周围的人说。

当从父亲手里接过坚守35年的"传家宝",对戎恒进这一代年轻人而言,这个35年前的"承诺",已经超越了约定本身的意义,像是一种家风,一种传承,当然更是一种精神和责任的担当,是名副其实的"传家宝",这个"传家宝"是无价的。近两年,戎恒进每年都从有限的工资中拿出1万元,放在江都滕承顺这里,让他平时贴补陈妈妈零用。这件事情,戎恒进还不让滕承顺说出去。

这是接力传承,这是爱心延续!

徐建国自从2019年4月,在"太阳雨"年会上唱了那首《拉住妈妈的手》之后,陈妈妈就住进了他的心房。从此,他与陈妈妈结下了不解之缘,陈妈妈成了他心中长久的牵挂。

徐建国的儿子徐廉是厦门海军某部的现役军官,长期热爱公益的他,从爸爸的微信朋友圈中得知陈奶奶的情况后,一直在关注着这位英雄的奶奶,经常打电话了解情况,并委托爸爸代为看望。

2020年除夕早晨，头一天晚上才风尘仆仆赶回扬州的徐廉，没有顾得上家里春节前的忙碌，穿好军装跟爸爸说：爸，我们今天去陪陈奶奶过年吧！

看着这么懂事的儿子，爸爸妈妈几乎异口同声地说，应该去的。于是，徐廉赶紧出门买来鲜花，并到超市挑选了适合陈奶奶吃和用的物品，招呼爸爸一同驱车前往江都区社会福利院。

看到徐建国带着一身戎装的儿子专门来陪自己过年，陈奶奶高兴得像个小孩子，万家团圆倍思亲的孤独、寂寞、难过的心情，一下子烟消云散，脸上的笑容、眼角的泪花，伴着有些语无伦次的话语，跟他们父子俩聊起了她儿子生前的一幕幕故事，仿佛陈刚并没有离她远去。说着说着，陈妈妈话锋一转，平静地对他们说，我儿子是为保家卫国牺牲的，值！

陈妈妈拉过徐廉的手，轻轻拍着他的手掌，一字一句地说："孩子，你在部队上要好好干，有你们，我们老百姓才能平平安安地生活。"徐廉一个劲地点头，心里在想，爸爸以前说得没错，陈奶奶到底是医院的护士长退休的，识大体，明事理，觉悟就是高。有这么好的人民，作为子弟兵，深感肩负责任的重大。徐廉缓缓地站起身来，立正，整理着装，恭恭敬敬地给陈奶奶一个崇高的敬礼！

英雄是盏明灯，照进后人内心。

有人说，父母就像一台复印机，是孩子最好的老师。"太阳雨"志愿者郭文青的儿子郭宇洋、沈仁梅的儿子温尚坪、徐鹏的儿子徐煜茗、童蕾蕾的女儿余璟妍，都是小学生，他们经常跟着爸爸妈妈来看望陈奶奶，聆听奶奶讲述陈刚烈士的故事，每次来都要给奶奶送上几个小节目，感恩、大爱、敬老意识的种子，渐渐在孩子纯净的心田生根发芽，人生的第一粒扣子，在父母的引导下系得既好又准。

郑蕾，来自一个困境家庭的女孩，在"太阳雨"叔叔阿姨们每年的资助下，她一路读到大学毕业，并走上工作岗位。当她拿到第一个月的工资后,首先想到的是买上几包营养品,跑到江都来好好孝敬陈奶奶。以前,她都是跟着叔叔阿姨来的,看着他们的样子,懂事的小蕾懂得了自己将来应该怎么做。

因为家庭连遭不幸,小红和小康姐弟成了"孤儿","太阳雨"志愿者默默地走进了这个寒冷的家庭,包下了姐弟俩的学习和生活开支。姐弟俩经常跟随"太阳雨"志愿者来看望陈奶奶,每次来,聪明乖巧的小红总会表演两个节目,懂事的小康就帮奶奶捏捏肩膀捶捶背。

……

"长大后,我就成了你!"在"太阳雨"的滋润下,一代"太阳雨"新人在茁壮成长!

六

伟大的烈士和英雄的母亲,永远值得讴歌和书写,他们是"太阳雨"志愿者心间壮丽的华章,他们是爱心人笔下隽永的诗行。

2017年清明节前夕,诗人茆卫东创作了这首《钢铁战士》,敬献给陈刚烈士。

32年前　211高地火焰席卷整个丛林
岩石碎裂
时间折断
折断的　还有战士陈刚青春的双翅
此时　祖国正南方
一根战地电话线　穿过血与硝烟
刚刚接通高指的命令
战友们的炮口　立即瞄准
敌方的黑夜

炸开老山前线红色的黎明

32年后　在江都进修路西苑小区
陈刚你依然与母亲
生活在阳光明媚的居所
你依然年轻
依然笑着
总是以196名战友不同的声音
称呼自己的母亲
因为你们
都是烈火中淬打过的钢铁战士
都有一个共同的名字

我国有一句被人们广为传诵的诗句，"每逢佳节倍思亲"。的确如此，每个人内心的底色，都是温暖而柔软的，节日来临情更浓。2019年2月初，快过年了，"太阳雨"志愿者张群女士，反复思忖着要给敬爱的陈妈妈送上一份特别的礼物。一连几个晚上，她端坐在橘黄色的台灯下，再三推敲，反复琢磨，终于，笔端流淌出了《祝福您，陈妈妈》这首诗，稿纸上也留下了被泪水打湿的痕迹。

窗外，喜庆的灯笼高挂
蜡梅在枝头吐着清香
大红的围巾　和一群来看您的
"太阳雨"志愿者的大小孩子们
他们为您歌唱，他们为您诵读
他们把新春的鲜花和祝福
送到了您的手上

您的笑容是那么亲切和慈祥
为什么突然间
却悄悄地滑下了泪水
滑过了忧伤
妈妈，此刻我知道
您想起了什么
为了千万个妈妈的安康
您的儿子永远长眠在了
保卫祖国的战场上
从此，每一个团圆的节日，春来秋往
您在光阴里回忆，在年华中守望
将永远的思念画进了
碧水苍苍，蒹葭茫茫

妈妈，把您的手放在我们的手里
把我们的心放进您的心上
我们都是您的儿女
就让我们陪着您一起
慢酌岁月的喜悦和忧伤
新春里，乘着春风的翅膀
把对您的祝福写进清风明月
写到山高水长
……

　　幸福生活着的人们啊，别忘记为共和国献身的烈士，别忘记烈士的妈妈！

扬州是他们温暖的家

一

十几年前，扬州城里几乎没有人认识周忠燕，而今天，扬州城里恐怕绝大多数的百姓，都能对周忠燕家的故事说出个大概。

周忠燕的丈夫胡永飞，1998年底从高邮天山镇穿上军装，雄赳赳赴上海拔4400多米的西藏高原、祖国西南大门的中印边境，战胜各种恶劣环境条件，表现得特别能吃苦，特别能忍耐，特别能战斗。胡永飞在日记本上，多次写下这样的话语："无论再苦再累，边防总得有人守；脚下的每一寸土地，都是祖国的领土。"展现了扬州好儿女志在四方、戍边报国的豪情壮志和博大情怀。

周忠燕出生在四川自贡，她原来在成都有一份稳定的工作，24岁那年和胡永飞结婚。他们都是独生子女，为了照顾胡永飞一家，让丈夫安心守卫边防，周忠燕说服父母，忍痛卖掉老家的房子，举家搬到高邮贫困的胡家，两家并成一家过。

甜美的生活画卷刚刚在周忠燕面前展开，她八辈子也不会想到，巨大的灾难从天而降。2009年6月24日，身为汽车队队长的胡永飞，带着官兵为边境哨所运送物资，突遇道路塌方，连人带车掉进了悬崖，山石在不停滚落，眼疾手快的胡永飞一把推开身边的战友，自己却被落石砸中，壮烈牺牲，被西藏军区评定为革命烈士。那时候，胡永飞31岁，周忠燕才28岁，他们的儿子胡博文刚刚16个月大。

胡永飞悲壮地走了，丢下了患有精神疾病的妈妈，丢下了刚搬来高邮不久的岳父岳母，丢下了年纪轻轻的妻子，丢下了年幼的儿子，丢下了搅成一堆乱麻的家……

十几年来，周忠燕带着这个风雨飘摇的一大家子，一步步跋涉，一天天挣扎，正像她手机铃声设置的那首歌："为了碎银几两，为了三餐有汤……"从高邮农村出发，一路跌跌撞撞，闯进扬州城里创业谋生，逐渐把日子过得有点烟火气。

二

社会上有一种颇为小资的说法："岁月静好，现世安稳。"有了这些年的阅历，周忠燕才知道，没有根基的静与好，是温室里的花朵，是鱼缸里的涟漪，美则美矣，没有尝过风霜雨雪的凌厉，没有试过柴米油盐的琐碎，太过脆弱。

哪个女人都不是生来就坚强，周忠燕也是一个普通女子，就像扬州古城青灰色的民居院墙角落里，生长的一株叶绿花白的茉莉，不太引人注目，默默地吐着幽香。她的身上更多的是坚韧，但也有柔弱的一面，也有孤独无助的时候，还有很多闭门哭泣的夜晚。她是凡人，每天要面对工作和生活的重压，四季轮回中的酸甜苦辣，绕不开的柴米油盐，她也希望有人能给她安慰、帮助，让她偶尔依靠一下。她需要社会的关爱，渴望人间的温暖。

周围知情的人对用力生活、不服输的周忠燕很是敬重、佩服。人们钦佩她，不仅因为她是烈士的遗孀，同时也因为她面对坎坷人生、生活磨难而表现出来的坚强。

百姓的大家军人守卫，军人的小家万家牵挂！这十多年漫长的岁月里，扬城悠悠千年古运河，流淌着汇自社会各界特别是众多"太阳雨"志愿者爱的潮水，时不时荡漾起温馨的波浪，滋润着周忠燕苦涩、孤独、无助的心灵，就像春风轻拂古运河岸边的杨柳枝条一般，为她带来丝丝温暖。

"一天穿军装，一生是军人。"当时说这句话的，是扬州市邗江区民政局的妇联主席田蓉，身高1.67米的她，快人快语，身上散发着军人特有的气质。

田蓉的老家在山东，她出身于军人世家，一家三代走出来10个当兵的人。因为外婆在扬州的新疆干休所安度晚年，田蓉的父亲、母亲、丈夫都从宁夏银川的航空兵部队，先后转业到扬州。2007年，已经穿了14年军装、职务是副营职干事的田蓉，也脱下军装，转业安排在原维扬区民政局工作，2012年维扬区和邗江区合并后，任邗江区双拥工作办公室副主任。

时光倒回到2014年初夏。这天上午，田蓉的办公室里走进来一位年纪轻轻的少妇，她怯生生地叙述了自己的困难和想法，左一个"不好意思"，右一个"给您添麻烦了"。来人正是周忠燕，这些天，她一直在为儿子即将上一年级的事发愁。

周忠燕的儿子胡博文，在附近的翠岗幼儿园快要毕业，很快就要上一年级了。按户口地段划分学校，胡博文只能分在四季园小学上学，这所学校离家较远，周忠燕考虑到自己或父母亲接送孩子上学不太方便，就想调整一所离家较近的小学。可她对扬州城并不熟悉，也没有什么亲戚朋友能够帮得上这个忙，一连多日，她为这事烦得睡不着觉。经人指点，她硬着头皮来到了邗江区民政局，想试试自己的运气。

田蓉给周忠燕倒了一杯茶，军人情结很重的她，认真听完周忠燕的倾诉，脸上顿生敬意。

"妹子，我也是军人出身，胡永飞就是我的战友，他为国献身了，他是扬州人民的骄傲，无上光荣。你是军嫂，这些年坚强地独挑家庭的重担，太不容易了。我们就是你的娘家人，你来找我们就对了。"田蓉的声音很好听，她是2018年扬州市"二分明月"经典朗读大赛特等奖得主、江苏省普通话测试员，散发着北方口音的一席话语让周忠燕的心里热乎乎的。

田蓉又把周忠燕带到区民政局一位领导那里，把情况做了汇报，得到了领导的认可和支持，经导交代田蓉，一定要把胡博文上学这件事办好。

"燕子，离你家不远处的梅岭小学西区校，师资力量很好，是一所优质小学，我儿子就是在这里上的小学，我跟学校领导熟悉，况且你家的情况特殊，这事我来牵头落实。"两个人一下子熟络起来，在田蓉的口中，"妹子"很快就变成了"燕子"。那阵子田蓉的身影经常出入在教育局和学校之间，为胡博文上小学的事，反复汇报、沟通和协调。扬州城的夏天很热，田蓉的心更热。

8月30日一大早，田蓉笑眯眯地出现在周忠燕家门口。"燕子，今天我们就带胡博文去学校报到办入学手续。"田蓉拉着小博文的手，一路上讲解学校里各种有趣的事，小博文一蹦一跳的，甭提有多开心了。

周忠燕一家人对田蓉都充满了感激，他们从高邮老家带来鸭蛋、鸡蛋，想表达对田蓉的谢意。周忠燕打电话把田蓉约出来，两人站在路边树荫下聊了一会儿，田蓉临走时说什么也不肯带走这份土特产，两个人分别向着相反的方向走开，两只纸盒孤零零地立在人行道上，周忠燕实在没办法，只好又把两只纸盒拎回家。

这件事已经过去8年多了，周忠燕现在一讲起来，脸上还依然洋溢着满满的兴奋和感激。她经历了太多的人和事，心里有了比较，自然就会很有感慨。

"胡妈妈，我们都是您的儿子女儿，今天来看您了，您有什么事尽管跟我们讲。"中秋节这天上午，"太阳雨"志愿者刘桂春、王晓梅等9名代表，拎着月饼、水果，带着2000元慰问金，前来看望胡永飞烈士的母亲胡翠莲。他们有的人握着胡妈妈的手拉家常,有的人在擦桌子、拖地板、整理物品,屋子里热闹非常。胡妈妈乐得合不拢嘴,脸上的笑容就像院子里绽放的菊花,暖阳越过窗户映照在她的脸上,金灿灿的。

最近几年,因为治病的需要,胡妈妈平时一直住在五台山医院里,这样,医疗和安全都有保障。每逢传统节日,"太阳雨"志愿者总是拎着大包小包来到胡妈妈身边,嘘寒问暖,关怀备至,一个节日也不会落下。陪过胡妈妈,志愿者又来到周忠燕家位于杨柳青路上的德奈福洗衣店,向周忠燕和她的父母送上节日的问候。他们都是洗衣店的常客了,跨进店里,就像进了自家门,撸起袖子就帮周忠燕整理衣服、搞卫生,半天时间不知不觉就过去了。

阳春三月,不少经过冬眠早早醒来的花木,花蕾缀满大街小巷的枝头,扬州城里已经散发出浓浓春意。2020年三八妇女节这天,朱峻松带着10名志愿者,来到周忠燕的洗衣店,一下子,小小店铺异常热闹。

"燕子,我们10个人在你这里每人办一张洗衣卡,每张卡充值580元,家家都有一些衣服要干洗的,用得着。"不知是谁说了一下,一呼全应。周忠燕开心地为他们办卡充值。他们用这种方式给予刚疫情复工的周忠燕支持帮助,让她易于接受。

来之前,他们就商议,都认为洗衣店是周忠燕家的生活来源、精神支柱,得想办法留住。捐款只能解一时之困,而且,要强的周忠燕有时未必肯接受,所以就想出了办充值卡这个办法。熙熙攘攘,皆为碎银几两。成年人谁也不容易啊!

"燕子,节日快乐!"几个女同志亲热地搂着周忠燕,每人递上一份精心准备的小礼品。临走前,朱峻松把一个包了3800元的大红包硬塞到周忠燕的手里:"燕子,这是全体'太阳雨'志愿者的一点心意,请你收下!"

"我知道你们都在不动声色地帮衬我,你们给予我们家的关心帮助太多太多了,谢谢你们!"周忠燕的眼眶红了,哽咽着说。

2021年9月20日上午,骄阳似火,蝉声阵阵。"太阳雨"志愿者一行9人,又来到洗衣店看望周忠燕一家子。

受疫情和房租大幅度上涨诸多因素的影响,周忠燕一家五口赖以生存的洗衣店经营状况,今年显得特别艰难。"太阳雨"志愿者努力想方设法,积极帮助周忠燕全家共度时艰。今天,志愿者向周忠燕家送来了好几盒慰问品,外加一个厚厚的1万元信封。周忠燕盛情难却,嘴里只是重复着,"'太阳雨'真的是及时雨"!

洗衣店里一人多高的洗衣机,在欢快地滚动欢唱着,发出很有节奏规律的音响,仿佛在播放着一首和谐悦耳的乐曲。

三

"燕子,今年的《扬州日报》和《扬州晚报》,收到没有啊?"元旦过后5天,扬州报业集团工会副主席刘原女士,下班时绕道来到周忠燕的洗衣店里,她来看看赠送给周忠燕的两份报纸送到位没有?看到柜台上摆放着近几天的报纸她放心地笑了。

这些年,"太阳雨"志愿者都在各显神通、尽其所能地帮助周忠燕家,刘原也动足了小心思:周忠燕的洗衣店里,每天都有一些顾客来来往往的,如果为她赠订两份报纸,让顾客随手翻翻,站在洗衣店,便知扬州事,不是挺实用的吗?

于是,刘原专门打了请示报告,阐述了周忠燕家的特殊情况,报业集团领导非常支持,爽快批复,同意每年为洗衣店赠订《扬州日报》和《扬州晚报》,而且是长久的。

有一段时间,周忠燕总是感觉胃部不舒服,到医院去看过几次。刘原之后才听说,她随即拉着周忠燕,带上各种检查的片子,找到一位有医疗资源的熟人,帮周忠燕进一步读片、检查,找到了真正的病因,对症下药治疗。随后,又和一家体检中心联系协调,免费为周忠燕和3位老人做一次全套体检。

"燕子,你是家里的顶梁柱,身体必须杠杠的。以后身上再有哪里不舒服,一定要及时告诉我们啊!"刘原搂着周忠燕的肩膀一脸认真地说。

因为胡永飞的老家在高邮市,而周忠燕买的房子在邗江区西湖镇境内,所以她落户在邗江区。她是烈士遗孀,这一点大家都知道,但在区里落实一系列优抚政策时,经常会遇到一些不太好办的地方。对军队怀有特殊感情的田蓉,十分同情周忠燕的生活处境,自打认识周忠燕之后,她就经常出现在周忠燕的家里和洗衣店里,她以北方人的爽快和女性特有的细腻,对这个烈士家庭的每一个成员嘘寒问暖,看到什么难处就主动站出来牵头协调,区里相关部门也都尽其所能,帮助解决。

田蓉的热心,不仅因为她是做双拥工作的,其实她也是一个很有爱心的女子,2015年,她就加入了太阳雨爱心志愿者团队。她经常到周忠燕家里来串门拉家常。

"博文,你除了学校的课程学习,还想学什么业余爱好啊?"田蓉拍拍胡博文的肩膀问道。

"阿姨,我想学跳街舞、吹萨克斯,可妈妈不让我学,说是学费太贵了。"小博文说完,不好意思地挠挠头。

"好好,只要你想学,叔叔阿姨们帮你想办法解决学费问题。"从田蓉支持的眼神中,小博文读到了信心和力量。

田蓉把胡博文的想法,向朱峻松一汇报,大伙一碰头,便凑了5000多元钱,为胡博文办了一张学习卡。扬州市文艺创作研究会与"太阳雨"团队联合打造的"蒲公英"圆梦计划为小博文提供三年期的街舞课程学习,胡更生老师为小博文永久免费提供萨克斯教学课程。

从此，在训练馆经常看到胡博文学跳街舞的身影。周忠燕家的夜晚，窗口经常传出悠扬的萨克斯《月亮代表我的心》：你问我爱你有多深，我爱你有几分，我的情也真，我的爱也真，月亮代表我的心……

夜深了，树叶沙沙作响，月色更加皎洁。胡博文趴在窗口，抬头望着明亮而柔和的弯月，这弯月多像妈妈的嘴唇啊，她的嘴角挂着温柔的微笑，这微笑甜甜的，但又有几分难以察觉的苦涩。

周忠燕家在扬州城里没有什么亲戚，遇到什么事情想找个知根知底的人商量都难，田蓉设身处地地感受到了周忠燕的孤单。

"燕子，你干的是个体创业，没有什么单位可以依靠，你以前讲过，也想创造条件帮助别人，那你就参加'太阳雨'志愿者队伍吧，这里面人多，可以经常组织开展一些集体活动，向别人献爱心，同时也温暖自己。"田蓉在征求周忠燕的意见。

一直被"太阳雨"滋润着的周忠燕，其实早早就在打听和关注"太阳雨"志愿者队伍的情况，希望能尽快加入这支队伍，向社会上需要帮助的人献上一份爱心。在田蓉的牵线引导下，周忠燕于2019年初，也高兴地加入了太阳雨爱心志愿者团队。从此，周忠燕这桶清澈甘甜的泉水，融入润泽万家、流向远方的古运河之中。

"因为自己淋过雨，所以总想着有机会就给别人撑把伞。"当晚，周忠燕兴奋地在微信朋友圈发出这样的感慨，"愿你天黑有灯，愿你下雨有伞！身边有这么多热心人，我并不孤单。一碗水只有汇入江河，才永远不会干涸。只要人人都奉献一点爱，世间将会无比的温暖……"

2020年3月，太阳雨爱心志愿者团队被评为"2019年度扬州市优秀志愿服务组织"。谈起周忠燕家的情况，朱峻松凝视着刚刚领回来的奖状，用手指推了推眼镜，深情地说："前些年，我们欠下了不少历史债。类似周忠燕这样的烈士家庭，在国家政策还没有完全覆盖照顾到之前，我们要尽自己的力量来管来帮，告慰烈士的英灵，安慰烈士的家人。"

顿了顿，朱峻松接着又说："现在的确需要叫响'让军人成为全社会尊崇的职业'这句口号，军人已经在前方流血献身了，遗孀在后方还一直流泪，怎么激励官兵牺牲奉献？期盼口号能真正落到实处，希望政府和社会对周忠燕这样的家庭，再多些关心关爱，再多些政策倾斜，怎么破例、怎么照顾都不为过，别人不可能攀比，也攀比不了。"

四

生活是一团麻，那也是麻绳拧成的花；
生活像一根线，也有那解不开的小疙瘩呀；
生活是一条路，怎能没有坑坑洼洼；
生活是一杯酒，饱含着人生酸甜苦辣；
生活像七彩缎，那也是一幅难描的画；
生活是一片霞，却又常把那寒风苦雨洒呀；
生活是一条藤，总结着几颗苦涩的瓜；
生活是一首歌，吟唱着人生悲喜交加的苦乐年华……

李娜演唱的《苦乐年华》这首歌，似古运河流水，如泣如诉。周忠燕很喜欢听，常常听得心里酸酸的、软软的，她感到，这就是她现实生活的素描和写照。生活中的烦恼如同一团乱麻，剪不断，理还乱，不光把她缠在里面，连她妈妈刘华容也被一起卷在这团乱麻堆里。

十多年前，刘华容和丈夫听从女儿女婿的安排，作别故土，来到高邮安家。当时他们想，两家都是独子独女，和女儿一起来照顾胡永飞的家庭，为的是支持女婿胡永飞安心在西藏高原服役。这些年，她遭遇了太多意想不到的灾难和打击：胡永飞的父亲遭遇车祸，胡家的生活乱了步伐；胡永飞英勇牺牲，家庭的顶梁柱塌垮了；亲家母精神错乱，平时都要小心翼翼地相处；户口还在四川老家，医疗保险也办不了，看病求医都是自理；人生地不熟，生活习惯不同，语言不相通，常被别人歧视地叫"四川侉子"；全家人加班加点为一个服装厂处理一批衣服上的次品拉链，赶工期心急火燎，嘴上起满了水疱；她把刚为顾客清洗过的汽车座椅套放在店门外晾晒，遭到城管队员粗暴训斥、简单执法……

一桩桩、一件件烦心事，日积月累在刘华容的心里，就像一只气球一样不断地被输入气体，到了一定极限，肯定是会爆破的。2019年深秋，街头的金黄色银杏树叶一片片地飘落地面，刘华容的心情也糟糕到了崩溃的边缘。

她常常一个人呆坐着愁眉苦脸、唉声叹气，几乎每天都出现低落的心境，晚上也睡不着觉，老是做噩梦，总是自言自语，后悔当初不该听女儿的话，不该全家搬到扬州来生活，责备自己没有本事，保护不了女儿，不能为女儿分挑担子，一家人都跟着受苦受罪，她甚至出现幻觉，总认为有人要害死她。

周忠燕观察到了母亲的种种不对劲现象，深深为母亲的身体担忧，内心充满了自责。她独自跑到医院，和医生一沟通，意识到母亲已患上了重度抑郁症，属于精神疾病范畴，必须立即带母亲到医院去治疗。这对周忠燕来讲又是一劫，那一刻她无人倾诉，无人帮扶，所有的一切都要独自承担。这一天，周忠燕谎称到医院去看望胡永飞的妈妈，把母亲带到了扬州市五台山精神疾病医院。

坐在医生对面，刘华容先还能正常交流沟通，后来突然情绪失控，暴跳起来，她抢过周忠燕手里的病历、手续单、检查单撕得粉碎，随后语无伦次，前言不搭后语。周忠燕把母亲搀扶到病房外面走廊上，想安抚平息她的情绪，刘华容此时情绪已完全失控，根本就听不进女儿讲的话。

"天啦，婆婆因为精神疾病住在这个医院里，现在妈妈又得了这个病，以后的日子还怎么过啊？"周忠燕完全崩溃了，她搂抱着吵闹的母亲，悲从心生，号啕大哭，泪流满面。此刻，她一个人根本无法管控照顾母亲、继续带母亲看病。

　　无奈之下，周忠燕拨通了胡永飞的战友马富荣和朱峻松的电话，向他们求援。马富荣、朱峻松、田蓉、王兵等人赶到医院时，看到刘华容还在情绪激动地吵闹着，周忠燕搂抱着母亲，竭力劝说开导，急得她泪如雨下，一脸的无助无奈。田蓉搂着周忠燕的肩膀，竭力安抚她。等刘华容的情绪稍微平静一点，他们和周忠燕一起，继续带着刘华容问诊、检查，医生本来要求让刘华容住院接受检查治疗，可刘华容坚决不肯住院。周忠燕一时拿不定主意，怕不听医生的话会耽误了母亲的病；如果住院吧，又怕母亲的病没有那么严重，关在医院里面反而又加重病情。医生同情周忠燕家的特殊情况，于是开了几种药让他们带回去，叮嘱服药两天后再来医院进一步检查。

　　回到家里，遵照医嘱让母亲服过药，周忠燕和田蓉小心翼翼地看护照顾她，生怕一不留心出个闪失。帮母亲一量血压，高得厉害，已经达到190，赶紧又让她吃了降压药。第二天，田蓉早早赶到周忠燕家里，准备协助周忠燕带母亲去医院检查，周忠燕6点钟去叫母亲起床，可这时发现刘华容人不见了。接到电话几名"太阳雨"志愿者立马赶了过来，大家分头寻找，到小区门口、菜场、附近的各个路口，调看监控录像，好不容易在一条小路边上找到了刘华容。那天下着小雨，刘华容自己也不知道为什么会出来，出来干什么。周忠燕看到全身湿透的母亲，像一个流浪婆似的，心里难受极了。几个人连哄带骗地帮刘华容换好衣服，然后带她到医院抽血做检查、问诊开药。

　　那几天，周忠燕放下手头的一切事情，陪在母亲身边，和她说话拉家常，生怕她情绪不稳定，东想西想再出什么岔子。

　　现在，刘华容每天仍然要靠药物来控制病情，家里人都格外小心地和她相处，生怕发生什么不顺心的事，又刺激到她。这个家再也出不起什么事了。

"这些年,我们家就像一个社会小舞台,上演了很多出人间悲喜剧,四季轮回中绕不开酸甜苦辣,日子过得挺普通的,但余味绵长。这个世界是温暖的,扬州城就是我们温暖的家,身边有很多的热心人相助,我并不孤单,一定要热爱生活,善待自己,带着一家老小往前奔!"说出这通话的时候,周忠燕端起刚泡好的一杯清茶,朝着窗外远处眺望,一片下午的暖阳正映射过来。

燕子的生日

这世界有了你
才显得格外美丽
生命中有了你
就留下许多美好的回忆
军嫂的称呼里
饱含着你多少奉献和艰辛
边关的云和月啊
都在自豪地把你赞美
啊,平凡而伟大的军嫂
你的深情大爱
已闪耀在军功章里
你的大爱深情
已绽放在中国梦里
这天地有了你
才显得充满生机
家里头有了你
日子就过得有滋有味
军嫂的称呼里
凝聚着你多少心血和汗水
故乡的山和水啊

都在感动得流下热泪

……

一曲《军嫂》唱出了身为军人妻子的牺牲和奉献，赞美了军嫂的平凡而伟大。如果说，当一名军嫂难，已属很不容易，那遭遇丧夫之痛、成为烈士遗孀，生活更是难上加难、雪上加霜，她既要承受生活奔波之重，更要忍受精神心灵之痛。

《平凡的世界》告诉我们：人生的苦难和快乐各占一半！假如当年周忠燕不是和胡永飞相识相爱，不嫁给军人，她就不会成为军嫂，也不会经历后来的一切，更加不会成为烈士遗孀，周忠燕肯定和社会上众多女子一样，过着安居乐业、相夫教子的生活，有一份稳定安逸的工作，有一个幸福美满的家庭。

扬州的冬天仪式感不强。还没有顾得上和秋天握手道别，悄然间眉宇紧锁，玉面微沉，一噘嘴，就是冬天了。扬州的冬天被大自然的臂弯呵护着，无风，无雪，温文尔雅。

2020年冬月初二午夜，渐浓的寒意泼洒着大地，整个扬州城都睡着了。可周忠燕无法入眠，心田里好像有无数条小虫子在爬行挪动，夜里一点半钟，她实在控制不住自己的情绪，发出一条朋友圈：

当年有个人对我说："30岁是到婆家的第一个大生日，等我从西藏回来，给你在天山镇上的酒店里热热闹闹地过这个生日，我已经想好了要送你的礼物。"

你太不守信用了，这些年，我一直在等着你给我过生日，等你给我送鸽子蛋大的钻戒呢，可我一直没有等到这一天！哪知道一晃十多年过去了，我现在都40岁了，媳妇快熬成婆了！女人的一生，如果削头去尾的话，人生有几个黄金10年啊？我要打电话，1363893……

清晨，刘原、沈仁梅、朱峻松、田蓉、王兵等5名"太阳雨"志愿者陆续看到了周忠燕夜里发出的感慨，他们一商量，决定当晚为周忠燕庆贺40虚岁生日。为了方便周忠燕一大家人出行，不过多占用胡博文做功课的时间，他们便在周忠燕家附近一个饭店订了一个包厢。

朱峻松十分用心，专门精心设计、喷绘制作了一块背景图板，挂在包厢正面的墙上。图板左边有周忠燕老家四川自贡五彩缤纷的花灯，右边是春意盎然的扬州瘦西湖，两只机灵的燕子在湖面上轻盈地飞过，图板的中间用活泼的字体，调皮地写着"小燕子，生日快乐"！

小姐姐沈仁梅捧来了一束鲜花；田蓉带来大家合买的金项链；刘原拎来的蛋糕上，用奶油挤出了一幅独具匠心的卡通画——一位身着迷彩服的兵哥哥，手握钢枪，昂首挺胸，注视着前方……

当周忠燕俯下身子，两只手撑在餐桌边沿上，准备吹灭蛋糕上的蜡烛时，被烛光映照得红彤彤的脸庞上，一颗颗珍珠般的眼泪断了线似的直往下掉。周忠燕左手无名指上那只看似简朴的戒指，在烛光下也放射出一闪一闪的光芒。这只戒指还是当年她和胡永飞在成都第一次见面时，胡永飞送给她的，她一直珍藏在身边。平时在洗衣店忙活时，周忠燕从不戴戒指等首饰，她嫌碍事，外出参加一些重要活动时，她才舍得拿出来戴上。

"妈妈，您辛苦了！您今天40岁的生日，是伯伯、阿姨们为你操办的，等你50岁时，我有钱了，我来为你过一个更大更隆重的生日。"胡博文搂着周忠燕，亮着大嗓门，对妈妈表决心，也是对大家说。他端起一杯饮料，一脸真诚地敬妈妈。

调皮的胡博文用奶油给妈妈涂了一个大花脸，然后也在自己脸上涂抹了几下："妈妈，不管什么时候，都有我陪着你！"

在场的人都被感染了，每个人都唱了一首歌，献给周忠燕。室外已是寒冬，但周忠燕的心里暖融融的。

此刻，她想起自己很喜欢的一句话，"活在这珍贵的人间，太阳强烈，水波温柔"。活着真好！

回到家里，周忠燕在房间盯着温暖的大床，注视了许久，她在想象：有一对新人，躺在这张床上缓缓老去，经历了相爱的亲昵，高原雪地里的携手，烟火人生的争吵，艰辛日子的熬炼，还有生离死别……

细心的"太阳雨"志愿者都记住了周忠燕的生日。一晃一年又过去了，2021年10月27日晚上，位于瘦西湖蜀冈风景区城北街道忠怒·农民公园的"太阳雨"爱心村，不断传出欢快的歌声和喝彩呐喊声。原来，这里正在举办一场"我们是相亲相爱一家人"的生日宴，为周忠燕庆贺40周岁生日，庆生宴的主办者，是周忠燕的兄弟姐妹们，他们都是"太阳雨"志愿者。

周忠燕和她的父母，在扬州城里没有什么亲人。为了让周忠燕感受到"太阳雨"大家庭的温暖，40多位"太阳雨"志愿者自发组织了这次庆生家宴活动。下午，志愿者代表陪同周忠燕全家游玩了附近的沿湖村和运河公园。漫步在运河公园里，意外发现一大片格桑花，周忠燕十分惊喜，她蹲下身子，让人为她拍下了一张张与格桑花的合影。

周忠燕按捺不住激动的心情，兴奋地说："我到过西藏好几次，但还没有与格桑花拍过照片，今天意外地完成了多年来的一个心愿。"

真是"格桑花开扬州城，相亲相爱一家人"。当晚，爱心村王林定制了别致的生日蛋糕，操办了可口的田园美餐，席间，大家开心碰杯，激情歌唱，共同祝福坚强的燕子生日快乐，未来的生活像花儿一样灿烂多彩。

我有花一朵，种在我心中
含苞待放意幽幽，朝朝与暮暮
我切切地等候，有心的人来入梦

女人花，摇曳在红尘中
女人花，随风轻轻摆动
只盼望，有一双温柔手
能抚慰，我内心的寂寞
我有花一朵，花香满枝头
谁来真心寻芳踪，花开不多时
啊堪折直须折，女人如花花似梦
我有花一朵，长在我心中
真情真爱无人懂，遍地的野草
已占满了山坡，孤芳自赏最心痛
……

周忠燕难得的非常开心，她现场演唱了这首梅艳芳的《女人花》，不再年轻但依然有些绯红的脸上泪水盈盈，大家也都为之动容。有人说过：二十岁的脸来自父母，三十岁的脸来自生活，四十岁的脸来自你自己的选择。

"祝燕子生日快乐！"众人齐呼。周忠燕悄悄擦了一下眼泪。她啜了一口红酒，慢慢品咂。品的不仅是酒，也是生活的酸甜苦辣。窗外，有燕子轻轻飞过，冬天过去之后，春天就要真的来了。

2019年4月21日，"太阳雨"志愿者年会在美丽的瘦西湖畔二十四桥宾馆举办，200多位志愿者欢聚一堂，相互交流，爱心碰撞，共叙公益给大家带来的快乐。

联欢会上，《身边的感动》故事发布，邗江中学老师、扬州市朗诵协会副会长、"太阳雨"志愿者陶莉女士，饱含深情地讲述了周忠燕家的故事，让现场所有志愿者的心灵得到一次洗礼和升华。动人的事迹、动情的讲述，让全场听众潸然泪下。

很有主持经验的陶莉，环视一圈大家的情绪，接着又动情地说：

此刻，我想大家的心情一定与我一样，久久不能平静，烈士胡永飞的伟岸，军嫂周忠燕的忠贞，军娃胡博文的坚强，无不让我们动容！十年的时光，需要重复多少次爱的谎言？柔弱的川妹子周忠燕又要肩负多少责任？十年，漫漫长夜会有多少次泪湿衣襟？十年，扬州城的大街小巷又曾留下过多少她苦难的背影？

好在，扬州这座大爱之城，在她家陷入困境、最无助的时候，"太阳雨"志愿者总会伸出温暖的手，为她家拨开生活中的阴霾……

在年会现场，周忠燕、田蓉、陶莉这3位以往的军嫂，一起站到舞台上，动情地共同唱起赞美军嫂的《妻子》：

这些年的不容易

我怎能告诉你

有过多少叹息

也有多少挺立

长夜的那串泪滴

我怎能留给你

有过多少憔悴

也有多少美丽

真正的男儿

你选择了军旅

痴心的女儿

我才苦苦相依

世上有那样多的人

离不开你

我骄傲

我是军人的妻
……

"永飞，13 年过去了，你一点都没有变，还是 31 岁。今天，'太阳雨'志愿者又让你获得了重生。可是我老了，已经 41 岁了。前几个生日，都是'太阳雨'的兄弟姐妹们陪我过的。现在妈妈和孩子都好，我们会继承你的遗志，奉献爱心，做对社会有用的人。"

2022 年八一建军节下午，扬州景区瘦西湖街道滨湖社区"太阳雨戎耀之家"，正在举行一场特别的捐赠仪式。由扬州"太阳雨"志愿者蒋宽广捐赠的两尊 80 厘米高的胡永飞烈士半身雕像，正式移交给胡永飞家人和"太阳雨戎耀之家"。周忠燕十分激动，脸上一直红扑扑、汗津津的，她轻轻抚摸着"胡永飞"的脸，内心翻江倒海，流下了一串串热泪。

这些年，胡永飞、周忠燕一家子的事迹，一直感染着"太阳雨"所有志愿者们。近 4 年时间里，"太阳雨"志愿者和最美军嫂周忠燕，共同推进实施了"格桑花计划"，帮助胡永飞烈士牺牲地西藏错那县的困境学生，给扬州志愿者与错那搭起了民族团结交流之桥。"太阳雨"志愿者蒋宽广了解到周忠燕心中的种种"放不下"和缺憾后，主动找到扬州市文艺创作研究会秘书长朱峻松，希望请该会的雕塑家为胡永飞烈士创作两尊雕塑作品，通过此举，传承弘扬烈士的爱国奉献精神。两个有情怀的人一拍即合。他们通过周忠燕，选取了好几张胡永飞生前的照片，最终确定以烈士 31 岁时的正面戎装照为创作原型。

在雕塑创作的过程中，由于没有胡永飞烈士生前的侧面影像资料，只能参照胡永飞烈士儿子胡博文的侧面形象。当雕塑泥样出来后，胡永飞的家人及同学观看了，一致认可正面的形神抓捏得很准，但觉得侧面与胡永飞本人还是有些差异。正当大家一筹莫展的时候，胡永飞烈士的高中同学陈秋找到了一张烈士生前回家探亲聚会时的照片，照片中的胡永飞恰好正处于侧面的位置。雕塑家根据这张照片，对原雕塑的侧面轮廓进行了修改，栩栩如生的烈士塑像就这样诞生了。英雄，在远离人们13年之后，重回到亲人和家乡人民的身边。

"在八一建军节这个特殊的日子里，我向所有戍边的解放军叔叔致以崇高的敬意！"儿子胡博文紧紧抱着"爸爸"，在他的额头上留下一个儿子对英雄爸爸的敬仰之吻，然后，激动而又真诚地说道。

不远处绿茵茵的草坪上，一群洁白的和平鸽嬉闹啄食，忽然"哗啦啦"群起展翅，整齐地冲向蓝天白云之间。

"周妈妈,我们来为您送行!"

一

"周妈妈,我们来为您送行啦!您辛苦操劳一辈子,好好安息吧,一路走好!"

2017年5月9日,这是农村最美的季节,气候宜人,麦田微波。在长江上游距离扬州400公里远的安徽省铜陵市枞阳县义津镇菁华村小胡组,一户普通而陈旧的平房里,革命烈士周正清的老母亲安详地走了,走在如画的春天里,享年93岁。英雄母亲离世,大地沉寂,村庄齐哀,村民恸哭。

普通的堂屋设置成简单的灵堂,周妈妈安静地躺在堂屋中间的水晶棺里,头朝门外向。供桌上点一盏香油灯,作为"照老灯";燃3炷香,并盛满一碗半熟的米饭,称"倒头饭",饭上插一双筷子,竖放着两只鸡蛋,称"倒头蛋";供桌上还放着有一只燃尽鸡毛的公鸡、一条筷子长的鲢子鱼等供品;遗像与灵位并列地摆放在棺头前。

唢呐声声,哀乐低回,周妈妈的家里来了一批又一批吊唁的人,全村的乡亲邻居来了,镇上和村里的干部来了,当年和周正青烈士一批从枞阳出去当兵的战友都来了。下午,有八九个人扛着一只只花圈,拎着一捆捆黄纸,风尘仆仆地走进周妈妈的家里,他们依次逐个跪在周妈妈遗像前的稻草把上,磕3个头,敬3炷香,然后站成一排,久久肃立在周妈妈的遗体旁。

其中,一个身体微胖的中年男子,哽咽着讲出此文开头的那几句话,浓重的苏北口音引起了乡邻们的注意。"你们是周家什么亲戚啊?从苏北哪里来的啊?我好像看你们来过几次了,有些面熟。"一位邻家大姐盯着他们问。

"大姐,我们都是周妈妈的儿子女儿,是从扬州来的。"不知是谁回答了一句。

"他们是扬州太阳雨爱心志愿者团队的人士,有的还是周正青烈士生前的战友,他们都是重情重义的好人啊!"和周正青同村、同一天出去当兵、现任菁华村党支部书记的徐成光,大声告诉乡亲们。

乡亲们颔首点赞,露出钦佩的神情。

悬挂在堂屋隔间墙壁上那个相框里的周正青烈士,正俯身凝视着老家屋子里的这一幕幕。

人群中,"太阳雨"志愿者、周正青烈士生前的战友滕承顺,抬起头朝着周正青烈士的照片说:"周班长,因为你不在,我们带着'太阳雨'志愿者团队的几名代表,来为老妈妈送行了,以后,你在天堂好好照顾妈妈吧!"

出门三五里,各处有乡风。位于八百里皖江北岸的水乡枞阳,其丧葬风俗和扬州也有几分相似之处。高龄的周妈妈去世之后,烈士的兄妹、战友和志愿者都很重视,当着白喜事来操办。

英雄母亲安葬那天早晨,一阵鞭炮声惊醒了整个村庄,前来送行的人们排起了长长的队伍,身着拖地孝服的孝子孝女分别捧着老人家的遗像、灵位与引魂幡,走在最前面引领,中间的人不断地抛撒"纸钱",有留下买路钱之意,一纵送行队伍,吹吹打打,鞭炮声声,震耳欲聋,引得沿路人驻足观望。

送走了英雄妈妈,滕承顺、戎根喜他们和枞阳战友徐成光、方国民一起,来到周家前方300米处的周正青烈士墓园,滕承顺眼含热泪,颤抖地抚摸着墓碑上周正青烈士的名字,像是抚摸记忆中战友年轻的脸庞。他点上一支香烟,恭敬的摆放在老战友的墓碑前,动情地说:"班长,我们刚送走了老妈妈,你们母子也算团聚了,你在天堂就多照顾陪伴妈妈吧!"

清风徐来,松柏无语。几个战友又一次向同行的"太阳雨"志愿者打开了回忆的话匣:

1982年10月23日,周正青响应祖国召唤,积极报名参军,在山东淄博原济南军区67军直属通信营电话连当战士。1985年3月,周正青所在部队开赴云南老山前线,参加自卫还击作战,1985年7月23日,周正青在前线抢修前沿阵地指挥部通信线路,越南士兵观察到我方通信兵在抢修线路,就用大炮轰炸。第一发炮弹飞来,周正青跳到炮坑里,躲过了这一发炮弹的轰炸,他带着新兵、扬州江都籍战友陈刚继续抢修线路。敌人观察到没有打中抢修线路人员,又用两发炮弹同时夹击轰炸,周正青左胳膊、右腿被炸断,一片炮弹的铁片从后面击穿钢盔帽子,他的后脑部受伤,当场壮烈牺牲。新战士陈刚也被碎弹片击中,腹部受了重伤。前沿战地救护所对陈刚进行了初步抢救,在由军用救护车送往直升机的途中,陈刚由于失血过多,抢救无效,壮烈牺牲,他的生命永远凝固在了18岁。

1985年9月1日,解放军总政治部批准周正青为革命烈士,1985年10月、1986年6月,原67军分别给周正青追记二等功和一等功,并追认他为中共正式党员。周正青烈士遗体在云南省文山州新街殡仪馆火化,部队营副教导员许国玉亲自护送烈士骨灰回到家乡,英雄魂归故里,地方政府专门划出一块地建造了烈士墓园,部队首长、战友们经常前来祭奠周正青烈士,并看望英雄母亲。

滕承顺轻轻擦拭、抚摸着烈士墓碑上的照片,深情地凝视着那张年轻、英俊、熟悉的脸庞,心底那扇情感的闸门再次打开。当年在通信营电话连四排,周正青是11班的班长,和周正青同时入伍的枞阳兵方国明是10班的副班长,新兵滕承顺是10班的战士。大家朝夕相处,同训练同学习同劳动，天天一个锅里搅勺子，特别是后来一起上战场，战友们个个英勇善战、相互掩护、出生入死、抢挡子弹，最后阴阳两隔……想着这些，滕承顺就感到剜心的疼痛，他的耳边响起一首歌：

我们在一起
互相搀扶饮马大洋大漠
我们在一起
吹角连营点燃漫天烽火
我们在一起
生与军旗同
死向沙场卧
我们在一起
战友如兄弟
生死在一起
从未分离过
……

二

他们所在的部队从战场撤回来后，滕承顺于1986年底退伍回到家乡江都，因为当时交通、通信和生活条件的限制，滕承顺和已退伍回到枞阳的方国明失去了联系，更无法了解周正青烈士家人的生活情况，大家都在为了各自的工作、生活而奔波打拼。滕承顺是个重情重义的汉子，当年南方边境那片战场成了他心中的圣地，一起冲锋陷阵的战友是他永远的牵挂。他微信头像用的是一张1985年5月10日在老山前线拍的照片，微信的昵称叫"老山情"。直到前些年，战友们联系上后，滕承顺从方国明这里了解到周正青班长家的近况。

周正青牺牲后，政府照顾安排他的二哥周德民到粮食部门工作，后来体制改革，二哥便下岗了，身体还不好；大哥周雪晴一直在家务农，周正青的两个姐妹都出嫁成家了，周正青的父亲多年前就去世了，还剩下一个年迈体弱的英雄妈妈，过着清贫的日子。"这一家子生活过得真不容易啊！"滕承顺连连感慨。

2016年，太阳雨爱心志愿者团队一发起"致敬英雄母亲"主题公益项目，滕承顺、戎根喜就找到了朱峻松，他们把温暖的目光便瞄向了400公里外枞阳这个小村庄。很快，在对越自卫反击战参战老兵、"太阳雨"志愿者刘晓平、邢叶勤、秦霞的带领下，"太阳雨"志愿者吕荣超、黄金芳、朱也冬、高洁、陈亚萍、张群、张爱君一行11人，专程赶到枞阳县义津镇菁华村小胡组，沿着阡陌的乡间小路，来到周正青烈士的家里。这是一户十分普通的农家平房，简单得不能再简单的屋子里，除了一张床、一张方桌，没有什么像样的家具，一面有些泛黄的墙壁上，挂着烈士的黑白照片。英雄妈妈年岁已高，当听完女儿给她说明这一群人的来意，坐在椅子上的老妈妈含笑着向大家连连点头。志愿者们给老妈妈带来了慰问品，向老妈妈献上了一大捧鲜花，他们簇拥着老人家，大声地和她聊家常，关心询问她的身体、生活情况。

"太阳雨"志愿者把3000元慰问金送到周正青烈士姐姐的手上，让她平时给老妈妈买些营养品吃。姐姐坚决不收，她说，"政府对我们已经很照顾了，不能再要你们的钱"。拖拉了好久，才把慰问金硬塞在大姐的口袋里。

听着善良朴实的大姐讲的话，在场的志愿者禁不住鼻子发酸，眼泪夺眶而出。多么值得敬重的一家人啊，父母把年轻的儿子送上保卫国家的战场，顶着敌人的枪林弹雨，顽强英勇作战，献出了自己宝贵的生命；失去儿子和亲人的家庭，生活并不富裕，可是他们没有抱怨，还如此感恩。他们，才是当今物欲横流的社会中最纯粹最可爱的人。

得知"太阳雨"志愿者来了,枞阳一些周正青烈士的战友也赶了过来。志愿者听着烈士以往的故事,心灵一次次受到震撼。爱好朗诵的志愿者张群女士,在一旁悄悄抹着眼泪。有人提议让她朗读一首送给老山牺牲的烈士的作品,于是,她挑选了一首诗《妈妈,我等了你二十年》,为大家朗诵。

……
妈妈　二十年前
当我被敌人罪恶的子弹
击倒在前沿
我多么想你亲手为我合上双眼
用你温柔的手
再摸我的脸颊一遍
让我在冥冥中
再次接触你手上粗硬的老茧
妈妈　我多想对你说
我倒下的时候
我的枪刺指向敌人阵地的那边
妈妈　我多想向你证明

妈妈　二十年来
我和我忠实的弟兄们
默默地站在这昔日的前线
我昔日的兄弟姐妹们来过
他们给我们带来了欢笑
他们给我们倾诉衷肠
他们把泪水洒在这墓前

鲜花　美酒　醇烟
还有他们的后代
那红红的嫩脸
可是　没有妈妈
那替代不了的抚摸
我心中的寂寞
永远无法排遣
妈妈　二十年
你走了好远　好远
妈妈　二十年
我知道你好难　好难
我不怪你
因为你没有足够的钱
妈妈　你空手来的
没有任何祭品
我不怪你
因为你没有足够的钱
妈妈　我知道
你还没有吃饭
可惜我不能为你尽孝
我只能望着你无言
……

听着动情的诗句，在场的所有人眼里都闪着泪花，尤其是周正青烈士的战友们，一个个都像孩子一样，泪水滚滚而下，那一种对昔日战友悲痛的思念啊，令人瞬间动容。

转眼间，太阳已经躲到了西边树林的后面，一群人带着依依不舍的心情,再次来到周正青烈士的墓前道别。昔日的战友们肃穆而庄严地站成一排,向烈士墓敬了一个标准的军礼,志愿者们向年轻的烈士再次深深的鞠躬。

走近烈士,洗涤心灵。志愿者的心中默念:亲爱的烈士兄弟,感谢你们血染的风采,你们都是共和国的功勋!我们美好和平的年代,那是多少烈士用鲜血和无畏换来的,我们会永远铭记你们,把心和情留在这里!

从此,遥远的枞阳那个小村庄便成了"太阳雨"志愿者心中的牵挂。江都陈刚烈士的母亲陈妈妈过八十大寿时,滕承顺、马一尘等江都的战友掏腰包给陈妈妈好好热闹一番,他们自然想到了周正青烈士的家人,于是,他们把周正青烈士的大哥周雪晴请到了江都,为他解决往返的车票,让烈士哥哥和英雄妈妈相聚。他们把周大哥安排住在江都高档的宾馆,陪他游览扬州美丽的瘦西湖,给他送了许多当地的特产,还请他和江都战友座谈,让周大哥十分感动。

憨厚朴实的周大哥搓着手,激动地说:"我这个老农民,这辈子还从来没有受到过这么高规格的待遇呢,谢谢正青弟弟的战友们,谢谢'太阳雨'志愿者!"

老天有时瞎了眼,天妒好人。就在八一建军节那天,滕承顺突然接到枞阳战友方国明打来的电话,传来一个不幸的消息:周正青烈士的大哥周雪晴在发大水时不幸溺水身亡,全家陷入无比悲痛之中。因为周家十分困难,滕承顺和几个战友一商量,迅速起草一则"捐助启事"发在战友群里,号召江都战友为烈士家庭献爱心,战友们你300元他500元地纷纷解囊,戎根喜一个人就捐出了3000元,半天时间就收到1万多元捐款。消息传到朱峻松这里,"太阳雨"志愿者立马也投入捐助活动,很快凑齐2万元捐款。第二天一早,朱峻松、滕承顺、戎根喜等三人,一起开车6个多小时,行驶400多公里,把捐款送到枞阳周大哥家中,吊唁死者,慰问家人。周家兄妹非常感动,双膝跪地，泪流满面。

因为距离太远，滕承顺、戎根喜他们无法随时去探望英雄母亲，便经常通过枞阳的方国明、徐成光等战友，了解掌握周正青烈士母亲的生活、健康状况，拜托战友对周家多关心照顾。微弱而温暖的"太阳雨"，汇入滚滚长江，逆流而上，直奔400公里外长江上游北岸的那个小村庄。

三

80年代，有一批扬州籍军人，听从中央军委的号令，随所在部队奔赴南疆战场，英勇杀敌，保家卫国。不少优秀的军中男儿，和周正青烈士、陈刚烈士一样，把青春的躯体融进了南疆的山脉。

高邮龙虬镇的裔九凤烈士、高邮界首镇的郭步连烈士，也是这支方阵中杰出的两员，军旗上留下了他们血染的风采！

2022年1月21日上午，高邮市龙虬镇党员干部冬训班正在进行。高邮市烈士陵园红色宣讲员谢文钰，声情并茂的讲述了《裔九凤家书》，再现了出生在高邮龙虬镇一沟村的裔九凤烈士火线救护战友的风采。

裔九凤烈士出生于1965年，1984年入伍，在原济南军区67军199师596团九连任副班长，1985年随部队前往中越边境，参加对越自卫反击战。战场上，年仅20岁的裔九凤，不畏牺牲，英勇顽强，顶着敌人的炮火救下6名受伤的战友，他用血肉之躯保护了战友的生命，自己却壮烈牺牲，长眠在中越边境，荣立二等功。

烈士已经远去，家人在极度悲痛中还要继续生活。这些年，裔九凤烈士的老父亲裔八湘跟随小儿子，一直生活在龙虬镇老家。地方政府和裔九凤烈士在高邮的战友，对烈士老父亲及其家庭都是比较关照的。2016年初，太阳雨爱心志愿者团队开展"致敬英雄母亲"公益活动之后，联系上裔八湘老人的家庭，从此，朱峻松、邓柏等志愿者的身影便经常出现在龙虬镇龙潭村裔九凤烈士的家中。他们每次来，都带着慰问品和慰问金，拉着老大爷的手嘘寒问暖，老大爷很善谈，喜欢给大家讲述儿子裔九凤的故事，说着说着就会老泪纵横。

2019年11月5日，当兵前就已加入"太阳雨"团队的山东省军区烟台第一离职干部休养所三期士官戎恒进，休假回到老家扬州市举办婚礼。办好婚礼第三天上午，戎恒进就带上新婚妻子刘纬娜，约上"太阳雨"志愿者王晓明、王晓梅、戎根喜等，一起来到龙虬镇龙潭村，看望裔九凤烈士的父亲裔八湘老人家。出发前，戎恒进就做了认真的准备，选购了一大堆蜂蜜、水果、牛奶等营养品，还特地从结婚的礼金中抽出一叠大钞，包了一个厚厚的红包，他说是让老人家分享一份喜悦。

走进老人家的屋子，首先映入眼帘的是墙上悬挂着的那幅裔九凤烈士的遗照，应该是刚参军的时候拍的，非常年轻、精神。87岁的老人家腿脚不方便，但是精神状态不错，思路也很清晰，他说烈士儿子非常可怜，20岁就走了，但是不后悔送儿子去当兵。因为害怕触碰老人家伤心记忆的神经，他们尽量回避说到裔九凤烈士的事情，围着老人家聊日常生活。老人家说，其他方面都不错，就是腿有些时候疼得厉害，是老毛病了。老人家一直说，共产党对他很好，政府的干部和儿子以前的战友经常来看望他，一点负面情绪也没有，脸上挂满了知足和感激。一群人被深深地感染了，戎恒进松开一直拉着的老人家的手，从老人家身边站起来，向前迈出两步，转过身面向老人家，整理好军容，郑重地敬了一个军礼。

此刻，戎恒进的耳边回响起指导员曾经说过的一段话：一些革命老区的老人，都是把最后一块布送到部队做军装，最后一个儿子送到部队当红军，我们的胜利离不开革命先烈，也离不开这些可爱无私的老人家！

戎恒进回到部队了，但他的心中从此多了一份牵挂。

2021年11月19日，89岁高龄的裔八湘老人家，带着慈祥的笑容，永远地走了。他的小儿子为了不给大家添麻烦，就没有通知"太阳雨"志愿者。之后，志愿者们听说这一消息，王晓明、刘久英等人代表"太阳雨"团队赶到龙潭村，悼念缅怀裔九凤烈士的老父亲，向烈士的弟弟及家人表示亲切慰问。

历史上，高邮就是一块革命的宝地，在这片红色的土地上，培育出一个又一个革命英雄。郭步连烈士，也是其中之一。

郭步连烈士，高邮界首镇大昌村人，1964年10月出生，1983年10月入伍，原济南军区67军199师侦察连副班长，1985年9月8日在对越自卫反击作战中，身上6处被炸伤，在抢救过程中因病毒感染而光荣牺牲，荣立一等功。

英雄豪迈而悲壮地走了，留下日渐衰老体弱的老母亲，在老家顽强、艰难的生活着。前些年，退伍回到高邮的参战老兵陆顺仁、浦建海、张林坤等人，经常来到郭妈妈身边，过节团圆、操持家务、求医抓药、翻地种菜、办酒庆生，等等，这群兵儿子基本上每个月都会来，郭妈妈没有孤独过。

"太阳雨"志愿者郭宏芳，当年和郭步连烈士一起从高邮入伍，分在一个部队，又一起参加对越自卫反击战，他在部队干到正营级转业到扬州市工作。2017年3月4日，在他的带领下，"太阳雨"志愿者一行14人，来到高邮界首镇大昌村，专门看望郭步连烈士的母亲，表达对英雄母亲的敬意。

见到儿子的战友郭宏芳和志愿者，老人家与郭宏芳都情不自禁流下泪水，是激动，是感动，还是那份共同的思念……

郭宏芳回忆着告诉大家：当年，郭步连在师侦察连当侦察兵，我在师医院炊事班当炊事班长，负责给病号做饭。因为是高邮老乡，我俩关系比较好，郭步连上战场的那天下午来找我，我俩就在老山前线

第二章　致敬英雄母亲　　123

曼棍洞帐篷前坐了一个下午。他不善言谈，平时话不多，我知道他当时的内心非常复杂，因为晚上他就要去参加拔点战斗。我问他，要上战场了，你害怕不害怕？他说，内心当然有些害怕啦，但我们是军人，保家卫国是我们的职责，必须往前冲！当天晚上，郭步连就上战场了。后来，他在战场上负了重伤，像一个泥人被抬进我们师医院抢救，他从手术室出来高度昏迷，我做了一碗荷包蛋喂他吃，他斜靠在被子上，却喃喃地说，把我后面的石头搬掉，高地夺回来了吗？这是他留给我们的最后几句话。几天后，从后方医院传来了他牺牲的消息……

追忆着这些场景，郭宏芳十分感慨。他说："我从部队转业到扬州地方工作快20年了，有时候经常议论转业干部安置不够理想，感到吃亏了，平时在调职、名利上也时常会遇到一些得与失的考验，自己想不通的时候，就与牺牲的战友比一比，再想一想烈士的父母亲，心里自然就亮堂知足了，感到自己太幸运了！"

对着郭步连烈士的遗像，郭宏芳掏出自己新近写的诗《步连战友，我们想念你！》大声朗诵：

32年前
一个年轻的侦察兵
为了祖国南疆安宁
英勇无惧冲向敌阵
被罪恶的夜
夺去了宝贵的生命

还记得出征前吗　步连兄
我们默默地静坐了一个下午
那个下午的阳光
特别温暖特别干净　你说

今晚　就要出征拔点
收复属于我们的高地
晚上师首长的壮行酒
是英雄沸腾的血
为你　为英雄们壮行
我在你的身后默默地祈祷
战友　兄弟们你　你们可要平安归队
"9·8"战斗结束
你身负重伤
像泥塑一样被抬到我们医院
我泪眼模糊
无法辨认一排英雄男儿
哪个是你　你在哪里
步连兄　是你
微微睁开尖刀般锐利的眼睛
告诉我　你是我的步连兄
你微微点头
随后昏迷不醒
我们再一次泪流满面
你毕竟归队回来了

可是几天后　谁也不敢相信
后方医院传来不幸的消息
说你　没有挺过病毒的感染
光荣牺牲在胜利的前夜
步连兄　你热血洒南疆
凯旋门下没有你的身影

庆功大会只是你笑着的照片
一等功奖章无法挂在你的胸前
步连　家乡人民没有忘记你
在春天在美丽的天空下
你的战友们
永远想念你
……

过了许久,志愿者们才从直抵人心的诗境中走出来,擦干泪水,向英雄母亲献上致敬的鲜花,送上慰问金和礼品,并关心询问老人的起居生活。

小志愿者、小书法家圣岱昀庄严地行少先队队礼,献上书法作品《英雄母亲》,表达"太阳雨"全体志愿者的心声。

与英雄母亲合个影,人们永远不会忘记英雄,也永远不会忘记英雄母亲。

小志愿者伸出小手,轻轻地擦去英雄母亲树皮似的脸上思儿的眼泪。

2022年八一建军节前夕,扬州"太阳雨"志愿者带着扬州中学、扬州树人学校的部分学生,冒着几十年来少有的高温酷暑,走访慰问军烈属,弘扬拥军爱民优良传统,进一步营造尊崇英雄和关爱英烈的社会氛围。

7月28日,爱心志愿者走访慰问烈属崔德生,其父亲崔乃武早年参加革命,1946年在邗江黄珏牺牲。崔德生是烈士唯一的儿子,疾病缠身,眼睛失明,生活不能自理,但他从未以烈士子女的名义向政府伸过手,提过任何特殊要求,保持了一个共产党员的优良品格。几十年中,崔德生多次荣获优良共产党员、先进个人、五好家庭、文明示范户等称号。"太阳雨"志愿者与崔德生老人亲切交谈,听老人讲述他父亲的革命故事，并将崔德生列入"太阳雨"团队"慰英魂·烈属关爱行动"公益项目的结对关爱对象。

2023年春节前夕，"太阳雨"志愿者登门看望慰问崔德生老人，得知崔老将在春节期间过80岁生日，朱峻松当即表示，安排部分文艺轻骑兵，放弃一天与家人团聚的时间，专程来为崔老的生日宴表演助兴。

正月初五迎财神，太阳雨文艺志愿服务队志愿者走进槐泗镇崔庄乃武组，用一场特殊的文艺演出，为崔德生老人庆生祝寿。室外寒气逼人，寿宴大棚里欢歌笑语，喜气洋洋，客人们一边享用美味佳肴，一边欣赏丰富精彩的文艺节目。

"喜鹊站枝头，对我叫不休，你要来报的什么喜？……"演出开始，由扬州扬剧研究所二级演员沈仁梅演唱的扬剧小调，赢得老人和村民们的阵阵喝彩；歌手徐莉一曲《爱的路上千万里》，爱意融融；徐建国深情献上一首《父亲》，情真意切；倪丽萍唱的《幸福中国一起走》，热情飞扬；闫传钵的二胡独奏《赛马》，激情澎湃；小志愿者余璟妍朗诵的《读中国》，荡气回肠；田蓉和许亚祥的男女声对唱《九九艳阳天》，把人们拉回到过去的红色年代；周国华一曲《夕阳红》，表达了对老寿星美好的祝福；陆晓月高歌《我爱你，中国!》更是将活动推向高潮……十多个节目轮番登场，好一幅欢乐喜庆的祝寿图。

过完八十大寿3个月，崔德生老人的身体状况急剧下降。弥留之际，他还经常讲起让他骄傲自豪的这场庆生演出。5月7日，崔老带着对人间的万般不舍，告别了这个世界。太阳雨拥军志愿服务队队长郭宏芳，和朱峻松、王林、张砚，代表"太阳雨"全体成员，怀着沉痛的心情，来到崔乃武烈士家中，向烈士唯一的儿子崔德生作最后的告别。志愿者看望慰问了崔老的爱人，叮嘱她节哀顺变、保重身体。张砚一只手拉着老人家的手，一只手搭在她的肩膀上，问寒问暖。"太阳雨"志愿者的浓浓爱意，通过张砚纤细的双手，传递到纯朴、善良的老人家身上。老人激动得眼泪汪汪，断断续续地说：前段时间，你们帮老头子过了一个这么热闹的生日，他已经心满意足了！

每逢佳节倍思亲，逢节必进烈属门。2023年八一建军节，在蜀岗—瘦西湖风景区鸿福新村，"太阳雨"志愿者登门看望慰问革命烈士马宝国的父亲。马宝国烈士于1979年2月在对越自卫反击战中壮烈牺牲，时年19岁。在马宝国烈士的弟弟家中，志愿者倪丽萍、周忠燕、陆晓月代表"太阳雨"团队，向烈士的父亲马玉堂送上慰问金和礼品。

转眼到了龙年春节，太阳雨拥军志愿服务队的吕荣超、戎根喜、张砚、张爱君、许蓓蓓等人，来到马宝国烈士家中，和烈士的父亲闲话家常，关切地询问老人家的生活起居、健康状况以及家庭成员等情况。80多岁的马老伯思路清晰、身体硬朗，志愿者为老人家的精气神点赞，祝他健康长寿、幸福快乐，并叮嘱老人的家人弘扬好家风，尽心尽力照顾好老人家的生活起居和身体健康状况，让老人生活更加安心、顺心、舒心。

90后烈士孔波，原在东海舰队上海某部服役，一次站岗执勤时遭地方犯罪分子持枪突袭，光荣牺牲。在维扬开发区孔波烈士家中，"太阳雨"志愿者与烈士的母亲促膝交谈、闲话家常，送上慰问品和慰问金，并致以崇高的敬意和亲切的问候。

室外滴水成冰、寒气逼人，屋内惠风和畅、温润如春。

照亮烈士"回家"路

太阳刚从东面的树梢上翻过来，还不够热烈的阳光普洒在革命老区高邮市临泽镇朱堆村革命烈士纪念碑前宽阔的广场上。夜里刚下过一场细雨，春寒料峭，雨珠挂在周边齐腰高的冬青树上，晨曦一照，微风柔拂，晶莹闪亮。

2023年新的一天开启了，78岁的"太阳雨"志愿者杨文华，左肩扛着一把大扫把，右手拎着一把修理苗木的大剪刀，大步朝广场走来。皮肤黝黑、皱纹明晰的杨文华，几乎每天早上都准时来到这里，修剪树木、整理草坪、浇水施肥、擦拭碑刻、清扫广场……

虽然他几年前做过胃切除大手术，理应多休息保养，但谁也挡不住他早起的脚步。朝阳照在他身上，投射出一个暖暖的身影。还有一周就到清明节了，这个时候的杨文华最为忙碌，他要早早做好环境、展板、宣讲等各项准备工作，迎接一拨又一拨来自党政机关、社会团体、中小学校和四面八方祭奠缅怀革命先烈的队伍。

一、重返朱堆村

杨文华是土生土长的临泽人，出生在临泽镇朱堆村成官庄，初中没有毕业就学了木匠，进了镇里的榨油厂。他的头脑很活络，油厂的设备改造、技术革新，大多经他手完成的。杨文华因为心灵手巧被调进镇工业公司，于20世纪80年代初，领衔创办临泽镇铝箔纸厂，当了 15 年厂长。这是令临泽人骄傲的企业，曾经是高邮市的纳税大户，现在省内外有八大家铝箔纸厂的人才都是从当年临泽铝箔纸厂外流出去的。因此，杨文华连续四年获评省明星企业家，1988 年被评为省劳动模范。后来，他又回到镇工业公司，任企业管理站副经理，2005 年正式退休。

杨文华是一个有想法、有闯劲、闲不住、能做事的人，2000 年 8 月退居二线后，基本就不上班了，杨文华感到闷得慌，几十年忙碌惯了，突然停下来，心里空荡荡的。他强迫自己静下心来，耐着性子制作了三四百件根雕作品，有人喜欢，他就送给人家，乐在其中。后来，他又跟别人来到南通做事，安装太阳能，一干又是两年多。再后来，他又和表弟一起制作木模。总之，退休后这几年，杨文华一直没有闲着，为自己寻找充实和快乐，打发退休时光，同时也增加一些收入。平时，杨文华跟老伴在高邮城里和儿子他们一起住，百姓人家的烟火气浓浓的。

时光回溯到 2010 年清明节，春风和煦，杨柳依依。杨文华回到朱堆村祭祖扫墓。杨文华翻看陈旧发黄的家谱，看到家谱上杨志宽、杨德新两位堂伯是烈士。他的心里一阵自责，以前只顾了忙工作，怎么就没有关心过这么重要的事呢？他询问家里人，两位堂伯是在什么时候、因什么事而牺牲的？家里人说不清楚。向村上年长者请教，有的人说个大概，有的也不甚明了。杨文华用心深入一打听，村子里像两个堂伯一样的烈士还有好多位，但都没有墓没有碑没有文字记载。

这个清明节，杨文华过得很沉痛很沉重。那几天，他一直在想，家里的长辈包括村里的人当年为了革命牺牲了，是无上光荣的事，作为后来人，应该收集整理他们的英雄事迹，留下有形的历史资料，延续传承下去，让后来者铭记学习。

杨文华的这个想法就像清明时节埋进地里的种子，沐浴了一场春雨，很快就生根发芽了，呼呼地往上蹿。到外面做工固然能挣点钱，也能打发时间，但价值不是太大，孩子已经成家了，挣再多的钱对自己来说有多大意义呢？我应该为烈士们做点什么，为村里的长远可持续发展做点什么？那阵子，杨文华的脑子里翻来覆去琢磨这两个"？"。

杨文华收拾好简单的行李，决定回到老家村子里，集中精力干自己想做的事情。杨文华搬出去已经多年，原先的老宅早已经处理了，他就花了几千元买下一处老房子，稍微进行修理粉刷，凑合着住了进去。

"你在城镇住了几十年，现在老了一个人住到乡下，能习惯吗？农村的医疗条件有限，你身上患有糖尿病等毛病，能行吗？"妻子和子女劝他不要一时心血来潮，竭力挽留他。杨文华拍拍胸脯，大着嗓门说："朱堆村是我的老家，我的根在那里。那里有看着我长大的人，也有我看着长大的人，一方水土养一方人，我肯定能习惯，放心吧！"

从2010年初夏开始，杨文华便一直住在村子里，铁下心来只做一件事：从岁月的长河中打捞历史，当好一个"娘家人"，把散失在外的烈士全部找"回家"。

二、朱堆村烈士多

说干就干！杨文华决定从搜寻整理两位堂伯的事迹开始，把金桥村所有烈士的事迹全部整理出来，为的是弘扬烈士精神，让后人代代相传。从此，杨文华踏上了一条探寻红色文化的路。

为了解开心中的种种疑惑，杨文华带着一个笔记本、一支笔，走门串户，找到族内老人，一帮人围坐在一起，你三言他五语，渐渐还原了两位堂伯烈士的故事。杨志宽、杨德新是一对亲兄弟，都曾以僧人的身份做掩护，从事地下工作，为了革命事业，他们只有20多岁就献出了宝贵生命。

1947年9月15日，中共高邮县委在朱堆村附近的刘家沟荒荡里召开会议，遭遇国民党还乡团"围剿"，时任高邮县游击队行动大队长的杨德新，为了掩护大家突围，壮烈牺牲。

1948年2月，时沙区区委在"苏北小延安"——范伦村开会，区委事务长杨志宽得到情报——沙沟、时堡、临泽三地反动势力要来围剿。送完情报返回途中，杨志宽被当地保长抓获。面对严刑拷打，杨志宽毫不屈服，未吐露半个字，最终被敌人残忍杀害。

杨文华一边听一边记，一边擦拭流不完的泪水，他为两位堂伯的壮举感动而骄傲。

如果仅仅完成对两位堂伯烈士事迹的收集整理而收手，那是属于私家行为，是作为后人应该做的，而与堂伯一样为革命牺牲的同村人，一样值得我们尊重和敬仰，我必须把他们的英雄事迹也搜寻整理出来，哪怕吃再多的苦也值！杨文华这样想着，对别人也是这样说的。

杨文华多次跑到各级民政部门了解核实，原来在金桥村共有烈士15人，朱堆村共有烈士12人。第二次行政村区划调整后，这两个村合并为朱堆村，共有烈士27人，其中，在江苏省革命烈士英名录上的有24人。这27位烈士中，抗日战争牺牲的有7人，解放战争牺牲的有17人，抗美援朝牺牲的有2人，社会主义建设时期牺牲的有1人。这些烈士的事迹均没有详细记载。

不了解朱堆村历史的人，都会提出这么一个问题：朱堆这块土地上，为什么会涌现出这么多烈士？朱堆村位于兴化、高邮、宝应三县（市）交界处，是苏中知名的革命老区，电影《柳堡的故事》中柳堡镇就在这附近。战争年代，这里曾发生过几次大的战役，如抗日战争中的高邮战役。当年国共两党在这里进行拉锯战，大小战斗多，参军的人也多，烈士的鲜血染红了这片古老的土地。"解放战争期间，高邮同志牺牲之多恐为华中各县之首。洒热血抛头颅换得伟大胜利，人民烈士永垂不朽！"这是江苏省原省长惠浴宇对高邮烈士的高度评价。在解放战争期间，高邮先后有十几位县级领导光荣牺牲。战争年代和和平建设年代，从朱堆村走出去参加革命工作而献身的革命烈士也有许多。

三、寻访烈士事迹

虽然战争已经离我们远去，但是，烈士不该被遗忘，他们的英名要镌刻在家乡的土地上。杨文华下定决心，要做朱堆村一个历史敲钟人！

"我一定要找到你们，一定要把你们带'回家'！"在杨文华的脑海中，这股信念在激荡。2010年夏天，杨文华开始了烈士事迹的寻访之旅。

对杨文华这个初中都没有毕业的退休老人来说，要走到各地把27位烈士的光辉事迹全部收搜整理出来，这是一件极具体力和心智的工作，其困难程度可想而知。何况，27位烈士中，只有7位有后人，最小的才14岁，仅有两名烈士牺牲在临泽本地，其他人都献身在外乡各地。认准的事情就必须做，而且一定要尽自己的力量做到最好。杨文华自我加压，赶着自己上架，决不给自己留退路。

"匡梅寿，1926年—1945年，匡界一组人，1942年参加革命，1945年2月在沙沟战斗中牺牲，时任宝应团九连班长。"

"吴登荣，1913年—1948年，成官二组人，1946年参加革命，1948年在淮海战役中牺牲，时任华野第十一纵队班长。"

……

这是杨文华整理出来的几位烈士简介，虽然寥寥数语，但句句分量都很重，永载史册。

福建南平、上海、江苏南京、南通、海安、东台、兴化、宝应……打开杨文华的寻访地图，他每一次特殊的旅行，每一个吃劲的脚印，都伴随着一个坚定的信念，就是要带烈士"回家"。

福建南平市是杨文华寻访去得最远的地方。之前，杨文华来到高邮市通湖路92号，在这座纪念高邮籍烈士的陵园里，他查到朱堆村人郭以翔名列其中，但烈士介绍非常简单：1949年7月，郭以祥牺牲在福建沿海地带。

福建沿海地带——一个宽泛的地理范畴，可郭以祥牺牲的具体地点到底在哪儿呢？杨文华经过多方打听，终于得到一条有价值的线索——郭以祥有一个名叫叶长春的战友，如今生活在南平市。杨文华查询了一下，高邮离南平市相距1000多公里。杨文华下定决心：去，再远也得去！

杨文华蒸好50个馒头，炒了一锅焦面，准备了3000元现金，带上洗漱用品上路了。从临泽坐中巴到高邮，转乘大巴到上海，然后转乘火车去南平。两天行程，昼夜兼程，腰酸背痛。到了南平，杨文华又累又困，坐在公交车上打起了瞌睡，醒来后一摸裤子，发现左边口袋被划了一道口子，里面的1000元钞票不见了。杨文华安慰自己：幸亏3000元分开来放的，如果全放在这个口袋里，就玩完了。但就这1000元钱，还是让杨文华懊恼不已。因为每次出门寻访，他都是自掏腰包的，一路上省吃俭用，把钱掐着花。随身带的干粮吃完了，就吃两三块钱一碗的面条，晚上住宿专挑二三十块钱的小旅舍，或者干脆住澡堂子，顺带洗上一把澡。

功夫不负有心人。几经周转，杨文华在南平终于找到了80多岁的叶长春。满头白发的叶长春看着老战友的家乡人，听完杨文华说明来意，十分激动，情不自禁，抱着杨文华失声恸哭："以祥是我的副营长，打大东岛时牺牲的。"

叶长春抚平一下过于激动的心情，详细介绍了郭以祥的英雄事迹，杨文华记录着，不停地啜泣。

四、迟到的烈属证

一次次寻访，让一位位烈士"回家"，慰藉了烈士的在天之灵，也圆了烈士后人的寻根梦。

在村民匡寿海的记忆中，对父亲匡永祥的印象是模糊的。他只是依稀地记得，新中国成立之后，母亲曾经撑着一条小船，沿着河一直划到盐城，寻找"在外做事情"的父亲。结果，父亲没有找到，母亲回来不久便去世了。母亲临终的时候，眼睛都闭不紧，她的心里有缺憾啊！

一天上午，天气炎热，匡寿海正在田里干活，村支书让人来喊他。匡寿海不知什么事情，赶紧跑到村部，时任朱堆村党支部书记俞荣根兴奋地对他说："老匡，你可得好好感谢老杨啊，他把你老子找到了，你是烈士的后代啊！"

"我的父亲是烈士？"匡寿海一下蒙住了。

"你看看，上面写着你老子的事迹，详细着哩。"俞荣根大着嗓门说着，站在一旁的杨文华立马把两张稿纸递到匡寿海的手上。

"天啦，这是真的？"匡寿海先是感觉像做梦似的，稍稍冷静下来，他的手在稿纸上不停地抚摸，情不自禁地一字一字地读出声来，父亲的事迹如同放电影一般，在他的眼前掠过，原来十分抽象的父亲形象迅速高大、立体、丰满起来。60多年来，匡寿海第一次听说和看到父亲匡永祥的革命经历和英雄壮举，眼泪哗哗往下掉。

匡寿海"扑通"一声跪在杨文华跟前。"老杨，我代表全家，代表我死去的母亲，谢谢你啊！你是我们全家的大恩人啊！"杨文华赶紧伸出双手，把匡寿海拉起来，动情地说："我把你老爸带回家了，让你们一家人团圆了，也了了我一桩大心愿。"

当天下午，匡寿海来到母亲墓前，把父亲的英雄事迹大声读给九泉之下的母亲听。"妈妈，这下你可以闭上眼睛，安心休息了，爸爸被好心人找回来了,他还是一个大英雄!"坐在母亲的墓前,匡寿海慢慢地向母亲倾诉。

根据杨文华寻访得到的资料,匡永祥牺牲的具体时间不详,1954年,被追认为烈士。20世纪五六十年代,由于信息渠道不畅,民政部门一直没有找到匡永祥的后人。现在情况搞清楚了,杨文华写了申报材料送到高邮市民政部门,帮匡寿海证实了烈属身份。当年,匡寿海拿到了那本迟到多年的烈属证。这张烈属证,看似单薄,实很厚重!

杨文华用两年的时间,奔赴省内外17个县市,行程5万多公里,走访各地的民政、党史、档案等部门,以及数以千计的群众,以抢救的态度、抢跑的速度,收集整理了4万字的烈士材料。4万字看似并不多,但那是杨文华迈着那双不再年轻的腿脚,一步一步跑出来的,那是从纷繁的资料中扒出来的,是从杂乱的采访记录中抠出来的,是用心血一个字一个字斟酌出来的。我们可以想象,做成这样的事,对一个文化程度并不高的退休老人来说,是何等艰难啊!

2012年清明节前,杨文华加班加点,将搜集整理出来的27位烈士资料编辑成《热土血火铸英雄》小册子,印刷了1000份,免费赠送给机关团体、党员干部和中小学生,大力宣传家乡烈士的英雄事迹。

大家都以为杨文华凭借一己之力,完成这个很不简单的工程,已经是非常不容易了,该歇息了。但是杨文华感到,自己才做了上半篇文章,这只是迈出的第一步。杨文华在想,不能满足于把烈士的事迹落在纸上,锁在资料柜里,永不消失,还要把村里所有烈士的英名和光辉形象镌刻矗立在家乡的大地上,深入人心,万古长青,代代相传,让后人们祭奠革命先烈有一个庄重的场所。

五、筹建英雄纪念碑

"杨文华要竖烈士纪念碑,建烈士陵园啦!"消息一经传出,有人说他夯,有人说他傻,贴老本,做这些,图个啥?

两年前,当杨文华毅然踏上搜集寻访家乡烈士英雄事迹之旅时,在外人看来,"老杨有点迂,有点哈(高邮方言,呆傻之意)"。妻子和儿女也不理解,问他:"这么折腾图个什么?"

"我啥也不图,就因为我是一名共产党员!和平年代,我们更不应该忘记烈士、忘记历史!"面对人们的种种质疑,杨文华这样说。

"老杨,你花光了退休工资,拖着病身子走东奔西,折腾两年了,现在出本书,对那么多烈士有个交代,就可以了,还要弄什么纪念碑,这是你一个人能够做得了的事情吗?"妻子善意而心疼地对他说。

别人说他夯说他傻,杨文华并不介意,也没往心里去,但妻子的提醒倒让他冷静下来。他仔细一想,是啊,竖纪念碑建陵园,需要用地,需要花一大笔钱,这不是靠他一个人的力量能够做到的。

众人拾柴火焰高。有人给杨文华出主意,于是他联系村里的老党员、老教师、老干部、老军人、老劳模,把自己的想法告诉他们,想听听他们的意见。这些老同志都是很有觉悟的,他们听了杨文华的想法,高度认可,一致赞成。"老杨啊,这是大事,是好事,只要把群众发动起来,一定能做成做好。"老同志们给杨文华打气鼓劲,愿意联合起来,一起干。

说干就干!他们成立了筹备工作小组,拉起了志愿者队伍,志愿者队伍最初5个人,后来不断发展壮大。按照筹备小组的分工,有的人跑批土地,有的人筹备资金,有的人找建筑队伍,大家忙得热火朝天、浑身是劲。

在朱堆村这块红色的土地上,每个人都有一颗火热的心。村里对杨文华他们的举动十分支持,提供了一块700多平方米的空地。志愿者和村民们纷纷捐款,你100元,他200元,连在校的大学生也捐出了生活费,没几天工夫,捐款4万多元入账。村民们积极响应、慷慨解囊,充分说明烈士在群众心目中的重要地位和巨大影响,也证明杨文华等人的行为顺民心得民意。

经过紧锣密鼓的筹备,杨文华他们定在日本无条件投降 67 年后的同一天,也就是 2012 年 8 月 15 日,朱堆村英雄纪念碑开工。杨文华更忙了,他每天到工地监工,挖土、推车、搬砖,亲自上阵,还自掏腰包买饭给工人吃。

一个月后,"朱堆村英雄纪念碑"昂然挺立。一块块方形的地砖拼出一片 700 多平方米的广场;广场北侧中央,矗立着一座 3 米高的英雄纪念碑;碑体两侧长城造型的纪念墙上,镌刻着 27 位烈士的名字;碑体右侧是杨文华写下的碑文:"子婴河畔,哀思长叹。官河城垛,九雄男汉。回溯往事,胸涌波澜。革命思潮,潸然泪沾。鬼魅魍魉,四鬼轮战。汉奸卖国,倭寇侵犯。伪军屠杀,国共内战……"

这座英雄纪念碑,规模不大但很规范,设计简明但寓意深刻,碑身不是很高但很庄重。英雄纪念碑像一面帆,像一条船,像一座航标,巍然屹立在红色而肥沃的朱堆大地上。看着落成的英雄纪念碑,村里所有人终于明白了杨文华这位"又迂又哈"的人,靠一个人的执着寻访,用信念丈量峥嵘岁月,让本村 27 位烈士的史料得以完整重现,给全村人树立了一座永恒的精神丰碑。

杨文华的愿望实现了,他那张长期紧绷的脸上终于露出了欣慰的笑容,烈士的后人和村民们乐了,家里人也完全理解了杨文华的良苦用心。

2012 年 9 月 19 日,近 2000 名社会各界人士参加了朱堆革命烈士陵园落成仪式,人们对为之付出辛劳的杨文华投来了敬佩的目光。近 10 年来,临泽镇各机关团体、在校师生和社会各界人士,利用清明节、国家公祭日、烈士纪念日等重大节日,在朱堆英雄纪念碑广场集中举行祭奠先烈活动 50 多场次,受教育人数约 2.5 万人,使接受教育的人员普遍得到了心灵上的洗礼,补了精神之钙。

杨文华像一盏长明不熄的灯火,照亮着一个又一个烈士"回家"

的路，温暖着一家又一家烈士亲属的心，也激励着一批又一批后人砥砺前行！

六、好人的生命尽头

杨文华孜孜以求、善作善成的精神和行为，深深感动了所有熟悉情况的人们。他的事迹在《扬州日报》《工人日报》、新华网、人民网等各大媒体进行报道，杨文华光荣地当选为2013年度"中国好人"、首届"临泽好人"、第五届"高邮好人"、第二届十大"扬州好人"和第五届江苏省"劳动模范"；2014年6月，朱堆烈士陵园被高邮市委宣传部命名为高邮市爱国主义教育基地；2015年9月，被扬州市民政局纳入扬州市革命烈士版图。这不仅是对杨文华一个人的表彰，而是对一个群体的褒奖，是对朱堆挖掘红色文化的高度认可。

凝视着一堆耀眼的荣誉，杨文华经常思考这样一个问题：在挖掘红色文化、传承红色基因的路上，如何坚持一直走下去，走得更远？

一年除夕，杨文华带着30岁的大孙子和21岁的小孙子，一起来到朱堆村英雄纪念碑前，清扫落叶，敬献祭品。"爷爷，是什么力量让你坚持寻访好几年，做成了这么一件了不起的事情？"小孙子问道。

"一个有希望的民族，不能没有英雄！"杨文华动情地说，"他们都是朱堆村人，都是英雄，应该永远活在人们心中！宣扬传播烈士精神的事，我会一直做下去！"

杨文华满腔热忱地当上了镇党委宣传科、镇关工委的义务宣讲员，每次有队伍来祭奠烈士时，他会主动承担烈士事迹讲解工作，每年都为全镇青少年、党员干部作学习革命烈士精神、建设美好家园专题讲座8次以上，他还经常被邀请到高邮党政机关部门做义务宣讲，宣讲英雄烈士的光辉事迹和自己做红色公益事业的体会。杨文华很用心也很细心，他根据每个烈士的出生年月日，每年初把当年要过逢"十"

冥寿的烈士名单和日期梳理出来,提前把他们的主要事迹制成展板展示出来,以示纪念。烈士的家人和乡亲们看了,都很激动和感慨:"老杨啊,你想得太周到了!"

临泽古镇有将近2000年历史,文化源远流长,是一个有故事、有影响、有魅力的地方。不谈更早的历史了,仅是近现代百年的风云变幻中,特别是抗日战争和解放战争时期,临泽担当了重要的角色。当年,中国共产党高邮县委、高邮抗日民主政府在临泽建立,临泽是"苏中小延安"。临泽地处高邮、宝应、兴化三县交界,水网密织,芦荡环生,特殊的地理位置、特殊的地势,赋予临泽以特殊的历史地位,在长期革命斗争中,临泽涌现出近400名烈士,这是一个特别令人震撼的数字。

杨文华从2010年开始接触红色文化,对家乡的革命历史产生了浓厚的兴趣,他利用编村史、镇史,走访群众,阅读县志,不仅熟悉了镇村历史,而且不断有新的发现、新的收获。有人风趣的叫他"杨文化",他听了直摆手:"我初中都没有毕业,有什么文化?"但是,杨文华的确一直在干文化学者做的事情。

据史料记载,1945年4月,在宝应县郑家渡,一所由苏中抗日根据地第一行政区地委、专署创办的建设公学正式开学,取名"建设新中国专门培训学校"(简称"建专")。后来由于形势变化,"建专"先后迁至高邮临泽、兴化三条垛、高邮城区夫子庙等地,最终回迁临泽成家垛。"建专"的学员来自全国各地,其学员是社会进步青年、党员和积极分子。"建专"办学6年,校名变更11次,向部队和地方输送了一批急需人才,在中国革命史上发挥了重要作用。杨文华根据历史线索,采访了多位曾在"建专"学习工作过的耄耋老人,理清了"建专"的来龙去脉,还原和充实了具体变迁过程,留下了珍贵而翔实的历史资料,为红色临泽添上了浓重的一笔。

在临泽的历史上,"高宝饭店"还真不是一个简单的饭店。杨文华根据《高邮市邮电志》的简短文字，结合走访当事人，充实了"高宝饭店"的内涵，阐明了"高宝饭店"的历史使命。"高宝饭店"是共产党在抗日根据地的一个地下联络站，设在临泽镇原匡家庄，其站长是朱堆村人匡近文，承担着掌握民情、刺探敌情、传送情报、接送人员、采购物资的任务，后来几经变化，历时 6 年，临泽敌后交通站始终顽强地生存着活动着，在抗日战争和解放战争中发挥了重要作用。

……

这些年，杨文华还深度挖掘追溯了"盘粮亭"等地名的历史渊源。历史就如同浩瀚的大海，发现不易，求证不易，缜密成文更不易，杨文华将调查走访所得撰写成文章，汇编进《红色临泽》这本书中。他想通过自己的努力，从历史中发现新的临泽、新的朱堆，努力增强家乡的红色历史文化底蕴。在这条艰难探索的路上，杨文华一直用力坚持走下去。10 多年前，杨文华因为"红色教育"起缘，做了许多志愿服务有益社会的事情。

2017 年，杨文华还组织建设了全镇首家村史馆，并无偿献出个人收藏的 1500 多件实物。如今，朱堆村史馆已成为全省首批社会教育学习体验基地、省社会教育服务指导中心、高邮市委组织部党员教育实境讲堂示范点、临泽镇爱国统一战线教育基地等。

2022 年 6 月，"太阳雨杨文华志愿服务队"举行成立仪式，杨文华成为服务队终身荣誉队长。"太阳雨"志愿者团队专门请人根据朱堆村一位烈士从军的真实故事为原型，设计制作了一组"送夫参军"的雕塑：一位青年妇女身上背着一个婴儿，手里挎着一只竹篮，送别胸戴红花、肩扛长枪、一身戎装的丈夫到部队。这组古铜色的雕塑高 1.95 米、宽 1.35 米、厚 0.8 米，赠送给朱堆村，安放在革命烈士纪念碑广场上，令人肃然起敬。

杨文华，这位年近八旬的老人，他患糖尿病已经 30 年了。2019 年 12 月，因为积劳成疾患了一场重病，住进扬州苏北人民医院，查出患有胃癌，当即做了胃切除大手术，先后花去医疗费用近10万元。通过在家休养和康复治疗一段时间，他的身体尚好，精神尤佳，一说起家乡红色文化来，浑身是劲，眉飞色舞，声音像炒豆子似的咯嘣脆响。

2023年9月，因为癌细胞转移，杨文华在高邮市人民医院接受住院治疗。住院期间，他应邀为医院党员、团员和职工代表等150人进行了一场帮助他人、成就自己的事迹宣讲，并在宣讲会上向市红十字会志愿者递交了《志愿捐献遗体申请登记表》，市红十字会为其颁发了《志愿遗体捐献登记证书》。杨文华深情地对大家说："以捐献遗体这样的方式回馈社会，不仅是对生命的延续和升华，而且更好地诠释生命的价值和意义。"

2024年4月15日清晨6时20分，忙碌劳累了一辈子的杨文华倒下了，走到了生命的尽头。家人按照他的生前遗愿，通过高邮市红十字会向扬州大学医学院捐献了遗体。杨文华成为扬州市第12位遗体捐献者。在当天的遗体捐献现场，杨文华的儿子杨国春悲痛万分地说："我们尊重和支持爸爸的决定，未来也要像他一样做好人、行善事。"

杨文华——"中国好人"！您活着的时候，好人一生平安；如今在通往天堂的途中，愿您一路走好！

永远绚丽绽放的《绒花》

世上有朵美丽的花
那是青春叶芳华
铮铮硬骨绽花开
滴滴鲜血染红它
啊啊　绒花绒花　啊啦
一路芬芳满山崖
……

歌曲《绒花》创作于20世纪70年代末，它应电影《小花》的剧情发展需要而生，是《小花》的主题曲。《绒花》以新颖的视角、清新的音乐风格深入细致地刻画了女主角内心世界的情感美。这首歌也是2017年火爆的电影《芳华》的片尾曲，歌曲旋律优美抒情，情深意笃，感人肺腑，优美中略带淡淡的哀愁，形成了典雅、细腻、含蓄的音乐美。

张茹，当年的战地女神，走下战场已经36年了，她一直喜欢演唱《绒花》，她对这首歌有独特的理解和情感，在一些重要的、特定的场合，她都会演唱。

《死吻》，诠释战场女兵的火热情怀

1986年，在对越自卫反击战的老山前线，流传出一幅名为《死

吻》的照片，画面上，一位战地女护士俯下身子拥抱亲吻着一位身负重伤、即将咽气的男兵。这幅照片定格了战场上真善人性的壮美瞬间，成为见证《芳华》的动人底片，感动了无数国民，更加唤起人们对军人敬重爱戴，对和平十分庆幸。

因为这幅照片戳到了人们内心最柔软的地方，所以很多人看后都有一种莫名的心酸，这是英雄战士最后的愿望，他的那个吻，是对生命的渴望，对爱情的向往，以及对生命的定格。通过这幅照片，人们更是读到了这位年轻女护士，在战场上向士兵兄弟奉献出的一片火热情怀。

这幅照片是原 47 军摄影干事王红所拍摄，照片是场景再现的摆拍，但照片里面的故事内容是真实的，这位英勇牺牲的男兵是原 47 军 141 师 421 团 5 连副班长赵维军，美丽勇敢的女兵是原 47 军 139 师师医院二所卫生员张茹。王红认为，他拍这幅照片，就是要将当年残酷的战争再现出来，要让人们知道战士的伟大，知道战争的恐怖和生命的脆弱。毫无疑问，《死吻》这幅作品成功了，并且震撼了很多人的心灵。

当年，对《死吻》这幅照片归属新闻类还是艺术类来参加评奖，引起了摄影界的争论。事实上，归属于哪一类评奖并不重要，真正触动我们心灵的，应该是故事本身的力量。

1979 年春天，对越自卫反击战连续战斗 28 天基本结束，但战争并未消失，因为心有不甘的越南军队不断在边境骚扰，甚至还多次朝我境内开炮，在这样的背景之下，双方又展开了攻防作战。到了 80 年代中期，收复老山的战役正式打响，双方又展开了激烈的战争。为了守护祖国的领土，我军将士英勇奋战，很多官兵受伤倒下。张茹在曼棍洞师指挥所的野战医院里，目睹一个个伟大战士的伤亡。她曾参与抢救过很多战士，其中包括排雷大王骆牧渊、一等功臣赵维军、一级战斗英雄徐良。张茹当年立下了许多功劳，所在的战地女子救护队荣立集体二等功，她个人荣立三等功。

1986年7月23日，老山地区连降暴雨，一场百年不遇的特大洪灾，使前沿阵地多处坍塌，道路冲毁，交通、通信中断，张茹所在的曼棍洞战地医院也遭受了洪灾，药房被冲垮，搭建在河堤上的木板房被洪水吞没。在这样严峻的形势下，前方因作战和塌方而造成的伤病员一批批送下来。

7月24日中午，洪水侵蚀了421团工兵连副班长赵维军所在的阵地，为了掩护战友抢救武器弹药，他不幸被地雷炸伤。下午，赵维军被十八个战友从阵地上用担架抬送到了师医院。当时，赵维军的双脚被地雷炸得血肉模糊，因失血过多处于半昏迷状态，医院立即对他进行手术。因为手术室已经进水，他的手术是在用饭桌临时搭建的手术台上进行的，天上下着暴雨。医务人员打着雨伞和手电筒，完成了对他的截肢手术。从那一刻起，张茹和赵维军有了6天的相伴及护理，她和他都是年龄相当的战士，在护理过程中，张茹得知，赵维军是甘肃榆中县人，1984年10月入伍，刚满18岁，家中有7个姐姐两个哥哥。

手术数小时后，赵维军醒过来了，感觉到下面空荡荡的，他微弱地问张茹："护士姐姐，我的腿呢？我的腿呢？"身边的人都不忍心将实情告诉他。当他知道自己的两腿被截肢后，表现得很镇定和坚强，他希望能转达连队，批准他加入中国共产党的请求。截肢后的第3天，当连队指导员带着入党申请书来到他的病床前，宣读了连队党支部批准他入党的决定后，他的脸上露出了微笑。

由于洪灾后药品短缺，加之手术条件差，赵维军术后发生了最令人担心的绿脓杆菌感染，一阵高烧昏迷，一阵醒来，病情不断加重。为了及时送他去后方医院治疗，师里专门联系原昆明军区总医院的直升机来接他。28日中午，直升机飞到曼棍洞上空，因受天气和降落点等因素制约无法降落，飞机在天空盘旋了几圈后遗憾地飞离。此时，赵维军在几天的昏迷中突然醒来,问张茹她们,兰州在哪个方向?张茹立即给他指了西北方向。他说,把我抬向西北方,这时,他面向家乡断断续续地说:"爸妈,我回不去了,我没有给你们丢脸,也没有给家乡的父老乡亲丢脸,只是我以后不能给你们养老送终,不能为你们尽孝了,你们不要怪我,以后你们要保重好身体,希望哥哥们照顾好爸妈。"

接着,赵维军又环视了一下身边的张茹,吃力地说道:"护士姐姐,你们抢救我、守护了我几天,我可能不行了,谢谢你们了!听说人生没有爱情是不圆满的,我还有很多人生的遗憾,可以拥抱一下你吗?"他的声音虽然很小,但张茹听得很清楚。面对这个突如其来的请求,还没有谈过恋爱的张茹,先是一愣,脸一红,仅仅迟疑了两秒钟,她迅速俯下身子,把赵维军抱在怀里,轻轻吻了他的脸颊,他的头便倒在了张茹的怀里,走完了他 18 岁的生命历程。

25 年后,她和战友们开启"使命之旅"

有一种情感穿越时空,有一种思念历久弥深,有一种精神生生不息。英雄的风骨,我们从来没有忘记!

那场残酷无情的战争,带走了一条条年轻鲜活的生命。赵维军走的时候虽然非常痛苦,但让他没有遗憾,到死都挂着微笑,因为,他是带着满足了的心愿走的。那个场景,对张茹来说,是永远刻骨铭心的记忆,那里每一个牺牲的战士,都是她无法忘却的回忆。

就在那一场战斗打响前,战友们相互约定:无论谁牺牲了,活着的战友们都要到坟头来看看,无论谁牺牲了,他们的父母都是活着战友的亲人!那一年战斗下来,他们这一个团队共牺牲了 43 名战友。25 年后,他们为了当年写在青春簿上的生死承诺,为了战友们走向战场的生死相托,酝酿着找机会到各地烈士战友的家乡去,祭奠英灵,慰问亲属。

2011年5月,张茹相约1986年参加老山出击拔点作战的原第47军的部分战友,发起一场"使命之旅",计划每年利用小长假和周末时间,赴全国各地逐一祭奠牺牲的烈士战友和看望烈士的亲属。这支队伍中,年龄最小的不到50岁,最大的刚60出头。

每到一地,他们都拉起鲜红的横幅,上面印着"关爱烈士家属,祭奠烈士英灵"口号,这也是"使命之旅"的宗旨。他们用自己的手机和相机业余却饱含真诚地拍摄记录,拍下了每一个烈士战友的坟茔,拍下了他们向烈士战友父母亲人最崇高的敬礼!远去的英雄故事,他们从来没有忘记!

走进每一位烈士家中,和烈士的父母亲人相逢,双方都是痛哭流涕。因为,这就是烈士战友以往的存在证明,亲人们就是英雄战士的保护对象,如今英雄已经不在了,张茹他们将会带着战士们的爱和勇气,去面对烈士的亲属。

张茹和战友们的"使命之旅"举动,在社会上引起了很大的反响,越来越多的人加入他们的行列,去拜访那些烈士的亲属,去缅怀以往的战争以及历史。张茹他们用了整整5年的时间,走访了宁夏、甘肃、陕西、四川、贵州、广西、云南等9个省份的32个县区,祭奠长眠在各地烈士陵园里的战友,一一拜访慰问43个烈士战友的亲属。每个烈士的家中都留下了他们的炽热泪水和拳拳孝心。

当年,张茹在曼棍洞野战医院里,参与救护了许多伤病员,但救护赵维军的过程留给她的记忆最为深刻。多少年了,她一直有一个心愿,就是要亲自到赵维军的墓前坟头去看看他。2015年5月1日,张茹利用五一假期,相约13名战友,一起来到甘肃兰州市40公里外的榆中县烈士陵园,祭奠那位29年前和自己生死相拥的年轻战友。

榆中烈士陵园位于兴隆山风景区深处的山腰间,四面环山。在高大的革命烈士纪念碑的后面是墓区,先烈们静静地躺在群山的怀抱里,每座墓的四周都盛开着雍容华贵的牡丹花，赵维军烈士的墓位于路旁第一的位置。得知张茹他们的到来，赵维军烈士生前榆中县的战友、西安长安区的4名战友夫妇，也赶来参加祭奠活动。战友们站在高低不一的坡道上，拉着横幅标语，为赵维军烈士举行简朴而庄重的祭奠仪式。烈士墓碑前，哀乐婉转低回，一束束鲜花，寄托着战友们无尽的哀思。

"青山有幸埋忠骨，哀思无尽悼英魂。"站在烈士墓前，张茹百感交集。29年来，每每想起赵维军，想起抢救护理他的一幕幕情景，想起他在生命的最后一刻，倒在自己怀里的场景，张茹都会禁不住泪湿衣襟。在张茹的人生旅途中，赵维军绝不是一个匆匆过客，他是一尊叩击灵魂的雕像，永驻心间。张茹想对赵维军说的话很多，前一天晚上，她专门写在纸上。此刻，她展开稿纸，当着战友们的面大声倾诉……

"姐姐，我不行了，可以拥抱你一下吗?"我迅速俯下身，把你抱起来，你的头就倒在我的怀里，走完了你18岁的生命历程。

"那时，你是否在聆听我的心跳，那时，你是否能感受到我温暖的胸膛？如果能够逆转你的生命，如果能够换回你的微笑，我愿一直抱着你啊，尽管这是我少女生平第一次温柔的拥抱！亲爱的战友兄弟啊，29年过去了，我一直在努力寻找，今天你又回到了我的怀抱!"

……

泪水打湿了稿纸，张茹深情回忆着那段刻骨铭心的日子。参加祭奠的战友们也都流下了难过的泪水，大家向赵维军烈士献花、敬酒、敬烟。祭奠活动结束后，张茹和当年一同参与救护赵维军的张燕战友，单独留在他的墓前一会儿，和他说说话，回忆当年在一起的情景。张茹的心里有着痛苦，但更多的是了却心愿后的欣慰。

临离开前，张茹放开歌喉，唱响她最喜欢的《绒花》：世上有朵美丽的花，那是青春吐芳华，铮铮硬骨绽花开，滴滴鲜血染红它……

长眠地下的赵维军战友，你听到这如泣如诉、优美动人的歌声了吗？这，就是一个战地女神的博大情怀！

《绒花》，一直在绚丽绽放吐芳华

时间过得真快，一晃30多年过去了，当年的张茹也已步入中年。一讲起赵维军烈士，张茹的感触特别多。她说：因为战争，我们相遇相识，因为生死离别，我们有过相依相拥的一幕。他英俊年少的英雄形象永远活在我和战友们的心间，他也会在那边的世界里，默默地祝福着我们，保佑着我们，因为我们曾经是战友！

"如今我虽然老了，而当年给英雄的那个拥抱，却永远刻在我年轻的心中！"张茹讲这句话时，脸上充满了自信和坚定。光阴流转，谁能不老呢？

只有英雄不老！因为他们的青春芳华，已经伫立成青春的雕像和纪念碑，他们的精神不会消失！

还有思念不老！因为青春的故事，永远年轻！

人到了一定年纪，就喜欢怀旧和回忆。谁都有小时候，谁都曾年轻过。张茹的老家在江都郭村，他的父母亲在西安西北工业大学，是从事航空研究的科技人员，他们工作繁忙，张茹的童年多数时候是在郭村老家，和奶奶、姑姑、叔叔他们度过的。张茹的外公，是一位老红军，《东进序曲》《南征北战》电影上都有他的身影。受家庭红色教育的影响，张茹1983年从西安入伍，在部队医院当卫生员，1985年11月，随部队开向老山前线，1987年底复员回到西安，安排在西北工业大学工作，在西安成家立业。

一有时间张茹就会回江都郭村老家看看，因为她还有牵挂的亲人居住在这里。2018年3月中旬，张茹再一次回到郭村老家，看望亲人，扫墓祭祖。"太阳雨"志愿者戎根喜，从江都一个朋友处得知这一消息，立马就电话联系上张茹，开车赶到郭村她老家。那天，他们聊了很多情况，张茹十分关心"太阳雨"团队的建设活动情况，以及从江都参军入伍后牺牲的战友陈刚烈士家中的情况，戎根喜都详细地做了介绍，她说很想去看望陈妈妈和陈刚烈士的墓，他们便约上"太阳雨"志愿者滕承顺一同前往。

　　3月18日上午，张茹、戎根喜、滕承顺等战友，踏着浓浓春意，带着鲜花、礼品和3000元慰问金，来到江都区七闸河西工交公寓5栋405室，看望慰问陈妈妈。一进客厅，张茹就看到沙发后的墙面上悬挂着陈刚烈士大幅的标准照，身着"一颗红心两面旗"的老式军装，一脸的稚气，一看就是刚当兵时拍的，照片着了彩色。当张茹在和战友交谈中得知，陈刚烈士被越军炮弹击中受重伤，曾被紧急送往曼棍洞野战医院救护，因伤势过重壮烈牺牲时，张茹再也控制不住情绪，泪水哗哗直流，因为她当年一直在曼棍洞里抢救伤员。张茹泪眼模糊，紧紧搂抱着陈妈妈。张茹一直坐在陈妈妈的身旁，拉着她的手询问生活上有什么困难，身体健康状况如何。她俩足足交谈了一个半小时。临别时，张茹依依不舍地说："陈妈妈，下次我回江都再来看您，您一定要多保重身体。"

　　清明节将至，江都烈士陵园里一树树春梅绽放枝头。张茹又带着陈妈妈的体温和气息，和战友们来到烈士陵园，祭奠陈刚烈士。在烈士骨灰存放室，滕承顺小心地捧出陈刚烈士的骨灰盒，张茹上前敬上贡品。"我和陈刚一同入伍，一同参战。他牺牲了，我亲手把他的骨灰盒交给排长，委托他把陈刚送回家的。"滕承顺沉痛地向张茹介绍了陈刚烈士牺牲的经过。

　　"亲爱的战友，你牺牲后，我所在的部队已完成集结，走向炮声隆隆的老山。因为有许许多多和你一样的英雄战友的牺牲付出，我们打出了国威，打出了军威。陈刚战友，你一路走好，在另外一个世界过得快乐！"张茹一番真情倾诉后，向陈刚烈士的骨灰盒献上鲜花，战友们站成一排,向陈刚烈士献上一个军礼。

凝望着陈刚烈士的骨灰盒,张茹接着又说:"陈刚和赵维军牺牲时,都只有 18 岁。作为战争幸存者,我们将永远铭记你们为国家、为人民建立的不朽功勋,铭记你们血染的风采!"

"把美丽的青春拥抱献给战友,女兵张茹让真实的《芳华》燃烧成盛开的红莲!"戎根喜动情地说,"在老山,战士们把白衣天使比喻成战地女神,她们不仅给负伤的战友抚慰伤痛,还用炽烈柔情激发指战员前赴后继、英勇报国的血性。可歌可泣的老山女兵,让战地芳华感天动地!"

在和战友们交流的过程中,张茹进一步了解了"太阳雨"志愿者团队方方面面的情况,非常赞赏和感动。她说:"以前我每次回来听朋友们介绍、平时在媒体上看到不少有关'太阳雨'团队的信息,'太阳雨'团队都是一群大爱之人,真的了不起!你们开展的'致敬英雄母亲'公益活动,和我们前几年组织的'使命之旅'活动,宗旨都是一样的。我也要加入'太阳雨'团队,和你们一起坚持把这件事一直做下去。"

"好啊,太好了!我们'太阳雨'团队正需要张茹这样的战地女神来参与、支持哩。"朱峻松闻此消息,兴奋地鼓起掌来。他把张茹约请到扬州,十几个"太阳雨"志愿者围坐在一起,欢迎张茹加入队伍,倾听她介绍当年在老山前线的战斗故事。他们握手相约,再过一个月,张茹赶回扬州参加"太阳雨"年会。

时隔一个月不到,4 月 15 日,扬州城最美的季节,"太阳雨"年会——"与春天有个约定"如期举行,张茹专程从西安赶回家乡。她的到来,给年会增添了重磅内容。张茹与原 47 军、原 67 军部分参战老兵见面畅叙,追忆牺牲在老山的青春烈士,战友们心潮起伏、热泪盈眶。年会上,张茹登台深情讲述了《死吻》背后的感人故事,详细介绍了开展"使命之旅"活动的情况,亮开歌喉,唱响《绒花》,"世上有朵美丽的花,那是青春吐芳华……"舞台上,有志愿者身穿"一颗红星两面旗"的老式军装在伴舞,此情此景,把人们带进了那个战火纷飞的年代。现场采访张茹的主持人陶莉早已泪光盈盈,转业军人田蓉大步走上舞台,向张茹敬礼、献花。现场200多名志愿者备受震撼,大家纷纷表示:接力绽放的《绒花》,加入"慰烈行动",与张茹共同完成祭奠英烈、关爱烈属的"使命之旅"。

这天,"太阳雨"年会的消息一经公众号推出,不少人密集转发朋友圈,众多读者留言点赞:芳华底片催人泪下,盛开的绒花涤荡灵魂……向为国捐躯的老山英烈致敬!向可歌可泣的战地女兵致敬!

"老山精神万古长青,使命之旅感天动地。""太阳雨"召集人朱峻松表示,"太阳雨""致敬英雄母亲"团队将与"使命之旅"团队一道,传承老山精神,加入"慰烈行动",让战地绒花盛开在扬州大地!

前几年,电影《芳华》上映之后,张茹独自走进电影院,观看了两遍,大大方方地坐在影院里哭了两次。她说还要去看,就是想好好痛哭一下。她说,这种疼上瘾,还要去痛哭,她现在喜欢这种痛哭。

别人或许无法完全透析张茹的心境,无法读懂她全部的情怀!

绒花,属于合欢树上开出的花朵,粉红色、圆锥花序、花丝细长,具有和谐团结的象征意义。它们一般生长在山坡上,也适合种植在家门口,希望能与邻居保持良好关系。张茹在家门口栽了两棵树,一棵是合欢树,另一棵也是合欢树。

写到这里,打开张茹发来的一个音频文件,是她自己吟唱的《绒花》:

……
世上有朵英雄的花
那是青春放芳华

花载亲人上高山
顶天立地迎彩霞
啊啊　绒花绒花　啦啦
一路芬芳满山崖

　　这歌声仿佛是从边境的那个浸漫了雨水的帐篷医院传来的，她的身旁，还有一群年轻的伤员，无限青涩地看着美丽的她。她在那山岳丛林的野战救护所里奔忙的身影，好美好美！
　　歌声漫过一代人的芳华！
　　精神的青春，可以永远长青！

占运河畔的红色记忆

扬州不仅是历史文化古城,也是一片有着光荣革命传统和红色文化基因的热土。作为苏中战略要地,扬州拥有极其丰富的红色文化资源。只争朝夕,打捞历史,让今天的人们看见和触摸历史的细节,让烙刻着扬州印记的红色文化基因永续传承,是当代扬州人的光荣使命和重大责任。

运河悠悠连今古,历史钩沉照后人。

寻找运河两岸抗战老兵

8月的扬州城有些寡淡,植物几乎过了花季,欣赏不到"烟花三月下扬州"的招摇。微风习习,树高遮阴,空气清新,知了躲在树林里亢奋地高歌,炎热中并不烦躁。慢走在扬州的街道上,一派悠然自得。

2015年8月15日是日本宣布无条件投降和抗战胜利的标志性日子。这天,扬州市在琼花观举行纪念抗日战争胜利70周年"邗建杯"集藏品巡回展启动仪式,扬州市副市长董玉海、市文化博览城建设管理和利用领导小组副组长洪军,和200多名各界人士出席了开展仪式。

这次纪念抗战胜利集藏品巡回展,由扬州市新四军研究会、扬州市收藏协会、扬州市委党史办、扬州市文联、扬州市大运河保护志愿者总队等单位联合举办。展览很重要的一个部分内容,是由扬州太阳雨爱心志愿者团队寻访到的扬州运河沿岸的 10 位抗战老兵照片及事迹简介,这是首次公开展览。陈益飞、陈乐三、盛良辰、陈炳善、乐效正、姜桂芳、金万德、温惠春、曹玉佃、高峰,这 10 位抗战老兵,如今都是耄耋老人。驻足在他们的照片和事迹展板前,有的人在拍照,有的人在记录。

"扬州是抗战时期的华中抗日根据地,关于抗战,在这片土地上有太多未知的记忆。举办照片展览,就是要让更多的扬州人能了解家乡英雄的事迹。"朱峻松如是说。

成立于 2003 年的太阳雨爱心志愿者团队,成员里有不少抗战老兵的后人。想到 2015 年是中国人民抗日战争暨世界反法西斯战争胜利 70 周年,他们聚在一起一商量,决定发起"寻找运河两岸抗战老兵"活动,计划进行 5 轮,每一轮寻访 10 位老兵,希望通过拍摄反映抗战老兵的纪录片,讲述他们抗战的英勇事迹,留下历史记录,激励现在的人们珍惜当下来之不易的幸福生活,传播正能量。

时年 50 岁的朱峻松是"太阳雨"团队的召集人,同时也是一名老兵的后人。他的二舅高峰祖籍高邮,曾经是新四军第一师兼苏中军区炮兵营的一名战士,先后参加过血战兴化城、解放如皋城等战役。抗战胜利后,又参加了淮海战役和渡江战役等,后来在南京海军指挥学院研究部战略战术研究室当主任。朱峻松就是听着舅舅讲当年的战争故事长大的。他说,如今扬州还健在的抗战老兵不到 300 人,年龄基本上都在 90 岁左右了,如果不挖掘那段历史,真相就有可能永远被掩埋,我们要与时间赛跑,抓紧从岁月的长河中打捞这段历史。

刚刚 30 岁的小伙子陈宇,是一位个体职业者,专门从事影像制作工作,也是一名老兵的后代。他的爷爷 89 岁,1944 年参加盐城游击队,多次参加对日游击、锄奸、破坏日寇设施活动,先后两次负伤。听说太阳雨爱心志愿者团队要开展"寻找运河两岸抗战老兵"活动,朴实憨厚的陈宇找到朱峻松,一脸真诚地说:"小时候爷爷就给我看功臣勋章，但我就是没有想到把这些拍摄成视频，以纪录片的形式保存起来，你们这次发起的这个活动很有意义，可以让更多的人了解前辈抗战的英雄故事。这次摄影摄像、制作专题片的任务我包了，一分钱不收，就算我这个孙子辈尽一份孝心吧！"

关于征集"寻找运河两岸抗战老兵"线索的消息，一经公众号和朋友圈转发，一条条信息、一个个电话便汇合到朱峻松这里，"太阳雨"志愿者厉平、包伟、蒋宽广、吴晓云等人，很快聚拢过来，确定了第一轮准备寻访的10名抗战老兵的名单，排出了两个月内寻访的日程计划表。志愿者陈维勇慷慨资助1万元，供团队制作赠送抗战老兵的漆器屏匾和水晶纪念杯。

志愿者团队的信息提供人，在提前做好基础工作的前提下，整理出了10名抗战老兵的简要档案：

陈乐三，盐城人，1926年出生，1944年参加盐城游击队，多次参加对日游击、除奸、破坏日寇设施活动，先后两次负伤，1987年离休，如今生活在扬州市区。

盛良盛，徐州睢宁人，14岁参军，是新四军4师9旅73团2营4连2排1班战士，历经百场战役，负过一次伤，如今生活在仪征市区。

乐效正，盐城阜宁人，1927年出生，1941年参加新四军第3师，先后参加了抗日战争、解放战争、抗美援朝三大战争；经历了辽沈战役、平津战役、渡江战役、衡阳战役等重大战役，以及200多次大小战斗，负伤20多次，动手术或住院治疗就有9次。他的臀部曾遭受霰弹袭击，有20多个小弹孔。他现在享受6级伤残军人福利待遇。

姜桂芳（乐效正夫人），山东烟台人，1928年出生，1946年入党，1948年参军。她少年时代就参加打鬼子的战斗，山东海阳著名的地雷战，她就是其中的一位民兵，后来随着许世友的部队一起南下。如今，两位老人生活在高邮。

陈炳善，扬州人，1930年出生，1945年参军，是新四军军部特务团6连3排7班战士，曾经参加过六合、枣庄对日战役，如今生活在高邮。

高峰，高邮人，91岁，1944年从高邮参加苏中公学成为新四军，是新四军1师炮兵营1连1排3班副班长，先后两次负伤，是3级伤残军人，如今居住在南京。

温惠春，高邮人，87岁，1944年成为共产党领导的高邮抗日民主政府通信员，华野7纵19旅56团2营4连22排6班战士，先后3次负伤，是8级伤残军人，如今生活在高邮城区。

曹玉佃，仪征人，90岁，1943年参加革命，是新四军2师183团3营8连1排排长，先后7次负伤，是7级伤残军人，现居住在仪征月塘镇。

金万德，安徽全椒人，90岁，1944年参加革命，是新四军2师6旅18团2营4连1排副排长，4级伤残军人，现居住在仪征城区。

陈益飞，高邮人，88岁，1945年参加国民党，1949年加入解放军，先后两次负伤，是3级伤残军人，现居住在高邮三垛镇。

一个星期天上午，寻访组一行按照计划，相约来到仪征后山区月塘镇抗战老兵曹玉佃家中。90高龄的曹老在战场上曾经立过一等功一次，二等功两次，被评为"战斗模范"，至今身上还留有7处伤疤。曹玉佃激动地谈起六合战役，他所在的部队在山上，日军在山下用火炮攻击，火力非常凶猛，部队考虑到如果占据在山头，虽然有有利的地势条件，但难以抗拒日军的强大火力，只有下山与日军正面交战，才有可能取得胜利。在往山下突围的时候，曹玉佃被日军的刺刀刺中右大腿，他强忍着疼痛，没有后退，继续往前冲，砍死了那个日本鬼子，曹玉佃的右腿上至今还留着一道10厘米长的伤疤。在接下来的战斗中，曹玉佃相继被敌人的子弹打穿了肚子，右眼也被炮弹炸伤。据他本人描述，当时他都不知道疼，因为杀红了眼。

在老人家生动的叙述中，志愿者们仿佛置身于那片血与火的战场，他们有的人在专心聆听、记录，有的人在认真摄影、录像。寻访组给老人家带来了鲜花、水果，采访座谈结束后，专门向曹玉佃老人赠送了一块印有"向抗战老兵致敬"字样的精致漆器屏匾，还有一尊水晶纪念杯。老人家十分激动，站起身颤抖着举起右手，敬了一个军礼。

"每一位老兵如数家珍地叙述当年的抗战经历，聆听着都感到热血沸腾，我们既是记录历史，也是接受一次再教育。"寻访组的志愿者深有感触地说。

出发寻访每一位抗战老兵家庭之前，志愿者团队都把准备工作想得很周到，把功课做得很充分。从寻找老兵到拍摄，再到后期剪辑，所有的费用都是志愿者团队自筹，题材、人力、车辆和慰问品也都是志愿者自己出资，连摄影师也是志愿者成员。他们平时都要上班，基本上都是相约双休日集中，一边寻访老兵，一边拍摄记录，第一轮寻访进行了两个多月，车轮滚滚，起早贪黑，足迹遍布扬州、高邮、仪征、南京等地10名抗战老兵的居住地。

为了让红色基因代代相传，"太阳雨"团队每一次进行寻访活动时，都带上一支学生队伍，让他们一起聆听、记录抗战老兵的英雄事迹。来自树人学校九龙湖校区初三学生王天桐，在聆听了老兵爷爷的故事后，感慨地说："爷爷们都是大英雄，没有他们，就没有我们现在的幸福生活。作为中学生，除了要传承英雄前辈的精神，还要好好学习，掌握本领，为国家的建设和富强贡献自己的一份力量。"

抗战胜利70周年纪念日快要到了，《扬州日报》"党报在线"栏目邀请扬州市委老干部局副局长翁广琪、抗战老兵丁学和、抗战老兵寒冰、新四军研究会副会长兼秘书长陈荣坤和"太阳雨"志愿者团队召集人朱峻松，与广大网友在线交流，回忆烽火岁月，感受铁血扬州的铮铮风骨。

"当初为什么要拍摄'寻找运河两岸抗战老兵'纪录片?"有网友提出这样的问题。

"拍摄这部纪录片是出于一种责任,一是希望通过老兵亲口讲述抗战故事来激励现在的年轻人,珍惜当下来之不易的生活,传播正能量。二是通过老兵的口述,了解当时真实的抗战环境和条件。三是我们抗战老兵岁数都很大了,集中在90岁左右,我们必须要抓紧做好口述史的记录工作。"朱峻松简明扼要的阐述,拉直了网友心中的问号。

……

炎炎夏日,台湾的廖启泰先生来到扬州,他的父亲原是国民党21军的老兵,是对日正面战场主力军队伍中的一员。廖启泰先生听说"太阳雨"团队的志愿者正在组织开展"寻找运河两岸抗战老兵"活动,他很感兴趣。在志愿者卞洪钟先生的牵线下,朱峻松带着部分"太阳雨"团队的成员,与廖启泰先生等两岸抗战史研究学者进行座谈,交流寻访老兵公益活动的体会。"通过寻访活动,回顾抗战历程,缅怀革命先辈,我们深切地感受和认识到,在抗战中,中国共产党积极倡导、促成、维护抗日民族统一战线,最大限度地动员了全国军民共同抗战,在全民族抗战中发挥了中流砥柱的作用,成为夺取抗战胜利的民族先锋。"志愿者观点鲜明的发言得到了研究学者的赞许。

一路奔波,一路收获。"太阳雨"志愿者经过两个月紧张的寻访、记录、拍摄、编辑、制作,又通过广播、电视、报纸、公众号、参展等媒介的广泛传播,第一轮寻访的10位抗战老兵的英勇形象,很快驻进了扬州城老百姓的心间。在扬州市纪念抗战胜利70周年集藏品巡回展览期间,志愿者团队选送的反映10位抗战老兵战斗风采的"寻找运河两岸抗战老兵"系列作品,受到了广泛好评。在2015年9月15日扬州市新四军研究会召开的专题总结会上,扬州市委原副书记、扬州文博城创建领导小组副组长、扬州新四军研究会会长洪军,高度评价太阳雨爱心志愿者团队的寻找抗战老兵活动,表示今后要多宣传"太阳雨"团队的精神,要创造更多机会、通过多种形式,积极支持"太阳雨"团队开展文化公益活动。

在寻找抗战老兵的路上,"太阳雨"志愿者没有满足于第一轮寻访所取得的成果,他们一直朝着既定的目标奔跑。初秋的一天,"太阳雨"志愿者按照寻访活动第二轮计划,来到高邮城区,采访原新四军苏北军区特务连战士周连老人家。89岁的周老1945年2月参军,先后参加解放宝应、东台、渡江战役等战斗。周老患有阿尔茨海默病,住在医院接受治疗,在和志愿者队员们交谈时,经常是现在的事情记不住说不清,但一讲到抗战时期的故事,就热血沸腾,记忆清晰,如数家珍,还能写下一些自己的简历和战友的名字。可以想象,那段战争岁月一定是在老人的大脑里刻录下了磁盘。

就在志愿者们完成这次采访任务不多久,有一天突然传来抗战老兵周连仙逝的噩耗,大家感到十分悲伤和惋惜。处理完老人家的后事,周连的女儿、南京电视台主持人周凡,很感谢"太阳雨"团队,她说:"幸亏你们前段时间来采访我老爸,给我家留下了宝贵的影像资料,否则我们会终生遗憾的。"

通过这件事,"太阳雨"志愿者都非常感慨,一种时不我待的紧迫感更是油然而生。"一代人有一代人的长征,一代人有一代人的使命!抗战老兵现在都已进入高龄,为他们做口述史实录拍摄工作刻不容缓。如果不抓紧去挖掘那段历史,真相就可能永远被掩埋。我们民间公益组织的力量虽然有限,但做总比不做好,我们一定要尽最大的努力,与时间赛跑,对话老兵,打捞历史,让更多的后来人看见真实的历史细节。"讲出这番话时,朱峻松那双藏在镜片后面的眼睛,充满了坚定和自信。

抱着这样的信念,"太阳雨"人的脚步,一直匆匆前行在寻访抗战老兵的路上。

"我与老兵面对面"

电影《长津湖》以抗美援朝战争第二次战役中的长津湖战役为背景，讲述了一段波澜壮阔的历史；在极寒严酷环境下，中国人民志愿军东线作战部队凭着钢铁意志和英勇无畏的战斗精神，扭转战场态势，为长津湖战役胜利作出重要贡献的故事。《长津湖》2021年国庆节一上映，就受到无数国人的追捧，成为中国影史票房冠军。

2021年10月31日，秋高气爽，丹桂飘香。"太阳雨"小志愿者服务队联合景区"太阳雨"爱心服务社，共同开展"我与老兵面对面"活动。本期的访谈人物是王保金老前辈，访谈的主题是"我经历了长津湖战役"。

王保金，离休干部。1949年4月参军，任第三野战军第九兵团30军88师34团警卫员，参加过渡江战役、解放上海战役。1950年11月赴朝鲜参加抗美援朝战争，担任中国人民志愿军第九兵团26军78师司令部通信员。1951年加入中国共产党，1957年退伍。

访谈活动一开始，一个字正腔圆、富有穿透力的声音响彻会场。"1950年10月，为保家卫国，中国人民志愿军奔赴朝鲜，同朝鲜人民一道，历经2年零9个月艰苦卓绝的浴血奋战，赢得了抗美援朝战争的伟大胜利。时隔71年，当我们回顾这段历史的时候，当年投身抗美援朝战争的那批年轻人，如今已渐入人生暮年。但是，抗美援朝战争却深深镌刻在他们的记忆里。今天，我们非常荣幸地邀请到长津湖战役参战老兵王保金老人，与大家面对面，谈一谈那场伟大的战争，更加深入地了解伟大的抗美援朝精神。"身材高挑、端庄秀丽的女主持人陶莉，拉开了"太阳雨""我与老兵面对面"活动的序幕。

在雄壮的《中国人民志愿军战歌》乐曲声中，93岁的志愿军老兵王保金，在其孙子、"太阳雨"志愿者王威的陪伴下，来到活动现场。

全场 70 多志愿者全体起立，掌声雷动，大家用这种方式表达对这位志愿军老战士的崇高敬意。时光倒回 71 年前，1950 年 11 月，22 岁的王保金随部队进入朝鲜，是中国人民志愿军第九兵团 26 军 78 师司令部的通信员，他亲身经历了那场令人刻骨铭心的长津湖战役。

"长津湖地区的气温正常是零下三四十摄氏度，我们衣着单薄，吃着干硬的炒面，渴了就吃地上的雪。"王保金回忆起当时的情景仍历历在目。"但我们一点都不惧怕几乎武装到牙齿的美军，因为我们每个战士都有一个坚定的信念——打赢这场战争，就是为了我们的子孙后代不用再打仗，不用再牺牲！我们的血一定不会白流！"当有人问老人家，在物资匮乏、实力悬殊的情况下，战士们是否感到害怕时，王保金如此回答道。

王保金已是耄耋之年，当年的有些事情已经淡出记忆，但在回答现场提出的各种问题时，他总是很努力地试图把那段历史尽可能完整地呈现给大家。一个多小时的访谈，老人一直正襟危坐，仍保持着一位军人坐如钟的"风格"。跟随着他的讲述，现场的人们也一起重温了那段激情燃烧的岁月，仿佛走进了炮火连天的战场。

三枚勋章，一生传奇。王保金老人的胸口挂着"光荣在党 50 年""庆祝中华人民共和国成立 70 周年""中国人民志愿军抗美援朝出国作战 70 周年"三枚纪念章，被他视为自己这辈子最大的骄傲。"感谢党和政府一直惦记着我们，我们的血没有白流，感谢伟大的新时代！"

老人指着其中的"光荣在党 50 年"纪念章，还给在场的人们讲述了一个"秘密"："我就是在战场上入党的，当年有一种光荣叫'火线入党'，这种荣誉比什么都重要。"说到动情处，王保金老人略显激动，眼里也闪动着泪花。他殷切叮嘱"太阳雨"志愿者们："你们要珍惜今天的幸福生活，一定要听党话、跟党走……"

活动现场，"太阳雨"志愿者陆晓月老师，饱含深情演唱《英雄赞歌》，缅怀志愿军烈士，致敬所有为人民幸福冲锋陷阵的中华英雄儿女们!

"我觉得今天的活动很有意义,是一场栩栩如生的爱党爱国主题教育,特别是对在场的青少年而言,那个年代或许距离他们已经很遥远,但今天却能很直观地面对那段岁月,也有助于他们铭记那段历史。""太阳雨"志愿者、曾参加过对越自卫反击战并荣获二等战功的老兵吴乃明,深有感怀。

访谈结束后,大家争相与王保金老人合影留念。与老人家面对面的时间也许是短暂的,但时光易逝,精神永存。此时此刻,王保金老人"最可爱的人"的巍峨形象,早已定格于在场所有人的心中。在他的身上,我们读到了中国军人的军魂与血性,看到了中华民族的脊梁与骄傲。

"太阳雨"小志愿者服务队领队童蕾蕾,对本次活动进行了总结,她说:"志愿军与志愿者,身份迥异却'志愿'相投,通过本次的'面对面',我们志愿者们更应传承和发扬老一辈战士立命为民的精神,牢树为大众服务之'志',努力去实现公益事业最美丽的'愿'景。"

访谈活动结束后,小志愿者们以"王爷爷是我们心目中的大明星"为题,每人写一篇访谈感想。梅岭小学四(12)班学生马子淇这样写道:

10月31日,阳光灿烂。我有幸参加了"太阳雨"小志愿者服务队组织的与抗美援朝老兵王保金爷爷"面对面"活动。王爷爷曾经参加过长津湖战役,是我们最值得敬佩的人。当年,是他们创造了中国的奇迹,他们是当之无愧的民族英雄。

王爷爷今年93岁了,虽已年迈,但身板笔直,精神抖擞,说起话来铿锵有力。小志愿者们开始轮流提问,王爷爷认真地回答了我们的问题。王爷爷讲述当年他们也只有20岁左右,怀着保家卫国的信念,抱着牺牲的心态,为国家奋命一搏。雄赳赳、气昂昂,跨过鸭绿江,来到抗美援朝战场，凭着坚定的意志，英勇顽强战斗。听着王爷爷的叙述，我们也仿佛走进了战火纷飞的战场。王爷爷告诉我们，他当时是师司令部通信员，需要到前线传送信件及传达命令，承担着重大责任，信件送达不能超过一个小时。王爷爷冒着敌人的炮火徒步前行，从不退缩，奋不顾身按时将每一封鸡毛信及时送达。为了躲避敌机的狂轰滥炸，运输车队白天只能隐蔽，夜晚才能摸黑前行，甚至不能开车灯，经常会出现翻车坠崖的情况。那时条件非常艰苦、食物匮乏，有时候战士们只能吃带着泥土的土豆、冻冰的干粮。

聆听着王爷爷讲述抗美援朝战场上一个个故事，我被深深感动，眼泪禁不住流了下来，不由得心生敬佩，感慨万千。没有这些战斗英雄在战场上的浴血奋战，哪有我们今天的幸福生活啊！生活在和平年代的我们是幸运的，幸福生活来之不易，我们要好好珍惜现在的一切。

采访结束后，我们和王爷爷合影留念。我能站在王爷爷身边，感到无比幸运和自豪，他是我心目中的大英雄，是我们小学生学习的榜样。少年强则国强，我们要牢记王爷爷的嘱咐，以后一定要更加努力学习，百尺竿头更进一步，决不能辜负王爷爷对我们的期望。

时隔20多天，"太阳雨"团队第二场"我与老兵面对面"访谈活动，在"太阳雨"小志愿者活动基地举行。这次特邀江都籍战斗英雄、一等功臣徐广来，围绕"我迎着炮弹第一个冲上140高地"主题，给"太阳雨"小志愿者们讲述当年的战斗经历。

徐广来，57岁，原南京军区1军1师3团2营6连战士，中国共产党党员，革命伤残军人，江苏省劳动模范。1982年入伍，1986年退役，曾参加过对越自卫反击作战，荣立一等战功。

"我和战士们蘸着鲜血写下决心书，迎着炮弹第一个冲上140高地，将鲜艳的国旗插在高地上。"战斗英雄徐广来，满怀深情地回忆起战火纷飞的岁月。那年，在收复140高地的战斗中，他第一个冲上该高地的主峰，消灭敌军火力点4个，占领阵地后，和全班同志一起打退敌军的6次反扑，在战斗最残酷的时候，毅然冒着生命危险，救下了5名伤势严重的伤员，他身上8处负伤，部队首长多次催促他离开阵地，直到城池巩固，他才撤离，为140高地的胜利和巩固做出了突出贡献。徐广来向孩子们展示了珍藏多年的钢盔、炮弹壳和奖章，向在场的人们讲述着当年的青春岁月，为了祖国和人民的利益，不顾自身的安危，奉献着自己的青春年华，保家卫国，彰显了伟大的爱国主义情怀。

活动现场，小志愿者们佩戴着红领巾，认真聆听一等功臣徐广来爷爷讲述那些烽火岁月的战斗经历，感受到徐爷爷当年战争岁月的壮举，敬佩之情油然而生。他们站成一队，庄严地行少先队队礼，朗朗的诵读声回荡在会场上空：

每当我们背起书包，欢欢喜喜地去学校，我们不会忘记，今天我们美好的生活，源于你们昨天的奉献；
没有先烈抛头颅，现在的旗帜就不会如此灿烂；
没有你们洒热血，现在的生活就不会如此安定；
你们用血肉筑起了新的长城，你们用血肉撑起了中华民族的脊梁；
……

小志愿者们纷纷表示，一定要好好学习，长大后像徐爷爷一样，继承革命传统，发扬爱国主义精神，用自己满腔的热血，为祖国的发展和建设贡献自己最大的力量，创造出另一个灿烂的明天。

景区滨湖社区有着浓浓拥军情的文化土壤，社区"太阳雨"爱心服务社50多岁的负责人、共产党员吕荣超，从事志愿服务十多年，在志愿之路上不忘初心，步履不停，充分发挥军休所驻在社区的政治资源优势，在"戎耀之家"牵头组织了多场《我与老兵面对面》主题公益活动。"与老兵面对面,是"太阳雨"团队将爱国主义教育与双拥工作有机融合在一起,为小志愿者成长搭建的一个教育平台。希望孩子们牢记历史,系好系准人生的第一粒扣子,从小坚定爱国主义信念,使红色基因代代相传,争当为国争光的好少年。""太阳雨"小志愿者服务队领队童蕾蕾说。

这次访谈活动结束后,无须布置思考题目,小志愿者们纷纷拿起手中的笔,抒发心中最真实的感想。这是稚嫩内心情感的迸发,这是红色基因种子的萌芽。从众多访谈感想中,选录一篇树人学校初一(1)班查可欣同学写下的文字:

11月,微风拂过脸颊,两鬓的头发随风飘荡。金桂飘香,阳光普照,一切都是那么美好。高傲却又不失温柔的云雀,从树上飞起,像陀螺打转,随后往朝霞万里的高空飞旋。梧桐树叶随风飘落,洒满一地。望着这和谐而美丽的景象,我不禁嘴角上扬,却又感慨万分。

今天,我参加访谈曾经在对越自卫反击战中荣立一等战功的老兵——徐广来爷爷,徐爷爷为我们非常详细地讲述了当年激烈战斗的情景。

……

战争是极端残酷的,也许早上还在一起集合待命的兄弟们,下午就命丧黄泉了,一枚炮弹就可能将人炸成肉块,战友们在血浆泥水中捞尸块,甚至有的就再也没找到过……转眼间都40年过去了,我们这么多年没打仗了,根本不理解上过战场的老兵感受,我们真的应该敬重老兵,没有他们就没有我们现在的美好生活!

"团结就是力量,这力量是铁,这力量是钢,比铁还硬,比钢还强……"这是我们反复传唱几十年的团结之歌、奋斗之歌、胜利之歌。老兵们用他们的鲜血与身躯,铸造了我们现在的美好生活,他们是值得我们崇敬的。一支队伍如若没有团结的精神,没有勇往直前的精神,那么他就不是一支队伍，而是一盘散沙，那又何谈打赢胜仗，共建美好家园呢？现在，我们也应如此，14亿中华儿女更当团结友爱，互帮互助，用汗水来为祖国添上更绚丽的一笔。

40年后的今天，中国强大起来了，不再是那个任人宰割的"东亚病夫"了。经过全国人民同心同德、艰苦奋斗，中国取得了令世界刮目相看的伟大成就。今天我泱泱华夏巍然屹立在东方，再也没有任何力量能够撼动我们伟大祖国的地位，更无法阻挡我们前进的步伐！中国的昨天已经写在人类的史册上，中国的今天正在亿万人民手中创造，中国的明天必将会更加美好！我们定当团结起来，不忘初心，牢记使命，传承中国精神，实现中华民族伟大复兴的中国梦！

2022年夏天，历史上罕见的酷暑。8月5日，江苏省军区扬州第一离职干部休养所与"太阳雨"志愿者团队，联合举办"我与老兵面对面"红色宣讲活动。30多位来自市区的"太阳雨"小志愿者聆听老兵讲述战争年代的革命岁月，赓续红色血脉。

参加宣讲活动的两位主角分别是老兵贾玉山和张林和。贾玉山，1946年入伍，曾参加过孟良崮战役、淮海战役等。张林和，1943年入伍，曾参加过孟良崮战役、太原战役和抗美援朝战争。

看到可爱的少先队员们，两位老前辈特别高兴，原计划40分钟的宣讲，一下子讲了一个多小时。张林和勉励孩子们要好好读书，掌握真本领，长大后成为栋梁之材。面对小志愿者的现场提问，贾玉山激情讲述了在抗美援朝战场上，面对武装到牙齿的美军王牌部队，中国人民志愿军不畏对手、英勇作战的故事，他们用青春和热血谱写了中国军人的伟大。来自育才实验学校1702班的刘怡嘉，听得满脸泪水："我觉得老兵爷爷们太伟大，太了不起了！我们一定要好好学习，早日成才，报效祖国。"

"接天莲叶无穷碧，映日荷花别样红。"2020年八一建军节到了，太阳雨爱心志愿者团队组织小志愿者服务队队员，走访看望居住在扬州城里的抗战老兵，听老兵爷爷讲述革命故事。烈日炎炎下，小志愿者们戴着小红帽，排着一列纵队，穿梭在一条条青砖小巷里，构成古城夏日一道独特的风景。

小志愿者们首先来到引市街离休干部刘志诚爷爷家。刘志诚出生在陕西一个革命者家庭，他的父亲是一位红军战士，1937年被国民党暗杀。父亲牺牲后，他在老家参军，成为一名八路军陕甘宁边区淳耀支队游击队员。新中国成立前征战于西北战场，参加过大小若干次战斗。西安解放初期，追击敌特分子，保卫人民财产安全，荣立三等功，并先后获得解放西北纪念章、解放全国纪念章。小志愿者们向刘爷爷献上红领巾，致以少先队队礼。刘爷爷看到孩子们特别激动，他给孩子们讲述一枚枚军功章背后的故事，他讲得很动情，小志愿者们听得十分认真。

年近九旬的老前辈张源，住在东关街，他13岁便参军。由于他年龄小个子矮，部队安排他在敌占区当情报兵。每次他都把"鸡毛信"缝在衣服里，几年里出生入死数百次，出色完成情报传递任务。当张爷爷回忆起激情燃烧的岁月时，情不自禁地流下热泪。他说：幸福的今天来之不易，孩子们一定要珍惜！要好好学习，将来报效祖国，只有国家强大了，才能谁都不敢欺负我们。

参加这一天走访活动的"太阳雨"小志愿者们，经历了一次革命精神的洗礼和教育，心灵受到一次又一次的震撼，一颗颗幼小的心中充满了对革命老前辈的敬仰和崇拜之情。"我一定要听习爷爷的话，好好学习，成为祖国的栋梁之材。"一天走访下来，育才小学吴昭璇同学立下铮铮誓言。

离休所里的笑声

"高奶奶，这是来自您老家的黑米，祝您百岁生日快乐，健康长寿!"2021年12月23日上午,在江苏省军区扬州第一离职干部休养所,"太阳雨"志愿者和干休所、街道、社区人员一起给百岁老人高芝芳送上特别的生日礼物,老人高兴得合不拢嘴。

高芝芳的老伴刘纪民是一位正师职离休干部,1937年参军,是一位在隐蔽战线、抗日战争、和平解放西藏以及中印自卫反击战中做出贡献的老革命,1992年去世。

高芝芳老人出生于1921年,12月25日是她100周岁生日。这天,江苏省军区扬州第一离职干部休养所、景区瘦西湖街道、滨湖社区党委和"太阳雨"爱心服务社联合,提前给高芝芳老人祝寿。"祝寿团"一行不但给老人送去慰问金、生日蛋糕、寿桃,还请扬州剪纸大师手工定制了一份"百寿图",作为百岁生日贺礼;得知老人的老家在陕西省汉中洋县,又特地准备了来自洋县的地方特产黑米。

"故人西辞黄鹤楼,烟花三月下扬州。孤帆远影碧空尽,唯见长江天际流。""青山隐隐水迢迢,秋尽江南草未凋。二十四桥明月夜,玉人何处教吹箫。"……

为了给高芝芳老人的生日助兴,"太阳雨"志愿者、一级演员包伟,一连献上了两段精彩的扬州清曲《古城吟》——唐代诗人李白的《黄鹤楼送孟浩然之广陵》,唐代诗人杜牧的《寄扬州韩绰判官》。包伟端坐在方木凳上,抱着一只琵琶,原生态的自弹自唱,丝丝拨动、嘤嘤婉转、娓娓道来、细腻、缠绵而抒情的腔调,感染了在场的每一个人。

紧接着,"太阳雨"志愿者、二级演员沈仁梅,也给老寿星表演了扬剧《鸿雁传书》《新春观灯》选段,老寿星轻轻拍着手,笑得合不拢嘴。一时间,高芝芳老人的家里成了欢乐的海洋,喜庆的气息一下子漫溢在整个干休所。

每到重要节日,志愿者们就格外繁忙。八一建军节要到了,"太阳雨"爱心服务社携手景区滨湖社区党委的同志,来到江苏省军区扬州第一离职干部休养所,和所里官兵座谈交流,送来夏季防暑降温用品,亲切慰问现役军人。扬州市文艺创作研究会副主席兼秘书长、太阳雨爱心志愿者团队总召集人朱峻松,带着"太阳雨"团队部分志愿者,向武警扬州支队直属大队一中队指战员,赠送了西瓜、饮料等清凉降温物品,表达对军人的慰问和敬意。

这天下午,"太阳雨"军民情联欢会拉开序幕,来自扬州市文艺创作研究会、扬州清音合唱团的文艺志愿者们和武警战士,载歌载舞,军歌嘹亮,歌唱共产党,歌颂人民军队,现场气氛热烈,掌声欢呼声此起彼伏、高潮迭起……当5位参加过对越自卫反击战的"太阳雨"志愿者,以老兵的名义与年轻战士们交流互动,现场气氛再次推向高潮……

鲜艳彤红的志愿服、橄榄绿色的军装、青翠欲滴的粽叶,构成了一幅色彩丰富的和谐喜乐画面。

"你们曾为保卫祖国、建设祖国出过力,今天,我们把最美好的祝福送给你们!"2022年5月28日,在江苏省军区扬州第一离职干部休养所内,粽飘香,人欢笑,"太阳雨"志愿者联合滨湖社区、江苏中亚糖酒有限公司,走进离休所开展志愿服务,把端午祝福提前送给军休所的离休老兵和现役官兵。

这天上午,扬州市优秀志愿者谈笑,带领11名"太阳雨"志愿者,自带包粽子的食材,早早来到军休所食堂,和官兵们一起洗糯米、洗粽叶、切香肠,忙得不亦乐乎。志愿者们还手把手教官兵选粽叶、放糯米、塞花生米等配料,现场洋溢着军民一家亲的浓厚气息。大家齐心协力忙碌了一个上午,共包裹了700只祝福香粽,送给军休所官兵。

下午,"太阳雨"文艺志愿者们还带来一场"致敬英雄老兵"的专场文艺演出，精心编排的舞蹈、古筝独奏、武术表演、红色经典歌曲等充满红色元素的节目，表达出志愿者们对曾经出生入死的老兵们的崇敬之情；当耳熟能详的《游击队之歌》音乐响起时，现场的抗战老兵们十分激动，一边随着节奏击掌，一边跟着"太阳雨"快乐男生组合一起歌唱。文艺志愿者祝留根是著名木偶表演艺术家、一级演员，他深情朗诵了《岳阳楼记》。表演结束后，他激动地说：为老首长和部队官兵送来节日的祝福和慰问，是我们文艺工作者义不容辞的责任。

"独在异乡为异客，每逢佳节倍思亲。遥知兄弟登高处，遍插茱萸少一人。"在描写重阳节的诗句中，可能要数唐代诗人王维的这首《九月九日忆山东兄弟》，最有名气了。九九重阳，敬老爱老。为弘扬中华民族传统美德，太阳雨爱心志愿者团队组织2021重阳系列公益活动，其中一出重头戏就是"文艺轻骑兵献艺致敬老兵"。

"今天是一个特别的日子，我们太阳雨文艺志愿服务队要把特别的祝福，献给在场的老首长老阿姨们！"10月14日上午，在江苏省军区扬州第一干休所大院，主持人杨芳一席话拉开敬老演出序幕。当天，拥有一、二级演员的文艺轻骑兵小分队上演了精彩的演出。

一级演员、扬州评话表演艺术家杨明坤老师今年已经72岁，他现场表演了即兴创作的评话《说重阳 话扬州》，引经据典数说"扬州是个好地方"，他诙谐风趣的表演，赢得老人们会心一笑。杨明坤说，他是第一次到干休所大院演出，干休所环境整洁优美，也反映了老人们生活幸福。

69岁的一级演员、木偶表演艺术家祝留根老师，为老人们表演了木偶书法。他操纵木偶即兴挥毫，"九九重阳 致敬老兵"一气呵成，赢得一片掌声。祝留根说，干休所的老干部曾为国家出生入死，值得尊敬，参加这样的公益演出，很有意义。

一级演员、扬州弹词表演艺术家包伟，从小就有军人情结。她用一曲优美动听的扬州弹词开篇《月亮城》，表达了自己对老兵的敬意。

她说，自己经常到社区为老年人演出，能为干休所的老首长老阿姨们演出，感到特别自豪。二级演员、扬剧演员沈仁梅的京歌《梨花颂》，原济南军区文工团闫传钵的二胡《战马奔腾》，倪丽萍的独唱《边疆的泉水清又纯》，都赢得掌声不断。

参加活动的江苏省道德模范、最美军嫂周忠燕，拉着一位老阿姨的手，动情地说："我是一名军烈属，来到干休所大院，特别亲切，衷心祝愿干休所的爷爷奶奶们健康长寿！"

演出结束，"太阳雨"志愿者集体参观了干休所陈列室，接受革命传统教育。这次活动由扬州太阳雨爱心志愿者团队携手滨湖社区联合主办，两家共同为干休所的老人置办了水果、重阳糕等节日慰问品。

重阳节在历史发展演变中杂糅多种民俗为一体，承载了丰富的文化内涵，登高赏秋与感恩敬老是当今重阳节日活动的两大重要主题。老首长老阿姨们，在一片欢歌笑语声中，度过了简朴而热烈的重阳节；所有到场的志愿者心中，也都留下了一段难忘的红色记忆。

2023 年 4 月 20 日上午，春风轻拂，桃红柳绿，这是扬州城最美的季节。由军地双拥共建的"鱼水情双拥之家""老阿姨军嫂之家"在瘦西湖路落成。

江苏省军区扬州第一离职干部休养所政委李延海，代表共建双方致辞。他说："鱼水情双拥之家"是江苏省军区扬州第一离职干部休养所和景区滨湖社区"太阳雨"爱心服务社，双拥共建服务阵地和宣传展示平台，由扬州离休一所红色陈列室、"太阳雨戎耀之家"和"老阿姨军嫂之家"三个服务阵地组成。"鱼水情双拥之家"坚持"拥军优属、爱民便民、颐养宜居"服务宗旨，致力于打造"常态化、专业化、项目化、特色化、一站式"社会工作专业机构，为现役军人、退役军人、三属、其他优抚对象和困难群体等服务对象，提供红色教育、困难帮扶、权益维护、精神关爱等多项服务内容，以"与老兵面对面""慰英魂·烈属关爱行动"为特色服务项目，引导全社会尊崇军人、军民团结的文化风尚，为我市争创全国双拥模范城"九连冠"，助力景区双拥工作再上新台阶。

江苏省军区扬州第一离职干部休养所所长周永健、景区民政和社会保障局局长王斌，为"老阿姨军嫂之家"揭牌。

江苏省军区扬州第一离职干部休养所政委李延海和瘦西湖街道党工委副书记汪士荣，为"鱼水情双拥之家"揭牌。

首批"老阿姨军嫂之家"公益讲师代表接受了红彤彤的聘书。

太阳雨爱心志愿者团队总召集人朱峻松，太阳雨拥军志愿服务队负责人郭宏芳、吴乃明和扬州离休一所、景区民政和社会保障局、滨湖社区党委、太阳雨爱心服务社志愿者代表，出席揭牌仪式。

随后，扬州离休一所李延海政委主持召开老阿姨座谈会，共建方负责人认真征询听取了老阿姨们的需求和希望。李政委介绍道："老阿姨军嫂之家"是军地共建，专为老阿姨军嫂提供志愿服务的平台。建成后将根据老阿姨的特点，通过开办老阿姨课堂、搭建老阿姨舞台、打造老阿姨公益等系列活动，让老阿姨军嫂老有所养、老有所为、老有所学、老有所乐。

七位老阿姨代表参加了座谈，她们沐浴着春风，每个人都容光焕发。老阿姨陈楚华开心地表示：感谢部队、地方领导和志愿者对我们老军嫂的关心，丰富我们晚年的幸福生活。我们一定要发挥余热，赓续红色血脉，为社会多做贡献。

《有我就有家》诞生记

一

"爆竹声中一岁除,春风送暖入屠苏。千门万户曈曈日,总把新桃换旧符。"品读着宋代文学家王安石的《元日》,再过一天,就要迈进2022年门槛了。12月30日下午,江苏省委宣传部、省文明办、省美德基金会,在扬州高邮市卸甲镇文明实践中心,隆重举行"江苏省道德模范"与"身边好人"现场交流活动。"中国好人"、"太阳雨"志愿者厉正香作为助人为乐的先进典型,"江苏最美军嫂"、"太阳雨"志愿者周忠燕作为孝老爱亲的先进典型,在交流会上接受了主持人专题访谈。活动期间,专门安排周忠燕和厉正香在舞台中央合影,大屏幕上"德行天下,光耀秦邮"8个大字,映衬着两个不凡女性的身影,熠熠生辉。

周忠燕还作为先进代表,与江苏省委宣传部副部长、省文明办主任葛莱,扬州市委常委、宣传部部长张长金,共同揭晓2021年12月"江苏好人"和"江苏新时代好少年"榜单。

活动现场,主持人深情讲述着"江苏最美军嫂"周忠燕家的感人故事,大屏幕上投放着组委会献给周忠燕的一段精彩浓缩的致敬词,催人泪下的歌曲《有我就有家》在中心大厅舒缓唱响,一台多元素合成的情景剧正在隆重上演。

你还好吗？边关的风景一定很美吧。
洁白的雪花，像我的思念不停落下。
你知道吗？我们的儿子总是问我啊，
他的爸爸，什么时候才能回家？
这些年风吹雨打，什么苦都不曾惧怕，
照顾患病的妈妈，我知道需要更强大。
为了儿子茁壮成长，原谅我说了十年谎话，
今天我骄傲地告诉他，他有个英雄的爸爸。
你放心吧，有我就有家。

你听见吗？四月的窗外细雨在滴答。
思念的我啊，回眸着失去你的年华。
你看见吗？悄然盛开的那朵茉莉花，
它就像我，日日夜夜把你记挂。
这些年风吹雨打，什么苦都不曾惧怕，
照顾患病的妈妈，我知道需要更强大。
为了儿子茁壮成长，原谅我说了十年谎话，
今天我骄傲地告诉他，他有个英雄的爸爸。
你放心吧，有我就有家。

这歌声如泣如诉，凄美动人。乐曲浸透活动中心的每一方空气，歌声漫过每个人的心灵。在场的所有人无不为之动容，很多人情不自禁地掏出纸巾，擦拭感动的泪水。

二

此刻，歌颂高邮籍戍边烈士胡永飞的妻子周忠燕的公益歌曲《有我就有家》在高邮湖畔唱响,长眠在高邮烈士陵园绿茵茵草坪下的胡永飞,你听见妻子对你的倾诉了吗?

胡永飞,1998年底从高邮天山镇入伍,走上西藏高原、祖国西南大门的中印边境,战胜海拔高、严寒、缺氧等各种恶劣环境条件,和战友们一起战天斗地、站岗执勤、守卫国土,展现了扬州儿女志在四方、戍边报国的豪情壮志和博大情怀。

2009年6月24日,身为西藏军区山南军分区某团汽车队队长的胡永飞,带着官兵为边境哨所运送物资,途中突遇山路塌方,连人带车掉进了悬崖,已经受伤的胡永飞眼疾手快,看到有石块被车带落,毅然一把推开昏倒在地的战友刘波,自己被滚落的石块砸中,壮烈牺牲,被评为革命烈士。那时候,胡永飞31岁,他的妻子周忠燕才28岁,他们的儿子刚刚16个月大。

胡永飞牺牲后,年纪轻轻的周忠燕忍着剜心的疼痛,打起精神,含辛茹苦撑起胡家一片天。因为是独女,她劝说父母卖掉四川老家的房子,搬迁到高邮来,两家并成一家过;婆婆因为痛失儿子,得了精神疾病,她带着婆婆四处求医,受了无数的委屈;为了让儿子健康快乐地成长,她一直绞尽脑汁编织善意的谎言,直到儿子10岁时,才告诉其真相;为了改善一家人的生活条件,她在扬州城里租房开了一家洗衣店,没日没夜地忙碌,尝尽了人间的酸甜苦辣,以一颗顽强心带着一家老小往前奔,把自己活成了一束光;生活刚刚有了点起色,她就加入太阳雨爱心志愿者团队,散发自己的光和热,照亮更多的地方更多的人……周忠燕默默拉着老老少少一家人这辆车,一直在负重前行。2019年春天,儿子胡博文写了一篇《我的爸爸》的作文,把沉寂了10年时间胡永飞、周忠燕一家子的故事,推到了世人面前,一下子感动了无数国人。

扬州籍军人、解放军某部政治部主任孙克勤大校,是一位很有情怀的军旅作家,他从媒体上看到周忠燕家的故事后,心一直被紧紧地揪着:烈士胡永飞为国捐躯,牺牲在雪域高原,这10年间,周忠燕是如何撑起这个破碎的家庭,带着一家老小,一天一天熬过来的?这些年,她一个四川女子,在扬州经历过什么?带着一个个问号,孙克勤一次次来到周忠燕的洗衣店里追踪采访,很快和他们一家人交上了朋友,成了他们家的常客。大半年之后,孙克勤写出了长篇报学文学《守家》的初稿,深情讲述了革命烈士胡永飞、最美军嫂周忠燕一家子的感人故事,胡永飞守的是国,周忠燕守的是家,他们共同守护的是国家。作品展现了中国军人和军人家属独有的家国情怀,是扬州大地上一张亮丽的名片。

2020年12月20日晚上,夜幕低垂,寒风凛冽。扬州北郊槐南村"太阳雨"志愿者活动基地一间不大的办公室里,几个人围坐在一起七嘴八舌地谈论着,正热火朝天地讨论着什么。原来,孙克勤和朱峻松把周忠燕、田蓉、张群、徐光庆、冷松等几个人召集过来,让大家浏览《守家》书稿,征求大家对书稿的修改、充实、调整意见。大家讲述着、讨论着、感动着,一致公认,周忠燕是众人心中的好军嫂,父母心中的好女儿,婆婆心中的好媳妇,儿子心中的好妈妈。

"光庆、冷松,咱们来为周忠燕写一首歌吧,作为《守家》这部报告文学的插曲。"朱峻松看着非常感动和兴奋的徐光庆和冷松,讲出了这个想法。徐光庆和冷松都是扬州职业大学的老师,徐光庆擅长谱曲,冷松喜欢写歌词,他俩听朱峻松这一说,正中下怀。"太好了,太好了,我们刚才全面听了周忠燕家的故事,她的确值得我们尊敬,心里也萌发出了为她创作一首歌曲的冲动。"

为了方便及时沟通、创作交流,他们特意建了一个小群——"茉莉香守雪域情",徐光庆从歌曲的角度提出一些建议,朱峻松、冷松负责歌词创作,孙克勤担任顾问。想法容易产生,但其正坐下来量身创作这首歌词,其过程也是让人倍感"煎熬"的。"在较长一段时间,不管如何表达、抒怀,总觉得意犹未尽。"回忆创作这首歌词的过程,冷松很是感慨。

任务明确没有几天，冷松就写出了第一稿《好一朵茉莉花》，歌词写道："是谁驱散了冬日的寒夜/凭借着一腔热血/是谁默默地做出奉献，承受着无声思念/是谁温暖了边关的家园，融化军人的心田/是谁守护在遥远的天边，只为了一个信念/是你坚定的家国情怀，支撑无数的希望/虽扎根在江南水乡，心血却在远方绽放/家园长存的安宁，只因有你负重前行/即使失去了光阴，也同样向往前方光明。"

冷松在写这则歌词时，眼中一直饱含泪水，他被这个发生在身边的"故事"深深感动着。几个人看了这一稿之后却很淡定，认为歌词柔和度不够，感动度不够，过于写实。徐光庆半开玩笑地说："冷松是把歌词不自觉地写成了诗歌朗诵稿！"

对冷松来说，徐光庆的这句话不知是"伤"到了他，还是激励了他。几个人你一言，我两语，各抒己见。讨论争鸣了好几天，歌词的第二稿《家乡有朵美丽的花》，也新鲜出炉了。

"家乡有朵美丽的花/满园春色比不过她/玲珑如雪落枝丫/香飘天涯人人夸/家乡有朵爱情的花/纯洁坚贞浇灌着她/淡雅如诗爱如画/不离不弃守护家。"

"歌词好是好，也很美，不过太过于写意了。"几个人看了这一稿歌词，都有这样的感觉。或许，搞艺术的人都有追求完美的"强迫症"，相对还算年轻的冷松，这一次算是真实地"领教"了。"当时，看到自己倾心创作的歌词被又一次推翻时，心情是难受的，甚至是崩溃的。各位老师在专业审美上是极其严苛的，对'后辈'在专业上的指导与提携也是偏执的，当我在歌词创作的道路上左冲右突、摸索转型的时候，老师们为我搭设了一座桥梁。"这段话是冷松由衷发出的心声。

在大家的鼓舞、激劲和启发下，经过一段时间的思考和沉淀，冷松捧出了歌词的第三稿。"这一稿差不多，找到感觉了。"几个人一致认可。朱峻松接着对部分词句做了修改调整，很快，一则情感真挚的歌词完工了，歌词很凄美，令人感动，同时给人以力量，但是歌名定不下来。先叫《爱的谎言》，然后又改成《你有一个英雄的爸爸》，后来，大家围绕周忠燕故事的核心"家"字，又想了好多个歌名，推翻一个，再取一个，最终确定歌名《有我就有家》。

歌词旋律的创作，是徐光庆的拿手活。音乐创作是感性与理性互相交织的思考过程，但是，触动人心的故事更像那大海的波浪，一次次地叩击着徐光庆的心房，这时他需要做的就是打开那扇门，让她进来。

"你还好吗？边关的风景一定很美吧。洁白的雪花，像我的思念不停落下。"旋律几乎是随着歌词一起流淌出来的，随着旋律流淌出来的还有他的眼泪。"你知道吗？我们的儿子总是问我啊，他的爸爸，什么时候才能回家？"这时所有的作曲技法和理论都显得那么多余。"这些年风吹雨打，什么苦都不曾惧怕，照顾患病的妈妈，我知道需要更强大。"他想拿笔记录那"情感的流云"，但是旋律如同那涓涓细流。"为了儿子茁壮成长，原谅我说了十年谎话，今天我要骄傲地告诉他，他有个英雄的爸爸。"

几乎是含着泪写好这首歌，徐光庆像一个被雨淋湿的孩子，呆呆地看着满是泪水的乐谱，打谱时也是几次哽咽。

《有我就有家》是对军人和军属这个特定群体深情告白的时代歌曲，阐述了对祖国、对人民、对军人、对家庭的人间大爱。所谓境由心生，如果没有发自心底的爱之情怀，又怎能创作出如此具有大爱精神的作品呢？

三

2021年4月18日，扬州"烟花三月旅游节"开幕这一天，一年一度的"太阳雨"年会也隆重举行,志愿者们齐聚一堂,回眸过去一年的公益活动。年会上,推出一出重头戏——"太阳雨"志愿者、女高音歌唱家、扬州职业大学艺术学院音乐老师陆晓月,首次在盛大场合公开演唱《有我就有家》。

"你还好吗?"这首歌开头以周忠燕的"问"为切入点,凝重式的抒情让人听了潸然泪下,也让现场的周忠燕流下了眼泪,这是一句压在她心里几千个日夜没有说出口的问候。演唱者陆晓月饱含深情的一句开场,瞬间把大家带入了画面感,茫茫雪山上,烈士的英魂,铁汉柔情。问高山没有回应,问你也没有答案。周忠燕明白,她的爱人、儿子胡博文的爸爸永远留在了茫茫雪山中。从开头的"你还好吗""你知道吗"到收尾的"你放心吧",理想到现实,思念到坚强,歌词叙事能力开始增强,最后点明主题,有我就有家。让听众深切感受到一位军嫂的坚韧品格,对小家和大家的定义,守家就是守国。周忠燕用坚守和爱守护着她的小家,用大爱为全国千千万万的军嫂树立了榜样,"放心吧,有我就有家"。

歌曲第一段悠长的旋律如泣如诉,思念之情伴随着节奏越唱越浓,平稳渐进的旋律给听众以柔和之感,八度大跳的起伏可以让听众感受到它的宽广与大气。第二段情感开始变化,浓郁的情感路线开始高昂,把听众带入茫茫雪域高原,结尾之处转而升华出力量。整首歌叙事能力与代入感强,给人感动,给人启迪。陆晓月以良好的气息为支持,通过圆润、丰富而富有穿透力的声音,传达出歌曲中蕴含的美声唱法的大气与高雅的风格。

这歌声瞬间溢满"太阳雨"志愿者心灵的天空。

"太阳雨"文艺志愿者刘长江,是一位退役军人,他曾在河南信阳原济南军区 20 军 60 师侦察连当兵。侦察连是一个具有光荣历史的英雄连队,曾参加对越自卫反击战,连队的干部和班长大多是从战场上下来的,他们都是活着的英雄。在尊崇英雄的氛围中成长起来的刘长江，后来调到师宣传队工作，他对文艺有较深的造诣。《有我就有家》一问世，刘长江就反复聆听、认真研读，心情久久不能平静，一腔热血在胸中激荡，他很快自发地写出了一篇滚烫的读唱鉴赏文章——《创作的是艺术，崇敬的是英雄!》：

也许是因为自己那段从军的经历，军人的荣耀依然在心里熠熠生辉；也许是因为自己经受过身边战友倒下的隐隐痛楚，而小白杨的情怀如青春之树在心里依然常青！等等。由此，这首《有我就有家》带有军旅色彩的歌，就注定与我有了心灵的共振，也引发我对《有我就有家》词曲创作以及歌曲内涵的精神世界的探究。

一、词朴情真，言轻爱深。歌曲艺术的创作形式有其一定的固有模式，一般而言词为曲先，用一位作曲家的话说，"先打动我，才有打动听众的可能"，《有我就有家》的创作也不例外。读唱《有我就有家》的文字与旋律，我对这首歌词的创作有这么两点感受。

——以情当先，情领词随。故事的原型胡永飞烈士是为战友舍身赴死的。作为一名职业军人，他用舍我其谁的英雄担当，用一个毫不犹豫的挺身而出，诠释了"战士责任且莫忘"的真正含义，也用自己的生命成就了自己一世的英名！此为一情乎！而烈士遗孀周忠燕，本可为了自己的幸福，在安慰和荣誉以后选择离开，然而，她为了英雄默默留下，以10年的"谎言"和10年的隐忍与坚强，再现了"你献身祖国不惜流血汗、我孝敬父母任劳任怨"的军人妻子的本色！此为又一情乎。

作为词作者的冷松、朱峻松，二位自然深谙此情，对如何用艺术语言表达对英雄的崇敬、对妻子无私奉献精神的颂扬，有着自己独到的缜密思考和设计。即：突出一个"情"字，以情带动文字的堆砌。

创作中，两位词作者没有从描写英雄伟岸形象和军嫂无私奉献入手，恰恰把英雄的牺牲隐喻成歌词创作的大的"词境"之中，如同绘画时的底色基调，以军嫂为"我"，以有我之境，观万物皆境，以有我之情，赋万物皆情的古典诗词的写作手法，把"我"一位军人妻子的内心思想独白，假借以"边关的风景""洁白的雪花""盛开的那朵茉莉花"以及"窗外细雨""儿子"等自然实境的描写，羽化成"像我的思念不停落下""像我日日夜夜把你记挂"等"虚"境描写，把妻子对丈夫的思念与爱恋，以及丈夫离开后妻子诸多的不易和儿子的懵懂之问等复杂情感，无比自然地依附在"风景""雪花""细雨"之中，从而使读者秒懂"便纵有千种风情，更与何人说"的唯美情感。

——入笔无痕，举重若轻。俗话说，万事开头难。因为写歌词的人都知道，歌词首句往往对整个歌词的语言风格、词序结构定位等有着风向标的作用。而且一说写英雄、唱模范，人们会自然而然地想到一些概念化的豪言壮语、脸谱化的形象描写，以求英雄、模范高大与伟岸的艺术效应。

而词作者冷松、朱峻松反其道而行之，用一句"你还好吗？边关的风景一定很美吧"自问自答，巧妙地叩开全词的开篇大门，语言清新自然、入笔无痕，把军嫂对英雄的思念之情描写的"千斤重担"轻轻落在"你还好吗"四字之上，为接下来的续写承重启下。

通读《有我就有家》全词，我们似乎找不到英雄的"光辉形象"，也找不到英雄的豪言壮语，那么英雄到底在哪里？我说英雄在妻子的思念里、问候里，在"边关的风雪里"，在儿子的懵懂之问里，更在"我骄傲地告诉他"的骄傲里！

《有我就有家》也没有"诗和远方"般的语言为军嫂高唱赞歌，恰恰是"……风吹雨打什么苦都不曾惧怕""照顾患病的妈妈，我知道需要强大""原谅我说了十年谎话"这些平常如水的字句的串联，逐字逐句把情感如潮水堆砌成涌，冲向读者的心头，其中含透妻子失去丈夫后的多少不易和对原本幸福生活的追忆。此处是英雄有情却无声，妻儿有爱语更绵。把隐忍、坚强、美丽、善良的军嫂周忠燕，勾画得有血有肉、有情有爱，而且从另一个角度歌颂了英雄为祖国舍家献身的伟大壮举。可谓意含字面，力透词背。

此外，歌曲定名《有我就有家》，也有它的极深寓意。因为，男人本是家中柱，英雄去了，留下的只有妻子，周忠燕舍我其谁，说出"有我就有家"，这既是妻子对逝去英雄的承诺，更是对英雄奋身赴死、舍我其谁的精神传承。这一点，也是这首歌词创作的巧妙之处，是一种看不见的升华。

二、曲平义真、调和寓深。《有我就有家》的音乐是从器乐化前奏展开，大提琴在弦乐组温婉的陪伴下，轻轻地、亲亲的，像边关的雪花慢慢地翻飞飘落，温情地呼唤吟唱……此时，一句"你还好吗"，从一个梦境的时空里娓娓飘来，依附在被音乐虚化的山峦起伏，我仿佛看到妻子与丈夫相逢在歌声里，相逢在"边关的风景"里，相逢在"洁白的雪花"搭建的银白色世界里，很美，很美。

没有眼泪，只有团圆的幸福；没有怨言，只有无限的柔情。曲作者徐光庆的音乐构思和叙事性音乐语言，不仅为歌词寓意的诠释增添了无比的情感色彩，更为歌曲的成功传播插上了飞翔的翅膀。

——娓娓道来，情如流云。歌唱是语言的延伸，给音乐赋予语言的节奏是曲作者徐光庆选择叙事性音乐创作思路的理由。

为了切合歌词意境以及语言风格，歌曲除了给音乐设定了"稍慢、真挚、深情"的情景前置，以追求平实而亲和的听感，还意识性淡化音乐内在规律节奏，突出强调语言习惯节奏，并使之有机结合。徐光庆力求用叙说性音乐语言，塑造边关风景下妻子与丈夫缠绵细语、娓娓道来音乐形象的刻意追求。

——动机巧妙，起伏有致。主歌部分"你还好吗"是歌曲音乐动机的首次展现，歌词口语化强、气息相对轻缓。曲作者采用了一字对一音的方法，首字"你"音从属音大跳，有意识加重语气，随即大二度的级进、重复，使得动机简洁、含情，词序结构与音乐的结合相当贴切，吟唱起来有一种声未出口情欲先的感觉。

　　从整体音乐感觉来看，歌曲音程不大、高潮部分的音乐素材大都来自陈述部分，风格相对统一，结构也比较规整。但也并非固定在某一个音区徘徊，相反多次出现了八度、六度音程大跳，尤其在动机音乐陈述后的第一小节就采用了六度大跳随即反向下行到，再度六度跳进，扩大了音乐发展的区域，是一个旋律写作非常好的亮点，值得借鉴。

　　其实，在搜集烈士胡永飞、军嫂周忠燕的事迹故事的同时，曲作者徐光庆也参与到了歌词创作讨论之中。所以，在真正拿到歌词时，徐光庆对歌词已经是耳熟能详，用他自己的话说，已经被感动得热泪盈眶了。

　　《有我就有家》是一首歌曲，是一种艺术创作。其实，我更愿意说，《有我就有家》是对英雄的肯定与赞美！

　　就在我即将结束这篇文字的时候，我的脑海里想起了我的老部队"英雄侦察连"和那些为了铸就这份荣誉的先烈，也想起了训练场上不幸倒下的宝应籍战友，还想起了前不久倒在抗疫前线的我的副班长……

　　借此一角，我也想问一句：战友，你们好吗！

四

　　《有我就有家》——动人的赞歌献给最美的军嫂！2021年八一建军节前夕，高邮市融媒体中心《印象高邮》节目组来到扬州，专访歌曲创作团队。

　　词作者朱峻松：胡永飞、周忠燕的事迹感染了我，就萌发了为军嫂创作这么一首歌。守国为了守家，守家也是为了守国，我们就从心里萌发了这样一种创作激情，要为无数像周忠燕这样的军嫂创作一首歌。

　　该如何来表达心中这份感动和敬意呢，朱峻松和冷松陷入了思考。

烈士胡永飞生前守护的"大家",有他的战友们替他继续守护着,那么他的小家呢!谁来守护?胡永飞牺牲后,周忠燕上要照顾患病的婆婆,下有年幼的孩子要抚养。为了撑起这个家,她在扬州城西开了一家维持生计的洗衣店,远在四川的父母也举家迁移到扬州,帮她共度困难。整整12年,周忠燕把艰苦与辛酸深深地压在心里,扮演着"女强人"的角色,也用12年如一日的付出和坚守,给出了清晰的答案:有我就有家。

词作者冷松:前后共经历了三个版本,这是第三个版本,因为在这个创作过程中,我跟曲作者徐光庆一直都在沟通,我们一直在被这个故事感动着,然后总觉得所写出来的东西不能够完全达到。

词作者朱峻松:天堂里的胡永飞,他应该是很担心他的家会不会完整地持续下去的?他的孩子能不能够健康成长?他患有精神疾病的母亲有没有人照顾她?我觉得这是词的一个重点,周忠燕用实际行动诠释了答案。她用自己瘦弱的肩膀撑起了这个家,用和谐的家庭,幸福的家庭来告慰了英烈。

在周忠燕面前,再华丽的辞藻也苍白,再绚丽的表达也索然。所以,两位词作者就直接以"有我就有家"为创作主题,用跨越时空的方式让周忠燕向胡永飞倾诉衷肠。

词作者朱峻松:第二段实际上是周忠燕讲述自己在胡永飞家乡生活的情况,也告诉他孩子的情况,他们的孩子已经长大了,家庭的生活虽然非常艰难,她要承担一家五口的生活重担,但是她又非常坚强地坚定地告诉烈士,有我就有家,你放心,也是让更多的守边战士放心,你们放心地守国,我们就有家。

在朱峻松和冷松两人创作歌词时,谱曲的作者徐光庆一边参与创作讨论,又一边不断搜集周忠燕的所有故事,寻找创作的突破口。随着他了解的越深入,他的脑海里,隐约闪现着一股娓娓道来的旋律。

歌曲演唱者陆晓月:因为往往听故事,我觉得没有这么深刻的感受,而这首作品不论从作词还是旋律,从我演绎的角度来讲,希望通过我的歌声,大家从这个故事当中、这个歌词的旋律当中去得到一种感同身受,这是一个军嫂她对国家的定义,对家的定义不仅是小家,还是大家,一种大爱。

夹杂着热泪,徐光庆一气呵成,很快就将旋律谱写了出来。然而,他的朋友却提出了不同的看法。原因是徐光庆采用了自己早年较为喜欢的一种缓慢的抒情式的曲风,而这种风格在现代流行音乐中运用得不多。流行音乐利于传唱,但徐光庆则希望听众在欣赏这首歌的时候更能关注内容,更能被歌曲讲述的故事打动,经典一点、传统一点的旋律更有讲述的魅力。而且他这样的观点也得到了两位歌曲作者的认可。

有人这样评价《有我就有家》这首歌:听似平淡,但总有一股力量驱使着人听下去。创作者们请来了最美军嫂周忠燕,现场演奏给她听。在听完整首歌曲之后,周忠燕流下了眼泪。她说她现在幸福的家不只是她一个人的努力,还要感谢她不远万里来到扬州的父母,要感谢那些关心和帮助她的各部门和"太阳雨"志愿者,有他们大家,才有了她今天幸福的小家。

江苏电视台记者为周忠燕家电脑合成制作了一幅全家照拼图,这是周忠燕家唯一的一张一家三口照片。有了它,这个家就"团团圆圆"了。守家就是守国。周忠燕用坚守和爱守护着她的小家,用大爱为全国千千万万的军嫂树立了榜样,"放心吧,有我就有家"。那些千千万万的志愿者,也用实际行动维护着一个个像周忠燕家这样的小家。放心吧,有我就有家!

时光流转,《有我就有家》的歌声并没有远去,一直在耳畔回响,作品留下的感动始终保持着滚烫的温度。愿从歌声里,我们一路同行,一路珍视,一路相助,在未来的日子里陪伴我们共历生活中的阳光、微风、雨和星空!

山海之约

背景材料：

2014年9月25日，中华人民共和国成立65周年之际，中央宣传部在中央电视台向全社会公开发布"时代楷模"王继才、王仕花夫妇的先进事迹。

2018年8月6日，中共中央总书记、国家主席、中央军委主席习近平，对王继才同志先进事迹做出重要指示强调："王继才同志守岛卫国32年，用无怨无悔的坚守和付出，在平凡的岗位上书写了不平凡的人生华章。我们要大力倡导这种爱国奉献精神，使之成为新时代奋斗者的价值追求。"

2018年9月27日，中共中央追授王继才同志"全国优秀共产党员"称号。

2019年9月17日，国家主席习近平签署主席令，授予42人国家勋章、国家荣誉称号。其中，授予王继才"人民楷模"国家荣誉称号。

北纬34度31分47秒，东经119度52分01秒。

在版图上，这两道经纬线的交界点，是位于连云港市灌云县境内黄海上的开山岛。

2022年7月3日上午，开山岛，气温29摄氏度，阳光和煦。

一大早，王仕花就来到码头，等待一位远道而来的"老妹"。

9点半钟，一艘游艇停靠在码头，一个熟悉的身影从船上半跳着下来。看到王仕花，赶紧小跑过去，抓住王仕花的手，亲切地说道："嫂子，我来看你了。"

这位"老妹"名叫周忠燕，是从扬州来的，一路车船劳顿。她家曾荣获"全国最美家庭"称号，她本人曾荣获"江苏省道德模范""江苏省三八红旗手"等称号。而在岛上等着她的"嫂子"王仕花则是中国"时代楷模"。

她们还有一个共同的身份：烈士遗孀。

三年前的约定

王仕花和周忠燕的故事相信不少人都比较熟悉了。她们在丈夫牺牲之后，都经历了撕心裂肺的痛苦，也都将痛苦掩埋在内心深处，化作继续生活的动力。王仕花几乎每天还会登上开山岛，周忠燕则默默承担起一个大家庭的负担。

2019年盛夏时节，首届"江苏最美退役军人"表彰大会在南京隆重举行，表彰仪式还特别设置致敬环节，推选活动组委会特邀"江苏最美军嫂"周忠燕和"时代楷模"王仕花来到表彰大会现场，并给这两位烈士遗孀颁发了"特别致敬奖"，向她们致以崇高敬意。大屏幕上的颁奖词直抵人心：

一个是雪域边关的雄鹰

十年生死两茫茫

妻儿踏雪鉴丹心

一个是黄海孤岛的哨兵

一生守护一座岛

一生陪伴一个人

山有魂

山魂磅礴守边关

岛有韵

岛韵悠远护海岸

致敬——

最美军嫂　周忠燕

致敬——

时代楷模　王继才　王仕花

"知道要和王仕花一起领奖,我当时激动得两天没有睡着觉,一到会场,就赶紧找王仕花。我之前就了解了很多王继才、王仕花的英雄事迹,太感人了。"周忠燕回忆道,"后来直至颁奖典礼,我才见到王仕花,她比较内向,不怎么说话。"

颁奖典礼结束后,周忠燕秒变"小迷妹",追着王仕花,表达着自己的崇敬之情。从那之后,两人就以"嫂子""老妹"相称。周忠燕还承诺,一定要带着儿子到开山岛上看王仕花去,也去看看那座他们夫妻俩坚守了32年的孤岛。

"这一陪就是32年"

开山岛不大,面积不过两个标准足球场。初来乍到的周忠燕还在惊叹于这座小岛刀劈斧削般的悬崖峭壁,对王仕花来说,从1986年跟随着王继才上岛,直至2018年王继才牺牲之后,王仕花依然还在上岛,至今已有36年。

"习惯了,开山岛就是我的家啊,这里的每块山石我都太熟悉,两天不上岛看看,我浑身都不自在。"王仕花说道。

是的,至今36年的时光,早就把这座岛的每一块石头,都烙印在王仕花的记忆深处了。现在的开山岛,已经发生了翻天覆地的变化,而过往的一帧帧回忆,也在不断闪回。

"嫂子,当初您是怎么想到上岛的?"周忠燕问道。

"还不是为了陪王继才嘛。我那时是一位乡村教师,都快要转为公办教师了。忽然王继才就失踪了,开始还瞒着我,我四处打听才知道让他守岛去了。我着急啊,就去看他,远远看到他,衣衫不整,披头散发,一点都不会照顾自己,我想这可不行啊,所以才决定上岛来陪他。开始也没想到,这一陪就是32年。"王仕花答道。

这是怎样的32年呢?或许没有在孤岛上生活过的人,无法想象那些艰难。第一天上岛,就被突然袭来的台风吓得瑟瑟发抖,后来才发现台风太小儿科了,王继才曾被巨浪卷入大海,断过两根肋骨,两人出行用一根背包带相互连接,用一种相依为命的姿态,去抵抗恶劣天气的不断侵袭。

在过去的岁月中,因为孤岛难以交通,各种无法想象的困难不断发生。早产生儿子时恰逢台风,根本没有渔船可以接送,只能在医生的电话指导下,王仕花在王继才的陪伴下生下了儿子;遇到补给船不及时,两人吃不上饭,只能去悬崖上挖海蛎子度日,差点饿死在岛上;为了守岛,王继才不仅没能参加女儿的婚礼,就连父母的最后一面,也未能见上……

水窖·夫妻树·小菜园

来到开山岛,王仕花肯定是要带着周忠燕四处看一看的。登上几级台阶,一个被盖得严严实实的水窖出现在眼前。现在岛上用上了海水淡化系统,喝水已经不成问题。而在当年,岛上没有淡水,就是靠这个水窖接雨水来日用。水窖里的水不流动,容易滋生浮游生物,王仕花几乎天天腹泻。后来王继才听说泥鳅能够净化水质,就自费买了几十条泥鳅放在水窖里，结果还真把水质变好了。两人经常说笑，说是每天都在喝泥鳅吐出来的水。

再向上走几步，路边的无花果树长得肆意蓬勃，快挡着道路了，树上的果实也已经结得个大数多，就等着成熟时刻了。

"我们刚来岛上时，全都是石头，什么都种不活。"王仕花对周忠燕说道，"生活中总要有点绿色嘛，于是我们就从岸上往岛上搬土，一趟趟的，然后种植苦楝树、无花果树、松树，因为比较好养活嘛。你现在看，当年种下的那些树都已经长得郁郁葱葱了。"

是的，在一处台阶旁，还有一对引人注目的"夫妻树"，高的是苦楝树，矮的是无花果树，两棵树根扎在一起，枝条交叉在一块，像极了当年相依相偎的两人。

208级每天巡逻必经的台阶，6个上坡，8个下坡，14个转角，王仕花带着周忠燕在这条无比熟悉的路上走着。路边有一块块小小的菜圃，这是以前夫妻两人种菜的田园，如今却大多荒芜了。

"老王不在了，我就再也没有种过。"王仕花说道。

"我们都是在守国"

王继才、王仕花的故事感动了太多人。王继才牺牲后，王仕花仍然递交了继续守岛的请求，并担任了开山岛民兵哨所名誉所长。现在，当地安排三人一组的守岛小分队，将王继才、王仕花的守岛任务坚持下去。

40岁的杨玉金就是本地人，平时在当地政府部门工作。他也是守岛的一员。"我们三人一组，一组守15天，就换下一组上岛，现在有三组，不停轮换。"杨玉金介绍道，"这些年，我们听了太多王继才、王仕花的故事，内心大受触动，能够来到岛上轮守是我们的骄傲。"

杨玉金说，现在岛上的设施改善了，生活方便多了，夏天阳光充足,动能充沛。但是到了冬天,太阳能不够用,用电用水还是常成问题,这些,都不会阻挠他们守岛的决心。

"我差不多也是天天上岛,我也看看他们,觉得心里特别欣慰,守岛不光是一代人的责任,而是要代代相传。"王仕花说道。

今天来到开山岛的周忠燕,还有一个特殊的身份,那就是扬州太阳雨爱心志愿者团队的一员,她一直都是"太阳雨"志愿者的积极分子,也多次向团队负责人朱峻松提出,要上开山岛看望王仕花的心愿。

"多好啊,'最美军嫂'和'时代楷模'在开山岛上重逢,太有意义了。"朱峻松说道。于是,为了山海之约,就有了这场太阳雨爱心志愿者团队来到开山岛的看望之行。"太阳雨"志愿者们,还给守岛的民兵们,带来了扬州特产漆画、三和四美酱菜、大麒麟阁茶食……让他们可以在守岛岁月中,欣赏、品尝来自扬州的艺术和风味。此外,团队中的扬剧演员沈仁梅,还为守岛民兵们现场演唱了精心准备的包括扬剧、黄梅戏、豫剧、京剧9个剧种的戏曲串烧,博得民兵们阵阵掌声。

当年,王继才和王仕花在守岛时,每天必做的一件事,就是在岛上升国旗、唱国歌,哪怕歌声被海风吹散,也吹不散他们坚定的信心。

"每天太阳跃出海平线的时候,我们就去升旗。如果是阴天或是下雨天,我们就按照前一天的时间。"因为海上环境恶劣,国旗容易损坏,他们就自费买了多面国旗,一定保证每天升在开山岛上的国旗,都是鲜艳如新的。

在这一天,王仕花也把一面升起过的国旗,赠送给了周忠燕和太阳雨爱心志愿者团队,她想把这面被烈日照耀过、被海风吹拂过的国旗,送到扬州去。

"老妹,我守岛,你守家。其实,我们都是在守国!"将国旗交付到周忠燕手中时,王仕花郑重地说道。

"我和嫂子第二次握手"

回到扬州后,周忠燕的心海总是涌起阵阵情感的潮水,不断拍打着她心中的"开山岛",久久平静不下来。于是,她写下了这篇发自内心深处的文字:

自从跟永飞结婚成了军属后,好像很自然地,我内心就有了一种很朴素的家国情怀,那些发生在部队里大大小小的事情,我都会特别关注,感觉就是自己的家事一样。对军人一头是小家、一头是国家的那种感情也特别能理解。

尽管如此,民兵王继才、王仕花夫妇苦守孤岛32年的事迹还是深深打动了我。只是没有想到,有一天,我和王仕花嫂子会以同一种身份相见。

2019年8月,在南京参加首届江苏省最美退役军人发布仪式上,我见到了王仕花嫂子,当时那个感觉真的仿佛见到了亲人一般,她大概也是听说了我的事,我叫了她一声"嫂子",我们的手就紧紧握在了一起。那一刻,我们虽然什么都没有说,但都能感知到对方心底里的痛,那种带着深深思念的痛,不能自拔,也不想"拔",因为这种痛会时时提醒我们,我们的爱人——未曾走远。

都说爱是相通的,所谓相通,我的理解应该是在对方最需要的时候,可以义无反顾地为对方做出"小我"的舍弃吧!

王仕花嫂子在王继才最需要她的时候,辞去了民办教师工作,陪他守岛!有了王仕花的陪伴,王继才在胸怀国家的时候才有了一个相对安稳的小家,在岛上才少了寂寞的困扰;我为了我的爱人能在部队安心守边,说服父母卖掉了四川老家的房子,让他们随我一起来到了扬州爱人的父母身旁,他尽忠,我尽孝,减轻了他心中对忠孝不能两全的愧疚。

她的丈夫值守孤岛，在物资没有保障的情况下，跟自然环境做不懈的斗争，老鼠肆虐，蝇蛇猖獗，没有淡水，没有电……只为心里一个信念：岛是国家的，我走了，岛怎么办？我的丈夫保卫边防，在高海拔、时刻面临缺氧的情况下，还要千方百计克服地下水不能饮用、大雪封山、道路险峻的困难，把物资及时送到每个岗哨战友的手中……他们只为了一种职责和使命：守国！

如果说爱是相通的，那深埋在内心的遗憾和愧疚却各有各的不同。王继才、王仕花夫妇最深的愧疚就是对老人、对孩子的亏欠！于父母，没有尽到为人子女的责任，在父母临终前也没能回家尽孝；于一双儿女，又没有尽到为人父母的责任，一想起一双儿女在最需要父母陪伴时候，连撒娇的地方都没有，大女儿出嫁时，作为父母的他们都未能去参加婚礼。嫂子讲起这些，便潸然泪下。

我对我的家人又何尝不是如此，我的父母来扬州帮我照顾孩子和身体不好的公婆，从未有过一句怨言。当看到我背着婆婆四处求医，生孩子手术都只能请永飞的舅舅签字时，他们也曾泪眼婆娑。我的儿子对父亲的印象永远只在我的描述中，永飞牺牲时，我们连一张完整的全家福合影照片都没有。

然而，即便尝遍诸多艰苦，我和嫂子一样，作为家属，永不后悔。如今，我们都成了烈士遗孀。他们，则成了我们心中难以割舍的"放不下"。

王仕花嫂子放不下岛上的一草一木和那在岛上的一万多个日日夜夜所经历的风吹雨打；我放不下西藏的蓝天白云和那结婚四年里，我们在一起待得最久的3个月。我和王仕花嫂子的手机里都各存着一个再也打不通的电话号码！这种"执念"，只有我和嫂子彼此懂得！只有懂的人才能懂得！

正因为这种放不下，嫂子向组织递交申请守岛，嫂子说在岛上心里踏实。而我的放不下，选择了在永飞戍守11年的边防，和太阳雨爱心志愿者团队长期援助那里两所小学的孩子，共建了两所以胡永飞命名的爱心书屋，西藏高原也是我牵挂的地方。

记得上次分别的时候，嫂子说："等有空带孩子来开山岛玩。"对，我要带孩子去西藏，我要带孩子去开山岛，我要让他看看他们的父辈在不同的艰苦条件下是如何负重前行，我要让他懂得岁月静好的来之不易。

2022年7月3日，为了三年前的那个约定，我带着孩子登上了开山岛。和王仕花嫂子的再次相见，我俩都非常激动。第二次，我们的双手又紧紧握在了一起，握手的姿势还是和第一次一模一样。

开山岛是位于黄海前哨的一座孤岛，儿子说，了解了这个岛的地理位置，才更加理解了王继才、王仕花夫妻坚守32年的意义，才真正理解了为什么说守岛就是守国。

当嫂子把那面被烈日照耀过、被海风吹拂过的国旗，郑重地赠送给我的时候，我的心灵为之一振，眼泪差点冲破眼眶，我立马联想到了高高飘扬在雪域高原绝壁哨所上那面一样鲜红的国旗，这是一种精神、一种信仰。

我和嫂子一致认为，我们只是做了我们自己觉得该做的事，国家却给了我们这么多的荣誉。我们会把这些荣誉看成是对烈士忠魂的告慰，也是对我们的后代进行的最切身的爱国主义教育。

正因如此，我才会在我儿子的笔下看到这样的文字：开山岛虽坐落在黄海一角，却掀起了惊涛骇浪，这，就是守岛精神；不断被无数人发现、学习，这，就是家国情怀！

当我们听说王继才、王仕花夫妇的儿子王志国，已经成长为一名优秀的边防警官时，我的儿子胡博文的心中也有了一份向往。他现在还小，正在上初二，不管他以后的路怎样走，我相信他的心中已经有了不一样的高山和大海，在他迷茫的时候，会有大海中的灯塔、高山上的光芒为他指明前行的方向。

把英雄留在我们身边

几度风雨几度春秋,
风霜雪雨搏激流,
历尽苦难痴心不改,
少年壮志不言愁,
金色盾牌热血铸就,
危难之处显身手显身手,
为了母亲的微笑,
为了大地的丰收,
峥嵘岁月,
何惧风流,
……

2024年1月10日是第4个中国人民警察节。

上午,在蜀岗·瘦西湖风景区滨湖社区"戎耀之家",让人听了热血沸腾的《少年壮志不言愁》在滚动播放。太阳雨爱心服务社、景区城北街道退役军人服务站,在这里举行王涛烈士塑像揭幕仪式。扬州市劳动模范、"太阳雨"志愿者蒋宽广和王涛烈士的遗孀叶鸣一起,掀起鲜红的绸布,为王涛烈士雕塑揭幕。

雕像形象是一位身穿警服的青年男子,面容帅气英武。这张脸,叶鸣再熟悉不过了。"王涛,让我再次抚摸你的脸,你感应到了吗?"

她忍不住伸出手，轻轻抚摸雕像的脸庞，还是那么熟悉，只不过没有了温暖的体温。

雕像底座上写着：王涛，1988年9月—2020年7月，籍贯扬州。2014年3月参加工作，生前任淮安市公安局巡特警支队一级警员、一级警司。2020年7月6日因查处违法犯罪行为光荣牺牲，2021年3月被公安部追授全国公安系统二级英模。2022年7月，被江苏省人民政府评定为烈士。

王涛烈士的女儿王梓叶今年9岁，她记得在家里有一张全家福。那时候的她，还是一个在襁褓里的婴儿，爸爸妈妈一人一手环抱着她，画面特别温馨。这是他们家的第一张全家照，是在一个夏天拍的。

那曾是一个平凡而幸福的家庭。王涛从江苏警官学院毕业后，就分配到了淮安做巡特警，叶鸣则是在扬州做教师，带小孩。夫妻分隔两地，那时还没有通高铁，扬州和淮安之间开汽车要3个小时，要么他回，要么她去，三人团聚的日子总是那么值得期盼。

到了王梓叶大一点的时候，在2019年的暑期，他们去大连旅游了一趟。那是一家三口第一次出远门，在海边尽情玩耍着，踏着沙，逐着浪……

那也是王梓叶印象中，对于父亲最美好却也是最后的回忆了。

叶鸣记得，在2020年6月时，她还去了一趟淮安看王涛。那时候已经出现疫情了，两地交通很是不便。回来后没多久，7月的一个下午，她接到了一个来自淮安的电话，如雷轰顶，感到整个世界都塌了。

"根本不敢相信，觉得怎么可能，一定是假的。"叶鸣回忆道，"我不知道自己怎么到了淮安，那几个小时比我的一生都漫长。"

到了淮安，王涛的同事们告诉她事情的经过：王涛和同事前去核查网上在逃人员线索时，突遇犯罪嫌疑人持刀行凶，他第一时间向战友发出预警，抢先挡在凶手面前，以身躯正面迎敌，为战友留出"生命空间"，自己却当场被刺中颈部，后经抢救无效因公牺牲，年仅

32岁。

"我们都不太爱拍照，平时也没想到拍全家福，总是想着等孩子大一些，再多拍一些照片。今天这张照片，是我们家的第二张全家福。"叶鸣哽咽着说道。她和女儿一左一右站在王涛塑像的两旁，拍下了这张特殊的全家照。

在中国人民警察节到来之际，太阳雨爱心服务社理事、扬州市劳动模范蒋宽广，邀请企业家和艺术家好友，雕塑并捐赠了这座王涛烈士的雕像，存放在"太阳雨戎耀之家"里，供人们学习和缅怀。

看着熟悉的面庞，叶鸣的眼角湿了又湿，她将一束鲜花放在丈夫雕像旁边。懂事的王梓叶给爸爸系上一条鲜艳的红领巾，退后一步，庄重地举起右手，认真地向爸爸敬了一个少先队员队礼，致敬英雄的爸爸。

父亲牺牲时，王梓叶对于生死还没有清晰的概念。叶鸣开始也想瞒着她，但是后来还是告诉了女儿一切。事情发生后，叶鸣觉得自己的整个世界都坍塌了，虽说平时两人也是聚少离多，但是日子过得有盼头有希望，他们的爱在扬州和淮安两地间双向奔赴。王涛牺牲后，日子看似还是如同往常，但是心里的那根支柱已经断裂了。叶鸣强迫自己要坚强起来，因为她要做女儿王梓叶的支柱。

案件审理结束后，2022年年底，王涛烈士在淮安火化。王梓叶见了父亲的最后一面，她大声哭着，大声喊着："爸爸！爸爸！"可是她也知道，父亲再也不会回应她了。

太阳雨爱心志愿者团队听闻王涛烈士的英雄事迹，深受感动。2023年8月1日，太阳雨拥军志愿服务队副队长、"江苏好人"袁良才，带领部分队员分头走访慰问烈士家属，用特别的关爱向烈士致以崇高的敬意。

在城北街道退役军人服务站吴文高站长陪同下，"太阳雨"志愿者们来到位于景区三星花园王涛烈士的家中，志愿者袁良才、闫传钵、周忠燕、陆晓月、倪丽萍等人,与烈士的岳母亲切交谈。岳母搂抱着懂事乖巧的外孙女,深情讲述烈士生前的故事和家庭近况。太阳雨爱心志愿者团队将王涛烈士的遗孀和女儿列为"太阳雨"团队"致敬英雄母亲——慰英魂·烈属关爱行动"第八位结对重点关爱烈属。

龙年春节就要到了,太阳雨拥军志愿服务队携手爱心商家众宜餐饮,提前看望慰问革命烈士的家属。在王涛烈士的家中,志愿者蒋宽广、刘原、周忠燕、倪丽萍、许蓓蓓等人,向烈士的岳母表示亲切问候和节日祝福,询问她的身体情况。烈属、最美军嫂周忠燕拉着烈士的女儿王梓叶,互相深情地对望着,零距离促膝交流,周忠燕心底涌起一阵阵慈母的怜爱之情。大家详细询问孩子的生活和学习情况,对其父亲王涛烈士为国家和人民的无私奉献牺牲表示崇高的敬意,了解到小姑娘品学兼优,人人都竖起大拇指。

社会、学校、家庭都给予了王梓叶很多关爱,一年级的班主任特地开了一堂主题班会,让同学们向英雄叔叔王涛学习。去年,王梓叶还首次到淮安参加公安英烈子女夏令营,这里集中了一群没有父亲的孩子,他们的内心又都是坚强乐观的。他们一起参观警营,一起参观爱国主义教育基地。在夏令营里,王梓叶的年龄是最小的,她看到有的大哥哥已经上警校了。听大哥哥说,公安烈士牺牲后,他们的警号会被冻结。如果烈士子女长大了也从警,就能继承父辈的警号。

"爸爸,我很想您,我想和您一起玩玩具,我想让您送我上学,我想和您一起再去一次海边,我有很多话想对您说,我想快快长大,长大以后我也要当警察!"王梓叶认真坚定地在雕像前说道。然后,她走上前,右手扶在爸爸雕像的肩膀上,把小脸蛋贴近爸爸的脸,深情亲吻亲爱的爸爸,滚烫的泪水滴落在英雄的胸前。

"太阳雨"志愿者几次来家里看望慰问,叶鸣都因在单位上班而不在家里,但她心里一直被温暖着。于是,她也主动要求加入太阳雨爱心志愿者团队，希望利用自己的微薄能量，去关心温暖同样需要帮助的人。

"在'戎耀之家'，这是凝聚我们志愿者心血和情感的第二尊英雄塑像，通过这种方式，我们把英雄永远留在身边，用他们的牺牲奉献精神教育激励后人。"太阳雨爱心志愿者团队总召集人朱峻松主持了揭幕仪式，并发表了感言。来自景区和邗江区的"太阳雨"志愿者、城北街道退役军人服务站、滨湖社区退役军人服务站的代表参加了揭幕仪式。

第三章　雨润格桑花

格桑花又称格桑梅朵，现为西藏首府拉萨市的市花。在藏语中，"格桑"是"美好时光"或"幸福"的意思，"梅朵"是花的意思，所以格桑花也叫幸福花。格桑花美丽而不娇艳，由于它喜爱高原的阳光，不畏严寒风霜，被视为高原上生命力最顽强的一种野花。

在西藏，人们经常借着格桑花表达和抒发美好的情感，流传着很多赞颂格桑花的歌和故事，其中有一个关于格桑花的"姐妹传说"：很久很久以前，所有的花都是同一个妈妈的女儿，这些女孩都生活在一个大家庭里。格桑花和雪莲花曾经是一对孪生姐妹，后来因各自性格及长大后的目标不一致而分离，雪莲花选择了高高的喜马拉雅山。格桑花在经过一段时间后，非常想念雪莲花，便千里迢迢跋涉前往喜马拉雅山，去看雪莲花。格桑花到喜马拉雅的时候，雪莲花已经被冰雪覆盖成了洁白的花状。格桑花很伤心，便变成鲜花陪伴在雪莲花之旁，之后她们便永远在一起了。

格桑花在藏族人民心中具有很高的位置，被藏族百姓视为象征着爱与吉祥的圣洁之花。在西藏历史的长河中，格桑花作为一种精神存在藏族百姓心中，成为他们追求幸福吉祥和美好情感的象征。而藏区的孩子们就像一朵朵盛开在高原上美丽的格桑花。他们，成了藏汉两地人们心中共同的牵挂。

2019年春天，格桑花开得分外灿烂。由最美军嫂周忠燕、西藏错那县转业军人苗涛涛牵线搭桥，朱峻松、田蓉等人共同发起，酝酿制订出太阳雨爱心志愿者团队"格桑花计划"，开展助学公益行动，旨在架起增进民族团结的桥梁，切实帮助扬州烈士胡永飞牺牲地错那县的困境学生，这是烈士精神爱的传承和延续。

从此，一个名为"格桑花"的爱心行动，在"太阳雨"志愿者中接力传递。在他们心中，祖国西南边陲海拔4000多米的群山变得不再那么高耸，4000多公里的距离也变得不再那么遥远。

格桑花开，幸福路长……

最美军嫂当"红娘"

"我和胡永飞恋爱加结婚,一起走过了5年的岁月,虽然时间不算长,平时更是聚少离多,但我们共同经历过很多风雨,唯独没有考虑过生离死别。他的生命,属于国家、属于西藏、属于军队。""胡永飞给了我太多的希望和未来,而我现在就在这种希望和盼望里活着!"时光向后,思念向前。

如今,已经十多年过去了,周忠燕对过去的记忆仿佛越来越清晰。她对着相册,讲了很多的过去,有关胡永飞的故事,她讲得最为动情,她觉得对胡永飞好像理解得更深更透了。

在周忠燕的眼中和心里,胡永飞是一个很有爱心的人,在老家、在中学、在军校、在西藏、在部队,他都无私资助、帮助过许多人。这是喝高邮湖水长大的胡永飞的秉性,是优秀的传统文化和纯正的乡风家风熏陶培育的结果。胡永飞已经走了,但从他身上散发出来的大爱,一直在延伸、传承和扩张。周忠燕相信,爱人远在天堂,却从未走远。

"中国这么大,总要有人为这个国家、这个民族做点儿事。"周忠燕的心里经常在琢磨这个话题,也从中找到了自己精彩生活下去的力量。一个简单的"人"字,在一撇一捺之间,深刻诠释了为人处世的智慧:人是需要相互帮扶、相互支撑的。

"我今后的人生信仰,就是活着一天,能在我身上看到你飞哥的影子,让你的精神,在我身上得到传承。""每一粒熬过冬天的种子,都会有一个春天的梦想。你今天的日积月累,明天肯定会遇见更好的自己,终将变成别人的望尘莫及!永飞,余生与你一起许国。"在日记里,周忠燕写下了自己的心声。这既是她作为一名军嫂对爱人的告白,也是一位烈属向社会许下的诺言。

周忠燕,这个时刻需要被社会、被别人关爱呵护的女人,她也释放出了丰富的爱的细胞,愿用有限的精力,把真挚的爱心献给同样需要帮助的人们,大写着人间爱字。她希望,让这个世界变得越来越有温度。

悠悠千年古运河,流淌着周忠燕纯朴甘甜的爱!周忠燕就是一条逆向奔流、清澈透明的河。

周忠燕是有梦想的,她说起自己年轻的时候想做一个旅行家,像燕子一样飞遍千山万水,去看看这个多彩的世界。可如今,她心中只有西藏那块神奇土地,群山万壑、雪域高原、峭壁哨所,就是自己永远的凝望。

"为什么我的眼里常含泪水,因为我对这片土地爱得深沉!"从1959年至今,一个甲子间,有三千多官兵献身在西藏,他们长眠在雪域高原。一代又一代官兵站立的地方,是祖国的版图,他们守护着的,是祖国的和平与安宁。冬去春来,斗转星移。十多年来,周忠燕一直认为丈夫没有离开,他的英魂依然守卫在西藏错那县,她把对丈夫的思念,化作对错那县的关注,乃至对整个西藏的关注。她的心里,一直装着错那县群众和驻守在那里的官兵,这里是丈夫战斗过的地方,也是丈夫英魂永远的宿营地。因为一个人,爱上一片土地!

这些年,周忠燕养成了一个习惯:每天睡觉前无论多晚,都要在手机上浏览一下西藏的新闻。每当在屏幕上看到错那的蓝天白云和新闻报道,她就异常兴奋,会悄悄流下泪水;她情牵错那,她清楚,错那的条件十分艰苦,在那里生活的人们都是在负重前行;看到错那县的变化与发展,她觉得丈夫的牺牲是值得的。她想为丈夫守卫的地方做点什么，一直在寻找机会……

2019年4月，胡永飞生前所在团的战友苗涛涛，从"学习强国"平台上看到了有关周忠燕的事迹报道，于是，他找到汽车队的战友，要到了周忠燕的手机号码。苗涛涛的老家在江苏省徐州市沛县，他2004年入伍来到胡永飞生前所在团当兵，因为是江苏老乡，那时候他就和胡永飞熟悉了。2012年底，苗涛涛退伍后通过考试，成为错那团县委的一名干部。苗涛涛把在边防部队多年养成的特别能吃苦、特别能忍耐、特别能战斗、特别能创业的"老西藏精神"，带到了地方，工作能力、工作表现都得到了上下认可，2017年初当上了错那县教育局副局长。2019年3月，苗涛涛又调任错那县原扶贫办公室副主任。

就在这个春天，苗涛涛拨通了周忠燕的手机，苗涛涛没有想到，时隔10年了，周忠燕还清楚地记得他的名字。于是，他们便经常交流。苗涛涛在微信中自然讲起了胡永飞："我所在的特务连和永飞哥所在的汽车队紧挨着，所以我和永飞哥来往比较多。永飞哥帮过我，我忘不掉。""我那个时候是战士，工资低，我的家庭很困难，姊妹4个，我的父亲因意外去世，永飞哥在生活上给予了很多的帮助，几次一百两百地掏给我。""后来，我要还给他，他也没有要。"……

"还是当过兵的战友重感情啊！"看了苗涛涛一长串微信，周忠燕颇有感慨地回复。

聊天间，周忠燕对苗涛涛说："阿飞是一个重情重义的人，他对错那的老百姓和战友的感情很深。阿飞把生命留在了错那，我一直在想，我们家是不是该为错那县再做点什么，我想阿飞在天之灵，知道也会很高兴的……"

苗涛涛当过两年多错那县教育局副局长，他心里想得最多的自然是错那的教育和当地的孩子。错那县位于西藏自治区南部，喜马拉雅山脉东南，全县平均海拔4400米，年平均气温-0.6℃，极端最低气温-37℃，全年无霜期仅有42天，是西藏典型的边境高寒县，地广人稀。

全县现有初级中学 1 所、乡镇完全小学 5 所，还有 9 所幼儿园，覆盖全县 10 个乡（镇），在校学生共有 1408 名。错那教育经历了多年发展，取得了明显成绩，但因为全县教育服务区域面积大，自然环境恶劣，生活条件艰苦，孩子们学习条件还是比较差，县里的教育现状在山南市 12 个县中仍然排在后列。

苗涛涛看在眼里，急在心里，一心想着为错那的孩子多出一份力，多施一点爱。错那自身的"造血功能"先天不足，这里的孩子自然从小就"营养不良"，苗涛涛希望能和援藏志愿者一起努力。

"嫂子，你多次跟我讲，让我给你牵线搭桥，为错那的老百姓力所能及地做一些事情。我想了很久，教育援藏的核心是'育人'，扶贫致富的核心是'扶智'，建议你发动扬州爱心人士给错那县的孩子们提供一些学习上的帮助，你看可以吗？我代表错那的孩子们先谢谢你啦！"苗涛涛经过深思熟虑，向周忠燕掏出了这番心里话。

"那好啊，咱们想到一起去了。我先后 4 次来过错那，耳闻目睹这里孩子生活、学习的现状，和内地的同龄小朋友相比，各方面条件差距都太大了。胡永飞生前对错那是一往情深的，纪念的最好方式是传承，我要把对他的思念化为具体的行动，努力多做点事情，尽最大可能给这里的孩子们多送来一些温暖，让他们都拥有书香满溢的童年。"周忠燕经过短暂的思考，禁不住有些兴奋，情从心生，言由心发。

这一天，一群志愿者相约来到郊外空地植树，大家各自选购自己喜欢的树苗，周忠燕一下子选了 5 棵小石榴树，同伴有些不解，周忠燕娓娓道来：

过去，我只是很喜欢吃石榴，但从来没有想过那么深远的东西。习近平总书记用"像石榴籽紧紧抱在一起"，来比喻各民族团结，真是太形象、太深刻、太有水平了。我特别喜欢石榴树，石榴果成熟后，挤满一室的石榴籽，粒粒饱满，颗颗相抱，互相包容，就像我国各个民族紧密团结在一起。只要我们辛勤培育民族团结的石榴之树，就肯定会结出颗满籽饱的石榴之果。我是一个最普通不过的小老百姓，就踏踏实实地做一颗甜蜜的小小石榴籽吧！

周忠燕动情地讲述着，她的眼前仿佛展开了一张六月大地的画卷：石榴花开，火红一片，鲜艳欲滴，绽放热烈……

那阵子，周忠燕和苗涛涛微信联系频繁，他们交流得最多的就是关于援助错那孩子学习的事情。

到底该如何来帮助错那的孩子呢？周忠燕一连几天都睡不好觉。周忠燕经常参加"太阳雨"爱心志愿者组织的各种公益活动，他们给了周忠燕许多温暖和依靠，她感到自己也是有"组织"的人。于是，周忠燕试探性地向一直关心帮助她、现为邗江区民政局妇联主席的田蓉，发出了一条微信："蓉姐，我个人能力有限，'太阳雨'团队能不能一起出点力，帮助错那的孩子改善学习条件？"

"我们'太阳雨'就是要播洒爱心的'及时雨'，我支持你！"田蓉二话不说，一口答应下来。

她陪同周忠燕，找到"太阳雨"团队的总召集人朱峻松，周忠燕动情地讲出了自己的想法。朱峻松认真听完，用右手指把架在鼻梁上的近视眼镜往上推了推，两只手掌兴奋地一拍，圆圆的脸上堆满了笑容：

"好啊好啊，还是你周忠燕想得高远。其实你是一个需要别人关心帮助的人，可你的心里还想着西藏高原的孩子，不容易不容易，我们一起努力。"

朱峻松随手打开手机，念出德国哲学家雅斯贝尔斯在《什么是教育》中的一段话：教育的本质是一棵树摇动另一棵树，一朵云推动另一朵云，一个灵魂唤醒另一个灵魂，让生命来影响生命。

朱峻松把志愿者团队的几个骨干召集过来，动情地对大家说："我们扬州人民优秀的儿子胡永飞，把生命永远留在了西藏错那县。错那县觉拉乡是全县贫困程度最深的乡，人口最多，地域偏远。觉拉乡完全小学有 160 多个孩子，周忠燕倡议，想为那里的孩子们做点事情，但光靠她一个人的能力肯定不行，所以想请大家一起帮帮忙，支持高原的孩子们更好地完成学业……"

"物以类聚，人以群分"，围坐在一起的都是社会各条战线的爱心人士。朱峻松的一通话，像一块石头投进平静的湖水中，激起阵阵涟漪，气氛顿时活跃起来。大家你一言，我一语，纷纷表态，积极响应支持。

于是，丰富多彩的"格桑花计划"蓝图便在这群爱心人士心中酝酿、手里绘制……

"太阳雨"润格桑花

"八月洛阳看牡丹,五月扬州赏芍药。"五月的扬州正是一年中最美的时节,游客可以尽情欣赏琼花、芍药"无双花季"。

"太阳雨"团队的志愿者无暇欣赏这个春天属于扬州城的美丽景色,他们一有机会就聚在一起,用心绘制"太阳雨助学圆梦·格桑花计划",倾心尽力,追求完美。大家经过商量,达成一致共识:首先迈出行动第一步,为错那县觉拉乡完全小学的165名学生,每人赠送一只爱心书包及文具,由志愿者进行爱心认购;首批资助21个困境学生。

三人成众,众志成城,守望相助!"太阳雨"团队发出爱心认购号召后,立即得到志愿者们积极响应,很快,108位志愿者报名参与认购书包活动。我购2只,你购3只,他购5只,或多或少,量力而行。李晓兵、包伟、王仁良、厉平、吴正龙、宋冠成、许蓓蓓、樊爱兵、王志林等人,每人都认购了10只书包。爱心书包是专门请厂家定制的,包面上印有"太阳雨"团队的LOGO标识,包内配放有口琴、笔袋、水彩笔等学习用品。

古有梁山108好汉,今有爱心108好人!

由于路途遥远,"太阳雨"团队这一次的捐赠活动,没有派志愿者代表前往错那县,不过,爱心不会因为路遥而"掉链子"。为了确保爱心书包尽快顺利运达目的地,他们选择了服务品质优秀的中国邮政,由他们提供快捷、便利的服务。

2019年6月15日，承载着扬州108位志愿者美好祝福的爱心书包及一系列学习用品，顺利运达4000公里外的错那县觉拉乡。这天，觉拉完全小学像过节一样的喜庆，蓝天白云下的校园里，孩子们高兴得手舞足蹈，165名学生每人领到一只漂亮的爱心书包。孩子们迫不及待地打开书包，拿出各种学习用具，开心地看着、试着，脸上洋溢着幸福的微笑。有的孩子手痒痒地拿出书包里的口琴，当场吹了起来，瞬间，悠扬的琴声在教室里盘旋。

二年级女学生巴桑卓嘎打开书包，惊喜地发现里面还藏着一只可爱的幸运兔绒毛玩具，还有一封署名"太阳雨的大姐姐"的亲笔信：

亲爱的小朋友，祝贺你成功得到了这个幸运的礼包。这只小兔子，会在未来的日子里给你带来更多的幸运，希望它可以陪伴你度过快乐、健康的每一天！也希望你每次看到它时就会想到，在远方的扬州，有一个叫"太阳雨"的大家庭，也在牵挂你，愿你一切安好、茁壮成长！

后来，这位"大姐姐"现身了，她叫朱美淳，由幸运兔作媒介，她和成绩优异的巴桑卓嘎结成了爱心帮扶对子，直到巴桑卓嘎大学毕业。巴桑卓嘎把这封带着温度的信，当着宝贝一样小心地保存着，时不时拿出来看看。

她通过手机视频，用标准的普通话对朱美淳姐姐说："很高兴能够收到姐姐您送的礼物，我很喜欢。我一定好好学习，不辜负大姐姐的希望，长大了做一个和姐姐一样的好人。祝姐姐身体健康，扎西德勒！"

这次捐赠活动，除了给孩子们送上爱心书包，"太阳雨"团队的志愿者们还筹集了4.2万元资助款，经觉拉完小与觉拉乡政府挑选出21名因种种原因致困家庭学生建档立卡，现场为这些学生每人发放2000元的资助款，并正式与学校建立长期结对帮扶的关系，对每个孩子每年资助金额不低于 2000 元，帮助孩子们成长成才。

在简朴热烈的捐助仪式上，错那县副县长其米卓嘎代表县委、县政府，衷心感谢周忠燕和扬州太阳雨爱心志愿者团队，给予错那县教育事业和扶贫工作的大力支持。其米卓嘎热情洋溢地说：

"捐资助学，功在当代，利在千秋。我们接受的不仅是捐赠、支持，更是社会大爱的传承，是胡永飞戍边英雄精神的延续。习近平总书记说过：实现中华民族伟大复兴目标，需要英雄，需要英雄精神。同样，我们也需要将英雄精神守护与传递下去。全体教师要通过言传身教，用我们的真情和爱心，点燃孩子们心中的希望之光，使他们成为祖国优秀的接班人。"

"雪域高原，需要千千万万个像胡永飞、周忠燕和"太阳雨"爱心志愿者这样的人，与藏族人民一起共命运、心连心，关注错那教育事业的发展，助力脱贫攻坚，参与到公益事业中来，为民族团结进步事业添砖加瓦，让民族团结之花常开长盛在边陲错那，促进汉藏民族像石榴籽一样紧紧地抱在一起。"

大手牵小手，爱心长相随！"太阳雨"志愿者像一颗颗火种，带动了一群人，点燃了一片火，在雪域高原燃烧发光，融化了错那的寒雪，温暖着这里孩子们的心。

从壮阔的雅鲁藏布江边，到悠悠古运河畔，美丽的民族团结之花在千年古城扬州盛放，太阳雨爱心志愿者团队用心浇灌"格桑花"成长。

"助学扶贫，没有轰轰烈烈，没有惊天动地。但是，当藏族孩子需要我们的时候，我们一定在！"朱峻松讲这句话的时候，神情坚定而自信。

扬州城的夏天，热得就像一只巨大的火炉。7月24日中午，西藏山南市错那县乡村振兴办公室副主任苗涛涛，利用回徐州丰县老家休假的机会，顶着炎炎烈日，专程来到扬州，身材高大、脸庞黝黑的苗涛涛，拎着两只看似十分沉重的旅行包，吃力地走出扬州火车站，满头大汗，强烈的阳光照射在他那张高原红的脸上，一片灿烂。

在太阳雨助学志愿者工作室，苗涛涛与"太阳雨"志愿者们相互交流、相谈甚欢。他向志愿者们详细介绍了"太阳雨"结对助学的21名藏族小朋友的学习和家庭情况，并代表觉拉乡党政领导感谢"太阳雨"团队对藏族贫困学童的关心和帮助。"太阳雨"团队总召集人朱峻松对苗涛涛的来访表示热烈欢迎，向他介绍了近几年"太阳雨"团队公益活动开展的情况，重点就"圆梦藏族学童"助学计划的实施项目与苗涛涛进行了沟通与交流。

"太阳雨"团队向苗涛涛赠送了近几年开展公益活动而制作的画册，苗涛涛饶有兴趣地参观了凤凰桥社区志愿服务驿站和"太阳雨"志愿者弱势群体援助中心。让人感动的是，苗涛涛打开两只沉重的旅行包，里面装着从西藏带来的他精心挑选的十多块青藏高原奇石，赠送给"太阳雨"志愿者留作纪念。这真是：千里送奇石，礼重情更重！

夏日如花，情系错那。苗涛涛感受着"太阳雨"志愿者如火般的热情，情不自禁地打开手机，播放出《五十六个民族》这首歌：

……
五十六个星座五十六枝花
五十六族兄弟姐妹是一家
五十六种语言汇成一句话
爱我中华爱我中华爱我中华
爱我中华，健儿奋起步伐
爱我中华，建设我们的国家
爱我中华，中华英姿焕发
爱我中华
……

在场的人们随着手机里传出的乐曲，一起打着节拍，放开歌喉同声大合唱。

进入9月下旬，内地正是秋高气爽、气候宜人，而藏南地区已经是寒气袭人，白天和早晚的温差很大。按照事先筹划好的"格桑花计划"，志愿者们将爱心商家"左右鞋店"捐赠的400多双童鞋，按棉鞋、运动鞋等进行分类、打包，有邮畅物流公司爱心赞助免费速递错那县觉拉乡，在国庆节到来之际，给藏童送去温暖和关爱。

9月30日，李晓兵等3名"太阳雨"志愿者，利用国庆长假，自费前往西藏。"太阳雨"志愿者团队举办了简短的送行仪式，最美军嫂周忠燕特别嘱咐他们在高原区域的安全注意事项，委托他们带去全体"太阳雨"志愿者对山南市错那县21名结对学生的国庆问候。

前一天晚上，在凤凰社区志愿者服务驿站，田蓉、方永娟、徐霞玲等志愿者，将扬州天宇服饰有限公司向结对孩子赠送的冬衣、江苏中烟公司向觉拉乡完小教职工赠送的爱心礼品，稳稳妥妥地装好车。

经过3天的旅途奔波，李晓兵他们于10月2日把"太阳雨"志愿者的一片爱心，完整地送到祖国西南大门西藏错那县觉拉乡完全小学孩子们的手中，并与学校领导和师生座谈交流，正式与学校建立长期结对帮扶的关系。这真是：

太阳雨里筑爱巢
格桑花开艳阳照
扬州山南心相邀
爱心路上齐奔跑

10月23日下午，一批满载着"太阳雨"志愿者爱心的服装，从高邮寄往西藏错那，捐赠给错那县觉拉乡受助学生家长等困境藏民。

一阵阵温暖、及时的"太阳雨"，源源不断洒向雪域边陲。

2020 年春天，疫情肆虐全国，各方面建设发展的步伐都明显受阻放缓。疫情阴霾笼罩下的初春，树木还迟迟没有冒出新绿，但是，"太阳雨助学圆梦·格桑花计划"，像滚雪球似的，在不断丰富、扩张，让更多的藏族儿童沐浴到温暖的"太阳雨"。这是"太阳雨"团队在这个春天制订的当年的"格桑花计划"活动安排：

1. 继续结对错那县觉拉乡完全小学贫困学童 21 名，增加结对错那县曲卓木完全小学贫困学童 11 名（太阳雨周忠燕巾帼志愿服务队牵头实施）。

2. 捐建错那县觉拉乡完全小学"胡永飞爱心书屋"（太阳雨度度关爱志愿服务队牵头实施）。

3. 设立"太阳雨奖学金"，用于奖励错那县觉拉乡和曲卓木乡完全小学优秀学童（太阳雨博邦教育志愿服务队牵头实施）。

4. 向困境藏民捐赠冬季棉衣（太阳雨高邮志愿者服务队牵头实施）。

5. 与错那是觉拉、曲卓木乡完全小学建立对口结对教育师资团队（太阳雨文艺志愿者服务队牵头实施）。

6. "太阳雨"志愿者代表赴错那县看望结对学童（志愿者自愿自费前往）。

7. 举办太阳雨小志愿者服务队爱心义卖活动（太阳雨小志愿者服务队牵头实施）。

8. 举办"对话错那"少儿专场文艺演出（太阳雨小志愿者服务队牵头实施）。

……

这一项项计划，实实在在，有板有眼。"太阳雨"志愿者明确主体责任，认真按照时间节点推进，没有半点马虎，他们努力让自己心安，让远方高原的孩子们信任。

扬州有一美名为"月亮城"，"天下三分明月夜，二分无赖是扬州。"美丽的西藏因格外被阳光眷顾,因此也得一美称——"日光城",正和扬州美名呼应。月亮给傍晚的幕布点缀上光亮,日光带来第二天清晨的第一抹希望。扬州和西藏,就如月亮和太阳,有了互相的陪伴和守望,才会使世界熠熠生辉。

八一建军节这天晚上,月亮高高地挂在扬州城上空,位于市中心的中集文昌广场上,一场精心编排的主题为"对话错那"的太阳雨小志愿者服务队公益演出晚会正在进行,部分志愿者代表也一起参加了晚会。

节目一开始,小主持人深情地讲述了胡永飞的英雄故事,因为传承胡永飞精神,扬州与错那才结缘开展助学活动的。小志愿者服务队专门向周忠燕颁发了"优秀指导员"荣誉证书,明亮的灯光照射在大红封面的荣誉证书上,把周忠燕的脸庞也映衬得红红的。

晚会现场,小志愿者们开展了捐赠活动,有的捐钱,有的捐学习用品,有的捐衣物,有的捐玩具,在场的市民们都被深深感染了,爱的热情远远超过了夏日夜晚的温度。

小主持人走上舞台,介绍道:"下一个节目,是'太阳雨'志愿者童蕾蕾、继承军,为扬州·西藏两地儿童牵手,而创作的快板《"太阳雨"润格桑花》。"

……
西藏错那悬崖峭
扬州烈士数英豪
好儿男,胡永飞
英勇精神冲云霄
周忠燕,好军嫂
柔肩勇把重担挑
对儿隐瞒巧引导

家和睦，孝敬老
勤勤恳恳十余年
无私奉献责任高

西藏错那高原高
雪原缺书又缺报
军嫂听闻铭记心
太阳雨人忙感召
千方百计去照料
拳拳爱心表达到
送衣物，汇钞票
送文具，买书包
一样也都不能少

雪域高原建爱巢
爱心图书齐送到
舍己为人护大家
各显神通热情高
小志愿者服务队
立志向，有目标
先进事迹人人学
循循善诱来引导
小学生们把书献
扬州西藏手相牵

高原烈士图书屋
汇聚爱心筑爱巢

后人为此而骄傲
格桑花开艳阳照
同顶一片天
共感中国情
扬州西藏齐奔跑
共同进步创新高
……

时隔半个月,又一个盛夏之夜。太阳雨小志愿者服务队和扬州电视台成长学院,联合举办"对话错那·爱心义演"专题晚会。"太阳雨"小志愿者们与错那县觉拉乡完全小学的小朋友,进行了一次隔空才艺交流。通过表演,呼唤更多的学生加入志愿者行列,和"太阳雨"志愿者一起,奉献自己,照亮别人。小志愿者们也希望,有更多的人能够关注到西藏错那的困境学生,并给予他们更多的帮助。

……
同在一片蓝天下
我们共同期待明天会更好
同在祖国母亲的怀抱里
我们和西藏孩子守望相助
我们和西藏错那的孩子
一起共同成长
我们和西藏错那的孩子
一起共同欢笑

这是小主持人在义演结束时,发出的呼唤的童声。
进入9月,扬州的孩子们都戴着口罩,纷纷返校开学了。细心的

"太阳雨"志愿者自然又想到了远在错那的孩子们。"西藏很快就要入冬了,孩子们的过冬物品都备齐了吗?"这是父母的牵挂,这是母爱的温暖。

很快,太阳雨爱心志愿者团队携手扬州报业集团"报春花"志愿者服务队,以及江苏万杨物业公司,通过中国邮政速递,向错那县觉拉乡完全小学捐赠 139 件"波司登"品牌羽绒服,价值 3 万元;太阳雨高邮志愿服务队联合明艳服饰,捐赠棉衣 95 件、棉鞋和旅游鞋 180 双,价值 3 万多元,寄往错那县乡村振兴办公室;太阳雨度度关爱服务队,向"胡永飞爱心书屋"赠书 2000 册;"太阳雨"团队完成与错那县曲卓木乡完全小学 11 名贫困家庭孩子志愿结对工作,每年将为每个孩子提供 2000 元助学金以及其他学习用品。至此,"太阳雨"团队结对西藏错那县贫困家庭的学生已达 32 名。

2021 年是国家喜庆之年,中国共产党成立 100 周年,西藏和平解放 70 周年。为了增强民族团结意识,增进藏汉民族感情与交流,6 月中旬,太阳雨周忠燕巾帼志愿者服务队,发起"向西藏错那县曲卓木完全小学及辖区 5 所幼儿园全体学生定向捐款赠爱心书包"的公益活动。倡议发出后,立即得到"太阳雨"志愿者及爱心人士的积极响应和支持,太阳雨高邮志愿服务队率先集体捐赠 1000 元;洪景茹、张果米等 14 名"太阳雨"小志愿者捐赠出自己的零花钱 1500 元;参加 2020 年"太阳雨"西藏爱心之旅的 18 名志愿者全部参与认购,共捐赠 3900 元。扬州不愧为大爱之城,老党员秦万民、爱心人士胡天宝、孙上等人闻讯后,也主动参与爱心书包的认购,其中有 4 位未留下真实姓名。活动当天,便完成了 522 只爱心书包的认购工作。爱心潮涌,速度之快,令人惊叹!

半个月后,522 只爱心书包飞到了西藏高原,全部发到了错那县曲卓木完全小学及辖区幼儿园学生的手中。"感谢'太阳雨'叔叔阿姨们给予我们的关心,我们一定要好好学习,不负众望。扎西德勒!"

曲卓木完全小学五年级学生强久罗布激动地说。

扬州籍烈士胡永飞的生前战友、错那县乡村振兴办公室副主任苗涛涛，代表"太阳雨"志愿者，转达对错那曲卓木完全小学师生的美好祝福。曲卓木完小洛桑次仁校长做了"永远跟党走，当民族团结模范"专题宣讲，宣传介绍了江苏省道德模范、最美军嫂、西藏山南市民族团结模范个人、"太阳雨"志愿者周忠燕的先进事迹。

全校师生在"民族团结一家亲，苏藏人民心连心"横幅上签名，表达民族团结一家亲的美好心愿。

秋高气爽，蓝天白云，一派祥和。2021年9月11日上午，在西藏错那县觉拉完全小学，举行了一场隆重而简朴的扬州太阳雨爱心志愿者团队助学金发放仪式。捐赠仪式由错那县觉拉完全小学索朗扎西校长主持，错那县委常委、统战部部长、民宗局局长索朗巴珠，县乡村振兴局党组书记、局长洛桑平措，觉拉乡副乡长毛加宁等领导出席。家长代表、教师代表和受助学生也参加了活动。

仪式上，受扬州太阳雨爱心志愿者团队委托，向32名困境学生（其中觉拉完小21名、曲卓木完小11名）发放2021年度助学金6.4万元；向曲卓木完小12名成绩优异学生，发放"太阳雨博邦奖学金"0.6万元和荣誉证书。

利用这个机会，索朗巴珠结合民族团结进校园，宣讲了《西藏自治区民族团结进步模范区创建条例》的相关内容，普及民族团结创建有关知识。在民族团结知识有奖竞答环节中，一只只小手举过头顶，同学们信心十足、踊跃举手回答问题，20余件精美小礼品找到了自己的主人。这批小礼品来自一个不愿透露姓名的志愿者捐赠。

索朗巴珠要求全体教师，要将社会各界的深情厚谊和殷切希望化为工作的动力，继续勤奋工作，精心育人，努力提高教育教学质量，用实际行动感谢扬州太阳雨爱心志愿者团队以及社会各界给予错那的关心、支持和帮助。

从 2019 年起,"太阳雨"志愿者陆续结对 38 名错那县困境学生,并设立"太阳雨助学金"和"太阳雨奖学金",用于奖励品学兼优的困难学生。近五年,"太阳雨"团队为错那县三所小学的困境学子发放助学金、奖学金,资助各种物资等,总价值已超百万元。

爱心,虽然不能简单地用金钱和数字来衡量,但有时一组组清澈透明的数字,也最能真实反映事物的内里。

时光流转,岁月更迭。温情的"太阳雨"一直在下,"太阳雨"志愿者的脚步持续前行在通往雪域高原校园的路上。

"胡永飞爱心书屋"落户雪域校园

宋代的宋真宗赵恒，曾经写下深入人心、广为流传的《劝学诗》：富家不用买良田，书中自有千钟粟。安居不用架高楼，书中自有黄金屋。出门莫恨无人随，书中车马多如簇。娶妻莫恨无良媒，书中自有颜如玉。男儿欲遂平生志，五经勤向窗前读。

《劝学诗》在字里行间，对天下读书人的心思体察得如此入微，给他们画了一个大大的饼，它告诉人们：想要出人头地，就好好读书吧。宋真宗提倡读书，给天下读书的寒门子弟担保，只要书读得好，什么黄金屋呀、颜如玉呀，田呀，房呀，都不是问题，读好书就意味着拥有了一切。其目的就是鼓励大家去读书，使得宋朝能拥有更多的饱学之士为国效力。

在封建社会下，读书考取功名基本上就是普通老百姓唯一的出路，因此读书所赋予的意义便不是单纯的识文懂理，更多的是为了光耀门楣、家族荣誉。《劝学诗》简单直白，很受老百姓的喜欢，因此也被广为流传，但大多数人只是记住了"书中自有黄金屋""书中自有颜如玉"，这是普通老百姓一辈子追求的最朴素愿望。

如今，时代早已变了，人的对生活和成功有了多元化的理解，但是读书仍然是人们生活中的重要话题。扬州有一群善良的"太阳雨"人，把爱的目光瞄准地处祖国边陲、生存环境恶劣、生活相对困难的雪城高原，设法为那里的孩子创造良好的读书条件，鼓励他们多读书、读好书，努力提高自我素质，长大了为建设家乡、造福社会贡献智慧和力量。

一

春暖花开日,正是读书时。2022年4月23日,是"世界读书日",又称"世界图书日"。当天,带着"太阳雨"志愿者美好祝福的1000本爱心书籍,通过物流发往位于雪域高原的西藏自治区山南市错那县曲卓木完全小学"胡永飞爱心书屋"。

"虽然扬州与错那相隔数千公里,但西藏的孩子们牵动着志愿者的心。我们希望借此书屋传承英雄精神,用书籍凝聚爱心。""太阳雨"志愿者蒋宽广这样介绍。这次捐赠的爱心图书共有1000册,价值2.23万元,全部是适合幼儿园和小学生阅读的书籍,其中幼儿读物200本,小学生阅读书籍800本。书籍的种类十分丰富,有适合低年级孩子阅读的新概念幼儿情景认知绘本、"月亮船注音童书"系列、"小饼干和围裙妈妈"系列、童话故事、注音绘本、安全教育绘本等,也有适合高年级孩子阅读的中国文学经典、世界文学经典、走进科学丛书、少年哲学智慧启蒙丛书、中英双语经典童话绘本等,有新课标必读、学习辅导、科幻读本,还有少儿文学、音乐、美术、世界历史、走进科学、动物趣味、安全常识……能够满足孩子们多层面、立体式的阅读需求。

谈笑、杨芳、王林、刘党生、吴乃明、周忠燕……89名"太阳雨"志愿者以及"太阳雨"小志愿者服务队,认捐了这批图书购置、物流运输的费用。"每人每月少抽一包烟,少应酬一顿饭,拿出这些钱来就能给高原的孩子买一本书。"这是"太阳雨"志愿者们的共识。

"胡永飞爱心书屋"是太阳雨爱心志愿者团队在扬州籍烈士胡永飞生前所在地错那县共建的公益志愿项目,旨在给雪域高原的小学生提供良好的学习环境和多元化阅读材料,让他们博览群书、开阔视野,树立"知识改变命运""知识改变社会"的人生目标,鼓励孩子们通过阅读拥抱更为精彩的人生，建设美丽的新西藏。

曲卓木完全小学"胡永飞爱心书屋"是太阳雨爱心志愿者团队在错那县以胡永飞烈士命名的第二座爱心书屋，于2021年9月1日正式揭牌。那天，错那县乡村振兴局副局长、胡永飞烈士生前的战友苗涛涛，参加了学校简朴而热烈的揭牌仪式。苗涛涛站在爱心书屋前，动情地说，"我们希望用这座书屋凝聚爱心，让孩子们传承烈士精神，珍惜当下来之不易的幸福生活，用知识改变自己的命运，靠才干建设美丽的西藏。"

二

胡永飞牺牲已经12年了，周忠燕一直认为丈夫没有离开，他的英魂依然守卫在错那县。她把对丈夫的思念，化作对错那县的关注，乃至对整个西藏的关注，每当从媒体上看到藏南地区的时事新闻和蓝天白云，她都会激动不已。

她经常在电话、微信上和朱峻松、苗涛涛联系，商量如何拓宽扶贫助学的渠道，丰富资助内容，让错那的孩子们更喜欢、更受益？

经过反复商议，大家形成共识：扬州人民的优秀儿子胡永飞，在雪域高原的部队服役11年，他对驻地错那的百姓儿童和群山川流都怀有深厚的感情，直至把自己青春的身躯献给了第二故乡。为了缅怀胡永飞烈士，传承弘扬英雄精神，增进扬州和错那两地沟通交流，更为了给错那县觉拉乡完全小学的学生提供多元的阅读材料，培养学生良好的阅读习惯和阅读兴趣，开阔视野，树立远大的人生目标，太阳雨爱心志愿者团队率先和觉拉乡完全小学共建一间图书室，图书室命名为"胡永飞爱心书屋"。

五一劳动节期间的扬州城，春风拂弄着柳枝，鲜花绽放在街头，这是一年中最美的季节，但街上的游客比往年少了很多。苗涛涛戴着口罩，背着一只双肩包，风尘仆仆地从徐州赶到扬州，和周忠燕、朱峻松见面。这是一场爱心的交融，这是一桌情怀的盛宴！

周忠燕作为太阳雨爱心志愿者团队代表与苗涛涛共同完成了一次签约："太阳雨"团队2020年向"胡永飞爱心书屋"捐赠适合小学生阅读的图书4000—5000册。

签完字，放下笔，周忠燕的脸上汗津津的，她笑着说："笔轻责任重啊，我今天代表'太阳雨'团队签下的是一份爱心的承诺和自觉，鞭策我和其他志愿者们要做得更好，保证让错那的孩子们满意。"

国庆佳节临近，秋高气爽，金菊绽放，大江南北呈现一派丰收的景象。朱峻松带领18名志愿者代表，自费踏上西藏爱心之旅。这次行程的主要目的之一，是见证在觉拉乡完全小学，由周忠燕母子、太阳雨爱心志愿者团队和学校共建的首座"胡永飞爱心书屋"揭牌落成。

9月26日上午，错那县觉拉乡完全小学校园内，彩旗在蓝天白云下飞舞，格桑花在阳光照耀下格外缤纷美丽。揭牌仪式由苗涛涛主持，错那县委副书记、县人大常委会主任西洛同志出席仪式。在热烈的掌声中，觉拉乡完全小学校长索朗扎西和朱峻松一起，为"胡永飞爱心书屋"落成揭牌。

在爱心书屋里，志愿者们看到，一排排崭新的少儿读本摆放有序，有学习辅导、科幻读本，还有少儿文学、音乐、世界历史……"虽然扬州与错那相隔近万里，但藏区孩子们牵动着志愿者的心。我们希望借此书屋传承英雄精神，用书籍凝聚爱心。""太阳雨"志愿者陈鹰介绍，"太阳雨"团队在完成"胡永飞爱心书屋"的捐建签约后，便开始筹建事宜。第一批捐赠的爱心图书共有1465本，价值2.71万元，全部是适合小学生阅读的书籍。这一批爱心图书的募集工作，由太阳雨度度关爱志愿服务队负责，陈鹰、王兵、刘莉、徐鹏、周海燕等"太阳雨"志愿者，认捐了这批图书的购买和物流运输的所有费用。

周忠燕母子通过手机视频观看了揭牌仪式，并和现场的师生进行了通话交流。在手机视频那一端的扬州城西杨柳青路德奈福洗衣店里，周忠燕动情地对学校老师和孩子们说："我是周忠燕，一名军嫂。因为家庭特殊情况，不能前来参加这次活动，'太阳雨'志愿者带来了我的祝福，我在扬州祝'胡永飞爱心书屋'揭牌成功！"

周忠燕用手指捋了捋额前的刘海，对着手机屏，接着又动情地对学生们说："错那县觉拉乡是胡永飞叔叔英魂守护的地方，他在九泉之下肯定也希望你们认真学习、茁壮成长的。孩子们多读书，读好书，知识才能改变命运，才能把家乡建设得更好。你们也都是我的孩子，就是我在西藏的亲人，也是我最牵挂的人。祝孩子们茁壮成长、学业有成，扎西德勒！"

西藏的长风并不忘 11 年前的壮举，也一定铭记今天和未来的大爱延续！"太阳雨"志愿者的格桑花行动，不仅是捐赠与支持，更是爱的传递，新时代英雄精神的延续。

在揭牌仪式上，觉拉乡完全小学党支部书记薛鹏程，代表学校做了热情洋溢的发言：

这是错那县第一座以烈士姓名命名的书屋。这次活动充分体现了全社会对教育事业的关心和支持，对边疆贫困地区学校、教师、学生的关注和关爱。捐助有限，但是情义无价。这是一项非常有意义的社会公益活动。它在一定程度上缓解了贫困地区面临的现实困难，它更大的意义也在于有力地倡导了扶贫济困、无私奉献、民族团结的社会新风。

俗话说，"赠人玫瑰，手留余香"。"胡永飞爱心书屋"揭牌仪式活动本身，也是对我们广大师生一次润物无声的教育。在这之前，我们已有 21 名困境学生收到过来自扬州"太阳雨"爱心志愿者叔叔阿姨们寄来的帮扶物资，还有一名幸运学生得到了从小学到大学毕业的学业资助。今天，"太阳雨"志愿者叔叔阿姨们跨越 4000 多公里来到我们身边,为我们带来了一份大礼——"胡永飞爱心书屋"。

可能在许多学生和家长的眼中,爱心书屋的建设并没有物资捐赠来得实惠。这里我要告诉大家,现在正值全国精准扶贫攻坚年,习近平总书记说过,"扶贫必先扶智"。让贫困地区的孩子接受良好的教育,享受好的教育资源,是阻断贫困代际传播的重要途径。

古话说:鸟欲高飞先振翅,人求上进先读书。我们觉拉的小孩,汲取知识营养的根本源泉还是学校,在课堂上。可教科书的知识是有限的,但知识的海洋是无边际的。书籍是人类进步的阶梯。"行万里路,读万卷书。"我们唯有多读书、读好书,才能开启智慧、丰富内涵、洗涤灵魂,才会让我们的精神力量更加饱满,才能让我们在人生、发展和成长的道路上越走越平坦,才能让我们一直喊的"用知识改变我们,用知识建设家乡"的口号真正变为现实。

太阳雨爱心志愿者团队总召集人朱峻松对我说,"不仅在物质上资助贫困学生,希望能让更多的孩子在'格桑花'行动中长期受益,于是想到了在觉拉完全小学共建一间爱心书屋,就以扬州籍军人胡永飞烈士的名字命名"。

同学们,今天的爱心书屋揭牌和一大批图书资料的捐赠,不仅是一次爱心助学和物资帮扶,更多的是广大社会爱心人士对你们投入的希望和期许。少年儿童是祖国的未来和民族的希望,你们应该在全社会的关心和爱护下健康成长、汲取知识、成才报国。

为了建好"胡永飞爱心书屋",扬州太阳雨爱心志愿者团队十分用心,他们从前期对学校摸底调查,到方案策划修订,到书目的确认,到书籍统筹采购,每个环节做得都很周到,可谓是殚精竭虑。我要感谢太阳雨爱心志愿者团队为这次活动奔波的志愿者们,他们很多人不图名利、不辞劳苦,自掏腰包来助学,他们的爱心和善举,将点燃一个又一个孩子的梦想。这些渴求知识的孩子必将铭记全社会给予的爱心温暖,一届一届地将爱心和温暖传递下去。

我们希望用这座书屋凝聚爱心,让孩子们传承烈士的大爱精神,在潜移默化中明理,在汲取营养中励志,在学好本领中奋斗,用知识改变自己的命运,改变家乡的面貌。

三

时光"嘀嗒嘀嗒"悄然流逝,"胡永飞爱心书屋"落户党拉完全小学快两年了,外界许多人可能会认为这是作秀,书屋挂牌完了,这个故事结束了吗?答案当然是否定的……

"胡永飞爱心书屋"揭牌后,太阳雨爱心志愿者团队的"格桑花"公益爱心行动一直在延伸,每年向觉拉完全小学发放困境学生助学金4.2万元,向优秀学生发放"太阳雨奖学金";定期向"胡永飞爱心书屋"捐赠图书,书屋藏书量在每年递增。

为了充分发挥"胡永飞爱心书屋"的作用,使爱心书屋真正在学校扎根,给学生带来实惠,觉拉完全小学也是动足了脑筋。学校明确教导处牵头,由德育主任负责,组织学生读书文艺演出;由综合组负责,组织学生读书书画创作大赛和文艺作品征集大赛;由年级组负责,深入开展"我读书,我快乐"主题班队会活动。同时,还积极指导各班建立了读书兴趣小组、组建了学生读书交流组、设立了图书漂流等,推动读书活动全面铺开,向纵深发展。

在一间教室里,黑板上方贴着"文明、团结、勤奋、自信"的标语,黑板上写着"觉拉——扬州",从雅鲁藏布江到长江,我们是一家!班级读书活动正在如火如荼地进行。

多彩活动做牵引,读书氛围巧营造。学校在校园宣传栏、读书长廊,开辟专版专题专栏,搭建一个展示"爱心书屋"建设成果的平台,宣传"爱心书屋"建设的经验做法、实际成效,报道"爱心书屋"里发生的读书故事、学生读书的切身感受和读书的成果等。发动学生利用书屋自创、自编、自演各种形式的文艺作品，运用学生喜闻乐见的形式，营造浓厚的读书氛围。在"爱心书屋"，采取悬挂学生教师书法字画、张贴名人名言、布置文化长廊等形式，精心装饰书屋，切实提高书屋格调。学校每年还评选一批靠读书改变行为习惯和学习状态的好学生典型，结合读书方案进行表彰奖励。让沁人心脾的醇墨书香溢漫雪域校园。

在觉拉完全小学师生的眼中，"胡永飞爱心书屋"是什么样子的呢？五年级学生旦增曲珍的笔下，描写了这样的景象：

喜欢校园的每一个角落，其中我最喜欢的地方就是"胡永飞爱心书屋"。图书屋在综合教学楼的二楼，二楼的走廊上，有许多可爱的图案，例如花枝招展的蝴蝶、辛勤工作的蜜蜂、神情悠哉悠哉的蜗牛和五彩缤纷的蘑菇……构成一座生气蓬勃的花园城堡。

图书屋的门口挂着一块令人敬畏的牌匾——胡永飞爱心书屋。2019年，才上小学二年级的我，对于"胡永飞"三个字还很陌生，以为就像以前为我们捐赠爱心物资的叔叔阿姨一样，是一个值得我们感恩和牢记的爱心人士。直到这年清明节缅怀革命先烈主题班会上，我才对"胡永飞"三个字有了深刻的认知和了解，他是一个值得我们一生学习和敬仰的英雄楷模。

胡永飞烈士叔叔的妻子周忠燕阿姨，为了让我们有良好的教育资源，牵线搭桥一大批"太阳雨"爱心志愿者，为我们共建了一间爱心图书屋。

下面，我就带大家来看看我们学校的"胡永飞爱心书屋"吧。走进图书屋，仰头，一整排的书柜像巨人一般映入我的眼帘，书柜上有很多我们小学生喜欢的书，比如：安妮的日记、小妇人、小公主、封神榜、安徒生童话、感恩的心……内容十分精彩，有些曲折离奇，有些趣味横生，回回都让我看得废寝忘食。

我们老师说过一段话：以前我们缺书，大家能看到的课外书很少，现在周忠燕阿姨和扬州太阳雨爱心志愿者团队，为大家送来一大批丰富多彩的书籍。图书屋是大家共享知识的地方，希望大家尽情读书，好好爱惜，给更多的学弟学妹留下一个良好的阅读环境，这也是我们的责任。

扬州的叔叔阿姨们现在每年都会给我们送来书籍和爱心物资，对校园的爱心书屋，我们都会怀着珍惜和感恩的心去使用，增广见闻成为一个有知识的小孩。现在我一有空就到图书屋来读一会儿书，我喜欢这里的氛围，很容易让人静下心来读一本好书。书里有很多知识，有很多是连爸爸妈妈都不知道的，我觉得很有意思。

"胡永飞爱心书屋"，让我享受在书堆中徜徉的乐趣，它是我在校园的天堂，是我汲取营养和梦想起飞的舞台。我要感谢书本，因为它还教会了我用鼻息嗅到空气中那种阳光的香味，用耳朵听见桃花树下的虫鸣，让我知道自己那颗热烈而自由的心仍在跳动，有独自面对世界的勇气。

……

彭穷，是觉拉完全小学的一名老师，他每天大多数时间都是和学生在一起。两年前，他的身上多了一个称呼——图书管理员。这是他的自述：

2020年教师节刚过不久，学校领导找我谈话，让我兼任学校"胡永飞爱心书屋"的图书管理员，规定每天下午书屋开放一小时。因为农牧区边缘乡村学校的师资力量相对薄弱，所有老师都是一专多能、一人多职的模式。一开始，我的内心多少有些不满，这无疑增加了我的工作量。但是，随着时间的推移，我慢慢喜欢上了这份工作。就这样，我踏上了一条光荣而丰富的职业之路。

学校以前也有图书室，但图书室的书籍种类缺乏，学生喜欢的书籍少之又少，课后看书的学生那就更是少得可怜。2020年9月26日，这一现象得到了彻底改变，因为我们学校新落成了一间图书室——胡永飞爱心书屋。

那一天，一群扬州"太阳雨"志愿者，风尘仆仆地来到我们学校，他们中有好几个人因为有高原反应，走路气喘吁吁，看上去很疲累。但是，当他们看到学生们后，便一下子来了精神，和孩子们有说有笑，在他们身上，我看到了"爱"。正是因为这样的举动，让我对接下来的图书管理员工作充满了热爱。

"太阳雨"志愿者给孩子们带来了很多书籍，基本上解决了学校图书室书籍少、种类缺乏、学生可借阅书籍资源少的难题。从他们捐赠的书籍里，我能感受到他们前期筹备过程的辛苦和艰难。

例如书籍里的中国儿童文学名家读本、儿童故事精选集、小学生枕边书、安徒生童话等书籍，都是我们以前询问孩子和语文课程老师时所提到的书籍，这次爱心书屋揭牌前都采购回来了。他们的爱是默默的，是不被外人所知的。只有真正地接触他们后，才会从内心深处产生一抹深深的感动。

在接下来的两年里，"太阳雨"志愿者团队一直践行着他们的承诺，以每年数万元的书籍资料，源源不断地充实着学校的"胡永飞爱心书屋"。

四

温馨4月，书韵飘香。

这是一个周日，错那县曲卓木完全小学洛桑次仁校长带着孩子们，围坐在阳光下球场上朗读课本，虽然每两周孩子们都可以回家一趟，但还是有一些离家比较远的或者父母有事不能来接的孩子们会留在学校,老师们也会轮流值守照顾他们。

"在我的窗前,有一棵白桦,仿佛涂上银霜,披了一身雪花。毛茸茸的枝头,雪绣的花边潇洒,串串花穗齐绽,洁白的流苏如画。在朦胧的寂静中,玉立着这棵白桦,在灿烂的金晖里,闪着晶亮的雪花。白桦四周徜徉着姗姗来迟的朝霞,它向白雪皑皑的树枝,又抹一层银色的光华。"

清晨,孩子们在洛桑次仁校长的带领下,一起大声朗读着四年级语文课本下册上的《白桦》。此刻,室外的温度只有零摄氏度左右,在海拔4000多米的藏地,他们虽然没有见过真正的白桦树,但相信孩子们的心中都会长出一棵属于自己的挺拔秀美的白桦树。

当2020年9月25日"太阳雨"团队18名志愿者,翻山越岭,沐雨飘雪,泥陷推车,抵达这所中印、中不边境学校时,认识了洛桑次仁校长,当时他带领着28位老师和10名职工,日夜陪伴守护着356名寄宿小学生和110名学龄前小朋友学习成长,从2013年到现在已经9年了。志愿者问洛桑次仁校长"辛苦吗",他腼腆地笑着说:"教育就是责任、担当、情感和情怀。"

曲卓木完全小学海拔4280米,常年经常遇到恶劣气候的侵扰,学习和生活条件十分艰苦。学生们需要长期住校,老师们则更是身兼数职,每天朝6晚12的常年标准作息时间表,注脚着他们日常工作的强度和经年累月的辛勤付出。即便如此,曲卓木完小也从未放松过对孩子们读书、学习的要求,尽可能地创造一切条件让这些以校为家的孩子们多读书、读好书。无论在教室,在操场,在图书室还是在宿舍,都有孩子们阅读的身影。在这第27个"世界读书日"来临之际,愿藏地高原的孩子们以书为翼,放飞梦想的翅膀,展望美好的明天。

"鸟欲高飞先振翅,人求上进先读书。"让我们在春天里相约,一起走进书的世界,把阅读活动作为一次新的耕耘与播种。阅读使我们遇见，让我们的双眼因为阅读而闪亮。让我们在潜移然化中明理，让我们的内心因为阅读而充实，让我们的人生因为阅读而厚重，让我们的每一天因为阅读而变得更加美好，让阅读伴我们成长、伴我们前行。

"悦"读点亮生活，让书香溢满雪域高原。

五

"太阳雨"志愿者像不知疲倦的播种机，他们向偏远地区播洒爱心和知识的种子，从祖国西南边陲的西藏山南市错那县，到邻近缅甸的云南临沧市云县，都能感受到他们身上的温度，这里的孩子们沐浴着温暖的"太阳雨"，闻到了油墨醇正的书香味。

"你好，我现在在云南支教，想通过社会力量为当地小学募集图书……"2022年4月11日，远在云南省临沧市云县大寨镇团结完全小学支教的江都区仙女镇姑娘曹悦，致电"扬州发布"，求助家乡媒体，希望能为当地的小学募集适合孩子们阅读的图书。曹悦为期两年的帮扶即将期满，她希望能给孩子们留下最好的临别礼物。

从初中开始，"支教"这两个字开始在曹悦心中萌芽，"希望工程"一张照片中那个眼睛明亮的女孩，深深触动了曹悦的心，她希望有朝一日，能够为更多的缺乏教育资源的孩子们带去知识和希望。

终于，这一天到来了。2016年，曹悦考上扬州大学，成为英语师范专业的一名大学生，大一暑假，她跟随公益社团的成员们一起前往贵州支教。不过，由于时间很短，曹悦甚至感觉到有些"对不起孩子们"，所以她暗下决心，等有机会，一定要全身心地、彻彻底底地投入支教工作中，去陪伴大山里的孩子们。

2020年8月，曹悦大学毕业，顺利前往云南临沧市支教，藏在心里多年的支教梦如愿以偿。

临沧市云县位于云南西南地区，地形复杂，条件艰苦，于2018年脱贫。从县城去大寨镇，需要乘坐大概两小时左右的农村巴士，环山前行，团结完全小学坐落在一个小团山上，距离镇中心3公里左右。

当地小学英语、数学比较薄弱，小升初的考试也没有英语，曹悦和队友们一方面为当地老师们提供支持，一方面努力给孩子们打造英语学习环境，她主要是负责四、六年级的英语课以及一、二年级的美术课。她就是想趁自己年轻，没有什么负担，单纯地多陪陪山区的孩子。曹悦是一个热爱生活的女孩，她和同伴们在校园里种了一大片波斯菊，一个多月就开花了，缤纷多彩，充满生机。"我们在学校里面画了一些以天气、颜色、问候语等与课本内容相关的主题墙绘，孩子们都很喜欢。"曹悦开心地说。

团结完全小学2008年建成学生宿舍，后来又相继建成教学楼和学生食堂，大大改善了办学条件。不过，由于资金短缺，学校没有图书馆以及操场，也没有足够的宿舍楼。整个学校有337个孩子，可活动的范围仅局限于教学楼前的一小块空地，根本无法容纳下所有的孩子，体育器材更是少之又少，学校无力承担采购与换新。

"其实最大的问题我觉得还是缺少图书，教室里的图书角大多数都是教辅类书籍，适应孩子们阅读的图书没有几本，而且都比较破旧了。"曹悦介绍，因为没有空余的教室用作图书室，学校一个集中的藏书区也只有三排书架，只能放在五年级教室的后面。学校的住宿生和留守儿童加起来有100多人，孩子们的课余生活比较单调。学生们在放假期间，大部分是约着好友在山间奔跑玩耍、帮家长干农活，或者是拿着被父母淘汰下来的手机刷短视频、打游戏。

"家长们大多是务农或者外出打工，他们只能保障孩子们的基本生活，容易忽略对孩子们精神生活的关怀，购买的书也是以教辅为主，几乎没有课外读物。"曹悦说，"从小在我的印象里，阅读是非常重要的一件事，甚至成为生活中很重要的一部分，我今年7月就要离开团结完全小学了，希望在我走之前可以给孩子们搭建起一个书屋，让他们能够在闲暇的时间里阅读、探索世界。"

曹悦试着联系了"扬州发布"热线，希望通过自己的支教故事让更多人了解团结完全小学，为孩子们募集到更多适合他们阅读的中文绘本或者其他儿童读物，打造梦想书屋。

远方缺书，家乡响应。"扬州发布"4月11日报道了在云南支教的江都女孩曹悦，希望为当地孩子建起一个梦想书屋的故事后，太阳雨爱心志愿者团队当天便行动起来，立即在"太阳雨"公众号刊登了这条消息，发动大家筹集资金，准备为云南的孩子送去崭新的爱心图书。

"我们看到家乡姑娘曹悦的这个故事，十分感动，希望能够为云南临沧山区的孩子们做些什么。"太阳雨爱心志愿者团队总召集人朱峻松的态度十分爽快。大家都知道，"太阳雨"团队已经不是第一次为偏远地区的孩子们捐赠爱心图书了。细心的朱峻松主动添加曹悦的微信，拨通她的手机，详细询问了解团结完小的情况，摸清他们对图书的具体需求。然后，向书店要来图书目录，精挑细选，量体裁衣，列出所购图书的清单。他还把这份清单发给曹悦过目，征求她的意见，为的是每一本书都要让孩子们喜欢。

曹悦仔细看着新书的清单，脸上绽放开了一朵灿烂的花儿。童书的种类十分丰富，有适合低年级孩子们阅读的"月亮船注音童书"系列、动物趣味故事集系列丛书、童语故事、注音绘本，也有适合高年级孩子阅读的中国文学经典、世界文学经典、冰心获奖作家精品书系、少年哲学智慧启蒙丛书等，能够基本满足孩子们的阅读需求。

过了5天，朱峻松高兴地发微信告诉曹悦，"我们准备好了400册崭新的图书，现在已经完成分类打包，即将发出，包你满意"。"扬州发布"的报道中提到，曹悦所支教的大寨镇团结完小没有专门的图书室，朱峻松也注意到了这一细节，便购买了几个旋转的书架，随图书一起快递给学校，方便他们摆放图书。朱峻松还热情地向曹悦发出邀请,"请你转告学校领导,我们诚挚欢迎云南的孩子们走出大山,来美丽的扬州走走看看"。

4月23日,"世界读书日"当天,远在云南西南部著名茶乡的曹悦,收到了来自家乡扬州的这批图书和旋转书架。曹悦欣喜若狂,很有些受宠若惊,因为她一开始只打算募集旧书,没有想到"太阳雨"志愿者会这样慷慨捐赠,曹悦一下子有点不知该如何是好,她连连说道:

"家乡人民太热情了,'太阳雨'真是'及时雨',我先代表孩子们感谢家乡人民的支持,感谢'太阳雨'叔叔阿姨们的善心,周围的老师也很感激咱们扬州人,我一定把这份感动转化为干好工作的动力。"

一石激起千层浪。"太阳雨"志愿者的爱心行动在扬州城迅速产生了示范效应,相继有几十位热心市民添加曹悦的微信,主动和她联系,有的表示等物流情况好转后,将给她寄一些闲置的图书;有的表示已经在网上采购了一些图书和体育器材寄出;还有的想捐赠钱款,支持曹悦把梦想书屋早日建起来……

大寨镇团结完全小学的领导非常高兴,"小曹啊,你真是一只吉祥鸟,给我们山里的孩子引来了幸福和好运。过去我们只知道扬州城市的风光美,现在我们又看到了扬州人内心的真善美!"学校领导和曹悦沟通商量,表示会把学校食堂收拾出来一部分用于摆放图书,在教学楼楼梯间等处也摆放书架,为学生们营造阅读的良好氛围。

汩汩温暖的古运河潮水,向着云南西南部古老的澜沧江边上云县大寨镇奔流而去……

六

15年过去了,英雄的故事始终在中国大地上回响。2024年5月31日下午,在烈士生命的起点和终点,在相距4000多公里的两所小学里,两座爱心书屋同时落成了,两座书屋都有一个共同的名字,叫作

"胡永飞爱心书屋"。至此,错那和高邮已有4座"胡永飞爱心书屋"。

这个季节的阳光,热烈灿烂,高邮市天山中心小学的校园里,石榴花如火焰般绚烂绽放。五月的阳光,轻柔地透过云层,洒落在胡永飞烈士的塑像上,缓缓地"回到"了他的母校,仿佛上天也在此刻致以崇高的敬意。当这尊由"太阳雨"志愿者捐赠、在首届"江苏最美军嫂"周忠燕陪护下的塑像现身校园的那一刻,时光仿若倒流,往昔岁月如潮水般涌上心头。那是胡永飞曾尽情奔跑的操场,那是曾回荡着他琅琅读书声的教室。如今,他以这般永恒之态重回故地,令每个人心中皆涌起无尽的感动与慨叹。

塑像上的胡永飞,目光坚毅且充满仁爱,仿若在默默守护着这片曾孕育他梦想的土地,守护着在此成长的每一个孩子。学弟学妹们围绕在塑像旁,眼中闪烁着崇敬的光芒,他们仿若看到了胡永飞烈士英勇无畏的身影,看到了他坚守边关的飒爽英姿。母校的一草一木,皆因这尊塑像更具非凡意义。胡永飞烈士精神自此在这里生根发芽,如璀璨星光般照亮孩子们前行的道路。他用生命书写的壮丽篇章,成为母校最为珍贵的财富,让每一位从此走出的人都铭记那份责任与担当。从此,在这宁静的校园里,胡永飞烈士的塑像静静伫立,它承载着师生们无尽的思念和敬仰,亦让那份深沉的情感永远在这片土地上流淌,永不消散。

师生们把英雄的雕像请进"胡永飞爱心书屋",安放在书屋的右前方。身着军装的胡永飞烈士,面容清俊,系着鲜艳的红领巾,目光温柔地注视着面前的这片土地。课休时间,学生们都涌入校园里新开的这间图书室,这里面数万册图书中有1000册崭新的图书,都以红色书籍为主,多是介绍革命先烈的英雄故事。

胡永飞牺牲15年来,高邮天山百姓们从未忘记过这位为国捐躯的英雄。31日下午,由扬州太阳雨爱心志愿者团队共建的"胡永飞爱心书屋"正式在天山中心小学落成。这里,正是胡永飞的母校。"太阳雨"志愿者团队的成员们，不仅送来了价值3万元的1000册红色书籍，还捐赠了这件雕塑。他们想，胡永飞当年在西藏执行任务的时候，一定也会经常想起，小时候在这里读书的场景吧。

胡永飞牺牲后，他的妻子周忠燕强忍悲痛、坚韧顽强地负重赡养老人、苦育孩子，担负起家庭的重任，无私关爱西藏高原的儿童和扬州周边的困难人群。解放军某部原政治部主任、军旅作家孙克勤大校，根据她的事迹所写的长篇纪实文学《守家》，在社会上引起了轰动。在"胡永飞爱心书屋"里，孙克勤大校代表太阳雨爱心志愿者团队，也将这部作品捐赠给了学校。天山小学师生们表示，一定要认真学习英雄精神，以实际行动传承红色基因，争做红色传人。

不仅是家乡人民一直怀念英雄，在胡永飞牺牲的西藏错那市，那里的人们也没有遗忘他。也在这一天，另一个"胡永飞爱心书屋"也在错那市浪坡乡肖小学举行了挂牌仪式，同样是由太阳雨爱心志愿者团队，捐赠了价值6.49万元的2391册图书，这些图书类别丰富，帮助西藏高原的小学生们开拓视野，建立更广阔的世界观。

西藏错那市市委统战部副部长、市民族团结进步创建办负责人李永辉在挂牌仪式上表示，这间"胡永飞爱心书屋"是由错那市民族团结进步创建办、扬州高邮市送桥镇天山中心小学、西藏错那市肖小学以及扬州太阳雨爱心志愿者团队共建的，四方单位携手共建一间书屋，不仅是形式上的合作，更是心灵上的契合。胡永飞将生命留在了错那，而他的精神会在这里永久弘扬，流传在"胡永飞爱心书屋"的每一本书里，润泽着肖小学师生们的心灵。

高邮天山中心小学的校长朱宇介绍，胡永飞是从这所学校成长起来的，小学阶段的学习，对于每个人的人生成长有着重要的奠基作用。当年，胡永飞牺牲的消息传来时，全校师生都悲痛万分。如今的高邮天山中心小学，不仅有"胡永飞爱心书屋"，还创建了"胡永飞中队"，三（1）班"胡永飞中队"辅导员朱坤银老师，就是胡永飞烈士以往的同学。目前，"胡永飞事迹陈列室"也正在建设之中。学校定期组织主题为"向英雄致敬"的班会，观看胡永飞事迹资料片，进行胡永飞事迹宣讲，胡永飞烈士就是身边的英雄，他的英雄事迹感染着全校的师生。

听闻这个活动，胡永飞上初中时的校长、今年77岁的徐茂玉老先生，也特地拄着拐杖赶了过来。他对胡永飞的印象特别深刻，他清楚地记得一件事：有一次胡永飞放学时，路过他家，看到水缸里没有水了，二话不说，就挑起担桶，到学校的宿舍区打水，整整挑满了一缸水，真是一名品学兼优的好学生。胡永飞牺牲后，他和师娘感到非常痛心和惋惜，多次泪流满面。徐茂玉也从新闻媒体上，看到胡永飞烈士的遗孀周忠燕，为了孩子健康快乐地成长，隐瞒胡永飞牺牲的消息近十年，他更加敬重周忠燕的付出了。

这天，当周忠燕轻轻掀开胡永飞烈士雕像上的红绸布时，现场掌声雷动，烈士的光辉形象在"崇尚英雄、学习英雄、争做英雄"的标语映衬下熠熠生辉。看到丈夫以前读书成长的校园，周忠燕泪水一次次涌出眼眶。她记忆里的胡永飞，是那么朝气蓬勃，是那么积极勇敢。而她如今也成了太阳雨爱心志愿者团队的一员，还是"格桑花项目"的牵头人，几次奔赴西藏，为高原的孩子们争取更好的教育资源。

因为胡永飞，因为周忠燕，高邮天山中心小学和错那市肖小学也结成了民族团结共建学校，将在教育教学方面开展深度合作。双方教师进行交流学习，共同探索适合民族地区学生的教学方法和策略，推动教育资源的共享和优化配置。同时，双方还将组织学生开展互访活动，增进彼此的了解和友谊，让小小石榴籽早日在孩子们心中生根发芽。

活动中还播放了一段视频，那是两地学校的学生们共唱一首《我们是共产主义接班人》的歌曲，歌声嘹亮激昂，情感饱满热烈。两地孩子们以这样的歌声，向逝去的英雄致以崇高的敬意。

特殊的旅行

曾听过一种说法，世界上除了有南北两极，还有第三极：世界的高极——青藏高原。那里的纯净天空、雪山草原令人心生向往，那里有太阳雨爱心志愿者团队助学的孩子令人牵挂。

江苏扬州与西藏错那，相隔 4000 多公里，"太阳雨"团队因为胡永飞烈士而携手雪山深处的孩子。错那县坐落在西藏边陲一个神秘的地方，那里有美丽如拿日雍措的一措再措，又有一座座神圣的雪山，以及勒布沟那样的天然氧吧。错那，一直是爱心志愿者们魂牵梦绕的地方，很多人都有一个梦想，就是走上高原，去看看那里的学校，看看那里的孩子，看看那里的格桑花。

2020 年 9 月 18 日，带着对烈士的敬仰，对孩子们的牵挂，对神秘西藏的敬畏，18 名"太阳雨"志愿者相约，沿着胡永飞烈士的足迹，自费开启了西行爱心助学之旅。

周忠燕是"格桑花计划"的主要发起人，她内心也很想和大家一起参加这次特殊的爱心旅程，顺便在旅途上给大家介绍一些错那的情况，可她要照顾家里的 3 个老人和儿子，打理经营洗衣店，实在是脱不开身。那天，她只能在扬州泰州机场为爱心志愿者团队送行。周忠燕根据自己多次进藏的经验，细心地向大家讲解进入高原的注意事项，嘱咐队友们一定要注意安全，保重身体，祝大家顺利平安！

"传承胡永飞烈士的精神，援助雪域高原的学生，是我们母子共同的心愿，感谢'太阳雨'团队的志愿者帮我们圆了梦。"在候机大厅，周忠燕重复着这几段话,"由于家庭的特殊情况,这次我不能亲自前往,真诚拜托各位志愿者把扬州人民的深情厚谊和满满爱心,带到西藏,带到山南,带到美丽的错那……"

18爱心勇士先到林芝,再逐步登高,所以大家上了高原,身体反应还不是很强烈。当地开面包车的驾驶员对他们说:"凡是来高原行善播爱之人,上了高原都不会有太大的不适反应。"这话是对他们的鼓励,也是对他们的安慰。的确,施善使人愉悦,施善促进健康。

曾经是笔下的翻山越岭,这次真切地等待着这群爱心人士。曲折的盘山公路一会蜿蜒而上,一会急转而下,从拉萨到山南,再到错那县,车行近10个小时,才能到达曲卓木完全小学。

9月25日上午,错那的天空碧蓝如染,朵朵棉花糖似的白云悬挂在上空,伸手可触。曲卓木完全小学校园内彩旗招展,格桑花在阳光的照耀下显得格外美丽圣洁。太阳雨爱心志愿者团队与曲卓木乡完全小学学生的爱心结对捐赠仪式正在这里举行。洛桑次仁校长向每位"太阳雨"志愿者真诚地献上洁白的哈达,这是藏民对内地来的客人的最高礼节。每个志愿者微微低下头,配合着让长长的、飘逸的哈达围在脖子上,瞬间,一股圣洁的喜马拉雅山泉在心中流淌。

曲卓木乡党委书记吉国强同志和学校领导一起,陪同志愿者们参观了校园,详细介绍了学校的各方面情况。曲卓木完全小学是"太阳雨"团队继觉拉乡完全小学之后,在错那县的又一所助学定点学校,第一批结对11名小学生,每人每年获得助学金2000元。捐赠仪式上,"太阳雨"志愿者代表将2.2万元助学金和结对志愿者制作的联系卡,亲手交给了受助的孩子们。现场,太阳雨高邮志愿者服务队定向向曲卓木完全小学捐赠了价值3万多元的棉衣和旅游鞋。

大手牵小手,爱心暖流涌。志愿者程佳德在给扎西罗布小朋友的联系卡上留言:"亲爱的孩子,好好学习,健康成长。愿你的生活充满阳光、快乐!我们愿与你患难与共,勇敢地迎接一切困难和挑战。"华电仪征热电公司志愿者刘德明，欢迎格桑措姆小朋友加入他的大家庭，愿与孩子携手向前，成就梦想。在志愿者的帮助下，阿旺格桑与在上海工作的李高英老师进行了通话，李老师鼓励孩子，"苦难是生活对我们的历练，所有的困难都是暂时的，美好的生活在等着你，好好读书吧！"……一个个志愿者和自己结对扶助的孩子，都接上头，通上了联系的热线。

这次爱心之旅的主要任务是去看望"太阳雨"团队与错那县觉拉乡和曲卓木乡爱心结对的 32 名孩子，见证"太阳雨"志愿者捐建的"胡永飞爱心书屋"落成。

一条神奇的天路，蜿蜒逶迤绕云间。路的这一端曲桌木，18 勇士志愿者踏上征途；路的那一端觉拉，系着温暖的等候。当天下午，"太阳雨"志愿者转场前往下一个目的地——错那县觉拉乡完全小学。

都说山里多雨，西藏之旅的十多天，志愿者们仅遭遇一次雨。"太阳雨"志愿者、扬州报业传媒集团的刘原女士，记录下了《勒布沟的雨》，颇为神奇。虽遇困境，但令人难忘。

勒布沟，是我们从曲卓木乡前往觉拉乡的必经之地。来之前曾做攻略：勒布，藏语意为"好的地方"，被称作"山南十里画廊"，是门巴族主要居住地之一，位于错那县境内波拉山南侧，属于边境小镇，从错那县城到勒布沟只有二三十公里，从高原走进原始森林，海拔由 4500 米的波拉山口下降到 2800 米勒布沟底，落差有 1700 米，180 度的急转大弯有 150 个左右，大小弯有 188 处，惊险刺激。同行的伙伴们已在群里欢呼：勒布沟=乐不够。

历经艰险，方能一睹芳容。驾驶员师傅是一位藏族小伙洛桑次仁，带着兴奋中的我们行驶在狭窄的盘山路上，极目远眺，云雾缭绕，山顶白雪皑皑。在我们一阵阵的惊叹声中，洛桑次仁一边炫技一边介绍，勒布沟有神灵，虽是峭壁林立，飞泉瀑布遍布，五六月盛开的杜鹃花特别的美，六世达赖喇嘛仓央嘉措就是这里的人，据说曾常在这里的禅房讲经修养。小伙子还说,山里有调皮的猴群,让我们带足零食。

不知什么时候天空阴暗下来,飘起丝丝小雨,蒙蒙细雨中,山峰烟雾萦绕,远远望去犹如仙境一般。行进中,我们看到了勒布沟的瀑布,它们像一条条洁白的哈达悬挂在山间,沟底有一条奔腾的河流。

盘山路蜿蜒,景随车变,但长时间的山路,也极大考验着人的体力。下午四点多钟到达目的地,入住酒店为时尚早。洛桑次仁小哥给我们介绍,从这里下车沿小路上山,是1962年中印自卫反击战的前线指挥部所在。

一行人决定雨中上山,可是雨越下越大,恰巧又碰上停电,于是,大家只好依靠手机照明,参观了指挥部陈列馆及张国华将军前线指挥部,接受了一次爱国主义教育。

雨水加汗水,下山时,我已经全身湿透。来到酒店办理入住手续,被告知下午开始停电,还需等一个小时才能恢复。原本晚上八九点钟才会黑下来的天空,今天黑得特别早,我们一群人浑身湿漉漉的,坐在寂静黑暗的大厅里等候电的到来,外面大雨滂沱,像极了藏族汉子的性格。

终于送电了,一片光明,一阵温暖。经过一夜休整,清晨在潺潺的流水声中醒来,拉开窗帘,雨停了,窗外山林茂密,空气特别清新。

错那县扶贫办苗涛涛副主任一直陪同着我们,他是胡永飞烈士当年的战友,很多关于胡永飞烈士的生前故事都来自他的讲述。第二天一早,继续上车前行,同行的伙伴随口一句:苗主任,昨天很晚了我下来拿东西的时候,怎么看你一个人在大厅里?

苗涛涛说:"我想起了很多当年的事情,静静地待了一会儿。这里是勒布沟,战友胡永飞就牺牲在这里。"

众人一阵感慨,勒布沟的这场雨是在告诉英雄,家乡的亲人来看他了吗?时隔11年后,英雄的家乡来了一批爱心志愿者,是不是老天有感应,动容在落泪?

苍天有泪挥着雨，致敬戍关真英雄！

上午，18名志愿者在觉拉乡完全小学，深深感受到了地方领导、师生的热情，接受了美丽的哈达。在这里，他们参加错那县第一座以烈士姓名命名的"胡永飞爱心书屋"的揭牌，见证爱心捐赠仪式，他们与学校的21名孩子结对，发放了4.2万元助学款，对优秀教师和学生奖励了1.5万元，并把一批爱心羽绒服全部送到学生手中。捐赠仪式上，错那县委统战部向志愿者代表颁发了周忠燕"2020年度民族团结进步模范个人"荣誉证书。志愿者当场就把证书拍给周忠燕看，周忠燕的脸上兴奋得有些微红，像是被证书映红了似的。

湛蓝白云的天空，喜气洋洋的校园，师生们和"太阳雨"志愿者进行互动文艺汇演。一群年轻的藏族女老师，展示出的新时代藏族知识女性的美丽和风采，令人惊叹不已。美丽的校园围墙外，因绵延的大山而显得荒凉，而校园内的师生们都显得那么生机勃勃。正如在教职工食堂墙上挂的一段话：让我们成为学生们终生难忘的老师！这些老师用心培养的孩子一定会如老师们一样优秀！

在联欢会上，有一位小男孩的舞姿潇洒，几位"太阳雨"志愿者顿时成了他的粉丝。等他跳舞结束后，志愿者就围着他聊，俨然在追小明星！相聚的时光很快过去，在志愿者即将离开时，忽然一群八九岁的小孩子冲过来围了上来，伸出小手拉着他们，喊着"阿姨再见，叔叔再见"！那一瞬间，志愿者的泪水夺眶而出。

在离开西藏前一天的凌晨，身心已经融入错那孩子们的"太阳雨"志愿者张群女士，一点睡意也没有，她索性起身，梳理记录这几天的心境：

西藏是神秘而纯净的，不仅是因为天空的湛蓝，还有西藏人民纯朴简单的生活方式和对信仰的执着和虔诚，不浮躁，不喧嚣，无论环境多么恶劣，内心却宁静而祥和。这次错那之行，踏着胡永飞烈士的足迹，对话高原，感受颇深。

我们从山下到曲卓木乡完全小学和觉拉乡完全小学，盘山公路都要经过几座海拔5000米高度的山峰，公路盘旋陡峭，两旁的山峰光秃秃的，没有任何绿色和植物，且最少车程6个小时，中途所有通信信号皆无，当我们疲惫地抵达学校时，热情纯朴的师生们已经在校门口用哈达和尊贵的礼节，表达着他们对我们的敬意和欢迎。我们只带来了一缕春风，师生们却用热诚传递着他们的感谢，那是蓝天下爱与爱的互动。

相聚总是那么短暂，分别来得却那么匆匆。和一群带着纯真笑脸的孩子们，度过了几天难忘的日子。当我们真的要离开时，孩子们大声稚嫩地喊着："阿姨再见，叔叔再见！""叔叔再见，阿姨再见！"一瞬间泪目，脚步就被定在那里，我们伸出手，拥抱着孩子们，他们也羞涩地、忐忑地，把黑黑的小手伸向我们，大手小手握在一起，紧紧的，柔柔的，不愿意分开。那一刻，所有的辛劳奔波之累都在泪水中释放，我们为所有的付出而感到值得。那一刻，泪眼蒙眬中，已经说不出"再见"，孩子们渴望和纯净的眼神，深深定格在心中。

多么希望孩子们能从"胡永飞爱心书屋"开始，让一本本书，成为一扇扇窗的模样；多么希望孩子们从越来越多的真心真诚结对的志愿者开始，从大山深处走出来，带着格桑花的梦想，去看看外面世界的精彩。

明天，就要离开这片美丽而祥和的土地了，说不出再见！我们期待着来年"格桑花"扬州之旅，组织第一批孩子到扬州来交流学习，让他们真正感受到社会的关怀，感受到扬州志愿者零距离的爱。

……

爱不是刻意的表达，爱是无声的滋润。铭记爱，传递爱，这是最美军嫂和"太阳雨"志愿者的高原情！这是跨越4000多公里的相助和守望！云端天路，温暖常在，山不再高耸，路不再漫长。

踏着胡永飞烈士的足迹，对话错那。蓝蓝的天，白白的云，皑皑的雪山，清澈的眼睛，18名志愿者和一群带着纯真笑脸的孩子度过了几天难忘的日子。

西藏之行，志愿者们在布达拉宫前见证共和国国旗的升起，在拉萨河畔共度不一样的中秋之夜。十几个日日夜夜，所有的所有，都将成为永恒的记忆。难忘南迦巴瓦峰、难忘勒布沟、难忘雅鲁藏布江、难忘纳木错……

"眼睛在享受，灵魂在修行"，这是志愿者们这次西藏之旅的普遍感受。旅途的艰辛和劳累，挡不住雪域高原的青山绿水；重走英雄的足迹，他们与藏族师生共谱一曲未来的赞歌。

在雪域高原这段特殊的日子里，志愿者的心灵一次次感动，一次次震撼，他们几乎每个人都记下了自己内心的真实感受：

西藏是我多年一直向往的地方，它的神秘、美丽，甚至传说中路途艰辛和高原反应，都深深吸引我。很幸运，这次有机会和"太阳雨"的兄弟姐妹们一起，追寻着胡永飞烈士的足迹，来到西藏，来到错那，体验着非同一般的感动。

海拔很高的错那县，自然环境恶劣，我一直担心生活学习在这里的孩子，是如何克服困难的？

眼前一排排设施完善的教室、体育馆等漂亮的建筑，高素质的老师，诚恳敬业的校长，处处显现国家对错那孩子学习的重视、关爱和投入。正如洛桑次仁校长所言，孩子们生在自然环境恶劣的地方无法选择，但是我们要创造条件让他们有机会通过努力读书，改变自己的命运。

看着孩子们一双双亮晶晶灵动的眼睛，我衷心祝愿这些可爱的孩子有好的人生未来，并想竭尽所能，为他们提供一些帮助。离开学校后，已经有小朋友主动通过妈妈的微信跟我聊天了，很机灵可爱的孩子！

有了这段经历，西藏的美景在我眼中更加旖旎，这次西藏之行终生难忘。

——联合利华公司　倪慧

身边的一些朋友，一直在坚持用自己微薄的力量去关怀偏远贫穷地区的孩子。一场计划外的旅程就这样开始了。

藏南高原的景色很美，愿看到好风景，愿看到孩子们纯真无邪的笑脸。

那几天盘旋在海拔四五千米的天路，闭着眼睛，开始幻想觉拉的孩子模样，不知道见到他们的第一眼会是什么样呢？

想着想着，突然心里一阵发酸……

原来，这些孩子们要想见见外面的世界竟然是如此的艰难。同样，要实现一次看望孩子的过程，也要经受这么多的身心考验！越这么想，我就越庆幸来西藏的决定。能够为这些孩子做点什么，无论对谁，都是终生的幸事！

——观晟科技　刘昕

在西藏的十多天中，我感觉这里充满了神秘与传奇，这里的蓝天与白云能净化我的心灵，山水之间无不带有仙灵之气。在西藏，一句扎西德勒，一条洁白的哈达，一杯热气腾腾的酥油茶，都是藏民对我们崇高的敬意。有人云：一生至少要去一次西藏！我认为一生至少要去两次，第二次得去把遗失在西藏的灵魂找回来，把神山圣水珍藏在心里，把与人为善践行在日常生活中……

感恩这次人生不一样的旅行！

——高邮"太阳雨"协会　李晓莉

中学时代学过的一篇课文——《拉萨的天空》,说"伸出手就能摸到蓝天,掬一捧蓝天可以洗脸"。从那时起,我的人生就多了一个西藏梦。这一次"太阳雨"为我插上了梦想的翅膀,我摸到了西藏的雪山碧水,触到了西藏的蓝天白云,更有所触动的是藏民们对信仰的虔诚与执着,和孩子们星辰大海一样纯净的眼神,那令人动容的眼神,我想我会终生难忘。

常有人感叹,人生必去一次西藏,不仅因为其绝美的风景,更因其洗涤人灵魂的信仰。当五色风马旗在身畔猎猎飘扬的时候,当佛鼓嗡咚咚敲响的时候,当南迦巴瓦峰下清风送走铃音的时候,当两所完全小学的孩子们伸出黑黑的小手,跟志愿者告别的时候,善感却又羞于释放情感的我,总是忍不住一次次地泪湿眼眶。那些时刻,跨越了一切俗世纷扰,终将永远定格在了我的记忆中。

——华电仪征热电公司　周海燕

在金秋的季节,我们太阳雨爱心志愿者团队的代表,沿着胡永飞烈士的足迹,来到错那这座边陲县城。随着山路的起伏,我们的心情也是忐忑的……

抵达曲卓木乡完小和觉拉乡完小,我们感受到了地方领导、师生的热情,我们接受了美丽的哈达。在那里,我们参加了"胡永飞爱心书屋"的揭牌,给孩子们送去了助学金、奖学金以及冬装,给优秀教师们送去了"园丁奖"。师生们和我们志愿者进行了互动文艺汇演。

此次西藏助学之行,让我感受最深的是,虽然错那县地处边陲,山路崎岖,交通不便,但是政府给予了学校很多关怀,孩子们在学校的生活是幸福的。"太阳雨"资助的孩子们,大多是来自单亲家庭,和祖辈在一起生活的困境儿童,生活相对贫困。通过与他们的交谈,孩子们从被动的问答到主动交流,都露出了对知识的渴望和对外面世界的向往。分别时孩子们喊着"扬州的叔叔阿姨再见"的依依不舍,使我们热泪盈眶。

我想,"胡永飞爱心书屋"的设立,将给这些孩子增长知识,开阔眼界提供了"精神食粮"。我们也期待孩子和老师们早日走出大山,走进扬州,我们"太阳雨"愿做其中的一座桥梁……

——馨苑花艺　朱也冬

2020年9月,我跟随太阳雨爱心志愿者团队第一次踏上了西藏的土地。湛蓝的天空,棉花糖般的云朵,藏民和孩子们朴实的脸庞,便深深刻在了我的心上。

作为一名母亲,对于周忠燕将丈夫牺牲的事情对孩子隐瞒10年,而感同身受,那是需要多大的勇气和决心。就像周忠燕说的那样,胡永飞将自己的魂永远地留在了错那,然后他的精神却留在了我们心中。当我们驱车来到胡永飞牺牲地勒布沟,天气突然变得异常,停电、下雨,仿佛在告诉我们什么……我的脑海中反复出现的是一幅幅年轻军人为掩护战友,而牺牲自己的画面。

来之前其实已经给自己做了心理功课,但是真正来到错那两所小学的时候,我的内心还是不能自控。当看到孩子们脸上挂着特别温暖的微笑迎接我们的时候,我的心一下子融化在美丽的格桑花里。

一个下午在学校,我们与孩子们一起庆祝国庆71周年,孩子们的表演很精彩,也许同我们的孩子比起来不算什么,但错那的孩子们已经将他们最美好的展示给了我们,当孩子们给我围上哈达的时候,我流泪了。那一刻,我更加意识到了这里的孩子更需要我们的关爱。相聚的时间总是那么短暂,捐赠仪式和文艺演出之后,我们就要离开了。以前总在电视剧里看到的情节发生了,孩子从体育馆追着跑出来,跑着喊着"叔叔阿姨再见",看到的是一双双单纯的眼睛,一只只黑黑的粗糙的小手,大家都控制不住泪水,这些天的辛劳也都在泪水中融化了,可是"再见"两个字却怎么也说不出来了。我们希望下一年能够有更多的志愿者结伴来错那县,一起带着这群有着格桑花梦想的孩子们走出大山,让爱延续,让胡永飞烈士的精神永存!

再见,错那!我会再来!

——观晟科技　高洁

从曲桌木乡去觉拉乡有大段的土石路,颠簸得厉害。山高、天蓝、水清,美丽的景色,交通却不便利,这里的师生几个星期才能回一趟家,高原地带蔬菜稀少,相比内地,各方面的条件都不够好,而孩子们眼神是纯真的,老师的脸上始终舒展祥和,不见浮躁。

在与觉拉乡完小联欢过程中,我和六年级的孩子们聊天、猜谜语,分别时,他们不停地朝我挥手道别,满脸是对我们的离开依依不舍,让我们一行人为之动容。

回到了扬州,那些孩子的眼神也被带回了,难以忘怀!

——仪征化纤公司　袁平华

2020是不平凡的一年,这一年经历了太多的不寻常!对我而言,最难忘最有意义的就是:有缘并幸运地跟随太阳雨爱心志愿者团队来到了纯洁而神秘、令人无限向往的西藏,看望并助学错那县的32名贫困学生。

前往错那的天路崎岖而险阻,数座五千多米高的大山最易引起高反与不适,但无论怎样的困难都无法阻挡我们爱的脚步。当我们受到了学校师生的最高礼遇,当看到孩子们纯真质朴的面庞,我似乎找到了存在的价值。我看到女儿结对的巴桑卓嘎小同学,她长高了,长大了,聪明懂事上进,让人感到很欣慰。可她单薄瘦弱的身体,腼腆羞涩的笑容,又让人很心疼!女儿在加拿大深夜的两点多钟和她视频,给她祝福和鼓励,并答应有机会一定来看望她。

快乐的时光太短暂,分别来得那么快,看着文静的小卓嘎以及这些可爱的孩子们，眼泪一次次模糊了双眼，我们说不出"再见"，只有在心里默默地祝福——孩子们一切都好！

在西藏，有一种信仰叫一生朝拜。在我们的心中，这种信仰化作与人为善，给人温暖，心怀感恩！愿这种爱世代相传！愿用有限的精力，帮助那些需要帮助的人。

——华电扬州发电公司　刘莉

……

坐在拉萨飞往扬州的飞机上，朱峻松从窗口俯瞰高原，陷入思考。他惊叹大自然造物的神奇：漠风如沙砾，打磨出山的壮阔；流水似刻刀，雕刻出山的褶皱。"太阳雨"志愿者是什么呢？这些胸怀宽广、上善若水的人们，胸中永远揣着一团火，做公益献爱心，并非职业，出于热爱，以他们特有的善良、温暖和坚韧，沿着英雄的足迹接续前行，走上雪域圣地，不仅中和、消解着高原环境的严酷，而且参与了对新时代藏童的塑造，画出了民族团结的同心圆。

一位高原老师突然病故之后……

一

5月的古城扬州,草长莺飞,燕语鸠鸣。还没有来得及好好享受温暖的春光,夏日的风已从远方徐徐而来。微风掠过,平坦的麦田里翻卷着阵阵金色的麦浪;夜晚的月光下,青蛙在不知疲倦地歌唱;树枝头上,黄灿灿的枇杷,红彤彤的石榴花,白又洁的广玉兰……竞相炫耀,一片大好的初夏时光。

2022年5月下旬,太阳雨爱心志愿者团队总召集人朱峻松,收到湖北仙桃市职业学院大三(1909)班学生米玛次仁从家乡西藏山南市发来的一封汇报信。

敬爱的扬州太阳雨爱心志愿者团队的叔叔阿姨们:

你们好!

我叫米玛次仁,是西藏山南市的一名大学生。2020年11月23日,对我们家来说,是灾难的一天,我的父亲——曲卓木完全小学的一名教师,突发心梗,永远离开了我们。父亲在祖国高寒边境线上的山村小学教书育人22年,是学校的教学骨干,更是我们家里的顶梁柱。他突然走了,我家的天也塌了,本来经济条件就不怎么好的家里更是雪上加霜。我的妈妈继续在市里一家单位食堂打工做事挣钱,供我和妹妹读书,家里日子过得紧巴巴的。去年夏天,通过曲卓木完全小学的领导，我家收到了扬州太阳雨爱心志愿者团队捐助的2万元钱，解决了我和妹妹上学的燃眉之急。妈妈经常抹着眼泪对我和妹妹说："'太阳雨'志愿者都是好心人啊，你们千万不能辜负人家的一片热心，一定要用功读书，踏实做人。"

因为有你们好心人的关心和帮助，现在我们一家子的日子过得还不错，我们家安在了山南市，妈妈继续在人家食堂当临时工，主要负责切菜、打扫卫生等工作，从早上6点起床上班，到晚上8点左右下班，非常辛苦。妈妈说："远在扬州的好心人都这样帮助我们家，我多吃点苦不算啥。"

我的妹妹今年上高三，就读于山南市第二高级中学，她报名了内地的代培班，被武汉西藏中学录取。因为她的学校对学习抓得紧、管得严，一般不会放假，去年我到武汉去看望过她一次。按规定，妹妹上个月从武汉回到山南市第二高级中学读书。她一直跟我说，以后想成为一名像爸爸那样在基层教书的老师，所以她始终在勤奋学习，朝着自己的梦想努力，学习成绩一般保持在班级的前五名，其他各个方面也都特别优秀。我会督促她继续好好学习，教导她将来要成为对社会有用的人。

我就读于湖北省仙桃市职生学院，所学的专生是临床医学，在去年7月来山南市人民医院实习10个月，现在实习结束了。我今年夏天就要毕业了，准备参加西藏自治区事业单位E类考试，考上后到基层卫生院工作，所以，我现在每天在家上网课刷题，认真备考，努力成为一名对国家建设有用、为家乡藏区群众救死扶伤的好医生。对我家来说，"难"已经成了一种常态，也是一种锻炼。我和妹妹决不会辜负你们的帮助和期望，只争朝夕，不负韶华，努力学习，早日成才。

习近平总书记多次强调，要牢固树立"中华民族共同体意识""中华民族一家亲"，我们家是最大的受益者，沐浴着温暖的"太阳雨"。在这里，我代表我们全家怀着激动的心情，向你们表示衷心的感谢。

　　生活不会辜负每一个努力奋进的人。现在，我和妹妹就是要心无旁骛、努力学习，毕业走上社会后，一定要弘扬和传承你们太阳雨爱心志愿者团队的高尚精神，活成一道微光，让生命迎难而上越发坚强，强化社会责任心，回馈反哺社会，无私帮助社会上需要帮助的人，让世界充满温馨的爱，让社会变成更加美好的人间！

　　……

米玛次仁
2022 年 5 月 20 日

　　千里鸿雁传真情，短短信笺表感恩。汇报信带着米玛次仁全家人的温度和思念，跨过千山万水，从奔腾的娘姆江曲飞到了悠悠古运河畔。

二

　　2021 年 4 月 18 日，繁花似锦，春满扬城。正在合肥一所学校交流代职的西藏错那县曲卓木完全小学洛桑次仁校长，专程来到扬州，祭奠安葬在高邮烈士陵园的胡永飞烈士，看望"最美军嫂"周忠燕，同时也参加太阳雨爱心志愿者团队年会。其间，向"太阳雨"团队的同志谈起了突然病故的次仁欧珠老师家的困难情况，希望得到爱心人士的帮助。

　　刚刚 45 岁的次仁欧珠，是曲卓木完全小学的老师，在高原山村小学执教已经 22 年了，是一名优秀的教学骨中，很受学生的喜欢和尊敬。2020 年 11 月 21 日，次仁欧珠老师在前往错那县教育局的路上，疑似突发心肌梗塞，不幸去世，永远倒在了高原雪路上。学生失去了一位好老师，家里倒塌了一根顶梁柱。次仁欧珠老师的妻子次仁格桑，在山南市一个单位的食堂打杂工，每月工资2800元，需要供养两个上大学上高中的儿女，以及年迈的老母亲。可想而知，这家人的生活一下子跌入了深渊。学校领导十分同情次仁欧珠老师家的境况，专门以学校名义向山南市人社局申报了工伤保险，但次仁欧珠老师的情况不符合工伤理赔的条件。无奈，学校领导只好另想办法，寻求援助渠道。这不，洛桑次仁校长首先想到了相隔4000多公里，与学校困境学生建立帮扶结对关系的扬州太阳雨爱心志愿者团队的志愿者们。

洛桑次仁校长在口头向"太阳雨"团队的同志，介绍了次仁欧珠老师家的特殊困难后，曲卓木完全小学又给"太阳雨"团队发来了书面申请函，申请函最后一段这样写道：我们坚信，在"太阳雨"爱心团队的帮助下，次仁格桑家庭会尽快走出短暂的困难，感受到中华大家庭的温暖，会进一步提升民族大团结的温度，增强各民族之间的交往、交流、交融。

几乎与此同时，"太阳雨"志愿者也看到一位援藏干部撰写的关于怀念次仁欧珠老师的公众号。这位援藏男干部叫张和，是安徽省马鞍山市含山县教师进修学校的副校长，现任错那县教育局副局长，他于2019年7月到错那工作，计划支边3年。张和的心脏不是很好，有高血压毛病，次仁欧珠老师的突然病故，对他触动很大，令他感慨颇多。

援藏期间，张和一直坚持用手中的笔，真实地记录工作生活、所见所闻、所思所想，这是他"错那记事"第58篇的内容：

错那的冬天，比内地至少要早来了两个月；忙碌的人，内心却总是火热的。

2020年11月23日，错那最高气温0℃，最低气温-15℃。因为要迎接西藏自治区学校贯彻落实素质教育情况督查，我比平时上班提前半个小时，踩着嘎嘣作响的冰碴，准备前往曲卓木小学查看准备情况。

在西藏待得久了，身为一名语文老师，我竟想不出用什么词来描述身处的这块巍峨的冰天雪地。雪后冰川映衬下的天，碧空如洗；远处的群山，真的有如伟人笔下的"山舞银蛇，原驰蜡象"那般厚重；只是那低垂的白云，既没有地面的雪白又不如远处奔驰的群山那般无可替代。车子滑行在这茫茫的冰雪上面，也是精灵一般的存在：它一路左右摇摆飘逸着轻灵的腰身，我竟然没有初到西藏时那灵魂出窍的惊恐。我想，融入，大概就是这般感觉吧。

因为车上只有两个人，平时寡言的边巴师傅这时也偶尔和我聊起天来。说到我包片的曲卓木学区，我也有说不完的话语。但是车子爬行过程中，竟然听闻前一天有位老师在这条山路上，突发疾病，离开了我们。我心里一阵揪痛，无暇顾及这崇山峻岭间的盘旋，心里涌起的百感交集，无可言状。

到了学校，我来不及检查学校迎接督查的准备情况，便拉着校长和书记，想要问问这位过世教师的情况。11月22日，这位名叫次仁欧珠的老师去往县城教育局参加职称评定工作，在低压高寒缺氧的山路上（这里海拔5061米），突感身体不适（疑似心肌梗塞），没有来得及送医院，便永远地告别了我们。

胸口史无前例地闷得慌，喘不过气来。虽说进藏以后，不是第一次听闻这样的不幸，但毕竟10月底我们还在一起同耕同息了一周的时间。多么憨厚的一位老哥，才45岁就这么走了，我一时无法从悲痛中走出来。千里黄云白日曛，北风吹雁雪纷纷。莫愁前路无知己，天下谁人不识君。

不知是否有点兔死狐悲物伤其类，但任凭怎么自励，我在曲卓木孤冷的北风萧瑟中，怎么也找不到"埋骨何须桑梓地，人生无处不青山"的壮志豪情。

哪有什么岁月静好，只不过有人替你负重前行。这个冬天，我和友朋们竭力抒写"暖小手"的爱心童话，却不料这一双大手倒在了雪域冰碴上。扎紧内心的伤口，我在六人组的群内转发了不幸的信息，提醒援藏的朋友，务必谨慎对待身体不适，不能让悲剧再次上演。

祭次仁欧珠

如日中天的年华
上有老下有小的生命重托
一直耕耘在海拔 4000 多米的雪域高原
一支粉笔
三尺讲台

干着临时工作的妻子
尚在上大二的儿子、读高二的女儿
二十余年，45 岁
你一路走来
却不幸倒在了人生攀登的路上

假如没有倒下
你会并肩和我们接力祖国边疆的教育事业
假如没有倒下
你会续写耕耘杏坛的不朽功绩
假如没有倒下
你会续写奉献雪域的壮丽篇章
但刺骨的寒风告知生命没有重来

拿日雍措洒热血
热玛拉山祭忠魂

雪域高原会铭记
你从雪域高原来
纵然魂魄归天
也要飞回
做一只"康巴雄鹰"

来年
盛开的格桑是你心愿的绽放
圣洁的雪莲是你使命的永恒

愿你
眸有星辰
心有河山
以梦为马
不负高原
……

看了张和这篇公众号上的纪念文章，很多读者洒下了热泪，留下了一条条发自肺腑的感言：

你无悔的青春献给边境教育，边境人民会记得你的付出！愿你一路走好！

你从雪域高原来，纵然魂魄归天，也要飞回，做一只"康巴雄鹰"！天的深情，地的厚爱！愿已故老师安息！

"星河暗淡冷月扬，归晚堪怜生计忙；但见同行追梦客，何须自扰道沧桑。"这世上从不缺少逐梦的人，更有无数无私奉献、默默无闻的人在负重前行！愿明天更好，天下无殇！——一位老师同行的留言，且作自省。

用脆弱的躯体，书写灵魂的壮阔！愿你一路走好！

边境人民永远记得您！愿天堂里没有低压、高寒、缺氧和高海拔！

……

三

这年，正值中国共产党成立100周年，也是西藏和平解放70周年。得知次仁欧珠老师家的不幸后，"太阳雨"志愿者的内心都很沉重，无法淡定，他们坐不住了。负责牵头西藏助学活动的太阳雨周忠燕巾帼志愿服务队，她们的队标LOGO是采用剪纸石榴的圆形图案，意为本服务队的特色是做民族团结交流志愿服务的，其宗旨是交往、交流、交融。她们表示，将尽其所能帮扶米玛次仁兄妹，直至学业全部完成，用实际行动谱写民族团结交流的和谐之歌。于是，当即决定发起爱心结对帮扶，每年捐助次仁欧珠老师家2万元助学金，直至两个孩子学业有成。

数千公里结亲，跨越山海，心手相牵！"太阳雨"爱心涌动……

5月20日，一个特别有爱的日子。很多年轻人选择这一天，向恋人表达爱意、领结婚证、送鲜花、送巧克力、聚餐等，但太阳雨周忠燕巾帼志愿服务队，把这一天献给了远方高原上那个不久前遇到灾难的普通老师的家庭。他们先在"太阳雨"团队公众号上转发了援藏干部张和写的那篇纪念文章，让众多志愿者了解次仁欧珠老师家的情况，然后发出捐赠倡议。

捐赠倡议一发出，平静的水面就迅速激起层层涟漪。扬州大学音乐学院的钢琴老师陈灏，是一个大爱之人，她一直在结对帮扶西藏高原的孩子。看到这则倡议后，她在第一时间首先响应。她在微信群里留言说："想想在高原上工作的老师，多不容易啊！作为一名老师，我想尽一点微薄之力。愿天堂没有病痛，没有缺氧……"

"都是老师，我深同感受。相比之下，我们在内地的工作、学习环境要好多了，我想帮帮次仁欧珠老师家的孩子。"江苏省优秀共青团干部、高邮的何芳老师，是从朋友圈中看到这个消息的，于是，她就主动联系上了"太阳雨"团队的总召集人朱峻松。

苏北人民医院护士长凡国华，通过医院血液科护士长、"太阳雨"志愿者余菊介绍，刚加入太阳雨爱心志愿者团队不久，她便毫不犹豫地加入捐赠者的行列。

胡永飞烈士的高中同学、高邮民营企业者陈秋，看到倡议后积极捐赠，他感慨地说："胡永飞烈士是我们班同学的骄傲和楷模，他把生命献给了第二故乡错那县，念着这份同学情、高原情，我也要捐赠，这样心里才安。"

全国劳动模范、江都区环卫工人陈鹂，她的儿子是一名军人，她从朱峻松的朋友圈看到这则捐赠倡议后，主动联系"太阳雨"团队，说要代表儿子一起向次仁欧珠老师家捐赠1000元，帮帮这个困难的家庭。要知道，陈鹂并不是"太阳雨"志愿者，她的行为完全是内心使然。

同样，扬州市"三八红旗手"、85岁的老党员高月珍，她是朱峻松的母亲。她和儿子拥有一样的爱心，当她听说次仁欧珠老师家的境况后，老泪纵横，连声说道："老天不公啊，这一家子人要受苦了！我看了心里实在不好受。"高月珍老人从自己并不多的退休工资中捐出了1000元。

……

太阳雨周忠燕巾帼志愿服务队率先捐赠2000元，紧接着，朱庆成、孙新霞、李晓兵、尤文宾、何芳、王效青、高月珍、陈宝蓉、仇爱华、刁明雪、吉益干、李勇、凡国华、万洪亮、杨镇、陈秋、夏悦、陈鹂（陈云翔）、朱西尧（陈灏）等19人，各自捐赠1000元。他们中有的是父子、母子联合捐赠，这是爱心的辐射和传承。

很快，2万元捐赠款就凑齐了。"太阳雨"志愿者再一次用实际行动诠释了扬州大爱之城的魅力！

赠人玫瑰，手留余香！

2021年7月25日，曲卓木完全小学校长洛桑次仁、党支部书记扎西顿珠，捧着"太阳雨"志愿者捐赠的2万元爱心款，来到已经病故的山南市次仁欧珠老师的家中，看望和慰问老师遗孀次仁格桑和在读大学的儿子米玛次仁、就读高中的女儿格桑拉姆。次仁格桑接过厚实实的大信封，低着头，忍不住泪水直流，嘴里重复地说着："扬州人真是大好人啊，他们都是普萨心肠，好人一定会有好报。扎西德勒！"

学校领导向他们全家详细介绍了太阳雨爱心志愿者团队的情况，并告诉他们"太阳雨"团队的长期爱心帮扶计划：每年为两个孩子捐赠助学金2万元，直到兄妹俩大学毕业、走上工作岗位。

当处在困难和痛苦深处的一家三口，知道一直有人在为他们着想奔波，更有如此庞大的爱心队伍为他们家带来经济上的资助、生活上的关心和精神上的支持时，母子三人伴随着感动的泪水，道出了千万个"谢"字。遗孀次仁格桑擦干眼泪，对校长、书记说，因为有学校领导的重视及扬州"太阳雨"爱心人士的关心支持，她感到自己有力量了，更加坚定了把两个孩子培养成对社会有用人才的信心。

接着妈妈的话，儿子米玛次仁和女儿格桑拉姆也纷纷表示，永远不会忘记来自扬州"太阳雨"爱心人士的关心之情，趁现在年轻一定好好学习，将来努力成为合格的美丽西藏建设者和社会主义接班人。兄妹俩许下诺言，一定把扬州"太阳雨"爱心人士的善举传承和发扬下去，以后走上工作岗位拿工资了，也要像"太阳雨"团队的叔叔阿姨那样，尽自己的能力，去帮助那些需要帮助的人们。

岁月在静静流淌，甘甜的"太阳雨"悄无声息地滋润着雪域高原山南市这户普通而又特殊的人家，浓郁的烟火气息重又萦绕在这个家里。

一晃两年就过去了，"太阳雨"志愿者按照制订好的计划，每年都会把为这一家子落实捐赠的事，提上议事日程，他们又马不停蹄地忙碌开了……

"我是小小石榴籽"

9月的大地，秋风送爽，一只只圆润、光洁、粉红色的石榴，已经成熟了，像小灯笼似的挂满枝头。

解放军某部政治部主任孙克勤大校，应"太阳雨"志愿者团队总召集人朱峻松的邀请，准备为扬州育才教育集团与西藏错那曲卓木完全小学学生结对书信集——《我是小小石榴籽》作序。孙克勤坐在石榴树下，慢慢剥开一只比拳头大一些的石榴，一边把一粒粒彤红、饱满、甜美的石榴籽送进嘴里品味，一边阅读扬州和错那两地小学生互通的一封封情真意切的书信，眼前浮现出一张张小朋友稚嫩可爱的脸庞，他们多像一粒粒晶莹剔透的小小石榴籽啊！

石榴，中国传统文化视为吉祥物，多子多福的象征，恰如中华民族大家庭的多民族特色。石榴果成熟后，多室多子，粒粒饱满，颗颗相抱，"千子同一""千房同膜"，正如我国56个民族紧密团结在一起。习近平总书记用"像石榴籽紧紧抱在一起"来比喻各民族团结，是多么形象贴切、寓意深刻、饱含期望、意境深远啊！

西藏是祖国的宝地，党和国家历来高度重视西藏边疆地区的建设和发展。在孙克勤的脑海里，一直清晰地记着这一组悲壮的数字：1959年以来，我国在保卫西藏、建设西藏的过程中，共有一万多名烈士永远地长眠在了雪域高原；人民解放军进藏至今，已有6700多名官兵把生命献给了这片圣洁的土地，身躯化成了永恒的山脉，竖起永不褪色的丰碑，将忠魂永远镌刻在雪山之巅。光荣献身在第二故乡——

西藏错那县的扬州高邮籍烈士胡永飞，就是众多牺牲官兵中的一员。

一方水土养一方人。孙克勤身为一名军人，同时也是一位军旅作家，扬州是他可爱的家乡，悠悠古运河水涵养滋润了他那颗忧思国防、执笔为民的大爱之心。革命烈士胡永飞、烈士遗孀周忠燕，是中国军人家庭的杰出代表，他们一家人身上所表现出来的革命英雄主义精神和家国情怀，深深感染着孙克勤，近几年，他一直在以敏锐而温情的目光关注这个特殊的军人家庭。

2020年春天以来，孙克勤着手采写一部讲述胡永飞、周忠燕一家子感人故事的长篇报告文学。因为周忠燕是"太阳雨"团队的爱心志愿者，所以孙克勤在采访过程中，结交了很多有爱心、有情怀的"太阳雨"志愿者，他也自然成了这次藏汉两地小学生互通书信活动的参与者和见证人。

2021年4月中旬，空气中飘溢着浓浓的清明气息。错那县乡村振兴局副局长苗涛涛、错那县曲卓木乡完全小学校长洛桑次仁，手捧鲜花和哈达，来到高邮革命烈士陵园，祭扫戍边英雄胡永飞烈士陵墓，表达藏区人民对英雄的思念之情。

太阳雨爱心志愿者团队开展的"格桑花计划"，主要是志愿者对雪域高原家境困难的学生实施的爱心帮扶行动。那段时间，"太阳雨"团队召集人朱峻松和周忠燕一直在商量，用一条什么样的纽带把扬州和错那的小学生联结起来？他们趁着苗涛涛副局长和洛桑次仁校长到扬州的机会，把扬州市育才教育集团副总校长、扬州市工人新村小学校长高峰龄，约出来见面商量。

这年，喜逢伟大的中国共产党成立100周年，西藏和平解放70周年。在这激动人心的时刻，几个有情怀的人坐在一起，你三言，我两语，情感闸门一打开，思想一碰撞，火花迅即被点燃。那一晚，在爱心村小小的办公室里，几杯清茶、几颗火热的心，相伴了很久，直到午夜。激情飞扬在春天的夜色中，灵感汇聚在温暖的小屋里。

他们反复合计斟酌，最终拿出了具体的系列结对方案，首先在藏汉两所小学之间举办以"家乡情、两地书、颂党恩"为主题的手拉手书信结对活动，三至六年级的学生参加，这9个字一目了然，通俗好懂，把书信的目的、形式、要求讲得很清楚，旨在通过书信互通的形式，搭建沟通桥梁，增进彼此了解，增加双方交流，互诉心声，共话成长，扣准人生第一粒扣子，为促进民族团结打牢少年的情感思想基础。

高峰龄和洛桑次仁两位校长，分头回到学校一宣传发动，学生们的写信热情迅即高涨，纷纷拿起笔来跃跃欲试。很多老师和家长也被学生们的情绪感染了，主动给学生讲述故事、热心指导，一股写信热潮在藏汉两地的校园涌动。

千里鸿雁传真情，页页书信寄童心。6月上旬，芒种时节，石榴花开红似火的时候，一封封书信带着扬州小学生的思念，飞越千山，来到喜马拉雅山下；一封封回信带着错那同学们的温度，跨过万水，邮递到古运河畔。封封书信牵起苏藏两地学子的友情，书信中他们介绍党的基本理论知识，讲述家乡的风土人情、景点美食、红色故事，字里行间流露出来自远方的祝福，让藏汉民族友谊之花在雪域高原和苏中大地绚丽绽放。每一页写满稚嫩童心的信笺，每一颗饱含梦想的种子，都丰盈了仲夏时光。

滚烫的文字从两地小学生略显稚嫩的笔尖汨汨流淌出来。这是扬州市育才教育集团育才小学五（6）班女生黄子纯，写给曲卓木完全小学学生的信：

扎西德勒！

虽然我们相距很远、民族不同，但我和你一样生活在美丽富饶的中华大地，都是中国这个大家庭的一分子，就像一个大石榴里的籽，骨肉相连紧紧融粘在一起。藏族小哥哥丁真说："外面的世界很大，但我还是最爱我的家乡。"我也是这么认为的,我的家乡扬州,可能没有你的家乡地方大,也没有辽阔无垠的壮美高原,但我们这里十分秀美,我就来给你介绍一下吧。

……

今年是中国共产党100岁生日,我的爸爸妈妈都是中共党员,每天晚上我在写作业的时候,他们就在复习党史,看"学习强国",他们还给我讲革命先烈的故事呢。你看过电影《红岩》吗?电影里的许云峰、齐晓轩的原型人物,就是我们家乡的许晓轩烈士,许晓轩从1940年5月起,被国民党特务关押九年半,1949年11月殉难于重庆白公馆集中营,年仅34岁。他们被丧心病狂的特务关在黑牢里,牢里没有窗户,是看不见希望的孤寂的地狱。在那样恶劣的环境下,许晓轩不退缩、无畏惧,用自己的双手给同志们挖出了一条通道,自己却在自由前夕牺牲了。我忍不住想,如果我被关在那样的地方,没有亲人和朋友,还每天被毒打,我会怎样呢?可能会每天大哭吧!

妈妈说,我们要领悟到今天美好的幸福生活来之不易,是无数革命先烈用生命和鲜血换来的。我们生活在社会主义新中国,不愁吃不愁穿,在党的阳光雨露下,像盛开的朵朵鲜花,茁壮成长,愉快地生活。所以,我们要懂得珍惜,要学会感恩,为中华崛起而读书。

亲爱的藏族小伙伴,你我"同在蓝天下,共饮长江水,你在三江源,我在长江尾"。美丽的扬州欢迎你们来做客!对了,你也有丁真哥哥那样的小白马吗?你每天都会骑着它去上学吗?期待你来信告诉我你的故事哦!

祝学习进步,每天开心!

5月底,带着扬州小学生款款厚意的119封书信寄往雪域高原。6月14日端午节这天,扬州小学生纷纷收到了一封封飞越4000多公里、海拔4300多米的错那县曲卓木完全小学学生的回信。

这是曲卓木完全小学四（2）班女学生白玛玉珍，写给育才小学四（2）班学生高颖湄的回信：

你好！

很高兴收到了你的来信，虽然我们相隔遥远未曾相见，但我愿以一颗真诚的心与你交朋友。我在你信里了解到，你生活的城市和你的爱好。我也喜欢交朋友，我特别期待你到我家乡来玩。我的家乡有很有名的千年古树沙棘林，还有温泉，雪山更是围绕着整个家乡。我们这里冬天有些冷，可夏天就特别凉爽，所以外地的客人都喜欢选择夏天来旅游，我家乡的美食有纯天然的糌粑、酥油茶、酸奶，还有人参果。

糌粑是我们民族传统主食之一，它是将青稞洗净、晾干、炒熟后磨成面粉，使用时用少量的酥油茶、奶渣、白糖等搅拌均匀，用手捏成团即可。它不仅便于携带和储藏，出门只要怀揣一个木碗，腰间束上一个糌粑口袋就 OK 啦。我这么一说，你肯定想吃吧，等你以后有机会来时，一定请你尝尝。

对了，你在信中讲到今年是伟大的中国共产党成立 100 周年这件盛事，共产党带领中国人民摧毁了一个旧世界，建设了一个全新的世界。听我奶奶说，她以前上学时的教室又破又烂，根本没有我们现在的教室那么明亮、豪华，那时候连平整的道路也没有，爷爷奶奶的吃喝穿戴都发愁，我们现在是要啥有啥，今天的幸福生活来之不易啊，所以我们一定要好好珍惜美好的幸福生活，勤奋学习，天天向上。

藏汉情深何忍别，天涯碧草话斜阳。"期待两地的孩子相聚喜马拉雅山下，约会在瘦西湖畔，共叙民族亲情，共襄教育盛举，携手并进，共同谱写中国基础教育的新篇章。"高峰龄校长站在一个较高的角度，满怀希望地说。

这次互通书信活动，持续进行了两个多月，一株株芽苗从童心萌发，一只只鸿雁在空中擦肩交会，藏汉两地小学生互通书信160封，"太阳雨"公众号每隔两三天就编发一期，每次选发几封小学生的书信，就像播放电视连续剧，不光是小学生爱读，众多成人志愿者也是追剧迷，他们一颗颗火热的心，跟随一篇篇稚嫩活跃的文字，飞向了堆积在半空中的雪域高原，飞向了中印边境线上的山村小学，飞向了错那县的千年古树沙棘林……

书信是互通的，交流是双向的。如何让这些信件发挥最佳社会效益，让藏汉两地的小学生乃至成年人通过书信走进对方家乡，了解彼此生活日常，从而浓稠情感浆液？组织这一活动的团队经过商量，决定从全部信件中精选40封，汇编印刷成精美的书信集，在扬州市和错那县的学校、党政机关广为发放、赠送，让书信集成为加强两地深度交流的窗口和媒介。

给书信集起一个什么既形象好看又端庄大气的名字呢？微信群里，大家七嘴八舌，拟起了好几个名字，但总觉得味道不够浓，色彩不够亮，还欠一把火。孙克勤大校长期在部队从事思想政治工作，看起来一个小小的书信集名，但也让他陷入了深深的思考。这个集名，既要寓意深刻，又不能板着面孔；既要灿烂童真，又不能轻浮低俗；既要藏汉交融，更要有较高站位。这是大家的标准，也是孙克勤的追求。经过两三天的琢磨推敲，孙克勤亮出了"我是小小石榴籽"。这个集名在微信群里一发出来，几个人同声叫好。

为了提升这本书信集的档次和品质，朱峻松想邀请中国书法家协会理事、江苏省书法家协会副主席、南京市书法家协会主席、扬州籍著名军旅书法家谢少承先生题写书名。谢少承是孙克勤的战友加好朋友，孙克勤刚转达这一请求时，谢少承并没有马上答应。当他耐着性子认真听完太阳雨爱心志愿者团队的大致情况，特别是听说"太阳雨"团队为了资助雪域高原的困境学子完成学业所做出的巨大奉献后，被深深打动了。

"艺术就是为人民大众服务的，我现在外地出差，两天后回到南京，我就给你们写。"谢少承愉快地发话了。没出一个星期，"太阳雨"团队便收到了出自名家之手的墨宝——"我是小小石榴籽"。

与此同时，为了写好这本书信集的"序"，不负"全军优秀党务工作者"的盛誉，不负藏汉两地小学生一双双清澈明亮的眼睛，孙克勤也是下足了功夫。他抽出整块的时间，反复通读一封封带着炽热童心和情感的书信，从中总结归纳出了以下4个特点：

——加深了藏汉学子的友谊，把民族团结的种子植进了少年心中。每个学生都在信上做了热情的自我介绍，向对方献上真诚的祝福。通过书信交往，藏汉学生从陌生走向熟悉，最后成为好朋友，两族学生的感情日益加深，对促进民族融合、民族团结奠定了良好的基础。2021年7月底扬州突发严重疫情，错那县曲卓木完全小学给扬州育才教育集团发来了慰问信，这正是藏汉两族人民深情厚谊的体现。

——介绍了扬州和山南错那的风土人情，对促进藏汉民族文化的交流发挥了作用。同学们在信中把自己的家乡推介给对方，宣传家乡的发展。比如扬州同学在信中介绍了瘦西湖、东关街、扬州炒饭、淮扬菜等富有地方特色的美景美食，错那同学在信中介绍了沙棘林、温泉、糌粑、喝酥油茶等富有西藏特色的美景美食，带着远方的同学先在多彩的文字上游览了一回。这些对于促进藏汉民族文化交流，增强文化认同具有积极作用。

——讲好红色故事，唱响感恩先烈、感恩党、感恩国家的主旋律。两地同学们在信中互相介绍学习党史的情况，讲述家乡先辈们的红色经典故事，如：江上青、曹起潜、朱自清、孔繁森、平措汪杰、卓嘎央宗姐妹等，深切地感受到现在的幸福生活来之不易，是革命先烈的鲜血换来的，是党和国家给予的，应该感恩先烈、感恩党、感恩国家，坚定了永远跟党走的信念。

——字里行间洋溢着童真童趣，展现了当代少年蓬勃向上、积极进取的精神风貌。从同学们稍显稚嫩的话语中，可以感受到他们爱党、爱国、爱家乡、爱生活的真情，从小树立正确的人生观和价值观，美好的种子正在他们心中发芽，将来努力成为合格的社会主义建设者和接班人。

……

出自两位军中名家之手的书法题名和序言，为率真、纯朴、青涩的书信集，大大增加了厚重的亮色，可谓是锦上添花。

9月底，太阳雨爱心志愿者团队向国庆的献礼杰作《我是小小石榴籽》——扬州育才教育集团与西藏错那曲卓木完全小学学生结对书信集印制完成。国庆盛节的错那县城，"各民族要像石榴籽那样紧紧抱在一在""民族团结，从我做起""民族团结一家亲"等藏汉双语宣传标语随处可见，营造了抬头可见、随处可学的浓厚氛围。快递邮车载着散发出油墨芬芳的500册书信集，穿行在错那县城，驶往高原深处山村小学的"胡永飞爱心书屋"，赠送给曲卓木完全小学师生们。那一阵子，在扬州城大街小巷、在小学教室、在机关部门、在爱心驿站，《我是小小石榴籽》随处可见，人们争相传阅，赞不绝口，影响广泛，连"学习强国"平台也宣传报道了这一特有意义的活动。

扬州城的秋天，吹来一股清新的风。

在孩子们的心中，家乡是最美好的，孩子们用画笔描绘出的家乡也是最美的。2022年夏天，扬州市文艺创作研究会与扬州市育才教育集团、西藏错那县民族团结进步创建办公室、错那县教育局、扬州市邗江区太阳雨志愿者服务中心等单位，联合举办了"我的家乡美"小学生美术作品征集活动。让扬州和错那两地学生通过绘画，感受家乡之美，缅怀光辉历史，传承红色基因，增进两地情谊。

太阳雨爱心志愿者团队发起的这次美术作品征集，是扬州市文联学习宣传贯彻党的二十大精神文艺实践项目。活动得到了扬州市文联、扬州市妇联、错那县委县政府的专业指导和大力支持，以及两地学校的积极响应。活动历时3个月，共征集到500多幅美术作品，孩子们把心中完美的愿望、迷人的场景，都幻化成七彩画笔，在最美的年龄、最美的季节里种下了一树春花！藏汉两地学生们从孩童独特的视角，表达了对祖国、对家乡、对生活、对艺术的热爱和追求，展现了民族团结一家亲的和谐画卷。

经过组委会评委认真评选，分江苏扬州和西藏错那两个组别，从征集的绘画作品中共评选出一等奖17幅、二等奖29幅、三等奖45幅、优秀奖66幅，并从中精选出108幅美术作品，编印成《我的家乡美》画册。

每一幅美术作品，都像一扇清澈明朗的窗，透过这一扇扇散发童真气息的窗户，两地的小学生们都看到了4000公里外一道道遥远而又迷人的风景线。

瞧，西藏错那县曲卓木完全小学五（2）班学生普布拉姆的画作：左边画的是蓝天白云萦绕着雄伟的布达拉宫，右边画的是古城扬州连绵起伏的蜀岗丘陵和一座亭阁，绿树掩映着，一条弯弯曲曲的细长石桥，穿过雪山高原，穿过蓝天白云，连接起左右两边的建筑，如梦如幻，美若仙境，色彩非常丰富。

普布拉姆同学介绍，她的这幅画中，左右两组建筑代表了错那和扬州，两地之间架起了连心桥，藏汉友谊源远流长，两地学生手拉手心连心，共绘民族团结的同心圆。这幅作品理所当然地获得了一等奖。

看，这是扬州组一幅获得一等奖的绘画作品，出自扬州育才教育集团育才小学一（13）班王锦宸之手。画面的右上角，温暖的太阳照耀着多姿的五亭桥、白塔、文昌阁、东关古城门、中国大运河博物馆、祥云、仙鹤点缀其间，古城一派祥和气象；画面的左上角飘扬着鲜红的党旗，寓意着童心向党、祖国昌盛。

早在2014年5月底，习近平总书记在一次重要讲话中就强调，

"各民族要相互了解、相互尊重、相互包容、相互欣赏、相互学习、相互帮助，像石榴籽那样紧紧抱在一起"。2021年8月中旬，为了庆祝西藏和平解放70周年，习总书记在贺匾上题词"建设美丽幸福西藏 共圆伟大复兴梦想"。各民族只有"像石榴籽那样紧紧抱在一起"，中华民族这棵参天大树才能枝繁叶茂。只要大家一起行动起来，辛勤培育民族团结的石榴之树，定会结出颗满籽饱的石榴之果。

太阳雨爱心志愿者团队是一支敢于创新、勇于尝试、充满活力的队伍，近两年在藏汉两地小学生中举办的"家乡情、两地书、颂党恩"手拉手书信结对活动，以及"我的家乡美"小学生美术作品征集活动，都是有益的尝试，也是很好的载体，必将催生藏汉两地学校之间，开展更多有益的共建共育主题实践活动，谱写民族团结新篇章。

小学生是祖国的未来和希望，是最有生机和活力的种子，衷心祝愿每个小学生都成为一颗甜蜜的小小石榴籽！

两地同唱一首歌

一

……
党啊党啊　亲爱的党啊
您就像妈妈一样把我培养大
教育我爱祖国　鼓励我学文化
幸福的明天在向我招手
四化美景你描画
党啊党啊　亲爱的党啊
您的形象多么崇高伟大
党啊党啊　亲爱的党啊
您就是我最亲爱的妈妈
亲爱的妈妈

《党啊，亲爱的妈妈》，是20世纪80年代由龚爱书、余致迪作词，马殿银、周右谱曲，殷秀梅演唱的一首经典红色歌曲。歌词从写妈妈入手，将党比作妈妈，含辛茹苦地培养儿女成人，歌颂了党如母亲一样哺育中华儿女的崇高和伟大，唱出了人民群众的心声。在众多红色歌曲中，因旋律优美和词句朴实无华却饱含深情，而倍受群众喜爱，经久不衰。

2021年是中国共产党成立100周年喜庆之年。金秋时节，太阳雨爱心志愿者团队文艺宣传队全体队员，聚集在一起，商议如何用文艺形式来祝福亲爱的妈妈党的生日？

在祖国西南大门的西藏山南市错那县，是平均海拔4400米的高寒地区，距离扬州有4000多公里。前些年，绝大多数的扬州人对错那都比较陌生。因为扬州籍军人胡永飞十几年前在错那的雪山里壮烈牺牲，因为烈士遗孀、最美军嫂周忠燕的牵线搭桥，温暖的"太阳雨"下到了错那，志愿者团队和错那县觉拉乡、曲卓木乡的两所小学结成了帮扶助教的对子，一个个寒风中的孩子感受到了"太阳雨"灼热的温度，两地因此而结缘。现在，错那被越来越多的扬州人所熟悉。

在这个为党庆生的大喜之年，相隔4000公里之外的雪域高原和大运河畔，如果相约云上同唱一首最最心爱的歌曲，来表达对党的深情厚谊，体现藏汉人民"永远跟党走""民族团结一家亲，苏藏人民心连心"的坚定意志和决心，肯定非常有意义。大家经过反复商量，决定携手远方的错那，两地同时唱响《党啊，亲爱的妈妈》。

太阳雨爱心志愿者团队是一个高素质的大家庭，他们来自扬州的各行各业，人才济济，有公务员、企业高管、大学老师、医生，等等。为了高标准搞好这次"两地同唱一首歌"活动，来自扬州大专院校艺术学院的老师们主动请缨，打印唱稿，编排声部，精心挑选演唱者，组织了一个16人的合唱队。虽然这首歌大家耳熟能详，但组织者还是一如既往地认真组织排练，对照歌谱，逐句纠正读音和发声。每个人手上都有自己的工作，不可能利用整块的工作时间集中练唱，各人就忙里偷闲自己安排练唱，有的队员把歌谱随身带，一有空就拿出来哼唱，有的队员出差途中车载音响连续不停地播放，有的队员充分利用网络优势，随时纠正发音。训练有分有合，队员们各自练得差不多了，都找到良好感觉了，然后集中起来合练了十几天的业余时间，练互相配合、动作协调。

对这次活动，每个队员都很严肃认真，入脑入心，从思想和情感的高度来再一次认识和理解这首歌。徐建国,是一名木偶剧团的专业演员。因为工作性质原因,业余时间不多,但他却是第一个报名,积极要求参加这次活动。他动情地说:"解读《党啊,亲爱的妈妈》歌曲中的'恩情',可以从两个层面去感受,一是'你用那甘甜的乳汁把我喂养大',另一个是'你就像妈妈一样把我培养大'。如果问人世间什么是最大恩情?我想,莫过于妈妈生养我们的恩情吧。'妈妈'二字,脑中萦绕的依然是亲切和温暖,心里满怀的是感激和期盼。这与儿时的成长记忆有关,是已融入潜意识的情感指令,无论岁月流逝还是物是人非,都无法冲淡这本能的内心感受。"

周国华,扬州市水利局节水办工作人员,也是扬州市清音合唱团的骨干,演出任务繁忙,但他坚决要求加入这次的合唱录制。"中国共产党对中华民族来说,恩重如山。党领导人民站起来了,但没有忘记那些无数倒下的先烈以及他们的遗孤。远去的烈士值得我们缅怀,而活着的遗孤更需要我们去关怀、去温暖。我是党员,这些年坚持为烈士遗孤做一些力所能及的事情,尽一份责任。"周国华十分真诚而动情地说。

扬州职业大学艺术学院副教授陆晓月,是一名专业声乐教师,也是太阳雨文艺志愿服务队队长。对于这次组织"两地同唱一首歌"活动,她当仁不让是艺术指导。"嘴巴微微张开,就能轻松发出柔和的声音——妈妈,即使声音再小再轻,也能传进妈妈的耳朵里,当我们呼喊'党啊,亲爱的妈妈',当我们歌唱'党啊,亲爱的妈妈',党一定能听到我们内心的声音,并赋予我们战胜一切困难的力量。"陆晓月耐心细致、满怀深情地向队员们讲解《党啊,亲爱的妈妈》,引导帮助大家从音乐上加深对这首歌的认知,从情感上加深对这首歌的认同。排练唱歌的场所,成了启发教育的课堂。

进入 12 月,扬州城里寒意已浓。合唱排练基本成功,进入选点录制环节。为了更好地体现扬州的运河文化,反映扬州美丽富饶的运河城市风貌,志愿者们反复筛选拍摄地点,最终选定在跃进桥附近古运河上1912景区的柳叶桥上。柳叶桥，顾名思义，桥身像一片巨大的柳叶，横跨在古运河的大水湾区域。站在高高的柳叶桥上，放眼望去，古运河畔景色宜人，沿河两岸沉淀着扬州城2500多年的悠久历史，夜幕降临，华灯初上，在古运河光影的衬托下，美艳无比！

这一天，16位"太阳雨"志愿者穿上喜庆的盛装，相聚在高大宽阔、造型别致的柳叶桥上，他们每个人都很有歌唱家的范儿。歌喉一放开，立即吸引了很多游客和居民驻足欣赏，并跟着打起拍子，齐声歌唱。

党的恩情唱不完，党的恩情似海深。中国共产党成立百年之际，您的儿女满怀深情地歌唱《党啊，亲爱的妈妈》，献上最真诚的祝福——党啊，亲爱的妈妈，生日快乐！

歌声溢漫过缓缓流淌的古运河水，久久回响在古城上空。

二

奔流不息的古运河水和雪域高原的拿日雍措湖紧紧相连。就在太阳雨文艺志愿服务队排练歌唱《党啊，亲爱的妈妈》的同时，远在雪山深处的错那县曲卓木乡小学的师生们，也在同步紧张排练。他们高涨的热情，似乎融化了冰山的一角。

国庆节前夕，曲卓木乡小学洛桑次仁校长接到太阳雨爱心志愿者团队总召集人朱峻松的提议，希望两地合唱《党啊，亲爱的妈妈》。"太好了，我们学校'七一'组织活动时，也演唱了这首歌哩！"洛桑次仁校长十分兴奋，第一时间组织老师们商量，大家集思广益，决定抽组23位老师参加合唱队，学校音乐室旦增洛桑和次杰两位老师，负责带领大家练唱，尼玛顿珠老师负责录像制作。为了体现高原特点，大家商定以茫茫雪山为背景，以曲卓木千年沙棘林为场地，组织合唱拍摄。

因为大部分老师不识谱，节奏感也不是很好，排练过程中遇到了很多困难。他们利用课余时间，从旋律、节奏开始，慢慢地学唱这首歌。在此过程中，学校领导也非常重视，全程参与其中。经过两天时间的排练，老师们基本会唱旋律，但细节方面还是有很多不足之处，特别是节奏方面，因为这首歌需要跟着伴奏唱，所以最大的困难也是节奏。为了让老师们更快掌握这首歌的节奏，音乐室旦增洛桑等3位老师利用课余时间，分别对老师们教一些节奏方面的技巧，老师们都很配合，也很积极。

第四天开始，节奏没有什么大的问题了，但是音乐的强弱方面又遇到了问题。除了3个音乐室的老师，其他老师都没有系统化地学过音乐，都不知道强弱的对比。音乐老师要求大家音乐有强弱的对比，一步一步讲解哪些部分强，哪些部分弱等基本技巧，经过耐心细致的讲解，老师们也就大概会唱这首歌了。

为了保证拍摄效果，老师们商定到海拔5000多米的雪山上取景。在取景过程中，老师们饱受缺氧之苦，面对恶劣的环境，不少老师都出现高山症状，走几步就直喘气，确实对大家的身体带来一种极限的挑战。虽然很艰难，但老师们知道是跟扬州"太阳雨"志愿者合唱这首歌，所以都很想把最好的一面展现给远方的亲人，大家坚持到高山上去取最好的景色作为背景。

在登山拍摄的过程中，已有30年教龄、依旧坚持在教学一线的57岁的扎西老师，身体明显吃不消，但他不怕路途艰辛，承受高寒及缺氧的危险，在零下十几摄氏度的条件下坚持爬到山顶。到山顶时，扎西老师嘴唇发紫，呼吸困难，洛桑次仁校长和其他老师劝说让他原地休息，但他依然坚持了一个多小时的拍摄过程，他大口喘着气说："路途是艰辛的，但结果是美好的，值得回忆的，是一道人生靓丽的彩虹，让扬州太阳雨爱心志愿者团队与曲卓木完小的民族团结之花，盛开在雪山之上，这是我的荣幸。"扎西老师把老党员的风范展现得淋漓尽致，他的一言一行、一举一动，给学校年轻教师树立了榜样，激励大家不忘初心、砥砺前行，把人民教师的担当与使命牢记在心，争做新时代的高原好老师。

历经徒步3个小时的路程，全体教师与拍摄人员回到了学校所在地。由于扎西老师过度疲劳、身体不适，校长带他到乡卫生院检查身体，经检查，发现扎西老师需要补充维生素，增加营养，建议再到市区医院吸氧并做进一步的身体调养，校长当即安排车辆送扎西老师到市区就医。第二天，扎西老师给校长打来电话，说他身体问题不大，过两天就可以回学校继续工作了。听到这个消息，学校所有老师心里也就踏实了许多。

接下来，继续前往千年沙棘林中进行第二阶段的拍摄。由于刚从高山下来，大部分老师不同程度地存在高山反应症状，有些疲惫不堪，但大家坚持承受着巨大的身体压力，发扬老西藏"缺氧不缺精神"的好作风，始终保持饱满昂扬的精神状态。虽然天气寒冷，男老师们都坚持穿西装打领带，全身心投入拍摄活动中。"当感到寒冷的时候，回头看几眼作为拍摄背景的鲜艳的党旗，心里就热血澎湃，暖洋洋的。"旦增洛桑老师的这几句话道出了全体老师对党的满腔热情。

无论在雪山还是在沙棘林拍摄，演唱者身后都展示了一面大大的、鲜红的党旗，有的老师手中摇着一面小国旗，有的老师双手奉上洁白的哈达，摇动着身体，茫茫雪山、古老沙棘林映衬着鲜艳的党旗和洁白的哈达，非常壮美，十分耀眼。在校园里，数百名师生手里也都轻轻挥舞着小国旗，场面壮观、热烈、喜庆，完美表达了藏区人民对党的一片深情。

只要思想不滑坡，办法总比困难多。在雪域高原，虽然物质条件比较简陋，尼顿老师一直利用手机拍摄，但所有老师们放声高歌、尽情颂党的热情始终十分高涨。在巍峨的雪山上，在壮美的沙棘林里，他们一遍遍歌唱，一遍遍拍摄，党旗映红了雪山，歌声淹没了沙棘林。

尼顿老师立足现有条件，用心剪接制作后，将演唱成果发往扬州。

太阳雨爱心志愿者团队经过二次编辑合成，隆重推出了藏汉两地的融合力作——《党啊，亲爱的妈妈》，完整地演绎了一曲动人的心弦之歌，共同感受着民族大家庭手足相亲、守望相助、红心向党的深厚感情。

回顾去年底历时半个月教唱、排练、拍摄"两地同唱一首歌"的过程，且增洛桑老师十分感慨：有人说经历是一种美丽，我要说经历更是一笔财富。"两地同唱一首歌"的整个排练、拍摄过程，留在脑海里的一幅幅画面依旧清晰，这个过程是美好的，是令人难忘的回忆。我觉得，整个过程中沉淀下来的那份沉甸甸的思想和情感，才是活动本身带给我们更有意义的收获与财富。

三

国秋节前的雪域高原，头顶上的天空特别的低矮湛蓝，仿佛跳一跳就能摘到棉花糖似的云朵。

2020年9月26日下午，一场主题为"蓝天下的挚爱·苏藏一家亲"文艺演出在西藏山南市错那县觉拉乡完全小学拉开序幕。该校师生与扬州"太阳雨"志愿者载歌载舞，同迎共庆新中国71华诞。

文艺演出在六年级学生欢快的舞蹈《我们欢聚在这里》中拉开帷幕。开心的小朋友给大家带来了诙谐幽默的《小济公》、幸福吉祥的《哈达》、热情奔放的《西玛西》和歌颂党恩的《北京的金山上》等歌舞表演。

学校教职工以一段优美的舞蹈《洗衣歌》，欢迎"太阳雨"志愿者的到来。

在音乐声中，"太阳雨"志愿者张群，朗诵起"太阳雨"文艺志愿者李银华新创作的诗歌《牵手，致敬胡永飞烈士！》：

扬州和觉拉，相隔万里。
我们走着你走过的路，
在你曾经站立的地方，
和学校一起，共建了一个"爱心书屋"，
以你的名字命名。
它，是一位妻子对丈夫的款款深情，
它，是一个儿子对父爱的另一种感受，
它，更是"太阳雨"志愿者对烈士的深深敬意。
你看，你凝视过的雪山，在暖阳中格外耀眼。

扬州和觉拉，相隔万里。
觉拉的孩子们吹着你吹过的风，
在这高原上的图书室里，
静静地，他们一页一页地翻看，
似一点一点撩开遮目的纱幔，
他们嘴角上扬，和你的笑容一样，
明亮如七彩的阳光，
你说，那一本本书在孩子们的眼里，
是不是"窗"的模样？

扬州和觉拉，相隔万里，
我们和孩子们一起，听着你听过的歌，
相互结对，彼此牵手，
我们在用你的精神砌一条天路，
我们在用格桑花构筑一个梦想，
让千山不高万水不再漫长，
我们希望——

孩子们从你开始，从你的家乡开始，
从闻到琼花的香味开始，
看看外面的世界，
英雄啊，请和我们一起见证：
一粒种子的播种、萌芽，
会开出怎样绚丽的花？

台上朗诵者饱含深情，台下倾听者为之动容⋯⋯

"唱支山歌给党听，我把党来比母亲！"在"太阳雨"志愿者朱峻松《最美的歌儿送给妈妈》的旋律中，能歌善舞的藏族老师跳起了民族舞蹈，共同表达对党的感恩之情。台上台下互动热烈，呈现出一幅民族团结和谐一家亲的画面。

全体师生同唱《我和我的祖国》，将文艺演出推向高潮。

到了分别的时候，孩子们大声稚嫩的喊着，阿姨再见！叔叔再见！志愿者瞬间泪目，脚步就被定格在这里。志愿者伸出手，拥抱着孩子们，他们也羞涩地、忐忑地，把小手伸向志愿者，大手小手握在一起，紧紧的，柔柔的，不愿意分开⋯⋯

再见孩子们，叔叔阿姨们还会再来⋯⋯

四

"同在蓝天下，共饮长江水，你在三江源，我在长江尾。"从苏中江南到雪域高原，从奔腾的娘姆江曲到悠悠古运河畔，不管距离有多么遥远，民族团结之花常开长盛，红色经典歌曲在两地同时唱响。

2021年7月1日，太阳雨爱心志愿者团队和错那县曲桌木小学相约云上载歌载舞颂党恩。"太阳雨"文艺志愿者精心组织了一台颂歌献给党的节目——"七一放歌"。志愿者们踊跃登台，王慧群演唱了

《记着老百姓》，夏萍演唱了《党啊，亲爱的妈妈》，陆晓月演唱了一首《唱支山歌给党听》，徐莉深情唱响了《绒花》，王效青演唱的一首《我爱你，中国》，把人们带进了祖国各地无比壮阔的美丽山河。

……
我爱你　中国
我爱你碧波滚滚的南海
我爱你白雪飘飘的北国
我爱你森林无边
我爱你群山巍峨
我爱你淙淙的小河
荡着清波从我的梦中流过
我爱你　中国
……

与此同时，远在雪域高原的错那县曲卓木小学，也在举行庆祝中国共产党成立100周年主题活动——"礼赞百年，童心向党"。

红色基因绵延百年，革命薪火代代传承。英烈铸就了历史，儿童将成就未来。这次活动，有升国旗、国旗下讲话、校长致辞、教师红歌合唱、学生文艺表演等项目，形式庄严隆重，内容丰富多彩。

学校全体老师的大合唱《唱支山歌给党听》，把活动推向了高潮。

唱支山歌给党听，
我把党来比母亲；
母亲只生了我的身，
党的光辉照我心。
旧社会鞭子抽我身，

母亲只会泪淋淋；
共产党号召我闹革命，
夺过鞭子揍敌人。
……

　　洛桑次仁校长介绍说："学校以广大师生喜闻乐见的方式，进行党史学习教育活动，进一步增强大家的历史责任感和使命感，学史明理、学史增信、学史崇德、学史力行，感党恩、听党话，坚定信念跟党走。"

　　在古运河畔和雪城高原，两地放声同唱经典红色歌曲，抒发对党、对民族、对国家、对人民的深厚情感，不同的地域，不同的民族，同一颗红心，心心向党，立志奋进新时代，开启新征程。愿这嘹亮的歌声，永远回响在我们一代代藏汉儿女的心中！

　　2022年夏天，扬州城经历了多年来少有的高温天气，"太阳雨"志愿者的内心更是火热。7月6日，他们联合扬州育才教育集团、错那县民族团结进步创建办公室、错那县教育局，共同发起了"喜迎二十大，永远跟党走"——"我的家乡美"小学生绘画比赛征稿活动，旨在迎接党的二十大胜利召开，进一步加强文化促进和民族交往、交流、交融，培育少年儿童爱党、爱国、爱家乡的情怀，让学生从绘画中感受家乡之美，缅怀光辉历史，传承红色基因。

　　近几年，扬州和错那携手，同唱一首歌，同写一封信，同绘一幅画，同拍一张照……每年推出一个主题活动，努力画出民族团结的同心圆。

扬城来了一群高原娃

精心筹备迎童客

飞越4000多公里,他们来了……

2023年5月26日22时18分,一辆大巴车缓缓驶入市中心的扬州紫藤商务酒店,从车上下来一批特殊的客人,他们是来自西藏高原错那县的20名小学生,在5名老师的带领下,耗时2天,飞越4000多公里,来到了扬州。

一下车,学生们就给"太阳雨"志愿者和酒店领导献上了洁白的哈达。

这些孩子生活的错那县,正是扬州籍军人胡永飞牺牲的地方。扬州太阳雨爱心志愿者团队,通过周忠燕认识了错那县这个地方。从2019年开始,"太阳雨"志愿者和错那就频繁互动。

爱,是双向奔赴的。应扬州太阳雨爱心志愿者团队的邀请,5月下旬,错那县决定组织"边境小小石榴籽"赴扬州参观学习交流活动,从各乡镇小学挑选了20名藏族、门巴族品学兼优的小学生,他们中,年龄最大的是13岁五年级的学生,最小的才8岁二年级学生,5名老师负责带队管理。这20名从未出过远门的学生,将参加为期一周的研学活动,他们都很珍惜这次来之不易的机会,学生家长也都很支持这次活动。通过学习交流,旨在增进不同地区、不同民族之间的相互了解、相互学习、相互借鉴,让小学生学会看成就、感党恩、立志向，播下藏汉一家亲的种子，齐心描绘民族团结的同心圆。

这批特殊小客人的旅程敲定后，太阳雨爱心志愿者团队的志愿者们就忙碌开了。那几天，团队负责人朱峻松几次召集队员们碰头，明确分工，落实活动，跟踪督查。时间，按时按分地推；活动，一项一项地排。高原来的孩子们5月26日晚上在南京禄口机场一下飞机，5名"太阳雨"志愿者跟随包租的大巴车已经早早等候在这里了。从孩子们下飞机，到6月2日中午乘飞机返藏，其间每个小时的活动都安排得满满当当、周周到到。志愿者们想到，高原的气温比较低，孩子们出发时穿的衣服会比较厚，扬州气温已经高达30摄氏度了，他们立马联系带队的老师，询问每个孩子的身高胖瘦，为他们选购了同款短袖T恤、运动裤，短袖上印有不同的字母，便于辨认；扬州那几天天气预报有雨，他们又给孩子们准备雨伞、雨衣。孩子们喜欢喝什么饮料、有没有忌口的饮食？连这些他们都想到了。

周忠燕那一阵子更是兴奋，心情无法平静。她说，迎接高原孩子们的到来，就跟14年前到车站去接丈夫胡永飞回来休假时一样激动。她加班加点突击忙好洗衣店里的急活，好腾出7天时间来，踏实陪伴昼思夜想的远方的亲人。

在酒店工作人员的引导下，错那的老师和孩子们陆续进入了酒店。两天的赶路让此时的师生们只剩下饥饿与疲惫，紫藤商务酒店工作人员展现了良好的服务，厨师们早就为他们定制了菜单，用新鲜的食材和高超的烹饪技术，赢得了师生们脸上满意的笑容；前台工作人员在他们用餐之余，也已经为他们将房卡制好，随后有序地带领孩子们进入房间；客房服务员在每个楼层之间来回辗转，手把手地教孩子们使用房间里的各项设备。对孩子们来说，虽然扬州是一个完全陌生的城市，但在"太阳雨"志愿者和紫藤人的贴心服务和细心照顾下，他们也同样感受到了家的温馨。

"这里的空气真湿润，菜也很好吃。"12岁的洛桑吉米，脸上还有抑制不住的笑容，这是他第一次出远门，第一次坐飞机，满脸都透着新鲜劲。

扬州之行序幕刚刚拉开，实地研学内容天天都精彩。

2023年5月27日

孝敬亲长、隆师亲友、节义勤俭……5月27日上午9时，25名错那县小学生和老师一起走进何园，开启在扬州的研学之旅。他们欣赏玲珑雅致的何园景色，并走进何园史料馆，体验"何氏家训课堂生活"，深度了解何家后人王承书女士隐姓埋名从事核事业研究，一生三次"我愿意"的爱国精神。在这里，学生们认真学习《何氏家训》，聆听何园家风家规家训故事，通过看视频、听讲解、诵家训、体验何氏家训雕版印刷等环节，上了一堂非常有意义的研学课。

"第一次来到离家这么远的地方，看了扬州的美景，深入了解了《何氏家训》。"错那县曲卓木乡小学五年级学生席宝娜说，"家训中教导我们要孝敬亲长、隆师亲友、节义勤俭……我在今后的学习、生活中一定会谨记这些，树立正确的人生观、价值观。"

"扬州何园的景色与西藏很不一样，非常赏心悦目。在这里，我们还体验了非遗雕版印刷，收获满满。"错那县麻麻乡小学学生次旦扎西这样说。听到"何家千金"的讲解，他对家国情怀、待人接物之道有了更深刻的了解。

"何氏家训从孝敬亲长、隆师亲友、节义勤俭、读书写字、出处进退等方面，规范了家族成员的修身处世、待人接物之道。虽然篇幅不长，却意蕴丰富，一字一句都值得反复思索，对孩子的成长很有教育意义。"西藏自治区山南市错那县人大常委会副主任、县民族团结进步创建工作领导小组副组长坚增介绍说，"这批孩子都是品学兼优、勤奋好学的学生，他们没有出过西藏，第一次来到美丽的扬州。通过何氏家训的研学，让他们感受扬州的历史人文气息，相信这次研学之旅一定获益匪浅。"

"自 2016 年 4 月 19 日《何氏家训》正式上榜中央纪委监察部网站以来，何园一直将《何氏家训》作为自身重要品牌着力打造，开发了集廉政文化教育、家规家训教育、核心价值观教育为一体的系列研学产品。"何园景区管理处相关负责人介绍，近年来，何园又将何氏家训文化与非物质文化遗产相结合，打造了"何氏家训"雕版印刷、扬州绒花、线装书装订、笔墨纸砚、简牍书写、汉字历史等体验课堂，寓教于乐。这次来自西藏高原的特殊小客人走进何园，景区很重视，特地量身定做研学课堂，让孩子在参观游览、观看视频以及非遗体验中深入体会到《何氏家训》的真谛。

27 日下午，小学生参观团一行 25 人，来到扬州市音乐厅，观看太阳雨爱心志愿者团队成立 20 周年暨文艺惠民音乐会。

孩子们在老师的带领下，首次登上扬州音乐厅大舞台，接受主持人的采访，他们现场连线西藏错那县麻麻乡民间艺术队，表演了藏舞《茶香门隅》。

27 日晚上，孩子们兴高采烈地出席太阳雨爱心志愿者团队成立 20 周年庆典暨 2023 年"太阳雨"志愿者工作年会。坚增副主任代表错那县向太阳雨爱心志愿者团队赠送贺礼唐卡、锦旗，向扬州嘉宾敬献哈达。

庆典上，坚增副主任发表热情洋溢的致辞。他说：56 个民族 56 朵花，56 个兄弟姐妹是一家。2009 年 6 月，高邮籍军人胡永飞在雪域高原执行运送建材任务时，突遇道路塌方，为保护战友献出了年仅 31 岁的生命。十年后在最美军嫂周忠燕的感召下，太阳雨爱心志愿者团队来到雪域高原，追寻家乡烈士的足迹，开始实施"格桑花计划"，定点帮扶错那县觉拉乡完全小学和曲卓木完全小学。每年"太阳雨"团队的活动主题，都让我们感受到了深深的爱，从助学圆梦、对话错那、情系错那、拥抱错那,再到亲近错那,短短5年间我们累计收到"太阳雨"团队捐赠的羽绒服、保暖鞋、图书、助学金、奖学金等合计超100万元。两地小学生还开展了《我是小小石榴籽》书信交流和《我的家乡美》绘画比赛等活动,搭建起汉藏交往交流交融的桥梁,巩固了民族大团结的根基。"格桑花计划"的实施不仅有效改善了错那县各族人民群众的生活条件,拓展了脱贫攻坚成果,进一步铸牢了中华民族共同体意识,也为守边固边发挥了积极作用。

问渠那得清如许,为有源头活水来。对"太阳雨"及扬州人民的深情厚谊,错那各族人民群众将永远铭记、永远感恩。诚挚邀请各位嘉宾、各位志愿者朋友到错那做客,实地感受酥油茶、青稞饼、沙棘林、温泉、边境红色文化等美食美景。在新时代新征程上,期待与"太阳雨"团队及扬州市社会各界深化协作交流,推动两地合作巩固前缘、再谱新篇章。

来自错那五个乡镇小学的孩子,跳起民族特色的锅庄舞《绿色家园》。"太阳雨"志愿者的热情似火,给西藏客人留下深刻的印象。

2023年5月28日

5月28日上午,学生们来到了美丽的瘦西湖风景区。在瘦西湖风景区管理处党总支书记、主任金川的精心安排下,孩子们在长堤春柳中感受生机盎然的初夏,在五亭桥边留下惊叹和倩影,在熙春台上感受古筝合奏、木偶曼舞等非遗文化表演,在"重走长征路"红色拓展基地与扬州30个同龄孩子互赠礼物、互送心愿卡。

徜徉在瘦西湖内,在扬州一群同龄孩子的陪伴下,在瘦西湖票务党支部和导游党支部的党员姐姐阿姨们的引领和生动的讲解中,藏娃娃们惊喜和收获不断。

穿过五亭桥往西走,就是瘦西湖景区推出的省内首家"重走长征路"红色拓展基地。基地进门处的石头上镌刻着"湖畔征程",这四个字是对基地项目最好的诠释。拓展基地占地面积150亩,以"重走长征路"为主题和脉络,将红色教育与拓展训练紧密融合,切身感受中国共产党领导下的红军是如何在艰苦卓绝的环境下,运用高超的军事指挥艺术,凭借不屈不挠的意志和团结拼搏的进取精神,最终取得全面胜利。拓展基地北边有三间红色讲堂,其中一间一次性可容纳100人。这天的大讲堂,迎来了特殊小客人,错那和扬州的孩子们进行了20分钟的静心交流。两地孩子有的互写心愿祝福卡,有的送来扬州漆器特色小玩具,有的送来亲手制作的手链等小饰品,还有的手拉手同唱《我们是共产主义接班人》。

熙春台上木偶表演,嫦娥水袖美轮美奂,仙气飘飘;古筝齐奏,悠扬动听,余音绕梁。错那的孩子们沉浸在古色古香的熙春台;同一时刻,扬州的孩子们在熙春台西侧的一条长卷上,正用五彩缤纷描绘着两地小朋友欢聚的美好时光。

票务党支部和导游党支部精心准备了礼物"瘦西湖文创系列文具",五亭桥和白塔等刚刚看的景点被设计成色彩鲜艳的橡皮和直尺等学习用品,扬州的景色可以带回错那、带回家了!

错那县曲卓木乡完全小学贡觉朗珠老师说:"瘦西湖比我们想象的更美更大。这些孩子基本上都是第一次出远门,这次扬州之行,让他们开了眼界,在孩子们心中种下了美好、友谊和爱的种子,也促进了他们树立自信、自立、自强的信念,长大回报社会、报效祖国。"

金川书记说:"传递爱心奉献社会,瘦西湖义不容辞一直在路上。本次活动,不仅是对我们扬州烈士胡永飞的怀念,对军嫂周忠燕的致敬,也增进了不同地区、不同民族之间的相互了解、相互学习,进一步增进了错那与扬州青少年之间的友谊,增强了两地青少年间的相互了解以及对祖国秀美河山的认识,让友善和热爱伟大祖国的种子在青少年心中生根发芽。"

5月28日下午，来自西藏错那的小朋友们，怀着激动好奇的心情走进邗江区"太阳雨"国学研习基地——至道琴礼坊，开启了他们传统国学体验之旅，沉浸式感受优秀传统文化的魅力！

下午3点，西藏师生25人来到国学基地参观研学，第一时刻即为琴礼坊的老师们献上了洁白的哈达，那是他们跨越山海而来的最真诚的致礼，最深情的祝福！

邗江区太阳雨志愿者服务中心李燕主任致辞，热烈欢迎来自远方的家人。在"太阳雨"小志愿者的陪伴下，西藏的孩子们开始了第一节国学体验课。

当孩子们走进古朴典雅的教室，映入眼帘的便是那悬挂着的一抹抹中国红，仿佛在告诉孩子们，无论我们相隔多遥远，我们都是中华民族的一员，那是我们共同的红色的骄傲。

孩子们排列得整整齐齐，随着老师，习站立礼仪、拜先圣孔子、读经典《大学》，国学经典凝聚了我国数千年的文明，是中华民族大家庭共同的精神宝藏，孩子们一个个精神饱满、中气十足，小小的身体迸发出大大的能量，整个教室充满着他们的琅琅书声。时间虽短，但学习认真，这一刻学习到的，一定在他们的心里种下国学的种子，从此以圣贤为师，与经典同行，用仁义礼智信为自己填上人生的底色。

读书毕，歌声起，小朋友们共同唱起了《朝代歌》，这是一首根据中国历史各个朝代编排的歌曲，能帮助孩子们了解中国历史的框架。一曲《朝代歌》，串起中华上下5000年，也连接起中华儿女的心，一遍唱完意犹未尽，有的孩子表示想多尝试一遍，他们在一遍遍歌声里感慨着历史的波澜壮阔、气象万千。

中场休息，孩子们被一张棋桌吸引过去。小小的棋桌好不热闹，围满了跃跃欲试的孩子，"太阳雨"小志愿者、西藏小朋友之间有了一场属于他们的对弈，一个个专注认真，也不乏欢声笑语，真切地体现了有朋自远方来，不亦乐乎！

接下来是古琴、手工交换体验课堂，10人一组在两个小课堂同时进行。古琴教室中的孩子们，端坐在古琴面前，耐心地听着老师讲解古琴的历史、构造以及弹琴的姿势，当老师教他们动手去拨一拨琴弦时，一个小姑娘兴奋地惊呼了起来。苏轼曾说过："归去无眠，一夜余音在耳边。"自此后，相信这泠泠七弦之音，也将永远印刻在孩子们的心里。另一个教室内，迷你书法扇子的手工正在进行着，书法老师为小朋友们现场题写扇面，"勤奋、进步、感恩、坚持……"一字一祝福，一笔一乾坤，孩子们恭敬地站在老师身边，注视着，接过扇子也不忘鞠躬致谢。随后，大家精心挑选自己喜欢的干花材料，为自己的扇子做起了装饰，小小的扇子不过方寸之间，含了点缀之风，携了花草之香，裹了墨色祝愿。

中华文化源远流长、灿烂辉煌，在5000多年文明发展中孕育的中华优秀传统文化，积淀着中华民族最深沉的精神追求，代表着中华民族独特的精神标识，是中华民族生生不息、发展壮大的丰厚滋养。

走进国学课堂，对西藏的小朋友们来说也是意义非凡，孩子们感受到了传统文化的无限魅力。我们都是中华民族的一员，传承和发扬优秀的传统文化是我们共同的责任和使命，这次体验活动，将更好地激发我们，一起携手共传中华优秀传统文化。

5月28日晚，孩子们在扬州京华城里品尝肯德基、观看3D电影《海的女儿》、游览书城阅读少儿书籍。这些，对于第一次走出大山的孩子来讲，充满着新鲜和好奇。扬州给了他们太多太多的第一次……

2023年5月29日

扬州早茶有着千余年悠久的历史和灿烂的美食文化，扬州包子以其精美灵巧的造型和清鲜细腻的口感而闻名遐迩、享誉中外。5月29日上午，"太阳雨"志愿者徐建明在锦春大酒店邀请西藏师生们品尝扬州特色早茶。

三丁包、豆沙包、蒸饺、翡翠烧卖、烫干丝……一道道美味的扬州早点，带着扬州人的温度，依序上桌。志愿者邱宝华当起讲解员，他边介绍扬州美食的特点，边示范蒸饺、汤包的正确吃法。孩子们则敞开肚皮一饱口福，筷子更是停不下来，边吃边说：真好吃！

吃完早茶，大家来到东关街游玩。东关街是扬州城的一条历史悠久的老街。一踏上东关街，到处都是熙熙攘攘的人群，街的两边是古色古香的商铺，每家商铺都挂着大红的灯笼，到处都充满了年味，商铺里的商品琳琅满目、五花八门。街道上有很多民间工艺绝活，像捏面人、彩绘等。孩子们最喜欢看的是捏面人，只见一位阿姨拿起面团在手中就好像变魔术一般，不一会儿就捏出了一只愤怒的小鸟。

东关街上还有很多美味的小吃，饺面、藕粉汤圆、桂花糕。在长乐客栈里，孩子见到了未曾见过的红鱼，个个兴奋不已，戏水玩耍，不愿离去。

29日下午，来自高原的学生们来到育才小学，和扬州的小学生们同上一堂课、同绘一幅画。

对育才小学四（2）班的同学们来说，今天下午的这堂语文课，有些不一样——上课的地点从教室转移到了演播厅，一起上课的，还有20名没有穿校服的同学。

其实，他们之前就已经认识了：中午在一起吃饭，现在又坐在一起，同上一堂课。

育才小学副校长纪敏执教了一节《巨人的花园》，两地友好的情绪在美妙的课堂中流淌。她独特的教育理念、灵活的教学机制、精妙的教学设计，让西藏的孩子们和育才学子互动热烈，共同徜徉在文字的美妙世界里。

一起朗读过课本后，纪敏老师开始提问："巨人的花园，会让你们想到什么呀？""如何用这些词语组成句子呀？"

提问一旦提出，扬州学生们就纷纷举起了手，像小树林一样。有些拘谨的西藏学生，随着纪敏老师讲课的深入，也开始举手，随即越来越多。

纪敏老师很会调动课堂气氛。她还请来自西藏和扬州的学生，分别用家乡话来说同一个词，虽然彼此都听不懂，但是友好的情绪，一直都在课堂中流淌。

下课后，两地的学生还互赠了小礼品，祝愿扬州和错那两地的情谊天长地久。

纪敏老师介绍说，这次来到扬州的20名西藏学生，来自5所错那的小学，他们的年纪也不相同，所以选择了四年级的课本。她感到，西藏学生的求知欲都很强，有的学生更加开朗，更愿意回答老师的问题。

枸骨青青，香远益清。在李菊梅校长的带领下，孩子们参观了具有百年校史的育才园，欣赏了"我的家乡美"江苏扬州—西藏错那小学生美术作品征集的优秀作品展览。本次美术作品征集活动历时3个月，共收到500多幅美术作品，孩子们把美好的愿望、迷人的风景，都幻化成了七彩画笔，在最美的年纪里种下了一树春花！

下午2时30分，"我的家乡美"美术作品征集颁奖仪式在育才小学报告厅举行。扬州和错那两地的相关领导出席了颁奖仪式。

育才教育集团党委书记、总校长李菊梅代表主办单位致辞。在讲话中，她特别感谢所有参与这次活动的老师、学生和家长，感谢扬州和西藏错那两地政府、教育部门的支持和帮助。她期待两地能有更多的互动，让孩子们在不同的地域、文化和背景中相互学习和交流，为中华民族更加繁荣昌盛的未来助力。

主持人宣布本次活动获奖名单并进行颁奖，全场掌声雷动，为获奖同学喝彩。

育才教育集团2023年第一季度"广陵好少年"也来到活动现场，

他们以访谈的形式分享了自身成长的经历和感悟,声情并茂的讲述赢得了热烈的掌声。

颁奖仪式结束后,两地学生举行了联欢,扬州和错那的学生代表分别带来了经典诵读《弟子规》、舞蹈《绿色故乡》、歌曲《如愿》和二胡演奏等精彩纷呈的节目。

在扬州、错那学生和所有嘉宾共同歌唱中国少年先锋队队歌《我们是共产主义接班人》激昂嘹亮的歌声中,颁奖仪式落下帷幕。

2023 年 5 月 30 日

5月30日上午9时许,扬州高邮市烈士陵园,松柏青翠,天空阴沉。初夏的清风送来丝丝的微凉和盎然的绿意。庄严高大的人民英雄纪念碑前,一群身穿藏装的小学生,每人手握一枝淡黄色的菊花,整齐地排列着,一个女学生稚嫩的声音回荡在空中。

尊敬的胡永飞叔叔:

14年前,您在雪域高原为了保护战友,献出了年仅31岁的生命,留下妻儿寡母。5年前,您的爱人周忠燕阿姨牵线搭桥,您家乡的人民,传承您的精神,追寻您的足迹,爱心跨越4000多公里,实施"格桑花计划",帮助我们助学圆梦,两处以您名字命名的爱心书屋,陪伴我们3年了,也陪伴着您所热爱的雪域高原。您的故事我们已经听了很多遍,但我们第一次靠近您。在我们心里,您没有离开错那县,一直在我们身边。错那县现在变化很大,在党和政府的帮助下,每个村庄都通了柏油路,建起了边境小康村,藏民家住的房子也很宽敞、明亮,我们的生活条件和学习环境也越来越好。我们知道,现在的幸福生活来之不易,离不开您和很多解放军叔叔的牺牲奉献。我们一定会努力学习,长大后争做一名"神圣国土守护者,幸福家园建设者"。

这是西藏错那县曲卓木乡小学五年级 1 班学生席宝娜，代表同行的 25 名师生的发言。她的普通话讲得虽然还不够标准，但童音情真意切，一串串热泪挂在一张张刻录着高原红的小脸蛋上。小学生们列队向人民英雄纪念碑行少年队员队礼，向为国捐躯的革命先烈三鞠躬，齐声高唱《我们是共产主义接班人》，藏族、门巴族、汉族的童声交融糅合在一起。

学生们列队缓步走向绿茵茵的草坪，向胡永飞烈士墓位敬献淡黄色的菊花、洁白飘逸的哈达。孩子们自发地聚拢在周忠燕的身边，听她讲述胡永飞烈士的故事。

"孩子们，你们这次奔赴 4000 多公里，来祭拜胡永飞叔叔，叔叔九泉之下一定会感到欣慰。胡叔叔守卫边疆 11 年，这期间陪伴父母孩子和家人不足 200 天，虽然我把他带回老家安息在这里了，但错那是他的第二故乡，我先后 4 次去过你们那里，雪城高原一直是我魂牵梦绕的地方，你们都是我最牵挂的远方的亲人。无论身在何方，我们都是一粒粒小小的石榴籽……"周忠燕的双手搭在身边孩子的肩上，深情地讲述着，泪水涟涟。一双小手伸过来，帮她轻轻擦拭流淌在脸上的热泪。

周忠燕俯下身子，轻柔抚摸着镶嵌在黑色大理石墓碑上的丈夫的头像，动情地说："永飞啊，以前是你奔赴西藏，把青春和生命留在了雪城高原。今天，高原的孩子们千里迢迢来到你的家乡看望你，你守卫过的边疆百姓没有忘记你！"

西藏自治区错那县人大、县委统战部、政法委、高邮市退役军人事务局领导，扬州、高邮两地的"太阳雨"志愿者代表以及错那学校师生代表参加祭奠活动，活动由高邮市退役军人事务局副局长朱军主持。

离开烈士陵园，孩子们来到了环境优雅、建筑现代、教学先进的高邮实验小学西校区。对西校区五（5）班的孩子来说，这个六一节可不寻常！他们与来自西藏高原的小学生们，开展"石榴籽一家亲"结对联谊活动，两地的小学生们在现场一起写下交友心形卡，高邮的学生们为西藏的小学生带来了书法、绘画、演讲、乐器等才艺小展示，并把自己精心制作的礼物送给藏族新朋友；藏族孩子们登台表演了地方民歌，歌声真好听，坐在台下的学生们一个劲地鼓掌，拍红了小手。

下午，错那小学生前往高邮文化高地——文游台、汪曾祺纪念馆进行研学，拜谒先贤沐文风。

在文游台上，孩子们感受到国家级历史文化名城高邮的文化底蕴和一代词宗秦观"两情若是久长时，又岂在朝朝暮暮"的诗情画意。

在当代著名作家汪曾祺纪念馆里，孩子们感受到"汪迷"们的热情，接受了汪迷部落文学社负责人赠送的纪念信封。

晚餐，"太阳雨"志愿者特地挑选了藏族孩子没有吃过的"海鲜自助餐"，让孩子们体验"应有尽有"的美食自由，孩子们在新奇又满足中，享受了海鲜大餐。

2023年5月31日

5月31日上午，小朋友们在"太阳雨"志愿者的陪同下，来到扬州市妇女儿童活动中心，开展具有扬州特色的实践体验活动。

伴随着孩子们欢声笑语，本次活动拉开了序幕。在剪纸课程中，志愿者施玲玲老师用通俗易懂的语言向孩子们介绍着五亭桥、瘦西湖、白塔等扬州特色美景，孩子们在老师的引导下认真观察、展开想象，以饱满的热情投入剪纸创作中，稚嫩的小手剪出了一张张充满童趣的"扬城剪影"。

在扬州大学数学科学学院志愿者老师的带领下，孩子们又体验了一节橡皮章课程，活动现场热闹异常。志愿者老师首先向孩子们介绍了刻章的注意事项及刻刀基本操作方法，并进行示范。现场展示出的带有西藏元素的橡皮章，更是将全场的气氛推向了高潮。最后在老师的精心指导下，孩子们都刻出了极具扬州特色的作品。活动中，同学们也感受了不同地区的文化内涵。

一张张笑脸、一个个身影都定格在照片内。

下午1时30分，错那小学生一行参观扬州科技馆。参观的第一个展厅是关于交通的。从早期的轮子，到古朴的畜力车，到轻便的自行车，到庞大的火车，再到摩托车、小汽车……仿佛看见了岁月的长河在眼前流淌。正是一次次的创新之举，改变了人们的出行方式，也推动了历史的进程。

走进高铁模型，复杂的操作系统让人叹服，不由得想起了贯穿神州的"和谐"号高铁。神通广大的人工智能，随时更新的"云端"，奇妙有趣的分子，绚丽多彩的光影，让所有中国人为之自豪的"蛟龙"号，"滴滴答答"的摩斯密码，都让孩子们大开眼界，久久驻足。

在航天展厅，感受宇宙的浩瀚美丽。映入眼帘的是一组太阳系模型，虽然相关知识已听老师讲过多次，但不如亲自感受来得生动逼真。移步到"航天事迹"展板前，古今中外，人们对太空求索的执着使人感慨万千：万户飞天是为理想而舍生，奥伯特的《通向航天之路》是对太空旅行的无限憧憬，加加林的足迹是全人类的一次飞跃，"神舟十一"的发射成功及它与"天宫二号"的交会对接叩动了多少人的心弦……

参观后，孩子们心潮澎湃。只有国家强盛，科技才能进步，我们中华民族才能屹立于世界东方。科技馆带来的震撼让孩子们久久不能平静。的确，科技让祖国繁荣富强，也使我们的生活更加多姿多彩。

5月31日下午，错那小学生在扬州乐影艺术中心亲身感受扬州浓郁的艺术氛围。

在"太阳雨"志愿者王威老师的伴奏下，孩子们兴奋地唱起了《花园种花》。

扬州华侨城梦幻之城之旅，无疑是错那小朋友扬州研学活动中，玩得最嗨、最刺激、最过瘾的项目。

扬州华侨城梦幻之城以"文化IP植入+主题娱乐+创意商业"的形式，构建传统文化与现代科技结合的欢乐潮玩地。

旋转飞椅、骑士过山车、飓风大摆锤、尖峰弹射、时空巴士、飞舟冲浪等项目，带着孩子在探险和挑战中得到勇气和智慧的双重锤炼。

点滴之间，扬州梦幻之城怀揣着满满的激情，将美好创想基因，一步步深植到孩子的心中。

5月31日晚，错那县的20名小学生到扬州市文化馆进行学习交流。在文化馆的精心安排下，他们兴致勃勃地参观了《童眼——溪山各异》少儿美术优秀作品展和扬州市非物质文化遗产展示厅，充满童趣的画作和精致的扬州非遗展品让孩子们惊叹连连、流连忘返。

扬州市国艺书画院画家张羽、杨立竹、汤静三位老师给孩子们教授国画，为西藏小学生们提供了一次了解扬州文化、学习传统中国书画的机会。

在活动中，画家为小学生们讲解了荷花的美丽和中国传统文化的内涵，以及国画画法和技巧。小学生们跟随画家的指导，认真细致地描绘荷花的轮廓和花瓣，仿佛置身于荷塘之中。

白玛卓玛是一名四年级的学生，在此之前，她从未接触过毛笔，这么柔软的笔，如何作画呢？在老师的指导下，她试着用笔尖蘸上一些群青的颜料，用毛笔的中锋斜斜画下去，纸面上就出现了一片荷叶的样子。照此画下去，一大片浑圆而碧绿的荷叶，就俏生生出现在纸上了。荷叶中间是要留白的，一点白色的空点，足以让人想象那是一颗纯净的雨滴，正在荷叶上翻滚着。荷花又要另一支笔，颜色也是胭脂，提笔、用锋，荷花花瓣呼之欲出，补上几笔，一朵荷花，一片荷叶，就呈现在纸上了。

白玛卓玛画得开心，后面却传来一声哭声，那是8岁的达娃洛珍，也是 20 名西藏学生中岁数最小的。她拿着陌生的毛笔，实在不知道该如何画下去，自己试了几下，纸面上也是一片青绿，怎么也看不出荷叶的模样，干脆画笔一丢，哭了出来。

"哎呀呀，大家看达娃洛珍画得多美啊。"扬州国艺书画院的老师，赶紧围了过来，帮着达娃洛珍绘画，老师只需几笔，和其他同学所画的一样好看的荷花就出现在纸上了。达娃洛珍拿着这幅画，爱不释手。

"他们都是第一次接触国画，有的孩子悟性很高，画得很有想象力，有的把画面都涂满了，有的还自己加上了蝴蝶。"杨立竹老师说道。

等到练习成熟了，老师们还给每名学生都发了一张扇面，让孩子们画上各自的荷花作品，让孩子们把扬州这碧绿的叶，这嫣然的花，这清爽的风，这浓郁的情，都带回西藏去。

整个活动气氛热烈、融洽，小学生们纷纷表示，这次活动让他们更加深入了解了中华传统文化，尤其是中国画。他们也希望有更多的机会来到扬州学习和探索。随行的藏族老师也为参加此次学习交流的扬州老师和相关工作人员献上了洁白的哈达。

一天的见学活动结束了。晚上，参加 2020 年西藏之旅的 13 名"太阳雨"志愿者邓柏、张群、倪慧、高洁、袁平华、李晓莉、仇文琴、周琪、周海燕、刘原、刘昕、朱峻松、朱也冬，在百年老店富春酒楼设宴，热情款待来自错那的小朋友。做过腿部半月板手术不久的朱也冬，也坐着轮椅赶来了。老友相见格外亲，志愿者与来自高原的师生们畅叙藏汉友谊，共绘融圆蓝图。

2023 年 6 月 1 日

六一国际儿童节上午，20 位错那县的小朋友走进扬州双博馆，感受扬州 2500 多年的悠久历史。

来扬州，自然要去探寻历史文化。漫步在扬州双博馆里，宛如踏上一条风尘仆仆的时光之河。那些珍藏着的八怪书画，还在讲述着"些小吾曹州县吏，一枝一叶总关情"的故事，陶瓷、漆器、玉器将中国工艺的顶级之美，展现得淋漓尽致。看历史，观人物，探寻扬州文化密码。

走进国宝馆，走近了元代霁蓝釉白龙纹梅瓶。梅瓶是国家级的文化珍品，高 43.5 厘米、口径 5.5 厘米、最大腹径 25.3 厘米、底径 14 厘米。梅花是中国传统名花，它在严寒中傲雪开放，被人们当作是吉祥的象征。

"中国馆"展厅中庭的互动演示区，古代绝活在这里得以复活，几名雕版印刷传人为观众现场演示造纸、写样、刻版、刷印、装订等工艺，孩子们现场体验古人的辛劳和智慧。

通过参观，孩子们感受到了中国古代人民的智慧，也了解了扬州是一个历史悠久、具有特色、充满文化底蕴的城市。藏汉携手，要把这个具有魅力的城市建设得更加美好！

怀着一颗感恩的心，看望周忠燕阿姨一家人，是高原孩子们这次扬州行的重要内容。上午 11 时，错那县人大常委会党组成员、副主任坚增，县委统战部副部长、民创办负责人李永辉，率领错那学生专程看望最美军嫂周忠燕。

孩子们之前就对周忠燕坚忍顽强、吃苦耐劳、传承爱心的事迹有所了解，这次在扬州一周时间，周忠燕每天悉心陪伴照料，孩子们享受到了浓浓的母爱。此刻，地处扬州西区杨柳青路的德奈福洗衣店里，一下子拥进了一群身着藏装的孩子。高大的洗衣机快速旋转轰鸣着，周忠燕正在提着笨重的电熨斗熨衣服，闷热的店面里挂满了高高低低的服装，孩子们低头侧身在衣服空隙间钻来钻去，很是感慨。错那县麻麻乡小学五年级女学生尼玛卓嘎拉着周忠燕的胳膊，怯生生地说：

"阿姨，看到您这么辛苦忙碌，真不容易，还总想着如何多帮助我们，我一定要好好学习，不让您失望。"孩子们把洁白的哈达敬重地献给周忠燕和她一起在店里忙碌的母亲。

坚增副主任插空和周忠燕亲切交谈，了解她近期的生活情况。得知她的儿子胡博文即将参加中考，并预祝博文考出优异成绩。坚增副主任真诚面邀周忠燕母子再去错那看看。

在离洗衣店不远处，有几棵绿色打底的石榴树，正绽放着许多小喇叭似的花朵，红艳艳的，在阳光照射下，微小的花瓣像红绸布制作的，从花的背面看，都是匀称的红色六角星。含苞待放的花蕾，像一颗颗红透的樱桃，十分诱人，红火通透。周忠燕提议孩子们一起到石榴树前合影留念，身着各式民族服装的孩子簇拥着周忠燕，一张张黝黑透红的小脸蛋就像绽放的花朵。此刻，匍匐在高原大地上的格桑花、绽放在古城树梢的石榴花，填满了周忠燕的心房。

六一儿童节下午，滨湖社区党委联合瘦西湖街道党群工作局、茱萸湾风景区管理处、太阳雨爱心服务社，以"石榴结籽抱成团·苏藏儿童心连心"为主题，带领西藏错那县的小朋友们、菱塘回民实验小学的小朋友们、滨湖社区的小志愿者们和湾头小学的学生代表齐聚茱萸湾动物园，开展丰富多彩的六一系列活动，让藏族、回族、门巴族、汉族儿童共同度过一个快乐而有意义的节日，营造关心关爱各民族儿童健康成长的良好氛围。

迈着轻快的步伐，藏族小朋友们兴高采烈地参观动物园。一路上，孩子们尽情呼吸着新鲜的空气，自然的气息在枝头、花间、草丛中扑面而来，孩子们陶醉其中，欢笑声不绝于耳。在这里，他们看见了优雅的天鹅、大长腿的火烈鸟、调皮的猴子、悠闲的长颈鹿、憨态可掬的大熊猫、凶猛的老虎……各种动物让孩子们应接不暇。

在鹿鸣苑，小朋友们开展了一场别开生面的友谊见面会，汉族儿童同少数民族儿童一对一结对参加活动，共同书写结对卡，互留祝福、合影留念，形成各个小组，参加后续活动。

扬州市民宗局四级调研员郭宏芳，向小朋友们致以六一节日的问候。

随后，在非遗文化大师的带领下，小朋友们观察、了解茱萸的习性和种类，由一名汉族儿童和一名少数民族儿童组成小队共同合作，用五彩缤纷的画笔，稚嫩清晰的笔触，在帆布包上描绘绚丽的茱萸图。一个个原本空白无趣的帆布包，被孩童们赋予了鲜活的生命。随后，小朋友们将帆布包进行了相互赠送，孩子们的脸上都绽放出灿烂的笑容。

扬州—错那首届小小石榴籽民族团结运动会在一场精彩的拔河比赛中拉开帷幕，由西藏错那县、菱塘回民实验小学、滨湖社区"太阳雨"小志愿者和湾头实验学校各出15名学生组成四支队伍，进行拔河比赛。"加油，加油"呐喊声此起彼伏，响彻云霄！四支队伍的选手秉承着友谊第一、比赛第二的精神，个个斗志昂扬。最终，西藏错那县的小朋友们一举夺冠。他们兴奋地跳着喊着，"我们可是吃牛肉长大的，有的是力气"！

汉族、藏族、回族、门巴族孩子共同积极活跃的场景让人动容，大家虽是第一次相见，又相距4000多公里，彼此却如此的热情，如此的友爱，真的是"一家亲，心连心"。孩子们在依依不舍中，放声高歌《我们是共产主义接班人》，歌声在茱萸湾公园上空久久回响。

在周忠燕的引领下，错那小学生一行来到滨湖社区"太阳雨戎耀之家"，认真观看中央电视台播放的胡永飞烈士的纪录片，以及讲述周忠燕感人故事的专题片《最美军嫂的高原情》，孩子们睁大眼睛，看得十分投入，个个小眼圈都是红红的。陈列室里那尊古铜色的胡永飞烈士半身塑像令孩子们十分崇敬，他们自发地站立在塑像前，向胡叔叔行少先队队礼。13岁的错那县麻麻乡小学五年级学生多吉次仁，擦着红红的眼睛，抬头轻问一旁的周忠燕，"阿姨，我可以拥抱一下胡永飞叔叔吗?"周忠燕含泪点头。他大步上前,紧紧搂抱着英雄的塑像,滚烫的脸庞紧贴着没有体温的塑像,泪水像断线的珍珠,滴落在英雄的胸前和少年鲜艳的红领巾上。

2023 年 6 月 2 日

世上所有美好的相逢,或许都会面临离别。

20 名西藏错那的小学生飞越 4000 多公里的距离,来到扬州,进行了为期 7 天的研学之旅。6 月 2 日上午,他们踏上返程。

上午 7 点 15 分,大巴车已经停在酒店门口,8 岁的达娃洛珍,坐在自己的行李箱上,她看了看酒店外面的高楼,轻轻笑了笑。在来到扬州的晚上,她还以为楼上的灯光是天上的星星呢。

那是 5 月 26 日晚上,20 名西藏小学生一路从拉萨飞向南京,又坐车转来扬州。第一次坐飞机,虽然耳朵有些不适,但是非常奇妙。老师说到扬州时,已经比较疲惫的达娃洛珍还是睁大了双眼,往车窗外看。有些看不清,但是觉得扬州这座城市好大啊,比错那大多了。道路很宽敞,很多车辆都在路上行驶。抬头看,头顶都是亮闪闪的光,那是天上的星星吗?

第二天,达娃洛珍才知道,昨晚的"星光"其实是扬州高楼的灯光。这么高的楼,可第一次见呢。在错那,最高的楼也不过三层。

这一天来到一座特别好看的园子里,老师说叫何园,太美了,园子里就有清水荡漾的池塘,还有古色古香的屋子,弯弯绕绕的长廊。假山最有趣了,可惜老师说不让爬。

在接下来的日子里,达娃洛珍发现,扬州真是一座宝藏城市,有太多好玩的地方了,音乐厅里听歌非常讲究;东关街里很热闹;博物馆里宝贝真多;科技馆里的机器人会跳舞;在妇女儿童中心里学到了剪纸;在国艺书画院学会了中国画;动物园里更是看到了大熊猫、大老虎,可惜没有看到大狗熊。

还有好吃的,达娃洛珍她们喜欢吃面食,到了富春,原来包子可以这么美味啊,包子里可以放这么多好吃的馅料呢。水果也好多,就是鱼虾之类的,看着有些可怕,不太敢动筷子。

最好玩的,是在华侨城游乐园。错那也有游乐场,可是华侨城里的游乐设施实在太高级了,20个小伙伴一起登上了大摆锤,真正摆动起来的时候,眼睛都不敢睁开,感觉肚子都要被甩出去了。

这几天,无论到哪,都有一些扬州的叔叔阿姨陪伴着。达娃洛珍知道他们都是扬州太阳雨爱心志愿者团队的,这次也是他们邀请自己来扬州的。团队里有一位圆脸的阿姨,特别和蔼,对自己也特别好,经常给自己递毛巾递水。达娃洛珍悄悄问了下,知道这位阿姨名叫周忠燕。

在为期7天的活动中,西藏小朋友们所到之处,都让他们感受到了扬州人倾城的热情。太阳雨爱心志愿者团队召集人朱峻松介绍,学生们下榻的紫藤商务酒店,不仅在价格上给予最低折扣,服务员还帮忙洗孩子们的衣服;瘦西湖、何园、茱萸湾、华侨城等景点,全部对孩子们免费开放;"太阳雨"志愿者高洁,家里开了一家奶茶店,她就和女儿骑车给孩子们送来一杯杯奶茶;扬州艺树繁花文化传媒总经理童蕾蕾,先是给孩子们送来一筒筒爆米花,后来直接拖来了机器,现场魔术般地为孩子们制作棉花糖;高邮的志愿者特地准备了咸鸭蛋、界首茶干等地方特产,孩子人手一份;志愿者卞红钟、张黎、王林、李燕、王威、赵立霞、薛元金等人,也给每个孩子都准备了礼物。一个星期下来,孩子们收到的各种礼物太多了,扬州报业集团的刘原,立马在网上为每人选购了一只轻便行李包……孩子们走到哪里,热情的市民都争相与他们合影,为他们购物埋单。

在高邮,席宝娜和伙伴们一起祭扫了胡永飞烈士墓,还参观了汪曾祺纪念馆和文游台,和高邮实验小学的学生们交流。而达娃洛珍的情绪却有些低落，因为她看到周忠燕阿姨哭了，在胡永飞烈士墓前，周忠燕流着热泪对着墓碑说："永飞，我带着错那的孩子来看你了。"那一刻，达娃洛珍很想上去抱抱周忠燕阿姨。

四年级的白玛卓玛到扬州的第三天，妈妈就打电话给她，告诉她这次期中考试，考了年级第二的好成绩。

白玛卓玛很高兴，但是她也看到了，和自己同龄的扬州学生基础知识掌握得要比自己好一些。在育才小学，20名西藏小学生和扬州小学生同上一节课，白玛卓玛就看到，扬州的同学写字都很好看，回答问题也很快，课余活动也很精彩。

如果能坐在扬州的教室里上课，上初中、上高中、上大学，工作，生活……那有多好啊。也不是没有机会，那要考上内地学校的西藏班才行。可是考试的难度也很大，有名额限制，分到错那，每年只有几个，要加油才行！

错那县人大常委会党组成员、副主任坚增说，这次选派20名小学生来扬州研学，成为全县的大事。20名学生，来自5所小学，都是品学兼优的好学生。这次来到扬州，给每名学生都发了笔记本，让他们记笔记。回到错那后，也要让他们总结。这次扬州之旅，一定会是学生们最难忘的经历。

扬州的学生们学习都不错，但是在白玛卓玛看来，他们的小身板可不如自己。6月1日这天，在茱萸湾公园里展开了一场别开生面的拔河比赛。西藏藏族和门巴族的孩子组成一队，高邮菱塘的回族孩子组成一队，还有两队汉族小朋友。结果呢？当然是来自西藏错那的队伍获得胜利，因为他们可是吃牛肉长大的。

7天的行程，精彩、丰富、有趣、励志，学生和一路陪伴的"太阳雨"志愿者们，都结下了深厚的情谊。老师也让学生们自己寻找喜欢的叔叔阿姨，认上"干爸干妈"，以后好经常联系。白玛卓玛也认了一位，还把自己手上戴了多年的手链送给了干妈。还有的学生呢，身上没带太多东西,就把在扬州刚收获的礼物赠送出去,要表达自己最真诚的心意。

达娃洛珍也认了,她认了周忠燕做干妈。可是"妈妈"有点难叫出口呢,要不还是叫阿姨吧。

车子就要开了,老师已经在点学生名字了,达娃洛珍又好好看了一下扬州,这座在7天的时间里,带给她无限的快乐、幸福、感动、温暖的城市。当她的目光扫到周忠燕时,周忠燕正在擦拭着眼角。原来她也舍不得我们,正如我们舍不得扬州一样啊!

"妈妈,我长大后再来看您!"达娃洛珍脱口而出。

世上所有的离别,都是为了未来的重逢。

再次为爱走西藏

2023年9月19日晚9：15，中国国航CA4222航班，从扬州泰州国际机场飞往成都双流国际机场，12名"太阳雨"志愿者将从成都转机，跨越4000多公里，再赴西藏错那。时隔3年，扬州市邗江区太阳雨志愿者服务中心组织的"太阳雨2023西藏爱心助学之旅"正式开启。

邗江区太阳雨志愿者服务中心理事长、江苏最美军嫂周忠燕为爱心志愿者送行。"传承胡永飞烈士的精神是我们母子共同的心愿，感谢'太阳雨'团队的志愿者帮我圆梦。"身穿"太阳雨"红色短袖T恤衫的周忠燕，站在送站的大巴车上，拉着同样穿着"太阳雨"红T恤的女队员张砚的手，深情地说，"真诚拜托各位志愿者把扬州人民的深情厚谊和满满爱心，带到西藏，带到山南，带到美丽的错那……"

在领队朱峻松看来，这一切都很熟悉。同样的机场，同样的航班，甚至出发日期都是一样的。2020年9月19日，朱峻松第一次带着"太阳雨"志愿者们前往西藏错那。

3年前，第一次抵达错那时，朱峻松看到，那里的天空特别蓝，河水特别清澈。特别让"太阳雨"志愿者们感动的是，在胡永飞牺牲之后，当地的百姓都很怀念他，用各种方式纪念胡永飞。

从那以后，一条叫作"爱心助学"的线就在扬州和错那之间连接起来了。"太阳雨"志愿者们不仅捐助建成了"胡永飞爱心书屋"，还结对帮扶了38名困境学生……3年来，太阳雨爱心志愿者团队捐资捐款,金额超过百万元。

3年时间,彼此都结下了深厚的情感。今年5月底,扬州迎来了一批小客人,他们是来自西藏错那的20位小学生,在扬州研学8天,全部行程都由太阳雨爱心志愿者团队安排接待。离别时,20位小学生都是那么依依不舍,他们盼望着和"太阳雨"团队的叔叔阿姨们重逢。

朱峻松掰着指头介绍,"太阳雨"团队这次爱心之旅,主要任务有好几项:传承发扬烈士的精神,看望爱心结对的38名孩子,关注他们的学习生活情况;看望神圣国土的守卫者、"时代楷模"卓嘎央宗姐妹,向她们致以最崇高的敬意;牵线搭桥高邮天山小学与错那肖小学的结对共建,天山小学就是胡永飞的母校;为了帮助孩子们健康成长,他们还带去了两套"云舒心理测评管理平台",捐赠给觉拉乡完全小学、曲卓木乡完全小学……

20日上午,12名志愿者顺利抵达西藏林芝。在林芝机场门前广场上,队员们推着随身携带的礼品、护眼仪、行李箱合影留念,呈波浪线条的机场造型作为背景,"林芝"两个大红字格外醒目。

9月24日:走亲看望次仁兄妹

经过短暂休整,9月24日下午1:30,12名"太阳雨"志愿者代表抵达西藏山南市。

火车站出口处,两边贴着红底黄字的中巴车格外醒目:"架起民族团结连心桥 画出民族团结同心圆""热烈欢迎扬州太阳雨志愿者赴错那"。早早在车站等候的错那市统战部副部长李永辉等,向"太阳雨"志愿者代表们热情地献上洁白的哈达,志愿者们旅程中的疲惫,也被真挚温暖的"扬州错那一家亲"驱散融化大半。

到达山南市,"太阳雨"志愿者代表最想看到的是米玛次仁。

穿过窄窄悠长的小巷,"太阳雨"志愿者代表朱峻松、厉萍、张砚、闫传钵等，在李永辉、拉姆和错那市曲卓木完小洛桑次仁校长、贡觉朗珠老师的陪同下，来到了格桑路上的米玛次仁家。

挺拔魁梧的米玛次仁和母亲手捧洁白的哈达等待着大家来"探亲"。米玛次仁今年大学毕业，现就职于山南市妇幼保健院；米玛次仁的母亲次仁格桑满脸笑意，倒下一杯杯奶茶，她招呼大家一定要尝尝她亲手制作的奶茶、牦牛肉和高原葡萄。次仁格桑母子与"太阳雨"一行代表今天是首次见面，可他们通过微信和电话已神交三年，见面一唠嗑，感觉就是久别重逢的亲人。而他们与"太阳雨"志愿者的结缘，则是因为洛桑次仁校长。

2021年4月18日，曲卓木完小洛桑次仁校长到扬州参访时，向"太阳雨"团队负责人谈起了该校45岁的次仁欧珠老师。次仁欧珠老师去往县局参加职称评定工作时，在低压高寒缺氧的山路上（这里海拔5061米），突感身体不适（疑似心肌梗塞），没来得及送医就离开了人世。

次仁欧珠去世后，家庭生活每况愈下，他的爱人次仁格桑在山南市一餐厅当洗碗工，每月2800元的工资供养两个孩子和年迈的老母亲。儿子米玛次仁在湖北仙桃职业学院读大二，学费、生活费、交通费需自理。女儿格桑拉姆在武汉西藏班读高二，生活费需自理。失去顶梁柱，全家一下子陷入绝望。

获悉次仁欧珠家不幸遭遇后，一场爱心接力立刻在"太阳雨"志愿者群里接力。你1000元，我800元……不到一天时间，2021年第一批2万元爱心款便筹集完毕；2022年疫情时，次仁兄妹的爱心筹集活动仍在继续，第二批2万元的爱心款委托洛桑次仁校长转交给他们。

今年，次仁欧珠的儿子米玛次仁已经走上工作岗位，女儿格桑拉姆还在武汉西藏班读大一。此刻，"太阳雨"志愿者代表把第三批爱心款1万元交给了次仁格桑。志愿者安慰次仁格桑说，"姑娘读大学的相关费用，"太阳雨"志愿者将继续尽其所能帮扶，直到她完成学业。

明年暑假，欢迎格桑拉姆到扬州做客和勤工俭学"。次仁格桑激动得连连点头作揖，不停地抹眼泪。

洛桑次仁校长也很是感动，他说："'太阳雨'团队是以实际行动，谱写民族团结交流的和谐之歌。"洛桑次仁勉励米玛次仁要继续努力，不辜负扬州志愿者的期望，为民族团结、为建设美丽西藏，贡献自己的力量，同时，要把爱心传递接力下去，让更多的人感受温暖和美好。

9月25日：欢聚在曲卓木校园

曲卓木乡，隶属于西藏自治区山南市错那市（县级市），错那市北与拉萨市毗邻，西连日喀则市，东连林芝市，南与印度、不丹接壤，截至2019年末，曲卓木乡户籍人口为3850人。这里平均气温低，一年四季的气候是冬季和大约在冬季。曲卓木乡完全小学位于错那距县城63公里处，平均海拔4200多米，学校现有254名在校生，12个教学班，40名教职工。

9月25日中午，太阳雨爱心志愿者团队一行12人抵达错那市曲卓木乡完全小学，开展"民族团结进校园"爱心助学活动，受到该校师生、家长的热烈欢迎。错那市人民政府副市长坚增，市教育局副局长桑姆，曲卓木乡党委副书记、乡长王波，曲卓木乡完小校长洛桑次仁等出席活动。

下午的民族团结交往交流交融活动拉开序幕，全体人员首先集中观看了扬州市融媒体新闻中心拍摄的介绍"江苏最美军嫂"周忠燕的专题片《了不起的她》，大家再次被她的事迹所感动。随后，"太阳雨"志愿者向曲卓木乡完全小学的16名困境学生发放了助学金，向10名品学兼优的学生颁发了奖学金，合计3.7万元。"太阳雨"志愿者代表爱心企业——江苏墨者科技有限公司，向曲卓木乡完全小学捐赠的"云舒心理测评与管理平台"和价值 2 万元的 10 台绿色护眼台灯。

"太阳雨"志愿者和曲卓木乡小学的师生还载歌载舞,展演各具民族特色的文艺节目。"太阳雨"志愿者、扬州市景区新长征突击手闫传钵的二胡独奏《扬州小调》,把大家带到烟雨蒙蒙、精致秀美的扬州,台下师生的掌声和惊叹声不断;在禅意浓浓的《云水禅心》古琴音乐声中,"太阳雨"志愿者、扬州市 13 届运动会太极拳冠军张震中表演的"24 式太极拳",既弘扬中华民族传统文化,又宣传了扬州。曲卓木乡完全小学的师生用藏族舞蹈、民歌和器乐,向"太阳雨"人展现出民族文化独特的魅力和热情。

演出结束后,"太阳雨"志愿者分组与曲卓木乡完小师生进行文化教育方面的学习与交流。"太阳雨"志愿者、江苏省作协会员厉萍,在学校录播室为学生讲授"写作与知识积累的重要性"。

"同学们,你们知道写作在我们生活中的作用吗?五年前,扬州小学生胡博文写了一篇作文《我的爸爸》,感动了全国,他在作文中写道:'我的爸爸胡永飞,是西藏某部队汽车连连长,在执行任务时遇山体滑坡,为了救战友而牺牲了。我的妈妈为了让我和其他孩子一样快乐,总是告诉我爸爸在保卫祖国边疆,很忙,不能回家,直到 10 岁我才知道,我的爸爸早已经牺牲了……'今天,我们太阳雨爱心志愿者团队一行,来到曲卓木乡完小,与胡博文同学的这篇作文相关。你们说,我们学习写作作用大吗?"厉萍用互动方式为学生讲授了一小时的写作课。回答问题正确的同学就获得一份小礼品,礼品有学习用品还有扬州毛绒玩具,这是与错那曲卓木完小结对的扬州育才小学六(3)班同学朱晨瑜特意托"太阳雨"志愿者带来的。写作课现场,学生们大胆表达,不少学生开心地说,"今天的写作课,学到了课本上没有的知识"。

操场上,"太阳雨"志愿者、扬州市 13 届运动会太极拳冠军张震中，正在为曲卓木乡完小师生教学中华武术"五步拳"。面对曲卓木乡完全小学4200多米的海拔高度，张震中克服高反带来的不适，一招一式，分解动作，认真教学，展现了扬州志愿者的大爱情怀。曲卓木乡完全小学校长洛桑次仁说，中华传统文化"五步拳"强身又护体，今天的学习太重要了，他们特意安排体育老师和学生们一起学习。今后学校要把"五步拳"作为课外课程推广，并打造成民族团结精品课间操。

错那市副市长坚增高度评价这次活动所取得的成效，他说："五年来，扬州'太阳雨'志愿者与边陲错那两地之间的民族团结交流活动，是从娃娃开始推广的，在青少年心中播下了友爱的种子，也架起了两地青少年相亲相爱的友谊桥梁。希望今后要像走亲戚一样，继续多往来，让民族团结共同进步之花盛开得更加绚丽多姿。"

9月26日：烟雨迷蒙勒布沟

勒布沟是门隅地区的中国控制带，是西藏错那市境内波拉山南侧的一个著名景区，在喜马拉雅山东段的一条南伸式大峡谷，西方是不丹王国，南方是门隅核心的达旺地区，从高寒的世界屋脊陡降到亚热带湿润地区，犹如小墨脱。勒布，藏语意为"好的地方"。这里气候宜人、物种丰富、山川秀美、鸟语花香，一年四季常青，盛开着美丽的杜鹃花、茉莉花、月季花和各种各样叫不出名字的野花，堪称雪域高原一绝。勒布沟还是我国少数民族门巴族的主要聚居地，在这里生活着淳朴的门巴族人民。这里的民族文化别具特色，他们有自己的方言、文化、服饰等。勒布沟，幽幽苍翠草木生，多情诗人仓央嘉措的灵感源泉，更是打响对印自卫反击战第一枪的地方。

9月26日，"太阳雨"志愿者抵达勒布沟时，雨雾不急不躁地以它的姿态飘忽而至。志愿者一行在错那市统战部副部长、民宗局副局长、民创办负责人李永辉和工作人员拉姆的陪同下，在勒布沟的红色基地和民族团结基地参观学习。

"你看，这面墙上有'最美军嫂'周忠燕的故事，有今年错那孩子到扬州的'边境小小石榴籽'研学活动，这里展示了多张照片呢……"

上午，志愿者参观了位于错那森木扎的"民族团结边境长廊示范点"和示范点的展览室。在一张张生动的图片、一篇篇翔实的文字记载中，大家详细了解了在党和政府的带领下，边境地区各族群众共同维护民族团结、共同守护神圣国土、共同建设美丽家园的感人事迹。

展室内，中心醒目处是"树立典型"板块，共有六人典型事迹，有门巴族的索朗德吉，中国共产党第二十次全国代表大会代表；有珞巴族的扎西央金，十二届全国人大代表；还有"太阳雨"爱心志愿者周忠燕。

展牌上介绍了周忠燕一个人坚韧承担家庭重担的艰辛，心牵4000公里外错那孩子的爱心，以及长篇报告文学《守家》的主要内容和《守家》一书的作者、"太阳雨"爱心志愿者孙克勤大校的创作感受。

在爱我中华"播种"行动的板块中，有"边境小小石榴籽"赴扬州研学活动图片展；在促进民族交往交流交融板块中，有江苏扬州与西藏错那小学生书信交流、绘画交往作品选登等。

当看到数十张展示太阳雨爱心志愿者团队事迹的照片时，大家惊喜声、感叹声不断。面对熟悉的场景，回味那些曾经经历过的、奉献过的往事，"太阳雨"志愿者个个感到亲切、感动又自豪。"太阳雨"志愿者蒋丽莉表示："各民族团结友爱是中华民族的光荣传统，我们应该传承好、发扬好。"

在勒乡农牧茶叶合作社，志愿者在体验直播带货的新鲜感后，纷纷自购了勒布沟的地产茶叶，带回扬州让亲朋好友品尝。

中午，"太阳雨"志愿者代表来到麻麻乡小学，受到边巴次仁校长的热情接待。麻麻门巴民族乡紧邻边境线，群山环绕，植被茂密，与沿途经过的风景形成鲜明的对比。在这个只有100多位门巴族居民生活的地方，麻麻乡小学就是全村的希望。次仁校长带领志愿者参观了校园和学校民族团结陈列室，他介绍道：学校拥有一流的教学楼、行政楼和学生食堂，30多位孩子们平时吃住在学校，国家负担了所有学生的学费、住宿费和伙食费。次仁校长也指出目前教师队伍结构性缺员的现状，不利于提高教学质量。

下午，岁月的风，拂过夏令谷，拂过滔滔娘姆江水，将大家带至峡谷200米处的对印边境自卫反击战张国华将军前线指挥部旧址，飘扬的五星红旗在绿水青山的映衬下格外鲜艳。

时过境迁，指挥部早已不是原来的模样，将军桥也从简易的木板桥修建为坚固铁桥，森木掩映下幽静谧然，循迹而行，山花绽放，石板路上落花点点，在高达100米的悬崖壁下它们见证过张国华将军的峥嵘岁月，也见证过战士们抗击侵略者、捍卫国家领土完整的英勇事迹。张国华将军于1962年10月就是在这里运筹帷幄，指挥部遗址经过多次修缮，现如今已建成20余平方米的遗址纪念馆。岩壁上，清晰可见用汉藏双语雕刻的"张国华将军前线指挥部旧址"。60年前，张国华受命组建前线指挥所，负责指挥中印边境东段自卫反击战，经过整整一个月的英勇战斗，歼敌7000多人，保卫了国土的完整。

"太阳雨"志愿者们缓步进入对印边境自卫反击战张国华将军前线指挥部旧址陈列馆里，那一段段介绍、一张张照片，记录了那个年代战士们坚韧的信念与爱国情怀。那段战火纷飞的岁月，不知道陈列着的那盏旧油灯照亮过多少人的心？穿越勒布沟，不仅是流连于醉人的山水风光，更是缅怀一段共和国战士奔赴边疆纾解危局的峥嵘岁月。

志愿者还参观了门巴民俗文化陈列馆，陈列馆内设置的非遗民俗、传统技艺、音乐舞蹈、古建筑和特色产品展销等功能区，让志愿者们一睹门巴族传统生产生活场景。馆内展出的门巴人旧时的衣食住行模型、农耕工具、竹器编织物等物品，让志愿者沉浸式感受到关于门巴族的"前世今生"。

参观学习结束后，错那市委常委、统战部部长索朗巴珠，错那市副市长坚增，与"太阳雨"志愿者进行了座谈和交流。

"'边境小小石榴籽'赴扬州研学活动，在错那是促进民族大团结的开先河创新举措。"索朗巴珠围绕此次活动从组织策划、安全保障等做了详细介绍。他说，民族团结工作要从娃娃抓起，今年5月底，错那20名学生的江苏扬州行，意义非常重大，江南的秀美已经镌刻在孩子们心中，民族团结，边疆稳定，祖国大好河山才会更加绚丽多姿。

"边境小小石榴籽"赴扬州研学活动的总领队、错那市坚增副市长说，错那20名学生来到扬州后，在何园成功学习印刷术的惊喜，在瘦西湖结对互送礼物的开心，学习国画手捧自己作品的快乐，在高邮烈士陵园胡永飞墓前的凝重，他都看在眼里，太阳雨爱心志愿者团队精心细致的安排，帮扶"小小石榴籽"的真心真情，让他感动，期待今后有更多的走访和互动。

听闻胡永飞烈士家乡来人，胡永飞生前所在部队的领导、已转业到错那地方工作的战友们，来到志愿者下榻的宾馆看望大家。他们委托"太阳雨"志愿者，把西藏的祝福和牵挂带给最美军嫂周忠燕，他们学习传承烈士精神，将继续在这里保卫边疆、建设边疆。

9月27日：走访将与胡永飞母校结对的错那肖小学

在错那市教育局副局长桑姆，错那市委统战部副部长、民宗局副局长、民创办负责人李永辉和办公室四级主任科员尼玛拉姆的陪同下，9月27日上午，"太阳雨"志愿者一行来到今年9月刚刚落成启用的错那市肖小学。浪坡乡党委副书记、乡长田衍鸿，肖小学校长薛鹏程，向来访志愿者敬献哈达。

一走进肖小学，就被浓浓的喜乐节庆氛围包围，大门口顶上的花木架上，大红灯笼高高挂，百余面制作精巧的小国旗迎风飘扬，汉藏双文写着的"西藏错那市肖小学2023年'月满中秋喜迎国庆'系列活动"红底黄字横幅格外醒目，"唱响红色经典，传承红色精神，中华诗歌朗诵暨红歌大合唱"的舞台，已经制作完毕，大气庄重，就在大门口广场的南侧。蓝天白云下，群山环绕的肖小学，不仅喜气洋洋，校舍崭新，师生们也都洋溢着自豪和自信。

肖小学的校长薛鹏程是山西人，在西藏工作已经10多年，他介绍说，肖小学所在地是错那市浪坡乡肖村，这里是新时代发展起来的边境村。近年来，在党中央的关怀下，通过边境小康村建设，肖村家家户户建起一栋二层藏式小楼，特别是幼儿园、小学、医院等配套设施建起来后，极大增强了当地群众守护好神圣国土、建设好幸福家园的信心和决心。

"红军不怕远征难，万水千山只等闲……"边听校长介绍边参访校园时，一阵抑扬顿挫的朗读声引起"太阳雨"志愿者的关注，在征得校方和老师同意后，参访人员走进课堂，来到孩子身边，孩子们却丝毫没有被打扰，他们眼睛依旧盯着讲坛上的老师，大声朗诵着毛主席写的《七律·长征》："五岭逶迤腾细浪，乌蒙磅礴走泥丸。金沙水拍云崖暖，大渡桥横铁索寒。"薛校长低声介绍说，估计这些学生正在准备迎国庆的中华诗歌朗诵活动呢。参访人员轻轻离开教室时，忽然又被老师解读课文的声音吸引，这位老师看起来只有二十几岁，阳光帅气，声音语调亲切又熟悉。

下课铃声终于响了，志愿者心中的谜团也解开了。原来这抑扬顿挫的朗读声来自三年级的课堂，语文老师唐国庆是西藏出入境边防检查总站的支教民警，南京江宁人，目前在肖小学任教语文和英语。唐国庆告诉大家，他没有想过自己会当老师，学生们都住校，与他们朝夕相处后，深深喜欢上了这群单纯可爱的孩子。这些学生虽然都是三年级学生，但由于之前所在学校的学习进度不一样，有的还没有学习过拼音。课堂上，他按照预定学习计划和目标进行，课后，想其他办法帮进度弱的孩子补课。比如，让会的同学先带不会的，然后他再进行辅导和补课，现在同一个班的同学，学过的课文基本上都能流利地读下来。唐国庆说，他最烦恼也哭笑不得是，有些孩子怕写作业，于是他想了两个办法，一是在学校中午开饭的时候，把作业带到食堂让这些学生先做一部分，等其他学生都打完饭了，补做了作业的再去打饭。二是放假后回校的时候，在校门口检查作业，作业没写完的，就让父母陪着做完。

唐国庆说：我对孩子的学习要求有点严格，但我真心期待我任教的孩子们，学业上有长进，期待他们有机会有能力到内地读书，用知识武装后的孩子们，守护祖国边疆的力量会更强大。

听完介绍，参访者纷纷为江苏小老乡唐国庆竖起大拇指。

薛校长介绍说，肖小学现设6个教学班，在校学生131名。学校专任教师13名，支教老师3名，后勤临时工作人员有10人，其中保安2名、生活老师2名、师生食堂工作人员4名、保洁员2名，专任教师学历合格率达到100%。孩子在学校的学习和生活，当地政府和家长们都放心安心。

参观完校区，薛鹏程校长与太阳雨爱心志愿者团队总召集人朱峻松等，详细商谈了将与胡永飞烈士母校——高邮天山小学结对共建相关事项。薛校长动情地说，愿西藏肖小学与江苏天山小学久久徜徉于这次真诚的合作，在友谊之桥上手拉手、心连心，为全社会教育事业和谐发展做出我们共同的努力。

胡永飞烈士母校高邮天山小学校长朱宇，一直关注着太阳雨爱心志愿者团队西藏爱心之旅活动，得知肖小学薛鹏程校长也期待着与天山小学共建的愿望后十分欣慰。他兴奋地说，期待两所学校早日"结亲"，促进两地孩子相互学习、共同进步。

高邮市送桥镇天山小学，坐落于神居山下、高邮湖畔。办学60多年来，学校立足农村实际，充分挖掘和利用各种宝贵的教育资源，努力使学生养成良好品德，造就健康个性，发展兴趣特长。学校现有教学班19个，学生800多人，目前是高邮市农村学校学生人数最多的小学。

朱校长自豪地介绍说，胡永飞烈士是天山小学的杰出校友，他的英雄事迹所蕴含的爱国主义情怀、奋斗拼搏精神和无私奉献品质，具有丰富的育人价值。为了把胡永飞烈士保家卫国的精神传递下去，学校克服困难，已经腾出场地建设胡永飞烈士事迹展示室，打造学校爱国主义教育的新基地。

连通视频，朱校长说："通过两地学校共建，期待胡永飞烈士的母校天山小学为民族大团结添砖加瓦，期待天山小学杰出校友胡永飞烈士的牺牲奉献精神在错那永存！"

离开肖小学，"太阳雨"志愿者饶有兴趣地参观了浪坡乡肖村史馆。随后，志愿者与当地基层干部一起，高举红艳艳的国旗，巡逻在边境线上，"太阳雨"志愿者、退役军人郭宏芳负责下达口令、指挥队伍，志愿者们都经历了一场特别的体验、特殊的洗礼。

在边境线上一块写着"达旺河"三个字的高大的石头旁，志愿者打开一面事先准备好的很大的国旗，合影留念。红国旗、红服装、淡红色的大碑石，相互映衬，一片火红，背景是翠绿的群山、高大的杉树。

有人提议，参加巡边的党员在这里向党旗宣誓。于是，同样的背景，同样的石碑，10名党员面对鲜艳的党旗庄重地举起右拳，齐声朗诵入党誓词。志愿者党员朱峻松、郭宏芳、戎根喜站立在这支队伍中。

9月27日：错那中学的欢聚

27日这一天，"太阳雨"志愿者一行的活动紧张紧凑、温馨感动又充满活力。离开浪坡乡之后，志愿者们赶往错那市区。

中午，中共错那市委书记巴桑欧珠，市委常委、统战部部长、民宗局局长索朗巴珠，市委常委、政法委书记、公安局党委书记、局长吴达胜，副市长坚增与"太阳雨"志愿者亲切会面。巴桑欧珠书记动情地说："太阳雨爱心志愿者团队的事迹我听过多次。2021年，我们错那被评为第九批全国民族团结进步示范县，是山南市首家。这成绩，包含着你们的奉献，谢谢！"错那市委领导的肯定，让太阳雨爱心志愿者团队深受鼓舞。午餐后，志愿者们即从错那市政府出发，前往错那中学"赴约"。

在错那市教育局局长王俊锋、副局长桑姆，错那市委统战部副部长李永辉的陪同下，大家走进错那中学二楼会议室。轻轻推开门，"太阳雨"志愿者张砚眼睛一下子湿润了，有点哽咽道：孩子们，你们还记得我吗？

5月底，20名错那小学生到扬州研学8天，张砚整整陪了他们8天，喜欢上这群好学又知感恩的孩子，从那时就开始了漫漫牵挂。此刻，这20名学生像一群可爱的小鸟，依次静静地坐着。看到一群熟悉的面孔走来，听到熟悉的声音问话，小姑娘们睁大眼睛，害羞地连连点头，男生们则呵呵傻笑答："记得，记得。"

与错那孩子们的往来已近5年，往事一幕一幕仿佛发生在昨天……

听说扬州"太阳雨"团队的叔叔阿姨们将到错那，与扬州结下情缘的20名孩子个个激动。觉拉乡完全小学的两名女生格桑德吉、达娃洛珍兴奋了好几天。当天早上9点半，在学校党支部书记次仁曲宗的带领下，坐了两小时车来到错那中学坐等。格桑德吉告诉次仁书记，从扬州回来后，有次做梦还在扬州科技馆玩。她激励自己，现在一定要好好学习，希望将来考到扬州上学，再看看扬州科技馆。

集中在错那中学的这20名孩子，分别来自曲卓木乡完小、觉拉乡完小、麻麻乡小学、错那镇小学、卡达乡小学。

在扬州接待照顾这些孩子的8天里，因为朝夕相处，张砚记得每个孩子的名字、爱好和特点。此刻,在大家"考验"下,张砚阿姨继续"点名"。

"达娃洛珍,上三年级了吧?"一排孩子中,红红肤色、圆圆脸蛋、五官秀气,长着会说话眼睛的达娃洛珍依旧最吸引人眼球,她被张砚第一个点名。小达娃害羞点点头,双手展示了一封感谢信。在大家鼓励声中,小达娃大大方方读起手中的信。她说,"最难忘的是扬州科技馆,看见机器人跳舞,还在那里体验了'地震'。今后要好好学习,不辜负老师和扬州叔叔阿姨们的期望……"

达娃洛珍旁边坐着觉拉乡完小五年级的格桑德吉,小格桑准备了一篇小作文,作文中介绍了扬州美食中的扬州炒饭、三丁包子、牛皮糖、茶干,还详细回忆了瘦西湖的美景和在瘦西湖与扬州孩子结对互送礼物的美好时光。文笔不错,大家不约而同地鼓掌。

"格桑德吉呢,还记得在扬州我们同住一间房吗?"张砚向大家介绍说,小德吉特别懂事,我们在扬州加了微信了。她半个月回家一次,回到家拿到手机,就会联系我、问候我,她是与我联系最多的一个小藏娃。

"这是卡达乡小学的白玛卓玛,爱撒娇、求抱抱的小姑娘,我也喜欢,你在我的记忆里是个戴着小眼镜、聪明伶俐、绘画美丽、成绩也很好的小朋友。"

"这是觉拉乡完小洛桑吉米,这个活泼调皮的小男生,看起来瘦精瘦精的,与扬州孩子拔河比赛时,浑身有使不完的劲,可厉害了。"

"次旦扎西,你说家里开小旅馆的,我到西藏,可以免费住你家旅馆,别忘了哦。"

"多吉次仁,今天你戴着红帽子更帅了。在扬州你拥抱胡永飞叔叔塑像的时候,许多孩子与我一样,都忍不住哭了。"

……

与张砚逐一交流的过程中,孩子们从害羞转身,又开始大胆与张阿姨和"太阳雨"志愿者郭宏芳、高安驰等互动打趣，开心的笑声此起彼伏。

因为要照顾两位老人，加之洗衣店近期工作量也大，周忠燕没有能与大家一起来西藏。这让孩子们很是失落，不断有孩子询问：周妈妈呢？周妈妈为什么没有来？我们想周妈妈呢……

面对孩子们渴盼的眼神和疑惑的神情，"太阳雨"志愿者拿起手机，与周忠燕进行了视频。孩子们看到了正在洗衣店熨烫台工作的周忠燕，她笑眯眯与大家挥挥手，还是那样亲切温和。"周妈妈好，周妈妈好！"这边孩子们一片欢叫声、惊喜声。

这20名孩子与周妈妈有着别样的感情。在扬州研学的8天里，他们来到高邮市烈士陵园，祭拜了胡永飞烈士。他们知道，尊敬的胡永飞叔叔，14年前，在雪域高原错那为了保护战友，献出了年轻的生命；他们知道，5年前开展的'格桑花计划'，周妈妈是发起人之一；他们知道，周妈妈用自己一双手赡养着三位老人，抚养着一个孩子，很不容易。在他们心中，胡永飞叔叔没有离开错那，他们也是周忠燕的孩子，他们喜欢周妈妈。

格桑德吉、席宝娜、次旦扎西、旦增贡嘎……你们好！面对手机小视频，孩子们争着上前，要让周妈妈看一眼，要与周妈妈说说话，听到周妈妈叫出自己的名字，个个心里美滋滋的。

格桑德吉告诉周妈妈，今年她们家搬进新居了，小妹妹也特别可爱。因为成绩优秀，她拿到了"太阳雨奖学金"，她要给妹妹做好榜样。

次仁吉宗、次旦扎西、尼玛卓嘎、多吉次仁等六名同学特开心，他们一至五年级是在边远的山沟里麻麻乡小学上学，现在六年级被安排到错那城里来读书了。

20名学生争相告诉周妈妈自己和家人开心的事。

周妈妈最不放心的是旦增贡嘎，上次到扬州时他眼睛红红的。旦增贡嘎说，家里人已经帮他找医生看了，可能是对光线比较敏感，还将继续治疗。

2019年开始实施的"格桑花计划"已经5年了，关注帮扶的学生中，有的已从小学生成长为初中生。"太阳雨"志愿者厉萍与许培培共同资助的觉拉乡小学古桑措姆，目前是错那中心学校八（1）班的学生。厉萍与古桑措姆的母亲仓决卓玛去年加了微信。小古桑是觉拉乡扎洞村人，从家里到错那城区上学需要坐车3个多小时。她没有手机，一个月回一次家，一到家就借用母亲手机，与厉萍阿姨在微信上说几句。她告诉厉萍，她喜欢语文和历史，有点害怕数学，她的理想是长大后能当一名老师。

今年暑假，小古桑有了自己的手机，与厉萍聊的话题更多了，还发一些在学校操场和在家帮妈妈做家务的照片。为了鼓励她多读书，厉萍也寄一些文字很生动的图书给她。担心自己与初中的孩子交流有代沟，厉萍还请女儿帮忙寄些零食、衣服、小包给古桑措姆。于是，一个月一次的聊天中，小古桑还主动问厉萍家的小姐姐在忙啥？

一场特殊的见面活动，也在会议室进行。错那市委统战部副部长李永辉托错那中学的老师带来了古桑措姆。鲜红的校服、瘦高的个头、秀气的脸庞、明亮的双眸、尖尖的下巴，豆蔻年华的小古桑比照片更漂亮。志愿者金林、黄全芳、厉萍等都欢喜地看着小古桑，她们三人都是中等个头、白皙皮肤、圆圆的脸，还有统一穿着红马甲。有人与小古桑开起了玩笑，问小古桑，这三位阿姨中哪位是厉萍？在场的人都乐呵呵地期待答案。小古桑与厉萍，在照片上互见过，但面对面是第一次。

小古桑愣了一下，腼腆一笑用手指向厉萍。志愿者们和错那的老师们都欣慰地笑了。"太阳雨"志愿者们对错那孩子的真心真情，让五所学校带队老师十分动容。老师和志愿者们都相互加了微信，留了联系号码，相互约定再见时间。

错那中学中心广场处有块置石，志愿者们在这里合影留念。置石上汉藏双文写着习总书记对西藏教育的要求和期望：改变藏区面貌，根本要靠教育。

"太阳雨"志愿者将2023年爱心助学款4.2万元，交给觉拉乡完全小学党支部书记次仁曲宗，同时代表爱心企业向该校捐赠了"云舒心理测评与管理平台"。

错那市教育局局长王俊锋特意把一面锦旗送给太阳雨爱心志愿者团队的总召集人朱峻松，锦旗上金色大字写着：大爱助学、细润无声，情系教育、功在千秋。朱峻松接过锦旗，也接过错那对"格桑花计划"的期待。

3个多小时的访亲相约活动一晃结束了，大家依依不舍告别错那孩子、告别错那中学。"太阳雨"志愿者西藏爱心之旅将赴下一站，大家脚步有力而坚实。

9月28日：拜访时代楷模卓嘎央宗姐妹

9月27日下午出发，翻山越岭，夜宿隆子县。9月28日一早，继续奔波。两天累计10多个小时的车程，上午10时许，太阳雨爱心志愿者团队一行终于到达西藏山南市隆子县的玉麦乡，祖国西南边陲、中印边境。

到玉麦乡拜访"神圣国土的守护者、幸福家园的建设者""时代楷模"卓嘎、央宗姐妹，是"太阳雨"团队西藏爱心之旅的最后一项活动，也是激动感人的一天。

一进玉麦乡，就看见高山脚下，住着一户人家，黄色的屋顶，山坡上的钢网上焊制了八个遒劲有力的红色大字，"家是玉麦，国是中国"，汉字和藏语两种版本，火红的一片，在荒山坡上十分醒目，熠熠生辉，让人振奋，给人信心。

因为有预约,一到玉麦,大家就在央宗家里见到了等待"太阳雨"志愿者一行的央宗,不一会儿,在牧场放牧的卓嘎姐姐也匆匆赶来。

面对卓嘎、央宗姐妹俩,"太阳雨"志愿者们钦佩和感动之情也油然而生,大家静静的,竟有点不知所措,与姐妹俩握手是否符合西藏礼仪?她们会讲汉语吗?她们能否听懂我们的方言?卓嘎、央宗姐妹似乎感觉到大家的想法,她们乐呵呵地边打招呼边为大家逐一倒上奶茶,虽然大家听不懂卓嘎、央宗姐妹俩讲的藏语,但她们俩的热心和热情大家都能感觉到。虽然是第一次见,但大家都感觉亲切又熟悉。

在一旁做"翻译"的央宗儿子索郎顿珠告诉大家,这奶茶特别新鲜,今天早上母亲央宗和姨妈卓嘎刚做的,请大家多多品尝。他母亲央宗和姨妈卓嘎习惯讲藏语,江苏方言她俩听不懂。

姐姐卓嘎个头稍矮纤瘦,妹妹央宗身材高挑健壮。一经介绍,确认过的眼神就让人无法忘记。几十年的放牧生涯,几十年的风餐露宿,使姐妹俩皮肤变得紫红微黑,但从两人柔和的轮廓、秀气的明眸和端庄的五官中,能感受到她们曾经俊俏的面容和美丽的青春。亲切和善的笑容和风轻云淡的问候声中,多少风起云涌、惊涛骇浪的故事仿佛是别人的故事。

在玉麦纪念馆,有块展牌,上面没有任何文字,就是一组数字3+32=3644,这是一道什么算术题?其中有什么秘密?原来,这道特殊的算术题浓缩了卓嘎、央宗一家人的故事,参访者无一不为之动容、流泪,继而增添保卫祖国建设祖国的责任感和使命感。

3是什么?这里3的计量单位是人,是3人,父亲桑杰曲巴和两个女儿卓嘎和央宗。1959年,玉麦乡成立。1960年老民兵桑杰曲巴担任第一任乡长,因交通不便、贫困苦寒,一些居民陆续搬走。1983年玉麦剩下的3户人家,在党和政府关心下,这三户迁到日拉山外条件较好的曲松乡。但仅过了一个冬天,桑杰曲巴就带着家人、赶着牛群,回到了原来居住的地方。桑杰曲巴跟家人说："外面条件虽好,但这里是祖国的边境,需要人守护,即使我们有一天会在这片土地上死去,也会有人接替我们守护这片土地,但是这个人必须是中国人!"

从那时起,高原孤岛上只剩下桑杰曲巴一家人。一栋房子,既是乡政府,也是他们的家。严酷的自然环境和缺医少药,桑杰曲巴妻子和小女儿先后去世。送走亲人,擦干眼泪,深埋悲伤和凄凉,桑杰曲巴带着卓嘎、央宗姐妹,依旧坚守在玉麦。玉麦乡因此有了一个外号"三人乡",是我国人口最少的行政乡。

32 的计量单位是年,是 32 年。桑杰曲巴一家在玉麦坚守了 32 年。

玉麦乡地处祖国西南边陲,被险峻的喜马拉雅山脉包围,平均海拔 3600 多米,日均光照不足 2 小时。2001 年前,因为交通不便,一年中多半时间大雪封山,与世隔绝。山对面飘来的印度洋充沛水汽和云雾,常年笼罩玉麦,虽然林木茂盛,地上却长不出庄稼。青稞难结穗儿,土豆只有拇指般大小。

生活在这样艰险的环境里,藏民们只能赶着牦牛,将自家的酥油、奶渣等运出山外,换回些许青稞、盐巴和砖茶等生活必需品。

从玉麦到隆子县城,直线距离不过 40 公里,却要翻越 3 座海拔 5000 多米的雪山,穿过陡峭的山谷和沼泽遍地的原始森林,来回一趟要走 20 多天。年幼时,卓嘎、央宗曾多次央求父亲:"我们搬到山外去吧!"父亲每次都严厉又动情地说:"我们放牧,也是为祖国守边疆。这是国家的土地,我们要守好!"

32 年的放牧守边疆,虽然辛苦紧张但也有喜事,在父亲的带领下,卓嘎、央宗先后光荣地加入了中国共产党。1988 年桑杰曲巴退休,大女儿卓嘎担任玉麦乡乡长,央宗是副乡长兼妇女主任。1996 年,山外迁来两户人家,玉麦从此告别"三人乡"的历史。到 2020 年,玉麦已有 67 户 234 人。

3644 的计量单位是平方公里,桑杰曲巴一家三口在 32 年的时间里，守住了我们祖国边境玉麦乡 3644 平方公里国土。

玉麦地处中印边境，有一年的夏日，一群荷枪实弹的印方士兵利用边防部队巡逻间隙强行入境，把印度国旗插在了玉麦的山头上，桑杰曲巴十分气愤，他整整用了两天时间，独自一人攀上山头拔下了印度国旗。

历经此事后，在玉麦这片国土上升起国旗、守护国旗，便成了桑杰曲巴的执念。他利用红黄两种颜色的布料，一针一线地缝制起五星红旗。玉麦升起的第一面红旗就是桑杰曲巴亲手制作的。后来，他又制作了三面红旗。在放牧守边的 32 年里，他带着女儿卓嘎、央宗姐妹俩走到哪里，就把国旗带到哪里。再后来，两姐妹边放牧边巡逻，在数千公里国土的每一处道路上，都挂上了国旗。玉麦 3244 平方公里的一草一木、山山水水都见过鲜艳的五星红旗。

在党中央的关心和帮助下，2001 年玉麦发生了天翻地覆的变化。这一年，与外界相连的公路通了，第一辆汽车开进了玉麦乡；这一年，全乡通电了，工作生活明显便利。但也在这一年，好日子刚开始的时候，桑杰曲巴永远长眠于喜马拉雅山的脚下。

桑杰曲巴没有看到玉麦牧民们开通电话的欣喜；没有看到玉麦成立了边防派出所；没有看到玉麦乡取得了"全国民族团结进步示范乡镇""全国脱贫攻坚先进集体"等荣誉；没有看到卓嘎的女儿大学毕业后，主动回到了玉麦；没有看到玉麦乡第一个大学生——央宗的儿子索朗顿珠从西藏大学毕业后毅然回到家乡，投身玉麦建设；也没有看到 2017 年 10 月 28 日，习近平总书记给卓嘎、央宗姐妹俩回信了。

总书记在回信中说："家是玉麦，国是中国，放牧守边是职责，你们这些话说得真好。有国才能有家，没有国境的安宁，就没有万家的平安。祖国疆域上的一草一木，我们要看好守好。"总书记不仅肯定了他们父女两代接力为国守边的行为，还希望姐妹俩带动更多的牧民群众像格桑花一样扎根在雪域边陲，做神圣国土的守护者、幸福家园的建设者。

自从习近平总书记回信以后，卓嘎、央宗姐妹的故事在国内广为传颂。2018年，两姐妹一起当选为"感动中国2017年度人物"，同年获得了"时代楷模"称号；2021年卓嘎荣获"七一勋章"；2022年，卓嘎作为党代表，参加了中国共产党第二十次全国代表大会。

桑杰曲巴的遗憾，没有亲身感受的这一切，国家建设的"玉麦乡爱国守边先进事迹展馆"，留住了记忆并成了永恒。在展馆，"太阳雨"志愿者从玉麦的历史沿革、自然资源到"三加三十二等于三千六百四十四的传奇故事"等专题展览，逐一学习瞻仰。在展览馆，参访者还观看了一段伤感又温馨小视频，小视频里，索郎顿珠梦到了外公桑杰曲巴，索郎顿珠兴致盎然带着外公观看玉麦乡的新变化新面貌，外公不住点头称赞，还叮嘱索郎顿珠继续做好守土守边工作……

在玉麦，"太阳雨"志愿者还意外见到了索郎顿珠刚3岁的儿子，这是桑杰曲巴第四代，参访者开心又喜欢。曹问琴送上从扬州带来的巧克力；张砚、闫传钵、蒋丽莉等个个想抱一抱、亲一亲小藏娃，边境又添了小小护卫者。同时，志愿者心里又酸酸的涩涩的。20多年前，索郎顿珠一岁多时，父亲在运送物资途中，遇到山体塌方，不幸去世，与胡永飞的遭遇几乎一样。索郎顿珠与胡永飞烈士的孩子胡博文一样，也是在没有父亲陪伴的日子里孤独成长，默默帮着母亲一起分忧。没有人生而伟大，但总有人在平凡中创造伟大。雪域高原上的格桑花看似弱小，却能经风雪、耐严寒，即使在寒风中也会沐浴阳光顽强挺立。

"太阳雨"志愿者郭宏芳、厉萍、张震中交谈说，这些年来多次听说时代楷模卓嘎、央宗姐妹的故事，听一次感动一次，这次到玉麦的拜访，是一次灵魂的洗礼，今后要继续多讲奉献多做公益，为我们当下美好的时代增色添彩。

"太阳雨"志愿者向卓嘎、央宗姐妹俩赠送了一对由志愿者张群选购的扬州特色工艺品——红色镂空雕花漆器花瓶,祝愿卓嘎、央宗两姐妹家庭健健康康、平平安安,祝愿祖国边境平静平安,祝愿祖国繁荣富强!

老兵感言:不寻常的巡边之旅

退役军人、扬州市民族宗教事务局四级调研员郭宏芳,从西藏高原回到扬州后,经过思考沉淀,写下了这篇发自内心深处的感想和体会:

国庆前夕,12名扬州"太阳雨"志愿者前往西藏错那边陲,开展了爱心之旅、红色之旅、强边之旅。我作为一名老兵志愿者,有幸参与其中,受益匪浅,感受颇深。

我是1983年10月从高邮应征入伍的,在祖国的西南云南边境参加过对越自卫反击战,又在西北新疆守过边防,共穿了21年军装。这次来到雪域高原边防前沿,参观张国华将军指挥部,看望时代楷模卓嘎、央宗姐妹,举行志愿巡边行动,仿佛一下子回到了火热的军营,守边往事又历历在目。

在张国华将军指挥部,简陋的草篷内,一张作战地图挂在崖壁上;简易的木桌上,一张马灯好似映衬着张将军坚定果敢的脸庞。20世纪五六十年代,国家困难重重,印度咄咄逼人,在我边境挑起事端,妄图蚕食我领土。中央军委下令,严惩来犯之敌。张国华将军抱病抵近前线指挥,运筹帷幄,决胜疆场;中国边防部队捷报频传,取得压倒性胜利,打出了国威军威,赢得了中印边境的长期稳定,在新中国对外战争史上书写了辉煌的一页,张将军被称为"喜马拉雅战神"。环视着小小窝棚的指挥部,我思绪万千。雪域高原,条件艰苦,气候恶劣,部队进藏不久,刚刚经过平叛,还没有来得及适应高原生活的官兵,在张将军的率领和指挥下,战胜了骄横的来犯之敌。边防战士们靠的是"一不怕苦，二不怕死"的革命精神，这种大无畏精神也激励着一代又一代人，为了国家的繁荣昌盛艰苦奋斗，也成为军人的精神动力，铸就边防军人的军魂。

在玉麦，我们倾听卓嘎、央宗姐妹在父亲桑杰曲巴带领下，守卫祖国3644平方公里国土的故事。在平均海拔3650米的雪域高原，父女两代人为了守卫这片国土，克服常人难以想象的困难，坚守玉麦这座"孤岛"，山坡上八个苍劲鲜红的大字"家是玉麦，国是中国"，是他们永远的信仰。在他们的事迹陈列馆，我的心情久久不能平静。军人守边是神圣职责，桑杰曲巴父女心怀国家，充满着深切的家国情怀，用毕生精力守护这片土地，山顶树梢上永远飘扬着他们自己制作的五星红旗。习近平总书记高度评价他们守边固边的精神。国家的安宁，边防的稳定，凝聚了多少边防人的心血和汗水。沧桑的姐妹俩令我这个守边多年的老战士肃然起敬，她们不愧为时代楷模，她们永远是全国人民学习的榜样。

在达旺河畔，我们进行了一次边境巡逻体验。因为我曾当过兵，于是由我用洪亮的声音，向全体志愿者和当地干部下达"联合巡边行动现在开始"的口令，队员们高举国旗，在雄壮的国歌声中巡行在边境线上。队伍中大多数同志并没有当过兵，但这一刻，他们俨然是一个战士的角色，精神饱满地吃力行走在祖国的边防线上，严肃认真、一丝不苟地注视着边境的一切。因为大家心中有了张国华将军、桑杰曲巴父女和新一代边防军人的烙印。我们虽然不能长久地在边疆站岗，但我们永远和边防战士心连着心，守卫边防也有我们的职责。边防军人用青春和奉献，保卫着全国人民幸福安宁的生活，五星红旗将永远飘扬在祖国的边防海疆。致敬，边防军人！致敬，祖国卫士！

一场意义非凡的旅程

2024年8月4日早晨7点半,一辆大客车缓缓从紫藤园酒店驶出,通往南京禄口机场。车窗内,25张小脸都在努力向外张望着,要把扬州印象深深烙在脑海里。

今年,是太阳雨爱心志愿者团队第二次邀请错那市小学生来到扬州。25名小学生分别来自错那镇小学、觉拉乡小学、卡达乡小学、曲卓木小学、浪坡乡肖小学,都是品学兼优的学生。除了藏族小朋友,还有门巴族小朋友,他们都是第一次来到扬州。从7月27日抵达扬州,到返程,完成了近10天的扬州研学之旅。对他们来说,这是一场意义非凡的旅程。

"扬州这么好,我还想留几天"

"这条路叫作文昌路,这座石塔是唐代的……"坐在渐行渐远的客车里,11岁的次仁卓嘎默默念叨着。这是她第一次出远门、坐飞机,还是来到如此遥远的江苏扬州。

如果有可能,次仁卓嘎希望时光可以倒流,倒流到第一天来到扬州的时刻,那样她就可以再一次体验扬州的研学之旅。7月28日上午,25名西藏错那市的小伙伴们,一起来到宋夹城的红石榴广场,参加"石榴花夏令营"的开营仪式。扬州的天气很热,而扬州人的接待更是热情。藏娃们穿起了民族服饰,用一支热情欢快的锅庄舞,来表达自己的欢喜。开营仪式结束后，他们还和扬州的小学生们手牵手，在石榴林中打卡拍照，学习石榴籽文化和中华民族一家亲精神，还各自挑选了一棵石榴树，挂上自己的认养牌，未来可以关注自己石榴树的生长状况。然后，两地孩子共绘一幅长卷，体验了很多体育项目。

在接下来的日子里，每天都被安排得满满当当。在个园里，感受扬州园林的精巧，四季假山真是巧夺天工；随后又在运河大剧院里，在《大运扬州》里看到了个园里的青青翠竹，当然了，在这部舞剧里，还看到了各个朝代的扬州，如同踏上了奇妙的时光之旅；夜游了古运河，这条大河在夜里是真美啊，到处流光溢彩，东关街上也是非常热闹，有好多小吃，怎么都吃不过来；大运河博物馆是真大啊，每个展厅里的内容都是如此丰富多彩，真想在里面待上一整天的时间；动物园里的各种动物那么可爱，天太热了，动物们也在防暑降温，吃西瓜的样子有趣极了；还去了繁华的商场京华城，里面的人真多，肯德基也是香喷喷的；还有扬州木偶，多神奇啊，一个个小木偶就像真人，能做各种动作；要说最难忘的，还是在华侨城游乐场，那么多紧张刺激的娱乐项目，看着有点害怕，但还是忍不住去体验了一把。

"这次活动，不仅让我收获了友谊，增长了见识，更在心中种下了民族团结和科学梦想的种子，回去后我一定好好学习，用知识和力量为祖国的繁荣昌盛贡献自己的力量。"错那镇小学五年级学生贡嘎扎西坐在大客车上感慨道。

在扬州研学了这些天，也有点想家，想爸爸妈妈了。不过，扬州这么好，要是能多留几天，就再好不过了。

"周阿姨，我这次就是来看望您的"

在这次研学之旅中，25 名西藏小学生专门来到高邮市烈士陵园，给胡永飞烈士敬礼献花，在胡永飞烈士的墓前一起说道："胡叔叔，我白玛曲珍深情致谢。

  的确,这段时间扬州的天气很热,但扬州人的内心更热。西藏的小学生们一到扬州,他们每个人就收到了太阳雨爱心志愿者团队精心准备的一个书包,里面有两件衣服、一个水杯、一顶帽子,还有一个小电风扇。

  带队前来的错那市人大常委会副主任多旦说,此次扬州之行,对错那市的孩子们来说,不仅是一次视觉与心灵的盛宴,更是一次深刻的民族团结教育。他们在这里感受到了不同文化的魅力,学会了尊重与包容,相信这次难忘的经历将激励他们努力学习。这次来到扬州,真切感受到扬州人民的热情。扬州太阳雨爱心志愿者团队的安排十分精心紧凑,因为天气炎热,所以很多活动安排在室内,户外活动也是在晚上。扬州真是一座友好温暖的城市,哪怕是在路边问路,扬州人都给予热情细致的解答。以后有机会,还要带西藏的小学生们来到扬州研学。

第四章　情暖"麻风村"

朋友，在一年四季众多的节日当中，你知道"国际麻风日"吗？

"国际麻风日"，又称"世界防治麻风病日"，于1953年由法国律师和慈善家佛勒豪发起，并经由世界卫生组织确立，时间为每年一月的最后一个星期日。世界上许多国家都在这一天举行各种形式的活动，目的是调动社会各种力量来帮助麻风病人克服生活和工作上的困难，使麻风病人获得更多的权利。

在20世纪五六十年代，麻风和梅毒、结核并列为世界三大慢性传染病，曾给人们的身心健康带来严重危害。地处高邮甘垛的"麻风村"（现名高邮市第二人民医院甘垛康复区），始建于20世纪60年代，目前村子里仅住着12名麻风休养员，年龄最大的86岁，最小的75岁，平均年龄79.42岁。这群孤残老人，麻风虽已治愈，不会传染，但他们都因当年麻风病并症留下程度不等的伤害与残疾，不是缺胳膊就是少腿脚，不是五官扭曲就是肢体变形，用老人们自己的话说："我们就是'活死人'！"

从2019年起，太阳雨爱心志愿者团队将帮扶"麻风村"孤残老人确定为团队长久性主题公益活动项目，他们成立了流动超市服务队、综合服务队、文艺服务队，定期组织志愿者像走亲戚一样，走进"麻风村"多照看老人，多为老人办实事，努力改善他们的生活环境、生活设施等硬件，丰富他们的精神文化、娱乐生活等软件，用心用情将

"麻风村"打造成"爱心村"。这个长年沉寂原始的特殊小村落,因为有一群爱心儿女的降临,而变得生动鲜活、烟火气满满。

"只要村子里还有一个人,我们就陪伴到底!"这是"太阳雨"志愿者对"麻风村"老人们的郑重承诺。

"麻风村"的前世今生

一

　　甘垛镇，地处高邮市最东部，东邻兴化市，西连三垛镇，北接临泽镇，北澄子河在其南部缓缓流淌。甘垛镇行政区域面积150平方公里，辖区户籍人口6万余人。这里处于里下河低平原，称得上是仓实安逸的鱼米之乡。

　　高邮通往兴化的邮兴公路，像一条长龙，从甘垛穿境而过。在邮兴公路的北侧，有一条不起眼的细长的水泥路，伸向田野的深处。小路一边是一片普通的厂房，一边竖着一根不显眼的砖头水泥构筑的门柱，门柱已经十分陈旧，部分破损脱落，顶端长着一棵六七十厘米高的小杂树，还有一小撮野茅草，褪了色的"高邮市第二人民医院甘垛康复区"门牌歪挂在门柱上，上下有两道生了锈的铁丝捆绑固定着，显得几分荒芜、凄凉。初看门牌，很多人肯定会以为水泥路的尽头是一家疗养院之类的单位。然而，当地人会颇为神秘地告诉你，林荫道路的深处隐匿着一个令人谈之色变的"村庄"，里面居住着一批特殊的"病人"，曾经长期隔绝于人世间，他们的名字叫麻风病人，这里的"世外桃源"，就是人们口头上叫惯了的"麻风村"。

　　站在道路进口，一眼看过去，仅能一辆小汽车通行的水泥路，既窄又深，估计有近千米远，道路两侧密密麻麻地生长着一棵棵高大粗壮的梧桐树，树龄至少有半个世纪。历经沧桑，但依然葱郁的梧桐树，像一位位坚强的老者，站在风雨中见证着那段历史。夏风掠过，一片片巴掌大的树叶耳鬓厮磨、哗哗作响，仿佛在向人们诉说着这块土地上以往的沧桑、尘封的过往……

麻风是由麻风杆菌引起的一种慢性传染病，它主要侵犯人体的皮肤、周围神经等组织，通过呼吸道飞沫或皮肤密切接触传播，传染源主要是未经治疗的多菌型麻风患者，临床表现为麻木性的皮肤损害、神经粗大，严重的甚至出现肢端残废。几十年前，麻风在世界上流行比较广，我国主要流行在广东、广西、四川、云南、青海等地，江苏一带也有病例。中华人民共和国成立后由于政府采取有力措施积极防治，现在麻风已经得到了有效的控制，95%以上的人对麻风杆菌有正常抵抗力，即使感染麻风杆菌发病的比例也非常低。可以说，麻风现在已经绝迹，可治可防，并不可怕。

当年，麻风曾经让人听而生畏、谈麻色变、恐惧万分、避之不及。1953年，法国人佛勒豪发起倡议，将每年一月最后一个星期日作为国际麻风节，让全世界的人都知道麻风是可以治愈的，呼吁人人都向麻风患者伸出援助之手。目前，全球已有150个国家和地区参与该活动，麻风节已变成全球性的节日。我国自1996年起，由原卫生部发文，将国际麻风节称为"世界防治麻风病日"，并于同年由多部门参与"世界防治麻风病日"的相关活动，以动员社会力量来帮助麻风病人克服生活和工作上的困难，营造社会支持的环境。

时光追溯到20世纪60年代末，高邮县第二人民医院在甘垛镇的一片滩涂上建造了麻风康复区（现在的"麻风村"）。"麻风村"原占地面积400亩，后来划拨给西张村50亩，现尚存350亩，规划收治400名患者。此后，中央拨款50万元支持康复区建设，建成三个男病区、一个女病区、四个食堂，占地100多亩。20世纪70年代，高峰时收治了来自高邮、兴化和苏州等地的700多名麻风病人。当时，上级政府还专门派出100多人的工作组入驻康复区，仅职工区便有14栋

108 间房。"麻风村"呈长条状,从最北边的鱼塘,到最南边的邮兴公路,距离有 3 华里多。

1969 年,年轻的蒋正奎从部队复员,加入当时的高邮县卫生局灭螺队。1972 年,蒋正奎经组织批准,来到离家一河之隔的"麻风村",做起了驾驶员、机电工、事务长。"那时,整个康复区三面环水,只有一个进出口,几乎与世隔绝。"蒋正奎回忆道,出康复区大门,就是坑坑洼洼的烂泥地,自行车总被烂泥裹住,骑行艰难。"一到雨天,就得准备一根树枝。骑一段,就得用树枝将挡泥板上的泥块刮掉再走。"

蒋正奎那年 27 岁,年纪轻轻没见过什么世面。看到那些面相怪异、手脚畸残的人,既恐慌又害怕,就怕一旦染上麻风,家里小孩和亲戚也会受牵连。更让他郁闷的是,他的亲戚、朋友听说他在"麻风村"工作,都不欢迎他去串门。但身为退役军人的蒋正奎依然选择了留下,此后的 50 年间,他一直与麻风病人为伴。2005 年,蒋正奎到了法定退休年龄,他接受了政府返聘,成了"村长"。他每天吃过早饭,会来到村子里,询问大伙的身体状况,遇到行动不方便的,就顺手帮一把。他每个月按时到上级管理部门领取生活费,发放给病员们。

麻风具有传染性,一般人不敢靠近,甚至病人亲属也不愿来看望。从 20 世纪 80 年代开始,扬州市推行世界卫生组织联合化疗方案,患者服药一个星期后传染的可能性就下降 99.9%,患者陆续治愈,但绝大多数人落下了眼斜嘴歪、残肢断臂等后遗症。到 1996 年,扬州市基本消灭了麻风。后来,麻风病人越来越少,极少数的现症病人都是由专职人员送药上门在家治疗,不再送往"麻风村",所以,这些"麻风村"也就逐渐消失或者合并。甘垛"麻风村"里的病人逐年减少,病情稳定,不再发展,当年驻扎的 100 多名工作人员也陆续离开了,那 14 栋职工房早已是破屋倒墙,仅有两栋相对完好。村子里休养员们的很多生活方式也发生着改变,当年是大集体、大食堂,后来大家意见不一,众口难调,便各人自己开灶分开烧煮,各吃各的。

截至2023年底，扬州市共有5个"麻风村"，分布在邗江、仪征、江都、高邮和宝应五地。

二

甘垛"麻风村"，这片平坦的开阔之地，树木成林，群鸟聚集，四面与外界并无高耸的围墙和铁丝网隔离，但跟人世间却遥不可及，外面快速发展的现代化似乎与"麻风村"关系不大。相隔千米的邮兴公路上车声喧嚣，人来人往，村里头却一直是个封闭、孤独的世界。人们对麻风的恐惧与歧视，将这群麻风病人隔离于此，他们如同身处茫茫大海之中的孤岛上，几乎跟外界的联系断了线，在这里日复一日、年复一年，度过单调、枯燥的原始生活，一天天老去。

随着年龄的增长，过去十多年，"麻风村"村民中有的罹患重症离世，有的寿终正寝，每年都会递减几位，人数从60多人逐渐减少到2023年的13个（其中余建和为了照顾外孙女上学，后搬到了高邮城里居住），最年轻的75岁，最年长的86岁。住在"麻风村"里的这些孤残老人，麻风虽然早已治愈，不会传染，但他们都因麻风并发症留下程度不等的伤害与残疾，不是缺腿就是少手，不是双目失明就是耳聋嘴歪，或者是肢体变形、面目狰狞，他们均有Ⅱ级以上的残疾，生活都不能自理。时代在发展，他们的疾病，被昌明的医学治愈；他们的痛苦，被和煦的阳光日渐抹平。"麻风村"在平静和安详中，做着一个时代的告别。

时光荏苒，几十年过去，麻风已经渐行渐远，慢慢退出了人们的视野，就连麻风病人这个特殊的社会小众群体，也似乎渐渐被现代快节奏生活的人们遗忘了。"太阳雨"志愿者冷松是扬州市一名高校教师，他随机抽取了20名学生（10名90后学生，10名00后学生）进行问询，结果只有两名90后学生听说过或从书本里看到过麻风病，而

10名00后学生一脸茫然,一无所知;至于这个位于高邮甘垛的"麻风村",就连其中的3名高邮籍学生也是闻所未闻。对于现今社会的人们,麻风和麻风病人们也许就跟恐龙一般,曾经存在过,却也远得早已消弭在记忆里。然而,他们也很近,近得离世俗烟火只是咫尺之遥。

历年来,在政府与社会各界的关心与帮助下,"麻风村"里的老人维持生活所必须的机能似乎是齐备了,欠缺的是对生活质量的安排和与外界的接触。在这个特殊封闭的世界里,这群孤老艰辛地生活着,他们中的大多数人几十年没有见过外面的世界,长期受到世人的偏见与歧视。日升又日落,花开又花谢,年轮转换似乎在这里变得那么没有意义,只有断断续续的老人们的离世才会惊起一丝波澜。可他们特别懂得互助,特别懂得心存感恩,他们依然微笑着……

"麻风村"里的大多数病人,二三十年甚至更长时间,没有接触过院外的世界,他们除了从电视上、收音机里去领略外面的变迁外,在他们看得见的周遭环境最大的改变就是村外不远处的邮兴公路上车声日渐嘈杂,和周边逐渐盖起的崭新的楼房。跟这些新式楼房比较起来,村里的院舍倒是显得老旧,不过院内开阔的空间却也是他们理想的居住环境了。

在"麻风村"的中心地段,有6幢长长的平房,呈"非"字形整齐地排列着,经过整修,红瓦白墙,醒目清爽,现在的12名休养病员全部集中居住在这里,每个人两间房。每排房舍的前面,都有略显窄仄的走廊,东西两片院舍中间是一块宽敞的水泥路兼小广场,这条路是村里的主干道,是病人们去院舍北面的小食堂、活动室等场所的必经之路,也是村外来人停车驻足的主要场所。小广场的东北角,长着一棵高大的紫薇树,枝繁叶茂,开满一树紫红色的大花朵,在夏阳照射下,十分喜庆、鲜艳,似乎预示着这里的"紫气东来"。

每个老人在院舍前方的空地上都开辟出了不小的菜田,地里蔬菜品种还不少,架子上爬着黄瓜、扁豆,地里长着大椒、茄子、西红柿、空心菜、南瓜、生瓜，几棵大树上缠着绿油油的丝瓜，因为丝瓜吊得太高了，够不到摘，只能眼睁睁地看着它们挂在半空中老去。草地上，几只土鸡跳跃走动，倒是给日常静悄悄的村里增添了一丝生机。这也许就是典型的麻风病人的家园，阳光似乎穿不透也驱不走房舍里阴晦的湿气，相对而言，院舍四周纳凉谈天的环境却比房内灰暗逼仄的空间舒坦多了。午后时分，村民们自发地聚集到路口的香樟树下，有的拄着拐杖，有的光着背，有的端着茶杯，有的叼着烟，坐满了3排长条椅，有的无法行走的就坐在轮椅车上，他们像家人一样聊家常，东拉西扯，谈天说地，讲得口水直淌。旁边的水泥地上，晒着刚腌制的咸瓜、菜种，一派岁月静好。

走进麻风病人的家，一间主房间里配有厨房、卫生间，房间里感受到一种说不出来的压抑感，床铺周围都塞满了衣服、木箱、电扇、电饭锅、脸盆等，每户基本都有一个小冰箱，这些显得陈旧的物品，就是他们所有的家当，全部填塞在这蜷曲了二三十年以上的光阴里。每个人家的墙上，几乎都在显眼的位置张贴着毛泽东主席的画像，一看画像就知道很有些年头了，他们的记忆深处，可能已经深深打下了进村前那个年代的烙印。情况较好的病人，床尾的桌子上会摆着老式的电视机，陪伴左邻右舍的病友打发每天大把大把的时间。

他们一般每天下午五点半钟就吃晚饭了，眼睛好的人吃了晚饭就会看《新闻联播》《扬州新闻》《高邮新闻》等电视节目，八点钟左右就睡觉，第二天早上五点多钟就起床。行动不便的麻风病人是个"大忙人"，起床后穿衣穿鞋是一桩困难的工作，拉拉链、扣纽扣，平常人看来简单，但需要手指的许多神经、肌肉灵活配合，麻风病人手脚大多萎缩，知觉迟钝，无法用力，穿好衣服花上个把小时是常有的事。在大院里经常可以看到病人弯着身子聚精会神地系鞋带，用弯曲的拇指和蜷缩的掌心缓慢地蠕动，总要好长一阵时间才能起身。

每天吃饭也是一个大难题，房舍里所使用的炊具、水壶等都必须装上不导热的木头把手，以防烫伤，大部分麻风病人的手脚麻痹没有知觉，煮一锅稀饭、烧一壶开水、炒一道简单的菜……都得非常小心，否则无法感知痛楚的手就会遭到损伤而引起溃烂。

村子里长期单调乏味的生活，让很多病人染上了抽烟的习惯，男女抽烟的人都有，目前共有5人。有烟瘾的麻风病人的手指大多呈现黄褐色，中指和食指末梢在长期烟油"熏陶"之下特别明显。他们手上的香烟常是烧到末端还不自觉，几个老烟枪围在一块谈天说地，很容易就忘掉了手上还点着香烟。

老人们的眼睛普遍不大好，当年他们得病时，麻风杆菌直接侵入眼球后，若未能及时处理，眼睛很快便会失明。有的病人入院时，视力正常，等到麻风杆菌侵入眼神经后，造成整个眼睑外翻，严重者甚至上下眼睑不能闭合，眼球突出。眼球长期暴露在外就会感染角膜炎、结膜炎等，眼角膜也会逐渐溃疡化，视力便一天天衰退了。

几十年前麻风盛行时，很多患者都是年纪轻轻的。残酷的病症或社会歧视，让他们生无可恋地来到了"麻风村"，有的人从年少时在此落户直至耄耋或老死，都没有踏出"麻风村"半步，大部分村民都已经在这个封闭的小世界里生活了半个世纪左右了。如今的"麻风村"，确确实实进入了老龄化阶段，生活在这里的老人们不少都跟家人失去了联络，过去的经历已不复记忆或不堪回首，只有逢年过节时，才能撩起他们的几丝乡愁，抹几把泪水。

三

站在"麻风村"口的香樟树下，环视村里的全貌和四周，竭力想象这里当年的拥挤和喧闹，唏嘘不已。收回思绪，仔细梳理现在生活在村子里12位老人的资料，6男6女，仅有4个人手和脚是齐全的。他们乐观向上、同病相怜、互相帮助，有时也会唯利是争、斤斤计较，或许，这就是人性吧。每个人都是一本书，翻开这12本书，自然会心生怜悯、鼻子发酸、眼睛发涩。

杨春香，女，78岁，有3个脚趾头、7个手指头（只有左手手指是全的），精神尚可。她13岁时父亲离世，16岁罹患麻风病，哥嫂照顾她到28岁，随后住进"麻风村"，32岁左腿膝盖以下截肢，后来政府给其安装假肢，两年换一次。谈到自己的经历，她深有感慨："我一个人能生活至今，靠党的关怀，现在'太阳雨'团队让我生活更有奔头，他们不是亲人胜似亲人，感恩共产党和所有好人！"杨春香非常安于现状，40多年在"麻风村"的生活，早已习惯了这里的一切。她的愿望很简单，只是希望能在这里安度晚年，每天都开开心心。

雷金娣，高邮人，女，79岁，两只腿都截肢了，右手没有了，精神尚可。小时候因家庭困难，只能羡慕别的小朋友上学。13岁时得了麻风，当时症状不太明显，只是手没劲，但还是能帮家里干点农活。随着麻风症状加重，无法再干农活，父母又舍不得送她到医院，于是让她按医生送来的药，在家边吃药边调理。看到弟弟妹妹成家了，担心成为家人的负担，在她40岁时，自己要求到"麻风村"。她说："得了我们这种病还有什么指望呢？这就是命啊！要紧的是，日子还得过下去。"她目前每月生活费750元，由于截肢生活自理困难，有时请人照顾，每月要交一些钱给人家。雷金娣现在心无别念，只希望能再健康生活几年，将来能有人善后就心满意足了。

胡树铭，男，84岁，左手没有了，右手是好的，右脚截肢了，左脚是好的，精神尚可。他15岁时生病，生病时因家贫治疗困难而落下重残，1976年进村。家里有姐弟俩，最初数年，外甥外甥女逢年过节来探望过几次，偶尔寄点钱来接济。从他50岁以后，家人就很少来看望了，他就这样一直是孤零零地过日子。他的想法是，继续依靠共产党和"太阳雨"志愿者，自己死了之后能有人帮忙善终。

林粉香，兴化兴东镇西鲍村人，女，79岁，两只手上都没有指头,一只脚没有了,另一只脚没有脚趾头,四肢成了四根肉桩,挂着拐杖挪步子。两只眼睛很小,没有蚕豆大。文盲,三四岁时生病,5岁时父亲去世,随姑妈生活多年,15岁左右病重,未婚,24岁进兴化医院治疗,38岁来到"麻风村"。她早已记不清依偎在母亲怀里是什么滋味,也记不清父母是什么模样了,似乎她生来就注定是一个孤独的麻风病人。现在在她眼里,只有共产党和"太阳雨"志愿者两位亲人。她的愿望是,最终能像老乡陈桂林一样,有"太阳雨"人给自己善后。

陈祥英,女,87岁,是村里年龄最大的。她耳朵听不到声音,两只脚掌很短,两只脚共有5根半截的脚趾头,两只脚面上分别有5块和3块溃疡面,溃烂如熟过头的柿子,长年不能愈合,夏天也要穿着袜子,洗一次脚换一次药要花一个小时;两只手上有两个指头是半截的。她年轻时结过婚,还在扬州打过工,孩子在10岁时落水淹死了,那时她痛不欲生。她31岁时得了麻风,丧失了劳动能力,35岁进"麻风村",丈夫56岁病逝,她也是孑然一身。她有侄子侄女,春节时来探望一次。她希望"麻风村"不要散,政府继续温暖他们,也希望"太阳雨"的亲人们一直陪伴他们到最后时刻。

管国英,女,82岁,她的手脚是齐全的,精神尚可。文盲,已婚,有3个子女,她33岁进了"麻风村",在村里食堂工作过。值得一提的是,她曾经离开过"麻风村"回家,租包了砖厂做事。但一般人并不了解麻风的现状,仍是心存恐惧地歧视或躲避她,这就像一张无形的网,封住了麻风病人的出路,使病人的精神和他们的肢体一样同趋麻木,逼得一些可以走出村子过正常生活的人,再度逃回这个封闭的世界。管国英就是如此,再次回到了"麻风村",后来丈夫也去世了,她再也没有离开的念头了。久而久之,她的心里也筑起了一道墙,阻断着跟外界沟通的机会。她从内心祝愿儿孙和好心人健康幸福,将自己现有的状况维持下去。

陈锡宏，男，81岁，未婚，28岁生病，小学文化，33岁进"麻风村"，现任队长，负责老人相关事务和对外联系。他面部神经麻木，眼睛外翻，嘴巴合不拢，下颌一直掉着，用手往上推一下下颌才能合上，平时口水不停地流，他的手脚是全的。他希望自己和村里的老人们健康生活，"太阳雨"志愿者一直关怀他们。

潘兴生，高邮镇人，男，77岁，两只脚都没有了，装的假肢，两只手指头虽然是全的，但都呈弓形，蜷曲如爪，无法干活。文盲，未婚，精神尚可。他16岁生病，28岁进村，重残，只能坐在轮椅上。他没有结婚，全靠政府。哥哥去世了，侄子在高邮打工，一年来看望一两回。他说，"侄子生活可以哩，但他们一般不问我的。"他希望"太阳雨"志愿者一直能关心他们，有家的温馨，最终能有人把他干干净净、体体面面地装进骨灰盒。

侍银宏，横泾官林人，男，76岁，精神尚可。他16岁得病进村，双手截肢，进村后放牛种田，曾经获得村部奖金5元，这是他引以为豪的事。他10多年前双目失明，生活自理困难了，希望生活打理有人帮助，自己最终能和陈桂林老人一样，有人帮忙善终。

姚植安，周巷营南人，男，76岁，精神尚可。未婚，29岁时生病，30岁进村，在村里食堂工作过，也种过田。他有侄男侄女，偶尔回老家看一下。他希望"麻风村"一直保持下去，"太阳雨"人能够继续帮助照顾他们。

陈凤英，女，80岁，她手脚都没有，基本是在地上爬行，有时她坐在一只贴地的小四轮平板车上，用一只手桩撑着地滑行。更多的时候她就坐在地上，房间地上零乱地铺着几个棉垫子，身段桩子在垫子间挪动。就是这样了，她还要在门前的菜地种菜，黄瓜、茄子、南瓜都种，有些活她没法干，就请邻居帮她搭瓜架子、浇水，适当地付一些工钱。

杨伯才，高邮菱塘清真村人，男，86岁。他在村里的病人当中算是比较特殊的一个,他是瘤型麻风,但无明显残疾。他是回民,不吃猪肉。有一点文化,识时务,懂财务,生病前曾任清真村的会计。20世纪70年代初,30岁的他从医生判定其得了麻风的那一刻开始,真正体会到了生离的痛苦。他的妻子离开了他,往日风光时交往甚密的亲朋好友们一下子失去了踪影。他像被判了无期徒刑的"囚犯"一样,搬进了"麻风村"。已经54年了,过去的一切仿佛就在眼前,却刹那间变成很遥远的事了。他有时帮老残患者外出购物、看病和护理,帮他们加强与村干部及亲属之间的联系沟通。他有两个儿女,女儿经常来"麻风村"看望父亲。他十分健谈,言谈中并无麻风病人的宿命色彩,不自怨自艾。他既希望在"麻风村"终了一生,同时也渴望着外面的世界,哪怕能去高邮近年来刚落成的高铁站转一圈,也是非常开心的了。他非常感谢共产党和好心人,希望"麻风村"是最终生息之地。

四

"麻风村"里这12位老人,身体上除了当年麻风留下的后遗症外,各人身上还有一些常见的基础性疾病,如慢性胃炎、前列腺炎、眼角膜炎、高血压、高血糖、脑梗、心梗、白内障、颈椎压迫引起的身上疼痛,等等,他们遵照医嘱服用着各种药物积极治疗,微笑着面对艰难的生活。随着时间年轮的旋转,"麻风村"的村民们正在一个个老去、远去,这是客观的现实,可能再过10年、20年,这个村落也就自然消失了。老人们都清楚这个道理,也都不避讳一个"死"字。在外界人们看来,这群老人生活得很是艰难、卑微,但他们依然那么热爱生活,这除了自然人求生存的本能因素外,是因为这个社会充满了爱,时不时地有人往他们孤寂、荒芜的心田播洒阳光和雨露。人世间让人留恋,活着总是美好的,爱让人间值得。

2023年1月29日，是第70届"世界防治麻风病日"暨第36届"中国麻风节"，今年的主题是："弘扬时代精神，消除麻风危害"。据了解，高邮供电公司邮益思志愿服务队，近几年经常来看望"麻风村"的老人们，为他们整理了屋里屋外的电线，在每栋房子的山墙上安装了节能路灯，点亮了寂寞小村庄的夜晚。甘垛镇派出所、甘垛镇残联、甘泉社区也派员来到"麻风村"，向孤老们传递着政府的温暖。

高邮太阳雨志愿者协会副会长刘久英，回忆起第一次走进"麻风村"时的情景，很是感慨。那是2017年端午节前夕，她和志愿者李晓莉等队员，身穿红马甲走访困难家庭时，不经意间闯进了一般不被人想起的"麻风村"，那一刻，她们柔软的心被深深触动了，于是她们开始筹备慰问这群特殊老人的事情。刘久英家里开了江苏迎宾照明集团有限公司，她率先拎出了慰问老人需用的"第一桶金"。父亲节那天，一群志愿者带着家人的温暖和爱意，走进了"麻风村"，谈起家，谈起亲人，村里一位九十多岁的老人满脸热泪，一句话都说不出来，或许他不愿提起。志愿者们爱意满满的忙碌，就像夏日的火球一样，给几十年来了无生机的"麻风村"带来了生活的温度和热情，还有那暖暖延绵的家人的亲情。

抹着脸上的汗水和泪水，站在"麻风村"的开阔地上，当时李晓莉、袁平华等志愿者就在想，这个被疏忽、遗忘的角落里的老人更渴望得到人间的温暖，我们一定要努力创造条件，来雪中送炭，长久帮助照顾这群孤残老人。

6月的阳光普照着大地，一阵风刮来，"麻风村"民房北边的杨树林树叶哗哗作响，一群大鸟扑腾着翅膀呼呼飞起，天上突然下起一场雨。瞬间，阳光在雨帘中画出一道半圆形的绚丽彩虹，真是吉祥美丽的"太阳雨"！

"大篷车爱心超市"开进村

"太阳雨大篷车爱心超市获大奖啦!"进入 2023 年底,这条喜讯在"太阳雨"志愿者中不胫而走,相互传播,振奋人心。

12 月 14 日,扬州市文明办举办"温暖秋冬——志愿同行"志愿服务展示交流活动。活动从申报的本年度具有代表性项目中评选出 20 个参赛团队,进行现场展示。

志愿服务是社会文明进步的重要标志,是加强精神文明建设、培育和践行社会主义核心价值观的重要内容。在关爱他人、奉献社会的过程中,优秀的志愿服务品牌项目、优秀的组织、先进的个人不断涌现。

已经进入冬季,扬城气候寒冷。扬州工业职业技术学院文汇楼大报告厅里座无虚席,扬州市委宣传部、市文明办有关负责人,市民政局、团市委职能处室负责人,各地文明办、新时代文明实践服务中心有关负责人,市志愿服务工作协调小组各成员单位,各区、县、市志愿服务组织代表,全市文明实践志愿服务项目大赛代表,济济一堂。

高邮市志愿者王霞,代表太阳雨高邮志愿服务队,现场宣讲展示了"大篷车爱心超市"志愿服务项目,过硬的志愿服务内容、很有特色的项目、精彩的宣讲,赢得了评委和与会者的一致好评。结果,"麻风村大篷车爱心超市"志愿服务项目,在这次文明实践志愿服务项目大赛中荣获银奖。据了解,这次志愿服务项目大赛,共评出两个金奖、4 个银奖。

这个"大篷车爱心超市"到底有多吸引人？不妨带你沿着杨伯才老人那本卷了角的记事本的记事顺序，到"麻风村"来逛逛这个特别的"爱心超市"，你就知道其中究竟了。

杨伯才，有一些文化，20世纪70年代初他得麻风之前，曾任高邮市菱塘乡清真村的会计。平时，他养成了随手记录的习惯，如同写日记，也像是记流水账。这些年，到"麻风村"探访者交流、活动的过往，在杨伯才的记事本上都留下了痕迹。

说是记事本，其实就是小学生所使用的普通习字本，因为长时间的频繁翻阅，本子的边角有些卷起、残破，它却是杨伯才心中的宝贝。杨伯才的字迹有些潦草，有的篇目的内容也被圈圈画画得十分凌乱，辨认起来有些难度，但这就是第一手原汁原味的"食材"。

2019年5月6日，"村里来了几个'太阳雨'人"

这天上午，太阳雨高邮志愿服务队队长李晓莉、副队长袁平华，陪着风尘仆仆从扬州赶过来的太阳雨爱心志愿者团队总召集人朱峻松，在"麻风村"一边走、一边看、一边说，他们一会儿走进村民家里察看，一会儿拉着村民问长问短，一会儿绕到村民的房前屋后，一会儿站下来讨论交流，像是在研究商量什么重要的事情。

长得健壮结实的李晓莉，直人快语，嗓门很亮："我当志愿者多年，多次去过敬老院，那里有专门的组织机构和服务保障人员，老人的饮食起居、文化生活等安排得都是比较周全的。我也来过'麻风村'几次了，这里基本都是缺胳膊少腿、生活难以自理的残疾老人，我们每次来包了饺子，拿到他们每个人家去煮，他们生活得非常孤独和艰难，相比之下，'麻风村'的老人们更需要人照顾。"

"当时我们来'麻风村'走访，第一次见到传闻中的麻风病人，看到他们的病态和生活状况，我震惊了，他们的确需要外界的关注和帮助，回来后我就草拟了倡议书让志愿者转发朋友圈。"身材高挑、温文尔雅的袁平华，讲述自己的真实感受，很是动情。

朱峻松了解到，"麻风村"多年前着实"兴旺"过一段时期，随着病人的骤减，医疗主力进城了，这里逐渐被冷落了，慢慢成为被遗忘的角落，目前仅剩下21个老弱残患者，去世一个少一个。多年来，政府按政策给予基本生活费用，医院指定专人负责"麻风村"的正常生活和事务，每年的国际麻风节，分管市长会率领卫生、民政等部门同志来"麻风村"慰问，社会各界对麻风病人的关心也一直没有中断过，但没有一个团队能长年坚持照顾这群孤残老人，他们的日常生活都是靠自己料理，生活质量可想而知。

走着，看着，听着，谈着，朱峻松这个硬汉子内心最柔软的地方，被重重地触撞了。他习惯性推了推鼻梁上的眼镜，一番深思后，动情地说："你们的想法对，麻风患者的确可怜，值得同情，是最需要爱但又最缺少爱的人。我们'太阳雨'志愿者，要做有使命、敢担当的人，多做雪中送炭的事，做无手之人的手，做无脚之人的脚，成无爱之人的爱！"

多年来一直热心公益事业的李晓莉、袁平华，她们为人爽直，是说做就做的那种，有较强的号召力，她们身边聚集了一批来自当地社会各界从事志愿工作的爱心队友。她们和朱峻松等队友先后两次来"麻风村"实地察看、反复商量后，认为生活在这个特殊世界的老人是最需要关爱的人。

于是，惠及"麻风村"老人的长久"助手行动"主题公益活动，很快敲定，迅即启动。团队决定，将"麻风村"打造成太阳雨爱心志愿者团队的第二个"爱心村"，并拟定帮助的活动项目有六个：助困，每月免费发放定额物品，每年给予老人定额电贴；助洁，每月为老人提供理发、修脚、清扫等服务；助行，代购商品、陪同老人返乡领困难补助；助餐，定期为老人改善伙食；助急，家电维修、特殊需求服务；助乐，每半年为老人提供文艺演出一次。并决定筹备成立"高邮市太阳雨志愿者协会"，具体负责"麻风村"的志愿服务工作。

2019年7月14日，"大部队开进了'麻风村'"

上午9时许，"麻风村"一下子热闹起来，50多位来自扬州、高邮的"太阳雨"志愿者，进村为麻风休养员送来夏日的清凉和关爱。

这是"太阳雨"志愿者第一次规模性地到"麻风村"开展助老活动。考虑到"麻风村"的特殊情况，志愿者为每个老人购买赠送了凉席、必扑杀虫剂、花露水、香皂、洗衣粉、夏凉被、茉莉花茶，还根据每个老人的身材，给他们送上两件全棉T恤，一洗一换。

为了组织好今天这场活动，朱峻松、李晓莉、袁平华等人上一次从"麻风村"回去后，就召集大家碰头，统一思想，形成共识。随之，在团队发起了一场募捐活动，大家纷纷献上爱心，100元、200元、300元……另有不愿留名的志愿者捐款1000元，在短短一周内，就收到扬州"太阳雨"志愿者爱心捐款28900元。高邮"太阳雨"志愿者捐款12200元，还有大量的衣物。

"麻风村"的人气从来没有像今天这么旺过，志愿者们一进村，就分头忙碌起来，村子里像个集市，为老人服务的摊点位一个挨着一个。陈风英老人手指弯曲畸形，指甲掐进手掌肉里，无法掰开，袁平华就用小刀、剪子慢慢地为她削掉多余的指甲，减轻她的痛苦。志愿者们根据分工，有的给老人发放夏季用品，有的给老人理发，有的给老人掏耳朵，有的给老人修脚，有几位女队员忙着为老人家里打扫卫生、整理房间，大家都不怕脏和累，身强体壮的男队员手操榔头、锯子，逐户更新和维修纱门纱窗……

久违的幸福感，满满地写在一张张饱经沧桑的脸上。看着新奇的测量仪，老人好奇而又羞怯地被志愿者们触摸肢体测量血压；面对热腾腾的饺子，老人像孩子一样享受被子女喂餐的幸福；耳边暖暖的话语，老人笑意盈盈满足着倾听……

下午 1 时许，高邮市扬剧协会的 10 多位志愿者在会长王华的带领下，为老人们送来了一场精彩的扬剧折子戏。台上的扬剧志愿者的轮番上演，老人们惊奇地凝听那些久远不曾聆听的戏曲，听得痴迷，看得入神，笑得开怀，并不时用残疾的手报以热烈掌声，有的老人乐得口水洒洒的。

坐在一旁始终没有吭声的杨春香，擦着眼睛开口了："我自从 16 岁得病以来，已经 60 年没有离开过'麻风村'了，这里现在就是我唯一的家，今天感觉比过年还要开心。我就想看着你们在这里走来走去，我看着就觉得高兴……"

"近期，我们就组织发动社会各界的力量，为你们每家赠送一台落地电风扇，先解决急需的夏季凉爽的实际困难。以后我们会经常过来多陪老人们聊聊天，走走亲。"朱峻松握着老人家的手告诉她，太阳雨爱心志愿者团队要把"麻风村"变成"爱心村"，将定期以志愿服务的形式，组织志愿者像走亲戚一样，常看望老人们，多为他们做实事。

2019 年 7 月 17 日，"给我们每人建了份小档案"

上午，王晓明等 4 名"太阳雨"志愿者来到"麻风村"，他们随身带着笔记本和笔，要给村里每个老人建立一份小档案。

"麻风村"当时尚有 21 名休养员，年龄最长者 93 岁，最小的也有 70 岁，平均年龄 77 岁。他们身上的麻风虽然已经全部治愈，但大部分老人或多或少遗留着麻风的一些病征，只是在显著性上略有差异。有的只是眉毛脱落，有的面容、身体上只有一块块白皮、秃斑；也有的人却留下了不可逆转的畸残，有着生动的病痛特征，他们的手足萎缩得只剩下一截肉桩，手指或脚趾蜷曲如爪，腿脚溃烂如熟过头的柿子，撑着拐杖，行动艰难；有的则有着伤残的脸，鼻塌眼盲，狮面肥耳，眼球突兀。对初进入这个特殊世界的志愿者们来说，即使是病人们友善的笑容也会感到狰狞而畏怯。

"陈大爷，您是这里最年长的老寿星，平时老家有人来看您吗？"

4名志愿者代表为了获取更多的信息，分头和老人们拉起了家常，试图更全面、准确地掌握每个老人的生活需求和健康状况，他们把了解到的情况都记录下来，回去再进行分类、汇总，给每个人都建立一份小档案，个性化的服务就有了精准的依据。也许正是从这一刻起，"太阳雨"志愿者便把自己揽来的使命，主动扛在了肩上，"助手行动"有步骤地展开了。

"大伯大妈们，为了改善和方便你们的生活，我们太阳雨爱心志愿者团队决定，每个月给每个老人免费发放100元钱的生活物品，现在就把'太阳雨爱心卡'发给大家，我们每个月都会按时把生活物品送进村子里，供大家自己选择。如果哪一位需要什么物品，现在告诉我们，下一次就给你们带过来。"临走前，志愿者大声地向老人们宣布了这一好消息。

"我没有听错吧，天底下还有这样的好事情？"老人们先以为自己听错了，当再三核实，证实是真的后，个个笑得合不拢嘴，不时用残疾的手掌鼓掌，现场的气氛格外热烈。

其实，包括杨伯才在内的老人们都没有太当一回事，他们心里都有疑惑，但谁都没有讲出来。他们担心："太阳雨"志愿者这次是真的来关心我们呢，还是跟以往来过的其他团队的人一样，送些慰问品、拍几张照片，在村子里走上一圈，然后就看不到他们第二次来了，"太阳雨"志愿者的承诺又能坚持多久呢？因为老人们见得多了，他们心里都在犯嘀咕，不敢抱有太多的希望。

"麻风村"里还有一位"编外小村民"，她是村民余建和老夫妻12岁的外孙女钱美苏。为了让小姑娘能好好学习，志愿者刘久英、孙冬青带上自己的孩子来和小姑娘一起娱乐聊天。她们为小姑娘带来了零食、水果、文具盒、书包和书籍。当看到孩子的成绩报告单上本学期被评为"三好学生"时，都为她喝彩，鼓励她继续努力学习。

2019年8月17日，"大篷车超市送来免费物品"

上午，几辆小车穿过梧桐树、香樟树小道，转了两个弯，缓缓驶进"麻风村"。车子刚一停稳，"麻风村"就热闹起来，十几个村民一下子围了上来，他们已等候多时了。

"太阳雨"志愿者一下车，就有几个老人朝他们喊道："大兄弟大妹子，你们来啦，我们好想你们哟。""盼你们来，盼了好几天了。看到你们，我们真高兴。"

志愿者也亲热地叫着他们，称这个"老杨"，叫那个"大姐"，跟他们一一打招呼。志愿者就像来到了自己的亲戚家一样，亲热、自然。

来的人越来越多，有男有女，都已是七八十岁的老人了，有的还是坐着轮椅、挂着拐杖。八九位身穿"太阳雨"志愿者马甲的人员在热情地忙碌着。不一会儿，三张长条桌上摆满了大米、食油、洗衣粉、牙膏等生活用品。超市开张了，村民们拿着各自的大篷车爱心超市登记本，纷纷围到长条桌周围。

林粉香老大妈领了一袋大米、一桶色拉油，还有其他零碎的生活用品。她已76岁，又身有残疾，一大堆东西，没法拿走。见此情景，志愿者赵强立即走了过来，他拎起大米和桶装油，一直帮林粉香送到家中。

305室的雷金娣坐在轮椅上，在人群外大声喊道："我拿块肥皂，是洗衣服的，不是香皂。"志愿者随即从箱子里拿了一块肥皂，递到她的手里。这时，从西边传来喊话："给我拿一袋洗衣粉。"登记人员循声望去，一看是侍银宏，就对身边的另一名志愿者说："拿一袋洗衣粉给他送过去，他视力不好，行走不便。"

此时，侍银宏正坐在路口树荫下的一排椅子上，排队等候修脚。修脚师傅程慧杰正在给杨伯才修脚。程慧杰是一名自谋职业的修脚工，开了个修脚坊，每次太阳雨爱心志愿者团队到"麻风村"活动，她都丢下自己的生意，积极参加，提供修脚服务。她一边修脚一边说："老杨啊，你看看你脚上这个老茧，又厚又硬，不用劲都修不下来。修得我手指都酸了。下次我来这前，你用热水泡泡脚，我也好修啊。"老杨被她说得有点不好意思，连说："下次我一定好好泡泡。"

"修好了，摸摸看，怎么样？"老杨伸手逐个摸摸脚趾头，高兴地说，"跴呢，没话说。"他让开了，与侍银宏交换了座位。侍银宏接着修脚。

虽是炎炎夏日，但树荫下通风，凉快舒适。侍银宏一只脚搁在程慧杰的腿上，由她修刮着。他虽视力不好，但也眯起了双眼，一脸的满足舒服。

另一边，志愿者们有的在为老人们理发，有的在为老人们掏耳朵、剪指甲，有的在为老人们测量血压，还有的志愿者在给老人们敲敲背，和他们聊家常、问长问短，看到老人们个个眉开眼笑的样子，志愿者心里都美滋滋的。

大篷车爱心超市已接近尾声，拿到物品的村民并没有离去，还聚在桌子周围。他们在与志愿者交谈着，就如街坊邻居、亲戚朋友。不时，有人又想起了什么，对志愿者说"下次来给我带点肉骨头"。"要腌菜瓜了，给我带二斤大籽盐。"工作人员便一一记在登记本上，以便下次提前购好带过来。

踏实能干的袁平华，是一名老志愿者，她担任"麻风村"流动超市服务队第一任队长。为了让"麻风村"的老人得到更多的实惠，每次进村服务前一天采购，袁平华都要跑粮油、生活用品、调味品三个批发部，挑选价廉物美的物品。对村里每个老人的饮食喜好，哪个爱吃肥点的肉，哪个爱吃瘦肉，哪个爱吃排骨，还有不爱吃肉喜欢吃杂烩的，袁平华都清楚，她当天早晨6点钟去菜市场采购新鲜的肉、排骨和杂烩，8点钟出发去"麻风村"。志愿者孙冬青主动当起了袁平华的好帮手。

2019年11月8日，"穿军装的新郎官带着新娘子来看我们了"

下午，"麻风村"热闹非常，喜气洋洋。

"爷爷、奶奶们好！这是我和小刘结婚的喜烟、喜糖，请大家分享我们的幸福！"一位英俊高大的军人携新婚妻子，正在给老人们送喜糖发喜烟。

"新娘子长得真漂亮！""祝你们早日养个大胖儿子！"老人们跷起大拇指，夸完新娘夸新郎。

新婚燕尔的戎恒进、刘纬娜，是一对志愿者伉俪。新郎小戎是山东省军区某干休所的战士，军委国动部表彰的优秀共产党员，十多年来，他一直心系"太阳雨"团队，热心帮扶家乡的弱势群体；刘纬娜是扬州生态科技新城的一名优秀青年员工。两人因公益之缘相识相爱，前段时间他们就与长辈商定好，把慰问孤残老人系列公益活动作为新婚典礼的重要组成部分。今天，小两口从扬州驱车专程来到高邮"麻风村"，看望21名孤残老人，并用父母赠予的新婚礼金为每位老人购置了水果、牛奶等食品。

2020年2月14日，"疫情降临了，'太阳雨'人更是牵挂我们"

"突发疫情，老人们现在的生活情况如何？道路封了，他们生活必需品够用吗？"疫情发生后，"麻风村"19名孤残老人的日常生活，成为全体"太阳雨"志愿者的牵挂！

疫情非常时期，志愿者们不方便经常去看望老人，他们只能隔几天就轮流给老人们打电话，询问老人的生活、身体状况，在电话里叮嘱他们不要随便出门，注意保暖，不能受凉感冒。

今天下午，"太阳雨"志愿者组成了6人精干的小分队，开着一辆小货车，为19户老人送来了口罩、食用油、大米、挂面、酱油、醋等慰问物品，以及《新型冠状病毒肺炎防控手册》。因为封路，他们只能从乡村小道走。在离"麻风村"3公里的地方，因为道路被挖断，志愿者只能步行，他们借了一辆三轮车，把物品送到"麻风村"。

袁平华带领志愿者挨家挨户把物品送到老人们家门口。考虑到最近天气多变，老年人体质较弱，容易感冒，他们不厌其烦地向老人们进行如何增强抵抗力、预防病毒等宣传，给每人配发了几只口罩，并现场教他们如何正确佩戴，如何做好出门防护等事宜。

昨天，"太阳雨"志愿者"麻风村"援助中心的几位志愿者便忙碌起来了。考虑到疫情期间老人外出不方便以及物价上涨等因素，援助中心决定给老人们自制一些菜肴。志愿者薛松是位专业大厨，他主动承担起烹制小肉圆的任务，忙了一个下午的成果，也成为今天老人们的最爱。考虑到八旬老人杨伯才是回民，志愿者特地为他带来了牛肉。

杨伯才接过志愿者送来的油米等物品，隔着门感动地说："谢谢你们这些好人，我正愁着家里没米了，自己又不能出去买，今天你们给我送来了，够我吃上一阵了。你们的心真细，知道我是回民，还特地给我带来了牛肉，真的太感谢你们了！"

看到老人们开心，志愿者心里都美滋滋的。志愿者叮嘱老人，出门必须戴口罩。一个老人笑着说，我不出门，我每天都在家看电视看新闻，我都看明白了。我这么大年龄了，也不能为国家做点什么，唯一能做到的就是我每天宅在家里不出门，就是为国家做贡献，希望早日战胜疫情，不给国家添麻烦。

临别时，相隔几米的老人们与志愿者们挥手致谢，虽然没有动人的言语，但老人们的感动之情却溢于言表。

疫情防控，阻击的只是病毒，阻不断的是温情与爱。老人们也许没有听说过情人节，更不懂索取什么礼物，但这个特殊的日子，让他们感受到了特别的关爱，让他们有了共同战胜疫情的信心和决心。

2021年7月29日，"'烟花'无情人有情"

7月27日晚，台风"烟花"特访邮城，狂风暴雨席卷而来，一夜之间，树被风刮倒，市区主干道、社区大街小巷一片汪洋，邮城成了观"海"模式，市民被困家中无法出行。

灾无情，人有爱。"麻风村"的孤残老人一直是"太阳雨"志愿者们的牵挂，此时此刻，大家都担心"麻风村"里老人的生活起居情况。

今天一大早，李晓莉、刘久英、王晓明、郭秦芳等志愿者，带着牵挂与爱心，驱车赶往"麻风村"，一路上担心台风"烟花"给村里孤残老人造成多少损失及生活上的不便。人未到村，心早已飞到了"麻风村"。

车很快到达"麻风村"，只见几位老人在村口聊天，大家心情立刻轻松了许多。老人们见到车子，就知道是"太阳雨"志愿者又来看望他们了，纷纷走出宿舍，满脸笑容，边走边说："就知道台风后，你们'太阳雨'一定会来看我们，因为'太阳雨'心里一直牵挂着我们。"志愿者与老人们亲切交谈，询问老人身体及生活情况。当问到这次台风对你们有没有造成伤害，对你们生活影响大不大时？老人们异口同声回答说："没有，我们这里很好，因为有'太阳雨'这把爱心大伞为我们撑着，台风伤害不到我们，你们放心。"志愿者向老人们讲解了目前疫情情况，将口罩、风油精等物品，挨户送到老人手中，提醒他们外出一定要戴口罩。

老人们高兴地告诉志愿者，前几天国网供电公司邮益志愿服务队，用四天时间为每户老人宿舍电路重新改造，给几栋房子的山墙上装上了路灯，晚上老人们再也不用摸黑走路了。

"烟花"无情人有情！一份份关爱，一只只口罩，一袋袋物品，一盏盏路灯，给孤残老人晚年生活带来温暖和希望。

2022年3月26日，"陈凤英坐上了轮椅车"

前几天，一位热心市民将家里闲置的一辆大半新的轮椅车，捐给高邮市太阳雨志愿者协会，希望转赠更需要护理的重残人使用。拿到轮椅车，志愿者首先想到了"麻风村"的陈凤英老人家，她若坐上轮椅车，在院子里活动就更方便了。

今天上午，明媚春光普照着大地。"太阳雨"志愿者李晓莉、刘久英、葛素梅一行，将轮椅车送到"麻风村"高位截肢的陈凤英老人家里。当陈老太坐上轮椅时，眼含泪花，激动地说："之前你们给我买助跑器，现在又送我轮椅车，都是贵重温暖的礼物，'太阳雨'志愿者比亲人还要亲。"

志愿者让陈凤英坐着轮椅本，在院子里试跑了几圈，这才放下心来。随后，他们又先后来到雷金娣、陈桂林两位老人的家里。前两天听说这两位老人身体不好，他们就去为老人选购了麦片、排骨等营养食品，还为陈桂林大爷购买了所需的药品、褥垫。

今天恰巧是李晓莉的生日，一群爱心人士围聚在她的身旁，用奉献大爱的方式为她庆生，大家都感到格外充实、开心。

不久前的一天上午，"太阳雨"志愿者开着爱心流动超市大篷车进了"麻风村"，他们把大米、食用油、酱油、洗衣粉等生活用品，送到每户村民手上。

"售货"、理发、修脚、打扫卫生等一系列事情忙完后，李晓莉发现，陈凤英老人没有出来，她来到后面的宿舍，一眼看到75岁的陈凤英穿着厚厚的棉裤，在地上爬行。她上前扶起老人，发现老人的一条裤腿空了，另一条腿上的裤子膝盖部位快磨破了。陈凤英告诉李晓莉，前一段时间，因为脑梗并发症、麻风肢感染，被送去医院治疗后截肢。由于还需要休养半年多，暂时肢体不具备装假肢的条件，目前只能扶着墙慢慢走，刚才因为心急，要出去拿东西，便在地上爬行。

活动结束后，李晓莉心里特别难受，在志愿者工作群里提及老人行动不便、经常爬行的事情，同时电话咨询了医生朋友，被告知医疗器材商店卖的助跑器可以让老人正常站起来，解决老人行动不便的难题。她赶紧去药店选购了一台304不锈钢助跑器，准备下午送给老人。

刘久英考虑到天气越来越热，总不能让老人一直穿着棉裤，就帮老人买了一副皮护膝、一根四爪拐杖。她丢下手头的生意，驱车30多里来到了"麻风村"。

她们扶着老人站起来的过程中发现，老人的双手因为麻风感染，十个手指都萎缩了。为了让老人能扶稳，两位志愿者找来布带子，帮老人设计了一个可以套手的扶手。

"陈大妈，您走给我们看看。地上多冷啊，您冻出病来怎得好？"

陈凤英低声说："地上是冷，可我胆小，不敢用助步器。"

"现在我们就在您身边，您放心，大胆地用。"陈凤英经过一个小时的锻炼，基本能扶着助跑器走出十几米，她们都开心地笑了。这时，老人又艰难地"跑回"卧室，从枕头下摸出170元钱说："这钱不能总让你们给，我这回能跑了，感谢你们志愿者……"

"大妈，我们志愿者愿意当你的手和脚，只要您能站起来走路，这比什么都要好。"她们说什么也不肯收陈凤英手里的钱。老人家目送着志愿者的背影，流下了感动的泪水。

2022年12月5日，"冬天里送来了温暖"

今天，正值第37个国际志愿者日。高邮市李晓莉带领志愿者一行,将大篷车爱心超市如期开进"麻风村",为孤残老人免费送来食品、日用品和防寒用品,并提供免费理发等服务。

天气虽冷,但"麻风村"里一股如春的暖流却萦绕在每位孤残老人身上。一大早,老人们一边相互提醒,一边高兴地相约,还一边喊着:"你们早饭吃过了没有,吃过赶紧出来,一起逛超市啦。"老人们一边往外走,一边回话说:"来了,来了,拿装东西的袋子呢。"老人们边说边走,纷纷去逛超市。因为天气寒冷,大篷车爱心超市就设在村子的会议室里。

志愿者们已经把超市铺开了,有大米、肉、挂面、白糖、食用油、调味品,众多日用品中有洗衣粉、香皂、牙膏、卫生纸、洗发精、洗洁净……一大排物品摆放整理好,等着孤残老人们来逛超市。老人们一进会议室,感激地说:"这么冷的天,你们一大早就把超市开到我们家门口,真是太感谢'太阳雨'志愿者了。"老人们纷纷领着自己的所需食品、日用品,对于行动不便的老人,志愿者就将他们的所需物品直接送到床前。

另一边,理发师们免费为老人边理发边亲切交谈,老人们感动地说:"'太阳雨'让我们感受到有儿女的福气。"志愿者赵强,专门购买了一批护手霜、擦脸油,赠送给村里的老人们。

忙碌中,时间过得就是快。到了返程的时间,不知是谁先搬来了几个番瓜,要送给志愿者,接着又有好几个村民送来了番瓜,还有剥好的洁白的丝瓜瓤。

"都是我们自己种的,你们拿去吧。""番瓜可好吃了,面得很。""丝瓜瓤早就想给你们了,一忙一高兴,就忘了。"望着热情、朴实的村民,志愿者说:"我们不可能白拿你们的东西,跟你们买吧。"

"你们为我们做这么多好事,拿几个番瓜还给钱,这不是骂我们吗?"在一片"吵架"中,志愿者拿了番瓜,钱也硬塞到了村民的口袋里。

车走了,村民们喋喋不休:"好人啊,一群菩萨心肠的好人!"

最崇高的行为是奉献,最温暖的力量是关爱。社会各界爱心人士相约"太阳雨",共赴爱心之旅,用无数的爱心汇成大爱甘泉,用真情为孤残老人及弱势群体点亮了生活的希望之光。

冬日送温暖,夏日送清凉。这是"太阳雨"志愿者一直坚持下来的做法。在杨伯才那本卷了角的记事本上,清楚地记着2022年8月7日志愿者到村里来送清凉的情况。

连日来天气高烧不退,气温直逼39摄氏度,酷暑难耐啊,"麻风村"的孤残老人近况怎么样呢?志愿者的心里放心不下。8月7日下午2点多钟,李晓莉、陈叶坚等志愿者,带着内心的牵挂,带着人丹、花露水、灭蚊剂、香皂、毛巾、矿泉水、西瓜等防暑降温食品和日用品,驱车赶往"麻风村"。

"太阳雨"爱心车刚进"麻风村",村里的老人已等候在村口,见到志愿者感动地连声说:"谢谢'太阳雨'!大热的天,你们还不放心,冒着39度高温赶过来看我们,你们就像我们的子女一样。"志愿者边从车上将清凉大礼包和西瓜等礼品往车外搬,边与老人们亲切交谈,询问老人的生活、身体状况。老人们开心地说:"有'太阳雨'这一大家爱心人的关爱,夏日送清凉,冬天送温暖,我们都好着呢。"老人的幸福感都展现在满脸笑容里。

清凉大礼包、西瓜、矿泉水等礼品摆放整齐,开始发放。"奶奶这是您的清凉大礼包,里面有花露水、人丹、风油精、香皂等防暑降温的药品、物品。""爷爷,这是您的清凉礼包……"老人们接过大礼包,高兴得合不拢嘴,整个村里洋溢着温馨、祥和的氛围。对几个行动不便的老人,志愿者就把清凉大礼包、西瓜送到他们的屋子里。"太阳雨"志愿者在酷夏烈日中,头顶骄阳,脚踩火炉,挥汗如雨,不亦乐乎。

一份清凉、一份关怀、一份爱心……当志愿者们告别时,这些孤残老人依依不舍，淳朴的笑脸伴着他们一直到村口。"太阳雨"送去的不仅是清凉和关心，而是把真情送到孤残老人的心里，更是传统美德的弘扬和传承！

2023年7月8日，"几年前心中的'？'拉直了"

今天上午，大篷车爱心超市又一如既往地开张了。"太阳雨"志愿者们下车后，将随车带来的大米、猪肉、肉泥、骨头、食用油、杂素、榨菜、调味品、盐、蚊香、风油精、卫生纸、洗发精、梳子、洗衣粉、香皂等物品整理好。为了方便对老人发放物品，将所需物品先登记，今天专门为村里每位孤残老人发了大篷车爱心超市登记簿。

"我今天需要领一袋大米、一壶菜油、一份肉、牙膏、蚊香、卫生纸。"一位老太开心地领着自己所需的物品。爱心超市的志愿者们热情、细心地为每一位老人发放物品，为了照顾行动不便的老人，把其所需要的物品，直接送到老人的家里。

陈凤英老人看着屋子里一大堆由志愿者刚送来的物品，连声道谢："感谢'太阳雨'，是你们的长期关爱，才让我们的生活既方便又幸福啊！"

志愿者将不久前与老人们合作拍摄的音乐快闪《我和我的祖国》，和大家进行了分享。老人们深有感触地说：没有共产党就没有新中国，就没有他们的今天！

时光荏苒，太阳雨爱心志愿者团队自从2019年春天，踏上通往"麻风村"的爱心之旅，一晃已经5年多了。当时，为了规范、持久地开展这项活动，扬州与高邮两地的"太阳雨"志愿者专门成立了"麻风村"志愿服务中心，大篷车爱心超市项目主要由太阳雨高邮志愿服务队负责具体实施。"麻风村"的每位老人凭爱心卡，每月一至两次在流动超市按定额自助领取食品、粮油、日用品以及用电补贴，同时，对老人们的需求进行预约登记，尽快满足。

村民余建和老夫妻俩为了外孙女上学，搬到了高邮城区居住，志愿者每次随爱心大篷车到"麻风村"发放物品结束后，都要专门赶到余建和家里，把他们所需要的东西送上门。这对老夫妻已把"太阳雨"志愿者当成亲人，家里水管坏了、地板烂了，都会找"太阳雨"志愿者，志愿者查建华自己购买材料去为他们维修。

"太阳雨"志愿者一诺千金，说到做到，5年多风雨无阻，从未间断。

当初，"麻风村"老人们脸上流露出来怀疑的眼神，现在舒展开了，他们心中那个大大的"？"也被时间拉直了。"我们服了，'太阳雨'志愿者真是好，说话算数，比家里子女、侄男侄女做得到位，跑得勤快，他们是我们人世间最后时光的依靠。"老人们由衷地发出感慨。

转眼进入2024年，在杨伯才那本卷了角的记事本上，仍在密密麻麻地记录着"太阳雨"志愿者一天天、一次次进村活动的事实。这里挑选整理出其中几页的内容，清晰可见"太阳雨"志愿者前几年在通往"麻风村"的小道上，留下的一串串充满情和爱的足迹，以及"爱心大篷车"烙印在"麻风村"村民心中深深的车辙。

寂寞村庄的欢乐节日

节日是指生活中值得纪念的重要日子。传统节日是中国传统文化的彰显，它的意义包括延续历史、增加民族凝聚力、增强国家的软实力，凝结着中华民族的民族精神和情感。所以，无论是政府还是百姓，都很看重传统节日。通过回归传统节日，保卫传统文化，也有利于提高民族自信心。

"麻风村"落寞寂寥了几十年，民间的众多节日似乎与他们无缘，一年到头都是冷冷清清、暮气沉沉的，孤残老人们向往节日的欢闹，但又无能为力。自从"太阳雨"志愿者走进这个特殊小村落，每逢节日，他们都会针对各个节日的特点，突出主题，注重特色，陪伴孤残老人。生活在这里的老人们，重又回到了烟火人间，品味浓浓的亲情、乡愁，小村庄热闹异常、有滋有味。

这里，实录一组"麻风村"不同节日的场景，串起寂寞村庄的多彩生活气象。

场景一：春节

腊月二十六，正值数九寒天，但是也挡不住志愿者助老服务的满腔热忱。来自扬州和高邮的两地"太阳雨"志愿者代表，一大早冒着寒冷，带着牵挂、带着年货、带着年夜饭的食材，驱车前往"麻风村"，陪村里孤残老人提前过年，吃团圆饭，送上新年的祝福。

寒风中，老人们有的拄着拐杖，有的坐着轮椅，早已在张望了，见到服装统一的志愿者，他们高兴地说："这么冷的天，还为我们送年货，太感谢'太阳雨'志愿者了！"接着，两个老大爷兴奋地点燃了事先摊开路上的小鞭炮，表示欢迎。"噼噼啪啪"的鞭炮声，惊飞了满树的鸟儿。

志愿者们下车后，赶紧将车上所有年货、礼品搬到会议室，把年夜饭食材搬进食堂，大家按照分工，各自开始干活。

负责厨房的，开始先洗锅、碗、筷子、盘子，然后煮碗筷，食堂内大家围着桌子摘菜、剥皮蛋、拣大蒜，接着开始洗菜、洗虾、淘米、切菜，忙得热火朝天。今天是柏文红掌勺，她家里开了一个饭馆，炒菜是她的拿手好戏。"炊事班"的"红色娘子军"个个出色，大家互相配合默契，很快凉菜已先上桌，接着一道道美味佳肴摆满圆桌。

会议室里，负责发新年礼品的志愿者忙碌着分配礼品，按每人一份，分别摆放整齐，等待老人来领。老人们走进会议室，看着一份份年货、礼品，开心地说："这么多年货，谢谢！'太阳雨'对我们太好了！"慰问礼品有排骨、香肠、面盆、肴肉、花生、包子、芦柑、棉袜等礼盒。东西太多了，大家帮助老人将慰问礼品送到家。

技师们不嫌脏，热情免费为每位老人理发、修脚、剪指甲，她们边服务，边与老人聊天，老人一个劲地夸她们技术好。负责打扫卫生及布置会场的也没闲着，一组负责布置，另一组负责打扫卫生。另外，还有两个志愿者挨家为老人们贴对联、送上"太阳雨"团队专门印制的"福"字，村子里洋溢着浓浓的年味。

众人拾柴火焰高。丰富的年货，都是志愿者们捐赠的。扬州"太阳雨"志愿者为每位老人赠送了香肠、排骨、肴肉、狮子头等，朱峻松还拎来几瓶"今世缘"白酒、法国红酒和饮料，用于会餐；高邮"太阳雨"志愿者为每位老人购买了食品、水果等礼品，为老人们筹办两桌年夜饭。志愿者刘久英送来两箱皮蛋、桂花糖藕及饮料，夏珍萍为每位老人捐赠猴头菇礼盒，孙积娟提供了包子，黄桂兰提供水饺，赵强拎来了花生，吴秀兰为每位老人买了棉袜。考虑到天气寒冷，袁平华自费购买了20床冬被；吴天秀加了几个夜班，亲手缝制了20床被套、床单及枕套三件套，还购买了80斤挂面、40双红袜子，让老人们雨雪天不出门也能吃饱穿暖，红红火火过大年。

"吃年夜饭啦！"大家将每位老人带到食堂，对行动不便的老人，志愿者就用轮椅推到食堂，还有实在不能出门的，将饭菜送到床前。老人们围着圆桌坐好，看着桌上丰盛的团圆饭，感动地说："感谢'太阳雨'每年都为我们烧年夜饭，陪我们吃团圆饭，你们不嫌弃我们这些孤残老人，真是比亲人还亲。"好温馨的画面，令人激动不已。太阳雨爱心志愿者团队总召集人朱峻松，为村里老人送上新年祝福。一位在部队担任师长职务的志愿者，今天也来祝福，祝老人们健康长寿，新年幸福！志愿者为老人杯中倒满饮料，为老人夹菜，然后坐在老人们中间，和他们共进午餐。正是浓情年夜饭，和美一家亲，辞旧又迎新。

场景二：国际麻风日

每年一月的最后一个星期日，是"国际麻风日"，又称"世界防治麻风病日"。这天早上，天气异常寒冷，朱峻松穿上羽绒服，头戴志愿者配发的工作帽，脖子上圈上一条大红色的围巾，率领"太阳雨""麻风村"志愿者服务中心的志愿者，风风火火地赶到"麻风村"，逐一看望慰问孤残老人，向他们致以新春的祝福，并赠送了水果。

志愿者的到来，很快驱赶了"麻风村"的寒气。朱峻松、李晓莉等人，和老人们围聚在冬阳下，听取老人们的生活需求，能现场解决的问题立马解决，一时不能解决的事情就记下来带回去，努力尽快寻求办法。

"托共产党的福,托'太阳雨'的福,我们这些'死活人'还比普通人多了一个节日哩!"一位老人自嘲地说道,话语也是充满了感激。这一天,高邮市分管民政的副市长,也带着有关部门的同志,前来看望慰问"麻风村"的老人们。

对饱经岁月沧桑的这群特殊村民来说,今天可谓是冬天里的春天!

场景三:元宵节

农历正月十五是中国传统的元宵佳节,做花灯、吃元宵……元宵节寓意着吉祥团圆。

当天上午,李晓莉带领部分爱心志愿者,带上汤圆、水饺等食材和大红灯笼,冒着寒冷天气,驱车前往"麻风村"。老人们见到"太阳雨"志愿者来了,就立刻点燃欢迎的鞭炮,一个个眼角眉梢满是幸福的笑容。

一下车,志愿者们赶紧把车上的面粉、糯米粉、饺子馅、汤圆馅等食材拿到厨房。然后,大家迅速明确分工,立即分组行动。负责餐厅的开始扫地、摆放圆桌、布置现场,将大红灯笼挂满餐厅;负责厨房的忙着清洗、蒸煮碗筷,在餐厅里和面、擀饺皮、包饺子、包汤圆,忙得热热闹闹。今天的食材是黄桂兰、吴天秀、孙积娟提供的。很快,一只只水饺,一个个芝麻、豆沙汤圆包好下锅了。

志愿者搀扶老人们围着圆桌坐下,他们感动地连声说:"谢谢你们,大冷的天气,让你们忙了半天,有你们的陪伴真幸福。"大家将热腾腾的水饺、汤圆端到每位老人手中,对于手有残疾的老人,志愿者亲手将水饺、汤圆喂到他们嘴里,对实在行动不便的老人,志愿者就把水饺、汤圆送到老人的床前。志愿者与孤残老人同桌品尝甜甜的汤圆和咸味的水饺,一个个汤圆,一只只水饺,充满了浓浓的爱意,老人们吃在嘴里、甜在心里。

吃过团圆的午饭，刘久英推着轮椅上的姚金娣，送她回去。老太太怀里抱着一只兔子灯，笑得可开心了。翁中秋也推着轮椅车，和坐在车上的陈凤英老太有说有笑地往家走。姚植安大爷右手拄着拐杖，左手拎着一只志愿者送他的上面贴着"平安喜乐"的兔子灯，哼着小曲，一摇一摆地往家走，他的大圆脸上咧着一张大嘴巴，下嘴边露出3颗大板牙，脸上乐成一朵圆圆的花。

场景四：母亲节

这天是5月8日，母亲节！也许有人准备了一束鲜花，也许有人计划亲手做一桌美餐……而"太阳雨"志愿者选择了另一种方式，过一个别样的母亲节。

上午，五六个妈妈级的志愿者，带上防疫物资、节日蛋糕，吹拂着暖暖的春风，赶往"麻风村"，陪伴村里6位孤残"母亲"共度母亲节。"母亲"们围着蛋糕而坐，她们头戴皇冠，点上蜡烛，许下心愿，李晓莉为"母亲"们分切蛋糕，"母亲"们吃着甜甜的蛋糕，脸上露出孩子般的笑容，可开心啦。对手有残疾的"母亲"，志愿者就把蛋糕喂到她的嘴里，老人连声说"甜，甜"，其实她们的心里更是甜滋滋的。一位"母亲"抹着眼角的泪水，感激地说："是'太阳雨'志愿者的爱，才让我们享有受人尊重的待遇，成为幸福的'妈妈'。"

围在一旁看热闹的几个老大爷，今天只有羡慕嫉妒的份，馋得他们直竖大拇指。"别急别急，下个月就轮到你们过父亲节了！"不知是谁风趣地说了一句，引得大家哈哈大笑。

场景五：助残日

"珍视每一个人，呵护弱势群体，呼吁关注无障碍。"这是全国助残日——5月15日主题宣传语之一。这天上午,"太阳雨"志愿者一行带着牵挂和爱心,直奔"麻风村"。

村里的老人们非常高兴地迎上来说:"你们一个星期前刚来过,今天又来看我们啦,'太阳雨'对我们真的太好了。"老人们看到有两个小志愿者,更是开心得不得了,"小姑娘都长这么高啦,真是越长越漂亮了"。小志愿者连忙向爷爷、奶奶问好!说:"爷爷、奶奶,我也想你们的,今天是周日,我来陪爷爷、奶奶聊聊天哟!"

大家各自分工,开始为孤残老人服务,剪指甲、刮胡子、理发……

其中一位志愿者,是第一次为老人理发服务,她对老奶奶说:"奶奶,我的技术不太熟练,可能发型做得不太好啊,能放心我为你理发吗?"老奶奶连忙说:"没事,没事,我放心呢,你尽管大胆地帮我剪头发吧!"另一边的志愿者帮老爷爷刮胡子、剪指甲……

大家边服务边与老人聊天,很快为老人料理服务好。老人们开心地说:"你看,第一次理发手艺就不错嘛,发型蛮好哟!"

村里的爷爷、奶奶问小志愿者:"你上几年级啦?老师对你好不好啊?"小志愿者甜甜地回答了问题,关心地问爷爷、奶奶:"你们身体好吗?等我放假再来看你们,和你们多聊天……"

老人和小志愿者聊得可开心了,让老人感受到了从未有过的天伦之乐。志愿者为孤残老人送来亲人般的关心和照顾,让他们感受到大家庭的味道,整个"麻风村"都洋溢着温暖、祥和的气息。

春光普照,岁月静好!

场景六:端午节

浓情端午,粽叶飘香。端午节是崇尚风骨、纪念屈原的,有利于增强民族凝聚力,也表达了人民对国家政治清明、国家富强的愿望。

上午,李晓莉、刘久英、俞敦华、王稳林等20多名志愿者,带着各种食材及节日礼品,按惯例来到"麻风村",为村里孤残老人送上浓浓的亲情和端午节的祝福。

"'太阳雨'志愿者来陪我们过端午节啦!感谢'太阳雨'志愿者常年陪伴我们过节,让我们享受到了家庭的温暖。"一位没有手掌的老人,拍着两根肉桩似的手,激动地说。接着,他们还是按老规矩放鞭炮表示欢迎。志愿者从车上将糯米、粽叶等各种食材及礼品一一从车上搬出来。

负责宣传的陈叶坚、王稳林、杨清荣,迅速把现场布置好,营造浓郁的端午节氛围。

志愿者为村里每位孤残老人送上端午节礼品,有粽子、咸鸭蛋以及会员亲手做的驱蚊艾叶香包、并亲手帮老人戴上蛋兜,老人们抚摸着挂在脖子上的一只咸鸭蛋,脸上露出孩童般天真幸福的笑容。

负责厨房的志愿者将各种食材拿到食堂大厅,接着打扫厨房卫生,扫地、擦灶台、捡菜、洗菜、切肉、切菜、处理河虾,蒸煮碗筷、盘子、勺子……锅碗瓢盆交响曲奏响啦!

食堂大厅内,包粽子组也开始行动,淘米、叠粽叶……看着他们娴熟的包粽子动作,将几片粽叶圈成小漏斗,往里面装上白白的香糯米,塞进两颗红枣,然后用棉线捆起来,一个个有棱有角、清油油的粽子就诞生了。日常生活中,包粽子大多是女同胞的事,但在高邮太阳雨志愿者协会就不一样喽。你看,协会的男士杨清荣,他从叠粽叶到捆棉线,不到30秒,一个漂亮的粽子就在他手中成功完成,五角正正的。不会包粽子的志愿者也赶紧学起来,很快,包粽子组顺利完成任务。这一个个粽子,包进了大家对村里老人的爱心。

技师组志愿者帮老人测量血压、剪指甲、修脚。"我脚疼得难走路,你们来了,我明天走路要轻松了,谢谢'太阳雨'志愿者!"一位老爷爷说。技师们不嫌脏和累,边服务边与老人聊天,把满满的爱传递到老人心坎上。

厨房里，志愿者正忙得热火朝天。今天是池恒岭大厨掌勺，帮厨的美女们很辛苦，忙前忙后，与池大厨配合默契。他们今天是按照高邮民俗"十三红"制作菜品。很快，一盘盘、一碗碗的菜肴完美做好，红烧肉圆、苋菜、盐水虾、凉拌豆腐、红烧鸡腿、肉丝炒粉、玉米炒虾仁、青椒炒肉丝……美味佳肴摆满两桌，志愿者帮着手有残疾的老人夹菜，帮他们剥虾，小志愿者俞梓萱为爷爷、奶奶们表演了手语舞《谢谢你》，老人们高兴地看着，举起双手为小志愿者的精彩表演送上热烈的掌声。孤残老人感动地说："谢谢你们，每个节日都一直陪伴在我们身边，是'太阳雨'团队让我们过上了正常人一样的生活，体会到了家的温暖，也让我们真正感受到了什么叫天伦之乐。"

为了丰富今天的活动内容，志愿者们提前两天就开始准备了。王稳林为每位老人购买了咸鸭蛋，吴天秀购买了糯米，黄桂兰采购了粽叶，张晓平为每位老人购买了坚果、牛奶，夏善兰为每位老人购买了两件内衣，黎倩捐赠爱心款。卫星新材料股份有限公司、甘垛变电所、财政局，也为老人们赠送了菜肴、夏令用品及节日礼品。涓涓细流献爱心，点点滴滴"粽"是情。

吃过午饭，志愿者用轮椅车，把四肢都严重残疾的77岁老奶奶林粉香送回家。进了房间，林粉香就用肉桩手臂，颤抖地把刚拿回来的一只蛋兜，挂在对着门口的旧衣橱角上的铁钉上，上面共挂了5只不同式样、新旧不一的蛋兜。"已经5年了，'太阳雨'志愿者每个端午节都来陪我们过，每年都有粽子、咸鸭蛋吃。"林粉香用没有手指的肉桩，捋着一只只彩色丝线织成的蛋兜，在自言自语。这5只蛋兜成了老人家心中的念想。

场景七：父亲节

母亲节过后一个半月，父亲节随之而至。初夏的阳光普照在"麻风村"上空,小广场上气温微热,老人们的内心更热。

那是我小时候
常坐在父亲肩头
父亲是儿那登天的梯
父亲是那拉车的牛
忘不了粗茶淡饭将我养大
忘不了一声长叹半壶老酒
等我长大后
山里孩子往外走
想儿时一封家书千里写叮嘱
盼儿归一袋闷烟满天数星斗
……

  一首《父亲》,志愿者唱得荡气回肠,老人们听得泪水涟涟。
  紧接着,一曲《夫妻双双把家还》的表演惟妙惟肖,把现场的气氛渲染推向了高潮。老人们有的坐在板凳上,有的坐在轮椅上,围成一圈看演出,他们跟小孩子一样,时不时热闹着鼓掌、大笑,显得无比可爱。
  两个志愿者端过来洗净、切好的水果,让老人们一边看演出,一边吃水果。看着老人们无比享受的神态,志愿者们无比开心。看过演出,志愿者让老爷爷们围坐在一起,给他们戴上"今天我最帅"的发箍,许愿吹蜡烛,吃父亲节的蛋糕。特别用心的幼儿老师赵立霞,还带来了套圈游戏道具,组织老人们娱乐。看到身边围着一群穿红色服装的志愿者,老人们心中无比感动。他们中大多数人因为疾病的原因,无儿无女,享受不到亲情,是这一抹"红色",给他们带来了快乐、温暖和希望。
  这个父亲节,让一名大学生志愿者在心里打下了烙印,因为他和他的父亲都作为志愿者，今天来到了"麻风村"。他和父亲一起，陪着一群年迈的"父亲"，度过了这个令人难忘的父亲节。

场景八：中秋节

丹桂飘香又中秋，花好月圆人长久。中秋节，蕴含着传统神话故事，蕴含了古人的精神寄托，传递了现代人们对团圆和睦的美好祝愿。

"'太阳雨'志愿者又来陪我们过中秋节啦！"上午，志愿者们一进"麻风村"，村子里顿时热闹起来。

志愿者下车后，赶紧将购买的各种食材、中秋节节日慰问礼品，从车上搬出分类放好，大家一齐动手将节日宴所有食材搬运到食堂内，然后按分工开始干活，清洗、蒸煮锅碗、打扫卫生、捡菜、切肉、淘米、切菜、剪虾芒……一个个忙得热火朝天。

负责大篷车爱心超市的孙冬青、凌红华、郑素兰，将车内的大米、麻油、白糖、挂面、食油、调味品、香皂、洗衣液、卫生纸等物品，搬出来分类摆放好，等待村里老人来领。"姑娘，给我拿一袋大米、一瓶酱油、两块香皂，还有卫生纸。"志愿者热情按老人所需物品用袋子放好，交到老人手中。对行动不便的老人，志愿者按老人需求，直接送到床前，老人感动地连声说"谢谢"！

技师程慧杰边为老人修脚边和他们聊天，并叮嘱老人要注意身体，天气渐渐转凉，要随气温添减衣服。杨清荣负责后勤工作，忙前忙后，一点没停。陈叶坚负责营造中秋节日氛围，跑前跑后，爬上爬下，忙得汗流满面。

老人们领完所需食品、物品后，李晓莉和他们围坐在一起面对面聊天，让他们说出各自的建议和心愿，老人们话闸打开了。

"我还是孩子时到高邮玩的，几十年了，高邮城变化肯定很大，我们去可能都不认得路了。""我离开老家都好几十年了，想有机会回老家看看，不知道还有哪些认识的人？"……

老人们纷纷说出自己的心愿，李晓莉边听边点头，诚恳地对老人们说"你们的建议和心愿，我们能理解，会尽力帮你们去实现。""像'太阳雨'这样每年过时过节都买菜来陪我们一起过节，真心帮助我们解决困难的还真没有，'太阳雨'志愿者就是我们的家人啊！"老人们感动得含泪说道。

那边厨房里，黄桂兰、周慧负责掌勺，杨彩美、葛素梅、夏伶俐、夏善兰她们齐心合力，配合默契。很快，肉圆、盐水虾、扁豆烧芋头、西红柿炒鸡蛋、白菜烧牛肉、炒藕丝、烧鸡腿、鱼圆汤……美味佳肴摆满两桌，桌子中间摆放着一盘切成块的月饼。

志愿者将孤残老人请到食堂，对行动不便的，就用轮椅将他们推到食堂围桌而坐。志愿者与老人同桌吃饭，并帮老人们倒上饮料，为他们夹菜、剥虾，对手有残疾的老人，志愿者将菜和剥好的虾喂到老人嘴里。

老人动情地说："孩子啊，你们不嫌我们残疾怪相，不嫌我们脏，还和我们同桌吃饭，自家亲戚都做不到，是你们给了我们亲情，谢谢你们！"

其实，几年前志愿者刚走进"麻风村"时，有的人还是有些心理障碍的，不愿或不敢和残疾老人们同桌吃饭，要么就打点饭菜躲到一旁去吃，要么就忍着饿干脆不吃。慢慢地，志愿者们都跨越了心里这道坎。

这天晚上，两位住地离得近些的志愿者，又走进"麻风村"，陪伴老人们一边吃月饼，一边赏月。凉风习习，皓月当空，夜色可亲。一轮明月高高地架在高大的樟树顶上，清辉洒在村子的角角落落。

明月洒光，洒出人间无限浪漫；桂花飘香，飘出大地五彩缤纷；月饼圆圆，圆出村庄欢声笑语。

场景九：国庆节

中华人民共和国国庆节是国家的一种象征，是伴随着新中国的成立而出现的，并且变得尤为重要。国庆节是一种新的、全民性的节日形式，承载了反映中国民族凝聚力的功能。"麻风村"的老人们虽然生活在一个封闭的特殊世界里，但他们对祖国的热爱之情依然浓烈。

走进"麻风村"，看到几乎每户人家房间里都张贴着毛泽东主席的大幅画像，有的家里还陈列着毛主席的石膏像。身处其中，人们仿佛穿越时空，一下子回到六七十年代农村的家庭，家里的陈旧橱柜、摆设都是好几十年前的风格，他们后来基本与外面世界隔断联系了，思想、行为和认知都停留在了那个特殊的年代。近几年，"麻风村"有的人家在毛主席画像旁，也张贴了习近平主席的画像。这又在告诉人们，社会已经步入新时代。

怎么陪伴"麻风村"的老人度过国庆节？"太阳雨"的志愿者们也是动了一番脑筋。他们除了像平时过节那样，为老人们改善伙食、赠送礼品、修脚、理发之外，重点开展一系列的文化娱乐活动，丰富他们的精神世界，抒发对祖国的热爱之情。

秋高气爽，微风轻拂。这天，"麻风村"的小广场上，彩旗招展，五彩缤纷。志愿者为老人奉献了一场轻便而又精彩的文艺表演，简陋的广场环境，丝毫没有影响表演者的发挥。孙冬青负责策划今天的演出节目，唐明元、谈艳献上了大头娃舞、功夫扇、独唱、舞蹈等节目，沈静琳献上了拿手的戏曲表演，还有人展示了唯美典雅的越剧、悦耳动听的歌声。

赵立霞是一名幼儿教师，她生性开朗活泼，今天来之前，她就对同伴们讲："之前都是我们在表演，老人们在欣赏，这次我要让老人们一起参与，共同娱乐，歌曲让老人们自己点，他们点什么，我就教什么，让老人家也来当一回我的学生。"

赵立霞拿出精心准备好的节目单让老人们挑选，老人们七嘴八舌地说着，有的直接站起来用手比画着什么，赵立霞看到这个样子要失控，拿起喇叭大声说："各位老人家就不要争论了，今天我给你们一个任务，我还没有教过年龄这么大的学生，你们今天就当一回我的学生，好不好？"老人们听了，立即停止了争吵，一个个用期望的眼神看着她，连声说道"我们都听你的"。

"那好，今天我就教你们一首容易学又会唱的歌曲，歌名叫《大海航行靠舵手》，跟随这首歌，还有我自己编排的一套健手操，我现在就教你们，请跟我一起学起来。"

"好，唱这个歌，我们太拿手了。"老人们齐声赞成。

大海航行靠舵手
万物生长靠太阳
雨露滋润禾苗壮
干革命靠的是毛泽东思想
鱼儿离不开水呀
瓜儿离不开秧
革命群众离不开共产党
毛泽东思想是不落的太阳
……

老人们围成一圈坐着，一群穿红色 T 恤的志愿者站在他们身后，大家跟着赵立霞高唱着红色经典老歌，做着简易的运动抓手操，摇头晃脑，手舞足蹈，眉开眼笑，几个老人唱着歌做着操，眼泪就禁不住往下掉。

"我们自从到了这个地方，基本就没有出去过，更别说唱歌跳舞了。你们来了之后，把我们当着自己家人一样照顾，村子里有了欢歌笑语，再也不像以前那样死气沉沉了。我们每次都是眼巴巴地盼着你们来，和我们说外面的变化，聊家长里短的趣事。"潘兴生大爷拉开大嗓门，高声地说。

随后，大家又合唱了《东方红》《没有共产党就没有新中国》《我和我的祖国》，小广场上，热烈欢快的气氛一浪高过一浪。

场景十：重阳节

"独在异乡为异客，每逢佳节倍思亲。遥知兄弟登高处，遍插茱萸少一人。"唐代诗人王维写的《九月九日忆山东兄弟》，是在重阳佳节的抒情和感怀，已被人们传诵了1400多年。重阳节，是我国传统节日之一。在每年的九月初九，因为读音和"久久"不谋而合，所以也被人们赋予了长寿的含义。1989年被定为"敬老节"，告诫人们要多关心身边的老人。

为了让"麻风村"的孤残老人过一个开心、温馨的重阳节，志愿者薛松、沈静琳、吴天秀细致做好前期准备工作，提前一天就采购好芹菜、胡萝卜、肉等食材。重阳节一大早，李晓莉率领爱心志愿者，带着爱心和牵挂，带着重阳糕、水果、食品等礼物，风风火火赶到"麻风村"，为老人们送来节日的祝福，陪伴他们欢度重阳节。

志愿者进了"麻风村"，就像回到自己的家，个个都熟门熟路。有人负责拣菜、洗菜，有人负责切肉、拌饺子馅。每次制作饺子馅时，他们都要用单独的厨具另外制作一份牛肉、芹菜的馅心，因为杨伯才老大爷是回民，他不吃猪肉。牛肉饺子虽然包得并不多，但整个制作过程都是一样的，包好了之后还要单独煮一锅。饺子在水中翻滚，爱心在胸中荡漾。

午餐准备好了，老人们有的是自己走过来，有的是被志愿者用轮椅车推过来，大家围着圆桌坐好。一盘盘热腾腾的饺子端上桌，李晓莉代表全体志愿者，祝福老人们重阳节快乐！同时，志愿者为每个老人送上一份重阳糕、水果、食品等节日慰问礼品。

"自从有了'太阳雨'志愿者的关爱，我们这群'活死人'才有了特别的幸福和快乐，每个节日也不再孤单。你们每次还都给我'开小灶'，真让我过意不去。"杨伯才用筷子夹起一只牛肉馅饺子，抢先说出了这几句感激的话。

老人们有滋有味地吃着饺子，一个劲地连连夸赞饺子的味道真好、真香。香喷喷的饺子喂饱了老人们的肚子，也温暖了老人们的心。

志愿者们撑着"太阳雨"这把爱心大伞，顶着风风雨雨，走过一年又一年，一晃已经刻下了 6 道年轮。在每个节日到来时，志愿者们都会相约来到"麻风村"，陪伴孤残老人共度节日，用一片真情去浇灌润泽老人们贫瘠孤独的心田，让他们感受到家庭的温暖及社会各界人士的关爱，让他们和社会上正常的老人一样拥有一个幸福的晚年。

跨越半个世纪的握手

估计 60 岁向上的人，都很熟悉《第二次握手》这部长篇小说，那时候广播里每天中午晚上都在连播，在物质文化匮乏的年代，听小说连播可谓是精神大餐。《第二次握手》1975 年 1 月由中国青年出版社出版，作者叫张扬。该书描写了大学生苏冠兰与丁洁琼相爱，遭苏冠兰父亲反对，丁洁琼赴美留学，成为著名的原子物理学家，留在国内的苏冠兰成了医学教授，并与父亲故友之女叶玉菡成婚。多年后，丁洁琼回国，苏丁二人再次相逢，悲喜交加，令人唏嘘不已。此文讲述的第二次握手的故事，虽不像爱情那样缠绵悱恻、婉约凄美，却也让人心生敬意、倍感欣慰。

一

2019 年 11 月 17 日上午，深秋的晨雾像一层层轻纱，笼罩缭绕着运河之畔的古城高邮。三四名"太阳雨"志愿者陪着"麻风村"老人杨伯才，在邮城马饮塘边逛边玩，杨伯才大爷异常兴奋，一路东张张西望望。

这时，迎面走过来两个人，正在逛街的杨伯才很快认出，这位身材胖胖的、戴着一副宽边眼镜的中年男子，是扬州太阳雨爱心志愿者团队的召集人朱峻松；旁边一位似曾相识的老年人，好像面熟，但一时又无法想得起来是谁？两位老人眯着眼睛对视了好一阵子，十分惊喜地喊出对方的名字，声音有些颤抖。他们都激动地大步上前，分别60多年、饱经风霜的两双大手，一下子紧握在一起。

怎么会有这么巧的事情呢？此话还得从头说起。

三个月前的一天，知了在树梢烦躁地欢叫着，几名"太阳雨"志愿者坐在"麻风村"路口的大樟树下，同这群与世隔绝已久的老人们在拉家常聊天。老人们其实和常人一样有血有肉、情感丰富，只是长期封闭在这个特殊的小世界里，麻木得太久。志愿者在和杨伯才聊天过程中，听到他嘴里几次念叨一个名字"薛坤"，得知他非常想念儿时的同学发小薛坤。杨伯才是高邮菱塘人，儿时就读于菱塘中学，他和薛坤从小一起玩，一起上小学初中，毕业后他们一起考扬州中学，双双落榜。后来，薛坤考上了技校，两人慢慢就失联了。如今，已经80岁的杨伯才，期盼能够在有生之年与薛坤见上一面，叙叙少年时的友谊，了解现在的状况……杨老的这个愿望，被志愿者认真记录下来。

为了帮助杨伯才实现心中这个多年的梦想，"太阳雨"志愿者马不停蹄，分头奔波联络。身在扬州的朱峻松辗转周折，九月终于联系上了家住扬州的薛坤老人家。薛坤从扬州电厂退休已经多年，这些年身体一直欠佳，长期在家休息。

薛坤听说有关杨伯才的消息后，也很激动，感慨万千，老泪纵横，"我们都半个多世纪没有见面了，伯才他还好吧？"薛坤当即就想跟着朱峻松，去看望杨伯才。

扬州高邮一联系，不巧，当时杨伯才老人中风了，在住院治疗，"太阳雨"志愿者不间断地到医院慰问、探视、照顾杨老，期盼他的身体早日恢复正常。在杨伯才面前，志愿者只字不提有关薛坤的消息，想等他完全康复后再给他一个惊喜，大家私底下在策划安排一场马饮塘边的老同学邂逅之旅。

杨伯才康复出院，在村里休养了十多天。那天，李晓莉见杨伯才精神气十足，就打开了话匣："杨老，您早就念叨着想到高邮城里去逛逛，现在您的身体恢复得挺好的，我们明天就陪您进城去玩玩，怎么样？"

杨伯才听了半信半疑，睁大眼睛盯着李晓莉看了好一阵，见李晓莉不像是开玩笑，便兴奋地说道："真的啊，那可太好了，你们带我出去玩，我就能大开眼界了。开心，开心！"

这天晚上，杨伯才躺在床上，想着再过 10 个小时，就要跟着志愿者到高邮市区去游玩了，古运河畔、南门大街等地方，在杨伯才的记忆中既熟悉又陌生，一晃几十年过去了，马上终于可以故地重游了，老人不免有些激动，不停地在床上"翻烧饼"，一夜没有睡安稳，就盼着快快天亮。天刚微亮，杨老便早早起床了，洗脸、刷牙、刮胡须，挑了一件相对新一些的衣服穿上，照照镜子，不丑，杨老开心地笑笑，自言自语："老头子难得出门，千万不能影响市容啊！"杨伯才哼着小曲，在村子里转悠，不时看看手表，初冬的寒冷，他也全然不顾。

早上五点多钟，高邮城还没有睡醒，天还没有完全亮，志愿者李晓莉、俞敦华、王稳林、夏善兰，起了个大早，头顶着薄薄雾纱，驱车前往 30 公里外的"麻风村"，去接杨伯才进城。志愿者的车子进了村口，下车看到穿着一件看起来颇新的灰色外套的杨伯才，王稳林便打趣道："不错啊，杨老，这一身穿得像过年了，是不是还想顺便去相个亲啊？"杨伯才听了，急忙摇手，脸上却憨憨的笑容满面，一夜未睡好略显发黑的眼睛竟隐约泛起了一丝湿润，掩映在入冬早晨的雾气中，闪闪发亮，这不就是老人心中心心念念的希望之火吗！

"麻风村"的胡树铭、余建和大爷，也一起上了车，他俩开玩笑地说，我们也跟着老杨沾沾光，进城去潇洒一回。

"现在出发，到了请你们吃大包子，管饱！"不知是谁又讲了一句。汽车直奔高邮市区而去，一路欢声笑语。杨伯才坐在车窗边，看着窗外的景致倒是有些沉默，也许是陷入了对过往的回忆。

半个小时左右，杨伯才与"太阳雨"志愿者一行人便到了高邮城区。下车后，老人看着眼前一道道全新的"风景线"，显得异常兴奋，东望望西瞧瞧，还不停地向大家回忆这些地方几十年前的模样，完全恢复了平时在村里能言善侃的状态。看着杨老略显意气风发的样子，陪着他的"太阳雨"志愿者捉摸着，如果他不是早年不幸罹患麻风的话，说不定还真的会成为他口中所说的大队书记呢。

杨伯才个头不高，在以前的年代也算是有些文化的，能写会算，能说会道。20世纪生病前还做过村里的会计，虽然是很久远的过去了，但他却看很重，经常跟"太阳雨"志愿者谈起这段经历，并颇为自豪！他常感叹，是麻风逆转了他的人生，要不然，他认为自己很有可能成为大队书记这样的人物。

是啊！天往往并不遂人愿，命运总是时常捉弄人，人生无法预测也无法重来。杨伯才老人的感叹中，既寄寓着对命运的不甘，也闪现着对生活的乐观与希望！

"如果不是麻风，我们的生活又会是什么样子？"这也许是包括杨伯才在内的"麻风村"村民时常会"遐想"的一个命题，哪怕这个命题似乎早已有了准确的答案！

不过，人性之光辉往往在于其有梦想，即使很多"梦"对天下芸芸众生而言，也就是想想而已。杨伯才如此，其他麻风病人也是如此，他们在潜意识里也许从来就没有停止过这样的一个个假设，他们是麻风的受害者，他们更是一个个有思想、有血有肉的人！大队书记也好，普普通通的平凡人也罢，这种希冀会永远活在"麻风村"村民的心底。

这些，是"麻风村"人的心灵呼唤，也是"太阳雨"志愿者的帮扶初心！太阳雨爱心志愿者团队总召集人朱峻松，总挂在嘴边上的一句话："如果不是这个病，他们跟我们都一样！"这诠释的就是公益志愿行动也是人与人彼此尊重的事业。

坐在早餐铺里，拿着手中的高邮大包子，杨伯才边吃边夸赞，眼里弥漫着满足，他肯定不知道，这些只是此行的序章而已，更大的惊喜他没想过，但确确实实就在不远的前头。

吃完早饭，"太阳雨"志愿者陪杨伯才、胡树铭、余建和老人来到马饮塘。马饮塘位于盂城驿东南，是一片绿水荡漾、青草依依的天然水域，既可运粮、运盐，行船、泊船，又可供马饮水吃草，民间俗称马饮塘。

自从盂城驿成了国家重点文物保护单位，高邮市政府在第一期盂城驿扩容工程之后，又启动了二期扩容工程。如今的马饮塘河、柳荫禅林及岛周边，人文景观和自然景观真是令人耳目一新，与盂城驿景区天然合一、浑然一体。

杨伯才老人看着眼前一河清水潺潺流动的美景，嘴里不停地感慨道："变化太大了，小时候来过这里玩耍，自从进了'村'，再也没来过，我都快不认识了！"他向走在身边的几位"太阳雨"志愿者不停地比画着，绘声绘色地给他们讲述小时候进高邮城的故事。

马饮塘和盐塘称为二塘，有一条马饮塘河向东在沿河口与南北流向的盐河相通，它们的东边有一条南澄子河向东连接泰州、南通；另一条北澄子河向东连接兴化、盐城。

历朝历代，里下河大量的粮食、食盐汇集到这里，这二塘就是船舶停泊之地，再转装到运河的红船北上运抵京城。运粮巷、盐塘巷就是箩班挑夫们挑运粮盐上大运河的通道。

高邮自古风水秀美、人杰地灵，就跟一个"邮"字有莫大的关系，可谓是因"邮"而生，因"驿"而兴。自秦王嬴政于公元前223年在此筑高台、置邮亭，汉建县，历史就庄重地把这片土地正式命名为高邮，别称秦邮。独特的地理环境造就了它东方邮城的重要地位，全国 2000 多个县市中，把自己的名字与邮传联系在一起的，唯其高邮。

无论如秦少游笔下的"吾乡如覆盂"的盂城驿，还是文天祥"当其贯日月，死生安足论"的马饮塘，都是风尘仆仆、南来北往的天下行路人汇集、邂逅之所，这里自古便上演着一幕幕相遇、重逢与离别的故事。

志愿者俞敦华指着马饮塘岛上的柳荫禅林对杨伯才说，他小的时候对这里印象特别深刻，大概20世纪五六十年代，这里是水产公司的水产加工厂，专门加工、储存咸干货，如虾米、梅齐干、银鱼干、咸鱼干等，岛上铺了水泥晒场。

"麻风村"的3位老人多年不进城游逛了，"太阳雨"志愿者临时充当起了导游，侃侃而谈，杨伯才听得也是津津有味。也许对老人而言，身边的一切承载了他儿时的一片天空，他在这里也是在追寻那逝去的时光和记忆，包括儿时的人和事。

一行人继续踽踽而行，边聊边看。迎面不远处，悄然走来两个"不速之客"，朝着他们这边不停张望。杨伯才心生奇怪，一来自从患上了这病，在"麻风村"里一直"与世隔绝"，熟人早已是消失殆尽；二来这两人似曾相识，确实面熟得很，而对方也正朝着他这边指指点点。

他们是谁呢？杨伯才老人心里犯起了嘀咕。

这些年，杨老的眼神确实是一天不如一天了，还患上了一定程度的眼疾。几近到了对面，杨伯才看清了其中一位，是他平常十分熟悉的扬州太阳雨爱心志愿者团队的负责人朱峻松。

稍后面的一位与杨伯才似乎年龄相仿，个头比杨伯才略高，偏瘦，白衬衫外面穿着一件藏青色的夹克，头发略显花白，憔悴中又显得矍铄。杨伯才看着眼前这个"熟悉的陌生人"，却一时无法想起。

人生就像一场奇妙的旅行，永远不知道下一秒会遇见什么，而世间所有的相见恨晚，却往往都是久别重逢。

两位老人对视了许久，你看看我，我看看你，沉默了一阵，这一刻，时间仿佛也在凝重的空气中定格。

"伯才，你瘦啦，你原来是个小胖子！"还是对面的老人先开了口。

杨伯才一拍脑门，惊喜喊出："你是薛坤？啊，你真的是薛坤！"杨伯才小声地喊道，"我不会是在做梦吧？"喊着喊着，老人的眼睛已经湿润了！

"对对，我是薛坤。伯才，一晃60多年过去了，我们都老了！"对面的老人也是哽咽着回应着……

《大仲马传》中安·莫洛亚曾经说过："久别重逢，言语一定更为温情。"中国古代词赋里的你我久别重逢，也恰如"刹那十年如一日为秋"，充满了诗意的浪漫。

眼前久别的两位老人，沉默许久后冒出的话却是"你胖了""你瘦了"！没有兰亭楼阁，没有古调几曲，就在这马饮塘边的寻常巷道中，整整分别了一甲子的两位老人张开双臂，几乎同时抱住了对方，互拍着肩膀，久违的热泪肆意流淌。

这样的开场白或许少了点诗意，却多了一份岁月流逝的沧桑与厚重，恰印证着两位老人额前的丘壑和鬓边的斑白。

我们的一生都在不断遇见和告别，只不过，令人遗憾的是，有些相遇注定不会重逢，有些告别也没有下次再见。对这两位老人来说，则是幸运的，他们因缘际会，到了半个多世纪后的耄耋之年，竟在茫茫人海中又有了一次说"好久不见"的机会！

薛坤老人是杨伯才儿时同村最要好的小学同学，两人曾经从高邮菱塘步行一天去扬州报考扬州中学，但没有中榜。后来，薛坤16岁时，到扬州上了技校，毕业后去了扬州发电厂工作，杨伯才当时则在村里做起了会计的工作，当时通信、交通都很不方便，渐渐地两人便失去了联系。再后来杨伯才在30岁时不幸得了麻风，也离开家乡，住进了甘垛"麻风村"，一入住便没有离开过。

薛坤告诉杨伯才，"当年进扬州电厂工作后，只知道埋头干活，踏实做事，后来成为正式职工，通过自身的努力成为工作骨干，现在退休在家已经头20年了，家庭很幸福"。杨伯才羡慕不已。

"兄弟，我好想你啊！我住在'麻风村'与世隔绝几十年了，一直没有走出来过，今天要不是'太阳雨'好心人的帮助，我们可能一辈子都见不到面了！"杨伯才抹着眼泪，挤出笑容。

久别重逢非少年，执杯相劝莫相拦。相见甚欢的两位老人手牵着手，仿佛幼年时一样，说着话在街上走着，其他人都跟在他们后面，为他们欣慰和祝福。不知不觉到了该吃午饭的时间了，志愿者请老人们到一家饭店，吃了一顿丰盛的午餐。

午饭后稍作休息，又请老人们去了高邮二桥，欣赏运河风光和高邮湖湖景。两位老人还是牵着手，一路走着，一路笑着，说不完的知心话，道不完的老友情，志愿者就这样默默地陪着老人们，感受着他们的快乐。

转眼间到了傍晚，老人们才恋恋不舍地分手，双方互道珍重，并约定下次见面的日期。杨伯才老人眼里含着泪，目送着朱峻松带着薛坤的车子离去。杨伯才激动地说："爹亲娘亲没有共产党亲，儿子好女儿好，没有'太阳雨'志愿者好，要不是你们，我只能悄悄地把梦放在心里，是你们帮我圆了梦，太谢谢你们了！"

志愿者们异口同声地说，这是我们应该做的。晚上在陪杨伯才他们用餐后，志愿者又把老人们安全送到"麻风村"。

如今，见证两位老人相见场景的大幅照片，端正地悬挂在"麻风村"杨伯才房间的墙上，杨伯才每每提及此事，总是唏嘘不已。这么多年来，他一直视这位儿时的伙伴，是他这辈子想见的一位重要的"亲人"。

杨伯才老人至今都认为这是一个奇迹，这个奇迹在他心中恰似风里雨里，太阳却依旧能够升起的梦幻般地存在。

确实，这一切都是"太阳雨"志愿者的精心安排，为了这一次"邂逅"，以朱峻松、李晓莉为代表的志愿者们，经历了近两个月的"策划"，才促成了这次跨越了半个多世纪的"寻亲"之旅。

二

"噼里啪啦，噼啪啪……"2024年2月4日上午8时许，高邮"太阳雨"志愿者一行10余人，带着提前准备好的蔬菜、肉类，来到位于甘垛镇的"麻风村"。刚进村子大门，便听见一阵鞭炮声。

"快过年了，'太阳雨'的好心人又来看我们了，我们从心底里高兴！"见到志愿者一行到来，"麻风村"队长陈锡宏的喜悦之情溢于言表，立即给志愿者引路。尽管前夜的积雪尚存，寒气逼人，但"麻风村"里的许多村民都赶来迎接客人，整个村子一下子变得热闹起来。接着，一部分志愿者到食堂里忙着做饭；一部分志愿者上门忙着帮老人们修剪指甲，陪老人唠嗑……

"上周好心人送来的羽绒服记得过年穿上哦，别舍不得啊！""好的好的，过年穿，过年穿。"78岁的村民林粉香坐在轮椅上，想要拄着拐杖站起来，立马被身边的"太阳雨"志愿者挽住了胳膊。

"谢谢你们这些好心人啦，多亏得你们前段时间陪我回了一趟老家，让我和妹妹团聚了一回，前几天妹妹死了，我这辈子也不得其他想法了。"林粉香用没有指头的手桩子，碰了碰身旁两位志愿者的手，万分感激地说，"有你们这些菩萨心肠的人关心，往后的日子不用愁，好过着呢，我会好好照顾自己的。"一串串热泪从林粉香脸上严重扭曲、只有蚕豆大小的眼眶中流下来。

林粉香，出生于兴化市兴东镇西鲍村，从小三四岁时就生病，5岁时父亲去世，跟随姑妈生活了多年，没有上过学，后来得了麻风，一直没有结婚，24岁来到"麻风村"，从此就没有回过老家。她的身体因病而严重残疾、畸形，两只手上都没有手指头，只剩两条光秃秃的手膀子；截肢了一条腿，另一条腿没有脚趾头，平时只能拄着拐杖挪碎步子；她的面部严重扭曲畸形，两只眼睛一高一低、一大一小，小的眼珠只有青豆那么大。林粉香似乎生来就注定是一个孤独的麻风病人，她早就想不起来父母是什么模样了。林粉香离开家乡已经五十几年了，她在老家还有一个妹妹，比她小4岁。多年来，林粉香一直想回老家看看，但因为身体重度残疾的原因，回家的路变得很长很长，遥不可及。家乡，在她心中已经成为一个模糊的概念，只是在梦中见过。

回老家看看，成了林粉香心底的一个奢望。就在林粉香认为自己这辈子恐怕都回不了老家的时候，2024年1月初，"太阳雨"志愿者与民政部门一起安排专车、派出专人，陪同护送林粉香回老家看望身患重病的妹妹，实现了她积压在心中多年的愿望。就在姐妹俩一把眼泪、一把鼻涕团聚24天后，林粉香的妹妹1月28日在家中去世。已经痴呆的妹妹咽气前，竟断断续续地说："没有想到，在我临走之前，还能见到骨肉亲姐，我死也瞑目了。"这应该是回光返照吧！

世间真有这么巧合的事啊？

2023年7月27日上午，笔者随同"太阳雨"志愿者柏文红、李晓莉，来到"麻风村"，看望这里的老人们。走进林粉香的屋子，闷热的空气中夹带着房间里的异味，感觉呼吸都有些不自在。

"林大妈，您有多久没有和妹妹联系啦？"

"我都有几年没有听到妹妹的声音了，我不得手指头，不能打电话，妹妹现在大脑不好，有些痴呆，又不能来看我，唉……"林粉香有些难受，说不下去。

"您有妹妹家哪个子女的电话号码吗？我们来帮您联系一下，问问情况。"

"好的好的，我有姨侄女刘爱乐的手机号码。"抹粉香用手桩指了指挂在墙上一个铁夹上的小纸片。47岁的刘爱乐，在昆山打工，以前过一两年会来看看林粉香，近两年因为特殊原因，一直没有来"麻风村"。关于妹妹家的情况，林粉香都是通过姨侄女这里了解到的。

李晓莉拨通了刘爱乐的手机，一番自我介绍后，林粉香和姨侄女说上了话。林粉香很是激动，声音一会儿大一会儿小，一会儿高兴，一会儿伤心。她从姨侄女口中得知，妹妹妹夫还在老家生活着，妹妹大脑不太好用，身体还好，但无法和她联系。

"晓得妹妹还在，我就放心了。"林粉香长长舒了一口气。"唉，我出来50多年了，要是有机会能回老家看看，和妹妹当面说说话，那就好了。"接着，林粉香又长叹了一口气，抬起右手，用衣袖擦了擦蚕豆大小的眼睛。

林粉香的一声叹息，充满了浓浓的乡思、乡愁和亲情，也流露出对生活的无奈。"麻风村"里的老人们，都是几十年前得病住进了这里，就再也没有回过老家，他们肯定都有林粉香这样的想法，时间越久，这种想法越是强烈。

傍晚，返回高邮城区的路上，柏文红开车，点放了一首《常回家看看》，顿时，车内洋溢出家的温馨，大家又聊起了"麻风村"老人的话题。"老人们离家都大几十年了，想回去看看老家、看看亲人，这是人之常情，我们要设身处地、将心比心地为老人们着想，努力帮助他们实现这个愿望，这就是帮他们圆梦啊！"

"首先就从帮林粉香老人圆梦开始！"志愿者交换了意见，形成共识。于是，大家进行了专题商讨，明确分工，分头行动，充分准备，有人联系兴化市兴东镇民政部门，有人专门了解林粉香妹妹家的具体情况，有人联系包租面包车事宜，有人筹备带到林粉香老家去的礼品，有人询问林粉香的身体状况、长服药品……

人员相约齐了，各项准备工作就绪。2024年1月4日清晨，寒气袭人，志愿者李晓莉、黄桂兰、沈静琳、宰金兰、朱红英、王桂梅等，穿过能见度只有50米远的浓雾，驱车前往甘垛"麻风村"，帮助孤残老人林粉香踏上思乡圆梦之旅。

面包车开到村口，志愿者们把黄桂兰掏腰包准备的12份熟食，分别送到村里每一位老人手中。林粉香见志愿者来接她了，兴奋不已，嘴巴里像倒黄豆似的不停地向大家打招呼问好。志愿者搀扶林粉香坐上轮椅，为了防止跌落，他们帮林粉香系上安全带，然后小心翼翼地推到村口面包车前，黄桂兰、王桂梅、宰金兰等4位志愿者，两个人在车门上拉，两个人在车门下往上托，将林粉香连人带车送进车内。"真是难为你们了，真是难为你们了！"林粉香似乎感到过意不去，连连说道。

浓雾像一张密密麻麻的大网，笼罩着苏中大地，面包车沿着省道稳稳地向兴化方向行驶。因为雾大，车窗外的景色模模糊糊。

"林大妈，您今天终于能够回老家，看见一直想念的妹妹了，开心吧？"李晓莉盯着旁边的林粉香。

"开心，开心，当然开心啦！我离开老家已经50多年了，跟妹妹已经有8年没有见面了，两年没有听到妹妹的声音了，多亏了你们'太阳雨'志愿者，帮我今天圆了这个回老家的梦，我真是太感动了。"林粉香一打开话匣子，就刹不住了。"唉，我在'麻风村'已经稀里糊涂地过了50多年了，像做梦一样的……"

因为身体严重残疾、行动不便，林粉香两天没有进食没有饮水。她是在想，回老家路上时间比较长，如果要上厕所很闹心，不能再给志愿者添加额外的麻烦了。志愿者听了林粉香老人断断续续的叙述，个个心里都隐隐生痛：多好的老大妈啊，自己身体已经残疾成这个样子了，还在替别人着想，生怕累着他人，这么自律！

车上，林粉香是主角，大家你一言我一语地跟她聊起童年岁月时，林粉香潸然泪下，含泪向志愿者介绍她童年的家庭情况。林粉香年幼时，父母靠种田维持家庭生活，生活虽不富有，但有父母在，家还是完整温暖的家。然而，幸福对于林粉香却很短暂，在她5岁、妹妹6个月大时，父亲却因病离世，后来，母亲经亲戚介绍了一个男人再婚，林粉香的妹妹被送到爷爷家寄养。林粉香从小身体很弱，随父母一起过，母亲和继父以种田维持家庭生活。林粉香 23 岁感染麻风杆菌患上了麻风，因家庭贫困没有钱为她医治，病情逐渐严重。24 岁时，林粉香被送到甘垛麻风医院隔离治疗，但因错过了最佳治疗期，她失去了 10 根手指和一条左腿，在麻风隔离村一住就是 50 多年。

50 多年，在历史的长河中就是短暂的一瞬，而在人的一生中，几乎就是大半辈子啊！早些年，妹妹年纪轻、身体好，基本每年都会克服各种困难，倒腾几个小时的车子，到"麻风村"来看望姐姐。妹妹一来，不光带来好吃好穿的，同时还带来老家的各种消息，妹妹成了她了解老家的一扇窗口。有一天，这扇窗被突然关上了。

8 年前的一天，她的姨侄女、妹妹的女儿刘爱乐来到"麻风村"，看望林粉香并告诉她：妈妈生病了，生活也不能自理，不能再来"麻风村"看望她了！听此消息，林粉香捶胸顿足，很是绝望，哭了很久，她为生病的妹妹痛惜，也为苦命的自己哭泣。

从此，林粉香心里一直在编织一张梦网，就是哪一天能够有机会回老家看看妹妹。这个想法，她不敢轻易向别人说，因为她知道，这就是一个奢望。年轮转了一圈又一圈，这个想法在林粉香心中越积越重，她特别想念身患疾病的妹妹，很想亲眼看看妹妹的生活状况。可是，谁能帮她圆这个梦呢？

林粉香断断续续地回忆着、讲述着，泪水一直在流淌。志愿者不停地用纸巾帮她擦眼泪，安抚她激动的情绪，同时也在悄悄擦拭自己的眼泪。林粉香怎么也没有想到，就是 2023 年 7 月底和志愿者看似无心的一番聊天拉家常，开启了她这次非同寻常的寻亲之旅。志愿者们幕后所做的过细的准备工作，她可能无法想象。

亲情是伟大的，不管你快乐、沮丧、痛苦、彷徨，亲情都会永远轻松地走在你的路上。亲人相聚，对正常人来说，是很平凡不过的事情。但是，对没有一根手指头且只有一条残疾腿的林粉香来说，是难以想象的艰难。今天，"太阳雨"志愿者专程带她回到家乡，阔别半个世纪的家乡早已物是人非,当年林粉香与父母居住的老屋,早已拆迁了,不见踪影。林粉香东张张西望望,哪里她都不认识了,眼前的一切都是那么陌生。

志愿者推着轮椅车上的林粉香,边走边看边说,很快走到她妹妹家门口。因为有三级台阶,轮椅车无法推上去,几名志愿者就一起把坐在轮椅上的林粉香抬起来,穿过院子直接进入屋内。大家尽管心理上有所准备,但还是没有想到她妹妹家是这番景象:破旧的房屋,堂屋饭桌上满桌的脏碗、剩菜,老爷柜上凌乱不堪、灰尘上可以写字,屋顶上黑乎乎的一片,房间里更像一个垃圾收购站,门帘窗帘既破又脏,上一年贴的春联残缺地半挂在大门上,因为林粉香妹妹大小便失禁,所以屋子里弥漫着一股难闻的气味……

当林粉香与生活不能自理的妹妹相见时,她一边用没有手指的掌根不停地抚摸着妹妹的身体,用掌根紧紧拉住妹妹的手,放声痛哭说:"你不要伤心,不要挂念我,我有'太阳雨'好心人照顾,你一定要好好过。"林粉香的妹妹呆呆地坐在旧椅子上,穿着一件藏青色的羽绒服,敞着怀,里面穿了一件棉袄,头发基本全白了,脸上像樟树皮似的,皱纹很深,沟沟坎坎的。因为妹妹已经痴呆,无法用语言交流,只是愣愣地盯着姐姐看。姐妹俩泪水汪汪,此刻无言胜有声,现场志愿者也个个都是泪流满面。几十年的亲人隔离,几十年肢体残疾的折磨……一肚子的苦水,一并随着泪水发泄出来。志愿者把带来的牛奶、饼干等食品,送给林粉香的妹妹妹夫,并给他们围上印有"太阳雨"标志的大红围巾。瞬间,灰暗的屋子里增添了几丝红火的色彩。

"来,到大门外面拍一张团圆照,可以经常拿出来看看。"不知是哪个志愿者提议了一声,得到众人响应。红砖房前,林粉香坐在轮椅车上,妹妹、妹夫坐在长板凳上,三人都围着大红围巾,笑得像秋天的菊花似的,妹妹的手一直握着姐姐的两根手肉桩。身后的一个草柴棚子十分破落、凄凉,就像冬天的季节一样寒冷,但三位老人的内心此刻是幸福的、温暖的，脸上的表情都是极其复杂的。

"三位老人家不要起身，我们也跟你们合个影。"志愿者迅速在老人身后站成一排，团团围住老人，拉起红色横幅"思乡圆梦行，一路满爱心"。"咔嚓"一声，林粉香妹妹家门前荒凉的开阔地上，此刻一片火红、喜庆。

离开妹妹家时，林粉香坐在轮椅车上不停地回头张望，既心满意足，又恋恋不舍，志愿者们怀着难以言说的心情，五味杂陈。随后，志愿者带着林粉香来到西鲍村村部，详细介绍了林粉香的具体情况，协商要求落实林粉香的有关生活保障待遇问题，并与兴东镇社会保障局取得了联系，他们听了都很感动，表示要用心尽力来协调办理这件事。

面包车特地在西鲍村慢悠悠地转了几圈，让林粉香尽情看看家乡的变化。"完全不认识了，一点都不像了。"林粉香感慨连连。晚上，志愿者把林粉香平安送回"麻风村"。回村后一连好多天，林粉香夜里睡得特别踏实、特别满足。这是她跟村里老人们说的。

谁能想到，林粉香姐妹俩元月4日的这次相聚竟是最后一面，24天后，妹妹在老家安然离世。应该说，林家姐妹心中都没有留下遗憾。每每谈及这个话题，志愿者的心头都会生出几丝欣慰之情。

扬州市文联原主席刘俊先生在太阳雨爱心志愿者团队成立20周年庆典上，曾讲过这样一句话："……'太阳雨'是一种天人的感应，很巧的是当天就下了场'太阳雨'，让人不得不相信人在干天在看，头上三尺有神明……"看来的确如此。

送他们一双明亮的眼睛

唐代诗人李贺以"一双瞳仁剪秋水"的诗句,赞美人的一双眼睛像用秋水剪成的一双眼珠,晶莹闪光。拥有一双明亮的眼睛,是每一个人梦寐以求的希望。

然而,并不是每一个人都能有这样的幸福,特别是对"麻风村"的残疾村民们来说。

随着时间的流逝,麻风的侵蚀,甘垛镇"麻风村"的部分村民,他们曾经明亮的眼睛开始混浊了,本来清晰的世界开始变得模糊了。这是岁月给他们打下的烙印,给眼睛蒙上了一层迷雾。

这烙印如不清除,这迷雾如不驱散,他们将失去光明,将要在黑暗中煎熬。所幸的是,又一次,"太阳雨"志愿者化身为光明使者,来到了他们身边,联手高邮市慈善总会、高邮市光明眼科医院,开展了一场"光明行动",誓让这些整日生活在"暗黑"世界里的"麻风村"村民们重见光明。

一天,"太阳雨爱心大篷车"如期进入"麻风村",为村民免费发放生活用品。志愿者们在忙碌着,村民雷金娣拽着李晓莉的手说:"李会长,我的眼睛看不清了,怎得好呢?"李晓莉抬手轻轻地翻起雷金娣的眼皮,看见一层白膜遮盖在她的眼睛上。旁边有人说:"可能是老年性白内障。"听了这话,李晓莉便对雷金娣说:"大妈,不要着急,我们来想办法帮你治疗。"

老人们表达了想重见光明的心愿,志愿者就一直放在了心上,老人们的眼病成了志愿者的"心病",他们在努力寻找合适的时机,尽快帮老人们完成这个心愿,早日重见光明。

2022年11月6日上午,借着"爱心大篷车"又一次进入"麻风村",为村民免费提供生活用品的时机,"太阳雨"志愿者特地请来了一位眼科医生,仔细查看了雷金娣的眼睛后,医生说:"她患的是老年性白内障,国家有优惠的'光明行动',专门治疗白内障,让患者恢复视力。"

白内障是中老年人最常见的致盲和视力残疾的原因。在世界致盲眼疾排名中,白内障高居第一,几乎占总数的一半!据不完全统计,目前60岁以上的人群中,白内障发病率在75%左右;70岁以上的老年人,在80%左右;80岁以上的老年人,基本90%都会出现白内障。

李晓莉一贯用心,她一直将"麻风村"村民的需求视为自己必须完成的任务。她听说有可以减免费用的"光明行动",心中一阵欣喜,俞敦华立即联系高邮市光明眼科医院,为全体老人检查眼睛的事就这样很快落实了。

11月9日上午,李晓莉、俞敦华、黄桂兰等"太阳雨"志愿者,带着光明眼科医院的钱院长、赵主任等眼科专家和医疗团队来到"麻风村",为这里的13名老人进行一次全面的眼睛检查,"麻风村"的活动室里欢腾起来了。

志愿者王晓明现场对所有麻风休养员进行健康状况登记造册,谁有高血压、糖尿病、眼科病,长期服什么药物,什么药物过敏,一一弄清。

经过专家认真检查,"麻风村"有雷金娣、杨伯才、管国英、姚植安、杨春香5位老人患有白内障和其他眼科疾病。赵主任逐一对他们细讲手术前的保养和注意事项,嘱咐他们注意饮食清淡,忌辛辣和规范使用眼睛药水。

"姑娘!白内障手术要多少钱啊?"雷金娣小声问身边的护士。

"奶奶，要2000多元吧。"小护士随口说到。2000元？雷金娣听了之后，高涨的情绪瞬间泄了劲。"我去年腿截肢用了近两万，现在哪有这么多钱？"雷金娣小声嘀咕着。

李晓莉见5位老人的心情慢慢沉重起来并沉默不语，走近老人身边笑着说："你们放心，我们正在和光明眼科医院的钱院长沟通，会有好结果的。"

在一旁，俞敦华正和光明眼科医院钱院长商量着细节，同时向高邮市慈善总会申请资金援助。根据5位老人实际收入情况和志愿者们的建议议定，所有需要治疗、交通、吃饭等费用，由医院和"太阳雨"志愿者承担。这个星期六上午就接他们入院进行手术前检查，如符合手术条件的老人，下午就做手术。

当志愿者将慈善总会和光明眼科医院的答复告诉大家时，"麻风村"活动室里掌声响起。雷金娣等老人听到好消息后，悬着的心终于着陆了，脸上露出了久违的笑容，连声说："这下好了，我的眼睛有救了。"

11月11日，俞敦华和光明眼科医院的医生，驱车前往"麻风村"，为老人做核酸检测和眼部清理保养，把进医院前的各项准备工作做充分。

11月12日，东方刚刚露出晨曦，"麻风村"的村头已经有人说话了，还有人正朝这边走来。

杨伯才对坐在轮椅上的雷金娣说："大姐，你也来得这么早？"

"睡不着啊。"雷金娣回答。

旁边的管国英说："今天一夜，我醒了好多回，三点醒来看一下，四点又醒来，生怕睡过头。"

雷金娣问大家："他们真的会来吗？"

她的话刚说出口，其他人就跟着说："肯定会来，'太阳雨'志愿者什么时候说过假话的？""你放心，'太阳雨'说到做到，他们帮助我们几年了，答应的事从来没有失信过。"

"是啊，我也相信他们，就是有点不放心。给我们免费治疗眼睛，这是天大的好事啊，就是家人、亲戚也不一定做得到啊。'太阳雨'对我们真是太好了！"

说到"太阳雨"的好处，大家的话就更多了。"太阳雨"志愿者帮扶"麻风村"三年多来，帮他们做了很多事，特别是每月为他们每人免费提供价值100元的生活用品，更是从经济上解决了他们的大困难。

雷金娣伸长脖子，向路口张望。

杨春香安慰她说："老姐姐，你就把心放到肚子里去吧，志愿者他们一定会来的。"她的话还没说完，对着村口的小路上出现了汽车的影子。

"太阳雨"志愿者是前天与他们约定，今天上午7：00，汽车开到"麻风村"，带他们去高邮市光明眼科医院检查、治疗。因为激动、兴奋，他们一大早就提前聚集到了村口，等候"太阳雨"志愿者的到来。

随着几声"嘟、嘟"的鸣响声，一辆汽车沿着林荫小道缓缓向"麻风村"驶来。

"来了，来了。""他们来了，来接我们了。""真准时，说七点就七点。""还是个蛮大的车子，一下子就都把我们装走了，不会落下一个。"……

村头一阵骚动，面包车缓缓停在村口的广场上。

看到雷金娣他们，志愿者关心地说："你们起这么早啊，早就在这里等了吧？早上天气冷，当心受凉啊！"

"不冷不冷，我们穿得多呢，我都将小棉袄穿上身了。"雷金娣掀起衣摆，让大家看。

"老赵，你也来啦。"杨伯才跟志愿者赵强热情地打招呼。

赵强走过去拍拍他的肩膀，说："眼睛看不清啦？放心，去做个小手术,就又能看到了。"

杨春香、管国英几个围上来,他们拉着程慧杰等志愿者的手,就像拉着自家亲戚的手一样亲热,说长问短。

准备上车前,5名"麻风村"的老人雷金娣、姚植安、杨伯才、杨春香、管国英,与志愿者们一起站在车旁,为本次"光明行动"合影留念。"咔嚓"一声,镜头记下了这个秋意浓浓而又爱心满满的一刻。

"先扶雷金娣上车,她不能行走。就让她坐在车门口的地方,下车也方便。"雷金娣两年前做过截肢手术。

俞敦华在车上接,赵强和其他两个志愿者在车门口搀着、托着,把雷金娣送上车。雷金娣坐在车上,心安了。她嘴上不停地念叨:"好人,你们都是好人啊!"

早上7:20,面包车向高邮城区驶去。一路上,朝阳穿出云层,明媚的阳光透过林高叶茂的缝隙,洒进车窗,照射在几位老人的脸上。他们布满皱纹的脸,记录着过往岁月的沧桑,而此时却洋溢着重见光明的憧憬和光亮。

"丁零零……"车内响起了一阵急促的手机铃声,杨伯才掏出他的老人手机,看是远在兰州的女儿打来的电话,前几天通话时杨伯才跟女儿提到了过两天要去做眼部手术。

"爸爸!您在干吗呢?"杨伯才女儿问道。"一大早,'太阳雨'志愿者就开来了小汽车,把我带到高邮光明眼科医院去做白内障手术,马上就要住院了。"接通了电话,杨伯才和女儿聊起了天,声音多少有点颤抖,很快便要住院、手术,83岁的老人心里总是有些忐忑,即便"太阳雨"志愿者们反复告诉他安慰他,这只是一个小手术。

"爸!对不起。我又不能回去陪护你,心里很难过……"杨伯才女儿又说。

"没事儿,你在兰州就不要操心了。'太阳雨'志愿者他们细心着呢，马上到医院了会带我们做各项检查，中午还要把我们请到饭店吃饭。他们知道我是回民，还跟我说了会特意嘱咐大厨师单独为我做几个菜。说实话，你们还真没有'太阳雨'志愿者贴心呢！"杨伯才笑眯眯地说。

"……爸！请您代我向'太阳雨'志愿者问好，感谢他们对您的照顾。"杨伯才女儿歉意地说。

很快，面包车稳稳地停在了光明眼科医院门口。医院领导钱院长、陈主任早已闻讯前来等候。

在众人的搀扶下，雷金娣先下了车，其他人也跟着走进了医院。

光明眼科医院已事先安排好一切。"麻风村"老人们一到，就进入检查程序。检查眼睛、化验血液，一切都在有序进行中。每一位老人的身旁都有志愿者陪护。

在等待检查和化验结果时，志愿者将包子、豆浆分发到老人们手上。

"还有大包子吃，我的肚子真饿了。""哎呀，你们想得真周到，还为我们准备了早饭。"老人们边吃边说。

看到老人们吃得津津有味，旁边一些等待就诊的人，都向他们投来羡慕的目光。有人小声说："这些志愿者待他们真好，几位老人真是幸运、幸福！"

检查结果出来了，雷金娣、姚植安、杨伯才需要做白内障手术，管国英要做翼状胬肉手术。

上午8：25，雷金娣第一个办理入院手续，她住进了光明眼科医院的病房。

医院为了方便他们，特别是雷金娣，特地为他们在一楼开辟了病房，安排他们住在一起。

刚安顿好，病房门口便来了几位不速之客。

"二姨娘，我们看您来了！"53床的雷金娣闻声立刻抬起头向门口望去。看到亲人们来的雷金娣，眼泪不自觉地流出来。

"以为你们没时间来，马上要进手术室，我心里七上八下的。"雷金娣握住小妹的手笑着说。

"二姐你放心，今晚我陪你。"老人的妹妹接过话讲道。"'太阳雨'的人好呢，晓得我一条腿上下床不方便，还给我们买痰盂，贴心吧！"雷金娣指着夜用小便盆对姐妹们说。

下午将要手术，志愿者王霞、陈萍、王桂梅提着水果来看老人们，陪他们聊天，还给他们每人削了苹果。病房里笑声多了，暖洋洋的，秋天的冷风被挡在外面。她们围坐在老人身边，陪伴照顾老人的手术。

手术前，雷金娣显得心神不宁。厉正香握着她的手，说："不要怕，光明眼科医院是做白内障的专科医院，医生水平高，又负责任，手术很快就好了。"

陈萍说："等你做过手术，你就可以看清楚大家的笑脸了。"

"是的，你们每一个人的笑脸，我都想看。"

其他人也过来安慰她，几个老人也相互安慰，雷金娣心情安静了许多。4位老人一个个送进了手术室，志愿者们在手术室外等候着。

手术室内的气氛紧张而安静，超声乳化仪的气泵声嗡嗡作响，光明眼科医院的眼科医生右脚踩动控制踏板，手中的针头轻轻送入患者眼部，抽乳针快速将白内障晶体乳化粉碎、吸出，再用助推器迅速将新的晶体注射入眼球……手脚配合娴熟，又极具技巧。

一场白内障手术从开始到结束，耗时并不长。这样复杂而精细的眼部手术，在眼科专家的手下，却仿佛是一场从容而优雅的指尖表演。

下午4∶40左右，雷金娣被推出了手术室，4个老人也已全部做完了手术，一切平安、顺利，大家紧张的心放下来了。

雷金娣、杨伯才、管国英、姚植安从手术室相继回到病房，个个精神饱满，有说有笑。56床，一向不善言辞的姚植安咽了咽口水，提了提嗓门，大声说道："你们真的做了件大好事，什么兄弟侄儿，真的不如你们志愿者啊！"说完竖起大拇指，脸上洋溢着幸福的笑容。

这时，厉正香拎着牛奶和水果悄悄地进来，微笑着看着大家。有人指着厉正香介绍说："她就是'拾荒妈妈'，中国好人厉正香。"

"哦哦，以前听说过的，她真不简单，12年如一日，资助一名困难女孩直到上大学。"大家似乎忘记了手术和病房，热烈地讨论起来。厉正香幽默的语言，风趣的表情引得大家开怀大笑。

笑声伴着这浓浓的爱意，在这秋天傍晚的病房里飘荡着。

不一会儿，李晓莉提着饭菜走进病房。为了给老人们加强营养，她特意让厨师买了一只老母鸡炖汤。在场的志愿者厉正香、王霞、陈萍把饭菜分好，分别喂老人们吃晚饭。

忙完这一切，侍候老人们上床休息，嘱托好护士，已经是夜阑时分，志愿者们才陆续离开医院。这一天，她们忙碌超过13个小时。

为了这场"光明行动"，"太阳雨"志愿者黄桂兰也是夜不能寐，特地起了个大早。

昨天4位老人做了手术，她想着要为他们做一顿可口的早餐，要赶在他们回村前，将早餐送到医院。

做好馅心，擀着饺皮，一只只饺子包好了，个个饱满圆润，像一个个诱人的如意，铺满了整个桌面。饺子在热水中翻腾，热气氤氲，浓浓的饺子味在厨房里弥漫。黄桂兰想象着几位老人吃到饺子时幸福的笑容，她的脸上也洋溢起笑意。

下好饺子，黄桂兰又特地为杨伯才下了一碗青菜面。杨伯才是回民，他不能跟大家一起饮食，因为饺子馅里有猪肉。

装好饺子，盛好面条，黄桂兰和丈夫骑车向光明眼科医院赶去。

昨天知道4位老人做了手术，黄桂兰心中就一直惦记着他们。她去过"麻风村"多次，跟他们都成老熟人了。

"饺子好吃，你的手真巧。"管国英一边吃着饺子，一边夸着黄桂兰。

"味道怎么样?"

"不咸不淡,正好。"

雷金娣吃完饺子,对黄桂兰说:"我已经有好长时间没吃饺子了。一大碗饺子,我都吃光了。"空碗在她的手中晃了晃。她现在是一个人过日子,又是残疾,真是难得吃到饺子。

"你爱吃,下次进村去看你,我再给你带。"

"那多不好意思啊。"雷金娣笑得有点难为情,还蒙着纱布的眼角却渗出了些许泪水。

这世间,有些人天天都享受着山珍海味但食不知味,而对"麻风村"的老人们而言,一碗不起眼的饺子却能勾起他们心底深处的情愫,是感动,是感激,也许更是感恩!

吃完热腾腾的饺子,医生来到病房,为老人们一一做术后情况检查,然后笑眯眯地宣布:手术后情况一切正常,可以放心出院了。

临行前,雷金娣等4位老人便在志愿者的带领下,走进光明眼科医院院长办公室。几位年近古稀的老人将一面事先准备好的鲜红的锦旗,递到医院钱院长手中。老人杨伯才双手在外套上擦了两下,握住钱院长的手,激动地连连致谢:"你们医生和'太阳雨'志愿者,让我们几个老人眼睛亮堂了,你们技术好、态度好,更重要的是都没有让我们花一分钱,还好饭好汤地伺候着我们。"

钱院长笑眯眯地接过锦旗:"应该的,我们也就是发挥了一下自己的技术专长而已,他们志愿者倒是忙活了几天,你们把我们也当成'太阳雨'志愿者家人就是了。过几天,我会去村里给你们复查、拆线,我们还会再见面的。"

在大厅灯光的映照下,锦旗上"慈善融真情,爱心无止境"几个大字格外耀眼,温馨的话语传递着浓浓的暖意,在场的所有人都被感动着,现场顿时掌声雷动。

光明眼科医院广场上,医生护士和志愿者将老人扶上医院提供的一辆救护车，双方一一挥手道别，李晓莉、俞敦华、王晓明、陈叶坚等志愿者，一路陪同护送几位老人回家。

一路上，司机特意将车开慢，半开车窗，在高邮新城区兜一圈，让老人们观赏领略高邮新貌。

在武安新大桥上，管国英眯着一只没有做手术的眼睛，仔细看着有些模糊的大桥，激动地说："这新桥多气派啊！我要多看几眼记在心里。我还是小时候从这桥上走过，老桥都记不得什么样子了。"

慢慢离开了城区，车里恢复了欢笑声，汽车朝着"麻风村"方向一路前行。

当救护车驶进了"麻风村"的时候，在村头，已有好多村民守候在这里。他们不放心，心中一直惦记着雷金娣等4人。听说他们今天上午回来，大家早早地就在村口等候着。

车门开了，雷金娣被搀扶下来了，杨伯才、姚植安、管国英走下来了。杨春香当天身体不适合做手术，她便回武安老家亲戚家一趟，也跟他们一起回来了。

一群人的脸上堆着笑容，灿烂、欢畅。

11月19日下午，光明眼科医院的医生如约来到了"麻风村"，要完成"光明行动"的最后一道程序。他们详细询问了几位老人手术后的情况，对每一个人进行认真检查，然后一一拆除了纱布。

当揭去纱布的一瞬间，雷金娣使劲眨了眨眼睛，兴奋地喊道："妈啊，我看得清了，田里的青菜还是那么绿。"她贪婪地看着周围的一切，她的世界重新回到清澈和明亮。

杨伯才大着嗓门喊道："以前我眼睛见风就掉泪，现在做过手术了，应该好了。我都83岁了，当然眼睛也不可恢复得像年轻人那样了。现在我该知足了！"

"挡着我眼睛的东西没有了，我看得见了！"手术去除掉翼状胬肉的管国英，情不自禁地掩面而泣。

第四章 情暖"麻风村"

一群是年老残疾的"麻风村"村民，一群是"太阳雨"志愿者，他们本毫不相关，但他们走到了一起。是爱心让他们结对，是奉献让他们牵手。

一件件小事，一个个场景，奉献的是爱心爱意。让世界充满阳光，让每个人的心田得到雨露滋润，这是"太阳雨"志愿者们的心愿。这个世界，只要有他们，人间就充满爱，世界就一片光明。

几位老人的手术牵动着众多志愿者们的心，在这整个过程中，有些人、有些细节，让人动容不已。

志愿者王桂梅放弃陪伴常年在外工作、难得回家的女儿，报名参加了本次志愿行动，从早上忙搬车上东西到医院做术前各项检查和手术，一直跟随着雷金娣，推到这检查推到那检查，连老人上厕所都是王桂梅推进去帮忙弄到马桶上，老人自己都觉得自己在厕所里时间较长臭味熏天，叫她出去等，但王桂梅并没有出来，一直在里面等候陪伴并帮忙收拾，直到手术结束、在家人催促的情况下，才匆忙赶回家。

志愿者程慧杰每天晚班都要到凌晨两三点钟才回家，这次为了老人们的手术，她放弃补觉，只能在去"麻风村"的路上打打盹，扶着老人跑前跑后检查，侍候老人午餐完，才又匆匆赶回店里上班。

这次"光明行动"中，还有好几个不知名的医生、护士和陈叶坚、陈维忠、詹喜桃、柏文红、姜志明等志愿者的默默付出……

这一幕幕动人的场景、一颗颗火热的心灵，让人怎能不感怀？

是啊，公益的力量正是有了一个个平凡的他们，才能生生不息、薪火相传；志愿的信仰正是有了一个个鲜活的他们，才能赠人玫瑰、手有余香！

将所有灰暗埋葬于过去，在温情热火中涅槃而重见光明，在"麻风村"这个被人遗忘已久的一隅世界里，"太阳雨"就是一缕微风。是他们，送给眼疾老人们一双明亮的眼睛。

坐着轮椅逛古城

尊重、关爱与陪伴，是慈心善举的根基。甘垛"麻风村"里的孤残老人，是一个需要持续关爱的特殊群体，他们是麻风康复老人，因为麻风让他们留下了不可逆转的肢体畸残或容貌毁损，几乎是与外界隔绝，被社会边缘化的一个弱势群体，长此以往，在社会上曾演变成对麻风病人的一种歧视。"太阳雨"志愿者用爱的双手，为这群特殊老人的生活荡起双桨；用真情的烛光，点燃他们的最后人生。

一

"麻风村"里住着的这群老人，尽管肢体残缺，但他们仍然怀有一颗好奇之心，还是努力地获取有关外面世界的信息，电视机、收音机是他们唯一了解外面世界的途径，他们经常把看来的或听来的一些"大事件"与其他村民分享，这些信息包罗了党的二十大开幕、俄乌战争等国内外大事，甚至还有发生在身边的家长里短，这些信息往往会成为老人们一整天的谈资。电视机基本整天都开着，屏幕上每一个画面都会带给他们有关外面世界的遐想，那些有二三十年未踏出过村庄的老人，当然不会放过任何一个对外沟通的机会。他们一直渴望着，最好能有机会到外面去走走看看。

"你们的心愿，我们帮你们实现。"2023年5月是扬州太阳雨爱心志愿者团队成立20周年的日子，活动筹备组经过多方面考虑后，决定带孤残老人们走出"麻风村",走出高邮,到扬州一日游。当志愿者将这一好消息告诉"麻风村"的老人时,老人们感到惊喜又惊讶,带着半信半疑的口气问道:"是真的带我们这些有脚没手、有手没脚的残疾老人去扬州旅游吗?还是说了玩啊?"志愿者告诉他们,这是真的,已定在5月27日带他们到扬州一日游。老人一听确信无疑,感动得眼含泪水说:"太好了,我们被隔离了几十年,多么想看看外面的世界啊,原来以为出远门旅游的心愿可能一辈都不会实现了,现在'太阳雨'志愿者帮我们圆了梦。"

"太阳雨"志愿者为了带这些老人到扬州一日游,提前周密计划,明确分工,筹备物资,大家分头忙碌开了。有4位老人行走不便,需要坐着轮椅游玩,志愿者分别从扬州和高邮各准备了2辆轮椅车;"麻风村"老人加上参与保障任务的志愿者,人员比较多,太阳雨高邮志愿服务队花了近2000元,包了一辆旅游大巴车;志愿者赵强是妇幼保健所的医生,他提前备好常用药品,背上药箱,担任这次一日游的保健医生;尽管志愿者们希望每个老人都能"走出村子,看看外面的新世界",但还是有生病卧床、行动的确不便的情况,经反复统计,有8位老人可以到扬州城去游玩,志愿者明确,至少有两个人负责照顾一位老人;志愿者不光为老人们备足了矿泉水、水果、食品,还准备了"尿不湿"、晕车药,心可谓真细,一切准备就绪。

2023年5月27日,志愿者李晓莉、俞敦华、陈叶坚、刘久英、王稳林、赵强、厉正香、邓亚明等人,起了一个大早,六点钟就驱车前往"麻风村",去接8位孤残专人前往扬州一日游。

由于通往"麻风村"的路太窄,旅游大巴车进不了村,志愿者们分别拿着轮椅徒步走进村里。老人早已衣着整齐,在村里等待他们的到来,见到志愿者,便高兴地说:"我们昨天激动地忙了一晚,剃胡子呀,挑选好看的衣服呀,穿上称心如意的衣服,还相互比试着询问,穿这件好看,还是穿那一件好呢?""我们今天一大早四点就起床了!"

志愿者笑着对老人们说："你们太激动了啊，来，坐上轮椅，带你们出发了！"志愿者用轮椅将不便行走的老人从村里推到公路边，大家抱的抱，背的背，将一位位老人助力送上旅游车。老人们感动地说，"别人看到我们都不敢靠近，离我们远远的，只有你们'太阳雨'志愿者从不嫌弃我们，把我们当亲人一样照顾，让我们感受到人生的尊严和自信。"

"出发啦！我们一辈子都没有出过远门，今天，'太阳雨'志愿者带我们走出'麻风村'，走出高邮，到大扬州去旅游，真是太赞了！"老人们兴奋地说。一路上，老人们高兴得像孩子一样有说有笑，兴奋不已。旅游大巴行驶在古运河畔高高的大堤上，一路向南。车窗外，恢宏、庄重的镇国寺，犹如古老而又精致的水中盆景，这座漂浮于大运河之上的千年古刹，仿佛被停泊在了时光之外。看着风光秀美、百舸争流、奔腾不息的大运河，老人们大声议论着、惊呼着，发出一声声赞叹。

不知是谁提出了倡议，"我们一起唱两首歌，好不好？""好，好！"于是，老人们最为拿手的《东方红》《大海航行靠舵手》等经典红色歌曲，响彻整个车厢，一浪高过一浪。

看着窗外的美景，唱着熟悉的老歌，感叹岁月的流逝，时间过得特别快，大巴车不知不觉间就到扬州了。看到车窗外直插蓝天的高楼大厦，马路上川流不息的车辆，大城市的喧闹繁华，老人们连连啧嘴，都在感慨沧桑巨变、时代变迁、日新月异。杨伯才老人特别兴奋，他反复在重复着这样几句话："昨天晚上躺在床上，一想到今天要到扬州来玩，就激动得难以入睡。我17岁时来过扬州城，今年都84岁了，67年过去了，扬州城的变化真是翻天覆地！"

到了扬州闹市区，扬州的"太阳雨"志愿者邓柏等候已久，他今天负责接待并担任全程摄影。旅游大巴停稳后，志愿者先将轮椅拿下车，再把一位位老人抱下车坐上轮椅。"这是扬州什么地方啊？"老人们问。志愿者告诉老人:"这是我们游玩的扬州最著名景点之一,东关街。"东关街是一条历史文化老街,最大的特点就是有一条东西走向的古老街道,有琳琅满目的美食,扬州很多老字号的餐厅和美食小吃店都来东关街开店营业。志愿者推着轮椅上的老人,缓慢行走在人潮涌动的东关街上,边游玩边向老人们介绍东关街的特色。老人们看着尝着各式各样的小吃,说:"这么多好吃的,我们见都没见过,今天算是养了眼,又饱了口福解了馋,太感谢'太阳雨'了。"

走着走着,老人们被街边上一个民间老艺人精湛的手艺吸引住了,纷纷驻足观望。老先生手握一团泥,捏什么像什么,非常传神漂亮。志愿者为每位老人买了一个可爱的小泥人,老人们一边品尝着美味小吃,一边摇晃着手中的小泥人,咧着嘴一个劲地笑,仿佛时光倒回到他们儿时的天真烂漫,捧着小玩具嬉闹玩耍的场景。一位老人眼含激动的泪花,开心地说:"'太阳雨'的爱心儿女把我们当着老小孩一样宠爱着,推着我们尽情游玩,给我们到处拍照片,我们真是太幸福了。"

走到东圈门附近,志愿者怀着崇敬的心情,向老人们介绍说:"江泽民主席的故居就在这里,我们现在就去看看,江主席是扬州人民的骄傲!"气氛一下子严肃起来,大家一起来到江泽民故居门前,表情凝重地三鞠躬致敬。老人们抚摸着年代久远的青砖墙,动情地说:"江主席,我们想念您啊!"

志愿者左右陪伴着,有的搀扶着老人,有的用轮椅车推着老人,边走边看边聊,一路上有看不完的风景,说不完的心里话。这支特殊的旅游队伍,一群身穿蓝马甲的志愿者,陪伴着一群孤残老人,也成为古老东关街上亮丽独特的风景,吸引了很多游客驻足观看,有许多游人情不自禁地为志愿者点赞,还有热情的外国友人凑上前来,拉着志愿者的手合影留念,嘴里不停地说着"OK、OK"。

经过一座古色古香的公厕附近时,志愿者提醒老人们上趟厕所,行走不便的老人上厕所是很困难的，至少也得有两位志愿者帮助一位老人来完成，老人们从公厕出来，一身轻松，笑意写在脸上。

不知不觉间，老人们坐着轮椅车由西向东，逛完了东关街，前面就要到著名的东关古渡景点了，高大的城门下，有台阶，有拱桥，志愿者按照分工，三人一组，簇拥抬起一张轮椅，把残疾老人抬上台阶抬过桥。"我们这是在坐轿子啊，哪里享得起这个福？"老人们很是过意不去。

中午时分，这支特殊的旅游团队来到了曲江北路万家惠超市二楼，这里有一家很大规模的素食自助餐厅。当志愿者把老人们推进餐厅时，一个个老人仔细打量了一番，看到琳琅满目的数十种菜品，孩子般地很是惊讶，又满心欢喜："乖乖，我们是第一次吃自助餐，没有见过这么大的餐厅，也没有见过这么多的菜。"志愿者告诉老人们，想吃什么自己选，不要客气。老人们有些将信将疑："还有这样的好事？丰盛的各种熟食，自己任意选，想吃什么就拿什么，今天真是大开眼界了。"

志愿者把老人们安顿坐好，老人喜欢吃什么，志愿者就跑前跑后帮他们取，一对一服务，不停地为老人夹菜。有的蔬菜切得长了一点，老人牙不好，吃起来容易卡牙，志愿者就拿出剪刀，帮助把菜剪短一点，这样老人吃起来就不会卡牙了。老人们对志愿者说："你们一直在为我们忙前忙后，你们也赶紧为自己去拿菜，坐下来吃吧。""没事没事，我们今天的重点任务就是把你们全程保障好。"

这天下午，太阳雨爱心志愿者团队成立20周年暨惠民音乐会，在豪华、现代的扬州音乐厅如期举行。人生第一次走进音乐殿堂的"麻风村"老人们，被当作最尊贵的客人，安排坐在观众席位最前排的C位。整台音乐会15个节目，有合唱、独唱、情景剧、管弦乐演奏、朗诵等节目，精彩纷呈，老人们既陶醉其中，又深受感动。

第四个节目京剧《打虎上山》，是来自高邮的志愿者刘英表演的，这段旋律再熟悉不过了，老人们情不自禁地打着节拍，放声跟唱：

穿林海跨雪源，气冲霄汉
抒豪情寄壮志，南对群山
愿红旗五洲四海齐招展
哪怕是火海刀山也扑上前
我恨不得急令飞雪化春水
迎来春色换人间
……

老人们唱得陶醉，其他观众也被老人们的情绪深深感染了。

看完演出，老人们在志愿者的陪护下，转场来到扬州西区的海德建国大酒店，参加太阳雨爱心志愿者团队成立20周年暨2023年年会。乖乖隆地咚，足足有30多桌，老人们哪里见过这么大的场面，个个都受宠若惊。志愿者不停地为身边的老人夹菜，手指健全的老人也赶紧用公筷为志愿者夹菜，连声说："你们一天都在为我们跑前忙后，我们用公筷为你们夹一次菜吧。"在众人照顾下，老人们尽情品尝到海鲜和淮扬大餐，餐桌上亲切和谐的场面，如同一个温馨的大家庭。

晚餐结束后，志愿者陪同护送老人们踏上回家的路。旅游大巴车只能停靠在"麻风村"的路口，大家将一位位老人抱下车，再用轮椅车把他们送到家中，然后才恋恋不舍地离开村子，大家到家都快12点钟了。

这一天，从天蒙蒙亮，直到深夜，志愿者用爱心和行动，给"麻风村"的孤残老人们送来了快乐和温暖，让他们体验到了太多的"人生第一次"，向社会传递出大爱情怀。

时隔两个月，盛夏的一天，笔者又一次走进"麻风村"。潘兴生老人光着背，坐在轮椅车上，被邻居老人推到村口大樟树下来乘凉聊天，一谈起两个月前扬州游的话题，他还是异常激动："那天我坐着轮椅逛扬州，真是赛神仙！我 28 岁时进了'麻风村'，今年都 75 岁了，这次是第一次逛扬州城，大开眼界了。那天在扬州，最激动的是参观了江泽民主席的故居，他是扬州人民的骄傲啊！在扬州音乐厅看演出，让我们坐在第一排中间位置，这是高级大领导的待遇啊！"

这天的扬州之旅，真是太牛了，值得潘兴生老人一直吹下去。

二

年年重阳，今又重阳。

2023 年 10 月 22 日，重阳节的早晨，"麻风村"里像过年一样喜气洋洋。这一天，对"麻风村"的孤残老人来说，算得上是最幸福的一天。

早上七点半钟，李晓莉、曹俊、俞敦华、沈静琳、黄桂兰、赵立霞等十多名"太阳雨"志愿者，驱车前往甘垛"麻风村"，开展"你们跨世纪的心愿，我们帮你们实现"爱心活动，爱心"儿女"们背着、抱着、扶着村里的孤残老人，坐上租来的旅游大巴车，前往高邮城区一日游。藏在老人们心中已久的心愿，正在一个个实现……

旅游车刚到村口，只见老人们个个都穿着整齐，早已等候在村口。志愿者们一下车，就听到一位老人大着嗓门对志愿者说："知道你们今天要带我们游玩新高邮城，我们昨晚就激动得睡不着了，都把自己最好的衣服找出来，要穿新衣服，看新邮城，天不亮就起喽！"

志愿者嗔怪老人们："早上气温低，说好了我们到你们家门口接你们的，你们怎么跑到村口来等呢？"老人们说："进村的路窄，担心你们的旅游车进不去，万一汽车被树枝划出伤痕怎么办？"

听到老人们这一番话，很是感动。"太阳雨"志愿者把村里老人像"父母"一样关爱，孤残老人也把"太阳雨"志愿者当"儿女"一样关心。爱，是双向连通的。

今年中秋节,"太阳雨"志愿者与老人们共度佳节,与老人们亲切交谈的过程中,听他们说起,20多岁住进"麻风村",在这里一住就是几十年,现在都已经是70多岁了,很想到高邮城去看看。老人们你一言我一语地聊起这个话题,志愿者一一记在心里。回去后,大家经过研究筹划,决定陪伴村里孤残老人过一个不一样的重阳节,给老人们送上一份特别的重阳礼物,带他们到高邮城一日游,帮他们实现跨世纪的心愿,也让他们充分感受在社会主义新时代高邮城发生的巨大变化。因为这群孤残老人大多数都行动不便,有的人根本无法行走,为了保证游城活动顺利开展、圆满尽兴,志愿者们提前准备好4张轮椅,并为每位老人购置了路上吃的糕点、水果,只要能想到的,他们都努力做到了。

九九菊花香,浓浓敬老情。上午8时,旅游车从"麻风村"出发,开往高邮高铁站。深秋的早晨,寒气阵阵,但车内洋溢着春天般的温暖。老人们出神地看着车窗外向后飞去的景色,一切都是那么新鲜,志愿者不停地讲解着。过了一会儿,赵立霞当起轮椅合唱团的临时总指挥,志愿者与孤残老人兴奋地高唱《没有共产党就没有新中国》《东方红》,红歌一首接一首,一路欢声笑语,车内顿觉暖洋洋的。但老人们却像孩子一样,舍不得脱下穿在身上的皮夹克和漂亮的外衣,因为他们难得穿上这些比较像样的衣服。

今天陪伴孤残老人游玩的第一站,是高邮高铁站,旅游车在高铁站前停稳后,志愿者赶紧与高铁站领导取得联系,并说明情况,高铁站领导听说了事情缘由,不禁为志愿者的行为竖起了大拇指,车站领导与工作人员为老人们打开绿色通道,并一路陪同。志愿者先用轮椅车,把不方便行走的老人推上直达电梯,然后送到高铁站台。王稳林一直搀扶着因病失明的老人侍应宏,老人激动地说,"我虽然看不清高铁,但我能来听听高铁的声音,摸摸高铁的身子,也就圆了心愿。"

刚把老人们护送到站台一会儿,一列高铁便鸣叫着缓缓进站了,这可让 10 位老人近距离见到高铁列车是个什么样儿啦，个个脸上露出惊喜的笑容，他们七嘴八舌说开了："之前我只是在新闻上听说过高铁，做梦也没有想到，今天还真的看到了！""要不是'太阳雨'志愿者，我们这辈子恐怕都不知道高铁是什么样子。"……

从站台下来，老人们又参观气派、现代的候车大厅，以及厅里的自动售票机、进站安检流程……老人们像是刘姥姥进了大观园，看得眼花缭乱，连称神奇。"想不到在家门口就可以坐上高铁，到全国的各个城市去，高邮变化真是太大了！"一位老人兴奋地说着，一边连连点头，一边直竖大拇指。

今天游玩的第二站是武安大桥。当大巴车慢慢向武安大桥桥上行驶时，潘兴生、雷金娣、杨春香几位老人惊呼，并告诉随行的志愿者："我们就是生长在武安这块乡土上的，儿时的小木桥现在变成了这么宽、这么高的大桥，可以行驶很多车啊，大桥太雄伟了，太漂亮啦，现在的桥多践啊，想当年，我们儿时走在又窄又破的桥上，就担心一不小心跌下河去，今天真是大开眼界了。"大巴车在大桥上缓缓前行，在桥头边停了几分钟，为的是让老人们饱饱眼福，多领略一会儿大桥的雄姿，深情地多看几眼桥下奔流不息的运河水。

老人们恋恋不舍地离开了武安大桥，接着又来到人民公园和抗日战争纪念馆。当志愿者用轮椅把不能行走的老人推进人民公园时，老人们都说："不是你们带我们来，我们都不知道怎么走了，只记得以前的公园很小。"

到了抗日战争纪念馆，老人们说："这里不是以前的公园礼堂吗？"他们你一言我一语，聊得非常开心。纪念馆讲解员为老人们详细讲解抗战最后一个战役的经过，老人们恍如隔世，穿越时空，都沉浸在对历史的追溯中。

从人民公园出来，已到了午饭时间，志愿者把老人们带到提前预订的"好邻居"大排档就餐，几位志愿者合抬一张张轮椅，把老人们分别送上电梯，入座餐厅。"太阳雨"今天特意为老人订购了节日蛋糕，志愿者将蛋糕放在餐桌上，又点上十根蜡烛，祝老人们重阳节快乐！

志愿者张琳为手有残疾的老人夹菜、剥虾，赵强将菜喂到老人嘴里……大家与孤残老人共进午餐。老人们开心地说："我们都这么大年纪了，又是残疾，行动不便，上下车都需要人帮助才行。想不到在我们年老时还能到高邮市区的景区和高铁站参观游玩，游玩时还帮我们拍照片，真是难为你们了。如果不是'太阳雨'志愿者全程照顾我们，怎么可能出来玩啊？"这朴实的语言，道出了"麻风村"孤残老人的心声。

吃过午饭，稍作休息，大巴车向光明眼科医院驶去。去年，志愿者联系这个医院，帮"麻风村"4位老人做了眼睛白内障去除手术。今天，志愿者提前联系协调好，再一次带老人们来复检眼睛术后的情况。光明医院的赵主任热情地为10位老人一一检查了眼睛，向每位老人赠送了眼药水，并耐心交代平时护眼常识。

今年重阳节活动，实现了孤残老人盼望已久的心愿。这一天的时间虽然短暂，但对"麻风村"的孤残老人来说，已是大开眼界、非常满足了，老人们感动得眼含泪花说："我们这帮缺胳膊少腿的人，能坐着轮椅逛古城，全托'太阳雨'的福哦，是他们帮我们完成了跨世纪的心愿！"

"'老戏迷'倪明山踀到家了"

"倪明山又踀起来了!"有一段时间,"麻风村"的孤残老人们喜欢这样调侃村里的"扬剧迷"倪明山。

76岁的倪明山,住在"麻风村"已经40多年,平时唯一的爱好就是提着一台老式的收录机听扬剧,后来中风卧床后,更是离不开收录机离不开扬剧了,似乎在熟悉的旋律、亲切的乡音中,能找到自己年轻时的状态。当年的他身体健康,一听说有汪琴的戏,无论戏台有多远,都会跑过去,哪怕距离舞台很远,只能远远地看,也要伸长脖子认真倾听,一字一句,他都感到是沁入心脾。

不曾想,因为使用的时间过长、频率过高,收录机坏了"哑"了,再也飘不出优美的扬剧唱腔,这对倪明山而言,生活一下子就变得索然无味起来。每天从清晨到夜晚的时间,都显得格外漫长,躺在床上的他,只能百无聊赖地数着光阴过日子。

倪明山的偶像——汪琴,1940年1月出生,一级演员。2008年1月被授予第二批国家级非物质文化遗产项目"扬剧"代表性传承人,是一位名副其实的戏剧大家。

这天上午,倪明山的门被轻轻推开,房间里一下子光亮起来,一位精神矍铄的老太太站在阳光里亲切地问他:"你认识我吗?"

他睁大浑浊的双眼仔细辨认着,突然,他的嘴不听使唤地抖动起来:你是……你是……你是汪琴老师?"是的是的。"老人抢步上前,连声说道,"是的,我是汪琴,我来晚啦我来晚啦!"倪明山简直不敢相信这是真的！汪琴，这位用声音陪伴了自己一辈子的扬剧表演艺术家，此时此刻就真实地站在自己的面前。她跟他拉起家常，问他的身体状况，聊他熟悉的扬剧段子，就像久别重逢的老朋友一样。

这时，汪琴老师的徒孙丹竹走了进来，笑着打过招呼后，调皮地对倪明山说，我和师祖给您表演来了，您听听这是哪一段？话音一落，悠扬的扬剧，便在耳畔响了起来。倪明山一下子就听出来了，这是扬剧《采莲》中的唱段，这是80高龄的汪琴在给他一个人表演呀："拿着桨来带着钩，阵阵喜气上心头，忙将莲船解了扣，轻轻划桨顺水流……"汪老和丹竹唱得喜气洋洋，倪明山听得泪流满面。

原来，熟识汪琴老师的"太阳雨"志愿者陈宇，在得知倪明山的情况后，心里就有了一个想法："能不能把汪琴老师请过来，亲自为他现场演唱一首呢？"陈宇也没有想到，当自己把这个想法告诉汪琴老师时，她竟然毫不犹豫就答应了。

后来汪琴老师告诉倪明山，说要送他一只新的播放器，而且里面会下载好汪琴、李开敏、刘葆元、孙爱民等扬剧名家的演唱，要让他随时随地都能听到他喜爱的扬剧。倪明山不知道如何才能表达内心激动的心情，只是一个劲地说："死而无憾！死而无憾了！"

打那以后，倪明山的气色越来越好，逢人就拿出和汪琴老师的合影，假装不经意间地提起。每次看到他那种明显的"炫"，村民们都笑说："这个倪明山跩死了！"

没想到，时隔一年，又一位扬剧名家来到了"麻风村"，又一次专门"一对一"为倪明山表演了扬剧《鸿雁传书》，这也是倪老熟悉到几乎会唱的戏曲，他听着听着眼角就流下泪来。

这位"扬剧名家"就是沈仁梅。

沈仁梅在来"麻风村"之前，已经听说了他们的残疾状况，因为难以想象，所以也没怎么特别在意。但真正见面后还是感到了震惊。尤其是倪明山，不仅断指残脚，两只红红的眼睛还下眼睑外翻，几乎看不到眼珠，眼里的分泌物不受控制地糊在眼角。

志愿者跟他打招呼时，他的嘴角抽动，似乎是想笑一下，但却越发显得"面目狰狞"。

然而震惊是短暂的。看着每位老人不同的残疾，沈仁梅内心涌起更多的是阵阵怜悯。

倪明山中风后几乎丧失了行走能力，要么躺在床上，要么只能坐在轮椅上由别人推着走，日常三餐都需要他人的帮忙。他和这个村里的病友们互相支撑着，顽强地活着。

倪明山说：因为"太阳雨"志愿者的到来，他又多活了几年。

"王宝钏十几年来才露笑容，但愿你一路平安把信送……诉不尽的离情，说不完的苦痛，等了多少春秋严冬，受了多少笑骂讥讽，忍了多少饥饿寒冻……"沈仁梅演唱《鸿雁传书》时，一直看着倪明山，就像在舞台演出时，眼神定位在观众席，一举一动，专业而传神。她的歌声时而激昂，时而婉转，时而哀婉悲情，时而又充满希望。

不知是因为与戏中人物产生了共情，还是因为名家现演引起的激动，一曲终了，倪明山眼泪就流了下来，沈仁梅见状，忙用纸巾为他拭泪。这一幕被一旁的志愿者用手机记录了下来。

不久，这张照片和那张他与汪琴老师的合影一起，成了倪明山余生中最珍贵的东西，也是他"高谈阔论"的底气和此生中唯一可"跩"的资本。

他说："能看上一场扬剧是我多年的梦想，但两位扬剧艺术家对我毫不嫌弃，还专门到我房间里来为我表演扬剧，这是我做梦都不敢想的啊！"

一旁的村民接过话说：就是就是，倪明山，你这辈子真是"跩到家"啦！

孤残老人的"孝子"

让孤残老人很有尊严地离去

"陈爷爷,我们来送您最后一程啦!"

2022年4月7日凌晨5时,甘垛镇"麻风村"陈桂林老人的家里,"太阳雨"志愿者李晓莉、俞敦华、陈叶坚、葛素梅、黄桂兰一行,以"家人"的身份,在陈桂林老人遗像前,虔诚地三鞠躬,敬请陈老上灵车,前往高邮殡仪馆。

自从"太阳雨"志愿者走进"麻风村",就承担起了这些特殊村民的生活起居、物品供应、亲情陪伴、临终关怀等工作。"麻风村"的村民绝大多数是孤寡残疾老人,他们的临终及身后安排尤为重要,"太阳雨"志愿者默默地承担起儿女的责任。陈桂林老人病重弥留之际,志愿者们多次专门来看望、陪伴、照顾他,给予他无微不至的临终关怀。

3月中旬,听说90岁的陈桂林大爷身体不好,因食管钙质老化,只能靠流食维度日,同时得知老人便秘严重。3月20日下午,志愿者翁中秋、李晓莉、杨清荣、黄桂兰一行,带上豆奶粉、芝麻糊、排骨等营养食品,还有一些防疫口罩、消毒酒精,冒着风雨驱车赶到"麻风村"。

汽车停在陈老门口,志愿者刚准备推门进去,被队长陈锡宏拦住。他们心里咯噔一下,感觉不对。只见陈队长面色沉重,用手托了托流口水的下巴颏说:"陈桂林这几天状况不好,去三垛看了几次。岁数大了,食管钙化,无法进食,只能灌些粥汤度日。这不,一个星期不解大便了,在厕所上一蹲就是三四十分钟。上午给他喝香油、菜汤,下午吃了两次泻药,刚才又打三次开塞露,不见效,急死人了。"

志愿者们在门口静等,屋内高一声、低一声"妈妈,妈妈"的叫。翁中秋似热锅上的蚂蚁在徘徊,沥沥细雨淋在身上也冷静不了那种燥热的煎熬。翁中秋讲,那叫唤声和自己母亲临危时痛苦地叫喊一样,声声锥心。

"妈妈哎,今天没得命了!"屋里传来陈老痛苦的叫唤。翁中秋快步推开门,冲进卫生间,俯身探望蜷缩在马桶上的陈老。因为长时间坐马桶、用力排便,已肛裂出血,加上痛苦的呻吟,老人体力明显不支。翁中秋迅速将他抱起回到床上,让他躺下休息一会儿。然后,叫陈队长找一次性手套,烧一壶开水。

半小时休息后,陈桂林精神稍微好了些,翁中秋在他耳边轻轻问道:"爷爷,我们再试试?"陈老点点头。翁中秋将他抱回马桶上,然后戴上医用手套,手指轻轻伸进肛门,摸到又干又硬的便块……当一粒粒坚如石子一样的大便被掏出来,陈老高兴地大呼,"舒服了,亲妈妈,今天我又有命了!"翁中秋用温水给老人清洗干净,系好小褂裤,盖上被子,轻轻地擦去陈老眼角的泪,暖暖的。

翁中秋坦言:"帮助老人抠便块,说实话,还是有一些心理反应的。可当看到老人那种轻松的表情和露出的笑容,我瞬间就把难受劲给忘到脑后了。"男男女女的志愿者耐心地陪在陈老床边拉家常,老人感动地说:"这样的事情,就是自己亲生的儿女也不一定能做到啊,你们志愿者一点都没犹豫。"老人说到这里,哽咽了,眼中含泪。

"陈爷爷,下个月您就过90大寿了,您有什么心愿,我们给您办!"翁中秋提了提嗓门,对老人说。

陈老听后立马来精神,胳膊撑了撑,似乎想坐起来,咽下口水,笑道:"谢谢你们,我什么都吃不下,有你们的牵挂,心里暖和,跟吃蜜一样。"

"我们给你预定了108个寿桃,两个糖塔,一套新衣服,我们给你磕头拜寿。看您还需要添些什么?"翁中秋轻声问道。

"真的呀?还蒸寿桃啊?你们磕头,我给你们发红包,我有钱呢!"陈老拽了拽翁中秋的手,让托起他,半躺着开心地说。接着,志愿者喂他小半碗芝麻糊,他很受用。

3月26日,志愿者李晓莉、刘久英、杨清荣、葛素梅带上排骨汤、芝麻糊,又来到陈桂林的床前,给他加强营养。李晓莉用小勺把芝麻糊小心翼翼地喂进老人嘴里,陈桂林艰难地咽着芝麻糊,泪花汪汪地笑着说:"我都90岁了,也满足了,够本了。谢谢你们!"

无情的老天爷,有时就是不肯遂人愿。4月5日清明节这天,陈老终究还是没有迈过这道坎。上午9时,陈桂林老人安详去世了。有人说,陈老真会挑选日子,谁都记得清明节,人们在这一天自然会想起他。

吃过午饭,李晓莉、刘久英、翁中秋、陆兆斌等志愿者,立即购买了花圈和千张纸,匆匆赶往"麻风村",为陈老整理衣冠,在陈老灵前鞠躬作揖,敬献花圈。他们卷起袖管,在陈老的房间里整理物品、打扫卫生、营造氛围,和陈队长一起商量料理善后事宜。大家围坐在陈老遗体前,叙谈着老大爷生前的点点滴滴,久久不愿离去。

4月6日一大早,李晓莉、刘久英就驱车赶到"麻风村",黄桂兰带着一大包连夜叠的元宝、购买的千张纸,也一起来了。她们一边蹲在陈老屋子前面化纸钱,一边在讨论几件急办的事情。

陈桂林户籍是兴化,老人无儿无女,有一个侄子在兴化,因在特殊时期,侄子无法前来吊唁。经电话联系协议,只好让陈桂林侄子把火化证明、身份资料、委托书等材料送到高邮和兴化交界处的甘垛镇管控站,李晓莉、刘久英、黄桂兰代为"家人",驱车赶到管控卡口,去取这几份材料。当时各地封控，界口都扎了竹篱、铁皮路障，禁止人员通行，她们就从河坎坡地上爬着钻过去，然后沿着田间小道步行40分钟。拿到材料后，她们接着又赶往甘垛镇政府、社区办理相关手续，政府、社区、防控指挥部有关领导，本着特事特办，人性化地办理签字、盖章，一路绿灯。紧接着，她们又马不停蹄地赶往甘垛河口的防疫卡口，与有关领导商讨、落实陈桂林遗体火化后，再到卡口来移交老人骨灰盒等事宜。

一切都按计划有序地进行着，忙而不乱，陈桂林老人的遗体在高邮殡仪馆顺利火化。上午10：30，在甘垛管控站，等候在这里的陈桂林的侄子，捧过老人的骨灰盒和遗像，向志愿者深深地鞠了一躬，深情地说："我叔叔有你们'太阳雨'的儿女为他送别，走得一点也不冷清。"

悲伤的同时，这件事情也温暖着"麻风村"的全体老人们。送别陈桂林后，"麻风村"的老人们坐在村口大樟树下聊天，个个都很感慨，"如果不是'太阳雨'志愿者，陈桂林肯定回不了老家了。现在老陈落叶归根了，他在地底下也安稳了。""我们都看在眼里哩，陈老的今天就是我们的明天，有'太阳雨'志愿者在，将来有人为我们送终，我的心里也踏实了！""我也不求什么了，希望党和政府不要撤并我们只有15个人的'麻风村'。同时，也希望'太阳雨'志愿者像对老陈一样，将来为我们善后。"……

随着时光的流转，"麻风村"里的老人只会越来越少，平均每年都会走掉一两个人，这是一个客观的事实。过去"麻风村"如果哪个老人走了，有子女的就通知他们的子女来处理丧事；没有子女的，就让侄男侄女来，蒋正奎、陈锡宏帮助他们在村里简单地办理丧事，到殡仪馆火化遗体后，让亲属把其骨灰盒带回去；对没有亲属出面管的老人，村里就简单地承办善后事宜。去世老人房间里的物品，基本都是陈旧破烂的，一般是没有人要的，如果有现金，他们的家人会带走。

老人们原来都有一个心病,就是担心有一天自己孤老死去时没有人管问,连一个花圈都没有人送。现在他们放心了,"太阳雨"志愿者给了他们承诺,保证陪伴他们到最后一个人。他们内心都希望,"太阳雨"志愿者能为他们最后善终。自从"太阳雨"志愿者2019年初夏进入"麻风村"以来,遇上哪位老人去世,志愿者都会热心张罗承办善后事宜,像模像样地操办忙碌几天,逝者走得很体面。据统计,到目前为止,"太阳雨"爱心儿女已经送走了"麻风村"9位老人,让他们都很有尊严地走完了人生的最后旅程。

病床前面"孝子"多

2023年10月17日上午,李晓莉发了一条朋友圈:近一个月,"太阳雨"志愿者们已经三次将"麻风村"生病的老人,接送到高邮市人民医院就医,或者前往"麻风村",为老人们送药和擦药。特别感谢人民医院杏林志愿服务队俞建国会长精心安排,为老人就医时开启绿色通道和方便;"太阳雨"志愿者第一时间为病重老人去医院大厅办了特殊病种和特殊药品购买证;随行志愿者宰金兰、沈静琳、程慧杰、葛素梅,每次陪老人到医院就医时都准备了营养早餐……顺着李晓莉发的这条信息线索,重新回放一下"太阳雨"志愿者当好"麻风村"老人的"孝子孝女"、帮助他们求医送药的几个场景:

2023年7月3日上午11点多钟,"麻风村"村民潘兴生老人打电话给李晓莉,说:"我在甘垛住院十多天了,没有饭吃。"李晓莉心里咯噔一下,这是怎么回事?第二天,李晓莉便约上志愿者俞敦华等,一起买了牛奶、点心等食品,赶到甘垛镇医院,找到医生询问潘兴生的病情。前一阵子,潘兴生是和一个村民在"麻风村"里走路时,突发脑梗,忽然瘫倒了,被好心人帮忙送到甘垛医院。住院第14天时,潘兴生才打电话给李晓莉,他讲没有饭吃,目的是叫志愿者来帮他结账出院。当时，医院告诉他个人要承担费用 2400 元左右，其实是让他先交费垫付，到年底时，分管"麻风村"的第二人民医院会给他报销 80%，他自己只需承担四五百元。

潘兴生讲，让"太阳雨"志愿者帮他付账，说不定自己活不到年底了，就不能等到报销了，那就吃亏了。有志愿者准备帮潘兴生垫付，但被其他同志拦住了，因为"麻风村"里还有其他老人，大家会攀比。于是，志愿者们叫潘兴生自己先付，如果真的没有钱，可以向别人借，等到年底再报销。万一真的活不到年底，不能到第二人民医院报销了，"太阳雨"志愿者一定替他报销、代他还债，潘兴生开心地答应了。

2023 年 9 月上旬的一天，"太阳雨爱心大篷车超市"常态化地开进"麻风村"，按月为村里孤残老人免费送来生活物资及食品。在与老人交谈时，得知潘兴生老人身体有明显不适感，已在甘垛医院治疗，但没有效果。志愿者一碰头，决定赶紧带老人到高邮市人民医院作身体全面检查。前一天检查结果出来了，潘兴生得的是贲门癌，这让潘老感到伤心绝望。志愿者们竭力安抚潘老的情绪，并告诉他说，下周一再带他去市人民医院找专家复诊，确定治案方案。

9 月 11 日，一场助医助行活动开始了。"太阳雨"志愿者兵分两组，第一组有李晓莉、曹俊，他们早晨 6 点半钟驱车赶往"麻风村"，接潘兴生到市人民医院；第二组有宰金兰、沈静琳等人，早晨 7 点钟到市人民医院门诊大厅排队挂号。当李晓莉他们陪同潘兴生老人 7 点半钟到达医院门诊大厅时，门诊号已经挂好，他们直接上二楼到癌症专家门诊就医，无缝对接的服务为就医节省了时间。

二楼专家门诊医生，为潘兴生老人细心问诊。根据诊断报告，潘老是贲门癌晚期，已经无法动手术，只能保守治疗，同时将治疗方案告诉老人，口服药物进行调整。志愿者当场表示，将尽心尽力给潘老提供更多的帮助。宰金兰等志愿者推着轮椅上的潘老，去做 B 超、抽血化验等各项检查，把老人抱上床，再抱下床，零距离接触，毫不嫌弃，楼上忙到楼下，为老人办理特殊病种及各种手续。整个检查过程中，市人民医院的医护人员为"麻风村"老人一路开绿灯，他们的"有爱"助"无碍"的服务精神，同样令人感动。

就诊结束已是上午 10 点，当黄桂兰推着潘兴生走到医院门诊大厅，这时潘兴生感动得泪流满面，他说："'太阳雨'志愿者比亲人还要亲，我侄子他一年也来不了两次，'太阳雨'志愿者就是我最亲最亲的人，今天你们几个都前前后后、楼上楼下为我一个孤残老人忙了半天，我真不知道怎么感谢你们！"说着说着就哭出声来，大家赶紧安抚老人的情绪。志愿者沈静琳一直陪伴在潘老身边，当她看到潘老泪流满面时，她的泪水也在眼中直打转转。

离开人民医院，李晓莉、曹俊又带着潘兴生老人，前往市行政大厅和三垛镇，为潘老办理特殊病种手续，然后把潘老送到"麻风村"，这时已经过了中午。

"太阳雨"志愿者王稳林为潘兴生复诊检查捐赠了 1000 元，曹俊为潘兴生购买了蛋糕、面包，孙冬青为潘老购买了牛奶，李晓莉第二天又赶到市人民医院为潘兴生办理"双通"特殊药品的手续……

爱的脚步、爱的播洒、爱的传递，一直没有停息，志愿者用爱的双手为"麻风村"老人们的生活荡起双桨，他们用真情的烛光点燃老人们的最后人生。

2023 年 9 月下旬，又是一年中秋节。志愿者赵强和其他爱心队友一起，拎着月饼和其他食品来到"麻风村"，陪伴孤残老人们过中秋佳节。

赵强的目光在人群中扫了一圈，没有看到雷金娣老人的身影。他来到雷金娣的房间一看，老人躺在床上。她的右腿早就截肢了，剩下的一条左腿前几天被开水烫伤了，由于无法行走，她也没有到医院去治疗，疼得夜晚无法入睡，躺在床上直哼哼。

"大妈啊，你怎么不托人给我们打个电话呢，这阵子让你受苦受罪了。"赵强看到雷金娣左大腿上被烫伤一大块，皮肤红肿，水疱一片。赵强心里阵阵发疼，嗔怪雷金娣。

"我以为躺几天就好了，不想给你们添麻烦啊！"雷金娣解释道。

活动一结束，赵强匆匆赶到高邮城里一家药房，花了几百元，为雷金娣老人选购了消毒水、烫伤药膏、消炎药、防感染保护喷雾等药品。赵强因为要急着去上班，他就喊来热情、心细的志愿者柏文红，请她带上药赶到"麻风村"，为雷金娣老人处理伤口。柏文红愉快接受了这项任务，左一趟右一趟地往"麻风村"跑，一遍遍地为雷金娣处理烫伤的左大腿，开车把老人家带到甘垛医院挂水消炎，同时帮助老人整理房间，陪老人聊天驱赶寂寞。经过十几天的药物治疗，雷金娣的烫伤基本康复了。老人家很是感动，心里过意不去，她特地请人制作了一面锦旗，送给赵强、柏文红等志愿者，锦旗上写着"献爱心无私奉献，善医术药到病除"。

2023年10月17日上午，"太阳雨"志愿者兵分两路，接力护送、陪伴陈祥英老人求医。

一大早，俞敦华、葛嘉梅、程慧杰3位志愿者赶到"麻风村"，把车停稳后，立即搀扶陈祥英老人上车，赶往高邮市人民医院。陈祥英老人5个月前膀子摔伤，骨头错位，当时她到甘垛镇上医院去看了，医生叫她做手术，她不同意，也没有告诉志愿者。直到现在，膀子抬不起来了，手臂痛，生活受到影响，她才说出来。

与此同时，志愿者李晓莉、沈静琳、黄桂兰等人，在市人民医院已经替陈祥英老人挂好了号，做好了就诊前的各项准备工作。她们把轮椅车推到门诊大厅外等候，陈祥英一到，就坐上了轮椅车。经骨科专家医生检查后，说因为陈老太摔跤的时间太久了，老太也已85岁高龄，认为不适合做手术，建议保守治疗。于是，医生给老太开了一些药品带回去口服和外治。

志愿者给陈老太买来牛奶、面包等早餐，陪着老人吃早饭的时候，详细交代了用药注意事项，然后又把她护送回"麻风村"。

……

这几件事情，集中发生在一个月之内。其实，这个月便是 5 年时光的一个缩影。近 5 年来，"太阳雨"志愿者有多少次陪伴"麻风村"孤残老人到医院求医，又有多少次为老人们采购药品送上门？没有精确的统计，因为他们做的时候，并没有想着要得到什么回报。总之，帮助这群孤残老人求医送药的情景，是"太阳雨"志愿者的常态。

爱，是双向奔赴的

2019 年，"太阳雨"志愿者刚走进"麻风村"时，发现这里还住着一位"特殊的小村民"，她就是 12 岁的小女孩钱美苏。小女孩怎么会生活在这个孤残老人的小世界里？似乎太格格不入了。

钱美苏的外公外婆是麻风病人，长年生活在"麻风村"。小美苏的妈妈有些智障，照顾自己的生活都很难，爸爸又不学好，在社会上犯了法，被抓去坐牢了，小美苏只好随外公外婆一起生活在"麻风村"里。

当时，钱美苏在三垛镇上小学五年级。为了给小美苏营造轻松愉悦的学习、生活氛围，几位志愿者利用暑假带上自己的孩子，为小姑娘准备了零食、水果、书籍等，孩子们分别把礼物送到小姐姐手上，祝愿她学习再上一层楼。志愿者们详细询问了小姑娘的学习情况，送上精心挑选的书包、文具盒等学习用品。当看到小美苏的成绩报告单上本学期被评为"三好学生"时，都为她竖起大拇指点赞，鼓励她要努力学习，从小树立远大志向和崇高理想，长大后做一个对家乡、对祖国、对人民有用的人，创造自己的精彩人生。

第二年，钱美苏想到高邮城里去上六年级，因为她要在市区上初中。"太阳雨"志愿者、城南经济新区幼儿园年级组长赵立霞，主动揽下了为小美苏联系学校的艰巨任务。性格开朗、乐于助人的赵立霞，对经济新区小学相对比较熟，她就多次跑进学校，反复游说推荐，为小美苏顺利办好了转学手续。钱美苏平时的学费、吃饭、校服、补课费等费用，赵立霞全部承担下来，每学期至少 2000 多元。因为钱美苏的家庭情况特殊，赵立霞就经常代表家长，到学校和老师交流她的学习、生活、养成情况，因势利导做好配合教育的工作。

又过了一年，钱美苏到高邮南海中学上初中了，这是片区划分的学校。赵立霞有一个同学在这里当老师，她就托他平时对钱美苏多加关心。赵立霞一有空就过来看望小美苏，为她送来一些生活用品，包括女孩子生理期的卫生用品，像妈妈一样叮嘱她如何爱护、照顾自己。

2022 年 9 月之后，将近有一年时间，赵立霞在高邮汤庄镇汉留幼儿园支教，这里已经靠近兴化，她每周休息日开一个多小时的车回高邮城家里一次，回到家尽管事情很多，但她还是经常抽出时间赶到南海中学，看望小美苏。

自从钱美苏调进城里上学之后，为了照顾陪伴她，外公余建和和老伴也离开了"麻风村"，搬到高邮城里居住。外婆在 2023 年突发脑出血去世了，小美苏就和外公一起生活。身处在这样困难的家庭，青春期的小美苏性格变得孤僻，自卑感较强，不太合群，大多独处。赵立霞一有空就来看望她，陪她聊天，嘘寒问暖，循循善诱，心理疏导，帮她塑造阳光、开朗、积极的性格，让笑容经常绽放在小美苏稚嫩的脸上。

人民教育家于漪曾说："我经常反思，我一辈子上的课，有多少是在黑板上的，有多少是教到学生心中的。"作为年轻后辈，赵立霞正是这样一位师者，为小美苏等孩童的一生打下温暖的底色。

爱，是互通的，是双向奔赴的。"太阳雨"志愿者翁中秋，写过一篇《"麻风村"里的温暖》，文中讲述了一个很是暖心的故事：

自从我与"麻风村"里的老人们互相"赖"上攀上亲,5 年以来,有一件事记忆犹新,就是那里的老人温暖了我。

几年前中秋节的头一天,我和爱心队友们去"麻风村",陪伴那里 20 多名老人欢度中秋节。中午时,我们下厨做几道菜肴,汪豆腐、小肉丸子汆茼蒿、公鸡烧芋头、蜜汁藕片等等。我们高高兴兴地做,他们开开心心地吃。饭后搭个舞台让一起来的老师们唱几段家乡戏,扬剧赵五娘中的《书房会》和淮剧《板桥道情》。安顿好老人们听戏吃菱角,我则到行动不便的"亲戚家"串门。

我正和老乡侍银宏聊天,谈论家乡的变化和亲属的近况时,杨伯才和姚植安等几个手脚灵活些的老人找到我,让我回演出现场。我笑着摇头,他们连拖带拽把我"架"回来,按住我坐在舞台中央。一头雾水的我正蒙圈,杨伯才、姚植安给我戴上生日皇冠,其他的老人和我的队友们端出蛋糕,点燃心愿小蜡烛。坐在舞台上的我,被突然降临的幸福感动了,眼前的蛋糕和台前的老人们模糊了,是泪花作的怪。戴皇冠许愿吹蜡烛过生日,还有二三十名因麻风落残的老人为我助兴是第一次。这份情温暖了我,于是悄悄地嗅了一下鼻子,许了个"愿健康和快乐伴随你们每一天!"的愿望。然后,开心地吹熄小蜡烛的火苗。掌声与歌声同时响起,队长侍锡宏还特意放了一串鞭炮来助兴。

村里唯一一对病员结婚养育的第三代,全村人的讨喜宝子,很活泼健康的小女孩美苏喂我吃蛋糕。机智的她趁我不留意时,用小指头抠些奶油涂抹在我额头上,大声喊:"伯伯,祝您生日快乐、健康幸福!常来我们'麻风村'做客。"

后来,朋友们告诉我,这些老人得知第二天中秋节是我的生日,就悄悄地托下午来演出的他们定制了生日蛋糕,提前给我做生日。一群有心的老人,他们朴实真情的笑容温暖了我,印落脑海。

被爱浇灌的我隔三岔五就去"麻风村",去看看那里的老人,跟他们说说话,听他们讲述自己如何与病痛长期斗争,如何积极参加村里劳动竞赛获得5元奖金的喜悦，党和政府的托底保障和志愿者关爱他们的故事。讲到开心时，他们神采飞扬、口水撒撒的；说到心痛时，泪水潸然，衣袖当手绢擦泪痕。我们都是大嗓门，声音很野，几百米外的鱼塘围埂上都能听到我们谈笑风生。

晨曦和晓月眷念着"麻风村"里的老人，还有编外的我，给我们四季的祥和，还有每天的温暖。

努力把"麻风村"打造成长寿村

如今的"麻风村"，除了住在城里照顾外孙女上学的余建和老人外，虽然说只有12名老人，在党和政府庇护下，他们健康生活着，算得上是一个小长寿村呢！他们中，年龄最小的75岁，最大的86岁，他们互帮互衬，每天清晨门一开，都相互点卯、互报平安，小村庄犹如世外桃源，一派岁月静好。

要知道，在这平静、祥和、暖心、欣慰的背后，"太阳雨"志愿者们付出了太多太多，他们不光是奉献出大量的时间、体力和金钱，还消耗了表面上不易看到的精神、心思和情感。

"麻风村"也像一个小社会，别看他们人不多，但老人们各有各的性格，各有各的想法，几十年一起相处，有时难免会发生一些疙疙瘩瘩的事情。"太阳雨"志愿者原先想把老人们集中起来办伙食，把各方爱心人士资助的食品一起拉到伙房去集体吃饭，但有的人不愿意，坚持要把物品分到每个人，各人单独开伙。所以，后来"爱心大篷车"活动，赠送给老人的每人每月100元的购物卡，让他们自选物品。志愿者们一开始陪老人们节日会餐结束，剩下的饭菜让他们自己分，打包带回家，有的老人为分多分少争执吵起来，后来志愿者们就每次给他们打包分配好。老人们平时各自生活，自己管自己，如果哪一个生病了，躺在床上不能生活自理，谁要是照顾他（她）几天，有的也要收 20 元一天的服务费……人性，并不单纯，总是挺复杂的。

面对这些长辈级的老人，晚辈年龄的志愿者经常充当"润滑剂"，反复给他们讲述这样一个道理：人们都说同病相怜呢，你们因为年轻时得了麻风，才住到这个村子里来的，这也算是患难之缘吧！你们之间应该比兄弟姐妹都要亲都要近，哪有人家兄弟姐妹住在一起四五十年以上的？大家都只有今生，没有来生，一定要相互珍惜这种情分、缘分啊！有的老人听了，脸上也会挂不住，头直点，"是的，是的，是这个道理"。

志愿者柏文红讲了一件事：一次春节前去"麻风村"看望慰问老人们，志愿者还没有走，一个村民的侄子正好也来看望老人，老人一下子让侄子从他房间里拎走 3 桶食用油。这些油都是志愿者平时慰问老人的，老人自己舍不得吃，节省下来送给家里亲戚，他们一点也不考虑志愿者的感受，大家看了心里很不是滋味。

志愿者委屈地说道：尽管平时家里的亲戚们并不经常来看望老人们，但老人的心里还是一直惦念着老家的人，自己省吃俭用的，有点好东西都省下来积存着，送给家人们。他们这样做，辜负了志愿者的一片爱心，志愿者关心照顾的是孤残老人，希望他们吃好用好生活好，健康幸福地活着，而不是想看到他们这样做。

与"麻风村"的这群孤残老人相处久了，志愿者的内心肯定会变得越来越强大。外界有人提出过这样一个问题：和瘫痪瞎癫、少手没脚、面目狰狞的麻风患者同桌吃饭，这是一个什么概念？心中没有大爱的人，断然是做不到的。

志愿者也是普通人，初到"麻风村"时，不少人还是比较介意的，心里好像总是迈不过一道无形的坎，难以接受和这群孤残老人们一起吃饭，感到"异怪"，有的人宁愿饿着肚子，有的人悄悄打点饭菜躲到旁边去简单对付几口。志愿者们相互打气，化解心结。

有一个女志愿者讲了自己的亲身经历：我和继父相处 20 多年了，

我们虽然没有血缘关系,但时间长了,慢慢感情就深了,也就没有距离感了。继父躺在家里很久了,我一直帮他清洗擦身,一点也没有嫌弃他脏,直到继父 2023 年 7 月去世。

这位志愿者的经历告诉大家,即使是对待陌生人,只要你从情感上接纳他们,把他们真正当亲人了,距离感就会渐渐缩小,自然就变得亲近了。现在每次会餐,"太阳雨"志愿者和"麻风村"里的老人们,都是搭配着坐桌子吃饭,志愿者一边照顾老人吃饭,不停地为他们搛菜,一边自己吃得也很香。

守望着年代久远的"麻风村",看着一盏又一盏灯熄灭,看着一位又一位孤残老人们带着满怀的温暖合上双眼,"太阳雨"志愿者经常琢磨这样的问题:如何提供更加贴心、优质的志愿服务,努力把"麻风村"打造成和谐家园、长寿村;如何让"麻风村"的孤残老人们,享受有尊严、有质量的晚年生活?这也是他们做志愿服务的追求目标。他们相信,在"麻风村"老人渐行渐老的路上,夕阳下的关怀是陪伴支持的艺术,是用接纳的眼神和聆听,传递一份份真挚情感:"你并不孤单,我愿意在这里陪着你。"

又是一年清明节,朱峻松、李晓莉等几名志愿者来到"麻风村",和老人们围在一起追忆近几年过世的几位老人。孤残老人们都很感触:"生活在这里很知足,我们没有其他想法了,唯一的想法就是哪一天离开时,希望'太阳雨'志愿者也能像送前面几个老人一样,来送别我们。""你们多数人一辈子无儿无女,我们肯定要竭尽所能帮助照顾你们的,当好你们的孝子孝女。"志愿者也很动情。

讲起往日与几位过世老人相处的点滴,志愿者们潸然泪下,情同手足的在场的老人们也流下了悲伤和感动的泪水。他们放心了,他们知道自己人生的最后一段路不会孤单潦草,而是有温暖有依靠有陪伴。

长得粗壮结实的朱峻松,是高邮人,怀揣一颗仁爱之心。他很懂得老人们的心思,虽然他也不再是少年,但身上那股子干劲儿一如从前,让孤残老人们过上幸福的晚年生活始终是他关心、在乎的事。他把宽边近视眼镜往上推了推,把党的二十大报告中提到的有关老人切身利益的内容,一字一句读给老人们听。"党的二十大报告指出,实施积极应对人口老龄化国家战略,发展养老事业和养老产业,优化孤寡老人服务,推动实现全体老年人享有基本养老服务。我们的目标是把"麻风村"打造成长寿村,让你们和社会上的其他老人一样,享受到新时代发展成果。"

老人们听后都很高兴,说自己赶上了好时代,对党充满感恩之情,直夸共产党好、社会主义好,表示要好好保重身体,好好享受党和政府带来的好日子,在"太阳雨"志愿者的关心陪伴下,多活上个几年。

说话声、欢笑声不时在"麻风村"回荡,原始、寂寞的小村庄绿色又浓,一派春意盎然。

第五章　与文明同行

弱星微光，济济而朗。

"太阳雨"作为一个以助学圆梦为初衷的公益团队，并不是刚开始就形成了一条明确的思想路线，而是后来由于加入进来的怀揣才艺并且愿意无偿展示自己才艺的人越来越多了。于是在多次的文艺志愿服务活动中，"太阳雨"的底色或者基调渐渐就在无形中显现出来，那就是以宣扬爱党、爱国、拥军为主导思想的"红色"；那就是以精准帮困扶贫为初衷的"温暖"；那就是以全民健身为形象的"精气神"；那就是以培养小小志愿者为着重点的"传承"；那就是从我做起，以滴水之微折射太阳之光的"与文明同行"。

2016 年，太阳雨爱心志愿者团队与扬州市文艺创作研究会联合成立了"太阳雨文艺志愿服务队"。老艺术家、一级演员祝留根、颜育，国家曲艺牡丹奖两度获得者、一级演员包伟，文化部群星奖获得者、扬州民歌代表性人物王慧群，声乐教育家、中国音协会员夏萍，扬州职业大学艺术学院副教授陆晓月，一级演员谭敏、二级演员沈仁梅以及张宗湄、杨芳、徐建国、徐莉、陶莉、方永娟、倪丽萍、李玉德等四十多位文艺志愿者名列其中。一级演员杨明坤、王芸等也经常出现在"太阳雨"的文艺志愿服务活动中。后来，一批又一批作家、书法家、摄影家、曲艺家、歌唱家等德艺双馨的人才也被吸引进来，很多志愿者在扬州都已是家喻户晓、影响力较大的明星大咖。

服务队由陆晓月担任队长,杨芳、沈仁梅担任副队长。陆晓月性格爽朗、热情奔放,她说:"文艺服务队的成立,更能方便我们把自己的特长与志愿行动结合起来。虽然只是萤火之光,但我们也希望这光能起到'照亮'或'点燃'的作用。"

的确,这支文艺轻骑兵,在"太阳雨"文艺敬老、文艺拥军、文艺战疫等一系列公益活动中起到了难以替代的带头和推进作用。大咖们无私加持,丰厚的文化底蕴,浓厚的文艺色彩,使得"太阳雨"作为一支公益团队具备了独特的精神魅力,以荧荧之光显灼灼其华,点亮了太阳雨爱心志愿者团队在新时代文明实践活动的文化天空。

离休所里流淌着欢乐的歌

一

2022年9月30日，由江苏省军区扬州第一离职干部休养所、景区瘦西湖街道滨湖社区党委、扬州太阳雨爱心志愿者团队，联合主办的"赞美新时代　喜迎二十大——2022军民联欢会"在干休所大院广场举行。

在整场节目中，最让人动容的是一首小合唱《唱支山歌给党听》，18位演唱者中，最大年纪97岁，最小年纪87岁，都是参加过抗日战争、解放战争和抗美援朝战争的离休老干部及家属。他们每个人都焕发着光彩，将这首歌曲演绎得格外动人。

……

2022年国庆期间，"学习强国"、《人民日报·经济周刊》、扬州电视台一频道《关注》栏目、"扬州发布"等多家媒体，分别播发了这条"军民联欢会"的视频和图文消息。

"快看，你们上新闻了！"干休一所周永健所长，把手机里的新闻放大到极致，拿给那天上台演出的老兵们看。离休老干部常恩浩接过手机，仰起头，伸长手臂，把手机高高举起，眯着眼看了好一会儿，笑了。然后他又把手机传给旁边的老人，老人们就这样一个接一个地传看着，嘿嘿地笑着。87岁的军属陈楚华老人接过手机后左看右看不肯松手，终于把手机传给下一位老人后，有点不好意思地说："小周啊，可不可以麻烦你把视频下载下来，转发给我的孩子们看哪？"还没等周所长搭话，旁边的老人们突然都激动起来，纷纷说道："对对对，也转发给我们。"他们都说要发给不在身边的儿孙们看，要让儿孙们看到他们在这里不仅身体倍棒吃嘛嘛香，还能站在这么大的舞台上放声歌唱。

周所长哈哈大笑："好！好！廉颇虽老，尚有余勇！"立刻让工作人员按老人们的要求下载转发。

"太阳雨"与扬州第一离职干部休养所建立双拥共建关系，是从2021年年初开始的。此后每逢重阳、端午等传统节日，"太阳雨"都会组织文艺轻骑兵到离休一所去为老首长、老阿姨（军属）们表演文艺节目，每次都受到老人们的热烈欢迎。

2022年5月的一天，离休一所所长周永健找到朱峻松商量说，今年8月1日是建军95周年纪念日，又恰逢二十大即将召开，正好重阳节也在国庆假期内，是不是可以搞一个比较大型的军民联欢活动？

朱峻松笑道："英雄所见略同，这个活动我也正在策划中……"

周永健也笑了起来："那我就要提个要求了——以前的活动全是你们文艺工作者在舞台上表演。这次的活动意义不同往常，我的想法是希望让我们离休所的老干部以及工作人员、现役军人一起参与其中。至于具体怎么弄，你们全权负责，我们竭诚配合。"

朱峻松知道，离休一所老革命们的年龄都在90岁以上，虽然个个都是国宝级的英雄，但就艺术细胞而言，确实欠缺。他想了一会儿，对周所长说："好的，这个事你放心，我们会作为一项重点任务来完成。"

朱峻松没想到，消息发出后，老人们热情高涨，争相报名，佝偻着背的、挂着双拐的、视力模糊的，全然不顾及自己的身体状况……

只要还能走路的，似乎都来报名了。张林和老人说："我们这些人，都是从当年的枪林弹雨中走过来的，我们的很多战友就没有这么幸运了。从战争年代到和平年代，我们见证了党的发展、国家的进步，很是难忘。我们的生命已近尾声，能在有生之年参加这样的活动，能再次对党对国家表达我们的忠心，于我们而言，意义非同寻常。"

义艺志愿者们被这些老革命的心声所感动，决定给他们来个组团合唱，通过慎重考虑和挑选，18名演唱者被确定下来，敲定演唱歌曲《唱支山歌给党听》。

离休一所由之前的新疆所、兰州所等三个干休所组成，也就是说，这些老人实际上分别住在三个院区。从他们的身体现状出发，每天统一排练显然是不可能的。文艺志愿服务队队长陆晓月老师，就安排他们先在自己所住的地方就近练习。一段时日后，离休一所工作人员、志愿者们便会把他们搀扶着集中到一个地方，由陆晓月老师给他们进行总排练。陆晓月老师嗓门大，有耐心，说话非常幽默，老人们都很喜欢她。后来正式表演的时候，老人们都强烈要求陆晓月老师在台下给他们指挥，他们说只有看着陆晓月唱，心里才不会紧张，才有信心唱好。

陈楚华老人自幼喜欢京剧，她从不离身的有两样东西：一是一只精巧的小布袋，那是她亲手缝制的，里面放着她丈夫身着军装的年轻时的照片；二是一本小小的笔记本，里面一笔一画全是她工工整整抄写的京剧唱词。丈夫的潇洒英气和京剧的醇厚韵味是她一生的最爱，是逢人必谈的话题。当她听说这次可以在大型活动舞台上表演时，立刻去找到周所长，她说这次活动无论如何她都要参加，她要为大家表演京剧唱段，一方面表达对大家的谢意，一方面表达他们夫妇对党对国的一篇赤诚之心。

她选的唱段是《红灯记》里的唱段《都有一颗红亮的心》。

因为担心老人上台后身形、动作等会因身体原因把控不住，离休一所的领导是既想让她唱又不敢让她唱。朱峻松得知此事后，就据此排了一个"戏曲联唱"，选派文艺志愿者、戏剧专业演员沈仁梅老师，上门对陈楚华老人进行单独的辅导和排练，并把这个节目放在关键的时段上场。

周永健所长知道后故意逗老人说："咱们这节目啊，报晚了，排不上了哦……"老人一听，神色暗淡下来。周所长一见赶忙说："只能排在最后作为压台戏喽。"老人顿时气色明朗，一抬头来了个"亮相"，虽然眼神已不太清澈，但满心的开心和自豪感都从眼中迸发了出来，甚至还有几分小调皮的模样。

正式活动那天，离休一所和"太阳雨"活动策划组准备了一套应急预案，台下有军医和工作人员的守护，台上演出时老人们后面都站着四五个年轻女兵，看似是舞台需要，其实是为了防备万一出现的意外情况。

但老人们丝毫没有这样的担心，他们高昂的情绪从颤巍巍的躯体里洋溢出来，满头银发显得格外炫目。尽管众多节目中大咖云集，星光璀璨，但最让人动容的毫不意外的就是这些老人们的表演。虽然演出时是被搀扶上的舞台，他们依然撑着拐杖，依然佝偻着背，依然眯缝着眼，习惯性摆出摸索的动作，但他们都努力摆出了挺直的姿势。

观看时，前排端坐着的是干休一所的老兵，恭恭敬敬站在最后排的是干休一所的领导们。

台下很多志愿者看着看着忽然就泪流满面，他们恍惚间觉得台上站着的就是自己的父母，他们曾经披坚执锐驰骋沙场浴血奋战，他们曾经那么矫健，那么勇猛，那么挺拔！如今，他们都老了，显得那么无力，那么脆弱，但还要摆出不服老的姿态，只因怀揣着从未动摇的爱党爱国的信念和作为军人的尊严。

没有人交头接耳，没有人东张西望，台上台下的志愿者们都以直视的目光和笔直的站姿，向老一辈革命军人致以最崇高的敬意！

一段时日后，所有参加演出的老人们的儿女都收到了这次演出的碟片，在观看的那一刻，他们情不自禁地和他们的父母一起歌唱《唱支山歌给党听》：

唱支山歌给党听
我把党来比母亲
母亲只生了我的身
党的光辉照我心……

二

开国少将甘祖昌的夫人龚全珍老奶奶，一辈子坚守"为人民服务"的初心。2013年，龚全珍被评为全国道德模范，受到习近平总书记的接见，并被习近平总书记亲切地称为"老阿姨"。

江苏省军区扬州第一离职干部休养所，目前有76位部队离退休干部的遗孀，她们的年龄均在80岁以上，最大的已超百岁。她们这一特殊群体也被人们尊称为军嫂"老阿姨"。

2021年年末的一天，朱峻松接到干休所所在地的街道社区赵继进书记打来的电话，说12月25日是军嫂老阿姨高芝芳老人的百岁生日，希望"太阳雨"团队能为此策划一个祝寿活动。

高芝芳的老伴刘纪民是一位正师职离休干部，1937年参军，是一位在隐蔽战线、抗日战争、和平解放西藏以及中印自卫反击战中做出贡献的老革命，于1992年去世。

为了让高芝芳老人过一个难忘而又有意义的生日，且不能让老人太过劳累，"太阳雨"团队策划了三个简短的祝寿节目。

老人生日这天，由"太阳雨"志愿者和干休所、街道、社区人员一起组成的20人的"祝寿团"，前往离休养一所去祝寿。

"高奶奶，这是来自您老家的黑米，祝您百岁生日快乐，健康长寿！"祝寿团一见到老人，就送上了慰问金、生日蛋糕、寿桃等，另外还有一份特别的礼物——三袋洋县黑米。

原来老人的老家在陕西省汉中洋县，那里的特产就是黑米。细心的朱峻松特地打听并提前网购了几袋回来，已将近大半个世纪没有回故乡的老人见了，立刻就明白了他们的心意，高兴得合不拢嘴。连连说："费心了！费心了！"

朱峻松开玩笑道："第一个节目是向老人家送上您家乡的特产，第二个节目便是向老人献上我们'太阳雨'团队的特产——文艺表演。"众人哄笑起来，鼓掌道："好！"

扬州弹词和扬剧都是扬州的地方特色。为了给老人的生日助兴，"太阳雨"志愿者、一级演员包伟，二级演员沈仁梅，都提前认真准备了精彩的扬州弹词和扬剧表演。因为她们知道，坐轮椅已经很久的百岁老人，多年来根本没有机会看表演，更不用说有专业演员为她进行一对一"开小灶"式的表演了。

好一朵茉莉花

好一朵茉莉花

茉莉花开

雪也白不过它

我有心采一朵戴

又怕旁人笑话

……

她俩唱得认真，老人听得仔细，还时不时拉着她俩的手轻轻地摇晃，口里喃喃地说着："感谢，感谢！"

高芝芳老人出生于1921年，与中国共产党同龄。今天的第三个节目，就是在她老人家的见证下，"祝寿团"四个单位的党员在现场举手宣誓，重温入党誓词，共同开展了一次特殊的党日活动：

"我志愿加入中国共产党，拥护党的纲领，遵守党的章程，履行党员义务，执行党的决定，严守党的纪律，保守党的秘密，对党忠诚，积极工作，为共产主义奋斗终生，随时准备为党和人民牺牲一切，永不叛党。"

铿锵的誓言划过世纪的天空，依然荡气回肠。

此时，蛋糕上的"寿比南山"便有了双重的意义：既是对百岁老人的衷心祝福，也是对我们党百年辉煌的热烈庆祝！

考虑到老人的身体状况，祝寿团将祝寿时间控制在了半小时。临别时，祝寿团向老人赠送了又一份礼物——扬州剪纸大师手工剪出的一幅红色剪纸"百寿图"。

愿江山无恙！愿寿星延年！

"快闪"情缘

朱峻松说：没有想到"太阳雨"团队第一次制作"音乐快闪"，就获得了30多万的点赞。

"音乐快闪"，是指一些有着共同音乐爱好的人，在较多人群聚集点，以事先设定好的方式，所展现的跟既定音乐相关的行为艺术，并以简单的拍摄加以记载，活动结束后便快速退离。这种行为艺术的特点是——音乐乍起时给人以惊喜，音乐乍停后让人意犹未尽。

至今为止，"太阳雨"团队共策划、制作过4次"音乐快闪"活动。

曾有网友说，如果要选一首2019年全国最流行的歌曲，那一定是《我和我的祖国》；如果要为这首歌选一个最新潮的演绎方式，那一定是"快闪"。

"太阳雨"团队第一次音乐快闪活动恰恰就是在那一年的国庆前夕。那一年，正值中华人民共和国成立70周年。那年，从CCTV到地方频道，中国的每一寸土地都在回荡着这首让人心潮澎湃、热泪盈眶的歌曲。方志敏烈士的遗著《可爱的中国》也被送上热搜——

"朋友，我相信，到那时，到处都是活跃的创造，到处都是日新月异的进步，欢歌将代替了悲叹，笑脸将代替了哭脸，富裕将代替了贫穷，康健将代替了疾病，智慧将代替了愚昧，友爱将代替了仇恨，生之快乐将代替了死之忧伤，明媚的花园将代替了暗淡的荒地！这时，我们民族就可以无愧色地立在人类的面前！这么光荣的一天，决不在辽远的将来，而在很近的将来，我们可以这样相信的，朋友！"

所有中国人都知道——为祖国庆生的行为都是在告慰我们的先辈："这盛世，山河无恙，如您所愿！"

为了让这次的快闪行为区别于其他的表现形式，并带有"太阳雨"团队的志愿特色，策划者们决定把拍摄地点放在"麻风村"，他们要让这个特殊群体也能在举国欢庆的日子里和全国人民一起同频雀跃。

正式拍摄那天，参加拍摄的村民们早早就开始站位，生怕因为自己的一点疏忽影响整个活动的顺利进行。多年来，在他们疾病缠身、静待死亡的日子里，是党和国家让他们过上了衣食无忧的生活，因此"感谢共产党，感谢国家，感谢政府"是他们经常挂在嘴边的话。这天，是他们第一次参与为祖国庆生的活动，心里自然激动万分，却又不知如何表达，于是个个都显得神情紧张、动作拘谨。

志愿者们一边安抚他们，告诉他们如何做到放松肢体，一边安排专人密切关注他们的行动安全。拍摄过程中，大家始终保持心往一处想，劲往一处使。所以虽然是第一次制作音乐快闪，但并不影响活动的圆满成功：镜头里，孤残老人手拿国旗和志愿者一对一地出镜，共同演唱《我和我的祖国》——

"我和我的祖国，一刻也不能分割，无论我走到哪里，都流出一首赞歌……"没有参加演出的村民们也早早聚拢过来，当歌声或从他们的房间里响起，或从一棵大树旁响起，或从他们所在的人群中响起……他们惊讶着欢笑着，不断调整身体的方向，并随着歌声不断挥舞手中的国旗。

那一刻，他们布满皱纹的脸上仿佛也被晕染上了一层国旗色；那一刻，他们浑身上下充满了生为中国人的幸福和骄傲；那一刻，志愿者们也因他们由衷的开心而感动着。

后来，这段视频被"学习强国""扬州发布"等多家主流媒体报道和播放，新颖的立意，独特的表现手法，受到数十万人的点赞！"能给别人带来笑脸，是一件了不起的事情，也是生命的价值所在。""'太阳雨'您好！祖国万岁！""向'太阳雨'学习！向'太阳雨'致敬！"等一条条真挚的留言既表达了观众们的肯定和共鸣，"麻风村"也因此得到了更多社会各界人士的关注和帮扶。

那次拍摄结束后，志愿者们并没有快速闪开退离，而是把村民们都安顿好后方才离开。

"太阳雨"团队第二次做音乐快闪，是在2021年9月1日。选定的歌曲仍然是《我和我的祖国》，共有9名演唱者参与。但这次活动结束后，他们还是没有快速闪开退离，因为他们闪无可闪、退无可退。

扬州的初秋，本该生机盎然，西湖如绳，清俏绰约，人流如织……

可扬州病了！其时正是扬州城的特殊时期。

143万人被封控在家，社交和生活节奏的骤然改变，难免发生情绪波动甚至失控的事件，有疑惑不解的，有愤怒不满的，有无奈苦笑很明显没什么信心的。一个多月过去了，解封日的不确定，让人感觉到自由行动的遥遥无期，对现状的各种不满和怨言也渐渐多了起来。

这就意味着被封控人群对心理服务的需求不断上升。

"太阳雨"团队针对这种情况在工作群里进行了沟通。有人想起电影《英雄儿女》中大部队进发时，文工队员们为了使紧张的军旅生活有张有弛，在路边为战士们打竹板鼓劲的经典镜头。大家一致觉得除了逆行服务的实际行动外，能在心理上给大家带来调节作用且目前能做到的便是"隔空音乐快闪"。

数字9在我国传统文化里寓意着长久和圆满，寓意着美好的祝福。那天上午9点，一首高亢、抒情的爱国歌曲回荡在扬州城的上空，9名歌唱者：朱峻松、夏萍、陆晓月、王威、倪丽萍、徐建国、周国华、方永娟通过手机视频连线,在扬州9个点——8个小区和一个隔离点,放声歌唱《我和我的祖国》,用歌声表达扬州人民众志成城、抗击疫情的信心和决心。

"我的祖国和我,像海和浪花一朵,浪是海的赤子,海是那浪的依托……"

视频发出后,再次引起数十万人的关注和点赞,《扬州晚报》等媒体也相继播发。从人们的留言中可以看出,扬州人对自己的家乡依然保持的热爱:

这座美丽的城市生病了
请等等它
请等等我们
我们会加油
我们会努力
待到山花烂漫时
等风吹
等你来
……

那天下午,扬州宣布解禁,这一时间节点令人意外地赋予了这段视频更深刻的纪念意义。

扬州各中小学,根据管控政策改线下上课为线上授课。开学那天,朱峻松收到志愿者王威达发来的短信:"朱总,我弟弟在扬州中学上学,他们第一天的开学讲座是接受爱国主义教育,课上播放的视频中就有'太阳雨'的隔空'音乐快闪'《我和我的祖国》。"

2021年是中国共产党成立100周年,也是西藏和平解放70周年。

12月28日前后，扬州学习平台、山南市民族团结创评公众号，分别播发了一条题为"两地同唱一首歌，深情告白颂党恩"的音乐快闪视频。

那便是"太阳雨"团队策划、制作的第三次的音乐快闪活动。由扬州太阳雨爱心志愿者团队、扬州市景区滨湖社区和西藏错那曲卓木完全小学的志愿者隔空携手，分别在古运河畔和雪域高原放声同唱《党啊！亲爱的妈妈》。这次活动，既抒发了两地人民对党、对祖国的深厚情感，也为"格桑花计划·2021情系错那"画上了圆满的句号。

由于客观条件的限制，这次视频的拍摄和剪辑可以说是团队创作难度最大的一次。

曲卓木乡距离错那县城很远，地处西藏南部边陲山南地区，属河谷地带，平均海拔4380米左右。那边没有录音棚、没有专业设备，但是"只要心是热的，就没有解决不了的困难"——曲卓木乡完全小学洛桑校长满怀信心地说。

20多名藏族同胞围在一起聚精会神地听录音，互相切磋，不断提醒，力求发音准确、精益求精。然后用手机录音，上传给扬州"太阳雨"快闪策划组：

党啊党啊，亲爱的党啊
您就像妈妈一样把我培养大，
教育我爱祖国，鼓励我学文化，
幸福的明天在向我招手，
四化美景你描画。
……

高举的党旗、鲜艳的国旗、连绵的雪山、展翅的山鹰、迎风摆动的洁白的哈达……每一个动作，每一处选地，都是错那曲卓木完全小学的志愿者和"太阳雨"快闪策划组通过视频、微信沟通后确定的，最终通过反复演练，将真挚的情感和雪山上的阳光一起传送给了内地人民。

由手机录音的、没有伴奏的歌声也称"干声"，与话筒录音相比就音质而言缺乏均衡度，"太阳雨"快闪策划组就在录音棚里将他们的声音进行合成、混声处理。最终将两地歌声无缝连接呈现在国人面前，"两地同唱一首歌"的画面，真实再现了两地人民兄弟般的深情厚谊，体现了两地人民共同发展的强烈愿望和对党忠贞不渝的热爱之情：

妈妈哟妈妈
亲爱的妈妈
您用那甘甜的乳汁把我喂养大
扶我学走路 教我学说话
唱着夜曲伴我入眠
心中时常把我牵挂
……

中国共产党第二十次全国代表大会是在全党全国各族人民迈上全面建设社会主义现代化国家新征程，向第二个百年奋斗目标进军的关键时刻召开的一次十分重要的大会。

2022年，在迎接党的二十大召开之际，"太阳雨"公众号以"喜迎二十大，拥抱新时代"为题，进行了一系列"太阳雨"成员自创文艺作品展播，音乐快闪《领航》就是其中之一。

《领航》作为庆祝中国共产党成立100周年大型情景史诗《伟大征程》的主题曲，曾被入选第九批"中国梦"主题新创作歌曲，是最能表达爱党爱国赤子情怀的歌曲之一。也正因为此，该曲被国内多位知名歌唱家以各种形式在各种场合演唱过。

"太阳雨"音乐快闪策划组在选定这首歌曲作为喜迎二十大的快闪音乐时,由于标杆太高,对演唱者的专业水平要求自然会很高。于是,专业院校毕业的夏萍老师、陆晓月老师以及扬州知名歌手李玉德、徐建国4人被大家推选出来。

由于有了前几次的制作经验,这次的作品特别令人震撼:镜头从中国共产党第一次全国代表大会会址开始,到南湖红船,再到井冈山,寓意着中国共产党对中国革命道路的探索经历了艰难的历程。

无论多久
你都在我们身旁
相依相恋
情深意长
江山就是人民
绘成你胸中景象
为了千秋伟业
为了时代华章
前赴后继　铸就辉煌
伟大的中国共产党
风华正茂　山高水长
昂首挺立在新时代的征程上

4位演唱者身穿印有"太阳雨"标记的红色T恤,纵情歌唱,随着歌词意境的层层推进,扬州运河三湾风景区内的碧水蓝天,斑斓画意展示在人们眼前,水清河畅岸绿,表达了新时期党和人民对党的前途和社会主义事业充满了信心。

"扬州是个好地方"——仿佛,习近平总书记走进运河三湾生态文化公园的场景又浮现在眼前。

  无论多远你都在我们身旁
  信念永恒　初心不忘
  人民就是江山
  写就你使命担当
  为了人民幸福
  为了复兴理想
  风雨兼程　不可阻挡
  伟大的中国共产党
  风华正茂　山高水长
  昂首挺立在新时代的征程上
  伟大的中国共产党
  乘风破浪
  扬帆远航
  领航中国在新时代的征程上

  恢宏激昂的旋律，振奋人心的歌词，波澜壮阔的画面——镜头展示的氛围和歌词想表达的意境相得益彰，中国大运河博物馆的全景展现，像一条大船正乘风破浪，寓意着时代洪流的奔腾不息，更寓意着伟大的中国共产党，领航中国走在新时代的征程上……

蓝天下的挚爱

太阳雨文艺志愿服务队成立后,队员们第一次随朱峻松去的公道敬老院位于高邮和邗江的交界处。

那是在一个重阳节的午后,秋高气爽,有叶子挂在树上,偶有摇晃却没有飘落的迹象,空气里有淡淡的花香,他们心情愉悦,拎着礼品一路说笑着前去慰问。

敬老院沐浴在阳光中,宽敞干净,窗明几净,看得出来老人们跟吃喝拉撒相关的物质需求并不缺乏。然而,老人们看到他们时也没有表现出他们以为的惊喜或者好奇,仍然或坐或蹲地在有阳光的空地,懒洋洋地晒着太阳,安安静静。不禁让人想起那句"九月九日望遥空,秋水秋天生夕风"。

院长告诉朱峻松他们:"这些老人刚进来时相互之间还聊聊天,但日子一长啊,该聊的好像都聊完了,彼此了解得就像一个人一样,整天安静得也像一个人一样。因为基本不跟外界接触,也就没有了新的话题,在他们眼里,大概已经是张家无长事、李家无短处了吧,半导体、电视机啥的,好像也不足以给他们解闷儿了。"

老人们仍然安静着,不知道有没有在听他们的对话。

"那从今天起,就让我们来作他们可以接触到的'外界'吧。我们定期来给他们解闷儿。"朱峻松若有所思地说。

一天上午,敬老院的老人们被一阵喧闹声吸引到院里的一块空地上。于他们而言，日常生活中"声音"算是有的，但"喧闹"是与他们无关的。所以，"喧闹的声音"就像一块磁石一样把他们都吸引了过来，只见一座人工搭建的台子正"拔地而起"，红色的地毯和过人高的背景牌子自带了热闹的气氛，牌子上的蓝天白云距离他们那么远，又那么近。

"咦，搭戏台了。"一位老人拄着拐杖走上前看了看，很有见识般地对旁边的人说。"这是要唱戏了吗？"旁边人有些不相信地询问搭台子的人。搭台子的都是他们的老熟人——"太阳雨"志愿者。"是啊，你们就等着看好戏吧！"老熟人们嘻嘻地笑着。有个大爷咧开没牙的嘴，开始一个字一个字地读牌子上的大字："蓝天下的挚爱"。

下午，志愿者们在搭好的戏台前整齐地放了几排长凳子，他们请老人们坐好后，演出开始了。

这次活动的参演文艺志愿者阵容强大，既有3位一级演员杨明坤、杨国彬、包伟助阵，还有央视"星光大道"月冠军、扬州大学音乐学院声乐教师盛迪、二级演员吴金凤的木偶、"扬州蒋大为"李玉德的献唱，振兴花园学校的师生也带来了相声、街舞等，现场一片欢声笑语。扬州评话《笑话》、扬州弹词《月亮城》、木偶《板桥作画》、扬剧《单下山》等节目，既有扬州地方特色的扬剧、评话、弹词、木偶等非物质文化技艺，也有独唱、相声、街舞、爵士舞等各种不同文艺形式的演出，"太阳雨"志愿者还现场展示了健身气功十二法……

敬老院现场掌声此起彼伏，老人们时不时地跟着台上打几下拍子，哼几句听不清的曲子，惬意地享受着这一精神大餐。

两个小时的精彩演出，台上台下时不时的意料之外互动，乐得老人们咧开没牙的嘴笑得像个孩子，一边的志愿者们则看着他们，随着他们的开心而开心，随着他们的叫好而叫好。

临别时，院长紧紧握住朱峻松的手说："专业老师的表演就是不一样啊,'蓝天下的挚爱'让敬老院的'敬'字得以圆满,希望以后你们能常来常往。"

从那以后,每年传统节日去不同的敬老院演出,便成了太阳雨文艺志愿服务队固定的公益活动项目,"蓝天下的挚爱"文艺演出不仅让敬老院的老人们深切感受到一年中的每个节日都有了节日的样子,还在不知不觉中形成了一项特别的"文艺进万家"活动。

扬州市的很多文艺工作者和文艺团体都纷纷表示,只要"太阳雨"有需要,任何时候他们都可以参加这样的活动。

一眨眼六七年过去了,"太阳雨"文艺志愿者们为老人们举办的"蓝天下的挚爱"文艺演出已多达 40 多场,虽然这样的演出有个显著的特点——演员比观众多,但多年来他们一直在用一丝不苟的实际行动,诠释着"挚爱"的含义,老人们由衷地对朱峻松说:"没想到你们会真的坚持下来!"

助残日，对"残"的别样理解

天生没有四肢的励志演讲家尼克·胡哲说："如果发现自己不能创造奇迹，那就努力让自己变成一个奇迹。"

2023 年 5 月 22 日下午，扬州市特殊教育学校的音乐教室里，盲童阿明正用萨克斯吹奏一曲经典乐曲《I Believe》，五名身着标志性红色 T 恤的邗江区太阳雨志愿服务中心的志愿者站在教室前面，认真倾听着。节奏轻快且富有激情的乐曲，让他们听得如痴如醉。

5 月 21 日是第 33 个全国助残日。"太阳雨"总召集人朱峻松从特校盲童管乐团指导老师华桂明那里，了解到盲童们的一个小小愿望：希望拥有一个可以录谱子学习音乐的小音箱。

今天，志愿者们便是来满足他们这个小小愿望的。

华老师介绍说：我国非常重视残疾人的教育，盲文教材都是国家免费提供。但萨克斯、二胡等乐器的盲文书因为需求少，所以很少见，而且每本书的价格都很高。以前的教学形式都是先由老师唱乐谱再让学生背乐谱，一个谱子反反复复地唱、反反复复地背。老师和孩子勤奋而辛苦地传授和学习，但一学期下来，孩子们学会的曲子并不算多。

现在有了录音笔、录音音箱、盲人用的手机后，老师可以提前录制有声乐谱，放在 QQ 教学群里，大孩子们用手机播放，没有手机的孩子就将其录进音箱里，然后随时随地反复播放，这样，盲童乐队的孩子们就能学得很快、很多。

说到这里,华老师问教室里的孩子们:你们现在谱子是学不完还是不够学?一个孩子回答说:现在谱子太多了啊!

发放小音箱时,看着盲童们的眼睛,志愿者们难免流露出同情的神情。华老师见了便把教室里的孩子一一介绍给了大家,他们中不仅有来自扬州周边地区的,还有来自安徽、四川、河南、贵州等全国各地的。他们有刚上到盲三年级的,也有已经上到盲九年级的。孩子们的精神状态和一般普通学校的学生们并无差别:女孩子亭亭玉立,羞涩文静;男孩子中气十足,偶有调皮。

华老师说:我们的孩子其实独立性是很强的,虽然全盲,但他们能自拍,喜欢发朋友圈,还会发发视频号,常常在电商平台下单,买生活用品,平时训练用的带有文字和 LOGO 的文化衫也是他们自己选定和还价的;有一个从来没有看过五线谱的孩子还会打谱,会把歌编成曲子,其中的变化、变奏也能分辨得很清楚,在学校被称为小小作曲家;还有,其他普通孩子能做到的事情,他们也都能做得到,他们可以自己订票、自己回家,可以在学校无障碍走动……

华老师语速很快,说得很轻松、很骄傲、很自豪,丝毫没有提及作为老师背后的艰辛和付出,志愿者们难以想象他们的操作过程,所以一致感叹:真是太神奇了!

华老师还说,普通学校提倡互相帮助,而我们只提倡"独立完成"。我们的宗旨是经过学校 12 年的教育,要让他们学会无障碍学习和生活,如果他们成为巨婴,那就是我们作为老师的失败。

志愿者周忠燕深有感触地说:"我下次要把我上初中的儿子带过来,让他看看这些孩子的刻苦和努力。"

朱峻松则说:这个助残日很有意义。我们对于盲童只是在物质上提供了一点帮助,而老师和孩子们则是用他们的实际行为,给我们"残缺的认知"提供了帮助。我们出于对"健全"的狭隘理解,通常将身体上任何一处的缺失都称之为残疾。其实残和缺,只是我们的认知。他们，只是以和我们不太一样的方式在生活而已，何为正常？又何为不正常？

临别前，盲童们接受了志愿者们的邀请，于5月27日，在"太阳雨"20年庆的音乐会上为大家表演了器乐联奏《英雄赞歌》，一展另一种"健全"的风采。

年会的变迁

"太阳雨"文艺志愿者第一次集体展现他们功力非凡的"十八般武艺",就是在 2016 年"太阳雨"首次举办的大规模年会上。

那晚,从主持人到串词稿,从舞美效果到人员服饰,从舞台风格到演出内容,都体现出了文艺工作者非凡的功力,虽有部分原创,但多数节目还是以歌舞、娱乐为主。扬州弹词、戏曲联唱、诗歌朗诵、太极表演、独歌群舞等,在美轮美奂的舞台上,在或舒缓或激昂的音乐中轮番上演,惊艳了全场。阵阵掌声和尖叫声,把晚会一次又一次推向高潮。

但令人没有想到的是,最令人动容的节目竟是最后 26 名受助小朋友集体演唱的《我们是共产主义接班人》。他们眼眸清澈,歌声嘹亮,再不见初次见面时的卑微和凄凉,台下的爱心爸爸妈妈们看着看着就情不自禁地流下了眼泪。这个节目是有着丰富少儿教育经验,时任《扬州时报》副总编的"太阳雨"志愿者厉萍,临时起意策划的。

这一现象让年会策划组开始思考,如何通过利用文艺的特性来更好地传播和推动志愿精神,以及展现志愿者自己的风采?于是"每年一个亮点"成了 2016 年之后年会策划的重点。他们给亮点的定义就是:爱心、善行和感动。于是——

一

当一个孩子有梦而不敢去想,便犹如鸟儿折了翅膀……

4月，是扬州最美的季节，草长莺飞后的繁花似锦和柳絮如烟，目之所及，都是浓浓的诗情画意。但三年级小学生小含感受不到这份大自然的馈赠，她睁开眼的时候又是躺在病床上。突然晕倒又慢慢苏醒——每天这样的流程已经让她麻木了，甚至之前强烈的害怕的感觉也越来越淡了。她安静地等着，她知道等会奶奶要进来了，又要抱着她，边哭边说："我苦命的孩子啊！"

小含倒是没觉得自己命苦，因为她患有先天性心脏病，幼年时就已动过两次大手术。她不知道命不苦是什么样子？有时她想，是不是把阿姨换成妈妈，就是好命了？但应该也不是吧？这样的念头只一闪而过，就又被她自己否定了。她不记得妈妈的长相了，倒是奶奶经常提起，提起就骂，说她不是个好女人。现在，爸爸和阿姨在一个家，她和爷爷奶奶在一个家。然而不久前，她又被查出脑部长了一个肿瘤，由于压迫神经，小含每天都会出现昏厥的现象，已经不能正常地学习和生活了。

一个又一个从医院听到的专业词汇，她根本不懂是什么意思，但她知道，她是一个病孩子，也许……快要死了？她时常这样想，但不敢问奶奶，因为好像，奶奶比她更害怕"死"这个字。奶奶一次又一次地哭着让她千万要挺住，说等到年底就有钱给她做肿瘤摘除手术了。

于是她乖，为了奶奶，她真的挺住了，年底经过省儿童医院的手术，病情得到了控制。多次的手术费让这个本不富裕的家庭雪上加霜，爷爷奶奶整天唉声叹气。

由于术后康复等因素，小含需要休学一年，在家无所事事的小含担心自己的学习成绩退步，特别想参加校外学科补习，但家庭的经济窘困使得这样的想法只能是一种奢望。

有一天，她发现墙上的裂缝连起来看好像一只老鼠，她拿出笔试着描了一下，没曾想，这一描，就为自己打开另一个世界的大门，在那个世界里，一年四季都像扬州的四月天。

她用笔画啊画啊，画她看到的窗口大的蓝天，画她在病床上见过的一闪而过的飞鸟，画那香味只散发在心里的小花朵儿，画她想见到的各种小动物，画她心心念念的学校。

小含对奶奶说，我想学画画。

奶奶怔怔地看着她，不一会儿眼圈就红了……小含就懂了。这一刻，她忽然就明白了奶奶即将抱着她要说的那句话。哎，还是算了，我是个苦命的孩子！

小含的事终于传到了"太阳雨"那里，他们决定帮助小含以及和小含一样渴望学习琴棋书画等艺术的孩子。

2017年3月，扬州市太阳雨爱心志愿者团队联合扬州文艺创作研究会、扬州音乐广播，联合打造了一份新的圆梦计划——"蒲公英"助困境学子圆艺术之梦计划，此圆梦计划旨在开启困境儿童的艺术之路，让他们感悟艺术之美，体味文化之韵！

计划被正式推出后，立即得到扬州市文创会会员和"太阳雨"文艺志愿者，以及社会相关人士的积极响应与鼎力支持。

2017年"太阳雨"年会亮点——"名家书画义卖"。

朱福烓，字福翁，1935年11月出生，是扬州最具知名度的文史专家和书法家之一，在国内具有一定的影响力。著有《扬州史话》《扬州风物志》《鉴真》《扬州八怪传》等作品。其著作曾获国家图书奖。扬州富春茶社、冶春茶社的招牌书法，均出自朱先生之手。他与"太阳雨"总召集人是忘年交，一直关心和支持"太阳雨"公益发展的方向。年会前夕，他托女婿带给"太阳雨"两幅书法作品并捎出话来："只要是'太阳雨'需要，需要多少他写多少。"

蒋霞萍，扬州籍旅美作家，是世界华人之星、"当代福尔摩斯"神探李昌钰的夫人。她根据自己亲身经历所写的30集电视剧文学剧本《凤凰涅槃》一度热销，"太阳雨"是她一直关注的公益团体。年会前夕，她不仅向"蒲公英"计划捐赠了3000元现金，还将20本亲笔签名的《凤凰涅槃》赠送给了"太阳雨",明确表示要参加当年年会的现场义卖。

中国美术馆的朱剑,是中国美术家协会会员、70 后的扬州人,南京艺术学院博士,东南大学艺术学博士后,中国艺术研究院美术学博士后,师从中国美术家协会副主席、中国美术馆馆长吴为山教授。朱剑先生明确表示要参加当年年会的现场义卖,特地向"太阳雨"捐赠了新近创作的 3 幅国画作品。

原江苏华电扬州发电公司党委书记王俊生,是"太阳雨"总召集人朱峻松工作上的领导兼引路人,熟悉他们的人都称他们为"师徒关系"。身在北京中国华电集团工作的他,从朱峻松的朋友圈中得知"蒲公英"计划后,主动打电话给朱峻松,捐赠了一幅他珍藏的扬州著名山水画家徐中的《山水》斗方作品。

另外,"太阳雨"还获赠了大明寺能修方丈等社会名士捐赠的多幅书画作品,他们每一个人都表示,只要"太阳雨"需要,他们必将全力以赴。

年会上,15 幅名家书画作品在现场拍卖成功,筹得爱心款 54500 元;扬州作家蒋霞萍、苏扬捐赠的文学作品义卖成功 61 册,筹得爱心款 1830 元;作曲家徐光庆现场捐赠 4000 元爱心款。

年会上,小含和另外两个困境家庭又有着学艺之梦的孩子,当场得到捐赠,圆了他们学画、学琴、学舞的梦想。

参加年会的小含的奶奶,又抱着小含哭了,这次不再说小含是个苦命的孩子了。她说:"小含,你这是遇到贵人了啊!"

二

《中国青年报》呼吁:从来没有从天而降的英雄,只有挺身而出的凡人;也从来没有仅在影视剧中的英雄,只有现实中身边一个个不平凡的普通人——这是孩子们最鲜活、生动的教材和榜样。

让真正的"英雄"走进更多孩子心中,让孩子走到更多真正"英雄"的身边,让更多"移动原住民"的孩子们,从打着"英雄""成功"等各类游戏和培训中走出来,走到真实的生活当中。

2018年年会亮点:戎装芳华

舞台上,身着戎装的"太阳雨"志愿者朱媛媛,在一阵熟悉的旋律中滑步走上舞台,翩翩起舞,一位举止优雅的女士手拿话筒,从舞台的另一侧也缓缓走上舞台,她的歌声舒缓而清澈,深情而忧伤:"世上有朵美丽的花,那是青春吐芳华,铮铮硬骨绽花开,滴滴鲜血染红它……"

她,就是战地照片《死吻》的女主原型张茹。

2018年的年会,张茹受"太阳雨"邀请而来,给"太阳雨"志愿者,特别是受助的孩子们,讲述她和战友在战争中真实发生的故事——《死吻》,以及后续故事——"使命之旅"。

一曲未完,她已两眼含泪,几度哽咽。

画面和讲述的交错,情感和音乐的交融,战争与和平的反差,既让台下的志愿者们泪眼婆娑,又让现场受助的孩子们深受震撼,孩子们都是第一次看到战场上下来的英雄,第一次在如此近的距离中,探索生命的意义。

当屏幕上的音乐戛然而止,画面以黑白颜色定格在一位年轻战士的脸上,故事结束了。五彩的舞台灯光又慢慢旋转起来,恍如隔世……

顿了一会儿,张茹说:我们要崇尚的英雄,是那些在最美好的年龄,为了祖国领土的完整,献出了他们生命的年轻战士,他们的生命被永远定格在了十六、十七、十八岁;我们不能忘记的英雄,是那些用鲜血换来我们今天幸福生活的人。战争,给人们带来的远远少于夺去的,而那些逝去的人再也回不来了。我们能替那些为我们负重前行的人所做的,就是照顾好他们留在世间的最后一丝牵挂……

虽然在撤离老山后,多年来,张茹一直在西北工业大学任职,被人们称为张老师，但她面对台下的掌声，依然是标准的军礼。从那挺拔的身姿里透出的军人气质，令人肃然起敬。

为什么要让孩子们走近英雄？

年会策划组说：因为我们的孩提时代，除了有时代英雄雷锋、焦裕禄等，还有革命英雄刘胡兰、江姐、黄继光，等等。课本中除了《谁是最可爱的人》，还有少年英雄《王二小》……在当代孩子们的心目中，还有多少真实英雄的印记？

年会结束后，孩子们纷纷和张茹合影。他们说：我要把照片给我的同学看，我要告诉他们我见过真正的英雄。

"太阳雨"受助孩子、已大学毕业成为新生代志愿者的小蕾说：我的童年生活也许是不幸的，但无论如何我也是生长在和平年代。遇到了"太阳雨"，我依然可以成长为一朵太阳花。而那些为国捐躯的年轻的生命，却将他们的血肉之躯铸成了永远芳华。我们没有理由不珍惜今天的美好，更没理由不为之继续奋斗！

三

2019年是"太阳雨"倡议发起"致敬英雄母亲——慰英魂·烈属关爱行动"主题志愿系列活动的第三个年头。

4月21日下午，江都敬老院里，吃过午饭的陈妈妈，没有像往常一样躺到床上睡个午觉，而是将自己打扮一新后坐上轮椅，并请人将她和轮椅的方向朝向大门。一位老奶奶过来跟她打招呼，笑道："陈妈妈打扮这么好看，像要出门的样子嘛？"另一位奶奶在一旁也笑道："您老就不要逗陈妈妈啦，我们这些没有子女的，谁会带我们出门啊，我好手好脚敬老院都不放心让我出去，更何况陈妈妈还坐在轮椅上。"

陈妈妈笑而不答，手里摆弄着老人机，眼睛却盯着大门口。

4点左右，几位江都的"太阳雨"志愿者拎着大包小包从敬老院大门走了进来，陈妈妈脸上顿时笑开了花。原来，昨天他们就电话告诉过陈妈妈，说今天要带她去扬州参加"太阳雨"年会。

院子里，能走动的老人们都慢慢拥了过来，笑着跟志愿者们打招呼。由于志愿者们经常来，在探望陈妈妈的同时也很关心他们，带好吃的东西来也总有他们的份，还时常表演节目给他们看，所以院子里的老人们和志愿者们也都很熟络了。他们都知道陈妈妈的儿子是烈士，因此都很敬重陈妈妈。

陈妈妈这时才说，孩子们要带我去参加年会啦。老人们听了便羡慕起来，虽然不知道"年会"是什么意思，但能猜出是热闹的、开心的，是他们这大门外的世界。

陈妈妈在门口的时候，又对着大门里面高声说了声："我走了啊，他们带我去参加年会啰！"

志愿者们都笑了起来。看得出来，陈妈妈这次的招呼其实是对着门口路过的行人或者邻居讲的，此时的陈妈妈仿佛想告诉全世界，她有子女，现在子女们来带她出门了。

2019年年会亮点：一个人感动一座城

"一个人感动一座城"是以"讲述身边的故事"的形式展开的。"太阳雨"志愿者许亚祥、陶莉是故事的讲述人。许亚祥讲述烈士母亲陈妈妈的故事，陶莉则讲述军嫂周忠燕和"军二代"——孝道女刘畅的故事。

这是"太阳雨"慰藉烈士英灵，誓让崇尚英雄成为一种社会时尚的又一表达形式。

如果说烈属陈妈妈、周忠燕的坚强、责任、担当和自爱，与社会各界人士的奉献与温暖交相辉映，将扬州交织成了一座大爱之城，那么，小刘畅的故事中所表现出来的"军二代"的孝道之美，则为这座大爱之城添上了更为柔软的一笔。

百事孝为先，传统的孝道文化数千年来一直影响着整个华夏民族。国学大师曾仕强教授曾经说过：中国千年的传统文化，归纳起来其实就一个字"孝"！

那天，继陈妈妈和周忠燕的故事之后，"太阳雨"志愿者陶莉向大家讲述了这样一个真实的孝道故事：

在苍翠欲滴的草地上，依偎着幸福而甜蜜的一家三口，他们就是刘冬林、马小青夫妇和今天故事的主人公——小刘畅。如果没有近年来接连不断的厄运，这是一个多么幸福的家庭！

可惜天妒人意、生命无常，刘冬林的家庭连续出现变故。先是他的父亲感到身体不适，去医院检查后诊断为肺癌晚期。为了给老人看病，夫妻俩把刚买一年的房子卖了。无奈天不遂人愿，尽管他们竭尽全力，老人的病情却依旧无法控制，很快就去世了。父亲去世后，母亲郁郁寡欢，竟然在 4 个月后也离开人世。

父母的相继离世，给刘冬林这个以往的南海舰队长沙舰雷达班长、钢铁男儿很大的打击。然而，命运的摧残并没有就此打住，一纸诊断书，使这个原本不幸的家庭又蒙上一层阴影，陷入更为窘迫的境地。刘冬林由于连续高烧不退，辗转江都人民医院和苏州大学附属第一医院，最终被确诊为急性白血病 M6，需要立即进行骨髓移植。

且不说沉重的经济负担，要找到合适配型，更是比登天还难。虽说亲缘供体被誉为成本低、排异小的首选方案之一，但是，作为供体的亲属，捐献过程中的痛苦是需要极大勇气去面对的。

年仅 13 岁的柔弱女孩儿刘畅在了解到亲属骨髓可以救她的父亲之后，没有丝毫的犹豫，她在给妈妈的电话里哭着说："我不能没有爸爸，妈妈别哭，用我的骨髓救爸爸！"

2018 年 11 月 30 日早上 8 点，刘畅被推进手术室，采集造血干细胞。马小青问孩子怕不怕，她笑着安慰妈妈："别担心，我不怕！"由于孩子的血管细，在采集造血干细胞配型时，就遇到了麻烦，医生多次寻找血管，扎针抽血，才最终满足化验所需的数量。造血干细胞采集的痛苦更是可想而知，但是就连成人都无法忍受的疼痛，坚强的小刘畅却任凭汗水挂满脸庞，硬是紧咬牙关，一声不吭！就这样，医生从小刘畅瘦弱的身体里抽出了1500毫升血液，其中包含了治疗所需的造血干细胞。在病床上，刘畅露出苍白的小脸对妈妈说："妈妈，13年前，是你们给了我生命。今天，我要用我的血救爸爸，我为自己感到骄傲！"

一个人感动一座城——故事结束了，精神留下了。人人眼里晶莹的泪光，让这座身在其中的城市也显得格外闪亮。

那天，"太阳雨"志愿者中十多位陈刚烈士的战友，齐齐向陈妈妈敬礼致意，声声"妈妈"叫得陈妈妈泪流满面。

那天，"蒲公英"圆梦计划为周忠燕和烈士胡永飞的儿子小博文，提供了三年期的街舞课程学习。胡更生老师当场收徒，为小博文提供永久免费的萨克斯教学课程。

那天，"太阳雨"的叔叔阿姨纷纷用行动告诉小刘畅：孝心不孤单，亲情有后援！博邦教育颁发的5000元孝道奖，是对她的敬意和肯定。

那天，"太阳雨"再次将年会开成了"不忘初心，砥砺前行"的表彰会、动员会、鼓劲会，年会现场党旗、国旗飘扬，台上台下气氛格外热烈。

德艺双馨、才艺双全的文艺名家、大家、教授，用自己的专业和专长，活跃在公益的大舞台上。他们用赞歌、用舞蹈、用诵读，表达对家乡、对祖国的热爱之情，也回顾了过去一年中，"太阳雨"志愿者在城区、在乡间、在学校等地的辛劳和汗水，艰辛和努力，再现了他们用志愿精神形成的一道道自然流动的风景线。

正如主持人所说：烟花三月的春天，是志愿者奋发向上的春天！

四

"太阳雨"的特色年会，激发了志愿者中越来越多的文艺爱好者的创作热情，一方面，感动于所有志愿者实实在在的奉献精神，另一方面，也想通过自己的爱好特长去宣扬这种奉献精神。因此，"舞台上下都是你我"的"太阳雨"年会，成了大家共同期盼的日子。

然而，2020年，"太阳雨"没有年会。

那年，疫情肆虐全球，千万人感染。江水呜咽……

那年，听到最多的词便是封控、抗疫、前线、逆行、战士……

那年，疫情如令，太阳雨志愿者提出了"小处保家，逆行为国"的倡议后，随即融入了抗疫大军……

2021年，回望来时的路，有太多令人难忘的瞬间……

4月18日，扬州太阳雨爱心志愿者团队举办了2021年年会，近60名太阳雨文艺志愿者自编自导自演，用不同形式的文艺作品讲述了"太阳雨"志愿者自己的故事。

2021年年会亮点：原创公益文艺作品展演

扬州市原副市长、市旅游协会会长王玉新，市妇联副主席陈静、世界运河合作组织WCCO秘书长邓清、市慈善总会副会长苏迎春、市关工委秘书长刘钢、市市场监督管理局副局长刘观清、市文联副主席夏峰、市文明办志愿者处副处长成曦等负责同志，市武术协会、健身气功协会、音乐家协会、文艺创作研究会、西藏错那县代表、外国留学生、志愿者代表近260人，应邀出席活动。

年会以《一片丹心勇担当》《"太阳雨"润格桑花》《助残情暖"麻风村"》《初心牢记迎党庆》四个篇章，全景式展示了"太阳雨"志愿者与党和政府、烈士家属、孤寡老人、麻风病人、失学儿童、弱势群体、困难家庭等，同呼吸、共命运、心连心的动人故事和大爱情怀。

那晚，当舞台灯光微微暗淡，热闹的大厅一下子安静下来，一个低沉的男声响起：烟花三月，我想给你讲一个他们的故事……

《一片丹心勇担当》——这个长达 15 分钟的音诗画节目，从诗歌创作，到朗诵、视频拍摄、剪接、音效等，都是来自"太阳雨"志愿者。为了达到音乐、诗歌、背景内容一致，风格统一，年会工作组用了近 3 天的时间进行剪接、调试；140 行的叙事诗从疫情暴发时的惊怖，到逆行救援，再到疫情缓解、胜利在望，将 2020 年"太阳雨"志愿者各种形式的志愿救助行动，通过画面的播放，通过 4 名志愿者深情的诵读，通过震撼的音效展现在观众眼前。

小张刚加入"太阳雨"不久，他深有感触地说："这个节目中能让人感受到非常时期的'别样的疼痛'，从这些父辈兄长们的身上，我看到了满满的发自内心的保家卫国的力量。我很庆幸自己加入了这样的团队。"

《"太阳雨"润格桑花》，讲述的是"太阳雨"志愿者、胡永飞烈士的遗孀周忠燕女士，在陪同孩子成长的十年间，在走出悲痛的过程中，如何将小家之爱化为人间大爱——跨越 4000 多公里，从扬州到西藏错那，铭记爱、传递爱的故事。

在一曲充满异域风情的音乐声中，五名身着藏服的文艺轻骑兵服务队队员翩跹曼舞，一点一点地和在场的观众一起《走进西藏》……

退伍军人继承军特地以快板形式，为这一篇章写了《"太阳雨"润格桑花》，由三名精气神十足的小志愿者进行表演。作品通过简短、有力、快捷的描述，向人们讲述了一段段关于"格桑花计划"的故事：捐建爱心书屋、"1+1"结对帮扶困境学生、建立"太阳雨"文教资源共享平台、建立扬州错那互访机制……

视频中，周忠燕对孩子们说的那句："你们就是我在西藏的亲人，也是我最牵挂的人！"让闻者泪目。

表演过程中，两位神秘嘉宾的登场，更是把这一篇章推向了高潮，他们在《哈达》的歌声中,为大家戴上了一条条洁白的哈达,以藏族最高礼仪向在场的人们表达了心中的谢意和祝福。他们,就是西藏错那县扶贫办副主任苗涛涛和曲卓木完小校长洛桑次仁。

洛桑次仁校长说:"从扬州到觉拉乡需要翻过多座海拔 5000 米左右的大山,最美军嫂周忠燕以及志愿者们的帮扶深深地感动了我们。西藏的长风定不忘 11 年前的壮举,也定会铭刻今天及未来的大爱延续,'格桑花计划'不仅仅是捐赠与支持,更是爱的传递,是新时代英雄精神的延续。"

面对这汉藏一家亲的感人场面,陆晓月老师走上舞台,为大家献唱了一首《有我就有家》。这首歌里的原型,就是军嫂周忠燕,词、曲作者都是"太阳雨"志愿者。他们说,是胡永飞、周忠燕的事迹感染了我们,让我们从心里就萌发了这样一种创作激情,从他们身上我们领悟到了守国就是为了守好家,守家也是为了守国,我们要为无数个像周忠燕这样的军嫂创作一首歌。

歌曲从开头的"你还好吗""你知道吗"到收尾的"你放心吧",理想到现实,思念到坚强,歌词叙事能力开始增强,最后点明主题,有我就有家。

有人这样评价《有我就有家》:"这首歌听似平淡,但总有一股力量驱使着人听下去。"

《助残情暖"麻风村"》,则以一个树林深处的神秘村落作为切入口,随着镜头的推进,18 位面部畸形、四肢残缺的老人慢慢进入了镜头,默不作声、面无表情。他们,就是长期居住在这里的麻风病人。虽然在政府的全力救治下,麻风病已经治愈,但却留下了不可逆转的畸残。他们曾经与世隔绝,长期受到世俗的偏见、歧视……半世的孤苦,使他们早就不再奢望能够接触到"外面的世界"。

2019 年 4 月,"太阳雨"志愿者走进"麻风村",开启了"麻风村"的"变形记"。

年会的第三篇章,回顾了"麻风村"从几十年来不变的原始状态到志愿者帮扶后的改变。流动的爱心大篷车、综合志愿服务队、文艺志愿服务队等,搭建了他们与外界联络的桥梁,"太阳雨"于他们就是冬日暖阳,就是久旱之后的"及时雨"。

4 年过去了,人均年龄已高达 84 岁的他们,终于勇敢地抬起头来,伸出手来,面对镜头,露出了他们由衷的笑容。镜头里,他们眼含热泪,好像对所有人说:"感谢你们,你们就是我们的恩人,你们就是我们的亲人,没想到临到老了,还能有这么多的家人!"

主持人将袁平华等三名志愿者代表请上台,请他们发表感想。身材高挑、温文尔雅的袁平华深有感触地说:"看到这些特殊村民的表情从麻木到欢欣,我想,这就是帮扶的意义所在吧。"

如果说这次年会的前三个篇章都让与会者有了太多的感慨,太多大起大落的情感变化。那么,第四个篇章的基调则完全是激昂、奋进、向上的。

第四篇章《初心牢记迎党庆》,以"扬州是个好地方"为主旋律,展示了多才多艺的志愿者们的综合才艺:

顾家福、沈仁梅、夏君扬三名志愿者象征着三代人的太极表演,寓意公益事业薪火相传、后继有人;

刘原的古琴,周麟的茶艺,高雅、淡然,浓缩了我国传统文化的内涵,寓意志愿者们淡泊名利的心态;

徐文静、毛翔、田蓉、徐霞玲、方永娟、袁平华、葛桂英的旗袍秀,端庄、绰约,展现了女性志愿者们美丽的风采;

卞志群、张德勤、张砚的气功,张红梅的易筋经,刘莉的养生杖,杨赋霖的长拳,黄怡珊的九节鞭,张震中的武当剑,张善春的螳螂拳等,无一不是展现了志愿者们强壮的体魄,充足的精气神,寓意着公益事业的勃勃生机。

……

当年会接近尾声，一阵熟悉的旋律响起，几乎是不约而同，台上台下全体起立，高声齐唱《没有共产党就没有新中国》。

在嘹亮的歌声中，屏幕上出现了两行大字：新时代新征程，让我们不忘初心跟党走，把公益事业进行到底！

年会圆满结束了，"太阳雨"新一年的征程，又开始了……

五

"震撼！每一个节目都震撼人心！"

这是一位观众刚走出扬州市音乐厅后说的第一句话。

2023 年 5 月 27 日下午 2：30，"太阳雨爱心志愿者团队成立 20 周年暨文艺惠民音乐会"在扬州市音乐厅举办。

这是一个公益团队的 20 年庆典。

扬州市委原常委、副市长、政协副主席卜宇，西藏自治区错那县人大常委会党组成员、副主任坚增，扬州市妇联党组书记、主席马宁，扬州报业传媒集团党委副书记、《扬州日报》总编辑袁文生，扬州市文联党组成员、副主席吴乃怀，江苏省军区扬州第一离休所所长周永健，扬州市民族宗教事务局四级调研员郭宏芳，扬州市文明办道德建设指导处处长戴生斌，邗江区妇联主席王灿等领导出席观看音乐会。

观看音乐会的还有：江苏省军区扬州第一离休所参加过抗日战争、抗美援朝战争的老兵代表；高邮"麻风村"的孤残老人；第一次出远门、第一次坐飞机、飞越 4000 多公里、来自西藏错那县的 20 名小学生；以及，"太阳雨"志愿者和他们的亲朋好友们。

"中国您好！您好中国！十里春风代言了我的挚爱……"音乐会在清音合唱团饱含深情的旋律中拉开序幕。

整场音乐会形式多元，精彩纷呈：有诗歌朗诵，有原创歌曲，有民族舞蹈，有传统戏剧，有器乐联奏，有舞台剧……然而形散神聚，所有节目无一不是激昂向上的格调。

180多名参演者中多数既是演员也是志愿者，这场演出无关名气和声望，演员们一律通过认真排练、倾心演绎，大力颂扬"山河大美"和"人心大爱"。

高质量的视听盛宴，再次彰显了"太阳雨"作为一个公益团队所具备的强大底蕴和实力——

诗朗诵《回望》，既回顾了"太阳雨"二十年来不凡的公益历程，又对"太阳雨"在今后的风雨之路中继续前行寄予了厚望。

王慧群老师携手"太阳雨"小志愿者自编自导自演，创作的舞台剧《烈火中永生》，表达了孩子们继承革命先烈遗志，以及赓续红色血脉的决心和信心。

今年是抗美援朝胜利70周年，盲童管乐团的《抗美援朝歌曲联奏》，更是将气氛推向了高潮，引起掌声雷动。

"太阳雨"文艺志愿者陆晓月铿锵有力的《英雄赞歌》，让现场身经百战、战功显赫的参加过抗日战争、解放战争、抗美援朝战争的老兵们老泪纵横。

"太阳雨"志愿者周忠燕是一名烈属，她用自己柔弱的肩膀，撑起一个家，把自己活成了一束光。先后荣获全国最美家庭、江苏省道德模范、江苏省三八红旗手等称号。"太阳雨"志愿者专门为她创作了歌曲《有我就有家》。

"有我就有家"——现场，"太阳雨"总召集人朱峻松先生代表"太阳雨"全体志愿者，把这句话也送给了"麻风村"的孤残老人。"太阳雨"志愿者坚持每个月去"麻风村"为孤残老人服务，免费提供生活必需品，先后为7位老人送终，早已成为孤残老人生活中不可缺少的家人。

雪域高原西藏错那的 25 名师生贵宾，专程来到扬州，用锅庄舞为"太阳雨"团队 20 岁庆生。

……

近两个小时的高质量的视听盛宴，再次彰显了"太阳雨"作为一个公益团队所具备的强大的底蕴和实力。

音乐会结束了，良善的种子播下了，这种子，无论只有一颗还是成千上万颗，有可能机缘巧合时遇到合适的沃土，开出精美的鲜花，装扮一方土地，但更有可能在遇到贫瘠的荒漠或泥潭时，能改良一片土地，能以点点新绿，温润心的荒芜。因为，"太阳雨"二十岁生日庆典，庆祝的不是年轮数字的增加，而是向善人心的聚集。

"太阳雨"总召集人朱峻松先生深情地说："从 34 人的小团队到近千名志愿者的加入；从小规模的捐资助学，到更大范围的主题公益活动。二十年来，'太阳雨'在公益活动中融入了个人爱心，融入了家国情怀，融入了民族团结，融入了传承延续。在'太阳雨'家人们共写的篇章中，不仅有了'助学圆梦'，有了'情系麻风村'，有了'慰英魂·烈属关爱行动'，有了'格桑花计划'，还有了'文艺轻骑兵'。所有这些，不是成绩，更不是功绩，而是凡人大爱，是心之所向。"

"太阳雨"团队顾问、扬州市文联原主席刘俊说——

我很喜欢"太阳雨"这个名字。因为"太阳雨"是一种特别的天气，她给人间带来了阳光雨露，还给天地之间架设了道道彩虹；因为"太阳雨"是一种美丽的传说，她让人们懂得有爱了就要表达，拥有了就要珍惜；因为"太阳雨"是一种美好的象征，她有着丰收的好兆头，还会给人们带来种种好运；因为"太阳雨"是一种内心的感受，她让我们心中充满阳光，又淅淅沥沥地下着心雨；因为"太阳雨"是一种乐观的心态，当我们改变不了天气时就改变心情，当我们改变不了环境时就改变自己；因为"太阳雨"是一种积极的追求，人生有如太阳雨般的短暂，我们必须只争朝夕不负韶华；还因为"太阳雨"是一种天人的感应，很巧的是今天就下了场太阳雨，让人不得不相信人在干天在看，头上三尺有神明；还因为"太阳雨"是一支爱心的团队，他们为爱坚持了二十年，让人们相信世上自有真情在。

绿杨城郭、古运河畔，春风荡漾着醉人的笑脸，处处都是向善的传说……

祝"太阳雨"二十岁生日快乐！

身边的典范成明星

一

太阳雨文艺志愿服务队成立至今，从十几个人增加到近百人。多年来，他们散落似星，集聚如火，以萤烛之光在公益舞台上熠熠生辉。诗歌、散文、歌舞、戏曲、快板、小品、木偶剧、舞台剧……哪里需要，哪里就是他们的舞台。了解"太阳雨"的人都由衷地评价说："真是人才济济！"他们利用各自的专业技能，用不同的文艺形式，一次又一次地把先进人物进行推广和宣扬，让不同的群体在不同的地方都能看到真、善、美的人性光芒。

2019年春天，全军优秀党务工作者、解放军东部战区某部原政治部主任孙克勤大校，接过聘书，成为"太阳雨"团队的顾问。从此，太阳雨文艺轻骑兵的队伍里又多了一名"军旅作家"。

一天晚上，中央电视台《新闻联播》节目播放了一则关于"太阳雨"志愿者周忠燕一家子的感人故事。画面上，站立在丈夫胡永飞壮烈牺牲的雪域高原的悬崖边，周忠燕对着雪山、对着天空，号啕哭喊出了积压在心底10年的思念：

"永飞啊，我把你的骨灰带回老家了，但你的魂却永远留在这里了。守着这里的每一寸土地，永远都带不回去了……"

这则新闻，孙大校反复看了几遍。一连好多天，周忠燕面对群山撕心裂肺痛哭的场景，时常在他的眼前回放。他的眼泪止不住一直往下掉，家国情怀在那一刻变得那么具体！

出于一个军人对祖国大地的热爱，对戍边英雄的崇敬，对烈士遗孀的怜爱之情，孙大校渴望用一支饱含真情的笔朴实、客观地记录周忠燕一家人的现实生存状态，以此召唤人们记住英雄的牺牲奉献，体会烈士遗孀的生活艰辛，给予她们更多的关注帮助，激发民众涵养爱国爱军、向善向上的情怀。

作为军旅作家，"事迹必真，采访认真，写稿较真"，是孙大校写报告文学的三昧"真"火。孙大校的创作，既有军人的严谨，又有文人的热烈，所涉及的每件事每个人，非经采访不会下笔，不夸张不拔高是他的写作原则，但高度往往就出现在他笔下平实的叙述中。

孙大校是在采访周忠燕时了解到"太阳雨"有一个公益项目叫"致敬英雄母亲"的。

朱峻松对孙大校说："类似周忠燕这样的烈士家庭，在国家政策还没有完全覆盖照顾到之前，我要尽我的一点力量来管来帮，告慰烈士的英灵，安慰烈士的家人。"

周忠燕则告诉孙大校："近年来，'太阳雨'团队的成员一直都在通过各种方法不动声色地帮助我，比如结对到我的洗衣店里来办充值卡；帮我的孩子联系学校，以节日的名义对我们家在经济和物质上进行帮扶，等等。"

后来孙大校把这些都写进了他的报告文学《守家》一书中。书中，孙大校以细腻的笔触、凝练的语言、近25万字的笔墨，真实还原了扬州籍革命烈士胡永飞和最美军嫂周忠燕一家人大爱无疆的感人故事，详细记录了周忠燕以及她的家人13年间的生活状况，也着重描述了周忠燕在"太阳雨"团队的关注下，由一名被帮扶者到无私奉献者的行为历程，呈现了中国式英雄主义和家国情怀的血脉相连。

《守家》一书被扬州市文联倾心推出，于2023年春天，由江苏凤凰文艺出版社出版发行。

孙大校在书中深情地写道：

我采访了40多位胡永飞生前的同学、战友，周忠燕的好友、亲戚，扬州、高邮和西藏社会各界的同志，特别是结交和采访了很多扬州太阳雨志愿者团队的爱心人士，因为这群热心人很了解和体会周忠燕的痛苦，给她全家送来了方方面面的关心和温暖。

……"太阳雨"长年资助和照顾8位已经光荣牺牲的英雄的母亲和父亲，胡永飞的母亲胡翠莲也是他们照顾的对象之一。最初，志愿者是以个人名义资助照顾英雄的父母亲的，后来太阳雨志愿者队伍滚雪球似的不断壮大，越来越多的爱心人士自发加入这支队伍中，"太阳雨"便以团队的名义来开展"致敬英雄母亲"。人间真情和社会大爱，通过他们一双双温暖的大手，播洒到英雄父母亲的心坎上。

……周忠燕后来也高兴地加入了太阳雨爱心志愿者团队队伍。从此，周忠燕这桶清澈甘甜的泉水，融入润泽万家、流向远方的古运河之中。

2022年11月7日，扬州市文学艺术界联合会公布了扬州市文艺创作引导资金项目出版类作品评审结果，孙大校采写的长篇报告文学《守家》，获得评委们的一致好评，并被称为"新时代文艺创作的典范之作"！

不久，《守家》一书因为弘扬正能量，书写家国情怀，且故事真实、感人、艺术表现力强，被江苏省新华书店选中。他们征得作者孙克勤的同意后，在出版社加印了数千册，供全国各大公共图书馆收藏，也发放一些到城镇基层书屋。

在这期间，《人民日报》（纸媒）用半个版面刊登了孙克勤大校撰写的另一篇报告文学《用爱撑起一片天》。

这篇文章的刊发，让"太阳雨"成员和"太阳雨"团队的故事，荣登上国家最高级别的新闻媒体。

二

"春节期间南方小城,八岁男童张南因为'地盘之争',带领小伙伴在七天时间里加紧训练,以对抗数倍于己的'小猪军团'。过程中,张南模拟自己多年未曾谋面、在高原上的父亲高海拔反应、抗风雪、战严寒的场景,上演了一出出让人忍俊不禁的搞笑画面。直到和'小猪军团'作战中的一刹那,恍然意识到父亲多年未曾回家背后的秘密,他跑回家打开母亲隐藏多年的秘密盒子,由此揭开了一个充满善意的谎言……"

这部催人泪下的微电影《爸爸在执行秘密任务》,就是根据全国最美家庭、江苏省道德模范、"太阳雨"志愿者周忠燕的真实故事改编的,由解放军新闻传播中心广播电视部出品,于2022年正月初一,中央电视台七套在黄金时间播出。

微电影的片尾有一个周忠燕一家与亲朋好友共度除夕,同吃年夜饭的镜头。由于央视摄制组的提前到达,未来得及准备的周忠燕打电话向朱峻松求助,朱峻松立刻找到几名"太阳雨"志愿者前去帮忙。为了配合摄制组的拍摄节奏,善于做家宴菜肴的周国华、张玉红夫妇,不仅把自家冰箱里的菜全部带上,还根据开车过程中口头商议的菜谱迅速去超市进行采购,朱峻松、王兵和其他几个人,则根据摄制组的要求忙着布置场景,终于,那一分钟不到的镜头在两个多小时的时间内拍摄完毕,央视摄制组严谨认真的工作态度给"太阳雨"志愿者留下了深刻的印象,并在不知不觉中成了"太阳雨"工作群中的一个标杆。

三

志愿服务是推动社会文明进步的重要力量。全省各级巾帼志愿者的无私奉献、守望相助，在脱贫攻坚、疫情防控、防汛救灾等中心工作中，发挥了独特作用，做出了积极贡献。为树立典型，引领示范，2020年12月，江苏省妇联开展了江苏新时代巾帼志愿服务征集展示活动。经扬州市妇联推荐及专家评委会评审，由扬州太阳雨爱心志愿者团队制作的微视频《最美军嫂的高原情》，入选江苏省妇联举办的江苏新时代"巾帼志愿服务十大暖心故事"。

5分51秒的视频，记录了周忠燕由一名普通的军嫂到烈士遗孀再到大爱助人的个人成长经历；记录了"太阳雨"团队从扬州到西藏错那，跨越4000多公里，铭记爱、传递爱的故事。

视频在跌宕的故事情节中，引导着观众随着周忠燕的变化，身临其境般地感受到"军嫂"这一称呼的分量：

最初，对于"军嫂"这一称呼，周忠燕是喜欢的，在她初恋时少女的情愫中，她觉得这称呼是隐藏严肃的浪漫，是暗含骄傲的亲昵；

丈夫胡永飞牺牲后，在特属于她的"军嫂"称呼中，所有人都感受到了悲壮的气息；

十年后，当有了相对稳定的收入，随着"格桑花计划"的启动，在扶贫济困的路上越走越远的周忠燕，动情地对西藏错那学校的孩子们说："我叫周忠燕，是一名军嫂……"

在"太阳雨"创作团队的推广下，周忠燕十年一梦，编织爱的谎言，撑起一个家的故事以及以自己的方式守护祖国边疆的巾帼志愿者的身份渐渐地为越来越多的人所熟知。

2022年6月24日上午，扬州市妇联、扬州市文明办共同举办了扬州市"巾帼心向党、喜迎二十大"宣传活动暨"在你身边"文明实践巾帼志愿服务阳光行动启动仪式。仪式启动前夕，"太阳雨"团队接到宣讲任务：时为江苏省三八红旗手周忠燕的事迹被选为典型，将在启动仪式上进行宣讲。

时间紧、任务重，扬州太阳雨爱心志愿者团队克服文案创作、大屏音乐制作中的重重困难，最终以团队原创歌曲《有我就有家》演唱与《最美军嫂的高原情》朗诵的有机结合，完成了宣讲任务。

启动仪式上，"太阳雨"志愿者徐莉的演唱、张群的激情演讲，赢得现场阵阵掌声，得到扬州市委宣传部副部长、文明办主任吴军，扬州市妇联主席马宁等领导的认可。

2022年7月29日下午，"绿扬双拥创示范　军民共建好地方"——扬州市喜迎党的二十大、庆祝建军95周年双拥主题汇报宣讲活动，在扬州广电总台800平方米演播大厅举行，活动由扬州市双拥和国防教育领导小组、扬州军分区主办，扬州市双拥办公室、扬州市退役军人事务局、扬州军分区政治工作处和扬州广播电视总台共同承办。扬州市委书记张宝娟，市委副书记、市长王进健，市委常委、秘书长、副市长赵庆红，市委常委、军分区政委储爱军，副市长刘流、军分区司令员郝云昆，市政府秘书长、双拥办主任徐志刚出席活动。

10名宣讲员用一个个生动而平凡的事迹，动情讲述了新时代双拥对象和拥军模范的家国情怀。由太阳雨爱心志愿者团队提供了文字和影像资料的《重生的"绿扬新燕"》，是邗江区推荐的先进典型，经过前期的层层选拔，脱颖而出，再次宣扬了最美军嫂周忠燕与她的"太阳雨格桑花计划"的感人故事。

藏龙卧虎健身队

如果说太阳雨文艺轻骑兵的文采是"太阳雨"的内核形象,那么融入了精武精神的太阳雨健身总队,则代表了"太阳雨"外在的"精气神"。二十多年来,崇文尚武、扶困济贫已经成为"太阳雨"最显著的特点,也是"太阳雨"团队推进文化自信自强的起点。

一

2019年夏天的一个傍晚,太阳正向西方慢慢移动,忽然就响起了滚滚雷声,仿佛一个鲁莽的汉子将天捅破了一块,在太阳的眼皮底下,就哗哗地下起雨来。"嗨,太阳雨!"沈仁梅和刘莉都笑了。今天是她俩作为太阳雨健身太极队队员正式拜师的日子,这场"太阳雨"下得还真是应景。

她俩要拜的师父是年过七旬的扬州"武术泰斗"仇志刚教授。

仇志刚,1948年12月出生,江苏扬州人。现任国家级武术裁判,1992年获国务院颁发的"政府特殊津贴",中国武术高位八段,江苏省武术协会副主席、裁判委员会副主任,扬州市武术协会会长。曾任扬州大学民族传统体育研究所所长,武术教研室主任,扬州大学武术教授,武术硕士生导师。

仇志刚少年时代起即拜扬州籍一代宗师田永庚先生为师,从进入师门直至先生仙逝,几十年来从无间歇,一直追随先生学习戳脚、西凉掌两大拳种及查拳、燕青拳和刀枪剑棍等多种兵器，尤擅戳脚、西凉掌、醉拳、醉剑，是扬州传统拳西凉掌、戳脚的嫡系传人，多次在省、市、县武术比赛中获得冠军。

拜师仪式由"太阳雨"志愿者、扬州体校方永娟主任主持。朱峻松代表"太阳雨"团队做了热情洋溢的讲话，他介绍了"太阳雨"团队与仇志刚夫妇相识结缘的过程，感谢仇教授夫妇对"太阳雨"志愿者武术健身活动的热心支持和无私帮助，在他们的悉心指导下，太阳雨太极队和太阳雨健身气功队取得了长足的进步，并在一系列比赛中获得了优异的成绩。此次，特选出在市运会上取得优异成绩的两名队员正式拜仇教授夫妇为师，深入学习中国传统武术和健身气功。

仪式庄重简洁，仇教授夫妇当堂正坐，沈仁梅、刘莉向老师敬茶、献花，仇教授夫妇向弟子赠送宝剑，礼毕，仇教授向两位弟子表达了殷切的期望。仇教授说：拜师只是传统传承的一种形式，更重要的是一种责任和担当，并表示定将毕生所学倾囊相授。仇教授夫人顾家瑛老师分享了喜悦的心情，并对两位弟子说：学武者要有侠气，行侠仗义；学得本领要回馈社会，布施健康。

沈仁梅和刘莉发表了拜师感言。沈仁梅含着幸福的眼泪说：衷心地感谢师父和师娘，感谢你们对我的关心，感谢师父对我一丝不苟的指导，教授每一个动作的技术要领及拳理；感谢师父倾囊相授、无私奉献；感谢师父不嫌弃我底子薄，正式收我于门下，荣幸之余倍感压力，我要变压力为动力，谨遵师父教诲，追随师父学做人、苦练拳，克服困难，不断进步，争做一名好弟子。

拜师仪式上，仇志刚教授的入室弟子张善春老师，对两位师妹表示祝贺，他希望两位师妹尊师重道，刻苦学习，学习老师谦逊、低调、无私奉献的品格，认真传承老师的武学精华，发扬光大中华武术精神。

扬州市健身气功协会会长黄建军，扬州市太极拳协会会长兰建华，"太阳雨"志愿者、扬州大学体院教授郭太玮博士，以及太阳雨太极健身总队张震中教练等共同见证了拜师仪式。

仇老的夫人顾家英也是习武之人，擅长太极拳与健身气功，是扬州早期健身气功站点的主要创建者之一，也是最早向周边乡镇及校园推广普及健身气功的推广者之一，还是扬州健身气功界率先在《健身气功》杂志上发表文章的人，她撰写的文章《"三调合一"的随想》，从理论上阐述健身气功"三调合一"的习练特点，刊登于《健身气功》杂志2018年第一期。

仇志刚夫妇加入"太阳雨"后，顾家英说过的一句话让朱峻松印象深刻并常常提起："加入'太阳雨'，我们就是布施体育精神的人。"

二

每天上午，在海拔4200米高的西藏错那市曲卓木乡完全小学内，一到下课铃响，数百名学生就涌入学校操场，打起五步拳来，一招一式有板有眼。

这套被当成课间操的五步拳，是2023年9月，一位50多岁的大叔来到这里教会他们的。大叔名叫张震中，来自扬州太阳雨爱心志愿者团队。

张震中：
扬州市武术协会副秘书长
"太阳雨"滨湖武术俱乐部主任
中国武术六段
江苏省第十九届运动会24式太极拳个人第5名
扬州市第十三届运动会24式太极拳个人冠军

张震中出生于20世纪60年代的高邮，从小就喜欢舞枪弄棍，特别是在 12 岁那年，李连杰主演的电影《少林寺》一经上映，就在全国范围内掀起了武术热。就是在那时，张震中迷上了中华武术。

张震中身体很结实，平时就跟着影视剧里的镜头练动作，他有个绝活，叫作"罗汉朝天蹬"，其实就是把腿能踢到头顶的位置。当然了，他那时仅是自己练，并无章法。

有一次，张震中和小伙伴们去人民公园玩，忽然看到一个人在练武，腾空、旋转、劈叉，招式干净利索，简直把张震中看呆了。随后他就去打听。县城不大，很快就知道这位高手名为穆江荣，以前是在内蒙古做武术教练的，后来随家人来到高邮做生意。

经托人介绍，张震中拜穆江荣为师，拳、棍、刀、剑样样都教。师父很是严厉，往往一个动作要做很多次，做不到位就会被师父呵斥。影视剧里那些令张震中无比向往的武功高强、行侠仗义的大侠形象，是他吃再多的苦也要坚持练下去的动力。在那三年的时间内，张震中练就了扎实的基本功，以至于后来在参加各种武术比赛时，评委们都夸他的动作出手很规范，这都源于他那时候夯实的基础。

1986 年，张震中离开高邮，来到扬州电厂，担任维修工。每天下班之后，很多青工都聚在一起喝酒打牌，张震中总是一个人默默找一块空地练武，坚持"曲不离口，拳不离手"。

十几年后，张震中又拜扬州大学体育学院的著名武术教练田金龙为师。其时，田教练的太极名震天下。最出名的故事，当属田金龙带着五名弟子，前往太极发源地河南陈家沟打比赛，囊括了五个级别的冠军。

太极属于内家拳，张震中学得很认真，每天学完回去都要记笔记、写心得，并经常在武术网站上发表，很受好评。不久，他和几位师兄弟在老师的帮助下，创办了田金龙太极研究会，并担任理事。

学武之人，自然少不了主动或被动切磋，特别是出于田金龙这样的名师门下，张震中打过多场比赛，皆获得过不错的成绩。如从 2017

年至 2019 年，连续三年在扬州太极拳国际邀请赛上获得个人套路一等奖，被行内人士誉为"天龙名家"。

2015 年的一天，在朱峻松的提议下，太阳雨太极健身队成立。热心于公益服务工作的吕荣超担任队长；张震中担任教练，负责利用业余时间从最基础的太极拳拳法进行教学。

健身队成立之初，学员们没有固定的训练场所，路边公园里的一小块空地、偏远安静的小河边，便不定时地有了他们的身影。本是想找块算得上风景的地方来锻炼，却不想自己倒成了一道动态的风景线，时不时地，就有路人驻足观看。夏练三伏，冬练三九，日常练习和名师指点相结合，渐渐地，张震中教练在教学过程中发现了学员们各自不同的特点，便根据他们的自身条件，推荐他们参加不同的赛事活动，以赛促学，使得学员们的太极水平因此得到显著提高。

2018 年在扬州体育公园举办的江苏省第十九届运动会中，太阳雨健身队成员表现突出，多人获奖；同年在由扬州市体育局、市总工会主办的 2018 年中国武术非物质文化申遗展演暨扬州太极拳国际邀请赛中，太阳雨太极队首次集体公开亮相，更是在参赛的四个项目中取得佳绩，均获得一等奖（金牌）。

2023 年 9 月，作为"太阳雨"志愿者的一员，张震中和大伙儿一起前往西藏。在错那市曲卓木乡完全小学校园里，志愿者们送去了学习用品，还为学生们表演了文娱节目。

"那我就打套拳吧。"张震中主动请缨，为师生们表演了一套拳法。对西藏的师生们来说，他们平时很少有机会看到传统武术，一套拳打下来，师生们都报以热烈的掌声。

"学生们如此感兴趣，不如教他们一套简单的拳法。"张震中把心中的想法告诉了学校校长，校长格桑次仁特别开心，连说这是民族文化相互融合的好事。于是，在学校操场上，张震中就带领着二三十名学生，向他们传授简单的五步拳拳法。除了学生，还有老师。张震中知道，自己离开西藏后，这些老师还可以继续教学生，可以让学生们一直学下去。

尽管如此，张震中还不放心。他想录制一段视频，就能永远把五步拳留在这里。当时他已经教学了1个多小时了，身体已经产生了高原反应，浑身都在冒虚汗，气有点喘不上来的感觉，教学时又要大声喊叫，消耗了大量体力。录制到最后一个动作时，张震中只觉得头一沉，腿一软，身体就倒了下去。好在并无大碍，休息一下就缓了过来。

虽然张震中已经离开了西藏，但是他所传授的五步拳已经成为学校的课间操，这就有了本文开头的那一段，在武术音乐中，西藏的学生们像模像样打起了五步拳。

三

"健身气功是以自身形体活动、呼吸吐纳、心理调节相结合为主要运动形式的民族传统体育项目，是中华悠久文化的重要组成部分。习练健身气功对于增强人的心理素质，改善人的生理功能，提高人的生存质量，提高道德修养等，具有独特的作用。2003年2月，国家体育总局将健身气功确立为第97个体育运动项目。"

健身气功的概念是由"太阳雨"志愿者、滨湖武术俱乐部发起人顾家福传授给太阳雨健身队的。顾家福的姐姐，就是扬州早期健身气功站点的主要创建者之一的顾家英。武术名家仇志刚既是顾家福的姐夫，也是他的师兄，当年，顾家福也是扬州一代宗师田永庚的递帖弟子。

顾家福，60多岁，脸色红润，体格强壮。他从小就深得父亲宠爱，因喜欢习武，上初一时，父亲就托人让他拜了一代宗师田永庚为师。当时家庭生活条件也不是太好，但父亲还是专门摆了一桌酒席，作为拜师宴，使得顾家福正式成了田永庚大师的弟子。跟着田老师学了四年不到的时间,顾家福就在扬州市武术比赛中获得了全能项目的第七名。高中毕业后的顾家福响应国家号召报名当了兵。

顾家福说:"当兵时,让我个人觉得比较出彩的地方,还是我会武术这件事。在第一次前往部队的火车上,接兵领导知道我会武术后就让我在火车上打了一套小南拳。到了部队后的联欢晚会上,领导又让我上台表演了一趟南拳。我们部队是在辽宁锦州,那时候北方人基本没看过小南拳,表演后,真的是掌声雷动,出来鞠了三个躬,大家还是掌声不停,后来就又表演了一趟国家规定套路的拳,翻了一个侧空翻,然而还是掌声不停……"

参军前这段练武的经历,对顾家福在部队的成长、发展,刚开始就打下了一个良好的基础。因为那时高中毕业去当兵的人还不多,加上练武的特长,部队就将他作为重点培养对象:第一年战士,第二年副班长,第三年班长,第三年半就当上了排长……这段经历时常被顾家福提起,使得初学者看到了习武在人们心中的重要地位,以及国家对武术的需要和重视。

拳不离手的顾家福60岁不到时,便从外家拳转内家拳,重点专研传统杨氏太极拳,后拜在了张山的门下,成了张山的入室弟子。2021年,顾家福当选为江苏省武术运动协会太极拳委员会副会长兼办公室主任。

随仇志刚夫妇一起加入"太阳雨"后,顾家福对"太阳雨"团队坚持不懈的奉献精神大加赞赏,对健身队成员的刻苦和努力也加以肯定,并在此基础上成立了气功队,至此,太阳雨健身队花开两朵:一是太阳雨太极队,一是太阳雨健身气功队。

就这样,2018年成了太阳雨爱心志愿者团队的公益健康活动年,他们举办了健康徒步走竞赛,举办了太极拳、健身气功、易筋经公益培训班,组队参加太极拳比赛等公益活动。著名武术家、扬州市健身气功协会会长仇志刚教授,副会长黄建军等多次参加活动。

这种健身与公益相结合的活动受到志愿者热烈的欢迎，人人都感受到了这支公益团队中热烈、昂扬、团结向上的氛围，也为全民健身起到了很大的促进作用。

那年，由扬州市体育局、市体育总会主办，市健身气功协会承办的"扬州市第六届健身气功健身交流比赛"，在扬州市体育公园举行，来自全市各地31支代表队的近200名健身气功爱好者参加比赛。

"太阳雨"志愿者组成两队参加了"八段锦"集体项目的比赛，通过"太阳雨"志愿者顾家英老师、张善春老师的悉心指导和队员近十天的刻苦训练，比赛中发挥出较好水平，展示了"太阳雨"志愿者的精神风貌。经评比，"太阳雨"志愿者1队荣获集体项目一等奖，2队荣获集体项目三等奖，朱峻松同志荣获"体育道德风尚奖"。

队员张德勤在赛后感言中写道：

"八段锦养生功可以起到强身健体的作用。对每天面对电脑的我来说，眼睛、颈椎都已隐患成疾，练习八段锦后，这些都得到了缓解，有明显好转……仇老师说得对，人有了健康的身体就会有幸福感，有了幸福感心情就会愉悦，心情愉悦了身体就会更健康！"

朱峻松也开心地说："自从得到仇志刚夫妇和顾家福老师的指导后，'太阳雨'里无论是武术爱好者还是全民健身爱好者，水平就好像突然上了一个高度。目前，我们团队里已有不少运动员都是在全国、省、市拿到过名次的了，这也让我们更有信心尝试将全民健身的活动，向职业化、专业化的方向发展。"

四

正如朱峻松所说，全民健身活动，是可以向职业化和专业化的方向发展的，最起码，动作或技艺可以做到尽量标准化。太阳雨健身总队就常常以展演和参赛形式，尽力推进全民健身活动的标准化、专业化。

　　太阳雨健身气功队自成立后,队员们在金牌教练顾家英老师的指导下,技艺突飞猛进。在赛事前的集训期间,队员们更是利用工作之余,每天训练5小时以上。

　　2019年5月24日,受扬州电视台生活频道《运动扬州》栏目组的邀请,太阳雨健身气功队在顾家英教练的带领下,走进竹西文化广场,现场为景区市民展演了健身气功八段锦,同时对现场的市民朋友普及了健身气功知识,教授了八段锦基本功法。

　　2019年,健身气功和太极拳首次进入市运会。

　　由扬州市人民政府主办的2019扬州市第十三届运动会,在李宁体育园举办。来自扬州市、县、区的9支代表队近百名运动员参赛。

　　在健身气功项目赛中,刘莉、卞志群代表蜀冈——瘦西湖风景名胜区参赛,在易筋经项目中获得8.87的高分,不仅摘下健身气功集体项目的首枚金牌,同时获得八段锦集体项目铜牌;刘莉在团体项目比赛中发挥出色,个人成绩排名八段锦第二,为景区夺得团体铜牌立下汗马功劳。

　　在太极拳项目赛上,各地区派出参赛的选手中不少是在省运会上拿到名次的选手。可以说,此次比赛代表了扬州地区太极拳的最高水平。

　　"太阳雨"志愿者张震中代表邗江区参赛,发挥出色,一举夺得24式太极拳男子个人金牌,这是他继去年省运会获24式太极拳个人第5名后取得的又一佳绩。

　　"太阳雨"志愿者沈仁梅代表蜀岗——瘦西湖风景区参赛,学拳不到一年的她,由于平时训练刻苦,第一次参加重大赛事,初生牛犊不畏虎,仅以0.02分的微弱差距而屈居亚军。

　　至此,"太阳雨"志愿者在四年一届的扬州市十三届运动会参赛的项目中,获得2金1银2铜的好成绩。

第五章　与文明同行

更让团队全体成员激动万分的是，在全国太极拳健康工程系列活动——2019年"天目湖杯"全国太极拳公开赛（江苏站）上，"太阳雨"志愿者、太阳雨太极队张震中和沈仁梅，代表扬州市武术协会参加比赛，面对全省众多太极高手，他们不畏强手、发挥正常，分获男子甲组24式二等奖和女子乙组24式一等奖，为扬州、为"太阳雨"团队争得荣誉。

太阳雨健身队一时声名大噪。

应多名健身气功爱好者要求，"太阳雨"再次举办公益培训班。2019年7月6日上午，由扬州太阳雨爱心志愿者团队主办，高邮市高邮镇新联社区、太阳雨高邮志愿服务队承办的第二期健身气功八段锦培训班，在晚晴园活动室举办，40多名学员参加了培训活动。

五

2022年暑假，扬州太阳雨爱心志愿者团队与滨湖社区举办了公益夏令营，由滨湖武术健身俱乐部与滨湖太阳雨爱心服务社承办第一期少儿公益培训班，张震中担任教练。张教练通过两周时间的精心辅导，让孩子们掌握了五步拳技法，使本来对"武功"懵懂的孩子们，爱上了中华武术。家长们看在眼里也是心生欢喜，他们称这样的公益活动为"在家门口学到的真功夫"。

7月16日早晨，景区瘦西湖街道滨湖社区党群服务中心门前的小健身广场，一场"武林大会"正在上演。只见一群孩子正精神抖擞、生龙活虎展演着五步拳，扬州市武术名家薛苏扬、王怡珊随后助阵，为孩子们展演了传统拳术和器械。精彩的表演赢得现场阵阵掌声。

这便是第一期少儿公益培训班的结业典礼。"武术是中华传统文化的瑰宝，我们有责任继承好，传承好。定期举办公益培训，吸引更多的青少年加入其中，也是我们的职责所在。"张震中教练在发言中说。

典礼上，扬州市武术协会副会长顾家福，对小学员们的表演挨个进行了点评，并给他们颁发了结业证书。滨湖健身俱乐部领导，滨湖社区领导也前来与小学员们合影。镜头里，每个孩子的脸上都洋溢着自信的微笑。

"太阳雨"第二期武术公益班于 2020 年 8 月 9 日"全民健身日"，在"太阳雨"小志愿者服务队活动基地（广陵艺樹繁花）举行结业典礼。

第二期公益班由仇志刚武术名师工作室和太阳雨志愿者工作室联合承办。江苏省武术协会副主席、扬州市武术协会会长、"太阳雨"志愿者仇志刚教授，已年逾七旬，他克服酷暑高温等诸多困难，亲自担任主教。仇志刚教授的弟子、"太阳雨"志愿者沈仁梅老师担任助教。通过他们 8 次课程的教学，使学员们深深爱上了中华武术。

结业典礼上，学员们进行了少林初级拳的展演。市武术协会副秘书长、滨湖武术健身俱乐部主任张震中，为孩子们表演了太极禅，来自印度尼西亚的学员施万里为孩子们表演了南拳。仇老说，将考虑把短期培训班常态化，争取从孩子抓起，在有生之年为国家培养出更多更优秀的武术人才。

六

2022 年 3 月 5 日，由仇志刚武术工作室、滨湖社区和太阳雨爱心服务社，三方共同打造的太阳雨滨湖武术健身俱乐部正式成立。扬州市武术协会、滨湖社区、太阳雨爱心服务社领导出席活动。仇志刚教授表示，工作室进驻滨湖社区，除了传承西凉掌、戳脚拳等传统武术，还将推广太极拳、健身气功，指导居民全民健身。

滨湖社区党委书记赵继进在贺词中说，滨湖武术健身俱乐部的成立，旨在吸引更多的专业人士参与其中，引领全民健身新风尚，提升居民的幸福指数，同时展现滨湖社区的社会新形象。

扬州市武术协会副会长顾家福、滨湖社区党委副书记戴萌、滨湖社区太阳雨爱心服务社理事长吕荣超，共同为俱乐部揭牌。

吕荣超说，俱乐部将在市武术协会、市健身气功协会等专业协会的指导下，尝试市场化、职业化的运营模式，采用注册运动员制，由太阳雨爱心服务社负责日常管理。

5月28日，景区滨湖武术健身俱乐部首次亮相市级大型体育活动。由扬州市人民政府主办的扬州市第二十届全民健身体育节暨华侨城·2022年扬州市体育嘉年华，在宋夹城体育休闲公园隆重开幕。省体育局副局长刘彤，市委常委、常务副市长陈锴竑，市委常委、宣传部部长张长金等领导嘉宾出席活动。景区滨湖武术健身俱乐部代表扬州市武术协会，在扬州市第二十届全民健身体育节暨体育嘉年华舞台上精彩表演。这也是俱乐部成立以来在市级大型体育活动中的首次亮相。

9月11日上午，时值中秋佳节和"世界健身气功日"，由国际健身气功联合会主办，江苏省体育总会秘书处、江苏省社会体育管理中心、江苏省健身气功协会和扬州市体育总会承办的第六届"世界健身气功日"江苏分会场活动在扬州明月湖畔举行。7名太阳雨健身气功队队员参加了健身气功八段锦、六字诀等功法的展演。

令人备受鼓舞的是，"太阳雨"健身志愿者在频繁的赛事活动中，捷报频传，大展风采——

2022年8月，江苏省第二十届运动会高校部羽毛球比赛，"太阳雨"志愿者、国际裁判郭太玮担任甲组、乙组裁判长；

2022年江苏省健身气功交流比赛，"太阳雨"志愿者、太阳雨健身气功队队长刘莉，代表扬州市参赛，荣获单位组八段锦、六字诀集体赛一等奖（得分均第一），易筋经个人赛优胜奖（得分第一）；

2022年第六届运河城市武术精英邀请赛，"太阳雨"志愿者邱宝华荣获中年男子组太极剑一等奖，代表滨湖武术健身俱乐部参赛的施万里（印尼籍、教练张震中），荣获青年男子组自选拳术南拳一等奖；

由国家体育总局群体司、中华全国体育总会群体部联合国家体育总局武术中心、武术研究院、中国武术协会主办的全民健身线上运动会暨2022（第二届）全球太极拳网络大赛，沈仁梅获第二届全球太极拳网络大赛一等奖。

然而太多的荣誉并没有使得他们膨胀或迷失自我。朱峻松常说，"太阳雨"作为一支公益团队，再多的荣誉也只是为增加武艺自信和来年的公益活动作铺垫，我们希望借此鼓励更多的人加入全民健身中去。

七

近年来，中国文化在全球受到热捧，尤其是具有神秘色彩的中华武术吸引了世界各地的粉丝前来取经学习。太极拳作为国粹的一部分，也是拥趸无数。

来自德国、俄罗斯、赞比亚、孟加拉国、印度尼西亚等国的友人和留学生，也加入学习太极拳的行列，亲身体验太极拳的魅力。经过仇志刚武术工作室和太阳雨武术志愿者工作室志愿者们的悉心指导与传授，十多名学员已基本掌握24式太极拳的动作要领。

张震中说，教外国人学习太极拳，是一个非常有意义的活动，它以太极拳为纽带，充分利用中国武术的知名度和美誉度，促进中外友人和中西文化的深入交流，并且借着各种交流比赛的契机，还可以让更多人参与到太极拳运动中。

在对外交流活动中，仇志刚教授主张在思想上弱化边界，以达到在行动上多元互动、在武艺上共同提高的目的。于是，"走出去、引进来"成了工作室培养对外交流人才，培养外国留学生的教学理念。

应荷兰太极拳协会的邀请，2019年11月中旬，仇志刚武术工作室组队参加了在荷兰举办的荷兰太极拳国际邀请赛，十多个欧洲国家组队参赛。这也是该项赛事举办35年来首次邀请中国队参赛。

由仇志刚教授为领队，"太阳雨"志愿者顾家英、顾家福、刘莉等5人组成的太极队展现了高超的技艺，荣获24式太极拳集体冠军，刘莉荣获八段锦个人冠军。

几乎与此同时，扬州体育公园体育馆内，古韵幽深的音乐不绝于耳，"天龙杯"2019扬州太极拳国际邀请赛在这里举行。全国千余名太极高手进行了太极拳套路、太极推手比赛。值得一提的是，赛场上不乏德国、俄罗斯、哈萨克斯坦、乌兹别克斯坦、孟加拉国、印度尼西亚等海外选手的身影，他们的加入，将中华传统文化的种子向世界播撒。

来自俄罗斯的梁德里是本次参赛的海外选手之一。作为扬州大学的留学生代表，他参与了开幕式《古韵新风》的表演，与中国太极拳师同台，展示技法。"我一直对中国武术文化非常感兴趣，而太极拳也是中国文化的精髓，一到中国我就拜师学习太极拳。尽管刚学了一个月，但在武术中感受到了博大精深的中华文化。"梁德里说，"就比如今天的演出，我接触了古琴、书法的好几位大师，他们手中的琴与笔都传承着几千年的文化，我感觉自己也随着他们穿越回到了古代。"

施万里是一位来自印尼的小伙子，他的祖父是中国人。他从小就对中国文化产生了浓厚的兴趣，特别是武术。相比较西方搏击，中国武术往往有一种以柔克刚的技巧，还有博大精深的文化。

几年前，施万里如愿来到中国，在扬州大学读汉语言本科。在扬州期间，他到处打听，哪里可以学武术。可惜的是，扬州虽有一些武馆，可是学费并不低。施万里的父亲是公务员，家境不差，可是兄弟好几个，能够给施万里学武术的钱就很少了。经朱峻松介绍，施万里拜师张震中。看到一位外国小伙子对中国武术如此感兴趣，张震中一口答应了下来，分文不收地教他。

施万里学武，目的性也很强，他就是要学南拳，而张震中还是在小时候学过南拳，这些年都是在太极拳的领域教学。为了施万里，他自己先拾起南拳的记忆，随后再去教施万里。施万里一有时间，就跑到张震中那里学拳，学了一年多。施万里参加扬州市的武术比赛，获得了一等奖，让施万里信心倍增。

如今，施万里考进了武汉体育学院研究生，专业就是中国武术。因为张震中，施万里都改变了自己的专业。这对师徒的故事，还登上扬州电视台的《运河书房》节目。

在2022年第六届运河城市武术精英邀请赛上，施万里代表滨湖武术健身俱乐部参赛，荣获青年组自选拳术南拳一等奖。

一棵棵异国他乡的树苗在古城扬州结出了累累硕果。

一群"小鱼儿"飞起来了

一

2022年5月31日,中国少年先锋队江苏省第八次代表大会在南京开幕。全国优秀少先队员、扬州中学教育集团树人学校南门街校区大队长、14岁的余璟妍,作为扬州市代表参加了本次大会并被选入主席团。

说起余璟妍,熟悉她的人都知道,她是个勤奋刻苦、多才多艺,始终以"四好少年"的标准严格要求自己的好孩子。在她众多的头衔、身份中,其中有一个重要的身份,就是太阳雨小志愿者服务队队长。

2018年,刚上小学一年级的余璟妍在妈妈("太阳雨"志愿者童蕾蕾)的推荐下,成为"太阳雨"团队中最小的志愿者,也是"太阳雨"中第四对母子(父子)志愿者,被大家亲切地称为"小鱼儿"。

母亲的初衷是通过让孩子参加各种志愿活动,把孩子培养成为一个善良的人。于是,在此后的周末或者寒暑假期间,只要"太阳雨"有志愿服务活动,人们就会看到一个小小身影在人前人后有样学样地忙碌着。

转眼4年过去了,从被妈妈牵着手怯生生地跟在大人们后面观看,到主持志愿者年会、参加公益微电影拍摄、参加助学义卖和垃圾分类、慰问武警官兵和烈士母亲等各类活动，在"太阳雨"这个集体有爱的大家庭里，"小鱼儿"快速成长起来。在耳濡目染和融入参与中，渐渐地，"太阳雨"总召集人朱峻松成了她的偶像。

有一天，她对妈妈说，她也想像朱峻松爷爷那样召集一批像她一样年纪的志愿者，成立一支小志愿者团队。她深有体会地说，同父母一起做公益，不仅可以学会欣赏、学会同情、学会鼓励、学会自律，更重要的是通过付出可以给大家带来欢乐，能得到大家的认可。"那一刻，我觉得我是多么幸福啊！所以，我要让身边的小朋友和我一起享受这种快乐和幸福！"余璟妍认真地说。

妈妈把她的想法告诉了朱峻松，并笑说"小人儿想带队伍了"，没想到朱峻松不仅很重视小鱼儿的想法，而且很快和童蕾蕾、余璟妍一同策划了招募活动。

2020年端午节前一天的傍晚，扬州"创客集市"出现了一个新的摊位，摊位的桌子上整齐地摆放着"太阳雨"团队的宣传资料和象征着爱心的小红帽，一旁高高竖立着的带有扬州太阳雨爱心志愿者团队LOGO的"招募令"大牌子显得格外醒目。更加醒目的，是头戴小红帽、身披红色绶带的余璟妍那高亢激昂的演讲：

"……一件红马甲就是一个服务站，一个志愿者就是一股正能量，我们力量虽小，但汇在一起就会变成一股强大的力量！赠人玫瑰，手留余香，让我们一起加入志愿者的大家庭吧……"她的现场演讲，很快引来了一众带着孩子的家长和没有带孩子来的家长，并赢得了阵阵掌声。她的摊位也成为当天人气最旺的摊位，学生和家长们纷纷上前咨询如何加入小志愿者团队的相关事宜。

有一位爸爸略带紧张地问道："参加这样的活动有没有年龄限制啊，我特别希望我们家的小朋友参加！"当听到余璟妍说幼儿园以上的小朋友都可以加入时，他松了一口气说："那太好了！我觉得这样的组织是孩子在学习之外为社会贡献力量的一个很好的平台，可以用他们点滴的力量去传递社会正能量。"爸爸低头问身边的小朋友："你愿意参加这个团队吗?"胖乎乎的小男孩坚定地说："愿意!"爸爸接着又问："那你觉得加入这个团队后你可以做些什么呢?"小男孩想了一下说："可以帮助一些需要帮助的人!"爸爸和周围的人一起笑了。不一会儿的工夫，一支13人的小小志愿者服务队就成立了，并且在余璟妍的安排下，各自领到了当晚的任务——在夜市里散发传单，招募更多的小志愿者。他们不知道的是，人群中有十几名大志愿者正暗中关注着他们的安全。

很多孩子本来只是跟父母来夜市闲逛，没想到这一逛竟然光荣地成了一名小小志愿者。一位妈妈很开心地说："现在的孩子很少有机会参加这样的社会活动，学校也强调孩子要'做'中'学'，能加入这个团队，就是孩子多了一个很好的实践机会。"针对志愿活动有可能会和孩子的兴趣班有冲突的问题，这位妈妈说："肯定会有冲突的时候，但学习是随时可以调整的，这样的集体服务社会的机会却很难得，在某种程度上，可能比光学习书本知识更为重要。"

当晚，小志愿者登记册上从原先只有余璟妍一人的名字，增加到了四十几个小朋友的名字，只花了短短两个小时的时间。他们集体戴上小红帽，披上红绶带，在周围赞赏的目光中，严肃地接过余璟妍发给他们的小志愿者宣言，朗读宣言的声音虽然稚嫩但却整齐且充满真诚："……我们将为建设团结互助、平等友爱、和谐文明、共同进步的美好社会贡献力量!"

扬州电视台《成长学院》栏目得知消息后，决定和扬州太阳雨爱心志愿者团队，共同成立扬州太阳雨小志愿者服务队成长联盟。

7月4日下午，太阳雨小志愿者服务队授旗仪式在扬州电视台演播大厅举行。"太阳雨"团队总召集人朱峻松，为太阳雨小志愿者服务队队长余璟妍颁发聘书并授旗。

"太阳雨"志愿者、小志愿者及家长代表共同见证了这一激动人心的"成长"时刻,扬州电视台成长学院执行制片人王淼在致辞中说:"……在这个成长联盟中,父母和孩子将一同作为志愿者出现在未来所有的活动中,他们在献出自己爱心的同时,相互陪伴共同成长,也必将成为扬州志愿者活动中一道亮丽的风景线。"

二

小志愿者团队成立不久,恰逢八一建军节。与往年不同,2020年的"太阳雨"志愿拥军活动中又增加了一个项目——由大志愿者们组织小志愿者服务队队员走访看望抗战老兵,听老兵爷爷讲革命的故事。

小志愿者们首先来到引市街离休干部刘志诚爷爷家。刘志诚出生在陕西一个革命者家庭,他的父亲是一位红军战士,1937年被国民党暗杀。父亲牺牲后,他在老家参军,成为一名八路军陕甘宁边区淳耀支队游击队员。中华人民共和国成立前征战于西北战场,参加过大小若干次战斗。西安解放初期,追击敌特分子,保卫人民财产安全,荣获三等功军功章,并先后获得解放西北纪念章、解放全国纪念章。小志愿者们向刘爷爷献上红领巾,致以少先队队礼。刘爷爷看到孩子们特别激动,并给孩子们讲述一枚枚军功章背后的故事。

九旬老人张源住在东关街,他13岁便参军。由于他年龄小个子矮,部队安排他在敌占区当情报兵。他把"鸡毛信"缝在衣服里,几年里出生入死数百次,出色完成情报传递任务。当张爷爷回忆起激情燃烧的岁月时,情不自禁地流下热泪,他说:幸福的今天来之不易,孩子们一定要珍惜!要好好学习,要报效祖国,国家强大了,谁都不敢欺负我们!

参加走访活动的"太阳雨"小志愿者们经历了一次革命精神的洗礼和教育,心灵受到一次又一次的震撼,心中充满了对革命老前辈的敬仰和崇拜之情。"我一定要听爷爷的话,好好学习,成为祖国的栋梁之材。"育才小学吴昭璇同学感慨道。

人无精神不立,国无精神不强。一个民族只有在精神上站得住、站得稳,才能在历史洪流中屹立不倒、挺立潮头。从此以后,与江苏省军区扬州第一离职干部休养所抗战老兵们面对面,听老兵们讲革命故事,赓续爱党爱国精神,便成了小志愿者们的"必修课"。

见证了我党我军峥嵘岁月和辉煌历程的老兵们,每次看到活泼可爱的孩子们前来学习,也都特别高兴,有时候打开话匣子就一发不可收,原定40分钟的宣讲,经常是讲着讲着讲了一个多小时都停不下来。

给小志愿者们上过课的老兵中,有参加过孟良崮战役、太原战役、抗美援朝等战役,且在战争中多次立功的张林和大尉;有参加孟良崮战役、淮海战役、渡江战役、抗美援朝等战役战斗,且在战争中多次立功的贾玉山少校;有参加过渡江战役、解放上海战役、抗美援朝战争的现年93岁的王保金老人;有参加过边境作战、荣立一等战功的革命伤残军人徐广来,等等。

耄耋之年的老兵们,也许有些事情已经淡出了记忆,但是关于战争,关于那些牺牲的英烈们,他们却记忆犹新,他们说那是难以忘记也不能忘记的。在每次的访谈中,他们无一不是正襟危坐,保持着军人的姿态,他们努力带着大家走近炮火连天的战场,把那段历史尽可能真实地呈现在人们面前。

小志愿者、美琪学校六(7)班的高悦,在一次访谈感想中写道:"电影《长津湖》中最让我难忘的是冰雕连,100多名志愿军战士最后冻死在雪地里的场景。今天,在与参加过长津湖战役的王爷爷的访谈中,电影中一个又一个泪点画面不断重现——美军的飞机像雨前的蜻蜓一样密密麻麻,到处扔弹,而我们连一架飞机都没有;眼睁睁看着朝夕相伴的战友被炸死,王爷爷的头部也受了伤,手指头还被炸断。

在那么艰难的情况下，王爷爷没有退缩，保家卫国的信念让他坚持着活了下来，没有食物时连泥汤也喝，没有水就吃雪……听着听着我的眼泪又流了出来。

是啊，我们今天的美好生活，是革命前辈战士用血肉之躯换来的，我们一定要好好珍惜！"

2022年八一建军节期间，太阳雨小志愿者服务队出品了短视频《烈火中永生》，小志愿者们通过细致入微的表演，把烈士小萝卜头、江姐、许云峰的形象再次展现在人们面前，通过对话的形式表达了他们对和平的理解、对先烈们的敬意以及继承和发扬革命精神的决心和信心。

三

"中国人民大团结万岁！"是毛泽东主席于1949年9月30日，为中国人民政治协商会议起草的宣言标题，后来演变成"全国各民族人民大团结万岁！"成为国庆及其他重要节日、庆典的规定口号之一。

2020年国庆前夕，为培养孩子们爱党、爱国、爱家乡的情怀，增强作为一个中国人的自豪感，了解我国是一个多民族的国家，认识到民族大团结的重要性，太阳雨小志愿者服务队和扬州电视台成长学院联合举办了一场公益义演活动，即"对话错那——爱心公益晚会"，由"太阳雨"小志愿者和错那小朋友隔空交流才艺。

错那市，隶属我国西藏自治区山南市，位于喜马拉雅山脉南麓，是西藏自治区的边境县市之一。因扬州籍烈士胡永飞的事迹而备受"太阳雨"团队的关注。

活动很快得到了家长们的支持，不仅带着孩子争先恐后地前来报名，还提前自备了表演服装和道具。令人惊讶和感动的是，没有任何条条框框限制而组成的小志愿者团队，竟然人才济济，朗诵、歌舞、乐器、演讲、戏曲、评弹，等等，真可以说是小小团队、卧虎藏龙了。

活动那天，为了让更多的人能关注到西藏错那的困境学生并给予他们更多的帮助，义卖和义演同时进行，孩子们把家里闲置的物品都摆放出来，卖力地向过路的市民介绍着它们的各种"好"。"义卖义卖，献爱心，价格随便给"的童音在小喇叭的扩散下，留住了很多成人的脚步。

来自梅岭小学郑博文小志愿者的摊位前，围着的人最多，人们不时拿起他的义卖品发出"啧啧"的赞叹声。原来他的义卖品是自己的画作，他说："我想通过自己的双手，去画一幅幅的画，把它们换成善款捐到西藏去，让西藏的小朋友有一个更好的学习和生活环境。"

义演舞台上，随着彩灯、背景的不断变幻，小演员们的演出也是异彩纷呈：有架子鼓《无名之辈》《逆战》《让我们荡起双桨》，有服务队梅岭小分队余璟妍、程启奥、李辉轩、顾苏煜朗诵的《读中国》，有小金钵的二胡合奏《赛马》，有温尚坪表演的扬剧《板桥道情》，有余璟妍、胡依晨、薛紫涵、薛任奕共同表演的扬州弹词《月亮城》，有焦宇轩、魏心若表演的《给西藏孩子的一封信》，有焦宇轩、余璟妍、程启奥表演的快板《太阳雨润格桑花》，有余璟妍、冯谈谈、胡依晨、耿蜻瑶、吴昭璇、寇珺茹、杨青灵、顾苏煜、姜晨曦表演的藏舞《走进西藏》，有葛云朗的英文演讲《环保从我做起》，有马旻棋、张嘉欣、余璟妍的琵琶合奏《欢乐的日子》。最后，由夏萍工作室的孩子们合唱一曲《明天会更好》。

三个小时的义演、三个小时的义卖，在一片赞好声中圆满结束。这次义卖的善款于一个月后由"太阳雨"团队代表带到西藏，全部捐给了错那的困境学童；义演视频也由他们带到了西藏，同错那的小朋友们进行了一次隔空的才艺交流。同时带去的，还有所有小志愿者寄语西藏孩子们的心声：

同在一片蓝天下，
让我们期待明天会更好！
同在祖国母亲的怀抱，
让我们守望、相助，一起欢笑，
让我们民族团结，共创美好！

四

2020年11月，习近平总书记在视察扬州时高度赞扬："扬州是个好地方。"

千百年来，扬州城与古运河同生共长。守护好大运河，是萦绕在扬州人心头的梦想，也是习近平总书记心中深深的牵挂。总书记深情地说，运河滋养着两岸城市和人民，运河是两岸人民的致富河、幸福河。希望大家共同保护好大运河，使运河永远造福人民。

2021年3月，在"太阳雨"团队开展"学雷锋活动月"系列活动时，小志愿者服务队也开展了"争当'扬州好地方'小卫士"活动。

活动当日春寒料峭，可小志愿者们情绪高涨，准时在便益门广场古运河游客服务中心集合。他们首先听取了服务队童蕾蕾领队关于大运河的文化介绍和保护大运河的意义的宣讲："'故人西辞黄鹤楼，烟花三月下扬州''天下三分明月夜，二分无赖是扬州'的千古名句，描绘的古代歌吹沸天的扬州。扬州的发展与运河一脉相承。古运河扬州段是整个运河中最古老的一段。一部扬州运河发展史，几乎就是一部古代扬州发展史。大运河历史遗迹星列、人文景观众多，运河哺育了扬州，是扬州的'根'。保护大运河就是保护我们的母亲河，小志愿者们要一马当先。"

江苏省道德模范、最美军嫂周忠燕也亲临现场，给小志愿者们讲解了扬州好地方的意义，鼓励小志愿者们从身边的点滴小事做起，投身公益，奉献爱心，去帮助身边的人，用自己的实际行动去感染更多的人。

随后周忠燕带领小志愿者们环古运河段捡拾垃圾、烟头和遗弃物。她一边捡一边还给孩子们进行垃圾分类的讲解，她说"环境关系着你我他，垃圾分类靠大家，所以我们小志愿者要配合垃圾科学分类，让垃圾变废为宝，美化我们的新扬州，共同守好扬州这个好地方"。

通过一个多小时的捡拾，小志愿者们收获满满，全程陪同的家长们一致认为孩子们应该多参加这样的志愿活动，不能把学雷锋当作一句口号来喊。小队长余璟妍接话说："对，我们这就是志愿在心，雷锋在行。"

雷锋精神是中华民族传统美德的一种积淀，是一种随着时代进步而不断发展的与时俱进的精神。太阳雨小志愿者服务队在繁花似锦柳絮如烟的扬州三月，多次组织开展"小小志愿者街头学雷锋"实践活动。

根据扬州市文明办在全市启动的"非机动车有序停放文明实践志愿服务月"活动安排，他们团队协作，安排得当，一起整理小黄车和非机动车辆。高年级的小志愿者与家长配对搭档，将一辆辆堵塞通道的车辆移动到规定位置，同时将歪歪扭扭的小黄车整齐摆放，使得车辆头尾一致；低年级的小志愿者带着抹布洗擦小黄车，为风吹日晒的小黄车拂去了灰尘；刚刚入队的一年级小队员则负责热情礼貌地劝导叔叔阿姨将车辆停放有序。他们的志愿行动，多次得到市文明办的肯定和表扬。

在多次实践中，他们渐渐懂得了自己的所作所为，不仅是为扬州的文明建设贡献爱心，更是作为扬州人的一份责任和义务。因为——有谁不爱自己的家乡呢？

五

自 2022 年小志愿者团队成立以来，至今已举办了 30 多场大大小小的公益活动，内容涉及爱党爱国、拥军爱家、敬老助困、抗疫慰问等，他们在前辈的带领下，大手牵小手，循着爱心大家庭的足迹，不以善小而不为，不以恶小而为之，他们就像一颗颗期待发芽的种子，吸取着人间至善的精华，总有一天，他们会在世界的各个角落，开出关乎人性的最美的花。

习近平总书记说：在实现中华民族伟大复兴的征程上，中国共产党是先锋队，共青团是突击队，少先队是预备队。入队、入团、入党，是青年追求政治进步的"人生三部曲"。中国共产党始终向青年敞开大门，热情欢迎青年源源不断成为党的新鲜血液……要确保红色江山永不变色。

正因为切合了党的基本思想路线，有了爱党爱国的基调，所以"太阳雨"公益也被人们亲切地誉之为"红色公益"，而小志愿者服务队——一群飞起来的"小鱼儿"，作为"太阳雨"团队的新鲜血液，将背负着"太阳雨"最初的希望和梦想，以传承和发展为目标，飞向更远的将来。

第六章　凡人大爱

单丝不成线，独木不成林。

太阳雨爱心志愿者团队能从2003年春天成立开始，在公益的道路上行走了二十多年，由"几棵树"变成了"一片林"，由"一缕光"变为"一片光"，无疑都是因为有了各行各业爱心人士的支持和付出。

从34人的小团队起步，滚雪球一样地不断发展，到近千人的加入；从小规模的捐资助学到开展更大范围的各项主题活动……他们流的每一滴汗，都不会被辜负。凡人微光，照亮百姓生活！

谈起当志愿者几十年的心路历程，朱峻松很是感慨："做几次志愿服务并不难，难的是一直不忘初心地坚持。每个人都是平等的，每一个工作都是有用的，志愿者工作并不比其他工作高人一等，我们所做的一切，不是成绩，更不是功劳，而是凡人大爱，是心之所向。"

古词有云：若到江南赶上春，千万和春住。

但是他们，在"春风十里扬州路，卷上珠帘总不如"的美丽扬州，因为各种机缘认识了"太阳雨"，了解了"太阳雨"，更是走进了"太阳雨"。他们没有选择"和春住"，而是选择了与"太阳雨"一起，在风风雨雨中摸爬滚打，在泥泞曲折中一路前行。

他们用爱心、用行动，与贫瘠荒芜的人共情，在他们心中装扮了另一种春天。一切的风景都在路上，路途所经历的事，所看过的风景，都会因光阴荏苒而渐行渐远，但那些所遇见过的美好，都会在内心叠加，成为力量的铠甲。

他们是爱心的奉献者，同样，他们也是"太阳雨"这个团队的帮扶者和守护者，没有他们就没有"太阳雨"的今天。他们或许同尘埃般渺小，然而，正是这些看似微不足道的尘埃，却承载着无尽的梦想与希望。他们如同星辰，即使在最深的黑暗中，也闪烁着微弱而坚定的光芒。

无数个平凡善良、爱心丰盈的人汇聚在一起，为"太阳雨"撑起了一片大爱的天空。

"公益百灵鸟"陆晓月

一

做公益,很容易发生"人传人"的现象——这是扬州职业大学艺术学院副教授、太阳雨文艺志愿服务队队长陆晓月开玩笑时说过的一句话。

2021年5月19日,"太阳雨"志愿者、乐影琴行总经理王威,被扬州市人民政府授予第二届"扬州慈善奖·最具爱心慈善行为楷模"称号。

当天,王威便把自己在领奖台上身披绶带、手捧荣誉证书的照片,发给了老师陆晓月,陆晓月欣慰地笑了。

王威并不是扬州人,几年前大学毕业后便决定留在扬城创业。他从在别人的琴行打工,到自己创办培训中心,一路走来,尽是在学校时从未想到过的沟沟坎坎。那段时间,他经常打电话给班主任陆晓月老师,向她诉说心中的迷茫……

"是陆老师开阔了我的眼界和心胸。"事业稳定后的王威,常常对人这么说,"也是陆老师,让我明白了什么是社会责任?"

当年,知道他处境后的陆老师就像知心大姐姐一样,不仅从专业上帮助他,还从思想上开导他,带他参加"太阳雨"的各项公益活动,让他看到了比自己要困难得多的群体。于是,他很快自愿成了"太阳雨"的一员。

王威利用自己的专业特长参加各项文艺志愿者活动，并长年结对帮扶西藏错那市觉拉乡完小的扎西桑旦同学和高邮的吴晓红同学；在2020年抗击疫情最重要的时刻，他不仅捐款，更是想方设法捐赠医用酒精15桶给苏北人民医院。

就这样，王威一边做公益，一边打拼自己的事，从对别人的帮扶中看到了自己的专业价值和社会价值，他的情绪越来越稳定，仿佛有一盏灯闪耀在他前行的路上，让他忘记了以往的迷茫。不几年，王威创建的乐影艺术中心，就成为扬州东区最大且极具影响力的培训机构。

"说来也怪，自打加入'太阳雨'后，事业上就开始顺风顺水了。"他对陆老师说。陆晓月笑道："那也许就是善有善报吧。"

其实，陆晓月最早的公益行为是在她参加工作后的第二年．那年她23岁。

有一天，她听学生处的许德宾处长跟其他老师说："体育系有几个来自农村的孩子，家里兄弟姊妹多，劳动力少，是真的困难。就拿宝应小陈来说吧，个子那么高却那么瘦，为啥？吃不饱啊！虽然学校有补贴，但他们正处于长身体的阶段，体能训练消耗又大……唉，学院现在把这些孩子筛选出来，大家能帮一把是一把吧。"

中学时代的陆晓月曾经是一名优秀的体育特长生，她很清楚体育生的身体消耗和对饮食的需求。"我可以资助一个的。"她不假思索地对许处长说道。

许处长打量着这个去年刚入职的小老师，提醒她道："每月资助一个学生的伙食费，算下来应该是你目前月工资的四分之一哦。"

"嗯。"陆晓月点点头。

在大学期间，她就非常关注同学中的贫困生，觉得他们特别需要得到社会的帮助。如今为人师表，有了固定的收入，在力所能及的范围内帮扶贫困生，她觉得是件义不容辞的事。

这一点头，便是十年。

十年间,"谁还没个困难的时候?"这句话几乎成了陆晓月的口头禅。

当年学校规定,学生毕业时需要交齐在校期间的代办费用,每人300多元。有三个孩子家里太穷,实在交不起,最后是作为班主任的陆老师帮他们交付的,共1000多元,使得他们最后都顺利毕了业。

受助孩子们对陆老师的感激自不言说,学校也多次对陆老师的行为加以表彰:她先后被评为扬州职业大学优秀共产党员、优秀班主任,扬州市总工会为职工"办实事、做好事、解难事"先进个人,等等。

当然,也有不同的声音传到了陆晓月的耳朵里:"切,她这样做还不是为了捞取政治资本。"这样的话,她想了半天也没懂是啥意思,如果这真是捞政治资本,为啥大家不一起来捞呢?那岂不是有更多的贫困生受益?

这句话的意思没想通,但却让她做了一个决定:"该做的公益还是得做。而且,要带动身边的同事、学生一起做。"

大大咧咧的陆晓月笑嘻嘻地对朋友说:"你看,逆耳的话如果顺着听,还可以成为一个不错的主意——从今年起,我要把学生的艺术实践课和公益活动结合起来,让'做公益'真正成为一种人传人的现象!"

艺术实践课——一般情况下,都是学校鼓励学生到对口的文艺团体、文化单位,去实践、去展示、去体验。

陆晓月认为,艺术专业的学生如果利用本专业的特点、优势,将公益活动的场所作为表演的舞台,则既能得到专业化锻炼,又能激发年轻人内心的真善美,更于不经意间在心里埋下一颗颗爱的种子。

于是,陆晓月带着她的学生以"太阳雨"公益为舞台,入社区、进军营、探访"麻风村"……在"蓝天下的挚爱""文艺进社区""歌声嘹亮心向党"等主题公益活动中,一次又一次展示了百灵鸟般的歌声和阳光般的温暖。随着活动不断的增加,"太阳雨"的队伍也在日益扩大,陆晓月的学生,很多都是在参加过一次活动后,就毫不犹豫地成了志愿者。

女生鹿佳纯和吴林玥第一次跟随陆晓月到"麻风村"时,一路上的所见所闻都是她们始料未及的:变形的面目、残缺的四肢、每月几百元的生活费……"太震惊了,感觉是另一个世界的村落。"鹿佳纯说,"如果不是亲眼所见,即使听说也是无法想象的。"

那天的演出她们格外认真,当听到村民们肯定的笑声和热烈的掌声时,她们的感觉与平时是不一样的:"看到他们高兴鼓掌的样子,为什么我只是想哭?"吴林玥悄悄地对陆晓月说这话时,眼里已是噙满泪水。陆晓月没有说话,拍了拍她的背。

以前,她们一直以为爱心是温暖的、柔绵的。但在这里,她们感到了爱是一种力量,这力量促使作为学生的她们暗暗下定决心,要更努力更刻苦地去学习,要唱更多的歌、跳更多的舞,来表演给这里的村民们看,让他们真切地感受到精神世界的美好。

鹿佳纯对陆晓月说:"谢谢老师让我们看到了这种不一样的群体,他们的需求也是我们向上向善的动力。老师,我要加入'太阳雨'。"

吴林玥回到学校后,郑重地向校党组织递交了入党申请书。她说:我要尽可能地接近"太阳雨",让自己也能发出些微的光亮。

事实证明,专业的提升和公益活动并不对立。陆晓月的教学方式和教学质量不久便得到了充分的肯定——连续五年教学质量考评均为A级,先后发表论文数十篇,指导的学生在国内外声乐比赛中获奖。在此期间,她还多次受邀参加国内外声乐比赛和演出,并于2002年、2018年,在扬州举办个人独唱音乐会。2022年,陆晓月被学校任命为扬州职业大学艺术学院青年先锋队队长。

陆晓月"公益百灵鸟"的名号就此传开。

陆晓月在公益路上的活跃度也先后影响了她的同事——美术系的张晨老师和许歆云老师,在随她一起去过"麻风村"后,大受触动,主动捐钱捐物，不久也加入了太阳雨爱心志愿者团队。她们的朋友在看了她们发的朋友圈后，直接定向捐钱给"麻风村"，并强调不留姓名……这样的爱心接力倒真应了陆晓月的那句"人传人现象"。

"说'人传人'是开玩笑的，我觉得吧，其实人人都有一颗爱心，只是找不到切入点。对我来说，'太阳雨'正是这个切入点。我的行为只是让我成为一个引路人，让他们看到同一个切入点。"面对别人的褒扬，陆晓月如是说。

二

"叔叔阿姨们，大家好！今天站在讲台上的我不是你们的老师，而是你们的晚辈。从今天起，你们又多了一个孩子。"陆晓月一上讲台，就笑着对坐在下面的"学生们"大着嗓门这样说。

这是一个特别的课堂，讲台背景显示了这堂课的主题——"经典歌曲大家唱"。讲台下方，一排排端坐着的学生都是头发花白的老人，陆晓月第一句话就拉近了与他们的距离，老人们呵呵地笑了起来。

"太阳雨"志愿者们经过调研发现，扬州社区老人生活的状况基本为：有组织的活动很少，可选择的活动更少，老年大学因费用低、招生名额有限，更是一座难求。那么，如何解决这一状况呢？

陆晓月提议说："要想引导社区居民远离麻将室等空气不良聚集地，开启健康快乐的生活方式，我能想到的就是让文艺活动走进社区，做到真正的文艺亲民、文艺惠民。"这个提议得到了大家的一致认可，不久，一项以"文艺惠民"为主题的志愿服务项目——"经典歌曲大家唱"得以落地。

有着"公益百灵鸟"之美誉的陆晓月，率先担任主讲。第一期活动，安排在景区建隆社区党群服务中心举行。她没想到第一批参加活动的学员人数就达到60多人，其中大多为年过半百的退休人员。

那天教唱的歌曲是电影《英雄儿女》插曲《英雄赞歌》。她首先介绍了歌曲的创作背景、词曲含义和艺术特点，然后又结合当时正在热播的电影《长津湖》，和老人们一起回顾抗美援朝时的战争故事，让老人们从这首本就不陌生的歌曲里，激发出内心深处对英雄、对祖国的崇敬和热爱之情。

陆晓月看出他们虽然年龄大了，但热情很高，有一股不服老的劲头。然而高音唱不上去，节奏掌控不准的问题，也阻碍着他们的进一步的发挥。

陆晓月对他们说："叔叔阿姨，虽然这是一个群众性的文化授课，但是专业的乐理知识我是一定要教给你们的。只是，你们愿不愿意学呢？"陆晓月故意逗他们。"愿……意！"老人们的回答像童声般充满快乐。

于是针对老年人记忆力不好、学谱易忘的问题，陆晓月就教他们：在家抱着孙子时要记"哆"，洗菜做饭时要记"西"，节奏较强时就咬牙切齿唱所恨的人的名字，节奏较弱时就温柔地唱自己爱人的名字……深入浅出的教学方法常常逗得大家哈哈大笑，但在笑声中老人们迅速记住了三连音等节奏的特点。

为了表示对英雄的敬重和对老年学员的尊重，陆晓月坚持整场站立教学。学员们唱到动情处时，也是全体起立，精神饱满：为什么战旗美如画？英雄的鲜血染红了她；为什么大地春常在？英雄的生命开鲜花……歌声中充满了"舍生忘死保和平"的爱国热情和"地陷进去独身挡"的英雄情结。

下课时，陆晓月要求他们回去要备课，还故意板着一张"老师脸"说："不准贪玩乱跑，不准打麻将赌钱哦。"老人们听了不仅不反感，反而有被重视、被关注的感觉，纷纷点头说："好！"

居民厉鼎丰上完课后深有感触地说："感谢陆老师让我们在家门口就能听到这么专业的讲课。红色经典歌曲就是应该代代相传。"

几年后的今天,"经典歌曲大家唱"的社区活动和"太阳雨"的其他活动一样,依然持续着且深得人心。居民张家静对在家门口教过她唱歌的老师和学会的歌曲如数家珍:音乐教育家夏萍的《祖国之恋》,扬州市音乐家协会副主席、副教授蒋毅的《黄水谣》,田家炳中学音乐老师朱琳的《我们的中国梦》,江苏省音乐家协会会员、2022省艺术基金演唱人才培养对象张宗湄的《美丽中国》,等等。

三

"我有许多舅舅,最熟悉的就是朱峻松舅舅……每到活动日,舅舅总是最忙碌的,组织人员、负责采购慰问品,还要兼做节目主持等,每次活动都安排得井井有条、忙而不乱,他不但把这么多人团结在一起做慈善,自己还带头捐钱捐物,他们全家都是志愿者,在他的影响下好多人都是全家一起参加志愿活动。他常常说:'帮助别人,就是我们最大的快乐!'……"

这是在百度上多家作文网刊登的一篇标题为《我的爱心舅舅》的小学生作文,作者就是陆晓月的女儿、时为扬州汶河小学五(8)班的陆景宜小朋友。文中的这个"舅舅",并不是有血缘关系的亲舅舅,而是从"太阳雨""一家亲"中叙出来的。

那年,陆景宜整十岁。

在扬州,身为父母的是很注重孩子的第一个整生日的,一般会给孩子买些贵重的礼物,再热热闹闹地办几桌酒席,请亲朋好友前来吃饭庆贺。小景宜的爸爸妈妈也不例外,他们提前商量:该给孩子一个怎样特殊的成长礼,才能赋予这个生日特殊的意义呢?

陆晓月的老公邱宝华,是扬州知名的游泳教练,也是太阳雨太极健身队的骨干,几乎是很自然地,"全家公益"成了他们毫无争议的首选。

不仅不会买任何贵重的礼物，还要从自己积攒的压岁钱里拿出一部分来资助困境的学生，小景宜会同意吗？他们试着把这个想法跟孩子说了。没想到小景宜二话没说，就拿来了储钱罐，她说："当然同意啦，你们别忘了，我也跟你们参加过公益活动呢。"

在咨询过"舅舅"朱峻松后，小景宜拿出她全部的积蓄资助了一名藏族小学生拉巴觉旦。陆晓月说："以后你俩要取长补短，互相学习，共同成长。""嗯。"小景宜郑重地点了点头，一如陆晓月23岁那年，面对许德宾处长承诺帮扶贫困生的模样。

后来，小景宜在作文中写道："我们通过驻地解放军叔叔和当地部门，将帮扶款项和书包文具交到了小弟弟手中，虽然我听不懂小弟弟说什么，看他紧紧抱着书包开心的样子，我感到了这样过生日，特别有意义，仿佛自己长大了许多。"

十岁生日那天，陆景宜小朋友正式成为太阳雨小志愿者服务队中的一员。他们一家三口常常出现在不同的公益活动场所。

陆晓月有时会逗女儿说：妈妈以后没有王位给你，也没有亿万资产给你，但会有个"公益百灵鸟"的头衔可以送给你，你要，还是不要？

"要！"小姑娘点点头，坚定地说。

"梨园馨香" 沈仁梅

一

沈仁梅，中国戏剧家协会会员，二级演员，江苏省第五届戏剧红梅奖银奖获得者（金奖空缺），江苏省第八届戏剧奖表演奖获得者，主演的《鉴真》获第四届江苏省文华奖；扬州市第十四届运动会冠军获得者，她的太极拳（剑）、八卦等多次获得省、市赛冠军，一级社会体育指导员，二级武术裁判员；太阳雨文艺志愿服务队副队长。

朱峻松和沈仁梅认识多年，他对她的评价是："沈仁梅是完美主义者，做事、学艺都非常认真，近乎执着！她参加每场演出，从不看场面大小，不看观众多少，哪怕对面只一个观众，都是以专业的态度认真对待。从来没有随便、简单的应付式表演。这在非常敬业的同时，也体现了她尊重每一位观众的素养。"

沈仁梅从小喜欢唱歌，声线很好。有一天她打开电视机，正好看到扬剧表演艺术家李开敏老师在介绍"扬剧"。李老师说，扬剧，是扬州市地方传统戏剧，是国家级非物质文化遗产之一，原名"维扬戏"，俗称"扬州戏"。李老师一边讲解，一边还作示范演唱。扬剧唱腔那刚柔并济的风韵让沈仁梅为之着迷。

此后，她便开始通过各种途径学唱扬剧。

初三时老师向她推荐了一个招生通知：扬州文化艺术学校招生，

有扬剧班。知道她喜好扬剧的班主任老师就带她去报名。经过初赛、复赛、决赛以及文化考试后，沈仁梅被顺利录取。

按理说，以小学毕业的年龄去学戏曲是最佳的年龄，小孩子的骨骼韧带比较柔软，可塑性强。而初中毕业才去学习的沈仁梅，相当于已经成年，年龄有点偏大。压腿、翻跟头、劈叉等，真的是克服了常人无法想象的疼痛，特别是在练毯子功——虎跳、拿顶功、倒扑虎等比较高难度的基本功时，有时直接疼到偷偷掉泪……她的腿后面的韧带曾受伤，严重到不能上楼不能下楼不能走路。那段时间，她曾问过自己，这样的选择是否正确？

就在她感到迷茫甚至想打退堂鼓时，老师给予她极大的关心，不仅细心地帮她治伤，还语重心长地开导她："小孩子有小孩子的优势，你这个年龄有你这个年龄的优势。虽然现在练功的身体条件不算好，但在懂道理、自觉性、理解力方面，都比年龄小的孩子要强好多。等以后进入剧目教学的时候，理解力和塑造人物方面的优势自然就会显露出来了。"

腿伤痊愈后的沈仁梅很感恩老师，便更加刻苦地训练。根据老师的安排，主攻活泼俏皮的彩旦和年长声老的老旦。

一个18岁的年轻女孩子，举手投足都要学老太太的样儿——声音、形体、神态、表情、眼神甚至手指动作，都要像七八十甚至百岁的老人，并且还要惟妙惟肖。

沈仁梅的内心虽也喜欢漂亮的头饰、服装，但她在老师的指导下成功克服了心理障碍，告诫自己要沉下心来，既然学了就认真地学。在不断学习的过程中，她体会到了每个角色都有它的魅力，而且是独特的魅力。比如一些声腔的技巧：老旦的声音是往后靠的，比较宽比较沉，跟青衣花旦的明亮清脆有着明显的区别；再比如《新春观灯》《鸿雁传书》等不同故事内容中的不同角色，在声音的塑造上也有不同的讲究……每一点体悟都能让年轻的沈仁梅感受技艺进步带来的欣喜。

天道酬勤，精益求精的沈仁梅在扬剧的舞台上频频获奖，参加演出的舞台也越来越大。

2015年的一天，正在深圳参加大型古装戏演出的沈仁梅，接到了朱峻松的电话，问她能不能参加去敬老院的公益演出活动。

打这个电话前朱峻松其实是犹豫的，他担心已成了大舞台上"角儿"的沈仁梅会介意舞台的大小，而公益演出几乎是没有舞台的。没想到沈仁梅竟一口答应，还嗔怪朱峻松说有这样一个公益组织怎么不早说呢，早知道肯定要加入的。就这样，她成了"太阳雨"团队中的一员。从此，志愿文艺服务生涯就"一发不可收"。

沈仁梅说："参加文艺志愿服务活动，不能认为我们演员都是在付出、都是在为他人服务。其实在整个活动过程中，我们会随着角色的变化以及其他客观条件的变化，对声音进行适当的调整和重塑。像这样在不知不觉中尝试，在不知不觉中成长，又何尝不是我们在受益呢？"

二

2023年春节是出嫁的女儿带着夫婿、子女回娘家拜年的日子。这天，沈仁梅也像所有出嫁女子一样，带着丈夫、孩子一起从扬州回到了老家——高邮汤庄，并决定在家多待些日子，陪一陪四位好久不见的老人，以弥补这几年因疫情原因对家里长辈"陪伴"上的亏欠。

前几天就从母亲的电话里得知，89岁高龄的爷爷奶奶生病还未痊愈，每天仍需在家吊盐水；父亲身体也不太舒服，疑似也感染病毒，症状日趋明显。在得知孩子们要回来的消息后，母亲非常开心，特地电话告诉他们说这个消息比药还灵，几位老人的病都已好了一大半了，还笑说一大家人可以吃十天的食材都已经准备好了，你们啥也不用带，把好久不见的大外孙带回来就好。

就这样，一家人其乐融融地过了三天，住在其他省份的小姑子、大侄子等亲戚也陆陆续续地回来了……融融的亲情，浓浓的年味，几位老人整天乐呵呵地合不拢嘴。

正月初四傍晚时分，一家人正商讨着次日"接财神"事宜。这时，沈仁梅的手机铃声响起，接听后传来说话从不转弯抹角的朱峻松的声音："明天是烈属崔德生的八十岁生日，你有时间过来为他庆生祝寿吗？"沈仁梅微微沉吟了一下，点头说："有！"

崔乃武烈士1946年牺牲在邗江黄珏。现住在槐泗镇崔庄乃武组的崔德生是烈士唯一的儿子，目前因多种疾病，生活不能自理。但他从未以烈士子女的名义向政府伸过手，提过任何特殊要求，保持了一个共产党员的优良品德。几十年中，崔德生多次荣获优秀党员、先进个人、五好家庭、文明示范户等称号。

春节前夕，"太阳雨"志愿者登门看望慰问烈属时，得知崔老正月初五过八十岁生日，领队朱峻松当即表示，安排文艺轻骑兵专程来为崔老现场祝寿。

当沈仁梅把这一情况跟家人说明后，一大家人虽觉遗憾但随即又都表示理解和赞同。父亲说，看看我们儿孙满堂的一大家子，这种圆满难道不是当年烈士们用生命换来的吗？去吧去吧，这是我们应该做的。丈夫当即带着孩子开车把沈仁梅送回扬州。

路上，他们的儿子联想起2019年大年三十，拎着礼物跟妈妈，还有很多"太阳雨"的叔叔阿姨一起，去江都给烈属陈妈妈拜年的事。那天，他们每个人都为陈妈妈表演了节目，沈仁梅母子二人也为陈妈妈唱了戏，沈仁梅唱的是扬剧《新春观灯》，儿子唱的是《板桥道情》。把陈妈妈感动得拉着孩子的手久久不愿松开，连连感谢说，是他们让她感受到了三代同堂的温暖。

爸爸问儿子："参加这样的活动，你有什么感受？"儿子想了一会回答道:"我记得上次参加活动时,有谁说了一句名人名言,我不记得是哪个名人说的了。说一个民族如果忘记了过去,就不能正确地面对现在和未来——这句话应该就是活动的意义所在吧?"

沈仁梅向儿子竖起了大拇指,爸爸开着车看着前方,欣慰地笑了。

崔德生老人的庆生活动被安排在他家门前临时搭的大棚里进行,家里人为老人张罗了好几桌,把崔老的近邻以及乡里乡亲的人请了过来。

一场特殊的文艺汇演开始了:

"新春佳节万众欢腾啊,长街上灯火通明放花灯。火树银花灯似海,盈盈喜气照乾坤。云中仙鹤翩翩舞,花间的孔雀竞开屏……"沈仁梅演唱的扬剧《新春观灯》十分应景,一开口便赢得了老人和村民们的阵阵喝彩。

之后,文艺志愿者们便一个接一个地登场,一首接一首地演唱:徐莉的《爱的路上千万里》、徐建国的《父亲》爱意融融、情真意切;倪丽萍的《幸福中国一起走》、田蓉和许亚祥的男女声对唱《九九艳阳天》热情飞扬、激情澎湃;闫传钵的二胡独奏《赛马》、余璟妍的朗诵《读中国》荡气回肠;周国华的《夕阳红》表达对寿星美好的祝福,陆晓月的《我爱你中国》,更是将活动推向高潮。

十多个节目轮番登场。其间,志愿者还向崔老赠送祝寿金 1000 元,以及鲜花和祝寿蛋糕。

崔德生老人数次落泪,嘴里不住说着:"谢谢!谢谢!"

虽然是在简易的大棚里,但志愿者们仍然用行动、用欢歌笑语为烈属家庭绘制了一幅欢乐喜庆的祝寿图!

三

2021 年 6 月 30 日,沈仁梅在"太阳雨"工作群里看到一则通知:

本周六、周日两天,"太阳雨"团队组团去开山岛看望时代楷模王仕花……

她的第一反应便是:我要去!

开山岛——这个名字于她而言并不陌生,但就其高度而言,却一直是她心目中的"遥不可及"。因为那不是一座普通的小岛,而是近几年才为人所知的英雄岛。

开山岛位于连云港市灌云县燕尾港镇开山岛村,是中国黄海前哨,曾被侵华日军占领,炮楼遗址至今犹存。中华人民共和国成立后由当地官兵建岛守岛直至 1985 年部队撤编。

1986 年 3 月,灌云县人民武装部于开山岛设立民兵哨所,武装部先后派过 4 批 10 多个民兵上岛守护,但最长的待了 13 天,最短的刚上岛就离开。

1986 年 7 月 15 日,王继才被派往开山岛……

沈仁梅还记得 2019 年夏天,有一部小戏在当时很是轰动,那就是由扬州市扬剧团编排、由李政成副局长和葛瑞莲老师主演的《夫妻哨》。该剧通过央视等各大新闻媒体多次播放,一时引起巨大反响。

小戏时间不长,却也完整地讲述了王继才、王仕花夫妇以海岛为家,与孤独相伴,把一生最美好的年华无私地奉献给了国防和海防事业,在飞鸟不做窝、渔民不上岛的孤岛上坚守 32 年的英雄事迹。两位老师声情并茂的表演深深打动了沈仁梅。

只是海岛很远,灯塔很远,英雄也很远。

如今突然有了去开山岛看望英雄的机会,本就感性的沈仁梅很是激动,她对领队朱峻松说:我要去!我还要为守岛民兵唱戏,我要利用专业特长向英雄表达我的敬意。

这次的慰问安排原本没有文艺表演环节,因为正值盛夏,室外气温最高已达 40°左右,而且不清楚岛上的具体情况,如果站在海岛室外进行表演,领队担心演艺人员身体吃不消。听到沈仁梅的主动请求,朱峻松既开心又感动，他说：那太好了！如果条件允许，你可以多唱几首。

李政成副局长知道沈仁梅的请假原因后当即批准，并说：多拍些照片回来，让更多的人也看看开山岛和时代楷模的样貌。

开山岛由墨褐色岩石构成，怪石嶙峋，陡峭险峻，面积相当于两个足球场大小。

2021年6月"中国军网"以《32年，两个人，一座岛，他永远留了下来》为标题，刊发了王继才、王仕花夫妇在恶劣的生存条件下坚持守岛32年直至王继才病逝的感人事迹：

送他上岛的小船开走了，岛上只剩下他一个人，想象中的美丽小岛，露出了狰狞的面目——乱石嶙峋，蚊虫飞舞，老鼠和蛇在脚下乱窜。一条黑咕隆咚的坑道，几排空空荡荡的营房。岛上没有电，没有树，也没有水。接雨水的蓄水池里，爬满了虫子、蛤蟆。深夜，海风呼啸，门窗摇撼，像怪兽咆哮，他点上煤油灯，坐在墙角的床上，瞪着眼睛，直到天亮。

一天，两天；一周，两周，平时烟酒不沾的王继才，抽光、喝光了人武部领导送他上岛时带来的6条"玫瑰"烟、30瓶"云山"酒。他突然明白，为什么在他来之前，4批10多个人先后上岛，最长的只坚持了13天……

文章再现了当年小岛上恶劣的生存环境以及英雄王继才夫妇32年中朴素的思想变化和真挚的家国情怀，读来让人热血沸腾，感慨万千。

在开往开山岛的渡轮上，浪花不断拍击着志愿者们乘坐的船窗，显得调皮而热烈，沈仁梅的心也随之起伏、思绪连绵——

她很想问它们：你们，可是多年前那些时常偷袭简陋哨所的海浪？是什么让你们改变了模样？海浪忽然呜咽，退向了她看不见的远方。

等到了岛上,迎面而来的暖风与他们撞了个满怀,苦楝树和无花果树已明显呈现出主人的姿态,她很想问它们:你们,可曾记得初来乍到时,那光秃秃的砂石和没有人迹的石阶?可曾和我们的英雄一起,驱赶过漫山遍野的蛇虫鼠害?树叶一阵摇曳,轻轻地诉说着——用能够触动她灵魂的语言。

当她抬望岩石盘山,内心不禁升起了一种敬畏,她忽然看懂了山石的威严:开山岛就是战略岛,曾被掠夺者的脚印侵扰;开山岛就是求援岛,是过往船只和渔民可以信任的航标;开山岛就是英雄岛,是海上违法的警示地,是义正词严的拒绝和警告。所以岛再小,也和我们的国一样重要!

扬剧《夫妻哨》中有个几乎不变的背景——白色灯塔,此刻就矗立在沈仁梅的眼前,她仰视着它,就像仰视身高只有一米四几的王仕花,这一刻,她想把所有她会的曲目,全唱给前来迎接他们的王仕花和现在的守岛民兵们听。

站在烈日下,沈仁梅利用自己带来的小话筒、小音箱开始为民兵们清唱。不久,她的头发湿了,她的衣衫湿了,但一字一句、一板一眼却毫不含糊,自始至终都保持着最初的激情昂扬。

一大段包含了扬剧、黄梅戏、豫剧、京剧四个剧种的戏曲串烧,是她对眼前"时代楷模"满是敬意的表达;《鸿雁传书》《女驸马》《红灯记》《花木兰》的唱段是她对王仕花"谁说女子不如男"的暗喻明扬。

每唱完一段,王仕花和另外两名守岛战士都会报以他们所能给予的最热烈的掌声。她看着她,她又看着她,她们的眼角都滑下亮晶晶的泪花……

次日晚上,回到家的沈仁梅放下了行李,却再也放不下开山岛——这座从2019年开始就让她铭刻在心的英雄岛,现在终于和她心目中的英雄一起,以可触碰的形象,成了她脑海中挥之不去的感动。

她打开了日记本，海浪便雀跃着奔她而来，岛上的暖风、标志性的灯塔、盘山的岩石、无名的花草树木，一一浮现在脑海，激动的心情难以平复，她要把所见所闻、所感所想一一记录下来。她这样写道：

王仕花言语不多，当她面朝大海，沐浴着阳光，我感觉她分明就是这个小岛的一部分啊，而另一个伟岸的身躯，依然在她的身旁。

在小岛，我看到了他们曾作为升旗台的石槽。没有观众，没有音乐，一个敬礼，一面国旗，就是一次神圣的升旗仪式。11600多次，国旗从你们的心里升起，飘扬在小岛的上空，向全世界宣示着国家的主权。

在小岛，我看到了怪石嶙峋，想起了《夫妻哨》中，他们夫妻的对话、笑谈："那天巡逻，台风把我刮到海里头，一个浪头又把我送回来啦……"

在小岛，我看着现有的生活设施，想象着他们那时的艰难，理解了他们也曾有过的思想斗争和内心挣扎。

在小岛的每一刻，我难以平复的心情就像大海的波涛。

所以，曲虽终了，但情未散！如有机会，我还会再去开山岛，再次为英雄、守岛人放声歌唱！

"福慧双修" 论包伟

一个女子的美好，往往会被称为"大家闺秀一般"或"小家碧玉似的"，但是，作为"非遗（扬州弹词）省级传承人"包伟的美，竟然是有诗可赞的：

> 一曲弹词，唱出江南雅韵。
> 半掩琵琶，尽显淮左风流。

美目盼兮、巧笑倩兮的包伟，活成了大多数江南女子心目中想要有的样子，就连从艺四十多年来所有获得的奖项仿佛都是带有香气的：

包伟，1968年生人，扬州弹词表演艺术家，一级演员，扬州市曲艺家协会主席，扬州市曲艺研究所副所长。曾荣获牡丹奖表演奖、牡丹奖节目奖；省文华奖表演奖、芦花奖表演奖；省"五个一"工程奖等。2015年与其子张一丞表演的原创扬州弹词《梅兰芳·蓄须明志》入选国家艺术基金资助项目；2017年表演的扬州弹词开篇《月亮城》入选国家艺术基金资助项目。2003年，她的扬州弹词《双珠凤》50集在央视《曲苑杂坛》栏目中全年播出。2008年入选江苏省"五个一批"人才，2019年获江苏省中青年"德艺双馨"文艺工作者称号，2020年—2024年分别入选省委宣传部"名师带徒"项目。2024年又被省宣传部评为紫金"文化英才"。

2014年，因认可朱峻松的公益理念，包伟主动要求加入"太阳雨"团队，并成为"太阳雨"文艺志愿者的形象大使。

自小受扬剧熏陶　报考扬剧团意外落选

人这辈子，究竟从事什么职业，一般无法预计。但是，从小受到熏陶，肯定会对日后择业有影响。

包伟的父亲，原是瓜洲八里的一位农民，只因继承了包氏家传打击乐，故而能够进入剧团，成为一位技艺精湛的琴师。音乐改变人生，这是父亲常常挂在嘴边的一句话。自小，包伟生活在农村姑妈家，最爱的就是撒开脚丫子，在田埂上奔跑，看着金灿灿的油菜花，开得漫山遍野。耳畔飘过的，都是姑妈那清脆嘹亮的插秧号子。

三四岁后，包伟就跟着父亲住在埂子街的愿生寺内。那时的扬州扬剧团、京剧团，也都驻扎在内。包伟日日所见的，都是一位位身着短褂在练功毯上腾挪闪转的演员。夜夜所听的，都是锣鼓铿锵、胡琴悠扬。别人在舞台上才能见着的生旦净末丑，在包伟看来，早就寻常。只要一出家门，就是剧团排练的火热场景。若是跟着父亲外出演出，那台上的粉墨登场，那台下的掌声雷动，也是自小就站在台口看习惯的。尽管有些奔波辛苦，可父亲对她的宠爱，却是从未减分毫，常常把她抱在膝头，轻声细语地讲着故事。

包伟自幼不太爱讲话，任谁去逗，都不喜欢言语，就有了一个"小哑巴"的外号。然而，若有人请她唱上一两段，倒多半会学着大人的模样，挺着小身板，咿咿呀呀，将小小的手指翘成兰花。

有了这样的基础，到学校上学时，音乐上的天赋自是展露无遗。每逢音乐课，包伟都会成为老师的助手，伴着老师弹出的音符，将一首首新歌，教唱给同学们。

然而，她从艺的道路一开始就遇到了挫折。1982年，扬州艺校招收扬剧班，从小听着扬剧长大的包伟，在父亲的支持下，兴致勃勃地去报了名，但结果却是名落孙山。虽然包伟的嗓子条件是出类拔萃的，但可惜的是当时她的身体尚未长开，瘦弱如同"豆芽菜"，评审老师认为她站在舞台上，台风不够靓丽。

考进扬州曲艺团　学弹词背书背得掉头发

山重水复疑无路，柳暗花明又一村。戏剧之路走不通，曲艺之桥悄然开启。没过一两年，扬州曲艺团招生，曲艺团团长比邻而居，递了信息过来，团里招说评话的，唱弹词的，唱清曲的，总归会有合适的。报名的时候，考试其实已经结束了，给包伟临时加了一个面试的机会。录取之后，包伟才知道，当初一期招收进校的十个学员，是从全市上千名学生中挑选出来的，实属不易。

刚进入曲艺班，包伟就听得，有前辈说过，学艺是件很辛苦的事情，"学艺术等于下地狱"。当时，在包伟听来，那太耸人听闻了。几个兴趣相投的女生住在一起，每天都能穿戴得齐齐整整，打扮得漂漂亮亮。上课的时候，也是端坐着，抱着琵琶，唱着小曲，莺声燕语，好不优雅。就算是练功，也是放着一张白纸，靠近嘴边，不断说话，万不能让飞沫沾湿了白纸。屡屡下课，看见扬剧班的学员们，个个练功如同泥猴一般，难免要掩嘴轻笑而过。

然而，结束了学校里的基础课程，毕业进团时，包伟才慢慢发觉，从学校到登台，其中的道路绝非一蹴而就。

真正开始学书，第一道难过的坎就是抄书。先生的书，需要自己一部部抄写下来，每天抄几本，那都是规定好的。为了赶进度，只能没日没夜地抄，每天不抄上八九个小时，根本完不成任务。抄的书都是古书，很多字不认识，就只能空在那里，自己顺着意思往下蒙。抄完书，还要自己对着墙壁，把抄过的书再说出来。古书中大量的诗词歌赋，繁复的人物称谓，光是读着，都觉得绕口，更何况要一字不错地背下来。

"那段时间，我背书背到鬼剃头，头发一把一把地往下掉，女孩子都是爱美的，都不敢去浴室洗澡了。回到家，妈妈每天都用生姜给我擦头皮。"

光是这样的抄书、背书，就已经让包伟感到学书真非易事。而第一次登台的紧窘，至今想起来，仍是历历在目。那天，是在群艺馆给惠兆龙做垫场演出，说的是《双珠凤》。从化妆室到书场，不过两层楼的距离，可总会走上很久。包伟笑道，"当时太紧张了，每一步迈出去，都感觉重若千钧，希望这段路很远，永远走不到书场才好呢！"

好在，十八九岁的年纪正是水灵灵的模样。刚登上台，还未开口，台下的观众们就已经掌声一片了。真正说起书来，倒也进入忘我之境。说完之后，顿时感觉轻松多了。"一下台，就感觉非常开心，特别为自己感到骄傲。"

恩师张慧侬如慈父　不仅学书，更学做人

回首初登台的那段时间，包伟的脑海中总会浮现起一位清癯的老者形象——扬州弹词一代宗师张慧侬。

在扬州曲艺界，这是一位可以比肩王少堂的人物。他的"张氏四宝"：《珍珠塔》《刁刘氏》《双金锭》《落金扇》，至今仍是扬州弹词传唱多年的经典。包伟进团之后，就是拜在了张慧侬的门下。

温文尔雅、谦逊低调，与其说在张先生那里学到了书，不如说在张先生那里学到了如何做人。

包伟进团的时候，张先生的岁数已经不小了，但是看到扬州弹词

的新人,他还是坚持前来授课。让人感动的是,张先生从未因为自己已是德高望重的大家,就抬高架子。甚至,他会剖析自身在表演上的弱点,让学生引以为戒。

同时,张先生也从未有过门户之见。包伟曾经前往苏州评弹学校,拜邢晏春、邢晏芝为师,张先生非但没有阻拦,反而一再嘱咐,一定要学习、吸纳对方的优点。

"先生人特别好,对待我们如同自己的孩子,当真如慈父一般。我们出错,从未高声训斥过,只会一根接着一根地抽烟,让人看得特别内疚。"包伟回忆道。

张慧侬先生辞世之前,包伟正在海安书场说书。因为一直牵挂着先生病情,包伟心神不宁。开场之前,忽然接到了师兄的电话,电话里,师兄有些哽咽地说,先生快要不行了。那一刻,包伟真想冲出书场,赶回扬州,侍奉在先生榻前。然而,她更了解,如果先生知道,肯定希望她能把这场书好好说完。强忍着悲痛,包伟整整衣服,稳步上台。

尽管她最终还是没能控制得住夺眶而出的泪水,道出缘由后,得到了整个书场书客们的理解。匆忙下台,再拨师兄电话,获悉先生已走。那一瞬间,包伟无尽悲痛中,也有一丝安慰:她相信先生在弥留之际,一定听到了她的说书之声。

如今,包伟还有一个习惯,生活中无论遇到开心还是烦闷的事,都喜欢到先生墓前走一走,奉一束鲜花,燃一炷檀香,安安静静地和先生说说心里话。

在外跑码头历经艰辛　看见扬州客车都想哭

对一名曲艺演员来说,跑码头是必不可少的经历。但是对一个女孩子来说,独自一人行走外地,其中的艰辛和孤独,常人难以想象。

已经不记得有多少次,将五六个满满的行囊背在柔弱的肩膀上,站在路边,等待着汽车能够搭载一程。已经不记得有多少回,推开书场宿舍的破旧木门,眼前所见,都是发霉的床单被褥,破洞褴褛的蚊帐,小小的房间只能容身。

"真正说书的那两个小时,反倒是热闹的。怕就怕当天的书说完了,书场散了,就连打扫卫生的人都走了,空荡荡的书场,只剩下一个人的时候,立刻就觉得非常孤独。"包伟回忆说。

也就是在那个时候,当初一批进校学习的同学们,吃不了这份苦头,扛不过这份寂寞,纷纷选择转业。包伟也有些动心,想要离开这个行业。就在此时,家里的父亲和单位的领导,让她再考虑考虑,再坚持一下,千万不要轻易放弃。这一坚持就是35年光阴。

首届曲艺节获大奖　　第二届遇挫折更潜心

好在,包伟并未等待太久。曲艺艺术在众多关注的目光中,慢慢升温。1994年,第一届江苏省曲艺节在徐州开赛,对很多还坚持在书台上的曲艺演员们来说,这次比赛,有着里程碑式的意义。

参赛之前,包伟心里一点儿底都没有,不知道对手的技艺如何,不知道评委的眼光多高。她向著名扬州弹词表演艺术家李仁珍求教,对方也是毫无保留,倾囊相授。不但悉心将名篇《求潘》传授,还特地让包伟到高邮书场上,看自己如何表演。

下场之后,关上房门,两人在屋中,对着参赛曲目,一字一句进行梳理,真正做到了精雕细琢。"那真是手把手教,从唱到说,从表到演,落实到每一个表情,每一个字上。"那一年,包伟参赛,顺利将"优秀表演奖"收入囊中。

但是,比赛永远都是残酷的。在第二届省曲艺节上,以一段经典弹词参赛的包伟,却与"优秀表演奖"失之交臂。

"比下来，没拿到优秀，现在想想，是件好事。正是那次落败，让我领悟到，曲艺是一门综合的表演艺术，不仅在弹唱的水平上，你的选段、演绎，乃至服装、发饰，都会对书台上的呈现有着很大的影响，每一个细节都不能忽视。"包伟动情地说。

两次问鼎曲艺最高奖　扩大扬州弹词影响

"牡丹奖"是中国曲艺的最高奖项，也是所有曲艺演员心目中，分量最重的奖项。

2010年，包伟以扬州弹词《秀才遇见兵》，向第六届"牡丹奖"表演奖发起冲击。这是一档以大学生村官为题材的弹词，贴近时代，唱词优美。为了备战，她独自一人选择了一座庵堂，平心静气。每天早晨出门，沐浴着新鲜的阳光，看着满田野的油菜花，仿佛又回到了小时候那无忧无虑的生活状态。

那一年，"牡丹奖"首次增设了现场比赛的环节。从初赛到决赛，要经过三场比赛。不但要送交碟片，更要现场表演。就在最终决赛的前一夜，包伟还对本子进行了修改。

"这原本是大忌，但是总觉得修改过后的本子更成熟，唱词也更为合理。"比赛当天，包伟是服了"保心丸"才上场比赛的。比赛的签位不好，是当天的最后一位。评委看了一天，都有些疲倦了。但是，当包伟坐上书台，一开口，很多正准备离开的观众，立刻又坐了下来。这一出《秀才遇见兵》，将扬州弹词手口相应、腔意结合的特点，发挥得淋漓尽致。片段表演完毕，掌声雷动。"牡丹奖"表演奖，已无悬念。

如果说表演奖是包伟个人奖项的话，两年之后，扬州曲艺中篇弹词《盛世红伶》，再度向"牡丹奖"节目奖发起冲击。

在"牡丹奖"的各个奖项中，节目奖的难度最大，从剧本到改编,从演员到表演,最能展示一个剧团、一个曲种的综合实力。如何修改本子达到最完美的地步?如何合理安排好现有的演员?这都是包伟一直在思考的问题。无数个通宵达旦,无数次绞尽脑汁,最终,《盛世红伶》完美绽放,以全部评委的一致通过,毫无争议摘下第七届"牡丹奖"节目奖,这也是扬州曲艺史上,首次问鼎节目奖。

"我特别欣慰,因为'牡丹奖'节目奖实在是来之不易。和个人奖项相比,我更享受这种身处团队之中的凝聚和幸福。"

"福慧双修"是我的人生目标

如今,包伟成为"太阳雨"志愿者已11载。其间,她经常跟随太阳雨文艺志愿服务队走进军营、干休所、社区、学校、帮扶家庭、福利院、敬老院等地进行各种"送温暖"文艺演出,每次都会上场为社会各界人士表演扬州弹词与扬剧经典曲目。

她说:"我是一名文艺服务志愿者,更是一名'太阳雨'的爱心妈妈,每当看到那些需要帮扶的孩子们,心里总是不能平静,就希望用自己的微薄力量去为他们做点实事,所以每次只要'太阳雨'有帮扶活动,我都会义不容辞地推掉其他事务去参加。"

多年来,包伟一直坚持为扬州周边地区的留守儿童出资和捐赠学习用品、衣服等,同时还常年捐助一些孩子重返校园,西藏错那市觉拉乡完小的赤列曲珍便是受助者之一。包伟说:"每年的捐赠数额虽微不足道,但是对孩子和他的家庭来说会感受到这份温暖,我相信人生在低谷时,只要有一束光的关爱,是可以照亮前方之路的。"

有一次志愿者们来到高邮临泽乡进行志愿者文艺汇演。那天虽然天气很冷,且又是室外搭台,但还是来了不少的观众,包伟在台上又是说又是唱,观众反响非常热烈。那天下了场后,准备带些当地特产羊肉回去的她,到饭店埋单时,老板坚持不肯收款,说在中央电视台看过她的表演，今天又亲眼看见包老师来自己家乡献爱心，一定要表达下心意——不收费。包伟当时很尴尬，但在心中却留下了一份甜蜜的回忆，也增强了她要长久成为"太阳雨"文艺志愿者的那份信念。

2017年，在"太阳雨"的爱心拍卖会上，为帮助一位困难家庭的孩子实现上艺术学校的梦想，包伟现场用3000元拍得了扬州大明寺能修师父写的一幅字——福慧双修，她说，"福慧双修"就是我的人生目标啊！

（王鑫）

雕塑出古城的精气神

扬州是一座骨子里都渗着古意的城市。漫步在城市街头，经常会和一些古人迎面相遇。在瘦西湖畔，李白手持酒杯，举杯邀明月；在樱花大道，鉴真双目低垂，低头思故乡；在唐城遗址，崔致远伏案书写，荣归新罗国；在阮元家庙，阮元负手而立，含笑见家乡……这些散落在城市各地的雕像，无不栩栩如生，神态生动。这些雕塑，全都出自一位东北雕塑艺术家之手，他叫程佳德，扬州大学美术与设计学院教师、中国雕塑学会会员、江苏省美术家协会会员。来到扬州已有20多年。

热爱美术投身雕塑，大学毕业成绩第一

出生于20世纪70年代的程佳德，生长在东北吉林的一个教师家庭，良好的家教，让他的性格爱好得以充分的发展。平时完成学校作业后，程佳德就喜欢在纸上写写画画，也会用随处可见的泥巴，用一双小手进行揉捏造型，一只只可爱的小鸡小狗就一排排站在书桌上。父母看见他有这方面的爱好，也很鼓励他，在寒暑假期，就让他到美术老师家里去学习美术，从素描到色彩，在艺术的世界里，程佳德得到了自由的成长。

高考时，程佳德毫不犹豫选择了美术专业。当时在整个东北，招收美术专业的高校只有三所。凭着扎实的美术功底和文化成绩，程佳

德顺利进入了东北师范大学美术学院，就读雕塑专业。

哪怕在美术学院里，雕塑专业都是比较冷门的。全专业的学生只有四位，老师的人数都比学生多。在程佳德心中，雕塑专业是非常神秘的，绘画书法都是平面的艺术，而雕塑是立体的。雕塑可以用来表现的题材很多，比如人体、动物、静物……世界万物皆有自然的形态，而雕塑则是用材料进行艺术再现，不仅要还原，更要赋予艺术的内核，运用写实或夸张的手法，再现真实。

程佳德学习非常刻苦，下了课，还会和同学们一起，上街找模特进行造型，有时候老师也会参与进来。在雕塑的类别中，程佳德又很偏爱人体。每个人都有个性，如何用雕塑的手法再现一个活生生的人？这一直是他在思考的课题。他大学毕业时的作品，名为《蚀》，运用了抽象模糊的创作手段，两个人物的身体被拉长，辨不清男女，交织在一起，表达出一种纠缠混乱的状态。加上其他成绩，程佳德是以第一的成绩毕业的。

初来扬州执掌教鞭，充电学习入围国展

恰逢扬州大学来到东北招收教师，扬州，对东北人来说，那是一个充满诗意的古城。一想到扬州，就会联想起杏花、春雨、江南。程佳德几乎是毫不犹豫，就踏上了南下的列车。

一段长达40多个小时的旅程，记得在火车上吃了5次饭，程佳德来到了扬州。一到扬州，却有些不适应。8月的东北，天气还是比较凉爽的。但是扬州却很闷热，只记得一下车，全身出汗，裤腿都紧贴在双腿上。扬州的淮扬菜精致，有些偏甜，也找不到东北馆子。可扬州人的性格都很好，见人都是笑眯眯的，说话轻声轻气的，这也让程佳德放下心来，心想是来对了地方。

程佳德在扬州大学文学院艺术系任教，那年是扬州大学首次招收

美术系的本科生。学校很重视，课程安排得很满，程佳德每天都在不停上课，素描、色彩、透视等课程，都要上。好在年轻，精力旺盛，加上他的年纪比学生们也不过大了四五岁，很快就和学生们打成一片。平时下了课，经常和学生们约了一起去打篮球。

任教了几年之后，程佳德觉得，自己本科学历去教本科生，在未来发展上还是有些欠缺的。他向学校申请，打算前往南京艺术学院深造在职研究生。学校很开明，支持他的决定。

在南京深造的过程中，程佳德不仅在理论知识上得到了长足的丰富，更重要的是，他有了空余的时间可以用来创作。第七届全国体育美展正在征集作品，程佳德就创作了一件《捶丸》的作品，这是中国古代以球杖击球入穴的一种运动项目，类似现代的曲棍球，有较强的对抗性。这件作品构思精妙，符合体育主题，加上程佳德在表现人物的手法上别具一格，古代仕女的形象富有动感，形成了动静对比的差异，这件作品顺利入围了第七届全国体育美展。这是程佳德的作品第一次入围全国性的展览，对于他的雕塑生涯，有着重要的意义。

设计制作多件雕塑，深入了解扬州文化

学成回扬，程佳德就看到，扬州这座城市，每一年都有每一年的变化，公园变多了，广场变多了，上门前来请他做雕塑的也多了起来。他一头扎进扬州的文史之中，在浩如烟海的历史中，去寻找与探寻那一位位古代先贤所留下的吉光片羽。

先是瘦西湖畔的李白。李白不是扬州人，但是他对扬州的贡献实在太大了，一句"烟花三月下扬州"就成了扬州最好的旅游宣传语。同样李白太有名了，全国各地的李白雕塑不胜枚举。程佳德去实地，或者在网络，寻找了上百件李白的塑像并进行研究。他发现李白塑像多有三件宝：毛笔、长剑和酒杯，毛笔是才华，长剑是豪情，酒杯是

诗意,这三件物品也最能代表李白。而且,各地李白的塑像大多数都是身形清瘦的,显出诗仙的飘逸。等到程佳德设计的时候,他也设计了李白拿着酒杯,举杯邀月的状态,但是在身形上,李白并不清瘦,甚至有点小肚子。程佳德认为,李白来到扬州时,尚属青壮年,而且他很有钱,在扬州散金三十余万,所以这时候的李白,日子过得很舒适,身材也应该是比较健壮的。

还有樱花大道上的两座鉴真铜像,一立一坐,分别代表着鉴真东渡前后。站着的鉴真像面容年轻,手持禅定印,身披袈裟,丰姿威仪,安定祥和。在他的眼神中,透着一股坚毅,头部微低,目视众生。站像是表现鉴真东渡之前的状态,微微低头若有所思,展现了大师的内敛睿智,同时也展现了大师所处的大唐盛世的时代气息。这座立像高4.5米,连底座高约7米,是目前国内最高的鉴真青铜雕像;而盘膝而坐的坐像同样手持禅定印,两手相对,两手拇指指端相接,右手置于左手之上,置于膝上,作禅定状,双目安然闭合,神情平和慈祥。坐像是鉴真东渡之后,展现了鉴真大师禅定打坐状态下的安然、平和之态。两座塑像相隔不过百米,却包含了鉴真从年轻到年老的岁月,仿佛走过了大师的一生。

还有唐城遗址博物馆的崔致远。鉴真是前往日本弘法,崔致远却是从新罗而来,在大唐求学做官。程佳德不仅设计了崔致远的立像,还在后面设置了一面浮雕墙,上面用四幅浮雕,再现了崔致远来到大唐、勤奋求学、公正为官、荣归故里的一生轨迹,让人一目了然。此外,在塑像面前的地面上,还有一幅地雕,是一幅唐代疆域图,彰显着大唐的万千气象。

还有阮元家庙的阮元塑像。这位三朝阁老可谓是扬州的文宗,在设计阮元塑像时,程佳德多次请教多位学者,如研究阮元颇深的王章涛,以及阮元后人阮仪三等。在设计每一位历史人物时,他都要对这位人物所处的历史背景、社会情形做充分细致的研究,包括人物的服饰佩件,都要符合时代的特点。更重要的是人物性格,毕竟雕塑是固定的,哪怕是眼神的一丝余光,都能传递出人物的性情。所以,每次设计历史人物,程佳德都要阅读大量相关的史料,直至感觉自己能和这位人物对话了,这才开始画稿。

不仅是这些著名的历史人物,程佳德也为扬州百姓塑像。在三湾公园,就有一件"三湾抵一坝"的塑像,就是表现当初扬州人民兴修水利改造三湾的场景。这是一组群像,劳动者们肌肉有力,神情坚毅。不仅有青壮年,老人小孩也在帮忙,显现出扬州百姓的全力以赴。这组群像还有一个巧妙构思,那就是指挥的官员站在地上,而劳动百姓们站在台上,显现出民贵官轻的想法。

转眼间,程佳德来到扬州,已有近30年的时间。他也深深爱上了这座城市,把扬州当成了第二故乡。2016年他加入了太阳雨爱心志愿者团队,只要有时间,他都会参加志愿者的活动,去看望孤寡老人,去资助西藏的学生。他在扬州娶妻生子,大女儿现在就读于中国美院,小女儿11岁,她从小就跟着程佳德参加各种志愿活动。程佳德想让她把热爱扬州的种子,深深埋在内心深处。程佳德为扬州烈士陵园免费设计制作了两件烈士塑像,2018年,扬州太阳雨爱心志愿者团队、扬州市文创会与高邮市临泽镇朱堆村结对"美丽乡村共建"时,捐赠的公益雕塑作品《秦王子婴》就出自他的手。他想通过自己的艺术,对扬州表达他的感恩之情。

(王鑫)

愿留"春阳"在深山

刘春阳——"太阳雨"奖学金发起人之一；作家，20世纪80年代作品见于《人民日报》等。2018年开始，前往四川、云南等山区支教至今。

刘春阳说："从事支教，是一件上瘾的事。到了那里，看到那么多孩子，就不想走了。孩子们对支教老师，是一种完完全全的信任，我不能辜负任何一个孩子。"

四年前，刚刚退休的刘春阳，选择背起背包，前往山区支教。从四川到云南，他每天将走读学生护送回家，努力搭建一座学生们可以通往大山之外的桥梁。他所有的付出，只是希望，能够留下一缕春天的阳光，照射在这些山区孩子们的心间。

2018年8月—2019年7月，四川省
带着孩子们第一次走出深山

凉山州布拖县乌依乡阿布洛哈村林川小学，是刘春阳第一次支教的地方。抵达学校，需要经过一段长时间的长途跋涉。阿布洛哈村是多年前的"麻风村"，附近村民都对这里避之唯恐不及，地理环境更是俯降千仞，仰登天阻。林川小学坐落在半山腰，集镇位于山顶，山脚就是湍急的金沙江。

刘春阳教的是四年级语文，学生每天上学都是跋山涉水。"离家

远的就住在学校,家近的也要走山路回家。每天放学晚了,做老师的肯定不放心,我就每天先把走读的学生送回家,再赶回学校辅导晚自习。"来回近两个小时的山路,如今说起来,也是艰辛成轻松。

日复一日,刘春阳和学生们的感情越来越深。除了学业,他更关心学生们的生活。在村里,家家户户没有单独洗浴的地方,很多孩子都是站在门口,随便冲洗一下。刘春阳就爬了几个小时的山路,从集镇上买回布匹,在每家每户门口搭建起一个简易的冲淋房。

那年年底,为了奖励学生,刘春阳带着几名学生,前往山顶的集镇。这是学生们第一次走出深山,也是生平第一次吃到了冰激凌、糖葫芦、饺子,学生们眼中闪过的兴奋和快乐,在刘春阳看来,却是一种心酸。

一年支教时间结束了,临走的那天,刘春阳默默打包好行李,不想惊动任何人。可是,当他独自走在山路上,拐过一个弯时,才看到全村老少都齐刷刷地站在一起,高声喊着"刘老师,再见",叫喊的声音,混杂在风中,在山谷中久久回荡。

2019 年 9 月—2020 年 1 月,云南省
帮助三名学生来到扬州学习

刘春阳的第二个支教学校,是云南丽江市宁蒗县永宁镇温泉村温泉小学。相比较林川小学,这里的学校硬件条件算是不错的,逸夫楼以及苏宁赞助的教学楼,都给学生们营造了较好的学习环境。

当地是一个多民族生活的地区,除了汉族学生,还有彝族、摩梭族、白族、普米族、藏族学生等,少数民族的语言习惯有些和汉族语言相去甚远。所以在教学时,经常遇到这样的难题。于是,刘春阳又要从基本语法开始教学,虽然辛苦,却很值得。

刘春阳支教时,必须要做的事情,就是家访。只有真正走到学生

家中，才能了解学生的性格。在家访中，他了解到当地的学生如果考不上初中，大多只能在家务农。看着那些年轻的脸庞，过早就已经黝黑皲裂，刘春阳心中多有不忍。经过他的努力，他为三名学生联系到了扬州江海职业技术学校，顺利安排他们来到扬州学习。如今，这三名学生都在南京的酒店中半工半读。"他们现在一个月工资有2500元，我让他们寄回去1500元，一方面不让他们乱花，一方面也教他们学会感恩与回报父母。"学生们也总是记得他，即使身处四海，总不忘有这么个老师站在背后。

2020年6月—8月，云南省
将教学置于当地生活场景

受到疫情影响，在温泉小学的支教未能延续。机缘巧合的是，红河州绿春县牛孔乡破瓦村破瓦小学缺少一位二年级数学老师，刘春阳立刻赶赴当地，义无反顾。

二年级的学生们，年龄还很小。教学过程中，刘春阳发现，很多数学题目的设置让学生们犯难。比如二年级数学涉及钝角、锐角、直角，学生们也能理解角度，可是他们还没有学到"钝""锐""直"这些字，好在刘春阳教过语文，所以他的数学课，常常是语文数学一起教。

对山区的学生们来说，课本上写的内容，常常难以理解。比如商场、动物园、溜冰场等，学生们没有去过，压根没有概念。刘春阳就把教学置于当地的生活场景，比如把学生们带到小卖部，就说这里是商场，进行沉浸式教学。尽管在这里教学的时间并不长，但是学生们的成绩提高得很快，数学平均分一下子达到了71.9分，而在之前，平均分从未超过及格线。

2020年8月—2021年7月,四川省
带着学生穿越泥石流去考试

林川小学是刘春阳第一次支教的地方,对于那里,他时常魂牵梦绕。学生们也常常和他视频,告诉他漫山遍野的油桐花已经盛开了,他们也在等着刘老师的再度归来。

于是,刘春阳再次回到了林川小学,恰好带上了毕业班。祖国对于山区的建设也是日新月异。2020年6月,阿布洛哈村就通上了公路,前往学校的道路顺畅多了。

学生毕业时,刘春阳打听到邻县的金阳中学也在招生,那里的师资力量在当地十分突出,他就想带着几名学生去报考。"对学生们来说,这可能是难得的改变自己命运的机会。"刘春阳说,因为是在邻县,当地的教育部门和支教组织并不同意。

为此,刘春阳前前后后做了很多工作:"这是学生们难得的一次机会,他们就像我自己的孩子一样,我真不忍心看见他们错过这次机会。"

终于说服了教育部门。去年7月5日,刘春阳带着四名品学兼优的学生出发了。7月正是凉山州风景最美的时候,枝叶丰茂,翠绿欲滴,可也隐藏着巨大的泥石流危险。命运似乎也在考验他们,两个多小时的山路走下来,刚坐上车没开出五公里就遇见了塌方,只能下车步行,过了塌方段再找车。

"我走在前面试探深度,一脚下去淤泥漫过小腿,但脚底比较结实,感觉是踏在了路上。"路旁就是滚滚江水,稍有不慎就会滑下去。刘春阳一时间也顾不了那么多,考试时间不等人,冒险带着四个孩子蹚过塌方地。"我在前面开路,让孩子们手拉手,我拉着他们走过了这惊险的路段。"

凌晨 5 点多出发，到了考场已经是下午 1 点多。好在，金阳中学知道他们要来，将试卷封存在那里，并在食堂为他们留了饭菜。考试结果也让人满意，四名学生中有三名考取了。

2021 年 10 月—2022 年 1 月，云南省
演一回学生们离家归来的父亲

2021 年 10 月，刘春阳的支教之旅来到了云南省红河州绿春县骑马坝乡玛玉村卡欧小学。这里风景秀美，年轻人多半在外面打工，学生们长年累月见不到父母，在他们的心中，往往就有一些阴影。

"这里的孩子缺少关爱，既害怕失去更害怕突然的获得。"刘春阳说，附近山上的树枝都可以熬制成颜料，学生们经常用这些颜料在村里的路上作画，但是无论颜色多么鲜艳的图案，学生们总是在中间点上黑色，问他们为什么，他们也说不上来。

学生们还喜欢在村里"过家家"，可没有一名学生喜欢扮演"爸爸"的角色，因为他们都太想做个孩子了，做个有父亲陪伴在身边的孩子了。他们对父母的爱充满期待，那是一种什么样的渴望！

那一次，刘春阳正好路过，学生们见到他，纷纷跑过来，想让他当"爸爸"。刘春阳笑着应允了，他还特地跑回宿舍，换上另一件衣服，穿上一双旧鞋，悄悄跑到小卖部，买了一背包的糖果、辣条、果冻，扮演一位离家归来的父亲。

孩子们看到他的一刹那，开始还喊了一声"刘老师"，突然又反应了过来，全都大声叫起了"爸爸"，学生们簇拥着他，大声喊着"爸爸""爸爸"，随后又高举着刘春阳给他们的礼物，欢呼着"爸爸的礼物"往家里跑去……刘春阳看着他们，也在笑着，笑到心酸发涩，笑到潸然泪下。

（王鑫）

"羽"众不同郭太玮

在中国,羽毛球是关注度很高的运动。体育健儿们在赛场上摘金夺银,群众也乐在其中。在一场羽毛球比赛中,裁判也是重要的角色,保证着比赛的公平、公正。在扬州,就有一位羽毛球裁判,执裁过上千场羽毛球比赛,还曾站上过奥运会的裁判席。她的名字,叫作郭太玮。

郭太玮1965年出生于扬州,目前为扬州大学体育学院教授、博士,羽毛球国家级裁判。

郭太玮说:羽毛球运动伴我成长,我愿意用一生的时间,去陪伴羽毛球。

初出茅庐
全省大赛站上领奖台

郭太玮祖籍浙江绍兴,祖父是一位开明绅士。父亲8岁时就来到扬州,曾参加过抗美援朝战争。从小,父亲就常讲红色故事,做人要正直的人生道理,早就深深扎根在郭太玮的内心深处。

小时候的郭太玮,内心住着一个小男孩,特别好动,骑着父亲的二八大杠自行车,个子太矮够不到脚镫子,也像"掏螃蟹"那样骑车上街。遇到行驶缓慢的拖拉机,一个箭步就蹿上去了。

因为喜欢运动,郭太玮顺利进入了扬州市少年业余体校,成为一位羽毛球运动员。开始练球很辛苦，也很枯燥。每天凌晨5点多就要起床，围着文昌阁跑步，一圈圈跑；拿着球拍练动作，一遍遍练；郭太玮不觉得苦，少年的她，觉得浑身充满了使不完的劲。特别是带球练习时，小小的羽毛球来回穿梭在场地里，她无比享受在球场上挥汗如雨的快乐。

学了不到两年，郭太玮就代表扬州参加了全省青少年羽毛球比赛。一出道就站上了领奖台，一举获得了团体冠军、女单亚军、女双季军的优异战绩。接着她就入选江苏省青少年业余羽毛球队，代表江苏省参加全国比赛。

决定挂拍
选择了艺术体操项目

郭太玮本来的学习成绩很好，但四处参赛影响了学业。之前她的职业理想是成为一位英语老师，但临到高考，她却有些不够自信了。为了稳妥，她报考了扬州师范学院体育系，考试顺利，如愿入学。年轻的她认为，是打羽毛球耽误她实现职业理想，于是，她做出了挂拍的决定，以后专注学业，不打球了。

多年打羽毛球的经历造就了她在灵敏、协调、柔韧方面较好的素质，郭太玮成为体育系诸多项目争相追逐的学生，最终她选择了艺术体操，因为她看艺术体操实在太美了，太适合女孩子了。身材高挑挺拔，球圈带的器械优雅舒展，伴随着音乐，动作兼具着力与美。20世纪80年代，艺术体操项目刚刚进入中国，老师也是要到外地去学，学好再回来教学生。郭太玮也成为扬州首批接触到艺术体操的学生，她的身体很柔韧，艺术表现力强，很快就在那一批学生中脱颖而出，成为佼佼者。

大学毕业后，因为各方面综合素质很是突出，郭太玮留校成了一名高校的体育教师,从事艺术体操、健美操教学。在 2024 年的巴黎奥运会上,中国艺术体操队的姑娘们发挥出色,摘得金牌,在电视机前观看比赛的郭太玮也是激动不已。

回归羽球
顺利考上国家级裁判

在扬州大学任教十多年后,一个偶然的机会,可以报考羽毛球一级裁判员。学校领导知道她有过打羽毛球的经历,就鼓励她试一试。那个小小的羽毛球,在郭太玮心中沉睡了十几年,球场上的风云际会,一下子唤醒了她。

因为有打球的底子,笔试、面试、英语临场、普通话临场,郭太玮考得很顺利。特别是在考试的过程中,遇到很多以前一起打球的朋友,大家都在说:"郭太玮,你终于回来了!"

"是的,我回来了。"郭太玮自己也很高兴。尽管球场上的身份有所不同,但在那个时候,她才真正意识到自己对于羽毛球的热爱。没过两年,好学的郭太玮,又顺利考上了国家级裁判。从理论到实践,郭太玮第一次走上裁判岗位,是在 2002 年的广州羽毛球公开赛上。上场之前,郭太玮的内心是既兴奋又紧张,但激烈的比赛一旦开打,她就迅速进入了角色。她注意力保持着高度集中,观察着每一位运动员的动作,紧盯着每一个球的落点。她的首秀,圆满成功。

有了第一次的经验,接下来再次登场,心态就放松多了。她觉得裁判员在场上,就是为运动员服务的,努力为运动员提供公平竞争的环境。执裁一场比赛的最高境界,就是让运动员和观众感觉场上没有裁判,从第一个球到最后一球,都很公平。

当然,也会有运动员不服判决的情况。有次郭太玮执裁中国队和爱尔兰队的比赛,爱尔兰运动员有一个违规动作,郭太玮就进行了判罚。结果这位爱尔兰运动员不服气，拒绝继续比赛。面对这种情况，郭太玮也很冷静，根据裁判法，合法、合规、公平、公正地处理场上情况，最终的判罚结果，也得到裁判长的支持。

此后，郭太玮就被安排去执裁各种国际级比赛，参加各种公开赛，她也被戏称为"郭公开"。

激动时刻
北京奥运会站上裁判席

最难忘的是 2008 年奥运会上执裁的经历。当知晓自己能够参与奥运会赛事时，郭太玮太激动了，这是一次为国争光的机会，要在世界的舞台上展现扬州裁判的风采。因为她的形象好、英语好，她还被选入北京奥组委技术官员组，在北京怀柔进行了 90 天的封闭培训。她不仅要担任裁判，还要随时兼顾与外国运动队的领队、教练员、运动员的沟通工作。这个组的成员不到百人，都是从全国各运动项目优秀裁判员中精选出来的，每个人都代表着中国的形象，这份责任让郭太玮感到既沉甸又自豪。

北京奥运会羽毛球比赛正式开打后，郭太玮的裁判工作十分繁重。每天要提前两个小时，从奥运村出发，正式比赛是上午 9 点开打。开始每天有上百场比赛，裁判员要等所有比赛结束后才能离场，回到奥运村都要到深夜 12 点了。

北京奥运会羽毛球男单决赛，林丹和李宗伟的巅峰对决。坐在看台上的郭太玮发现，林丹从一上场，速度就比过去任何一场比赛都要快，每一个动作凌厉霸道，整体竞技状态要比李宗伟好很多。比赛还没打完，郭太玮就觉得这块金牌已是中国队的囊中之物。

说起来，郭太玮和林丹已算是老熟人了。早在 2001 年，郭太玮就已执裁他的比赛了。林丹开始很顽皮，后来变得越来越成熟。两人见面，都会热情打招呼。在郭太玮看来，顶尖运动员的技战术水平其实都差不多，但林丹身上具有一种舍我其谁的霸气，这也是他能够横扫球场的比赛气质。

热心公益
获评扬州"最美志愿者"

郭太玮每次执裁，都是由国家体育总局羽毛球管理中心（中国羽毛球协会）选调的。她的本职工作，还是在扬州大学体育学院任教。在高校里，教师也要不断深造、搞教学研究。

十几年前，她就读于华东师范大学体育与科学学院，获得了博士学位，并晋升为教授，将所学所思都运用到平时的教学、科研工作中。目前她在扬州大学开设的羽毛球公共选修课，除了体育学院学生，其他学院的学生都可以选修，但名额有限，只有 35 名。就常有学生向她抱怨，想上到郭教授的课，起码要经过两轮选拔，实在太难了，只能来蹭课。因此，每次郭太玮上课，总是能够看到蹭课者的身影。

郭太玮也很热心公益，她觉得在赛场上服务运动员，在社会上要服务更多人。2015 年她就加入了扬州太阳雨爱心志愿者团队，成为太阳雨志愿者羽毛球队的义务教练，她积极参与"太阳雨"团队组织的资助困境学生、帮助孤寡老人等公益活动，也获得过扬州"最美志愿者"的称号。

（王鑫）

杨赋霖的四次选择

著名作家毕淑敏说过:"一个选择,决定一条道路。一条道路,到达一方土地。一方土地,开始一种生活。一种生活,形成一个命运。"人的一生会面临无数次的选择。小到一日三餐,大到事业发展。选择挑战,收获快乐;选择实干,收获幸福;选择自信,收获勇气;选择磨砺,收获坚强;选择真诚,收获富有……本文主人公的每一次选择都能带给我们好多的感动和启迪。

多才多艺的杨赋霖,1987年8月出生在江苏仪征市,是一个标准的80后。2005年考上南京体育学院民族体育专业。2008年10月入党。2009年大学毕业。

大学毕业后,做什么工作好?有亲朋好友劝他在扬州或仪征找份工作;有同学劝他在南京找份工作。然而,他觉得,到条件差、环境越是艰苦的地方,越能锤炼人。于是,他做出第一次选择——

西部支教

杨赋霖说,小时候在媒体上看到那些大山里的孩子,在破烂的环境里看书上课,心里很震撼;一度热播的电视剧《血色浪漫》中钟跃民形象也曾为他所崇拜。他决定要充满激情地做自己想做的事情。于是,他响应国家号召,报名参加中国西部计划志愿者,并如愿以偿,远赴贵州省习水县土城镇支教,成为山村里的体育老师。还协助学校做好共青团及档案工作。

习水是革命老区,交通闭塞、经济贫困。"学校四周都是山,我们寄宿在当地农户家中。晚上没电视,更没电脑,连厕所也没有,大家都是在臭烘烘的猪圈里'方便'。"杨赋霖告诉记者,学校里每天吃得最多的就是洋芋,既当饭又当菜。为了改善他们的生活条件,学校安排了免费三餐,有荤有素。他说:"那里人与人之间特别淳朴真诚,有一天晚上我把牛仔裤浸泡好,准备第二天早上洗,哪知起床后裤子早已洗好,平整地晾晒在绳上了。我至今也不知道是谁洗的,心里有说不出的感动。"

在那里,他给孩子们上体育课,按照学生的兴趣开设了武术、健美操、篮球和足球等课程,改变了以前山区孩子体育课"放羊式"教学模式,让孩子们真正学到了技能,学校的操场也一下子热闹起来。

从城市到山区,尽管条件很艰苦,杨赋霖却坚持了下来。他说,半年支教,让他觉得生活很充实,浮躁的心渐渐安定下来,有了更多的时间看书思考。

"支教"生活还在继续。2010年初,杨赋霖因为武术的特长,被贵州省选定为第三期"青春动力"援非青年志愿者。于是,有了他的第二次选择——

志愿援非

在贵州支教半年后,杨赋霖积极响应团中央的号召,报名参加了援非志愿者活动,从50多名武术专业的报名者中脱颖而出,成为贵州支援突尼斯6名武术教练之一。2010年4月抵达突尼斯后,被分到了突尼斯首都突尼斯市"青年体育文化中心"担任武术教练。

杨赋霖身材不高,只有1.65米,看上去也很瘦弱,突尼斯国家武术队的队员们又高又壮，一开始他们似乎对这个年轻教练并不是太服气。一次训练间隙，一个练习散打的一米八几的大个子笑眯眯地要与他"切磋切磋"。杨赋霖不露声色，坦然接受了对手这个请求。就在大家等着看笑话的时候，杨赋霖却让所有人都惊得合不拢嘴巴：大个子刚和他交手，就被杨赋霖一个抱腿摔倒在地。这一惊艳露手，征服了现场的所有人，他也因此在突尼斯武术界"小有名气"。

2010年中秋节，杨赋霖乘火车赶回突尼斯市，当火车行驶至距离突尼斯市以南约70公里处的哈马马特地区时，发生了追尾事故。当时下着大雨，火车正驶进车站，突然，他感到列车受到猛烈撞击，他们所在的最后一节车厢随即倾斜出轨，车厢里顿时一片混乱。

由于平时练功夫的灵活性和机动性，杨赋霖顺势贴住车厢地面，一手护头，一手还抓住了被撞飞起来的同伴。当车厢平稳时，车厢里已是一片混乱，乘客们你拥我挤，都想尽快逃出车厢，但扭曲的车门已经无法打开。

杨赋霖当时很担心出现踩踏事故，便大声用英语喊："Don't worry! Ladies and children first, one by one.（不要急，女人和小孩优先，一个接一个走！）"很快，有懂英语的突尼斯人用阿拉伯语翻译起来。他这么一喊居然很奏效，现场开始安静，逐渐有了秩序。杨赋霖与志愿者队友们在事故抢救过程中不顾个人的安危，帮助妇女和儿童走出车厢，他们的英勇表现受到当地人的称赞，为中国人在突尼斯树立了良好的形象。

在突尼斯的中国志愿者队伍中，杨赋霖的跨国恋爱也传为佳话。在一次汉语比赛中，他的热情、勇气赢得了突尼斯姑娘何爱伦的芳心，后来女孩经过努力获得了中国政府奖学金，并成功申请到扬州大学读研究生，学习对外汉语专业，与杨赋霖在中国相逢，一段浪漫的异国情缘终于修成正果。两人于2015年2月领取了结婚证。

2011年援非结束，杨赋霖回到贵州习水县统计局调查队工作。一个偶然的机会,他在网上看到江苏省村官报名考试章程,他不假思索,毅然做出第三次选择——

报考村官

根据江苏省村官报名考试章程,他在网上报了名。笔试时,他乘车5个小时,赶到成都考点参加了考试,随后被录取。被分配到郭村镇通扬村担任村官。

"到郭村镇通扬村上班第一天我特意起了早,从镇上计算好时间,骑车来到村里。可到村里一看,大家都已忙活半天了。当时感觉自己像迟到的小学生,羞愧难当,这是我的村官第一课,记忆犹新。"走上新工作岗位的杨赋霖,为适应新的工作和新的环境,为自己制订了新的奋斗目标。他始终保持着谦虚谨慎、勤奋好学的态度,从点滴做起,从小事做起。不懂的及时向同志们请教。由于他谦虚好学,村干部们也乐于传帮带。在通扬村,大家都亲切地称呼他为"小杨"。村里的干部群众提起"小杨",都会竖起大拇指说:"小伙子不错!"

"我们村是全镇人口最多的村,是个经济薄弱村,有5000多名村民,集体收入不足10万元。今年村里建村部、修大路、搬菜场,没钱也要办实事、办好事。"尽管刚来的时候还是坐坐"冷板凳",但杨赋霖的心里对村官工作有了更多更深的理解。"有时递一根烟、倒一杯茶,或者把大家请到村里坐一下,两三句话,本来怒气冲冲的村民就有说有笑了。我觉得这就是基层工作的艺术和魅力。"河西组划分田亩,他就陪着组长起早带晚,丈量田块,并随时处理群众邻里之间的矛盾,经过一个星期反复的疏导和劝说,分田工作进展顺利,圆满完成了河西组40多户的田亩划分任务。村党支部书记李红亮告诉记者:"让他负责电脑录入,村里河道清淤、计划生育、征兵工作在全镇考核验收中都名列前茅,这里面有他的一份功劳呢!"

不仅如此，怀揣梦想、多才多艺的杨赋霖还带给人们一个个惊喜：江都区举办法制文艺创作大赛，杨赋霖等9人表演的歌伴书法、伴武术《精忠报国·法制我先行》获三等奖；他带领20名选手参加扬州市第六届跆拳道品势大赛，获团体赛第一名，少儿女子组第一名。

他还结合个人特长，在当地开设了一家跆拳道俱乐部，免费教当地留守儿童练习跆拳道，2012年以来，已先后培训了300多人，他还为老年人举办太极拳培训班，让老年人愉悦身心。

2012年，杨赋霖被省文明办、团省委授予"江苏省好青年"荣誉称号。杨赋霖表示，既选择了村官，决不辜负组织的希望，在村官岗位上再立新功。

2013年一个温暖的午后，26岁的杨赋霖与表叔坐在自家窗前，听表叔讲述"太阳雨"的故事。虽然他对"太阳雨"这一团体早有耳闻，但听如此详细的讲解还是第一次，他的表叔就是朱峻松。

那一天，他的内心被深深触动，心中那个要做志愿者的愿望再次勃发，于是，他做出了人生第四次选择——

加入"太阳雨"

江都郭村是苏中、苏北著名的革命老区，1940年奠定黄桥决战基础的东进序曲——郭村保卫战就发生在这里，苏中、苏北第一个抗日民主政权——江都县人民政府亦在此成立。党和国家领导人陈毅、粟裕、叶飞、姬鹏飞等都在此留下战斗的足迹。

2018年5月13日上午，一面"情系革命老区，关爱特困学生"的锦旗，从郭村镇关工委传递到扬州太阳雨爱心志愿者团队手中。

原来，自从杨赋霖加入"太阳雨"后，便成了"太阳雨"与江都区郭村镇的联络员，为帮扶革命老区的贫困儿童，他在镇关工委刘淦盛书记支持下，到学校了解到困境学生情况，并进行实地入户走访，从 2015 年开始,帮助"太阳雨"志愿者先后与郭村 10 名困境生结对。四年间,杨赋霖和志愿者一起向学校捐赠了数百册图书,还在春节前将孩子们接到扬州,带领他们欣赏扬州美景,参加志愿者联欢晚会,为他们到商场购买过年的衣服……

　　随着时间的推移,杨赋霖参与了"太阳雨"越来越多的志愿服务活动:捐助山区失学儿童、到敬老院和残疾人托养中心进行爱心慰问、接待西藏错那学生来扬研学交流、引导"太阳雨"小志愿者进行环保活动,等等。

　　如今,爱心哥哥成了爱心大叔。他说,加入"太阳雨",就是选择了一种积极向上的生活方式。在这里,我不仅能够帮助他人,还能收获满满的感动和成长。我深深认为,个人的价值不仅在于个人的成就,更在于是否为社会做出了力所能及的贡献。

扬州首位男护士长袁良才

世界上的有些职业是具有性别属性的,比如医院里的护士长,众所周知,这份职业需要足够的爱心、耐心、细心。所以在很多人的印象中,一般是女性居多。但2020年,苏北人民医院整形烧伤科新上任了一位护士长,男性,名为袁良才,他也是扬州首位男护士长。

一

袁良才,1989年出生于高邮乡镇。小镇纵横的水路、丰茂的乡土让他的童年充满了乐趣。小时候,有个头疼脑热的,就会有一位表亲爷爷挎着药箱来了,打一针,吃两片药,立马就好了。

这位表亲爷爷是当地的赤脚医生,谁家有点小毛小病,都去找他。袁良才经常看到,表亲爷爷神色匆忙行走在乡间小道上,奔赴向一家家农户。平时,表亲爷爷走到哪里,大家都对他非常热情客气,这让袁良才感觉到,医生是一份值得尊重的职业。

2009年,20岁的袁良才将高考志愿全部填了医学,但他没想到的是竟以几分之差被徐州医学院从临床调剂成护理专业之后被录取。

袁良才很难把这个专业同自己这个堂堂男子汉联系起来——"护士"称号的标配难道不应该是"小姐姐"吗?

袁良才仰头看天,心里灰蒙蒙一片。

"其实临床专业的本科毕业生就业比较困难，如果要就业还需要读研，以你目前的情况还需要再复读重考——这样的代价太大了。"有高中老师这样劝他。

看着父母期待的眼神，袁良才怀着郁闷、不甘和是否要复读的纠结心情走进了大学校门。

到了学校才知道，这一届和他有着同样境遇和心情的男生多达50多人。同"病"相怜的他们有了共同的话题，他们急需了解作为"男护"是否被社会认同和面临什么样的就业前景。袁良才和几个同宿舍的男生商量，他们要分别去参加不同的社团，从中结识学长并打探问题的答案。

从中学起就热衷于公益活动的袁良才，报了学校的志愿者社团。很巧，社团团长便是护理专业的学长。

正处在见习期的学长告诉他：男女护理各有优势，且由于数量差距过大，医院护理团队对男护士的需求更大，至少在就业方面，不像临床那么困难。而且，根据亲身体验，无论是社会各方、医院病患或是即将成为同事的女性护士，对男护士都毫无性别歧视，相反，男护士可能在某些时候会显得更为重要。

听学长这么一说，袁良才心里的郁闷便解开了，人也变得轻松起来，慢慢接受了将来做男护士这个事实。

学校的公益社团，主要是对附近孤残儿童收留所进行帮助。看着那些断胳膊缺腿或者有智障的儿童，袁良才心里充满同情，他也和社团的其他同学一样，定期从生活费里拿出一点钱来，买些东西去看他们。日子一久，他总觉得这样的公益好像缺点什么。于是他提议：在学校定期摆摊，以收卖废品的差价，去帮助那些可怜的孩子。他认为，用自己双手的劳动所得去帮贫济困，才能体现出做公益的更大精神价值，才能带动更多的人参与到公益活动中来。

果然，很多学生知道他们的行为目的后，纷纷把空了的矿泉水瓶子和废弃的硬纸板,直接送给了他们。多年之后,袁良才还记得:"我们当时收购废品的价格是三毛和四毛,然后我们卖给废品收购站的是七毛。当看到这些钱给那些孩子带来生活上的实际改善时,我们由衷地开心,并且自豪。"

随着公益活动的层层推进和扩展,袁良才越发觉得医护工作中需要学习的东西太多太多。他深深地意识到:悲悯和仁心,是需要过硬的医护技能去支撑的。

2013年,大学毕业后的袁良才被扬州市苏北人民医院录用,成为一名男护士。

袁良才被直接分配到了ICU,负责重危症病人的护理。在这里,袁良才开始面对生死,有些病人没有抢救过来,不幸去世,只留下亲人的悲哭在病房外回荡。他一次次看到生命的流逝,也感受到医务工作的重要,这一身白大褂关乎着一个个家庭的幸福美满。

ICU的护理队伍一般会有十几人,刚开始,袁良才跟着带教老师学习,每种医疗仪器的功能都要烂熟于心,对于每位病人的病况也要了如指掌。

很快,袁良才就有自己护理的病人了,病症比较轻的,袁良才要做的就是吸痰、防止并发症的发生等。他的动作很细很轻,生怕弄疼了病人。

病人在门诊急诊就诊时,是哪里有毛病就治哪里,手疼医手,脚疼医脚。但是在ICU里,病人的病症都很复杂,往往伴随着多脏器衰竭,医疗护理工作必须全面细致。袁良才的工作也在不断升级,道理也很简单,每年都会招收新的护理人员,那些相对简单的工作有人做了,他就要接手更难更复杂的病人了。

7年时间,在ICU里,袁良才兢兢业业,在工作岗位上尽职尽责,他的青春也在隔离的病房里慢慢消逝。

二

作为重症医学科的医护人员，对于死亡，用"司空见惯"一词来说，一点都不夸张，因为患者被送来时便已是濒死之人。留给医护人员的往往只有"一线生机"，或者说是家属以为的"一线生机"。医护人员不遗余力的抢救，其实就是从鬼门关抢人。

袁良才常说，医务人员的心其实更柔软，面对"危重"、面对"濒死"，但凡有一点办法，他们都会去做，因为舍不得！舍不得一条生命就那么无助地逝去——无关男女老少、无关职位高低、无关熟悉或者陌生。

然而在大多数人的眼里，"急救"是医护人员的事。面对路人、朋友甚至亲人的突发状况，人们要么担心被碰瓷躲得远远的，要么心急如焚却又束手无措。

抢救的第一时间又叫黄金时间，但往往，这样的时间医护人员并不在患者身边。很多重症患者因错失黄金时间而导致"人死不能复生"。医生除了摇头惋惜，也是回天无术。

热衷于公益活动的袁良才总觉得针对这样的情况该做点什么。

"大夫、大夫……快救救我儿子……"

一天，ICU门外响起一个男人的嘶吼声和匆忙的脚步声，被急诊室几名医护人员匆匆推来的担架车上躺着一个约莫十几岁的男孩，他脸色惨白，看上去已没有明显的生命特征。一个中年男人一边跟在后面推着担架，一边嘶吼，那一声声求救明明是从嗓子眼里发出来的，却更像是心碎一地的声音。

原来，男孩是在自家洗澡的时候心脏骤停的，他"咚"的一声倒地时父亲恰好就在门外。

心脏骤停的原因很多，一般超过3分钟抢救不及时就可造成死亡。

这位父亲在看到儿子倒地后，立刻想起曾经在电视上看到过心肺复苏的介绍和按压方法，虽然他自己并没有实际操作过，但他知道，如果不做他儿子的命就没有了，他一边努力回想已近模糊的按压方法，一边一刻也不敢停地对孩子进行按压……一个多小时的时间里，没有复苏成功，直到120的随车护士过来替换他他才敢停下来，到苏北人民医院急诊后，很快就复苏成功，并且，没有严重的后遗症。

这简直是奇迹啊！

医生说，这孩子如果在黄金时间没有得到按压救助，到ICU的时候死亡的可能性在90%以上。现在，他活了！原因就是他爸爸在第一时间给孩子进行了心脏复苏按压。

这件事给袁良才感触很大，从此，对心肺复苏的推广几乎成了袁良才的执念。他想起在一档电视节目里看过的内容：国外一个三岁孩子，在面对突然倒地的父母时，下意识地做出按压的姿势。而我们周围的成年人在遇到相同的情况时，多数只会着急和抓狂。

可见，心肺复苏的推广刻不容缓。

空想不如实干。他首先锁定的推广人群为儿童、青少年和中壮年。因此，他把推广重点放在了幼儿园、学校、银行和社区。

刚开始时，袁良才的想法有人听但没人认可，他没有找到志同道合的队友。

没有队友的袁良才就自己买了心肺复苏模拟人，一到下班时间或者休息日，他就背起模拟人一个学校、一个学校地去跑、去敲门，一个单位、一个单位地去宣讲去介绍。有时候他抱着模拟人坐在路牙上，想想刚才吃到的"闭门羹"，想想有人怀疑他教学是带有某种利益和目的，他便苦笑着自己给自己打气："没关系，还有其他单位。"

此时的他并没有把自己的行为同"善举"、同"仁心"联系起来，他甚至觉得自己有点可怜，但他又认为——这事，总得有人做；这事，我应该去做。

慢慢地，有单位在需要做安全知识讲解的时候，就会想到那个身背模拟人的小伙子；渐渐地，他有了可以宣讲的朋友圈、粉丝群，当他们有类似知识讲座的需求时，就会主动联系袁良才。

虽然推广收效越来越好，但靠口口相传获得的推广，普及率太低了。

一个偶然的机会，袁良才加入了扬州市急救志愿者协会，在这里他找到了一群志同道合的志愿者。他们志愿组成宣传小分队并把心肺复苏的推广模式从受众过少的单位模式改为夜间模式，通过网络寻找网红夜市打卡地——红园、吾悦广场、公园等，总之，哪边人流量多他们就去哪里。在这些地方，只要做一次就会有十几个、二十几个一起来看，如果接着做一个小时、两个小时、三个小时，那受众面就会有 100 个或者 200 个。围观的人群也许有流动，但是总数好像基本没有太大的变化。

由于队友多为社会人士，有医学背景的人很少，所以实际操作还是以袁良才为主，有一次在运河三湾公园，没想到围观的人一下来了那么多，人们学得认真，他教得认真，不知不觉中竟连续跪了四个小时。"那天最大的收获便是 200 多个受众和两个膝盖上两块又红又大的压疮。"袁良才笑着回忆道。

三

2020 年，袁良才的工作迎来一次机遇。苏北人民医院北区医院空缺出了整形烧伤科护士长的职务，凭借着过去 7 年在护理岗位上的优异表现，袁良才成功竞聘到这个岗位。那一年，他 31 岁，成了扬州首位男护士长。

尽管以前在 ICU 也护理过整形烧伤病人，但是到了专科之后，他所面临的工作压力是巨大的。他感觉自己每天忙得像个陀螺，没有任何停下来的可能。他甚至把家安置在医院附近，做好随叫随到的准备。

和医疗护理工作相比，最难的还是病人的心理。整形不是美容，而是在出意外之后的医学治疗。而烧伤更不用说，对于病人的身体容貌都会产生很大的影响，整形烧伤的病人大多数都是意外产生的，身体和心理都受到创伤。虽然大部分的病人都是平和的，但也有容易焦躁发怒的病人，护士经常会成为他们的出气筒。

医院整形烧伤科，加上袁良才共有 14 位护士，其余 13 位都是女性。面对病人们的火气，小姑娘们也会委屈落泪。袁良才经常找她们谈心，给她们做心理疏导，比如被病人骂了，那就骂好了，千万不要顶嘴，甚至都不要解释，最好的处理方式就是暂时离开，千万不要正面冲突。等到病人火气消了，病人自己也会知错，还会主动找到医护人员道歉。有的病人生气时，到处抛洒排泄物，弄得病房污秽不堪。护士没办法，还要去擦拭清理。等到病人冷静下来，也会不好意思，也会帮忙干活。做护理工作，就是要有一颗大心脏，就是要能容忍病人们的脾气。医院里还专门为医护人员设置了"委屈奖"，可没有谁想主动得这个奖。

这些年，受过多少冤枉气？袁良才只能一笑了之，他觉得这并不重要了，病人在绝望懊恼的境界时，做出出格行为，医护人员要有充分的包容。

当病人们病愈出院时，那是袁良才最开心幸福的时刻。前段时间，有一位 80 多岁的病人，出院后过生日时，特地带着生日蛋糕来到医院，分送给医护人员们。那一刻，袁良才感觉到满满的职业自豪感。

第六章 凡人大爱

四

  袁良才说,自己就是个闲不住的人,利用个人休息时间积极参与各种志愿服务已成为他的日常生活。

  进入苏北人民医院工作后,他是医院志愿者队伍中的一员。每逢六一儿童节,他们都要准备很多礼物,去陪扬州福利院的孩子们过节。看着孩子们期盼的笑脸,他也觉得心里很甜。

  加入太阳雨爱心志愿者团队,担任拥军志愿服务队副队长后。他经常带着志愿者一起冒着高温去看望百岁老兵;西藏小学生来到扬州研学,他也为孩子们做医疗保障……尽管这些事情已经将他的生活填得满满当当,但是他从内心中能够感受到帮助别人是一种温暖,而这样的温暖,同样也在温暖着自己。

"我就是你的拐杖！"

赵强，现为高邮市妇幼保健院职工，曾任单位工会主席。

提起赵强，同事们说：遇到什么困难，找到他准能解决；心中有什么烦恼，告诉他，他定能给予纾解。他是大家的贴心人，是我们的老大哥。

周奶奶说："赵强啊，他帮我们家三十多年了。他跟我家无亲无故，却胜似亲戚。我家小月喊他'赵爷爷'。他，就是我们家亲戚。"

大家都说：赵强是个好人，是个热心人，只要有志愿服务任务，他第一个报名；结对帮扶，他帮了一个又一个。他是高邮资格最老的志愿者之一。

他妻子徐传香说：平时工作忙，难得星期天，他都不在家好好休息，又去参加志愿者服务。在他心中，志愿者团队比家还重要。不晓得他哪来的那么多"亲戚"，不停地来找他帮忙。当志愿者也是好事，做的是正事善事，忙忙还能防老年痴呆。是双赢，多赢！我支持他。

赵强就是这样的一个人，他是扬州市五星级志愿者，荣获高邮市优秀志愿者、爱心大使称号。

一

1986年春的一个星期日，清晨，高邮市吴堡村。

一阵嘈杂声从村外传来，急匆匆的脚步声，几个人直向吴堡卫生院奔去。

不一会儿,卫生院药房传来一阵急促的敲门声,有人大声喊:"赵药师,赵药师,快,快,你家亲戚在急诊室抢救了。你快去看看。"

赵药师,叫赵强,是吴堡卫生院药房药师。他刚上了一个通宵的夜班,才脱下工作服,准备下班回家。今天,妻子给他安排了任务,回家陪儿子去春游。他已经加班好几个礼拜没有回家了,他要陪陪儿子。

"我亲戚,什么亲戚啊?"赵强感到疑惑,他不是本地人,是插队知青,在吴堡没有亲戚。

"就是经常来找你看病的那个周新(化名),是他妈妈和邻居急急忙忙送来的。"

"噢,我知道了。我就来,就来。"赵强嘴上答着,已伸手从墙壁挂钩上取下工作服,重新穿上,快速向急诊室跑去。

急诊室,室里室外都是人。一个瘦小的男孩躺在急诊台上,脸色蜡黄,两眼上翻,口吐白沫,在抽搐。一个农村妇女,头发散乱,无力地挨着台边,一手紧紧拽着孩子的手,一手抚摸着孩子的脸,抽泣着。医生一边检查,一边口述医嘱:"开通静脉通道,安定5mg肌肉注射……"护士在忙着用药治疗。

这时工作人员小郑跑过来,大声喊:"谁是病人家属,赶紧去交钱,不然无法拿药了。"

周新妈忙答应:"我是我是,我就去交。"可她翻遍了口袋,只找到一块多钱,这哪里够啊。她瘫坐在地上。

赵强恰好赶到,他大声对小郑说:"你尽管发药,一切跟我算。"

赵强走进急诊室,先安慰周新妈,说:"不要急,到了医院,医生会全力抢救的。"然后又向医生询问周新的病情。医生说:"这个孩子抽搐是止住了,但他有好几种病,肺结核、中度贫血、严重营养不良,每一种病都要加强营养,好好治疗啊。否则的话,很危险。"原来,这次周新送来医院，不仅抽搐，还吐了不少血。

听医生说了病情，赵强的心直往下沉。他知道，治疗医生说的这几种病，每一种病的治疗都是要花好多钱的，尤其是肺结核，俗称"肺痨"，是富贵病，穷人是害不起的。周新家里穷得叮当响，看病的钱已经很抽干（方言：形容很困难）了，哪里还有钱买营养品。

赵强还清楚地记得，第一次遇到周新的情形。那是去年，也是春天，当时村里小儿脑膜炎流行，周新也被传染了，可家里没钱送他去医院治疗，只能在卫生室吃点药，在家挨着。赵强随卫生院医疗队下乡巡回医疗，来到他家，看到周新发着高热，奄奄一息，赶紧背起孩子就往吴堡卫生院跑。当时吴堡虽是一个不大的村镇，但吴堡卫生院是按备战医院的等级标准建造的。许多从城市大医院下放到高邮的医务人员都安排到吴堡卫生院。所以，在高邮，除了高邮县人民医院，医疗条件和水平就数吴堡卫生院最好了。经过一段时间抢救治疗，周新的脑膜炎治好了，总算捡回了一条命，可由于在家拖的时间太长，落下了脑膜炎后遗症。动不动就抽搐，大脑也给烧坏了，呆呆傻傻，智力不如以前，也赶不上其他孩子聪明。

住院期间，赵强一有时间就去看他，有什么事周新妈妈也来找赵强帮忙。最后出院时，欠下医院的钱也是赵强给垫付的。从那之后，只要周新有病，她妈妈都来找赵强。因此，医院的职工和病友都以为赵强是他们的亲戚。

经过抢救，周新住进了病房。住院期间，赵强不时送去鸡汤、鱼汤，给他加强营养。周新病情稳定了，回家休养了。而赵强一直在思考着，如何帮助周新，彻底治好他的病？

经托人求情，得到民政和关工委关心和支持，每年为周新争取了不少的医疗营养费。终于，周新几种病慢慢地都治好了，虽然有点笨，但能够自理。渐渐地周新长大了，能自食其力了。周新妈妈逢人就说："是赵医生救了我儿子的命，他是我们家的大恩人。"

尽管周新病好了,赵强还是一直关心着周新,关心他的生活、学习。

时间到了2018年。

一天傍晚,赵强的手机突然响了。电话里传来周奶奶(周新妈妈)的哭声:"赵医生,快救救小月吧。"小月是她的孙女,周新的女儿,才6岁。

"什么情况,你慢慢说。"

"小月吃下一个铅角子(方言:硬币),卡在喉咙口,气上不来了,要不得命了!"

"你赶紧打车上来,直接去人民医院,我立即到医院门口等你。"

十分钟后,周奶奶抱着小月,赶到了人民医院,赵强已联系好医生,等在了门口。

小月张口喘息着,嘴唇乌紫。医生赶紧将小月带到手术室抢救。不一会儿硬币取出来了,小月呼吸通畅了、转危为安了。走出手术室,小月看到奶奶,喊着扑了过去:"奶奶,奶奶。"她伸出双手,要奶奶抱抱。周奶奶一把将小月搂进怀中,"乖乖,我的小乖乖",喊个不停。小月她哪里知道,她刚经历了一场生死较量,是赵强帮的忙,将她从鬼门关抢了回来。

在小月抢救时,手术室外的赵强从周奶奶的口中知道了她家最近的情况。

周新后来结婚了,妻子生下小月后长年不在家中,小月几乎成了一个没妈的孩子。父亲又是个傻子,她是奶奶带大的。周奶奶真是一个苦命的女人。她含辛茹苦将周新抚养大,可他又害病傻了。刚抱上孙女,媳妇又不归家。年迈的她,不得不挑起家庭的重担。

赵强看着蹦蹦跳跳的小月,孩子真是天真,她哪里知道生活的艰辛,生命的脆弱。他不忍心看着小月受苦,又开始主动帮起了小月。由于赵强经常来小月家,帮着做事,解决困难,小月也真把赵强当作是她家亲戚了。在赵强的关爱下，小月在一天天长大。

2021年11月20日，是小月10岁生日。这天，赵强起了个大早，在家烹制红烧肉。赵强知道小月爱吃自己烧的红烧肉，每次送去，小月都吃得津津有味。他要让小月在生日这天吃上红烧肉。

由于连日来的操劳，赵强不小心打了个盹，全然忘了锅上熊熊燃烧的火。待他被浓烟呛醒时，意外已经发生了……直到消防队员赶到后扑灭大火，才发现赵强躺在地板上的角落里。此时他已经昏迷，全身大面积烧伤，生命垂危。他被送到了苏北人民医院抢救、治疗。

赵强的病情牵动着大家的心。

周奶奶说："赵强是个好人啊，好人咋遭此大难呢？三十多年了，他关心我儿子，又关心我家小月，他比亲戚还亲，比家人还好！求菩萨保佑，保佑他快快好起来。"

赵强所住的病区护士长袁良才，也是一位"太阳雨"志愿者。在赵强住院期间，他处处关心，细心护理，无微不至地照顾着赵强。

同事们纷纷发来微信："赵大哥，挺住！""老赵，一定要好起来！""赵哥，我还有问题等你帮忙呢！"

知道赵强住院后，太阳雨高邮志愿服务队李晓莉队长，带几个志愿者赶到扬州苏北人民医院，探望赵强。她发起爱心捐助，志愿者们纷纷响应。大家都说："赵强是个好人，好人受难，应该得到帮助。他平时帮了好多人，也应该得到大家的帮助。"

当李晓莉将3万多元爱心款送到医院时，赵强和他的夫人万分感谢，他夫人说："谢谢你们，你们帮大忙了，太及时了。我们的钱已经不多了，正愁钱呢。"临走时，大家又对赵强说："早日康复，这既是小月一家人的心愿，也是我们所有志愿者共同的心愿。我们还等你一起做志愿者呢。"

小月知道赵爷爷为了给自己做红烧肉而烧伤住的院，她就起早带晚叠起千纸鹤，送给赵强，在心中祈祷：祝赵爷爷平平安安，早日康复。

四面八方的关爱纷纷飞来，大家都在为赵强祈祷、祝福。赵强，一个普普通通的人，得到这么多人的关心、关爱，这与他乐于奉献、义行善举是分不开的。他平时关心人、帮助人，是爱的奉献；他受难时，大家关心他、帮助他，是爱的回报。正因为有这么多奉献爱心的人，我们的社会才充满着正能量。正如《爱的奉献》唱得好：只要人人都献出一点爱，世界将变成美好的人间。

是啊，只要大家都有爱心、善心，互相帮助，这世界就充满了爱，人间就充满着温暖。

好人有好报，赵强康复了，好人终于平安了！

一场意外，爆出了赵强和周奶奶家三十年的"亲情"，大家都晓得赵强是周家的亲戚了。大家从内心佩服赵强，赞他是："亲戚"三十载，关爱两代人。

二

近年来，随着年龄的增加，赵强的身体也不如以前，在一天一天地退化。去年，患上肛周脓肿，前后手术两次，住院近一个月。特别是8年前，赵强又患上了强直性脊柱炎，这是一种慢性全身性疾病，主要侵犯脊柱关节，有时疼得他腰都直不起来，行走都很困难。尽管如此，赵强仍坚持参加志愿者服务，活动一次也不少。特别是在帮助残疾人老郑的7年中，他付出了很多心血。

老郑自幼残疾，下肢瘫痪，不能行走，平时只能靠一手撑地、一手抓着一个小板凳，一点一点在地上挪动。他孤身一人，所住的院子里邻居又少，所以他感到很孤独。

2015年，"太阳雨"志愿者在与社区联动时了解到老郑的情况。当时他已60多岁，看到老郑生活如此艰难，协会决定安排人员与他结对帮扶。帮扶这样的残疾老人，工作量是非常大的，而且还要有一定的耐心。赵强主动要求承担这一帮扶任务。大家提醒赵强："你自己身体不太好，帮助老郑，你吃得消吗？"赵强说："我跟老郑年龄相近，有共同的话题，相互谈得来，可以很好地解除他的寂寞。我还遭受过不能行走的痛苦，与老郑也算是'同病'相怜，是老兄弟。所以，我是帮扶老郑最适宜的人选。你们就不要跟我抢了。"赵强的话说服了大家，帮扶老郑的任务就交给了他。

接受任务后，赵强就多次去老郑家，陪老郑谈心交流。他要了解老郑的身体状况、生活习惯和帮扶需求。耐心的交谈中，赵强知道老郑不仅残疾，还有高血压、失眠等疾病。老郑由于孤独，常常晚上看电视不睡觉，一看就到深夜，下半夜又睡不着，到了白天精神不振，生活极没有规律。赵强知道后，他反复跟老郑说："人老了，生活更要有规律，要早睡早起，不能迷恋电视，切切不可熬夜看电视。"在赵强一次又一次的劝导下，老郑渐渐地生活有规律了，早睡早起。经过一段时间的调整后，老郑觉也睡得香了，不失眠了。

2022年入夏前，赵强想起老郑家的空调已经很旧了。他赶过去，他要预先试试空调的性能。因为老郑住的宿舍比较矮小，面积又不大，如果空调效果不好，夏天就没法过了。试了几次，空调的制冷效果果然不行。赵强立即联系，帮忙换上一台新空调。今年夏天特别炎热，热的时间又长。老郑坐在家中，开着空调，凉爽舒适。他逢人就说："亏得赵强给我换了空调，不然今年夏天这么热，我还不知道怎么过呢，即使不热死，也会难熬、热出病来。赵强这个兄弟做事真细心，想得就是周到。"

有了赵强的帮助，老郑的生活过得舒服多了，但他看到赵强忙前忙后，拖着疲惫的身子，心中又实在过意不去。一天，他对赵强说："赵强啊，你我无亲无故，你身体又不好，还要照顾我这个残疾人，真的为难你了。让你受苦受累，我于心不忍啊。今天忙过，下次就不要来了。"赵强说:"你这是什么话,我既然承担了帮你的任务,我就应该要做好。你把我当你兄弟,当你拐杖,不就行了呗。"

"兄弟?拐杖?""是啊,你比我大,你是兄,我是弟。你一条腿不好,我扶你,不就是你拐杖嘛。""好,好,兄弟好!有你这个弟弟,做我的拐杖,真好!太好了!"从此,老郑跟外人介绍赵强时,都这样说:"他是我兄弟,我的拐杖。"

还有两件事,老郑特别感谢赵强。一件是给他过生日,一件是给他修了个卫生间。

老郑已有多年未做过生日了,他很想做一次生日,可自己这种情况怎么能办呢?老郑只能无奈地将这个愿望深埋在心底。细心的赵强在陪老郑聊天时知道了他的这个愿望。他要帮老郑圆上这个愿望。他请太阳雨志愿者协会的几位同仁帮忙,为老郑筹办生日宴。

2022年5月28日晚上,老郑家灯火通明,亲朋满座,笑声朗朗。一道道菜肴搬上了酒桌。老郑笑容满面,一身新装,端坐在上席。当《祝您生日快乐》的歌声响起时,老郑老泪纵横,热泪盈眶。他哽咽着说:"想不到我也有自己的生日酒席,我也能热热闹闹地过上生日了。我多年的愿望实现了。谢谢赵强兄弟,谢谢大家。"

老郑住的是老房屋,没有卫生设施,大小便极不方便。特别是晚上,摸黑去上公共厕所,不知摔过多少次。上厕所成了老郑最头疼、最麻烦的事。赵强来帮扶后,知道了这个情况。他记在心里。他们请来师傅帮忙,想方设法为老郑建了个卫生间,虽然不大,但对一个不能正常行走的人来说,无异于天赐的福祉。现在每次提到卫生间,老郑都说:"赵强真是想我所想,急我所急啊。我现在再也不怕上厕所了。有赵强帮扶,我真幸福。"

有了赵强,老郑的笑声多了。有时假日里,有时早晨或是傍晚,人们常常看到赵强推着轮椅,带老郑出来散步。邻居喊:"老郑,出来逛逛啦。不简单啊。"老郑指指赵强,说:"有我兄弟做拐杖,我出来散心，舒心。"

"对对，我就是你的拐杖！"赵强弯下腰，轻轻拍拍轮椅上老郑的肩膀，笑哈哈地说。

三

2013年7月6日，高邮市北海广场，人声鼎沸、一场义演义卖正在进行。

场地的正面悬挂着一块长长的横幅，上面写着六个大字：用爱托起生命。

在两侧排列着几块饯牌，一块饯牌是白血病患儿小栩妈妈向社会发出的求助信：恳请帮帮我的小栩。求助信中介绍小栩于2007年不幸查出白血病。为了治疗，小栩妈妈带着她四处求医，几年时间里花光了家里所有的积蓄。求助信中有一段小栩说的话："妈妈，我好害怕做梦梦到死啊，我不想死，我还想上学读书。你就找药找偏方给我吃吧，也许我的病会好的，我不怕苦，再苦再难的药我都喝。"当人们读到这段话时，都忍不住流泪了。大家为小栩的遭遇同情，为这样一株幼苗遭到摧残伤心，都愿意尽自己所能帮助小栩。

另一块饯牌是启明义工的简介和倡议书。启明义工是赵强和一群民间志愿者组成的慈善组织，他们坚持"敬老爱幼，环保扶贫，助学助残"的宗旨，集聚民间的爱心力量，共同为社会，为每一个人，打造温馨、友爱、和谐的环境。当赵强他们知道小栩的情况后，决定伸出援助的手，救助这个可怜的女孩。他们商议举办一场义演义卖，筹集善款，帮助小栩。他们向社会发出倡议：为了小栩的明天，请您伸出爱心之手，用爱托起生命。就这样，经过精心的组织，高邮市第一场义演义卖活动拉开了帷幕。

赵强是这次义演义卖的主要组织者。因为是在高邮第一次举办义演义卖,所以大家都没有经验。为了办好这场义演义卖活动,能为小栩募集到更多的善款,赵强和他的志愿者同伴们紧张地策划着。他们进行分工,有人联系演出人员,有人联系义卖物品。赵强是他们中最忙碌的人。

终于义演义卖开场了。

随着《爱的奉献》《志愿者之歌》《让世界充满爱》等一首首歌曲在空中飘扬,人们爱的热情也被激发调动起来,一笔笔善款投进了募集箱,有成人、老人,还有小孩,其中有一位先生从钱包里掏出一匝钞票,数都没数,就塞进去了。现场堆放着赵强他们募集来的物品。一件件物品被爱心人买去了,他们不问价格,更无所谓物值不值,他们只是象征性地取走一点点物品,就将善款投到募集箱中。

一场感人的义演义卖活动落下了帷幕。经统计,共筹得善款 3 万多元。这笔钱可以支持小栩一段时间的治疗了。

小栩母亲手捧善款,泣不成声。她紧紧拉住赵强的手,激动地说:"谢谢,谢谢你们!这下我的小栩有救了。赵大哥,你是好人啊!你们都是好人,是小栩的救命恩人。"

经赵强帮扶的困境学生还有好多。

"太阳雨"志愿者帮扶"麻风村"孤残老人,老人身旁有赵强搀扶的身影。

疫情防控志愿者队伍中,也有赵强忙碌的身影。

他奉献爱心的故事还有很多,也很精彩。

……

赵强心中有爱,始终走在奉献爱心的路上。

他,被帮扶者称为亲戚、兄弟,是大家心中的好人!

(陈维忠)

"拾荒妈妈"厉正香

晓哲哭了,她激动地哭了。

她怎能不激动呢!

红彤彤的大学录取通知书就捏在手中,映得她那青春美丽的脸更加红艳。

她要立马把这天大的喜讯告诉干妈,要让干妈和她一起同享快乐。

她拿起手机就喊:"干妈,我收到大学录取通知书啦。"

等了一会儿,没有听到回音,她才猛然想起,还没有拨号呢。她太激动了,太想感谢干妈了。没有干妈的支持和关爱,晓哲就不可能实现大学梦。她的干妈叫厉正香。

说起厉正香,邮城人无不竖起大拇指。2019年12月,她入选"江苏好人榜";2020年,入选"中国好人榜",是高邮市第八届道德模范——"高邮好人",荣获"扬州十大爱心妈妈""卸甲好人"等称号。

一

厉正香,1966年3月12日出生在高邮市卸甲镇一个普通农民家庭。在厉正香很小的时候,庄上家家都很穷,家里如果有个几千块钱,就是"土豪"了,乡亲们做梦都想过上富裕的日子。想起过去的穷困日子,再看看现在的幸福生活,厉正香常说:"现在日子好过啊,吃得好穿得好，还有高楼住。要在过去，就是打破脑袋也想不出来。改革开放好，托共产党的福啊。"

厉正香很以父亲为自豪。她回忆说："我父亲是生产队会计，打得一手好算盘，在十里八乡的，没有一个能比得上他。正因为父亲的算盘打得好，后来他被调到大队部做会计。当年，父亲在村里算得上是文化人了。在子女教育上，他信守中国传统观念，特别注重子女的品行教育。父亲常对我们说：'诚实善良是做人的根本，爱心是一个人做人最起码的品德。人不要光想着自己，有能力了，还要想着去帮助别人，帮助那些困难的人。'父亲的话，我到现在还记得清清楚楚。"从厉正香的言语中，可以听得出她对父亲无比敬重。父亲的言行影响，教育着幼小的厉正香。在父亲的教导下，爱在厉正香的心中滋生，爱心在她的脑海中确立。

厉正香的母亲没有上过学，个头不高，但吃苦勤劳，是家里最最辛苦的人。她撑起家里家外一片天。母亲心肠好，肯帮助人。厉正香经常看到母亲帮邻居张奶奶拎水。家中烧什么好吃的，妈妈总要盛上一碗，让厉正香给张奶奶送去。母亲对四个子女很少说教，但她用行动影响着孩子，给子女做出了榜样。母亲助人的一举一动深深烙在了小正香的心里。母亲是她学习的榜样，自己将来也要像母亲那样，去帮助人。

厉正香上学了，没有钱买文具、书本，她就拼命地用脑子去记。好不容易坚持上到了小学四年级，终因家里太困难，无法让她继续上下去，她失学了。她是多么希望能继续上学，多读些书，多长些知识。老师的教导，琅琅的书声，课本的墨香，对小正香有着无比的吸引力。可是，家里实在没钱啊，她只能含泪离开心爱的学校，离开了尊敬的老师和可爱的同学，她把求学的愿望珍藏在心底。在她幼小的心灵里，萌生这样一个想法：长大后只要有能力，就一定要帮助那些家中有困难、上不了学的孩子上学。就这样，这粒助人上学的种子深深地植进厉正香的心里，伴随着厉正香一天天地长大，等待机遇生根发芽、开花结果。

到了谈婚论嫁的年纪，经人介绍，厉正香认识了邻村做木匠手艺的男友。他父亲早逝，和妈妈姐姐一起生活，家庭条件差，生活过得很艰苦。厉正香知晓后，没有退缩，她看中男友能吃苦、为人厚道，就毅然嫁给了他。嫁进门后，她对婆婆孝顺，与小姑相处融洽。丈夫在外做木匠，她细心操劳家务，把家里收拾得井井有条。不久，儿子出生了，经济压力也随之而来，她不想让儿子跟着他们受苦，也不能只靠丈夫一个人挣钱养家，她要与丈夫一起分担。于是，她就到家附近的一家小五金厂上班。她要靠自己的双手，与丈夫一起改善生活，营建一个美满幸福的小家庭。

二

在五金厂上班的那段日子里，厉正香经常看到一个叫晓哲的小女孩，她妈妈抱着她在五金厂门口玩耍。晓哲的妈妈是外地人，一来二去，她们就相熟了。小姑娘乖巧可爱，厉正香很喜欢，一有空闲，她就来逗逗晓哲，渐渐地，晓哲也喜欢这个热心的阿姨了。厉正香一来，晓哲就伸出胖乎乎的小手，要她抱，还常常让厉正香亲亲，一声声地叫着"阿姨"，叫得十分亲热。

然而，天有不测风云，人有旦夕祸灾，天大的不幸突然降临到晓哲的身上。2005年，晓哲才刚刚5岁，她家突遭横祸，她失去了母亲。接着，父亲因承受不了打击，精神失常了。全家只能靠年迈的爷爷种地，艰难地维持着生活。得知晓哲家的变故和困境，看到年迈的爷爷干着繁重的农活，看到可爱的晓哲失去慈母的呵护，厉正香的心如锥刺般疼痛。她疼爱晓哲，她不忍看到小小的晓哲在困顿中煎熬。厉正香抱起可怜的晓哲，眼泪止不住地流了出来。尽管她自家经济条件也不好，但她毅然决定伸手帮晓哲一把，让她重新获得母爱。在镇村妇联"社会妈妈"结对帮扶贫困女童的活动中，经晓哲的爷爷同意，厉正香认晓哲为"干女儿"，当起"社会妈妈"。她们成了一对母女，晓哲有了帮她、爱她的干妈，稚嫩的小脸上又有了天真的笑容。

在厉正香的眼里，晓哲就是她的女儿，她默默爱抚着。从晓哲5岁上幼儿园开始，直到上大学，有一个画面，她至今难忘。那是在晓哲9岁的时候，厉正香给晓哲买了一套新衣服。晓哲看到这套漂亮的衣服时，欣喜若狂。她穿上新衣，高兴得手舞足蹈。厉正香看到晓哲的兴奋劲儿，却潸然泪下。一个失去母亲的孩子是多么需要母爱啊，是多么容易满足啊！晓哲太需要爱了，她渴望爱啊！一件新衣服，就让她高兴成这个样子。从此，她更加怜爱晓哲了。

晓哲也记得一件事：那时她才上初一，大概是11月的一天，天很冷，还下着雨，可她上学前忘记带雨衣了。放学了，同学们穿着雨衣纷纷离校。晓哲愁苦地望着天。恰好厉正香办事路过学校。她看到晓哲站在雨里，赶紧脱下身上的雨衣，让晓哲穿上，而她自己淋得湿漉漉的，冻得浑身发抖，第二天就感冒发烧了。

时间过得很快，晓哲上初中了，个子长高了，人也长俏了，已出落成一个美丽可爱的大姑娘了。厉正香仍一如往常给她送去吃的和钱。然而，世上是什么人都有，正如林子大了什么鸟都有一样。村上开始传起了流言蜚语。有人说："厉正香资助晓哲是有私心的，她是想让晓哲做她未来的儿媳妇。"其实厉正香的儿子比晓哲大十多岁呢。还有人叽叽喳喳说："厉正香帮助晓哲，图的就是好名声，她并没有花几个钱。"

闲言碎语传到了晓哲的耳朵里，晓哲想：干妈真的是想让自己做她的儿媳妇吗？如果不是这样，她为什么对自己这样好呢？想到这里，她的心中开始泛起了嘀咕。她开始故意远离干妈，不怎么理睬她了。

厉正香也听到了那些闲言碎语，她丝毫没有在意。她不在乎别人的瞎说八道，心想：我身正不怕影子斜，只要我真心待晓哲，别人就由她说去吧。可这一阵子晓哲故意躲避她，跟她说话也不多了，即使说了也是浅表地应付几句，不再像以往感情融洽了，她有点难过。

冬天的一次周末放假，厉正香顶着寒风去路上等晓哲。远远地看到晓哲来了，她就赶紧进超市给晓哲买东西。可等她出来时，晓哲竟为了避开她，绕远路走了。厉正香连喊几声，晓哲都没有回头。她拎着一大袋食品，呆呆地站在路口，泪水流了下来。寒风吹来，她的脸感受到冷，而她的心比这寒风更凉。看着晓哲透着青春气息的身影，她的心又焦急起来。她不怕别人说自己什么，她担心晓哲因误会，从此不再认她这个干妈。她现在正处青春发育期，有许多问题需要她做母亲的呵护呢。

厉正香寻找着机会，她要与晓哲好好谈一谈，消除她们之间的误会。

已有好多天不见晓哲了，厉正香甚是想念，迫切地想见到晓哲。

这天，厉正香买好吃的东西，带上钱，直接去了学校。当走进晓哲的宿舍时，她看到晓哲在宿舍里认真学习。一个宿舍住着三个学生，另两个学生的桌子上堆满了父母买来的食品，而晓哲桌子上什么都没有。厉正香眼泪夺眶而出，深深自责自己那么久没有来。她暗自对自己说："无论别人说什么，由她们说去吧。我不能再让晓哲难受了。"

晓哲看到厉正香，先是一愣，继而一下子扑上来，一把将干妈搂住，喊道："干妈，我想你。"

"你不是躲着干妈，不想见我吗？"厉正香故意轻推晓哲，逗她。

晓哲小嘴一噘，难为情地说："我错了，我不该听信流言。干妈，请你不要生我的气。"

厉正香扑哧一声笑了。她捏了一下晓哲的鼻子，说："傻丫头，你是我的女儿，我怎么会生你的气呢。"

见干妈原谅了自己，晓哲高兴地跳了起来，随即又紧紧地抱住干

第六章 凡人大爱

妈。这一笑一捏、一跳一抱间,所有的误解和不快都一扫而光。她们两眼相对,流下了激动的泪,泪水如暖暖清泉滋润着母女的心田。从此,母女俩又成了无话不谈的朋友。

后来,厉正香的儿子结婚了,流言蜚语自然消失了。村民们纷纷向厉正香竖起大拇指,说她"胸中有真情,心中有大爱"。

终于,厉正香的爱心开出了绚丽的花朵。2019年夏天,晓哲被徐州医科大学护理专业录取,也就出现了本文开头的一幕。

听说晓哲考上大学,邻居张奶奶拉着晓哲的手说:"晓哲啊,你能上大学,多亏了你干妈啊,你可要记住她的恩啊。我们以前的种种猜疑还真是冤枉你干妈了,她真是个好人啊。"

卸甲镇妇联主席胡星凤说:"厉大姐是一名淳朴的农村妇女,在她一直资助晓哲的同时,还在资助其他贫困的孩子。就在她奉献爱心的时候,还遭到邻居的非议,甚至有邻居当面说她是借关心照顾小哲之名,沽名钓誉,达到个人目的。可她从不在乎,一心做自己的事。她非常支持我们妇联工作,从不计较个人利益,值得我们每位女同志学习。"

"晓哲,你还真是遇到好人了。你干妈人真好,我有时都好羡慕你。你干妈对你比我妈对我还用心。没有你干妈,你哪能考上大学啊。你真幸福!"晓哲的同学程玉兰的言语中很是羡慕。

三

自从资助晓哲起,有一个难题始终困扰着厉正香,那就是钱。当时,厉正香有稳定的工作、固定的收入。然而,每天不到30元钱的工资也只能勉强维持自家的生活,挤不出多余的钱来资助晓哲。想帮助晓哲,厉正香此时是心有余而力不足啊。

怎么办?丢下晓哲不管?厉正香无论如何做不到。为了增加收入,为了能给晓哲创造更好的生活生长条件，2007年，厉正香毅然决然辞掉了在小五金厂的工作。她想去高邮城区找工作，要增加收入，好帮助晓哲。

然而，重新找一份工作并不是一件容易的事情。由于文化程度低，厉正香一直都没有找到合适的工作。她心急如焚。

她彷徨，独自一人走在大街上。路灯将她的身影一会儿拉长，一会儿缩短，她不知路在何方。一抬头，她看到有人在掀开垃圾桶盖。她眼前猛然一亮，这不正是我要找的工作吗？捡垃圾，全靠自己的一双手，要求不高，没有成本，只要自己吃苦勤劳，就能干好。

然而，她知道，拾荒捡破烂是被常人瞧不起的活，常常遭到别人的白眼。她还知道，拾荒还是一件不折不扣的体力活，一张废纸、一个空矿泉水瓶，都得靠"低头""弯腰"才能得到。冬天，寒风凛冽；夏天，热日当头。平日里，还要披星戴月，在污垢中翻找，既脏又辛苦。

正当她犹豫之际，她的眼前闪现出晓哲可爱的脸庞、期盼的目光。她不再顾虑了，下定决心，心甘情愿做一名拾荒者。她安慰自己，拾荒不仅能提高收入，帮助晓哲，还能净化环境，变废为宝，为美化城市作贡献呢。

说干就干。她找来工具，开始了拾荒。

刚开始由于经验不足，收入甚微。她虚心向别人请教，逐渐摸到了门道，一天天收入增加了。她在家里设置"爱心储蓄罐"，每天存入10到15元，一年就可以为干女儿晓哲攒下5000元左右。

在那段拾荒的日子里，厉正香感受最深的就是累。白天四处奔走拾垃圾，晚上还要将垃圾分类。她响应相关号召，将垃圾进行分类，她不想跟别的拾荒人一样，将垃圾一卖拿到钱就了事。一大摊的垃圾，各式各样，旧报纸书刊、废铜烂铁，一件件一样样都要从手上过一遍。那段时间，她常常要忙到深夜。有时每天只睡两三小时。晨起锻炼的人都在跑步了,她还没有休息。为了多拾,她有时要不顾危险,爬到河沟边,攀上刚拆除建筑的房屋上。一次,为了嵌在水泥块中的一段钢筋,她抡起铁锤敲打着。也许是太累了,一走神,锤子砸在了左手拇指上。十指连心啊,疼得她在地上直跳。稍微缓和一点,缠上创可贴,她又抡起了锤头。空中碎石乱飞,地上殷红点点。厉正香在咬牙坚持。

太累了,她好想多睡一会儿,可桌上的"爱心储蓄罐"在等着她,她不能停下。"一定要帮助晓哲"的信念,一直支撑着她。就这样,厉正香一边拾荒,一边资助晓哲,成了一名拾荒者,当起了拾荒妈妈。她心中有个最大的愿望,就是能自己开一个废品收购店,能赚更多的钱,资助更多的贫困生。

四

晓哲迈进了大学校门,开启了美好的人生之路。然而,厉正香并没有松手。她知道,凭晓哲家庭现在的状况,还承担不了晓哲上大学的费用,她还需要继续帮扶下去。当晓哲将考上大学的喜讯告诉她、她为晓哲高兴的时候,她也开始筹划晓哲上大学的事项了。

厉正香在悄悄盘算着:开学将有一笔不小的费用,每月的伙食费、平时的生活费,还有……她要在自己力所能及的情况下,继续给予她更多的帮助。

大学校园就在前方,充满着诱惑和幻想,让晓哲无比向往。然而,晓哲的心里又忐忑不安。她长这么大还从未出过远门,对去徐州心里没底,她忧虑、焦躁。

知女莫若母。细心的厉正香从晓哲紧张的情绪中,看出了她心中的不安。她对晓哲说:"女儿啊,别怕,干妈亲自送你去。"

晓哲不想给干妈再添麻烦,她说:"干妈,你就不要送我去了吧,又要多花钱,还要耽误你的时间。"

"没事的,来回就一两天。"她安慰晓哲说,"干妈也想跨进大学的校门,看看大学是什么样子。当年我好想上学啊。"

有了干妈的宽慰,晓哲揪着的心放下了。她搂着厉正香的脖子说:"干妈,你真好!"

晓哲挽着干妈的臂膀跨进了大学的校门。在宿舍里,厉正香和晓哲一起整理着物品,忙这忙那。同学们看到了,对晓哲说:"你妈妈真好,给你弄得妥妥的。"晓哲自豪地说:"她是我的妈妈,当然对我好啦!"

整理完一切,厉正香又和晓哲一起行走在校园里。闻着校园的花香,看着来来往往大学生的青春身影,厉正香对晓哲说:"大学多美啊,能上大学是多么幸福啊。你可要好好学习,不能辜负这美好的时光啊。"

"妈妈,你放心,我一定好好学习,绝不辜负你的期望。"

晓哲上大学了,厉正香继续关心、资助着她,几乎每天都要与晓哲微信通话,鼓励她要好好学习,学好护理知识,做一个对社会有用的人。

同时,她大爱的脚步并没有停下,她又在寻新的落脚点。于是,她主动找到金家村关工委副主任钱帮云,说出自己想再帮扶一名本村贫困生的心愿。恰好钱帮云正为贫困生晓晚的事情奔波。晓晚,她也是一个十分苦命的孩子,听了她的身世后没有人不可怜她。

晓晚的父亲原在一个浴室工作,他家的条件并不好,到了四十好几,才好不容易讨了一个老婆。生下晓晚时,他也算是老来得女了。晓晚的出生,最初也给这个家庭带来了几年快乐,他十分疼爱女儿。可好日子没过几年,晓晚的父亲因一次意外跌倒受了伤。为给父亲治病,花光了家里的钱财,父亲还落下了病根,失去了劳动能力。晓晚的母亲看到这个家老的老、小的小、病的病,看不到一点希望,就狠心抛弃患病的丈夫，丢下幼小的晓晚，离家出走了。这一去从此音信全无。全家只能靠年迈的奶奶种田维持生活，日子十分艰难。

尽管晓晚所在的学校给晓晚减免相关费用，但晓晚的生活费仍成为一家人的"心病"。经钱帮云牵线，厉正香来到了晓晚的身边。她看到晓晚又瘦又弱，生活在困顿之中，难过地流下了泪。她不忍心看着晓晚再如此受罪下去，决定帮助晓晚。

在短短的二十多天里，厉正香先后三次去晓晚家，给她送去吃的、穿的、用的，还常常把晓晚带回家中，过上几天。晓晚渐渐地跟厉正香熟悉了、亲热了，脸上有了久违的笑容，有时还投在厉正香的怀里撒娇，真像一对亲热的母女。

看到这样的情形，有人就问："厉大姐，你什么时候又多了一个女儿啦？"厉大姐十分高兴，她自豪地回答："我现在有两个女儿了，是两个女孩的妈妈。我有儿有女，好幸福啊！"

厉正香确实是一个幸福的人，这正应了民间一句俗语：好人多福气！

夜深了。

"拾荒妈妈"厉正香收拾好当天的废品，伸了一下酸痛的腰。忙碌了一天，真的累了。但她还不能休息，她心中挂念着在上大学的大女儿晓哲，口中念叨着乡下的小女儿晓晚。冬天到了，她要给大女儿寄去冬衣，明天又要给小女儿送去生活费。还有很多困境儿童要帮扶……

一首歌在她的手机里播放，这是她百听不厌的歌：《爱的奉献》。

这是心的呼唤

这是爱的奉献

这是人间的春风

这是生命的源泉

再没有心的沙漠

再没有爱的荒原

死神也望而却步

幸福之花处处开遍

啊　只要人人都献出一点爱

世界将变成美好的人间

啊　只要人人都献出一点爱

世界将变成美好的人间

……

（卞玉兰）

"扬州十大孝星" 王林

蜿蜒清澈的槐泗河,像一条巨龙,东西朝向静卧在扬州城北郊。紧紧依偎在槐泗河南侧膀弯里酣睡的农民公园,被槐南村里雄鸡的声声啼鸣唤醒了。

深秋的早晨,害羞的太阳刚从东面露出朦胧的笑脸,公园里一块块镜面似的水面上,氤氲的水汽随着风影浮动飘升,两个年长的阿姨顶着一头银发,穿着宽松的白衫裤,在池塘边打着太极。好一幅人间仙境图!王林习惯地哼着小曲、迈着大步,沿着岸堤转圈,他甩臂的动作幅度很大,时不时大着嗓门客气地跟擦肩而过健步的村民打招呼问好,咧着大嘴笑哈哈的。

荒地上打造"农民公园"

这座农民公园,很特别,不见大门,没有围墙,是扬州首个民间投资建设的开放式公园。王林,便是这座公园的主人。

从20世纪70年代初走来的王林有很多身份——企业家、公园园主、私营渔场老板、爱心慈善家……不过,在王林的内心,自己最重要的身份是槐南村农家子弟,他口口声声把"农民的儿子"挂在嘴边。

"1970年劳动节,我出生在槐南村,村名听起来充满诗意,但我生下来就是来劳动的,命中注定当农民。"王林经常这样风趣地说。他这个 70 后，准确地说应该叫"新农民"，有别于"脸朝黄土背朝天"的父辈传统农民，传统农民是一种身份，新农民是一种职业。

王林家里有弟兄三个，他是老三。小时候，因为家里实在太穷，懂事的小弟兄们总想着多为家里做些事。一次，大哥在前面拉板车，王林在后面推车，天要下雨了，他们都加快了脚步，车上拉的都是纸，如果淋湿了，他们全家是赔不起的。大哥跑得更快了，王林在后面跟不上，摔了个"狗吃屎"，疼得他直掉眼泪。

1987 年，王林初中毕业，因为没有考上高中，一心想读书的他又进入复读班，准备来年再考。刚上了两个月的课，一天，大哥骑了一辆后轮没有气的自行车赶到学校，喝令他停学，并焦急地对他说："我们家再这样穷下去，弟兄三个连老婆都要不上！"王林一听吓坏了。失学的那个悲啊，他刻在了骨子里。他下决心要改变现状。

大哥敢于"吃螃蟹"，勇于尝试，干起了个体户。他需要人当帮手，王林正合适。于是，王林跟着大哥干开了。后来，王林自己开起了玻璃店，到瘦西湖公园卖过胶卷，制作过安全防护栏，干过很多行当，经历过赚钱、亏得一无所有的大起大落。最惨的时候，他拎着一瓶老白干，坐在草地上痛哭，哭一阵子喝几口，哭过了，醉过了，一个新的王林又站起来了。慢慢地，他的生意逐渐走上正轨，越来越红火，家里也有了一定的积蓄。

那一阵子，王林摸着鼓鼓的腰包，经常到处转悠，他神情凝重地思忖：我用这些钱，做点什么事才最有意义呢？

背对着故乡去外地漂泊打拼多年，牵扯着故乡的目光越来越长、越来越细，但永远不会扯断。因为，根依然留在故乡，深深地扎在故土。乡愁，是一种高贵的情怀。2008 年下半年起，王林考察了不少地方，转来转去，他的目光最终锁定老家槐泗河南侧、槐南村境内的一块荒地和废塘，这里低洼不平，且荒废多年，一度杂草丛生，长满蒿草、芦苇，曾有人在这里养过鱼、鸭，后来也废弃了，又有人将垃圾偷偷倾倒在此，这里几乎成了半个垃圾场。

缕缕炊烟升起的槐南村，夜夜鸣虫相伴的庭院，是王林依恋的故土，也是满身疲惫的他心灵归依的家园。"我是农民的儿子，我的根就扎在槐南村，村里肥沃的水土哺育了我。现在日子好了，我有个强烈的愿望，要为乡亲们建一座运动休闲的公园，让一年辛苦到头的农民也能免费享受到城里人的现代文明生活，让劳累传统的乡亲们有个放松飞扬的地方。"王林这样说服家里人，也给自己鼓劲打气。

当时，还乡创业、回乡发展的招商热潮扑面而来，在家乡政府和周边父老乡亲的共同支持下，王林巧借东风，经多方筹措借贷，投入近600万元作为启动资金，在30亩荒地、75亩废水上做起了文章。他并没有请园林设计师来指导，自己拄着一根竹竿，在杂草地里、臭水河边上走来走去，丈量、构思、画图，尽量利用原有的地势，花最少的钱，做最多的事。整个公园以儒家思想"仁爱"为设计理念，秉承共享的指导思想，公园不造大门，不建围墙，融入自然，方便附近几个村庄的数千户人家，着力打造一座让村民喜欢的生态园林，并取名为"忠恕亲水园·农民公园"。

几年时间，荒地整治好了，香樟、银杏、水杉、枇杷、黄桃等树木，成片成行地长起来了；臭水塘里的水变清了，塘边四周铺起了水泥步道，用青砖垒起了小长城造型的花墙，水塘里的增氧泵吐出了一圈圈活力的浪花，各种鱼儿在水中幸福地游畅。

看，一座座颇具特色的建筑和景点，在荒地拔地而起，在水面巧妙架建。由于这里地势低洼，2011年，王林别具匠心地在小岛西侧的水塘里搭起了一个架空在水面上的大舞台，有600平方米，水中还建起了专门的电影放映架，当地村民过生日，有喜庆活动，都可以来这里庆祝。在近郊农村，像这样的乡村大舞台尚不多见。

一座彩虹般的悬索铁桥将水上的大舞台和陆地联结在一起，桥头书写了"仁义礼智信，温良恭俭让"等名句，桥身的两边镶嵌着40个用铁板制成的甲骨文体的"寿"字，衬托出乡村大舞台浓浓的乡土文化味。6幢中式的四合院农舍陆续建成，分布在公园内不同点上，各派用场；一座座高低不一、造型各异的假山垒建在树林、竹园间，石块上刻描着一句句弘扬忠孝、公益、励志的词语……

随着垂钓、餐饮、农家书屋、活动室等各种配套设施的逐年完善，这座公园不仅成了村民口中的"共享公园"，让村民玩得开心，还让大家端起了"家门口的饭碗"。公园内聘请的工人都是本地的村民，喂鱼、除草、保洁、餐饮服务，一定程度上解决了大家的就业问题。如今，槐南村一年比一年热闹，农民公园每年吸纳游客上万人，越来越多的城里人被这片"世外桃园"深深吸引，有的市民把外国的亲戚和朋友也带了过来，老外游玩之后直竖大拇指，连声说："very nice啊，it's beautiful 啊！"

"槐南村养育了我几十年，我喜欢脚下这块让我离梦想越来越近的土地，越来越喜欢扬州这座很温暖、很自律、边界感很强的城市。"王林在扬州城北的名声越来越响，在百姓中的口碑越来越好，乡亲们越来越信任他。2009年之后，王林连续当选两届扬州市城北乡（街道）人大代表，成了周围村民的"代言人"。

银发老人的笑声

物以类聚，人以群分。拥有爱心、情怀丰盈的人碰到一起，总是很容易擦出爱的火花、善的光芒。五年前，一个偶然的机会，王林认识了太阳雨爱心志愿者团队的负责人朱峻松，他们都有一颗热爱公益事业的心，志趣相投，话题一打开便如泉涌，王林迅即加入了"太阳雨"志愿者团队。他和朱峻松一商量，要在农民公园打造一个"爱心村"，让志愿者团队有一个可以集中活动、培训提升、互相交流的地方。现在，已经有5家志愿者团队在农民公园挂牌，王林免费提供了5

间房子,给他们做活动场地,大家经常在这里举办各类活动,互相学习、资源共享、抱团向前。

10月14日,又是一年重阳节。农民公园内彩旗招展,气球纷飞,1000平方米的红色宴会大棚被装扮得格外喜庆,大红地毯一直铺到马路上;各种欢庆鸣谢的布景海报,像一面面高墙矗立在大棚门前的广场上;身着各种醒目颜色服装的志愿者们跑前忙后,星星点点;身材壮实的王林,手里握着一叠纸张,时不时看上几眼,有序协调着各支力量,他是现场活动的总指挥。公园成了欢乐的海洋,正在盛情迎接一大批尊贵的长者客人。

上午9点,一辆辆爱心专车有序地驶入农民公园,在近100名志愿者的引导下,600余位老人喜笑颜开地走进了"重阳宴"现场,欢天喜地。

当所有老人入座后,精彩的节目如约上演。其中舞蹈《健康是福》、男声独唱《欢聚一堂》、大合唱《我和我的祖国》等,赢得了老人们的热烈掌声。

中午11点18分,"重阳宴"正式拉开帷幕,老人们一边享受美食,一边竖起大拇指,对这次活动赞不绝口。

"这是我第七年来吃'重阳宴'了,和大家一起说说笑笑,吃什么并不重要,心里就是开心,明年我还要来。"92岁的陈长安腿脚不好,出门只能依赖轮椅,在两名志愿者的帮助下,他走出家门,和其他老人围坐一起,共话桑麻,共享重阳佳节,内心无比激动。

细节之处见功夫。为了安排好这天的活动,王林可谓是用足了心思。在"重阳宴"进口处,配有专门的志愿者测温查码,引导老人有序落座。活动现场除了能够看戏、喝茶,还设立了一个便民服务专区,老人在等待开席时,可以享受到测血压(血糖)、理发、修脚等一系列服务。更让人佩服的是活动现场的安全保障工作可谓事无巨细。当老人们开心用餐时，每桌旁边站着两名志愿者，提供点对点服务，帮老人搛菜，搀扶老人进出；宴会大蓬外的广场上，还停了一辆救护车，配备了专门的医护人员，随时待命，以应对突发情况。

"有了前几年的举办经验，今年的这场活动，我们提前一个月筹备，稳中有序，信心满满。"作为连续7年提供活动场地的主人，王林坦言，邀请老人同吃"重阳宴"并不难，难的是如何做到"乘兴而来，平安而归"？因此，20家志愿者协会、爱心企业不仅出钱，同时还出力，对600多位老人包接包送，全程点对点守护，将"安全墙"筑牢、筑高。

做好事也是要担风险的。王林每年牵头组织"重阳宴"，不少好心人都替他捏把汗，生怕惹出什么意外的事情出来。为此，王林也算是豁出去了，站C位，当主角，担责任，他拍着胸脯，硬着头皮给村里写下安全承诺书。搁下笔，脊背上直冒冷汗。他顶着压力，尽量把各种问题想得再复杂一些，把各种办法考虑得更周全一些。

"赵爷爷，祝您寿比南山，身体越来越好！""老赵，希望明年咱们再相聚，一起有说有笑。"……活动现场，作为年龄最大的老人，城北街道槐南村102岁的赵永喜成了最受欢迎的"明星"，大家纷纷送上祝福，合影留念，讨教老人家的长寿秘诀。

中午一点多钟，系列重阳尊老活动按计划圆满结束，老人们一个个打着饱嗝，心满意足地走出红彤彤的宴会大棚，温暖的秋阳透过树枝，映照在一张张盛开着金菊的脸庞上。是王林打开了老人们的味蕾，搅动了槐南村的烟火气。

王林站在广场上，微笑挥手，送走最后一批客人。然后，他悄悄走进厨房后厨的配餐间，倒了一杯开水，拉过一张塑料方橙坐下来，啃着几个剩下的包子。配餐间里灯也没有开，这个画面不会有人看到。

精彩前台的背后，肯定少不了台后百倍的用心和努力。为了确保"重阳宴"每个环节都能顺畅进行，不出现任何闪失，王林带着有关人员早早拟制、推演出活动流程，打印成表，每个环节内容都明确指定负责人：人员报到和升旗仪式由方卫凤负责，节目安排由姚敏、孟文明负责，午宴时歌手献歌互动环节，由王林负责协调各志愿者团队安排……大家各自铆在自己的岗位上，尽心尽职，共同演好这台大戏。

在忙碌的人群中，最操心、最着急的人当然要数王林。一忙起来，王林的火暴脾气就随之放肆，甚至有点失控。老婆陈金华也是槐南村人，她很理解王林的"野心"，也很支持他，一天24小时全都泡在公园里，平时种植管理花草、打理环境卫生、料理家务琐事，默默无闻，从不声张。重阳节的前一天凌晨5点钟，在王林的安排下，陈金华和儿子王晨就上街买菜了。忙碌了一整天，傍晚时刚想歇一会儿，王林叫老婆和儿子给5根高高的旗杆换上新国旗。当时风很大，旗杆上的绳子缠绕在旁边的树上，陈金华让王林喊两个志愿者来帮帮忙，王林一听就火了，破着嗓门就冒出了粗话。"你吃了火药啦，不能好好讲话啊？"陈金华眼眶里蓄着委屈的泪水，责怪道。

"对不起，对不起，我太着急，上火了。"过了几分钟，王林又绕到娘儿俩身边，咧着大嘴笑哈哈打招呼。

王林像一棵扎根在槐泗河畔的大树，影响和带动着周围的风气。从2016年起，每年重阳节当天，农民公园里都会支起大红喜棚，邀请全村70岁以上的老人和周边几个敬老院的老人，前来同吃"重阳宴"，同看"重阳戏"，从30多桌到70多桌，享受这份孝心的老人越来越多，"重阳宴"举办得也越来越规范、越来越专业。从以往演出节目不够扬剧来凑，到如今的节目上台要靠海选；从以往活动经费东凑西借，到如今的人人献出一份爱，今年举办完敬老活动，经费还有节余。

对每一笔资助款的收入，每一分钱的支出，王林都建了一本明细账，丝毫不含糊。他非常爱惜自己的羽毛，经常这样说："我是做公益活动的，千万不能为了几个钱，败坏了自己的名声。"

续写"爱的方程式"

"走,我们一起到敬老院送猪肉、包饺子、陪老人!"

元旦的早晨,霜重色浓,空旷的麦田里披上了一层薄薄的轻纱。吃过早饭,王林夫妇叫上儿子、媳妇、侄子、侄女,在公园厨房门口集中,大家七手八脚,有的往三轮车上搬运成片的猪肉、大米、食用油、苹果、羽绒服,有的拎着饺子皮和馅心,骑上三轮车、助动车,向城北敬老院出发。

"王老板,辛苦啦!你每年元旦都给敬老院老人送来一头猪,一家老小又来陪老人们过节,太谢谢你了!"城北敬老院负责人李女士满面笑容迎接王林一家子。

王林前一天就预订了2000多元猪肉,一早趁着新鲜送来敬老院。从三轮车上卸下猪肉等物品,王林卷起袖子,和工作人员一起,将猪肉一块块切开,冰箱里储存一些,大盆里腌制一些,让老人们可以吃上一段时间。王林边干边说:"腌一些肉放着,春天的时候,青菜薹烧咸肉片,可香哩!"

这天,敬老院的餐厅里异常热闹,王林一家子把在家就加工准备好的青菜肉馅心、药芹肉馅心和饺皮,搬放到两张餐桌上,家人、工作人员和老人们围坐在桌边,一起动手包饺子。王林的妻子陈金华包饺子可是行家里手,不仅包的速度快,而且包出来的外形也漂亮。大家有说有笑,其乐融融。

"送猪肉,再陪老人们包饺子、吃顿团圆饭,这已经是多年的老习惯,每年到了这个时候,老人们就开始盼了。"工作人员这样说。从2006年开始,王林就给敬老院送猪肉了。他说,当时他发现社会上好心人虽多,但关爱多集中在困难孩子身上,老人则少人关心,他便萌发了给敬老院送猪肉的想法。"送头猪过去,可以让老人们平时菜碗里多点肉,让老人有盼头,感到生活是美好的。"王林眯着双眼,笑哈哈地说。

冬去春来,时光流转。至今已经19年了,王林一家子每年都以这种特殊的方式,陪伴敬老院的老人们迎接新年的太阳。

2018年1月16日,在农民公园内新建的"农家爱心小院"开张了,槐南村郭东组的12名空巢老人成为首批客人。上午11时,应邀赴宴的老人们陆续来到"农家爱心小院",王林像一个导游,向老人们详细介绍了小院的基本情况,陪着他们边走边看,老人们饶有兴趣,频频点头赞许。

看到老人们一个个喜笑颜开,王林也乐了。他在心里盘算着,以后每个月开展一场敬老活动,请周边13个村民小组的空巢老人,轮流到"农家爱心小院"来聚会,让他们感受大家庭的温暖,不再孤单。另外,周边的村民农副产品销路不广,爱心小院也会把村民们的农副产品集中起来销出去,增加乡邻们收入,让他们的腰包鼓一点。

村民李老太的儿子因不幸丧妻,患了精神疾病,丧失了劳动能力,年幼的孙女便与奶奶相依为命,生活陷入困境。王林知道这个情况后,每次回到村里都去看望这对祖孙俩,并时不时掏出二三百元钱留下来。李老太心怀感激,见到王林就要给他下跪,每次都被王林拦住,他说:"大家乡里乡亲的,互相帮助是应该的。"有一次,李老太把积攒了一段时间的一篮子鸡蛋送给他,王林接过这份"沉甸甸"的心意后,又硬是把钱塞在老人的衣服口袋里。

村上的小祥是一个残疾人,无法正常工作,家里经济条件差。小祥50多岁时,妻子因病突然去世,家里连操办丧事的钱都凑不齐。王林听村民们讲起这个情况后,二话不说,拎了一捆黄纸来到小祥家,掏出500元钱塞在小祥手里,叮嘱他让逝者入土为安。

55岁的男子李建和,老婆死得早,女儿又出嫁了,平时也顾不上照顾他。李建和早些年受到过刺激，患有精神忧郁症，丧失了劳动能力，家里没有什么经济来源。2020 年，老母亲去世后，他就孤家寡人生活，日子过得酸兮兮的。王林看不过去，就帮李建和承担了全部水电费。年关了，王林骑上助动车把大米、食油、水果等年货送上门，还给李建和塞了个 500 元的大红包。"兄弟啊，好好过日子，家里要有烟火气。"王林用力拍拍李建和的肩膀，温暖地看着他。

看起来大大咧咧、笑口常开的王林，说得最多的是："上半夜想想自己，下半夜想想别人。"如果一个人有一半的心思想着别人的冷暖，心里什么时候都能装着别人，这个人绝对称得上是个大好人。

王林算得上是这样一个有心人吧！隔三岔五的，他就会骑着那辆旧助动车，回槐南村里转转，看到谁都会咧着大嘴热情地打招呼。在走门串户看望困难乡亲的同时，王林发现有些村民缺的不是钱，而是精神生活，平时大多靠打牌、看电视打发时间。当王林听说村里要建一个约 40 平方米的图书馆时，毫不犹豫送上 6000 元钱，用实际行动助推图书馆早日建成，让书香气溢漫村庄农舍。

如今，每到夜晚和阴雨天，小小图书馆里都会聚集着不少村民看书学习。看到这个场景，王林的脸上就会露出开心的笑容。"我小时候因为家里困难，上学没有能坚持下去，一路上吃了很多缺少文化的苦，现在有条件了，要让乡亲们多看一些书，多喝一点墨水。"王林很是感慨。

王林从小就有一个梦想：长大了上师范、当老师、教学生。后来，他的梦想破灭了。几十年来，这个遗憾在他的心里打下一个大大的结。

方程式公式是指含有未知数的等式，王林有时在想：人生就像方程式，追求幸福是"通解"，拥有梦想是"最优解"，如果我们以孩子的视角看世界，这个世界会是怎样的？

"我要经常往社会大灶膛里添加一把薪柴，点燃困难孩子人生的希望，我不想看到成绩优秀的孩子因为学费而放弃上学。"20 世纪

90年代，大眼睛女孩苏明娟的巨幅照片成为国家"希望工程"的公益宣传海报，那双对知识充满渴望的大眼睛，便深深烙印在王林的心底。1998年，当时只有29岁的王林，事业正逐渐上升。一次偶然的机会，他得知扬州发起"一对一"资助困难学生的活动，于是，他便走进扬州市"希望工程"办公室报了名，在现场认领了高邮龙虬镇8岁的小女孩陆其静。小姑娘很聪明，学习成绩名列前茅，但因家里困难准备辍学。王林承诺，只要这个小女孩愿意上学，他可以承担一切费用。

后来，王林专门赶到龙虬镇，登门做通小女孩家人的工作，表明自己的帮扶决心。他每个学期都会按时向小陆姑娘家寄去400元钱，资助她上到初中毕业。7年时间里，王林和小陆姑娘虽然只见过4次面，可是这个充满感恩之心的小女孩，已经叫王林"爸爸"了。现在，小陆早已在高邮一个加油站上班挣工资了。她过20岁生日时，专门请王林一家子到龙虬镇去玩，小姑娘忙进忙出，炒了几个得意的拿手菜，恭恭敬敬地给王林夫妇端上一杯酒，酒还未入口，王林的心已经醉了。

这些年，王林通过"希望工程"，捐助了20多个困难家庭的学生。另外，他还和太阳雨爱心志愿者团队的爱心队友们一起，慷慨解囊，热心帮助西藏错那县两所乡村小学困难家庭的学生，让祖国西南边陲的孩子们身上，散发出浓浓的书香气息。"太阳雨"润格桑花，映红雪域高原天！

王林"爱的方程式"是呈辐射状的，延伸到槐泗河南岸的角角落落，他在寻求"最优解"的路子，一直身体力行。2019年春天的一个下午，王林来到槐南村村民何兰芳开的理发店理发，50多岁的女理发师刚给一位白发苍苍的老大爷理好头发，老大爷站起身来，右手伸进上衣口袋里摸摸索索地掏钱。

"大爷，您不要掏钱了，我来给您一起付吧!"王林触景生情，脱口而出。理好头发，王林产生了一个新的想法，他和村里干部、何兰芳一起商量决定，让村里 70 岁以上的老人享受免费服务，每个老人理发的 10 元钱，村里贴 5 元，王林出 5 元，于是，王林和村里、理发店签了一份"敬老项目·公益理发"协议，村里打印了一份老人们的名单交给何兰芳，每个老人来理发时只要按一个手印就行了，每个月底由村里和王林分别跟理发店结账。以 2022 年 6 月为例，131 人×5 元＝655 元，何兰芳把这张单子拍照发给王林，王林当即在手机上把 655 元钱转账付给何兰芳。

"不要小看这区区几块钱，老人们享受到的可是一种待遇、一份尊重，还有生活在槐南村满满的幸福感。"何兰芳一边给一个老大妈洗着头发，一边开心地说笑着。初冬的理发店里，暖洋洋的。

每年暑假寒假，王林都会接收两名在校大学生，到农家乐餐厅来实习当服务员，给他们安排好吃住，不管店里生意怎么样，都按时给他们发工资。春节要到了，两个学生要回老家过年，王林除了给他们发工资外，还给他们发了红包，另外买了不少食物、礼品，让他们带回家孝敬爷爷奶奶。

对己严，与人善！王林，正因为有这样的性格特征，才成就了他会越来越强大。他用他独特的思维和情怀，一年年、一步步推演践行着"爱的方程式"。粗略统计一下，王林每年在孝敬老人、资助困境学生、扶助困难村民、参加慈善活动等公益事业上，花费不少于三四万元。他光荣登上城北街道的"善行义举榜"，入选"扬州十大孝星""扬州市优秀志愿者"，的确是实至名归。

不知是谁打翻了秋天的调色板？红的水杉，黄的银杏，绿的香樟……傍晚，快要落山的太阳从西边照射在鱼塘上，天上的云彩、太阳和岸上五彩斑斓的大树，都倒映在静静的水面上。天上一个大太阳，水下一个小太阳，彩色的树影像起伏的山峰，连绵不断，水面上波光粼粼，夕阳温暖，一派天地祥和、岁月静好景象。这个美景，是偷喝了多少酒，变得这般醉人？

　　王林站在东南角上低矮房间的门口，痴迷地欣赏着眼前的美景，他的心醉了。他兴奋地从地上捡起一块薄薄的小瓦片，像小时候经常在河边玩耍的那样，猫下腰、定好向，右手精准用力，小瓦片飞向静静的水面，神速在水上穿行打水漂，一连串起三四个小漩涡。

　　王林乐了，两只手叉撑着粗壮的腰身，咧着大嘴哈哈大笑。他的笑声伴着树梢上众鸟鸣叫的声音，传得很远很远……

"扬州市道德模范"戎恒进

春节临近,古城扬州沉浸在浓郁的节日喜庆氛围之中。身为"太阳雨"志愿者的扬州籍军人、山东省军区烟台第一干休所上士戎恒进,当选2022年度"扬州市道德模范"受到表彰,榜上有名。

一个现役军人,荣登"扬州市道德模范"榜首,的确是新闻,必定有故事。

一

2021年,扬州城遭遇了一个黑色的夏天。回乡探亲的山东省军区烟台第一干休所上士戎恒进,放弃与家人团聚的时间,迅速投入他家所住的扬州市开发区扬子津街道新华社区的疫情阻击战当中。戎恒进始终保持一名战士的本色,吃苦在一线,奋斗在一线,冲锋在一线,英勇顽强、无私无畏、连续工作,为社区抗击疫情提供了大力支持和帮助。

新华社区人员流动量大,外来人口多,居民老龄化严重,因而在非常时期亟须顶得住、靠得牢、信得过的同志冲锋向前,不能有一丝疏忽大意。在这个时候,戎恒进加入了新华社区志愿者队伍。从核酸检测、挨家挨户排查,到运送物资、照顾孤寡老人,每一个重要场所,都少不了他的身影。

在得知物资紧缺的情况后,戎恒进经过短暂考虑,拿出平时积蓄的服役津贴10万元，这钱原本是为即将出生的孩子准备的。他想方设法购买物资，包括医用口罩80000只、KN95口罩8000只、面罩1000只、矿泉水5000瓶、防护服60套，先后捐赠给周边6个社区和一个防控单位。

戎恒进舍小家顾大家的无私奉献精神，深深鼓舞和影响着社区工作者和身边的人，大家都积极踊跃地投身到这场抗疫战争中。戎恒进真诚地对社区干部说："只要社区需要、居民需要，随叫随到，我都在，我将全力守护社区百姓。"

在戎恒进的眼中，家乡扬州的父老乡亲是他的亲人，部队驻地烟台的人民群众也是他的父母兄妹。

"首长呀，你们干休所战士小戎太好了，他分两次给我们捐赠了这么多的口罩、手套、消毒液和护目镜，真是帮了我们社区的大忙了。"2020年春节期间，山东省烟台市珠玑社区的牟书记，急匆匆地赶到烟台警备区第一干休所，向干休所领导表达谢意。

牟书记激动地说：我们社区面积大、人口多，防控工作开始后，各种防护用品都不够用。上哪儿也采购不到，正愁着不知怎么办才好时，小戎打电话问我们需不需要一些口罩、消毒液等。我就在电话里问他，现在是"一罩难求"，你们单位防疫物资不紧张不需要吗？小戎电话里告诉我："我们干休所领导春节前搞教育时，就判断出疫情下一步可能会严重，预先安排门诊部采购了一批防疫物资。大年初一那天，我在朋友圈看到社区在召集志愿者参加防疫工作和防疫物资缺少的信息，于是立即通过门诊部同志和战友、朋友，在网上多方联系了多家供应商，预定了约5000元的口罩、护目镜、手套等，送给社区群众，共同抗击疫情。"

戎恒进向珠玑社区捐赠了第一批抗疫物资后，得知社区抗疫物资还是紧缺，于是，他又拿出2000元，加上干休所官兵自发捐赠的3000元，第二次又多方联系购买了价值5000元的消毒液、口罩等物品，雪中送炭到社区。

疫情就是命令，防控就是责任。"牢记人民军队宗旨，闻令而动、勇挑重担、敢打硬仗，积极支援地方疫情防控。"这是党中央对人民军队发出的号令。面对这场没有硝烟的战役，戎恒进作为一名新时代的"四有"革命军人，为战胜疫情主动担当、积极作为，即便在春节期间自己新婚妻子来队探亲时，他也没有时间陪伴，全时配合干休所领导全力开展疫情防控工作。

他每天和战友们一起张贴防疫通知、播发疫情新闻、制作宣传标语、落实管控规定，冒着雨雪对全所每个住户家庭人员情况，进行多次详细的摸排，对进出营门人员车辆，逐人逐车进行消毒和体温检测，还利用空余时间深入所内独居老人家庭打水送饭、帮干家务、跑腿购物，受到老人及子女们一致点赞。

也是2020年，武汉疫情大暴发之后，在开展的"情系湖北，全力战役"爱心募捐活动中，戎恒进把身上仅有的12260元存款，全部捐献出来。这个举动在官兵中引起不小的反响。

这，就是一个新时代90后战士的拳拳爱心！

二

2020年1月15日上午，江都区大桥镇锣鼓喧天，热闹非凡。受烟台警备区党委的委托，烟台第一干休所政委唐云龙上校，专程赶到戎恒进的老家，送来荣立二等功的喜报，戎恒进全家都像过节一样开心。

这天下午，戎恒进带着营养品，来到江都社会福利院，看望英雄母亲陈奶奶。"奶奶，我明天早上就要返回部队了，您老在家里一定要多保重身体啊！"戎恒进拉着陈奶奶的手，关切地说。随后，戎恒进掏出自己在部队荣立二等功刚获得的5000元奖金，塞在陈奶奶的手里，叮嘱她买些营养品补补身体。

可是，就在当天夜里，83 岁的陈奶奶突发重症，被连夜送进江都人民医院急救治疗。得知这一消息后，戎恒进第一时间向部队请假并退了车票，立马赶到医院探望照顾陈奶奶。

这位让戎恒进心心念念的陈奶奶是一位烈士的母亲。她的儿子陈刚，牺牲前是驻山东淄博某部的一名通信兵，1985 年在一次边境作战中光荣牺牲。从此，陈刚所在部队的马一尘、滕承顺、王长龙、缪光明、朱瑞明、高斌、王茂发、戎根喜等一批战友，发起成立"江都战友会"，将烈士母亲当成自己的母亲，数十年如一日照顾着老人，为老人修房子、筹钱看病等。

大约在戎恒进七八岁的时候，退伍老兵父亲戎根喜夫妇，就经常带着儿子一起去看望照顾陈奶奶。小小的戎恒进见到了传说中英雄的母亲激动又兴奋，后来他就经常利用假期、周末看望陈奶奶，陪她聊聊天，做些力所能及的家务。戎恒进记得，陈奶奶很多时候总是待在那个没有开灯的小房间里，看着儿子的照片发呆、抹眼泪，戎恒进帮陈奶奶洗得最多的也是她晚上被泪水打湿的枕巾。戎恒进幼小的心灵受到深深的震撼和教育。2009 年，戎恒进应征入伍后，对陈奶奶的牵挂没有被距离隔断，一直把陈奶奶的冷暖挂在心间，平时大多是通过父亲戎根喜代办自己想做的事，每次休假第一时间就会赶到陈奶奶的身旁，帮她洗衣服、搞卫生、买东西，修剪手指甲、脚趾甲，不嫌脏和累。

戎恒进不仅在每次休假回家时去看望照顾陈奶奶，平时他也会经常打电话关心老人家的情况。有一次，戎恒进在部队给陈奶奶打电话，听到电话那头陈奶奶声音嘶哑。得知陈奶奶生病后，心急如焚的戎恒进向单位领导请了假，连夜赶到江都，陪老人家去医院查体看病。

"高烧 40℃，再不来就医，后果不堪设想。"医生的话让戎恒进心疼不已。他陪伴陈奶奶住院治疗 3 天，待老人家身体状况好转后才返回部队。

2019 年 11 月 2 日，戎恒进和刘纬娜喜结良缘。在儿子的婚礼上，戎根喜把推着陈奶奶的轮椅车，亲手交到儿子戎恒进的手里。"你现在成家了，以后你要尽力把陈奶奶照顾好！"戎根喜动情地对儿子说。

戎恒进以一个标准的军礼，郑重地接过父亲和他的战友们坚守了 35 年的"传家宝"。陈奶奶身着枣红色喜庆的衣服，幸福地坐在轮椅车上，微笑注视着这对父子。

这是一种家风，一种传承，更是一种精神和责任的担当，是名副其实的"传家宝"。

婚礼后的第三天上午，戎恒进就带上新婚妻子，来到高邮市龙虬镇龙潭村，看望裔九凤烈士的父亲裔八湘老人家。戎恒进特地从结婚的礼金中抽出 2000 元，包了一个红包，买了不少营养品，说是要让老人家分享一份喜悦。戎恒进回部队了，但他的心中又多了一份牵挂。这些年，戎恒进先后给 4 位烈士的父母及家庭，捐款数万元，他尽一个青年军人的力量和爱心，帮助烈属们解决了一些家庭困难，表达了他对烈士的敬仰，送去了社会的温暖，也体现了红色基因文化的血脉相承、薪火相传。

三

在陈奶奶的眼里，戎恒进亲如孝顺孙儿；在部队里，戎恒进则是一个信念坚定、乐于奉献、爱心丰盈、热爱本职的优秀士兵。

一天晚上，戎恒进发现战友鞠翔宇没有来食堂吃晚饭，他就到宿舍去看小鞠，见小鞠身体不适躺在床上。小鞠有些发烧，戎恒进找来退烧药，又跑出去买来一碗米线给小鞠吃。过了一会儿，鞠翔宇硬撑着身体要起床，说晚上还要站岗。戎恒进把小鞠按在床上，"你好好休息吧，晚上的岗我替你站了"。说完，戎恒进便向岗哨走去。

有一次，戎恒进在干休所营门口执勤时，看到几个鬼鬼祟祟的小伙子，跟着一位老首长去了马路对面的银行。戎恒进敏锐地意识到，这不太正常。于是，他叫上战友宋健，悄悄尾随跟了过去。到了银行大厅里，看见老首长正在等候取钱。他们上前询问情况，老首长什么也不愿说。戎恒进让宋健留在大厅看着老首长，他出去到附近搜寻那几个小伙子。

"那个老头是一个退下来的领导，一个月有一万多块哩，挺有钱的。"戎恒进刚走到一个公共厕所门口，就听到里面传出小伙子的交谈声。戎恒进悄悄一辨别，确认就是刚才那几个人。他赶忙和宋健一碰头，立即给单位领导和驻地派出所打电话。在军地双方的协助配合下，一举抓获了5名传销诈骗分子，为老首长挽回了上万元的损失。

一个星期天中午，戎恒进外出办事刚回到干休所，就听说东区二楼一位阿姨家煤气燃爆的突发情况，院子里弥漫着天然气的味道。戎恒进来不及多想，赶紧脱下外套，第一个顶着黑烟向二楼屋子冲去。进去一看，情况非常危险，天然气软管一边燃烧着，一边漏着气，燃气热水器也烧着了，厨房里被炸得乱七八糟，玻璃门窗都炸碎了，老阿姨的手也被炸伤了，鲜血直流，已经有些神志不清，吓得不停地在哭喊。

"阿姨，别怕，我来救你。"戎恒进赶紧把老阿姨背了出去，提醒战友们紧急疏散周围的住户。面对随时会有再次燃爆的危险，戎恒进又一次冲进屋里，和赶来的战友一起切断电源、关闭气阀、扑灭火情。

等险情完全排除后，身高1.91米的戎恒进一屁股瘫坐在楼下草地上，全身发软，头皮发麻。后来，战友们问他："你冲进去救人，不怕吗？"他说怕啊，冲进去都蒙了，灭火的时候腿直发抖，就怕煤气突然爆炸，老家留下老爸怎么办？留下未婚妻怎么办？留下陈奶奶怎么办？但是，这些问题都是出来以后才想到的，当时就只想着冲进去救人、灭火。

身为干休所的战士，戎恒进经常提醒自己，要学习老首长们不怕牺牲、勇于担当的精神。无论刮风下雨，他都经常为老首长老阿姨送水修电，也曾多次深夜为他们抬上抬下送医抢救。一个冬天，戎恒进在为老首长家更换暖气片时，造成了腰椎骨头崩裂，但是在接到更换供暖主管道的紧急任务后，他忍着腰疼，冒着零下10摄氏度的严寒和没膝的大雪，连续奋战20多个小时，配合热力公司人员连夜更换好暖气管道。完成任务准备离开时，看着老阿姨送来的姜汤，戎恒进的内心充满了力量。

"雷锋的故事，我们都是从书报上读到的。而雷锋式的好战士戎恒进所做的那么多好事，都真真切切地发生在身边，我们信服。"干休所的老首长们讲起戎恒进，直竖大拇指点赞。

四

亲爱的四郎达吉：

你好！叔叔收到你的来信，非常高兴。你嫌自己的汉字写得不好看，其实叔叔的字写得也不咋的，我马上出去选购几本字帖寄给你，咱俩一起练字，来个比赛好不好？语文成绩现在不够理想，你也不用太担心，只要平时多看书，读书百遍其义自见，多读多写多思考，遇到不懂的问题多请教老师，你的语文成绩肯定会提高的。

今年是我们国家不平凡的一年，也是磨难较多的一年，有很多同胞受难，也涌现出很多平凡人的感人事迹，这恰恰体现出了学生必须好好学习的真正含义，只有努力学习、成长成才，将来才能在家人、朋友、家乡、国家需要你的时候挺身而出。

新的一年到了，叔叔希望你能以一颗善良正直的心，去对待身边的每个人，因为这才是你一生中最宝贵的财富。希望你能找到自己的人生理想，有一颗为理想而奋斗的心。我想和你说的是，我们身上流着一样颜色的血，我们有着一样的灵魂，我们是一家人，我愿和你一起努力、灿烂下去。

……

这是 2017 年 7 月，戎恒进写给他资助的西藏昌都市汇达县岩比乡小学男孩四郎达吉的一封信。

多年来，戎恒进从有限的工资中陆续拿出约 30 万元，先后捐助了十几名失学儿童、高考学子、烈属等困难家庭。"河北蔚县南杨庄乡两名失学儿童每学期 500 元，藏族小朋友四郎达吉每学期 300 元，江都郭村曹心望每年 2000 元……"翻开戎恒进的"爱心账本"，字里行间写满了温暖。这些年在他的帮助下，好几个失学的孩子重返了学堂。

家住宝应的大学生杨树成，5 年前高考时突然父亲病重，倾尽家产准备卖房治病，懂事的杨树成准备放弃学业打工赚钱。得知消息后，戎恒进赶紧托人送去 5000 元学费，并不断鼓励他坚持下去，小杨最终以优异成绩考上清华大学的国防生。

随后的几年里，戎恒进和小杨一直保持联系。冬天的北京天寒地冻，担心小杨受冻吃不消，戎恒进便给他寄去棉衣棉鞋。前年的一天，戎恒进和小杨微信交流时，得知他准备到国防科技大学读研，戎恒进高兴地肯定和鼓励他。小杨动情地发来这样一条微信：戎哥，我终于等到今天了，以后我就是真正意义上的军人了。你好战友，我来了！

那一刻戎恒进的眼眶红了。他在想，以后在国防事业上，小杨一定会比我更有出息，会比我做出更大的贡献。

其实，在一般人眼中，戎恒进已经是非常出色、足够优秀了。他在普通岗位上做出的不平凡的业绩，积极传播真善美，传递正能量，曾被多家主流媒体广泛报道。他先后荣立1次二等功、1次三等功，4次被评为"优秀士兵"，4次受到嘉奖，2019年9月在山东省军区先进典型事迹报告会上作交流发言，2019年被中央军委国防动员部表彰为"优秀共产党员"和"先进老干部工作者"……

"希望我的生活里多一点阳光，但愿我的存在让人感到温暖，带动更多身边人向上向善。"戎恒进的微信里，留存着他跟太阳雨爱心志愿者团队队友的聊天记录。透过这简洁的话语，我们感受到了一个战士的忠诚执着和初心本色。

"十大扬州好人"蒋宽广

在历史悠久、文化璀璨的扬州城,有一位看似平凡却又无比非凡的人物——蒋宽广。他以赤诚的爱心和切实的行动,谱写出一篇篇动人心弦的温暖故事,恰似一束璀璨明亮的光,照亮了无数人的生活之路。

2023年初,扬州市委宣传部、市文明办对荣获2022年度"十大扬州好人"称号的同志予以表彰,蒋宽广的名字赫然在列。这份荣誉,无疑是对他多年来无私奉献的高度肯定。同年,他又获评扬州市"劳动模范",双重荣誉加身,越发彰显出他的卓越品质与突出贡献。

蒋宽广,乃德厚流光之士,对尊老敬老之事格外重视。时光回溯至2010年,那是一个看似普通却又充满希望的年份。蒋宽广怀揣着一颗炽热之心,精心谋划走进卸甲敬老院的公益活动。自此,每逢传统节日,他便忙碌地筹备起来,只为给敬老院的老人们送去温暖与欢乐。

从此,公道、汉河、方巷、槐泗等敬老院,处处都留下了蒋宽广的公益足迹。十二载悠悠岁月,他的身影犹如一位不知疲倦的使者,穿梭在各个敬老院之间。每至一处,他带来的丰盛礼包中,满是对老人们的关爱。有柔软的毛毯,让老人们在寒冷冬日里感受温暖;有美味的糕点,满足老人们的味蕾享受;还有实用的生活用品,为老人们的生活带来便利。然而,蒋宽广深知,物质的给予仅是一方面,老人们更渴望精神上的慰藉。

于是,他积极组织专业文艺工作者和文艺志愿者,为老人们奉献精彩绝伦的文艺节目。在公道敬老院那个阳光明媚的日子里,院子里坐满了满脸期待的老人。随着音乐缓缓响起,一场精彩的演出拉开帷幕。专业歌手用悠扬的歌声唱出老人们熟悉的旋律,他们有的轻轻哼唱,有的沉浸在回忆中,眼中闪烁着感动的泪花。舞蹈演员们身着绚丽服装,翩翩起舞,那优美的舞姿仿佛让老人们看到了年轻时的活力与美好。还有扬州评话演员带来的幽默段子,让老人们开怀大笑,整个敬老院充满了欢声笑语。

蒋宽广穿梭在老人们中间,时而帮这位老人调整坐姿,时而与那位老人聊聊家常。他的脸上始终洋溢着温暖的笑容,如同春日的阳光,让老人们感受到无微不至的关怀。在汉河敬老院,一场别开生面的戏曲表演让老人们过足了戏瘾。蒋宽广提前了解到老人们对戏曲的喜爱,特意邀请了当地著名的扬剧演员。当那熟悉的唱腔响起,老人们纷纷拍手叫好。一位白发苍苍的老奶奶激动地说:"好久没听到这么正宗的扬剧了,真是太感谢你们了。"蒋宽广握着老奶奶的手,轻声说道:"奶奶,只要你们开心,我们以后会经常来的。"

汤庄敬老院的那个端午佳节,蒋宽广和志愿者们一起为老人们准备了一场盛大的团圆宴。桌子上摆满了丰盛的菜肴,老人们围坐在一起,享受着这难得的团聚时光。蒋宽广亲自为老人们夹菜,和他们一起分享节日的喜悦。阳光洒在院子里,照亮了老人们幸福的笑容,也照亮了蒋宽广那颗无私奉献的心。

十多年来,蒋宽广的公益活动惠及数千孤寡老人。他用自己的行动,让老人们感受到社会大家庭的温暖,如沐春风。每一次走进敬老院,他都似一位贴心的家人,为老人们带来物质和精神上的双重满足。他的付出,不仅赢得了老人们的喜爱和尊敬,也深深感染了身边的每一个人。

2015年5月17日,那是一个阳光灿烂的日子。蒋宽广随太阳雨爱心志愿者团队来到高邮临泽镇,参与困境家庭儿童"1+1"结对帮扶活动的走访。在那里,他结识了年仅14岁的女孩小婷。小婷的家庭因父亲患鼻咽癌而陷入困境,巨额的医药费让这个家庭不堪重负。2017年,小婷的父亲不幸病逝,留下小婷和靠打零工维持生计的母亲。这个因病致贫的家庭,让蒋宽广心生怜悯。

从那一刻起,蒋宽广成了小婷的"爱心爸爸"。他鼓励全家人一同参与帮扶小婷的行动,让小婷感受到家的温暖。蒋宽广的家,成了小婷在扬州的温暖港湾。为解决小婷的学费问题,蒋宽广一家人每年都会出资相助。他们不仅在物质上给予小婷支持,更在精神上给予她鼓励。蒋宽广时常与小婷倾心交谈,倾听她的烦恼和梦想。他会用温暖的话语鼓励小婷,让她相信自己可以战胜困难,追求自己的梦想。"小婷,你要勇敢地面对生活,不要害怕困难。只要你努力,未来一定会很美好。"蒋宽广的话如同黑暗中的一盏明灯,照亮了小婷前行的道路。

在蒋宽广一家人的关爱下,小婷渐渐摆脱了自卑的阴影。她开始努力学习,用优异的成绩回报大家的关爱。中考后,蒋宽广鼓励小婷来扬州求学。他为小婷四处奔波,联系学校,办理入学手续。小婷来到扬州后,蒋宽广一家人更是对她关怀备至。他们会定期去学校看望小婷,给她送去生活用品和学习资料。逢假日,小婷都会来到蒋宽广的家。蒋宽广的妻子会为小婷准备可口的饭菜,一家人围坐在一起,边吃边聊,欢声笑语回荡在屋子里。小婷在扬州的日子里,感受到了家的温暖和关爱,她也变得更加自信和坚强。

小婷奋力拼搏,终于在2021年获得了旅游管理专业专科文凭。那一刻,她激动得热泪盈眶。她知道,自己的成功离不开蒋宽广一家人的帮助。七载时光悄然流逝,如今受资助的小婷已在扬州踏上工作岗位。她对蒋宽广一家满怀感恩之情,她说:"唯有努力生活,方对得起我的两位爸爸,对得起自己。"每逢节假日,知恩图报的小婷都会不忘向"蒋爸爸"发送祝福微信。那一条条简短的微信承载着小婷深深的感激之情。

2022年，蒋宽广再度新结对高邮卸甲镇的一名高中学生。他向所帮扶的孩子郑重承诺，将助力其完成学业，直至走上工作岗位。蒋宽广深知教育对孩子们的至关重要性，他绝不愿看到任何一个孩子因家庭困境而错失学习的良机。每年，他都会前去看望这名学生，悉心了解其学习与生活状况。为其送去学习用品和生活用品的同时，鼓励他们奋力学习，勇敢追逐自己的梦想。

2019年，蒋宽广共同参与发起了"格桑花计划"。此计划旨在帮扶西藏错那县的困境学生。蒋宽广之心，犹如广袤无垠的天空，不但牵挂着扬州的老人与孩子，也牵挂着远方的藏族孩子们。他与志愿者们接力传递爱心，结对帮助错那两个乡村小学的30多名困境学生。当孩子们在寒冷冬日里领到爱心书包、羽绒服等物资时，那一张张纯真的笑脸，让蒋宽广心中满是感动。他深知，自己的付出无比值得。四年间，蒋宽广以"一对一"的方式资助错那中学八年级女孩益西卓嘎。他时常通过微信关心她的学习和生活情况，在微信中鼓励益西卓嘎勇敢直面困难，努力追寻自己的梦想。益西卓嘎也会给蒋宽广回信，分享自己学习的进步以及生活中的点滴喜悦。他们之间这份特殊的情谊，恰似盛开在高原上的格桑花，美丽且坚韧。

蒋宽广还积极投身共建"胡永飞爱心书屋"的爱心捐书活动。书屋里，摆满了各式各样的书籍，有童话故事、科普读物、文学名著，等等。孩子们可在此尽情阅读，开阔自己的视野。蒋宽广期望这些书籍能成为孩子们成长道路上的良师益友，陪伴他们度过美好的童年时光。2024年暑假，25名错那的学生来到扬州研学，蒋宽广不但自费购置小风扇、雨伞赠送给他们，还主动联系游船，安排西藏的师生们乘坐夜游古运河。流光溢彩的运河上，孩子们的欢声笑语诉说着蒋宽广的诸多善举，如春风化雨般，将民族团结交流的种子深深植入孩子们心间。他用自己的行动，完美诠释了何为真正的爱心与奉献。

2023年，蒋宽广听闻胡永飞、王涛烈士的事迹后，被他们的英勇无畏与无私奉献深深触动。他个人出资邀请专业雕塑家为胡永飞烈士、王涛烈士塑造半身铜像。在这个过程中，蒋宽广亲自参与设计与制作，他期望通过这两座铜像，让更多的人了解烈士的事迹，传承他们的精神。

2023年八一建军节、2024年"警察节"，蒋宽广将这两座半身铜像赠予烈士家人。那一刻，烈士家人的眼中闪烁着感动的泪花。他们紧紧握住蒋宽广的手，表达着对他的感激之情。蒋宽广说道："烈士们为了国家和人民付出了生命，我们理应永远铭记他们的奉献。我只是做了一点微不足道的事情，期望能够让烈士的精神永远传承下去。"

"独善不如众善。"在蒋宽广的影响下，他的家人、公司越来越多的同事逐渐成为志愿者。蒋宽广的女儿也深受父亲影响，自幼便懂得关爱他人、乐于助人。在学校里，她积极参与各种公益活动，为困境地区的孩子们捐书捐物。她以父亲为榜样，努力成为有爱心、有责任感的人。在公司里，蒋宽广的同事们目睹他多年来坚持做公益，纷纷被他的精神所感染。他们开始主动参与到公司组织的敬老活动中，为敬老院的老人们送去温暖与关爱。公司也将敬老活动打造为公益品牌，以此激励更多的人投身公益事业。

蒋宽广说："心底无私天地宽。我愿成为公益之种子，以自身行动感染他人，团结众人同行，在公益之路上越走越远，越走越宽。"他用自己的行动，践行着自己的诺言。他仿若一颗璀璨的星星，照亮了扬州城的每一个角落，也照亮了无数人的心灵。

（朱峻松）

结语

回 望

——写在太阳雨爱心志愿者团队成立 20 周年之际

1963 年 3 月，毛泽东主席题词："向雷锋同志学习！"
从那时起，雷锋精神——光耀大地。
2003 年 4 月，34 名志同道合者组成了一支爱心团队，
从那时起，"太阳雨"——便成了雷锋的另一个名字。

20 年过去了，
"选择做一名志愿者，就是选择我的生活！"
——当年，那个作为个体掷地有声的承诺，
成了如今近千人的共同生活。
在一个甲子的"雷锋精神"回望中，
"太阳雨"，以 20 年的坚持，在公益的天空
呈现出一道美丽的彩虹。

曾经，小蕾、小玉、小云，还有小雅……
贫困，使得他们像无根的草，找不到土壤，不敢发芽。
直到遇见了"太阳雨"，
从那时起，有了爱他们的爸爸和爱他们的妈，
20 年过去了，

如今的他们,都已渐渐长大,
知感恩,懂传承——
从毫无血缘关系的陌生,到不是亲人胜似亲人,
从"我要读书"到"我要加入'太阳雨'"——
他们说:即使不如牡丹大,也学米苔要开花。

老吾老以及人之老——
是社会的良知,是先人的训导,
是太阳雨文艺轻骑兵在养老院内、在社区里,
一场接一场演出的辛劳。
"观众没有演员多",成了最具特色的文艺敬老。
"蓝天下的挚爱"、平地而起的舞台——
"太阳雨"用各种文艺形式,
圆了孤残老人们梦里的精彩。

麻风——
一个现在几乎听不到的、慢性传染病的名字,
却是20世纪五六十年代人的集体梦魇,
一旦经过接触性传染,便可致畸、致残,
那些最直观的症状,
令每一个触目者倍感惊心和胆寒。
现代医学的进步,终于让麻风的"不可治愈"成了过去,
那些被安置在康复区内的病患,成了一个缩小的群体,
他们渐渐变老、渐渐变少、渐渐与世隔绝、渐渐风烛残年,
渐渐地,成了历史尘埃中一个不起眼的符号。
直到"太阳雨"的出现,
让他们看到了名人戏曲,看到了床前"孝子"……

看到了久违的喧闹，
从此，"爱心村"替代了"麻风村"的称号。

离休所里，每一位老人，都是行走的勋章，
以耄耋之寿喜迎党的二十大——
是他们向祖国表达拳拳之心的愿望。
于是，文艺志愿者们一边帮他们排练，
一边关注着他们的身体状况，
舞台，成了老革命们克服新困难的"战场"。
无论是87岁老军嫂的表演，还是年近百岁老人们的合唱，
亦歌亦舞，都是献给伟大的党。

"如果谁先牺牲了，活下来的人就要替他对父母尽孝！"
——曾经，战场上的承诺，让志愿者们无不泪目！
由"太阳雨"发起的"慰英魂·烈属关爱行动"就此拉开序幕：
烈日下、大棚里、病榻旁……
一趟趟看望带来的欢笑，一次次陪伴送来的温暖，
融化了多少失去儿子的父母那沉寂的孤苦，
"儿啦！"——年迈的父母抚摸着脱去了军装的战友；
"爸，妈！"——已不再扛枪的我们，捧起老人的双手。
我年轻的、血洒疆场的兄弟啊，
这一声声发自内心的呼唤
但愿没有辜负你当年的嘱托！

一张全家福中，母亲和儿子站立两旁，
中间的父亲，是一尊铜像，
他们的故事，

如星、如月、如皎洁流光——在人们心中源源流淌:
10年前,丈夫为救战友,将一腔热血抛洒在边境的高山上,
10年后,妻子为续情缘,依托"太阳雨"的力量,
在雪域高原和烟雨江南之间架设了一座大爱的桥梁,
"格桑花计划"的实施,
让悠悠古运河和奔腾的娘姆江,
从为英雄低声呜咽,到有朋自雪山来时的放声欢唱,
掀开了民族团结的新篇章。

乙亥已末,庚子初春,
风云突变。
当病毒以蔽日之势兀然肆掠,
众多白衣天使的身后,站立起更多平凡的布衣,
他们中,就有以"匹夫之责"为己任的"太阳雨",
在"小处保家、逆行为国"的倡议下,
"太阳雨"志愿者谱写了一首首动人战曲,
他们流的汗、他们捐的钱、他们出的力,可能不为人知,
但国难当前,疫情如令,
"太阳雨"志愿者竭尽全力地应令而行——
那是,带着无畏精神的逆行!
那是,带着必胜信心的前行!

扬州是个好地方,
唐风宋韵扑面来,柳絮如烟繁花香。
"爱她,就要守护她!"——
小小志愿者,宣读誓言时嗓音清亮,
"太阳雨"的前辈们用实际行动将他们培养:

把家国情怀揉进了"烈士纪念日"的宣讲,
把那些不能遗忘的名字,一次一次地对同龄人分享。
他们小小的身影,活跃在有"太阳雨"活动的地方,
——像一粒种子,在经历艰难的旅行,
——像一朵春蕾,在春天等待绽放,
从追风少年,到追"锋"少年,
他们,终于长成了"太阳雨"新生的力量。

20 年过去了……
20 年后的今天,
"太阳雨"——
正青春、正活力、正充满着爱和希望!

展　望

——写给继续前行在公益途中的太阳雨爱心志愿者团队

2023 年——
"太阳雨"成立 20 周年的庆典，
还有余音在绕梁、在绵延，
转眼，
新征途前行的号角就已吹向志愿者的心田。
因那绕梁的余音中没有休止符，
所以走出音乐厅的我们——
又踏上了公益前行的道路。

前行的途中，
我们见过最美的风景，
除了西藏的雪山，
还有错那孩子们在瘦西湖畔露出的笑靥。
那是"太阳雨"的一句春不晚，
让他们来到了真江南。

前行的途中，
我们见过最美的花，
除了爱人赠予的玫瑰，

还有被誉为"省级双拥之花"的"戎耀之家",
那是"太阳雨"用所有的温柔,
告慰英雄如今的盛世繁华。

前行的途中,
我们见过最快的速度,
除了祖国的发展,
还有志愿者的捐助,
一呼百应的奉献,似一只无形的臂柱,
那是"太阳雨"的力量啊,
一再把无依和孤苦来扶护。

前行的途中,
或许我们没有丰收和获得的喜悦,
却有着孕育和成长的欣慰,
一批省级先进的崛起,于凡而不凡中格外靓丽,
那是"太阳雨"以其土壤的优质,
尽显一方中华儿女的大爱和奇志。

悠扬的跨年钟声,
在"太阳雨"的公益途中一次又一次地响起,
让我们继续心怀善意,持守道义,
于风雪中自愿抱薪,于困顿处开路先行,
尽己所能,
为身处夜色者送去一抹光明。

愿：

在慈善的道路上，

"太阳雨"继续闪烁"人才济济"的光芒。

春风化雨，花开潮起，无一是你，无一不是你。

愿：

在大爱的星河里，

"太阳雨"以誓不停息的身影继续活跃在新时代，

萤光烛点，山河远阔，无一是我，无一不是我。

愿：

所有人间灯火，皆与烟花一同绚烂。

所有平凡琐碎，都因善意自带光环。

愿：

温暖的底色，成为"太阳雨"人坚定的信仰，

在公益的天空，光耀四方。

附

太阳雨爱心志愿者团队历年荣誉榜

(2003年起)

【集体】

序号	名称	荣誉称号	授予单位	授予时间
1	扬州太阳雨爱心志愿者团队	迎城庆扬州最美志愿者团队	扬州市广播电视总台	2015
2	扬州太阳雨爱心志愿者团队	扬州市大运河保护优秀志愿者支队	扬州市世界遗产保护管理办公室	2016
3	扬州太阳雨爱心志愿者团队	扬州市服务儿童的优秀社会组织	扬州市文明办、扬州市妇联、扬州市教育局	2016
4	扬州太阳雨爱心志愿者团队	扬州市巾帼文明岗	扬州市妇联	2016
5	扬州太阳雨爱心志愿者团队	江苏省巾帼文明岗	江苏省妇联	2017
6	扬州太阳雨爱心志愿者团队	扬州市优秀志愿服务组织	扬州市文明办、扬州市志愿者协会	2020
7	扬州太阳雨爱心志愿者团队	民族团结进步模范单位	中共错那市委、错那市人民政府	2023

续表

序号	名称	荣誉称号	授予单位	授予时间
8	景区太阳雨爱心服务社	江苏省优秀戎耀之家	江苏省退役军人事务厅	2023
9	景区太阳雨爱心服务社	江苏省优秀退役军人志愿服务队	江苏省退役军人事务厅	2023
10	景区太阳雨爱心服务社	扬州市景区优秀志愿服务组织	扬州市景区全国文明城市建设长效办	2024
11	邗江区太阳雨志愿者服务中心	扬州市邗江区优秀女性组织	扬州市邗江区妇联	2024
12	高邮市太阳雨志愿者协会	高邮市优秀志愿服务组织	中共高邮市委宣传部、文明办	2020
13	高邮市太阳雨志愿者协会	扬州市优秀志愿服务组织	扬州市文明办、扬州市志愿者协会	2021
14	高邮市太阳雨志愿者协会大剧院驿站	扬州市志愿服务学雷锋示范点站	扬州市文明办	2022
15	高邮市太阳雨志愿者协会	高邮市关心下一代先进组织	高邮市人民政府、高邮市关工委	2022
16	高邮市太阳雨志愿者协会	扬州市优秀志愿服务项目——"麻风村大篷车爱心超市"	扬州市文明办、扬州市志愿者协会	2024

【个人】

省级及以上（以获奖时间先后为序）

序号	获奖者	荣誉称号	授予单位	授予时间
1	蒋 峥	优秀办案能手	江苏省质量技术监督局	2003
2	孙克勤	全军优秀党务工作者	中国人民解放军原总政治部	2005
3	朱峻松	江苏省百名优秀志愿者	中共江苏省委宣传部、共青团江苏省委	2006
4	厉 平	江苏省未成年人思想道德建设工作先进工作者	江苏省委宣传部	2009
5	吴乃明	全国普法先进个人	中共中央宣传部、国土资源部、司法部	2011
6	王顺星	全省老干部系统先进工作者	中共江苏省委组织部、中共江苏省委老干部局、省人力资源和社会保障厅	2011
7	杨赋霖	贵州省优秀志愿者	共青团贵州省委	2012
8	杨赋霖	江苏好青年	江苏省文明办、共青团江苏省委	2012
9	谭 敏	全国"道德模范故事汇"基层巡演优秀文艺工作者	中央文明办、中国文联等	2012
10	杨文华	中国好人	中央文明办	2013
11	杨文华	江苏省道德模范	江苏省文明办	2015

续表

序号	获奖者	荣誉称号	授予单位	授予时间
12	徐广来	一等功臣（享受省劳模待遇）	江苏省总工会认定	2016
13	仇志刚	2013—2016全国群众体育先进个人	国家体育总局	2017
14	厉正香	江苏好人	江苏省文明办	2019
15	周忠燕	第七届江苏省道德模范	江苏省文明委	2019
16	包伟	第五届江苏省中青年德艺双馨文艺工作者	江苏省人力资源和社会保障厅、省文联	2019
17	王晓明	全国无偿献血金奖	国家卫健委、全国红十字会、中央军委后勤保障部卫生局	2019
18	厉正香	中国好人	中央文明办	2020
19	周忠燕	全国最美家庭	全国妇联	2020
20	朱峻松	江苏省疫情防控优秀志愿者	江苏省文明办	2020
21	袁良才	江苏好人	江苏省文明办	2020
22	袁良才	江苏好青年	江苏省文明办、共青团江苏省委	2020
23	袁良才	江苏省新冠肺炎疫情防控嘉奖	江苏省卫健委	2020
24	戎恒进	山东省五四青年奖章	共青团山东省委	2020

续表

序号	获奖者	荣誉称号	授予单位	授予时间
25	余璟妍	江苏好少年	共青团江苏省委、江苏省教育厅	2020
26	向爱梦	江苏好少年	江苏省少工委	2021
27	周忠燕	江苏省三八红旗手	江苏省妇联	2022
28	余璟妍	全国优秀少先队员	团中央、教育部	2022
29	戎恒进	中央军委国防动员部优秀党员	中央军委国防动员部	2022
30	谭 敏	江苏省乡土人才"三带"能手	中共江苏省委组织部、江苏省人才工作领导小组办公室等	2022
31	孙亦阳	江苏好少年	江苏省少工委	2022
32	邓 柏	2022年度中国人民银行公德奖	中国人民银行	2023
33	周忠燕	江苏最美军嫂	江苏省委宣传部、省退役军人事务部、省妇联、省军区政治工作局、省双拥办	2023
34	余璟妍	江苏最美中学生	共青团江苏省委、江苏省教育厅	2023
35	徐许洲	江苏好少年	江苏省少工委	2023
36	张景烁	江苏好少年	江苏省少工委	2023

市级（以获奖时间先后为序）

序号	获奖者	荣誉称号	授予单位	授予时间
1	马 俊	扬州希望工程十周年十大"爱心使者"	共青团扬州市委	2005
2	杨 飔	扬州市爱心捐助先进个人	扬州市妇联、扬州市慈善总会	2006
3	朱峻松	扬州市十大杰出青年志愿者	共青团扬州市委	2006
4	厉 平	扬州市第三届"十佳新闻工作者"	中共扬州市委宣传部、扬州市新闻工作者协会	2006
5	田 蓉	全市优抚工作先进个人	扬州市双拥办	2012
6	田 蓉	三等功	中共扬州市委、市政府、扬州军分区	2012
7	厉正香	扬州市"感动扬城爱心妈妈"提名奖	扬州市文明办、市妇联、扬州日报社、扬州广电总台等	2013
8	谭 敏	扬州市十佳艺德标兵	扬州市总工会、市文旅局	2015
9	包 伟	迎城庆扬州最美志愿者	扬州市广电总台	2015
10	郭太玮	迎城庆扬州最美志愿者	扬州市广电总台	2015
11	万有余	迎城庆扬州最美志愿者	扬州市广电总台	2015

续表

序号	获奖者	荣誉称号	授予单位	授予时间
12	吴晓云	迎城庆扬州优秀志愿者	扬州市广电总台	2015
13	田 蓉	二等功	中共扬州市委、市政府、扬州军分区	2016
14	张志强	扬州教育十大新闻人物	扬州市委宣传部、市教育局、市报业传媒集团、市广电传媒集团	2017
15	俞敦华	扬州市消费者保护运动三十年先进个人	扬州市放心消费创建活动办公室	2017
16	王 威	第二届"扬州市慈善奖"最具爱心慈善行为楷模	扬州市人民政府	2020
17	袁良才	扬州市新长征突击手	共青团扬州市委	2020
18	袁良才	扬州市最美家庭	扬州市妇联	2020
19	田 蓉	扬州市优秀志愿者	扬州市文明办、扬州市志愿者协会	2020
20	王晓明	扬州市优秀志愿者	扬州市文明办、扬州市志愿者协会	2020
21	刘 原	扬州市优秀志愿者	扬州市文明办、扬州市志愿者协会	2021
22	周忠燕	山南市民族团结进步模范个人	中共西藏山南市委、市人民政府	2021

续表

序号	获奖者	荣誉称号	授予单位	授予时间
23	李晓莉	扬州市优秀志愿者	扬州市文明办、扬州市志愿者协会	2021
24	田 蓉	扬州市最美家庭	扬州市妇联	2021
25	袁平华	扬州最美巾帼志愿者	扬州市妇联	2021
26	蒋 峥	十佳执法办案能手	扬州市市场监督管理局	2021
27	戎恒进	2021年度十大扬州好人	扬州市文明委	2022
28	蒋宽广	扬州好人	扬州市文明办	2022
29	邓 柏	扬州市优秀志愿者	扬州市文明办、扬州市志愿者协会	2022
30	谈 笑	扬州市优秀志愿者	扬州市文明办、扬州市志愿者协会	2022
31	吕荣超	扬州市优秀志愿者	扬州市文明办、扬州市志愿者协会	2022
32	陆晓月	扬州市优秀志愿者	扬州市文明办、扬州市志愿者协会	2022
33	陈维雾	扬州市最美爱心妈妈	扬州市妇联	2022
34	蒋宽广	十大扬州好人	扬州市文明委	2023
35	蒋宽广	扬州市劳动模范	中共扬州市委、扬州市人民政府	2023
36	戎恒进	扬州市道德模范	扬州市文明委	2023

续表

序号	获奖者	荣誉称号	授予单位	授予时间
37	仇志刚	扬州最美体育人	扬州市体育局	2022
38	周忠燕	扬州市基层基础建设先进个人（巾帼榜样）	中共扬州市委、市政府	2023
39	徐广来	扬州市基层基础建设先进个人（拥军模范人物）	中共扬州市委、市政府	2023
40	朱峻松	民族团结进步模范个人	中共西藏山南市委、市人民政府	2023
41	李晓莉	扬州好人	扬州市文明办	2023
42	王　林	扬州市优秀志愿者	扬州市文明办、扬州市志愿者协会	2023
43	沈仁梅	扬州市优秀志愿者	扬州市文明办、扬州市志愿者协会	2023
44	陆晓月	扬州市职大师德模范	扬州市职业大学	2023
45	王　林	扬州市十大孝星	扬州市文明办、卫健委、民政局	2023
46	滕承顺	扬州市十大孝星	扬州市文明办、卫健委、民政局	2023
47	高　洁	扬州市青年志愿服务事业贡献奖	共青团扬州市委、扬州市青年志愿者协会	2023
48	厉　平	扬州市最美文艺志愿者	扬州市文联	2023

续表

序号	获奖者	荣誉称号	授予单位	授予时间
49	谭 敏	扬州市最美文艺志愿者	扬州市文联	2023
50	沈仁梅	扬州市最美文艺志愿者	扬州市文联	2023
51	程佳德	扬州市最美文艺志愿者	扬州市文联	2023
52	童蕾蕾	扬州市最美文艺志愿者	扬州市文联	2023
53	徐刘旭	新时代扬州好少年	扬州市文明办	2023
54	傅伊诺	新时代扬州好少年	扬州市文明办	2023
55	蔡紫涵	扬州市最美中学生	扬州市教育局	2023
56	李晓莉	十大扬州好人提名奖	扬州市文明委	2024
57	谭 敏	扬州市最美巾帼人物	扬州市文明办	2024
58	郭宏芳	扬州市优秀志愿者	扬州市文明办、扬州市志愿者协会	2024
59	方永娟	扬州市优秀志愿者	扬州市文明办、扬州市志愿者协会	2024
60	邓 柏	人民满意的窗口服务标兵	中共扬州市级机关工委、市发改委、市政务办、市总工会	2024
61	徐建国	扬州市最美文艺志愿者	扬州市文联	2024

续表

序号	获奖者	荣誉称号	授予单位	授予时间
62	杨芳	扬州市最美文艺志愿者	扬州市文联	2024
63	程佳德	扬州市基层文艺工作先进个人	扬州市文联	2024
64	童蕾蕾	扬州市基层文艺工作先进个人	扬州市文联	2024
65	王效青	扬州市基层文艺工作先进个人	扬州市文联	2024
66	李为康	扬州市基层文艺工作先进个人	扬州市文联	2024
67	余璟妍	扬州市三好学生	扬州市教育局、共青团扬州市委	2024
68	温尚坪	扬州市三好学生	扬州市教育局、共青团扬州市委	2024

县区级（以获奖时间先后为序）

序号	获奖者	荣誉称号	授予单位	授予时间
1	田蓉	双拥工作先进个人	中共邗江区委、区政府、区人武部	2015
2	刘久英	高邮市优秀志愿者	中共高邮市委宣传部、文明办	2020
3	陈叶坚	高邮市优秀志愿者	中共高邮市委宣传部、文明办	2020
4	池恒岭	高邮市优秀志愿者	中共高邮市委宣传部、文明办	2020

续表

序号	获奖者	荣誉称号	授予单位	授予时间
5	翁中秋	高邮市优秀志愿者	中共高邮市委宣传部、文明办	2020
6	李晓莉	高邮市最美巾帼志愿者	高邮市妇联	2020
7	沈静琳	高邮市最美巾帼志愿者	高邮市妇联	2021
8	徐广来	江都好人	中共江都区委宣传部、区文明办	2021
9	滕承顺	江都区优秀志愿者	中共江都区委宣传部、区文明办	2021
10	俞敦华	高邮市优秀志愿者	中共高邮市委宣传部、文明办	2021
11	孙冬青	高邮市优秀志愿者	中共高邮市委宣传部、文明办	2021
12	赵立霞	高邮市优秀志愿者	中共高邮市委宣传部、文明办	2021
13	王 雪	高邮市优秀志愿者	中共高邮市委宣传部、文明办	2021
14	熊伟华	扬州市广陵区少先队事业热心支持者	共青团扬州市广陵区委、教体局、少工委	2021
15	韦 俊	2020第五届陕西佳县"十大杰出青年"提名奖	共青团陕西佳县县委	2021
16	胡生玮	广陵区武装先进个人	扬州市广陵区政府	2021

续表

序号	获奖者	荣誉称号	授予单位	授予时间
17	李晓莉	高邮市第九届道德模范	中共高邮市委宣传部、文明办	2022
18	禹克明	最美志愿者	扬州市水利局	2022
19	杨清荣	高邮市优秀志愿者	中共高邮市委宣传部、文明办	2022
20	葛素梅	高邮市优秀志愿者	中共高邮市委宣传部、文明办	2022
21	黄桂兰	高邮市优秀志愿者	中共高邮市委宣传部、文明办	2022
22	赵立霞	高邮市最美巾帼志愿者	高邮市妇联	2022
23	赵 强	高邮市优秀志愿者	中共高邮市委宣传部、文明办	2023
24	周晓凤	高邮市优秀志愿者	中共高邮市委宣传部、文明办	2023
25	宰金兰	高邮市优秀志愿者	中共高邮市委宣传部、文明办	2023
26	闫传钵	扬州市景区新长征突击手	共青团扬州市景区工委	2023
27	尹 红	错那县民族团结进步模范个人	中共错那县委、错那县政府	2023
28	张益铭	新时代广陵好少年	广陵区委宣传部主办，广陵区文明办、广陵区教体局、广陵区卫健委	2023

续表

序号	获奖者	荣誉称号	授予单位	授予时间
29	程艺馨	新时代广陵好少年	广陵区委宣传部主办，广陵区文明办、广陵区教体局、广陵区卫健委	2023
30	韩煦	广陵区优秀少先队员	广陵区教育局	2023
31	崔羽希	新时代邗江好少年	邗江区委宣传部、区文明办、区教育局	2024
32	李燕	最美巾帼志愿者	扬州市邗江区妇联	2024